네메시스

복수의 여신

SORGENFRI(NEMESIS)

Copyright © Jo Nesbø 2002
All rights reserved.

Korean translation copyright © Viche Korea Books 2014
This Korean language edition is published by arrangement with
Salomonsson Agency through MOMO Agency, Seoul.

이 책의 한국어판 저작권은 MOMO Agency를 통한 c/o Salomonsson Agency와의 독점계약으로
도서출판 비채에 있습니다. 저작권법에 의하여 한국 내에서 보호를 받는 저작물이므로 무단전재와 복제를
금합니다.

네메시스 복수의 여신

1판 1쇄 발행 2014년 2월 27일 **1판 9쇄 발행** 2022년 8월 26일

지은이 요 네스뵈
옮긴이 노진선
펴낸이 고세규
발행처 김영사
주소 경기도 파주시 문발로 197(문발동) 우편번호10881
등록 1979년 5월 17일(제406-2003-036호)
구입 문의 전화 031)955-3100 **팩스** 031)955-3111
편집부 전화 02)3668-3292 **팩스** 02)745-4827 **전자우편** literature@gimmyoung.com
비채 카페 cafe.naver.com/vichebooks **인스타그램** @drviche **카카오톡** @비채책
트위터 @vichebook **페이스북** facebook.com/vichebook
ISBN 979-11-85014-45-6 03890 책값은 뒤표지에 있습니다.

네메시스 복수의 여신

NEMESIS

요 네스뵈 장편소설

노진선 옮김

비채

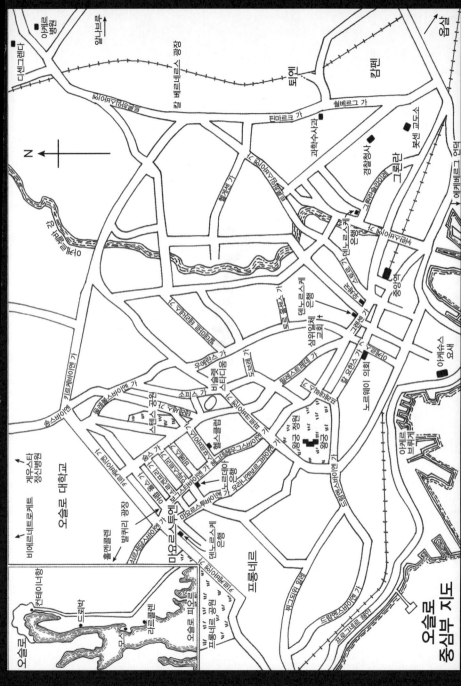

오슬로 중심부 지도

NEMESIS

PART **1**

1

계획

나는 곧 죽을 것이다. 참으로 어처구니없는 현실이다. 이럴 계획이 아니었다. 적어도 내 계획은 이게 아니었다. 어쩌면 나도 모르게 줄곧 이 결말을 향해 달려왔을지도 모르지만, 어쨌거나 내 계획에는 어긋나는 일이다. 내 계획은 더 나은 결말이었다. 더 타당한 결말.

지금 나는 총구를 바라보고 있다. 저 총구에서 저승사자, 혹은 저승의 뱃사공이 나올 것이다. 마지막 웃음을 터뜨릴 시간. 터널 끝에 빛이 보인다면 그것은 아마도 화염이리라. 마지막 눈물을 흘릴 시간. 우리는 이번 생을 행복하게 살 수도 있었어. 당신과 나. 계획대로만 했다면 말이야. 마지막으로 드는 생각. 다들 삶의 의미만 궁금해할 뿐, 아무도 죽음의 의미는 궁금해하지 않는다.

2

우주비행사

노인을 본 해리는 우주비행사가 떠올랐다. 우스꽝스러운 잔걸음, 뻣뻣한 동작, 생기 없는 암울한 눈동자, 쪽모이세공 마루 위로 질질 끌리는 신발. 마치 바닥에서 조금이라도 발을 떼었다가는 우주 공간으로 떠내려갈까 봐 잔뜩 겁을 먹은 것 같았다.

해리는 출구 위, 하얀 벽에 걸린 시계를 바라보았다. 15시 16분. 창밖에는 금요일의 군중이 서둘러 보그스타바이엔 가를 지나가고 있었다. 나지막이 걸린 10월의 태양이 러시아워의 차량 행렬 속에서 속도를 내지 못하는 자동차의 사이드미러에 반짝 반사되었다.

해리는 다시 노인에게 집중했다. 중절모에 한시라도 빨리 빨아야 할 것 같은 우아한 회색 코트. 코트 안으로 트위드 재킷과 넥타이, 손대면 베일 듯 뻣뻣하게 주름 잡힌 낡은 회색 바지가 보였다. 반짝 반짝 윤이 나는 구두는 뒤축이 닳아 있었다. 마요르스투엔에서 흔히 볼 수 있는 퇴직자의 모습이었다. 이는 단순한 추측이 아니었다. 해리는 에우구스트 슐츠가 마요르스투엔에서 옷가게를 운영하다 그만둔 여든한 살의 퇴직자이며, 2차 세계대전 중 아우슈비츠로 끌려갔던 시절을 제외하고는 평생을 마요르스투엔에서

11

살았다는 사실을 알고 있었다. 또한 그의 무릎이 뻣뻣한 이유는 매일 딸의 집을 방문할 때 지나다니는 링바이엔 가의 보행자다리에서 떨어졌기 때문이라는 것도 알고 있었다. 팔꿈치에서 직각으로 구부려 앞으로 내민 양팔 때문에 노인은 더더욱 로봇처럼 보였다. 오른쪽 팔뚝에는 갈색 지팡이가 걸려 있었고, 왼손에는 2번 창구를 담당한 짧은 머리 청년에게 건넬 용지가 들려 있었다. 은행원의 얼굴은 보이지 않았지만, 분명 연민과 짜증이 뒤섞인 표정으로 노인을 바라보고 있을 것이다.

이제 시각은 15시 17분이 되었고, 마침내 에우구스트 슐츠는 창구 앞에 섰다. 해리는 한숨을 쉬었다.

1번 창구를 담당한 스티네 그레테는 방금 전에 건네받은 우편환에 적힌 730크로네를 세고 있었다. 파란 털모자를 쓰고 창구 앞에 서 있는 청년에게 줄 돈이었다. 그녀가 카운터에 지폐를 한 장씩 내려놓을 때마다 약지에 낀 다이아몬드 반지가 반짝거렸다.

보이지는 않지만 해리는 3번 창구 앞에 유모차를 끌고 온 여자가 서 있다는 것을 알고 있었다. 여자는 유모차를 흔들고 있었는데, 아기는 이미 잠들어 있었으므로 아마도 자신의 지루함을 달래기 위한 행동이었을 것이다. 그녀의 차례가 되었는데도 3번 창구 담당자인 브렌네 부인이 계속 통화 중이었기 때문이다. 브렌네 부인은 타인 명의의 계좌일 경우, 실 소유자의 동의 없이는 출금할 수 없다고 큰 소리로 설명했다. 그러더니 은행에서 일하는 사람은 당신이 아니라 나니까 토론은 이쯤해서 접자고 말했다.

순간 문이 열리고 두 남자가 성큼성큼 걸어 들어왔다. 한 명은 키가 크고 한 명은 작았는데, 둘 다 위아래가 붙은 회색 작업복 차림이었다. 스티네 그레테는 눈을 들었다. 해리는 손목시계를 보며 시간을 재기 시작했다. 두 남자는 스티네가 앉아 있는 창구로 다가갔다. 키 큰 남자는 마치 웅덩이를 연달아 뛰어넘듯이 껑충거렸고, 반면 키 작은 남자는 몸에 근육이 너무 많아 감당할 수 없다는 듯이 뒤뚱거렸다. 파란 털모자를 쓴 청년은 천천히 몸을 돌려 출입문 쪽으로 걸어갔다. 돈을 세는 데 정신이 팔린 나머지 두 남자에게는 눈길도 주지 않았다.

"안녕하쇼." 키 큰 남자가 검은 서류가방을 창구에 턱 내려놓으며 스티네에게 말했다. 키 작은 남자는 미러 렌즈 선글라스를 주머니에 넣더니, 앞으로 나와 똑같은 가방을 창구에 내려놓았다. "돈!" 남자가 소리를 꽥 질렀다. "문 열어!"

*

마치 정지 버튼을 누른 것처럼 은행 안의 모든 동작이 정지했다. 시간이 멈추지 않았다는 것을 보여주는 증거는 창밖의 차량 행렬뿐이었다. 스티네는 책상 밑의 버튼을 눌렀다. 웅 하는 전자음이 울리자, 키 작은 남자가 무릎으로 창구의 출입문을 밀었다.

"열쇠는 누가 가지고 있지? 서둘러. 시간 없어!" 남자가 외쳤다.

"점장님!" 스티네가 어깨 너머로 외쳤다.

"왜?" 은행에 있는 유일한 사무실의 열린 문 안쪽에서 목소리가 들렸다.

"손님이 찾아오셨어요, 점장님!"

나비넥타이를 매고 돋보기를 쓴 남자가 사무실에서 나왔다.

"이 신사분들이 현금인출기를 열어달래요, 점장님." 스티네가 말했다.

이 은행의 지점장인 헬게 클레멘트센은 작업복 차림의 두 남자를 멍하니 바라보았다. 이제 그들은 창구 안쪽으로 들어와 있었다. 키 큰 남자는 초조하게 입구 쪽을 바라보았고, 키 작은 남자는 지점장에게서 눈을 떼지 않았다.

"아, 알았네. 당연히 그래야지." 지점장은 잊어버린 약속이 생각났다는 듯이 숨을 헉 들이쉬더니 미친 듯이 웃어댔다.

해리는 눈 하나 깜짝하지 않았다. 그저 사람들의 세세한 움직임과 몸짓을 하나도 빠짐없이 눈으로 빨아들일 뿐이었다. 25초. 그의 시선은 출구 위의 벽시계에 고정되어 있었지만, 시야 한편으로 현금인출기를 여는 지점장이 보였다. 지점장은 직사각형의 금속 용기 두 개를 꺼내 두 남자에게 건네주었다. 이 모든 일이 침묵 속에서 신속히 진행되었다. 50초.

"이건 형씨 거요!" 키 작은 남자가 가방에서 비슷하게 생긴 금속 용기 두 개를 꺼내 지점장에게 건넸다. 지점장은 침을 꿀꺽 삼키더니 고개를 끄덕이고는 용기를 현금인출기에 밀어 넣었다.

"좋은 주말 보내쇼!" 키 작은 남자가 구부렸던 허리를 펴고 가방을 들어 올리며 말했다. 1분 30초.

"잠깐만." 지점장이 말했다.

키 작은 남자의 몸이 굳어졌다.

해리는 양쪽 볼살을 입 안으로 빨아들이며 집중했다.

"영수증을……." 지점장이 말했다.

두 남자는 머리가 희끗하고 몸집이 아담한 지점장을 응시했다. 무려 1분 동안이나. 그러더니 키 작은 남자가 웃음을 터뜨렸다. 귀청이 찢어질 듯한 고음의 신경질적인 웃음소리가 쩌렁쩌렁 울려 퍼졌다. 각성제에 취한 사람들이 웃는 그런 웃음이었다. "설마 우리가 서명도 안 하고 그냥 가겠소? 무려 200만 크로네나 넘겨줬는데? 당연히 영수증을 챙겨야지!"

"그게…… 지난주에 왔던 직원도 하마터면 그냥 갈 뻔해서 말이죠." 지점장이 말했다.

"지난주는 신입들이 좀 많았수다." 키 작은 남자는 그렇게 말하며 지점장과 함께 서명을 하고, 노란색과 핑크색 용지를 교환했다.

해리는 은행의 출입문이 다시 닫힐 때까지 기다린 후에야 벽시계를 보았다. 2분 10초.

유리로 된 출입문 너머로 노르데아 은행의 흰색 현금수송차량이 떠나는 모습이 보였다.

은행 안에 있던 사람들은 다시 이야기를 나누기 시작했다. 굳이 그럴 필요가 없었는데도 해리는 사람들의 수를 세었다. 일곱 명. 창구를 지키는 직원이 셋, 창구 앞에 서 있는 사람은 아기까지 포함해 넷. 멜빵바지 차림의 한 남자가 들어오더니 실내 중앙에 놓인 탁자 옆에 서서 계좌이체 용지에 자신의 계좌번호를 적고 있었다. 선샤인 여행사에 송금하기 위해서라는 것을 해리는 알고 있었다.

"수고하시오." 에우구스트 슐츠는 그렇게 말하고 출입문 쪽으로 발을 질질 끌기 시작했다.

정확히 15시 21분 10초였고, 그때부터 모든 것이 시작되었다.

*

은행 문이 열리자 해리는 서류를 바라보고 있던 스티네 그레테가 머리를 까딱 올렸다가 내리는 것을 보았다. 그러더니 그녀가 다시 고개를 들었다. 이번에는 천천히. 해리는 출입문으로 시선을 옮겼다. 은행 안으로 들어온 남자는 이미 위아래가 붙은 작업복의 지퍼를 내린 상태였는데, 작업복 안에서 진한 회색과 올리브색으로 된 AG3 라이플을 황급히 꺼내 들었다. 머리에 군청색 발라클라바*를 뒤집어쓰고 있어 눈만 빼꼼 나와 있었다. 해리는 시간을 재기 시작했다.

발라클라바의 입 부분이 움직이기 시작하자, 꼭 세서미스트리트에 나오는 인형이 말하는 것 같았다. "강도다. 움직이지 마!" 남자가 영어로 말했다.

큰 소리는 아니었지만, 좁은 실내에서 그 말은 대포 소리처럼 울려 퍼졌다. 해리는 스티네를 유심히 살펴보았다. 남자가 라이플의 공이치기를 잡아당겼다. 차량 행렬의 아득한 소음 사이로 윤활유를 듬뿍 칠한 금속의 매끄러운 찰칵 소리가 들렸다. 보일 듯 말 듯하게 스티네의 왼쪽 어깨가 살짝 내려갔다.

용감한 여자로군. 해리는 생각했다. 아니면 완전히 겁에 질렸거나. 오슬로 경찰대학의 심리학 교수인 에우네의 말에 따르면 사람은 극도로 겁에 질린 상황에서는 사고가 정지해, 머릿속에 입력된 대로만 행동한다고 한다. 따라서 은행 직원들이 대부분 정신 나간 상태에서 경보 장치를 누른다는 것이다. 에우네는 그 근거로 강도 사건 이후에 이뤄진 조사에서 대다수의 은행 직원들이 자신이 알람을 눌렀는지 안 눌렀는지 기억나지 않는다고 했던 진술을 인용했다. 그들은 자동 조종 장치로 움직이는 기계와 다름없었다. 마찬가지로 은행강도의 머릿속에도 자신을 막으려는 사람에게는 누구든 총을 쏘도록 입력되어 있다고 에우네는 말했다. 겁에 질린 은행강도일수록 마음을 돌리도록 설득할 수 있는 확률은 낮아진다. 해리는 온몸이 경직된 채 은행강도의 눈동자에 시선을 고정했

* 머리와 얼굴을 완전히 덮어쓰는 방한용 모자.

16

다. 푸른색 눈동자였다.

강도는 어깨에 메고 있던 검은 배낭을 벗어 창구 너머로 던졌다. 그러고는 여섯 발자국을 걸어가, 창구 안쪽으로 들어가는 출입문 앞에 섰다. 문 위에 걸터앉아 양다리를 들어 문을 훌쩍 넘더니 스티네 바로 뒤에 가서 섰다. 자리에 앉아 있던 스티네는 무표정한 얼굴로 꼼짝하지 않았다. 좋아, 훌륭한 대응이야. 해리는 생각했다. 그녀는 이런 상황에서 어떻게 해야 하는지 알고 있었다. 강도를 자극하지 않기 위해 일부러 그의 시선을 피한 것이다.

강도는 총구를 스티네의 목에 겨누고 몸을 앞으로 내밀어 그녀의 귀에 속삭였다.

스티네는 아직 패닉 상태에 빠지지 않았으나 가슴이 거칠게 들썩였다. 그 때문에 그녀의 하얀 블라우스가 갑자기 팽팽해졌고, 가냘픈 몸은 공기를 충분히 들이쉬려고 안간힘을 쓰는 듯했다. 15초.

스티네가 목청을 가다듬었다. 한 번. 두 번. 마침내 그녀의 성대가 살아났다.

"점장님. 현금인출기 열쇠를 가져오세요." 나지막하고 거친 목소리. 3분 전에 이와 비슷한 말을 했을 때와는 완전히 다른 목소리였다.

해리의 눈에 지점장은 보이지 않았지만, 그는 분명 강도가 침입한 것을 알고 이미 사무실 문간에 나와 있을 것이다.

"빨리요. 안 그러면······." 스티네의 목소리는 거의 들리지 않았다. 정적이 흐르며 쪽모이세공 마루 위를 지나가는 에우구스트 슐츠의 발소리만 들렸다. 마치 두 개의 붓으로 북의 표면을 아주 천천히 쓸어내리는 듯한 소리였다.

"······절 쏠 거예요."

해리는 창밖을 바라보았다. 으레 시동 걸린 차 한 대가 대기하고 있기 마련인데, 그런 차는 보이지 않았다. 그저 지나가는 차량과 사람들의 흐릿한 형체뿐이었다.

"점장님⋯⋯." 그녀가 애원했다.

서둘러요, 지점장. 해리는 마음속으로 외쳤다. 그는 이 노년의 지점장인 헬게 클레멘트센에 대해서도 잘 알고 있었다. 그의 집에서는 스탠더드 푸들 두 마리와 아내, 최근에 남자친구에게 차인 임신한 딸이 그가 돌아오기를 기다리고 있을 것이다. 짐도 다 꾸려놓아서 헬게가 집에 오면 곧장 산장으로 출발할 계획이었다. 그러나 이 순간, 헬게 클레멘트센은 물속에 있는 기분이었다. 아무리 빨리 움직이려 해도 모든 동작이 느려지는 꿈속에 있는 듯했다. 드디어 지점장이 해리의 시야에 들어왔다. 은행강도는 스티네가 앉아 있는 의자를 홱 돌렸다. 그리하여 여전히 그녀의 뒤에 서있으면서 이제는 지점장을 마주 보게 되었다. 말을 무서워하는 아이가 억지로 먹이를 주듯이, 지점장은 멀찍이 떨어진 채 최대한 팔만 뻗어 열쇠 뭉치를 내밀었다. 복면강도는 스티네의 귀에 무어라고 속삭이며 기관총의 총구를 지점장에게로 옮겼다. 지점장은 비틀거리며 뒤로 두 걸음 물러섰다.

스티네가 목청을 가다듬었다. "현금인출기를 열고 그 안의 돈을 꺼내서 검은 배낭에 담으래요."

지점장은 어리둥절한 표정으로 자신을 겨눈 총부리를 바라보았다.

"25초 안에 끝내지 않으면 쏘겠대요. 점장님이 아니라 저를요."

지점장은 마치 할 말이 있는 사람처럼 입을 벌렸다가 다시 다물었다.

"지금부터 시작이에요, 점장님." 스티네가 말했다.

은행강도가 들어온 지 30초가 지났다. 에우구스트 슐츠는 출입문에 거의 다다랐다. 지점장은 현금인출기 앞에 무릎을 꿇고 열쇠 뭉치를 응시했다. 모두 4개의 열쇠가 있었다. "20초 남았어요." 스티네의 목소리가 울려 퍼졌다.

마요르스투엔 경찰서. 해리는 생각했다. 경찰차가 이곳으로 오는 중일 것이다. 여덟 블록 떨어진 거리. 금요일의 러시아워.

지점장은 부들부들 떨리는 손으로 열쇠 하나를 선택해 자물쇠에 밀어 넣었다. 열쇠는 반쯤 들어가다 멈췄다. 지점장은 열쇠를 더 세게 밀어 넣었다.

"17."

"하지만……." 지점장이 입을 열었다.

"15."

지점장은 꽂혀 있던 열쇠를 빼고 다른 열쇠를 선택했다. 이번에는 끝까지 들어갔지만 옆으로 돌아가지 않았다.

"맙소사……."

"13. 초록색 테이프가 붙어 있는 열쇠예요, 점장님."

지점장은 마치 생전 처음 보는 물건인 것처럼 열쇠 뭉치를 바라보았다.

"11."

세 번째로 선택한 열쇠가 열쇠 구멍으로 들어갔다. 그리고 옆으로 돌아갔다. 지점장은 현금인출기의 문을 열더니 스티네와 강도가 있는 쪽으로 몸을 돌렸다.

"잠금장치가 하나 더 있는데……."

"9!" 스티네가 외쳤다.

지점장은 흐느끼면서 손가락으로 열쇠의 들쭉날쭉한 톱니를 더듬었다. 더 이상 눈앞이 보이지 않았기 때문에 톱니를 점자 삼아 어느 것이 맞는 열쇠인지 알아내려 한 것이다.

"7."

해리는 귀를 쫑긋 세웠다. 아직 경찰차 사이렌 소리는 들리지 않았다. 에우구스트 슐츠는 은행 출입문의 손잡이를 움켜잡았다. 열쇠 뭉치가 바닥에 떨어지며 쨍강 하는 금속음이 울렸다.

"5." 스티네가 속삭였다.

은행 문이 열리며 길가의 소음이 실내로 밀려들었다. 얼핏 익숙한 탄식이 멀리서 들리는 것 같았다. 죽어가던 탄식 소리가 다시 높아졌다. 경찰차 사이렌이다. 그러자 문이 닫혔다.

"2. 점장님!"

해리는 눈을 감고 둘을 세었다.

"열었습니다!" 지점장이 외쳤다. 두 번째 잠금 장치가 열려 있었고, 지점장은 엉거주춤한 자세로 현금인출기에 장착된 용기를 꺼내고 있었다. "여기서 돈만 빼면 됩니다! 내가ㅡ."

귀청이 찢어질 듯한 비명 소리가 지점장의 말을 잘랐다. 해리는 반대쪽을 바라보았다. 유모차 옆에 서 있던 여자가 겁에 질린 채 은행강도를 바라보고 있었다. 강도는 스티네의 목에 총구를 밀어넣은 채 미동도 하지 않았다. 여자는 눈을 두 번 깜빡이더니 말없이 유모차 쪽으로 고갯짓을 했다. 아기의 비명 소리가 점점 더 높아졌다.

현금인출기에서 첫 번째 용기를 빼내던 지점장은 하마터면 뒤로 넘어질 뻔했다. 그는 검은 배낭을 끌어당겼다. 6초 안에 모든 돈이 가방에 담겼다. 지점장은 명령대로 배낭의 지퍼를 올리고,

창구 옆에 가서 섰다. 모든 명령은 스티네의 입을 통해 전달되었다. 이제 그녀의 목소리는 놀라울 정도로 차분했고 흔들림이 없었다.

1분 3초 만에 은행털이는 끝났고, 돈은 배낭에 담겼다. 2~3분 후면 첫 번째 경찰차가 도착할 것이다. 4분 후에는 다른 경찰차들이 은행 주변의 도주로를 차단할 것이다. 분명 강도의 몸 안에 있는 세포 하나하나가 어서 도망치라고 소리를 질러댈 것이다. 그런데 다음 순간, 해리로서는 도저히 이해할 수 없는 일이 벌어졌다. 도무지 납득이 되지 않았다. 강도가 달아나기는커녕 스티네의 의자를 돌려 그녀를 마주 본 것이다. 그러더니 몸을 앞으로 내밀어 그녀의 귀에 무어라 속삭였다. 해리는 실눈을 떴다. 요즘 시력이 나빠진 탓에 진작 안과에 가서 검사를 받았어야 했다. 하지만 그래도 분명히 보였다. 스티네는 얼굴 없는 가해자에게 시선을 고정하고 있었다. 그녀는 강도가 속삭였던 말의 의미를 점점 깨닫는 듯했고, 그에 따라 그녀의 얼굴도 서서히 조금씩 바뀌어갔다. 양쪽 눈 위로 두 개의 S자 모양을 이루고 있던 가늘고 가지런한 눈썹은 그녀의 얼굴에서 튀어나올 듯했다. 윗입술은 뒤틀려 위로 올라가고, 입꼬리는 아래로 끌려 내려가 기괴한 미소를 짓고 있었다. 유모차 안의 아기는 울음을 터뜨렸을 때와 마찬가지로 느닷없이 울음을 그쳤다. 해리는 숨을 혁 들이쉬었다. 지금 이 장면이 너무도 눈에 익었기 때문이다. 이는 한 사람이 다른 사람에게 사형을 선고하는 찰나의 대표적인 장면이었다. 무력한 피해자와 거기서 두 뼘 떨어진 복면강도의 얼굴. 사형집행인과 사형수. 총구는 스티네의 목을 겨누었고, 목에 걸린 가느다란 목걸이에는 작은 황금색 하트가 달려 있었다. 눈에 보이지는 않아도 얇은 피부 밑으로 쿵쿵 뛰는 그녀의 맥박이 느껴졌다.

희미한 통곡 소리. 해리는 귀를 쫑긋 세웠다. 하지만 그것은 경찰차 사이렌이 아니라 옆방에서 울리는 전화 소리였다.

복면강도는 몸을 돌려 창구 뒤쪽 천장에 달린 감시 카메라를 올려다보았다. 검은 장갑을 낀 손을 들어 올려 다섯 손가락을 쫙 펴더니 다시 주먹을 쥐고는 검지만 쭉 폈다. 총 여섯 개의 손가락. 6초를 초과했다는 뜻이다. 그는 다시 스티네에게로 몸을 돌렸다. 양손으로 총을 잡아 허리 높이로 들고 총구를 그녀의 머리에 겨누더니, 반동을 대비해 양다리를 살짝 벌렸다. 전화가 계속 울렸다. 1분 12초. 마치 누군가에게 작별 인사를 하려는 듯이 스티네가 손을 반쯤 들어 올리자, 다이아몬드 반지가 반짝 빛났다.

강도가 방아쇠를 당긴 시각은 정확히 15시 22분 22초였다. 날카롭고 공허한 총성. 목이 부러진 인형처럼 스티네의 머리가 춤을 추자, 의자가 뒤로 기울어지더니 이윽고 완전히 넘어가버렸다. 그녀의 머리가 책상 가장자리에 부딪치며 쿵 소리가 났고, 그녀는 그대로 해리의 시야에서 사라져버렸다. 창구 위의 유리 칸막이에 붙어 있던 포스터, 노르데아 은행의 새로운 연금 저축을 홍보하는 포스터도 더는 보이지 않았다. 유리가 핏빛으로 물들어버렸기 때문이다. 끈질기게 울려대는 성난 전화벨 소리만 들릴 뿐 주위는 고요했다. 복면강도는 배낭을 집어 들었다. 해리는 결정을 내려야 했다. 강도가 창구를 뛰어넘자, 해리는 마음의 결정을 내렸다. 단숨에 의자에서 일어나 여섯 걸음 만에 그곳에 도착했다. 그러고는 전화기를 집어 들었다.

"말해!"

정적이 흐르며 거실의 텔레비전에서 흘러나오는 경찰차 사이렌 소리, 이웃집에서 틀어놓은 파키스탄 가요, 마드센 부인으로 짐작 되는 육중한 발걸음이 계단을 올라오는 소리만 들렸다. 그러더니 전화기 너머에서 부드러운 웃음소리가 들렸다. 오래전 만남에서 들었던 웃음이었다. 만난 지 오래되어서라기보다는 그저 멀게 느 껴지는 만남. 이따금씩 모호한 소문이나 새빨간 거짓말이 되어 그 에게 되돌아오는 과거사의 70퍼센트처럼. 하지만 이번만큼은 그 가 확인할 수 있는 이야기였다.

"아직도 그런 마초 같은 태도로 전화를 받는 거야, 해리?"

"안나?"

"어머, 족집게네."

해리의 뱃속에 기분 좋은 온기가 밀려들었다. 위스키를 마실 때 처럼. 아주 똑같지는 않았지만. 반대편 벽에 핀으로 붙여 놓은 사 진이 거울에 비쳤다. 어린 시절, 그와 누이동생 쇠스가 여름 방학 을 맞아 비트스텐에 놀러 갔을 때 찍은 사진이었다. 사진 속에서 그들은 자신에게 나쁜 일은 절대 일어날 리 없다고 믿는 어린아이 들만의 미소를 짓고 있었다.

"일요일 저녁인데 뭐 하고 있었어, 해리?"

"글쎄." 해리는 자신도 모르게 그녀의 목소리를 흉내 내고 있었 다. 살짝 너무 저음이면서, 살짝 너무 미적거리는 목소리. 일부러 그런 것은 아니었다. 적어도 지금은. 그는 헛기침을 하고는 목소 리를 좀 더 중간음으로 끌어올렸다. "일요일 저녁에 사람들이 주 로 하는 일."

"그게 뭔데?"

"비디오 감상."

3

하우스 오브 페인

"비디오를 보셨다고요?"

할보르센 경관이 의자에 등을 기대며 아홉 살 연상인 해리 홀레 반장을 바라보자, 낡은 의자가 항의하듯 비명을 질렀다. 할보르센의 순진하고 앳된 얼굴에 어이없다는 표정이 떠올랐다.

"그랬다니까." 해리는 엄지와 검지로 양쪽 눈 밑의 얇은 피부를 잡아당겨 충혈된 눈동자를 보여주었다.

"주말 내내요?"

"토요일 아침부터 일요일 저녁까지."

"그럼 최소한 금요일 저녁은 재미있게 놀았다는 뜻이네요." 할보르센이 말했다.

"그랬지." 해리는 코트 주머니에서 푸른색 폴더를 꺼내 할보르센 맞은편의 자기 책상에 내려놓았다. "목격자 진술서를 읽으면서."

이번에는 코트의 반대쪽 주머니에서 회색 포장지의 프렌치 콜로니얼 커피를 꺼냈다. 두 사람은 그뢴란에 위치한 경찰청 7층의 레드존, 거기서도 복도 거의 맨 끝에 있는 사무실을 함께 쓰고 있

었다. 두 달 전 그들은 란실리오 실비아 에스프레소 머신을 구입
했는데, 그 기계는 지금 서류 캐비닛 위의 명당자리를 차지하고
있었다. 에스프레소 머신 위쪽으로는 책상에 두 다리를 올린 채
앉아 있는 여자의 사진이 걸려 있었다. 주근깨가 있는 여자의 얼
굴은 찡그린 것 같았지만 사실은 웃음을 참지 못할 때의 표정이었
다. 사진 속 배경은 바로 사진이 걸려 있는 이 사무실의 벽이었다.

"경찰 네 명 중에서 셋이 '재미없는uinteressant'의 철자를 틀린다는
거 알아?" 해리가 옷걸이에 코트를 걸으며 말했다. "주로 t와 r 사
이의 e를 빼먹거나, 아니면―."

"재미있네요."

"자넨 주말에 뭐 했어?"

"금요일에는 어떤 익명의 머저리가 차량 폭탄 테러를 경고해준
덕분에 미국 대사관저 앞을 지켰죠. 물론 장난 전화였지만, 요즘
시국이 워낙 민감해서 저녁 내내 그곳에 대기했어요. 토요일에는
또다시 운명의 여자를 찾아 나섰죠. 일요일에는 그런 여자 따위는
존재하지 않는다는 결론을 내렸고요. 목격자 진술서에서 뭐 좀 건
지셨어요?" 할보르센은 커피를 덜어 이중 필터 안에 넣었다.

"꽝이야." 해리가 스웨터를 벗으며 말했다. 스웨터 안에 입은
진회색 티셔츠는 원래 검정색이었는데, 빛바랜 글씨로 'Violent
Femmes*'라고 적혀 있었다. 그가 의자에 털썩 앉자 의자가 신음
했다. "지금까지 은행 주변에서 범인을 봤다고 신고한 사람이 한
명도 없어. 은행 건너편에 있는 세븐일레븐에서 나오다가 우연히
범인을 본 사람이 전부야. 그 사람 말에 의하면, 범인은 인두스트

* 바이올런트 팜므. 미국의 록밴드.

25

리 가를 뛰어가고 있었는데 머리에 쓴 발라클라바 때문에 눈에 띄었대. 은행 밖에 설치된 감시 카메라로 확인했더니, 실제로 세븐일레븐 앞에서 범인이 목격자를 지나치는 장면이 찍혔더군. 하지만 그게 전부야. 그 목격자의 진술에서 유일하게 재미있는 사실은 범인이 인두스트리 가를 두 번이나 건너갔다는 거야."

"어느 길로 갈지 갈팡질팡했나 보네요. 저한테는 별로 재미없는 얘긴데요." 할보르센은 포타필터 손잡이에 이중 필터를 넣었다. "'e' 두 개와 'i' 하나, 's' 두 개가 들어간 '재미없는uinteressant'요."

"자넨 은행털이에 대해 잘 모르는군. 그렇지, 할보르센?"

"알아야 할 필요가 없죠. 우리가 할 일은 살인범을 잡는 거니까. 은행털이는 헤드마르크 주에서 온 친구들이 알아서 할 거예요."

"헤드마르크?"

"강도수사과에 가보고도 모르셨어요? 사방에서 사투리가 들리고, 니트 카디건이 보이잖아요. 그런데 하려던 말씀이 뭐였어요?"

"빅토르."

"탐지견 조련사요?"

"일반적으로 사건이 터지면 탐지견이 제일 먼저 도착하지. 노련한 은행털이범들도 그 사실을 익히 알고 있어. 훌륭한 탐지견은 범인의 족적을 따라갈 수 있지. 하지만 범인이 도로를 건너고, 그 사이로 차들이 지나갔다면 개는 냄새를 놓치기 마련이야."

"그래서요?" 할보르센은 탬퍼로 커피를 꾹꾹 누르다가 살짝 비틀어 표면을 매끄럽게 다듬는 것으로 마무리했다. 그의 주장에 따르면 이 마지막 동작으로 프로와 아마추어가 갈렸다.

"이로써 상대가 노련한 은행털이범일 거라는 우리의 심증은 더욱 굳어졌지. 그 사실만으로도 다른 은행강도 수사 때보다 용의자가 확 줄어들 거야. 강도수사과 책임자가 말하기를—."

"이바르손 경정님 말이에요? 두 분은 안 친한 줄 알았는데요?"

"안 친해. 이바르손이 수사팀 전체에게 한 말이야. 그의 말에 따르면 오슬로에는 약 100명의 은행털이범이 있대. 그중 50명은 너무 멍청하거나 약에 취했거나 미친놈들이라서 거의 매번 잡힌다는군. 그나마 절반은 이미 감옥에 있으니까 이쪽은 무시해도 돼. 나머지 50명 중에서 40명은 손놀림이 뛰어난 실력자래. 이 사람들은 누군가 계획을 잘 세워줘야만 무사히 빠져나갈 수 있다더군. 나머지 열 명이 진짜 프로인데, 현금수송차량이나 현금을 관리하는 외주업체를 공격하지. 놈들을 잡으려면 행운이 필요해. 우리쪽 잠입요원들이 여기 속하는 녀석들을 늘 예의 주시하는데, 현재 놈들의 알리바이를 조사 중이래." 해리는 서류 캐비닛 위에서 부글거리는 에스프레소 머신을 힐끗 쳐다보았다. "그리고 토요일에 과학수사과의 베베르와 얘기를 좀 했어."

"베베르는 이달에 은퇴하는 줄 알았는데요."

"누군가의 계산 착오였어. 내년 여름까지는 근무할 거야."

할보르센이 큭큭 웃었다. "그렇지 않아도 뚱한 얼굴이 더 뚱해졌겠군요."

"맞아. 그런데 그것 때문만은 아니야. 그쪽 팀이 아무것도 찾아내질 못했거든."

"아무것도요?"

"지문 하나, 머리카락 한 올도 없어. 심지어 섬유조각도. 물론 발자국으로 보아 신발은 완전히 새것이었고."

"그럼 다른 사건의 신발 자국과 마모 패턴도 비교할 수 없겠네요?"

"정─답." 해리가 '정'을 길게 발음하며 말했다.

"은행을 턴 무기는요?" 할보르센은 그렇게 물으며 커피가 담긴 잔 하나를 해리의 책상에 내려놓았다. 그러고는 고개를 들어보니, 해리의 왼쪽 눈썹이 위로 솟구쳐 짧게 자른 금발 속으로 들어갈 지경이었다. "죄송해요. 살인 무기라고 정정할게요."

"고마워. 무기는 나오지 않았어."

할보르센은 해리의 맞은편 책상에 앉아 커피를 홀짝였다. "그러니까 한마디로 이거네요. 한 남자가 백주대낮에 사람들로 붐비는 은행에 걸어 들어가 200만 크로네를 강탈하고, 여자까지 죽였다. 그러고는 유유히 걸어 나가 노르웨이 수도 한복판에 있는, 비교적 인적이 드물기는 해도 차량 통행량이 엄청나게 많은데다 경찰서에서 불과 몇백 미터 떨어지지 않은 거리로 도망쳤다. 그리고 나라의 녹을 먹는 우리 경찰은 수사를 계속할 단서가 하나도 없다."

해리는 천천히 고개를 끄덕였다. "딱 하나 있지. 은행 안의 감시 카메라에 찍힌 영상."

"제가 아는 반장님이라면 아마 지금쯤은 그 영상을 1초 단위로 기억하고 계실 테고요."

"아니. 10분의 1초."

"목격자 진술서도 토씨 하나 안 틀리고 외우고 계시겠죠."

"에우구스트 슐츠의 진술만. 전쟁에 관한 재미있는 사실이 많이 적혀 있더군. 의류 업계의 경쟁자들 이름이 줄줄이 적혀 있는데, 다들 2차 세계대전 당시 그의 집안 재산을 몰수하도록 지지해준 소위 착한 노르웨이인들이지. 슐츠 씨는 그자들이 지금 뭘 하고 있는지도 정확히 알고 있더군. 하지만 정작 그날 은행에 강도가 들었다는 건 전혀 모르고 있었어."

두 사람은 말없이 커피를 마셨다. 창문으로 빗줄기가 후드득 떨어졌다.

"그렇게 사는 게 좋은 거죠?" 느닷없이 할보르센이 말했다. "주말 내내 방에 틀어박혀 귀신을 좇는 거요."

해리는 미소만 지을 뿐 대답하지 않았다.

"이젠 지켜야 할 가정이 생겼으니 나 홀로 족에서 탈퇴한 줄 알았는데요."

해리는 어린 후배에게 꾸짖듯이 얼굴을 찡그려 보였다. "가정이 생겼다고는 할 수 없어." 그가 천천히 대답했다. "아직 함께 사는 것도 아니고."

"그거야 그렇죠. 하지만 라켈에게 어린 아들이 있어서 상황이 좀 다르지 않나요?"

"올레그." 해리는 서류 캐비닛 쪽으로 걸어갔다. "두 사람은 지난주 금요일에 모스크바로 갔어."

"그래요?"

"거기서 재판이 열리거든. 올레그의 친부가 양육권을 원해."

"아, 그랬죠? 친부는 어떤 사람이에요?"

"흠." 해리는 에스프레소 머신 위쪽에 비뚜름하게 걸린 사진을 바로잡았다. "라켈이 모스크바에서 일하던 시절에 만나 결혼한 대학교수야. 정치적으로 대단한 영향력을 행사하는 부유하고 유서 깊은 가문 출신이지, 라고 라켈이 말하더군."

"그럼 알고 지내는 판사들도 좀 있겠네요, 네?"

"당연하지. 하지만 괜찮을 거야. 다들 그 작자가 알코올 중독이라는 걸 알고 있으니까. 머리는 좋은데 통제력이 없는 알코올 중독자. 그런 타입 알지?"

"알 거 같아요."

해리가 눈을 들어 쏘아보자, 할보르센의 얼굴에서 미소가 사라졌다.

해리에게 음주 문제가 있다는 것은 경찰청 직원이라면 누구나 다 아는 사실이었다. 하지만 요즘에는 알코올 중독이라는 이유만으로 공무원을 해고할 수 없다. 취중 근무만이 해고 사유였다. 지난번 해리의 알코올 중독이 도졌을 때 경찰청 윗선에서는 그를 해고해야 한다는 의견이 분분했다. 하지만 강력반 책임자인 비아르네 묄레르 경정은 당시 상황의 특수성을 고려해달라며 해리를 감쌌다. 그 상황의 특수성이란 에스프레소 머신 위쪽에 걸린 사진 속 주인공인 엘렌 옐텐이 아케르셀바 강 옆에서 야구방망이로 맞아 죽은 사건이었다. 해리는 파트너이자 절친한 친구였던 엘렌의 죽음을 극복하려 노력했지만, 아직 상처가 남아 있었다. 특히나 그가 생각하기에 사건이 결코 만족스럽게 해결되지 않았으므로 상처는 더욱 쓰렸다. 당시 해리와 할보르센은 신나치주의자인 스베레 올센을 범인으로 지목하는 법의학적 증거를 찾아냈다. 그런데 그 사실을 알게 된 톰 볼레르 경감이 한시라도 범인을 빨리 체포하겠다며 올센의 집을 방문했다. 올센은 그런 볼레르에게 총을 쏘았고, 결국 볼레르가 정당방위로 쏜 총에 맞아 사망한 모양이었다. 어디까지나 볼레르가 제출한 보고서에 의하면 그러했다. 현장 감식반이나 경찰 특별수사기관인 SEFO의 조사 결과도 볼레르의 진술과 일치했다. 하지만 올센이 엘렌을 살해한 동기는 끝내 밝혀지지 않았다. 그저 최근 몇 년간 오슬로에 총기가 넘쳐난 원인인 무기 밀매에 올센이 가담했고, 엘렌에게 우연히 꼬리가 밟혔을 거라고 짐작할 뿐이었다. 하지만 올센은 그저 심부름꾼에 불과했다.

그 배후 세력에 대한 수사는 여전히 오리무중이었다.

해리는 경찰청 맨 위층에 있는 국가정보국에서 잠시 일하다가 엘렌 엘텐 사건을 수사하기 위해 다시 강력반에 지원했다. 국가정보국은 너무도 흔쾌히 해리를 보내주었고, 묄레르 경정은 그를 다시 강력반으로 데려올 수 있어서 기뻐했다.

"잠깐 위층에 들러서 이바르손에게 이걸 주고 올게." 해리가 비디오테이프를 흔들며 웅얼거렸다. "새로 들어온 천재에게 이걸 보여주고 싶대."

"천재요? 그게 누군데요?"

"올여름에 경찰대학을 졸업한 친군데 비디오테이프만 보고 벌써 은행강도 사건을 세 개나 해결했다나 봐."

"와. 예뻐요?"

해리는 한숨을 쉬었다. "너희 어린 놈들은 어쩌면 생각하는 게 그리 뻔한지. 난 유능한 친구였으면 좋겠어. 유능하기만 하다면 예쁘든 말든 상관없어."

"여자인 건 확실해요?"

"아들에게 베아테라고 이름을 지어주는 부모는 없겠지?"

"왠지 예쁠 거 같아요."

"아닐 거야." 해리는 그렇게 말하며 머리를 숙이고 문틀 아래를 지나갔다. 192센티미터의 키로 살면서 몸에 밴 습관이었다.

"왜요?"

복도에서 해리의 대답이 들려왔다. "유능한 경찰은 못생긴 법이니까."

*

베아테 뢴은 첫눈에 예쁘다 혹은 못생겼다로 단정짓기 힘든 외모의 소유자였다. 못생긴 얼굴은 아니었다. '인형 같다'라는 말을 들을 수도 있는 외모였다. 하지만 그런 말을 듣는다면 그것은 아마도 그녀가 작기 때문일 것이다. 얼굴, 코, 귀 심지어 몸짓까지 모두 그러했다. 그녀의 외모에서 가장 두드러진 특징은 창백함이었다. 특히 백짓장 같은 피부와 옅은 색의 머리카락은 예전에 해리가 엘렌과 함께 부네피오르에서 찾아냈던 시신을 연상시켰다. 하지만 그 시신과 달리, 베아테 뢴은 잠깐만 얼굴을 돌려도 어떻게 생겼는지 잊어버릴 것 같았다. 설사 그렇다 해도 그녀는 전혀 서운해하지 않을 테지만. 자신의 이름을 말할 때도 작은 소리로 웅얼거렸고, 작고 축축한 손으로 해리와 악수를 하자마자 얼른 손을 빼었기 때문이다.

"알다시피 홀레 반장은 이 건물에서 전설적인 존재지." 루네 이바르손 경정이 그들에게 등을 돌린 채 열쇠 꾸러미를 만지작거리며 말했다. 그들 앞에 보이는 회색 철문 위에는 고딕체로 '하우스 오브 페인THE HOUSE OF PAIN'이라고 적혀 있었다. 그리고 그 밑에 '회의실 508호'라고 덧붙여져 있었다. "안 그런가, 홀레?"

해리는 대답하지 않았다. 이바르손이 어떤 의미로 전설적 인물이라는 표현을 썼는지 정확히 알고 있기 때문이다. 지금까지 이바르손은 해리가 경찰청의 오점이며 진작 해고되었어야 한다는 자신의 견해를 공공연히 드러내왔다.

마침내 이바르손이 문을 열었고, 세 사람은 안으로 들어갔다. 하우스 오브 페인은 강도수사과에 배정된 방으로 감시 카메라에 녹화된 영상을 연구, 편집, 복사하는 곳이었다. 방 가운데 큼지막한 테이블 하나와 책상 세 개가 있으며 창문은 없었다. 벽에는 비디오테이프가 꽂힌 선반, 지명수배 중인 강도들의 포스터 열두

장, 대형 스크린, 오슬로 지도와 범인 체포를 기념하는 다양한 전리품들이 걸려 있었다. 예를 들어 문 옆에는 스웨터의 소매 두 쪽이 걸려 있었는데, 소매에는 눈과 입을 내놓을 수 있는 구멍 세 개가 뚫려 있었다. 그 외에도 회색 컴퓨터며 검은색 텔레비전 모니터, 비디오 겸 디브이디 플레이어와 함께 정체를 알 수 없는 기계까지 여러 대 있었다.

"그래, 강—력반에서는 감시 카메라 테이프를 보고 뭘 좀 건지셨나?" 의자에 털썩 앉으며 이바르손이 물었다. 그는 강력반의 '강'을 과장되게 늘여 뺐다.

"뭐 약간요." 비디오테이프가 꽂힌 선반으로 다가가며 해리가 말했다.

"약간?"

"대단한 건 아닙니다."

"지난 9월 내가 구내식당에서 했던 강의에 오지 그랬나. 내 기억이 틀리지 않다면, 강력반만 빼고 모든 부서가 다 참석했지."

이바르손은 키가 크고, 팔다리가 길었으며 푸른 눈동자 위로 곱슬곱슬한 앞머리가 내려와 있었다. 얼굴은 휴고 보스 같은 독일 브랜드의 광고 모델처럼 남성적 매력이 물씬 풍겼다. 다년간 여름 오후를 테니스장에서 보내고 가끔은 헬스장의 일광욕실까지 이용한 덕분에 피부가 아직도 구릿빛일 것이다. 한마디로 루네 이바르손은 대부분의 사람들이 미남이라고 부를 만한 얼굴이었고, 그런 이유로 외모와 유능한 경찰 간의 상관관계에 대한 해리의 이론을 뒷받침하는 산 증인이었다. 그러나 그에게는 수사관으로서의 부족한 자질을 보완하는 타고난 정치 감각과 경찰청 고위층 내에 자기편을 만들어두는 능력이 있었다. 게다가 많은 사람들은 그의 선

천적 자신감을 리더로서의 자질로 착각했다. 이바르손의 경우, 그 자신감은 오로지 자신의 단점에 철저히 무지하다는 축복에서 비롯되었는데 말이다. 그런 자질 덕분에 언젠가 그는 최고의 자리에 올라 직간접적으로 해리의 상관이 될 것이다. 처음에는 평범한 인재가 승승장구하며 수사 일선에서 물러나는 것에 대해 해리도 아무 불만이 없었다. 하지만 이바르손 같은 사람들이 위험한 이유는 그들이 언제든 쉽게 수사에 개입해, 정말로 유능한 수사관들에게 이래라저래라 명령하려 든다는 것이다.

"강력반 직원들이 꼭 들어야 할 내용이라도 있었나요?" 비디오테이프에 일일이 손으로 적어 붙인 작은 라벨을 손가락으로 죽 훑으며 해리가 물었다.

"아닐 수도 있지. 사건을 해결해주는 사소한 단서에 관심이 없다면 말이야." 이바르손이 말했다.

해리는 자신이 그 강의를 들으러 가지 않았던 이유를 말해주고 싶은 충동을 느꼈다. 예전에 그의 강의를 들은 사람들이 한 말 때문이었다. 이바르손이 하는 강의의 유일한 목적은 오로지 자신이 강도수사과 책임자가 된 이후로 범인 검거율이 35퍼센트에서 50퍼센트로 높아졌다는 것을 모두에게 알리는 것뿐이라는 말. 그가 강도수사과 책임자로 부임한 시기에 때마침 강도수사과 인력이 두 배로 늘어났고, 수사권도 전반적으로 넓어졌으며, 그와 동시에 최악의 수사관이었던 자신이 수사 일선에서 물러나게 된 사실은 쏙 빼놓은 채 말이다. 하지만 해리는 그 충동을 잘 참아냈다.

"저도 그쪽에는 꽤 관심이 있는 편입니다. 그러니 이 사건은 어떤 사소한 단서로 해결되었는지 알려주시죠." 해리는 선반에서 비디오테이프 하나를 뽑아 들고, 라벨에 적힌 글씨를 읽었다.

"1994년 11월 20일. 망레루드의 노르웨이 저축은행."

이바르손은 껄껄 웃었다. "기꺼이 말해주지. 그 사건은 아주 전형적인 방식으로 해결됐다네. 범인들은 알나브루의 쓰레기 처리장에서 도주 차량을 바꿔 타면서 먼저 탔던 차를 태워버렸지. 그런데 그 차가 전소되지 않은 거야. 우리는 타다 남은 차의 잔해에서 범인의 장갑을 발견했고, 거기서 DNA를 찾아냈지. 우리 수사관들이 감시 카메라에 찍힌 화면을 판독한 결과, 전과자 중에서 유력한 용의자를 몇 명 추려냈는데 그중에 DNA가 일치하는 놈이 나왔어. 그 멍청이는 은행 천장에 총을 쐈다는 이유로 4년 형을 받았지. 또 궁금한 점 있나, 홀레?"

"흠." 해리는 비디오테이프를 만지작거렸다. "어디에서 찾아낸 DNA였나요?"

"말했잖나. 일치하는 DNA를 찾아냈다고." 이바르손의 왼쪽 눈꼬리가 실룩거리기 시작했다.

"그건 아는데, 그 DNA가 어디서 나왔죠? 각질? 아니면 손톱? 혈액?"

"그게 중요한가?" 이바르손이 날카롭고 성마른 목소리로 말했다.

해리는 그만 입을 다물라고 스스로를 타일렀다. 이런 돈키호테 같은 부류에게 모욕감을 주려고 해봐야 헛일이었다. 어차피 이바르손 같은 사람들은 절대 깨닫는 법이 없으니까.

"아닐 수도 있죠." 자신도 모르게 해리가 대답했다. "사건을 해결해주는 사소한 단서에 관심이 없다면 말입니다."

이바르손이 해리를 쏘아보았다. 유달리 방음이 잘되는 방이었던 탓에 침묵이 모두의 귀를 짓누르는 듯했다. 이바르손이 대답하려고 입을 열었다.

"손마디에 난 털이었어요."

두 남자는 몸을 돌려 베아테 뢴을 바라보았다. 해리는 그녀가 그곳에 있다는 사실마저 거의 잊고 있었다. 그녀는 두 사람을 번갈아 바라보더니 속삭이듯이 반복했다. "손마디에 난 털. 손가락에 나는 털인데…… 그걸 뭐라고 하죠?"

이바르손이 헛기침을 했다. "자네 말이 맞아. 털이었어. 굳이 더 상세하게 말할 필요는 없지만 아마 손등의 털이었을 거야. 안 그런가, 베아테?" 이바르손은 대답을 기다리지 않고 자신의 큼지막한 손목시계를 톡톡 쳤다. "난 그만 가봐야겠어. 즐겁게 관람하라고."

이바르손 뒤로 문이 쾅 닫히자, 베아테는 해리의 손에서 비디오테이프를 낚아챘다. 다음 순간 비디오 플레이어가 웅 소리와 함께 테이프를 빨아들였다.

"왼손 장갑에서 나온 털 두 가닥이었어요. 손마디의 털이었죠. 그리고 알나브루가 아니라 카리하우겐에 있는 쓰레기 처리장이었고요. 하지만 4년 형을 받은 건 맞아요."

해리는 놀란 표정으로 그녀를 바라보았다. "사건 발생 당시에 자넨 꽤 어렸을 텐데?"

베아테는 어깨를 으쓱이며 리모컨의 재생 버튼을 눌렀다. "보고서만 읽으면 누구나 알 수 있죠."

"흠." 해리는 그녀의 옆모습을 빤히 바라보다가 의자에 앉았다. "이놈도 손마디의 털을 남겼는지 한번 보자고."

비디오 플레이어가 신음 소리를 냈고, 베아테는 불을 껐다. 테이프 맨 앞의 푸른색 영상이 그들을 비추는 동안, 해리의 머릿속에서는 다른 필름이 돌아갔다. 채 2초도 못 되는 짧은 필름이었다. 필름 속 배경은 섬광등의 푸른빛에 잠긴 워터프론트 클럽. 오래전에 사라진 아케르 브뤼게의 클럽이었다. 미소 짓는 갈색 눈동자의 여인이 음악 소리를 뚫고 그에게 뭐라고 외치고 있었다. 이름도 모르는 여자였다. 그 클럽에서는 주로 카우펑크*를 연주했는데, 그때 흘러나오던 음악은 제이슨 앤드 더 스코처스의 'Green on Red'였다. 그는 앞에 있던 콜라에 짐 빔을 부었고, 여자의 이름이 뭔지 신경 쓰지 않았다. 하지만 다음 날 밤에는 그녀의 이름을 알게 되었다. 원래는 선수상**이었던 머리 없는 말이 장식된 침대에 누워 계류용 밧줄을 풀고, 둘만의 처녀항해를 시작하면서. 어젯밤 전화에서 그녀의 목소리를 다시 들은 후로 해리의 뱃속에서는 온기가 느껴졌다.

녹화 테이프의 영상이 시작되었다.

바닥을 가로질러 창구로 다가가는 노인의 모습이 5초마다 다른 카메라로 비춰졌다.

"TV2의 토르킬센이네요." 베아테 뢴이 말했다.

"아냐. 저 노인은 에우구스트 슐츠야." 해리가 말했다.

"그게 아니라 편집한 사람요. TV2에서 일하는 토르킬센의 솜씨라고요. 여기저기서 잠깐씩 끊어지잖아요……."

"끊어져? 그걸 어떻게 알지……?"

"단서야 많죠. 배경을 계속 지켜보세요. 은행 앞 도로에 빨간색 마스다 자동차가 보이죠? 화면이 바뀔 때 마스다가 두 카메라의 중앙에 있잖아요. 한 사물이 동시에 두 곳에 있을 수는 없으니까

---

* 펑크록에 컨트리 음악이나 포크, 블루스가 혼합된 장르.
** 뱃머리에 부착되는 장식용 상(像).

요."

"그렇다면 누군가 녹화 테이프를 조작했다는 뜻이야?"

"천만에요. 은행 안에 있는 감시 카메라 여섯 대와 은행 밖에 있는 카메라 한 대가 찍는 영상은 모두 한 테이프에 녹화돼요. 원래 테이프에서는 한 카메라에서 다른 카메라로 영상이 재빨리 이동하기 때문에 흐릿하게 보이죠. 따라서 좀 더 오랫동안 일관된 시퀀스를 유지하려면 편집이 필요해요. 우리 쪽 인력이 모자랄 때는 가끔씩 방송국 사람들에게 일을 맡기기도 하죠. 토르킬센 같은 방송국 편집자들은 영상을 좀 더 매끈하게 다듬기 위해 타임코드를 조작해요. 직업적 신경증 같아요."

"직업적 신경증이라." 해리가 따라 했다. 이상하게 젊은 아가씨보다는 중년 여성의 입에서 나올 법한 말이라는 생각이 들었다. 어쩌면 해리의 생각보다 나이가 많은 게 아닐까? 불이 꺼지자마자 그녀는 어딘가 변한 듯했다. 검은 실루엣으로 보이는 몸동작은 아까보다 여유가 있었고, 목소리에는 힘이 들어가 있었다.

강도가 은행 안으로 들어와 영어로 외쳤다. 그의 목소리는 마치 이불을 뒤집어쓴 사람처럼 아득하고 답답하게 들렸다.

"외국인일까?" 해리가 물었다.

"노르웨이인이에요. 자신의 사투리나 억양, 예전의 은행강도 사건과 연관 지을 수 있는 특정 단어들을 들키지 않으려고 일부러 영어를 쓴 거예요. 표면이 매끈한 옷을 입고 있네요. 저런 옷을 입으면 도주 차량이나 은신처, 집을 찾아내는 단서가 되어줄 섬유가 전혀 떨어지지 않죠."

"흠. 또 다른 건?"

"머리카락이나 땀 같은 DNA 흔적을 남기지 않기 위해서 옷의 트인 부분을 테이프로 모두 봉했어요. 바짓단을 테이프로 부츠에 붙인 게 보이죠? 소매도 역시 테이프로 장갑에 붙였고요. 아마 머리 둘레에도 테이프를 붙이고 눈썹은 아예 밀어버렸을걸요?"

"그럼 프로로군."

베아테는 어깨를 으쓱였다. "은행강도 사건의 80퍼센트는 알코올이나 약물에 취한 사람들이 채 일주일도 안 되는 준비 기간을 거쳐 저지르죠. 하지만 이 경우는 아주 철저히 준비했고, 범인은 약에 취한 상태가 아닌 것 같아요."

"그걸 어떻게 알지?"

"조명과 카메라가 더 좋았다면, 영상을 확대해서 범인의 동공을 볼 수 있었을 거예요. 하지만 그렇질 못하니까 범인의 몸짓 언어로 판단할 수밖에요. 차분하고 신중하게 움직이는 게 보이죠? 설사 약물에 취했다 해도 각성제나 암페타민 종류는 아닐 거예요. 아마 로힙놀이겠죠. 강도들에게 인기가 많은 약물이에요."

"왜지?"

"은행을 턴다는 건 극도로 긴장되는 경험이에요. 중요한 건 속도가 아니라 차분함이죠. 작년에 한 강도가 자동기관총을 들고 솔리 광장에 있는 덴노르스케 은행에 쳐들어갔어요. 천장과 벽에 총을 갈겨대고는 돈도 요구하지 않은 채 그냥 나가버렸죠. 나중에 범인은 판사에게 자신이 암페타민을 너무 많이 먹어서 어떻게든 분출해야 했다고 말했어요. 이런 표현은 좀 이상하지만, 전 로힙놀을 복용한 은행강도가 더 좋아요."

해리는 고갯짓으로 모니터를 가리켰다. "1번 창구에 앉은 스티네 그레테의 어깨를 봐. 경보 장치를 누른 거야. 그러자 갑자기 녹화 테이프의 음질이 좋아졌어. 왜지?"

"경보 장치가 녹화 장비와 연결되어 있으니까요. 경보기가 작동하는 순간, 테이프가 훨씬 더 빨리 돌기 시작하죠. 그래서 음질과 영상이 좋아지는 거예요. 범인의 목소리를 분석할 수 있을 정도로요. 이제부터는 영어로 말해도 소용없죠."

"사람들 말대로 정말 목소리가 단서가 되는 거야?"

"사람의 목소리는 지문과 같아요. 노르웨이 과학기술 대학에 있는 전문가에게 범인의 입에서 나온 단어 열 개만 녹음해서 보내주면, 95퍼센트의 정확도로 일치하는 목소리 두 개를 찾아주죠."

"흠. 하지만 경보기가 울리기 전의 음질로는 안 된다는 말이지?"

"신뢰도가 떨어지죠."

"그래서 범인이 처음에는 영어로 외치고, 경보기가 작동된 후에는 스티네 그레테를 대변인으로 쓴 거군."

"맞아요."

정적이 흐르는 가운데 그들은 모니터를 응시했다. 검은 옷을 입은 강도가 창구로 넘어가 스티네 그레테의 목에 총구를 대더니 그녀의 귀에 무어라고 속삭였다.

"여자의 반응에 대해서는 어떻게 생각해?" 해리가 물었다.

"반응이라뇨?"

"얼굴 표정 말이야. 비교적 차분한 거 같지 않아?"

"모르겠어요. 얼굴 표정만으로는 많은 정보를 알아낼 수 없어요. 아마 맥박이 180에 가깝게 치솟았을 거예요."

그들은 지점장이 현금인출기 앞에서 허둥대는 모습을 바라보았다.

"저 사람이 제대로 된 정신과 상담을 받으면 좋겠네요." 베아테가 나지막이 말하며 고개를 저었다. "저런 사건을 겪은 후에 정신적으로 완전히 망가지는 사람들을 자주 봤거든요."

해리는 아무 말도 하지 않았다. 하지만 저 말은 분명 그녀가 나이 많은 선배들에게서 주워들었을 거라고 생각했다.

은행강도가 몸을 돌려 손가락 여섯 개를 보여주었다.

"재미있네요." 베아테가 중얼거리더니 고개도 숙이지 않고 앞에 놓인 메모장에 무언가를 적었다. 해리는 곁눈질로 베아테를 계속 바라보았고, 화면에서 총이 발사되자 그녀가 화들짝 놀라는 모습도 지켜보았다. 강도가 배낭을 휙 집어 들고 창구를 뛰어넘어 문밖으로 달려가는 동안, 베아테는 그 작은 턱을 치켜들었다. 그녀의 손에서 연필이 굴러 떨어졌다.

"마지막 장면은 인터넷에도 올리지 않았고, 어떤 방송국에도 넘겨주지 않았어. 봐, 이제 놈이 은행 밖의 카메라에 잡히지?" 해리가 말했다.

신호등이 파란불로 바뀌자, 범인은 보그스타바이엔 가의 횡단보도를 건너 인두스트리 가로 올라가더니 화면에서 사라졌다.

"경찰은요?" 베아테가 물었다.

"쇠르세달스바이엔 가에 있는 경찰서가 제일 가까워. 통행료 징수소 지나면 바로 나오는데 은행에서 고작 800미터 거리지. 그런데도 경보기가 작동한 순간부터 은행에 도착할 때까지 3분 넘게 걸렸어. 그러니 놈은 도망갈 시간이 2분쯤 있었던 셈이지."

베아테는 마치 아무 일도 없었다는 듯이 지나가는 화면 속 사람과 차를 골똘히 바라보았다.

"도주 계획도 은행을 터는 계획만큼이나 주도면밀하게 세웠을 거예요. 도주 차량은 아마 모퉁이 너머에 주차해뒀을 거고요. 그래야 은행 밖의 감시 카메라에 잡히지 않을 테니까요. 운이 좋았네요."

"그럴지도 모르지. 하지만 범인은 왠지 운에 기댈 사람으로는 안 보이지 않아?"

베아테는 어깨를 으쓱였다. "원래 은행털이는 성공하면 계획을 잘 세운 것처럼 보이는 법이에요."

"그래. 하지만 여기서는 경찰의 출동이 지연되었다는 변수가 있었어. 사건 당일인 금요일 이 시간, 이 지역의 순찰차들은 모조리 다른 곳에 가 있었으니까."

"미국 대사관저!" 베아테가 손으로 이마를 탁 때리며 외쳤다. "차량 폭탄 테러를 경고하는 익명의 전화가 걸려왔죠. 전 금요일에 출근하지 않았지만 뉴스에서 봤어요. 요즘처럼 사람들의 신경이 예민해진 시기에는 경찰이 그 말을 곧이곧대로 믿는 것도 무리가 아니죠."

"하지만 폭발 사고는 없었어."

"당연하죠. 그건 은행을 털기 전에 경찰 인력을 다른 곳으로 빼돌리려는 전형적인 수법이니까요."

그들은 생각에 잠긴 채 말없이 녹화 테이프의 마지막 부분을 지켜보았다. 에우구스트 슐츠가 횡단보도 앞에 서서 신호등이 바뀌기를 기다리고 있었다. 초록불이 빨간불로 바뀌고 다시 초록불로 바뀌었는데도 노인은 움직이지 않았다. 뭘 기다리는 거지? 해리는 궁금했다. 변칙적인 예외? 평소보다 더 오래 지속되는 초록불? 백년간의 초록 물결? 좋다. 곧 그렇게 될 것이다. 멀리서 경찰차 사이렌 소리가 들렸다.

"뭔가 이상해." 해리가 말했다.

베아테가 노인네 같은 지친 한숨을 내쉬며 대답했다. "늘 뭔가 이상한 게 있는 법이죠."

이윽고 녹화된 영상이 끝났고, 화면 위로 눈보라가 몰아쳤다.

4

에코

"눈이 내렸다고?"

서둘러 인도를 걸어가던 해리가 휴대전화에 대고 외쳤다.

"응. 정말이라니까." 라켈이 말했다. 모스크바에서 걸려온 전화
는 수신 상태가 매우 나빠서 말끝마다 소리가 울렸다. "……니까."

"여보세요?"

"여긴 얼어 죽을 거 같아……아. 집 밖이나 안이나 똑같이 추
워……워."

"법정은?"

"거기도 영하야. 예전에 여기 살았을 때 시어머니도 내게 올레
그를 노르웨이에서 키워야 한다고 말했을 정도니까. 그랬던 분이
이젠 다른 사람들과 나란히 앉아서 날 잡아먹을 듯이 노려보고 있
지……있지."

"재판은 어떻게 돼가?"

"난들 알겠어?"

"음, 첫째로 당신은 법학도잖아. 둘째로 러시아어도 할 줄 알고."

"해리. 1억 5천만 명의 다른 러시아인들과 마찬가지로 나 역시

이 나라의 법률 제도는 도무지 이해할 수가 없다고. 알겠어……
겠어?"

"알았어. 올레그는 어때?"

해리는 대답을 듣지 못한 채 다시 질문을 반복했다가 연결이 끊
어졌는지 확인하려고 액정을 보았다. 통화 시간이 초 단위로 계속
재깍재깍 흘러가고 있었다. 그는 다시 휴대전화를 귀로 가져갔다.

"여보세요?"

"여보세요, 해리. 난 잘 들려……여. 보고 싶어……어. 왜 웃
어……어?"

"소리가 울려서 그래. 계속 '여' '어' 소리가 나거든."

아파트 입구에 도착한 해리는 열쇠를 꺼내 문을 열었다.

"내가 너무 징징거리는 거 같아?"

"그럴 리가."

해리는 알리에게 고개를 끄덕여 인사했다. 알리는 지하실 문 사
이로 킥슬레드*를 밀어 넣고 있었다. "사랑해. 들었어? 사랑한다
고! 여보세요?"

전화가 끊긴 것을 알고 어리둥절한 표정으로 눈을 들어보니, 파
키스탄 출신의 이웃인 알리가 환히 웃으며 그를 바라보고 있었다.

"네, 네, 저도 반가워요, 알리." 해리는 그렇게 중얼거리며 맹렬
히 라켈의 번호를 눌렀다.

"재발신 버튼." 알리가 말했다.

"뭐라고요?"

"아닙니다. 혹시 지하실을 세놓을 생각이면 알려줘요. 지하실

* 서서 타는 썰매.

45

별로 안 쓰죠?"

"나한테 지하실이 있어요?"

알리가 어이없다는 표정으로 눈알을 굴렸다. "여기 몇 년이나
살았죠, 해리?"

"그러니까…… 사랑한다고."

알리가 수상쩍다는 듯이 바라보자, 해리는 다시 전화가 연결되
었다고 손짓을 하며 그에게 작별 인사로 손을 흔들었다. 그러고는
마치 열쇠가 수맥을 찾는 막대라도 되는 것처럼 앞으로 내민 채
쏜살같이 계단을 올라갔다.

*

"됐어. 이제 얘기해도 돼." 가구는 별로 없지만 깔끔한, 방 두
개짜리 아파트 현관으로 들어서며 해리가 말했다. 주택시장이 바
닥을 쳤을 때 헐값에 구입한 집이었다. 가끔씩 이 아파트를 사는
데 평생의 행운을 다 써버린 것은 아닐까 하는 생각이 들었다.

"자기가 여기 있으면 좋을 텐데. 올레그도 자기를 그리워해."

"그렇게 말했어?"

"그럴 리가 있어? 속마음을 표현 안 한다는 점에서 당신과 아주
비슷한 애잖아."

"내가? 방금 세 번이나 사랑한다고 했잖아. 그것도 이웃사람이
보는 앞에서. 남자에게 그게 얼마나 힘든 일인지 알아?"

라켈이 웃음을 터뜨렸다. 해리는 그녀의 웃음소리가 좋았다. 처
음 들은 순간부터. 저 소리를 자주 들을 수만 있다면 무슨 짓이라
도 하리라는 걸 본능적으로 알았다. 기왕이면 매일 듣고 싶은 웃
음소리였다.

해리는 신발을 벗어 던지고 빙그레 웃었다. 현관 복도에 놓인

자동응답기의 빨간 불이 깜빡거렸기 때문이다. 분명 오늘 그가 집을 비운 사이, 라켈이 메시지를 남겼을 것이다. 점쟁이가 아니라도 그 정도는 알 수 있다. 그의 집으로 전화할 사람은 라켈밖에 없으니까.

"그럼 날 사랑한다는 건 어떻게 알아?" 라켈이 감미롭게 속삭였다. 더는 소리가 울리지 않았다.

"내 몸 안의 거기가 뜨거워지는 걸 느낄 수 있으니까. 거길 뭐라고 하더라……?"

"심장?"

"아니. 심장보다 조금 뒤에 있으면서 더 아래쪽이야. 콩팥? 간? 비장? 맞아. 그거다. 내 비장이 뜨거워지는 게 느껴지니까."

전화기 너머에서 웃음인지 흐느낌인지 알 수 없는 소리가 들렸다. 그의 손이 무심코 자동응답기의 재생 버튼을 눌렀다.

"2주 후에는 노르웨이로 돌아갈 수 있으면 좋으련만." 라켈의 말이 끝나기가 무섭게 자동응답기의 메시지가 큰 소리로 울려 퍼졌다.

"안녕. 또 나야……."

해리는 잠깐 심장이 멎는 듯했지만, 머리보다 몸이 먼저 반응해 재빨리 정지 버튼을 눌렀다. 하지만 살짝 허스키하면서 매력적인 여자의 목소리가 남긴 여운이 양쪽 벽에 부딪혀 계속 물결치는 듯했다.

"무슨 소리야?" 라켈이 물었다.

해리는 숨을 깊이 들이쉬었다. 어떤 생각 하나가 떠오르려고 안간힘을 썼으나 결국 한발 늦고 말았다. "라디오야." 그는 헛기침을 했다. "언제 올지 정해지면 비행 편을 알려줘. 공항으로 마중

나갈 테니까."

"그럴게." 라켈이 약간 놀란 듯이 대답했다.

잠시 어색한 침묵이 흘렀다.

"이제 그만 끊어야겠다. 오늘 저녁 8시에 다시 통화할까?" 라켈이 말했다.

"응. 아니, 안 되겠다. 그때는 바쁠 거야."

"그래? 재미있는 약속이라도 있나 봐?"

"글쎄." 해리는 급하게 숨을 들이쉬었다. "여자랑 만나는 약속이긴 하지."

"그 행운의 여자가 누군데?"

"베아테 뢴. 강도수사과의 신참 형사야."

"무슨 일로 만나는 건데?"

"지난번에 말한 보그스타바이엔 가의 은행강도 사건 있지? 그 사건에서 총에 맞은 여자의 남편을 만나기로 했어. 지점장도 만나야 하고."

"즐거운 시간 보내. 내일 다시 전화할게. 끊기 전에 올레그가 작별 인사하고 싶대."

전화기 너머로 조그만 발이 달려오는 소리, 이윽고 흥분한 숨소리가 들렸다.

*

통화가 끝난 후, 해리는 복도에 서서 전화기가 놓인 테이블 위의 거울을 바라보았다. 그의 주장이 맞다면 그는 지금 아주 유능한 형사를 바라보는 셈이었다. 충혈된 두 개의 눈동자, 그 사이에 자리 잡은 큼지막한 코, 코에 얽힌 가늘고 푸르스름한 정맥, 모공이 보이는 앙상한 얼굴. 얼굴의 주름은 마치 나무 기둥 위로 마구 그은 칼자국 같았다. 어쩌다 그랬을까? 거울 속 그의 얼굴 뒤로 벽에 붙은 사진이 보였다. 햇볕에 그은 얼굴로 미소 짓는 소년이 누이동생과 함께 찍은 사진. 하지만 지금 해리가 생각하는 것은 잃어버린 어린 시절의 미모도, 젊음도 아니었다. 아까 떠오르려고 안간힘을 썼던 생각이 마침내 떠올랐기 때문이다. 그는 자신의 얼굴에서 기만과 회피, 비겁함을 찾으려 했다. 무슨 일이 있어도 라켈에게는 절대 거짓말하지 않겠다는 약속, 자신과의 그 약속을 깨뜨린 주범을 찾으려 했다. 그들의 관계를 좌초시킬 암초들이야 많겠지만 결코 거짓말만큼은 그 암초 중 하나로 만들고 싶지 않았다. 그런데 대체 왜 거짓말을 했을까? 베아테와 약속이 있다는 말은 사실이었다. 만나서 스티네 그레테의 남편을 찾아가기로 한 것도 사실이었다. 하지만 그 후에 안나를 만나기로 했다는 말은 왜 하지 않았을까? 옛 애인이지만 지금은 아무 감정도 없는 사이다. 가벼운 흉터만 남았을 뿐 평생 간직해야 할 상처 따위는 없는, 짧은 연애였다. 그들은 그저 커피 한 잔을 마시면서 헤어진 후에 어떻게 지냈는지 이야기할 것이다. 그러고는 헤어져 각자의 길을 갈 것이다.

해리는 메시지를 마저 듣기 위해 응답기의 재생 버튼을 눌렀다. 안나의 목소리가 현관을 가득 채웠다. "…… 오늘 저녁에 M에서 만나기로 한 약속, 기대하고 있어. 두 가지만 부탁하자. 오는 길에 비브스 가의 도어록 가게에 들러서 내가 주문한 열쇠 좀 찾아다 줄래? 7시까지 영업하는데 네 이름으로 맡겨뒀어. 또 다른 부탁은, 네 청바지 중에 내가 진짜 좋아하는 거 있지? 그거 입고 와줘."

저음의 허스키한 웃음소리. 집 안이 똑같은 리듬으로 진동하는 듯했다. 의심의 여지가 없었다. 안나는 전혀 변하지 않았다.

5

네메시스

🔑

벌써 어두워진 10월의 하늘에서 떨어지는 빗줄기가 외등 불빛 속으로 빠르게 줄을 그었다. 외등 아래 걸린 세라믹 문패에는 이곳이 에스펜과 스티네, 그리고 트론 그레테의 집이라고 적혀 있었다. '이곳'이라 함은 디센그렌다 가에 위치한, 테라스가 달린 노란 집이었다. 해리는 초인종을 누르고 주위를 둘러보았다. 커다랗고 평평한 지형 한가운데 위치한 디센그렌다 가는 테라스가 달린 집들이 네 줄로 길게 늘어서 있고, 그 주위를 아파트 단지가 에워싸고 있었다. 그 모습이 마치 인디언의 공격으로부터 살아남기 위해 방어 자세를 취한 서부 시대 개척자처럼 보인다고 해리는 생각했다. 어쩌면 정말로 그런지도 모른다. 테라스가 달린 이 집들은 1960년대에 급증하던 중산층을 위해 지어졌다. 그러니 점차 수가 줄어들던 이 지역의 노동자들은 아마 이 중산층이 새로운 정복자라는 것을, 그들이 새로운 나라의 주도권을 잡게 되리라는 것을 이미 알았을 것이다.

"집에 없나 본데?" 초인종을 한 번 더 누르며 해리가 말했다. "오늘 찾아간다고 분명히 말한 거야?"

"글쎄요."

"글쎄요?" 해리는 돌아서서 베아테 뢴을 내려다보았다. 우산 밑에서 떨고 있는 그녀는 스커트에 하이힐 차림이었다. 아까 슈뢰데르 바 앞에서 그녀의 차에 올라탈 때 해리는 그녀가 중요한 모임에라도 가는 사람 같다고 생각했다.

"제가 전화했을 때 알았다고 두 번이나 말하기는 했어요. 하지만 완전히…… 넋이 나간 것 같더라고요."

해리는 계단 위로 몸을 내밀어 부엌 창문에 코를 납작 대었다. 집 안은 어두웠다. 벽에 걸린 하얀색 노르데아 은행 달력만 보일 뿐이었다.

"그만 돌아가지." 해리가 말했다.

그때 옆집 부엌 창문이 벌컥 열렸다. "트론을 찾아왔수?"

표준 노르웨이어인 보크몰로 묻는 말이었지만, 중형 기차 한 대가 탈선한 것처럼 ŕ이 아주 심하게 떨리는 베르겐 억양이었다. 해리는 돌아서서 옆집 여자를 바라보았다. 갈색으로 그을린 쪼글쪼글한 얼굴은 미소 짓는 동시에 심각한 표정을 짓고 있었다.

"그렇습니다만." 해리가 대답했다.

"친척이우?"

"경찰입니다."

"난 또." 여자의 얼굴에서 장례식용 표정이 걷혔다. "조문객인 줄 알았네. 트론은 테니스장에 있어요. 가여운 것 같으니."

"테니스장이라고요?"

옆집 여자가 손가락으로 가리켰다. "저 반대편이라우. 4시부터 계속 거기에 있어요."

"하지만 이렇게 어두운데요? 거기다 비까지 오는데." 베아테가 말했다.

옆집 여자는 어깨를 으쓱였다. "상심이 커서 그러겠지." 이번에도 그녀의 ´r´ 발음이 심하게 떨리자, 해리는 어릴 때 타던 자전거가 생각났다. 자전거 바퀴에 마분지 종잇조각을 붙여놓아 바퀴살이 돌아갈 때마다 종이가 퍼덕거리곤 했는데, 그 소리가 여자의 발음과 비슷했다.

"억양으로 보아 자네도 이스트 오슬로 출신 같더군." 베아테와 함께 이웃집 여자가 알려준 쪽으로 걸어가며 해리가 물었다. "내 추측이 틀렸나?"

"아뇨." 베아테는 그렇게 대답할 뿐 더는 설명하려 하지 않았다.

테니스장은 테라스가 있는 집들과 아파트 단지 중간에 자리했다. 젖은 테니스공이 라켓에 부딪히는 둔탁한 퉁 소리가 들렸다. 높은 철망 안쪽으로 사람의 형체가 보였다. 그 형체는 빠르게 내려앉은 가을의 어둠 속에서 서브를 넣고 있었다.

"실례합니다!" 테니스장에 도달하자 해리가 외쳤지만, 남자는 대답이 없었다. 그제야 그들은 남자가 재킷에 셔츠, 넥타이 차림이라는 걸 알아차렸다.

"트론 그레테 씨?"

테니스공이 시커먼 웅덩이 속으로 떨어졌다가 다시 튀어 올라 철망을 때렸다. 두 사람에게 빗물이 쫙 튀었지만 베아테가 우산으로 막았다.

베아테는 테니스장의 출입문을 잡아당겼다. "안쪽에서 잠갔어요." 그녀가 속삭였다.

"경찰입니다! 홀레 형사와 뢴 형사예요!" 해리가 외쳤다. "만나기로 약속했죠? 그러니까…… 젠장!" 해리는 테니스공이 날아오는 것을 미처 보지 못했다. 공은 그의 얼굴에서 불과 몇 센티미터 떨어지지 않은 곳의 철망을 때렸다. 해리는 눈에 튄 흙탕물을 닦아내며 아래를 바라보았다. 그의 옷에 온통 적갈색 흙탕물이 튀어 있었다. 남자가 또다시 서브를 넣기 위해 공을 던져 올리자, 해리는 자기도 모르게 등을 돌렸다.

"트론 그레테 씨!" 해리의 외침이 아파트 사이로 메아리쳤다. 테니스공은 호를 그리며 아파트 불빛 쪽으로 날아가더니, 어둠에 삼켜져 들판 어딘가에 떨어졌다. 해리는 다시 테니스장 쪽으로 몸을 돌렸다. 광기 어린 포효와 함께 어둠 속에서 그에게 달려오는 형체가 보였다. 테니스장 철망이 남자를 저지하며 끼익 비명을 질렀다. 점토 바닥에 네 발로 서 있던 남자는 몸을 일으키더니 다시 철망을 들이받았다. 다시 쓰러지고 일어나 또 들이받았다.

"맙소사. 완전히 미쳤군." 해리가 중얼거렸다. 이글거리는 눈동자와 하얀 얼굴이 그의 코앞으로 어슴푸레 다가오자, 해리는 본능적으로 한 발 물러섰다. 그때 베아테가 손전등을 켜 철망에 매달려 있던 트론을 비췄다. 비에 젖은 검은 머리카락이 그의 하얀 이마에 달라붙어 있었다. 그는 집중해서 바라볼 무언가를 찾는 듯하더니 철망에서 스르륵 미끄러져 내렸다. 자동차 앞유리창에서 녹아내리는 진눈깨비처럼. 그러고는 바닥에 죽은 듯이 누워 있었다.

"이제 어쩌죠?" 베아테가 나직이 말했다.

해리는 입안에서 뭔가가 씹히는 것을 느끼고 손에 뱉었다. 손전등을 비춰보니 붉은 모래였다.

"자넨 구급차를 불러. 나는 차에 가서 절단기를 가져올 테니까."

*

"그래서 진정제를 놓아준 거야?" 안나가 물었다.

해리는 고개를 끄덕이며 콜라를 한 모금 마셨다.

주위에는 웨스트엔드 출신의 젊은 손님들이 바 스툴에 올라앉아 와인과 반짝이는 술, 다이어트 코크를 마시고 있었다. M은 오슬로의 다른 카페들과 마찬가지로 세련되지만 어딘지 모르게 촌스럽고 소박한, 그래도 그럭저럭 유쾌한 분위기였다. 이런 카페를 보면 해리는 어릴 적 친구인 케밥이 생각났다. 케밥은 착하고 예의 바른 학생이었는데, 알고 보니 '인기짱'인 아이들이 쓰는 온갖 비속어를 노트에 적어가지고 다녔다.

"구급요원들이 그 불쌍한 남자를 병원으로 데려갔어. 우리는 다시 이웃집 여자를 찾아가 얘기를 나눴는데, 아내가 죽은 후로 그 남자는 매일 저녁 테니스장에서 혼자 서브를 넣었대."

"맙소사. 왜?"

해리는 어깨를 으쓱였다. "사랑하는 사람을 그렇게 비참하게 떠나보내면 정신이 이상해지는 경우가 종종 있어. 진실을 부인하고 죽은 사람이 아직 살아 있는 것처럼 행동하는 사람들도 있고. 이웃집 여자 말로는 스티네와 트론 그레테가 환상의 혼합 복식조였다더군. 여름이면 거의 매일 오후 테니스장에서 연습을 했나 봐."

"그럼 그 남자는 부인이 자신의 서브를 받아주기라도 기대한 거야?"

"아마도."

"끔찍해라! 나 화장실 다녀올 테니까 맥주 좀 주문해줄래?"

안나는 스툴에서 훌쩍 내려가더니 엉덩이를 실룩거리며 실내를 가로질러 갔다. 해리는 눈으로 그녀의 뒷모습을 좇아가지 않으려고 노력했다. 그럴 필요가 없었다. 예전에 실컷 보았기 때문이다. 안나는 옛날 모습 그대로였다. 눈가에 주름이 서너 개 잡히고, 칠흑 같은 머리에 새치가 한두 개 생겨났을 뿐이다. 거의 하나로 이어진 눈썹 아래로 약간 쫓기는 기색의 검은 눈동자도 변함이 없었다. 관능적인 두툼한 입술 위로 오똑 솟은 콧방울 작은 코도, 볼이 쏙 들어가 배고파 보이는 인상도 그대로였다. 딱딱하고 밋밋해 보이는 이목구비 때문에 전형적인 '미인' 축에 끼는 얼굴은 아니었다. 하지만 날씬하면서도 풍만한 몸매 덕분에 식사 손님들이 앉아 있던 테이블 구역에서 최소 두 명의 남자가 지나가는 안나를 바라보았다.

해리는 담배를 하나 더 꺼내 불을 붙였다. 트론 그레테를 병원으로 이송시킨 후, 그는 베아테와 함께 은행 지점장인 헬게 클레멘트센을 찾아갔다. 하지만 그쪽도 도움이 안 되기는 마찬가지였다. 헬게는 여전히 쇼크 상태였다. 소파에 우두커니 앉은 채 푸들과 자신의 아내를 번갈아 바라보았다. 푸들은 그의 다리 사이를 종종걸음으로 오갔고, 그의 아내는 부엌과 거실 사이를 종종걸음으로 오갔다. 그녀는 지금까지 해리가 먹어본 중에서 가장 뻑뻑한 크럼카케*와 커피를 대접했다. 헬게 클레멘트센의 부르주아적인 집에는 해리의 물 빠진 리바이스 청바지와 닥터 마틴 신발보다 베아테의 옷차림이 더 잘 어울렸다. 하지만 초조하게 서성이는 클레멘트센 부인과 대화를 이어나간 사람은 해리였다. 올가을 유달리 많은 강수량과 크럼카케 만드는 법에 대한 대화가 진행되는 동안 위층에서 간간히 발을 구르며 통곡하는 소리가 들렸다. 클레멘트센 부인은 가여운 딸 이나가 임신 7개월인데 아이 아빠에게 버림을 받아 저런다고 설명했다. 뭐, 사실, 남자가 선원이라서 배를 타

* 노르웨이식 와플로 동그랗게 말린 원뿔 모양.

고 지중해로 떠날 수밖에 없었지만 말이다. 해리는 하마터면 씹고 있던 크럼카케를 뿜을 뻔했다. 그러자 베아테가 나서서 헬게 클레멘트센에게 질문했다. 마침 푸들이 거실 문 밖으로 소리 없이 나가버린 탓에 그는 더 이상 개에게 한눈을 팔 수가 없었다.

"강도의 키가 얼마쯤 되던가요?"

헬게는 베아테를 빤히 보더니 커피 잔을 입으로 가져갔다. 그러고는 그 자세로 잠시 동작을 멈춰야 했다. 커피를 마시면서 동시에 대답할 수는 없기 때문이다. "키요? 아마 한 2미터쯤 될 겁니다. 그 친구는 언제나 똑 부러졌어요. 스티네 말입니다."

"그렇게 크지 않던데요, 클레멘트센 씨."

"그런가요? 그럼 190센티미터쯤 되겠군요. 스티네는 옷차림도 항상 단정했죠."

"강도의 옷차림은 어땠나요?"

"검은 옷을 입고 있었습니다. 고무 재질 같았어요. 스티네는 올여름에 처음으로 제대로 된 휴가를 떠날 예정이었죠. 그리스로."

클레멘트센 부인이 훌쩍거렸다.

"고무 재질이라고요?" 베아테가 물었다.

"네. 그리고 발라클라바를 썼습니다."

"무슨 색이었죠, 클레멘트센 씨?"

"빨간색이었어요."

여기까지 들은 베아테는 수첩을 덮었고, 이내 둘은 차를 타고 다시 시내로 향했다.

"이런 강도 사건의 경우, 목격자 진술은 정말 신빙성이 없어요. 판사와 배심원이 그 사실을 알면 목격자 진술을 증거로 채택하지 않을걸요?" 베아테가 말했다. "목격자들의 뇌는 아주 신나게 사실을 날조하죠. 마치 두려움 때문에 눈에 이상한 안경이 쓰이는 것 같아요. 그 안경을 쓰면 강도들은 유달리 거구에 새카맣게 보이고, 총은 개수가 더 늘어나고, 1초가 1분처럼 느껴지죠. 강도는 고작 1분 넘게 있었는데, 입구에서 가장 가까운 창구를 담당했던 브렌네 부인은 강도가 5분 가까이 있었다고 했어요. 키도 2미터가 아니라 179센티미터였고요. 신발 속에 깔창을 넣은 게 아니라면요. 프로들이 깔창을 애용하기는 하죠."

"범인의 키를 어떻게 그렇게 정확히 알지?"

"녹화 테이프요. 강도가 들어왔던 문을 이용해 키를 잴 수 있어요. 오늘 아침에 은행에 가서 문에 분필로 센티미터를 표시하고 사진을 찍은 다음, 키를 쟀죠."

"흠. 강력반에서는 그런 건 감식반에 맡기는데."

"녹화 테이프를 보고 키를 재는 건 생각보다 좀 복잡해요. 예를 들어, 1989년 칼드바켄에서 발생한 덴노르스케 은행강도 사건의 경우, 감식반에서 측정한 키는 실제보다 3센티미터가 더 컸어요. 그래서 전 차라리 제가 직접 쟀죠."

해리는 실눈으로 그녀를 바라보았다. 왜 경찰이 되었느냐고 물어봐야 할까? 하지만 해리는 그 질문 대신 비베스 가의 도어룩 가게 앞에 자신을 내려줄 수 있는지 물었다. 차에서 내리기 전, 해리는 또 다른 질문을 던졌다. 아까 그들과 이야기할 때 지점장이 커피가 넘칠 듯이 담긴 잔을 들고도 한 방울도 흘리지 않았다는 사실을 눈치챘느냐고. 그녀는 몰랐다고 했다.

"여기 마음에 들어?" 다시 스툴에 올라앉으며 안나가 물었다.

"글쎄." 해리가 주위를 둘러보았다. "내 취향은 아니야."

"나도 그래." 안나는 가방을 움켜잡고 자리에서 일어났다. "우리 집으로 가자."

"새로 주문한 맥주는 입도 안 댔잖아." 해리가 고갯짓으로 위에 거품이 뜬 맥주잔을 가리켰다.

"혼자만 마시니까 재미없어." 안나가 얼굴을 찡그렸다. "긴장 풀어, 해리. 어서 나가자."

밖으로 나오니 비가 그쳐 있었다. 빗물에 씻긴 신선하고 차가운 공기가 맛있었다.

"그날 기억나? 차를 몰고 마리달렌에 갔던 가을날 말이야." 안나는 해리의 팔에 슬쩍 팔짱을 끼고는 걷기 시작했다.

"아니."

"거짓말! 그 끔찍한 포드 에스코트를 몰고 갔잖아. 의자도 안 접히는 똥차."

해리가 피식 웃었다.

"얼굴 빨개졌다." 안나가 신이 나서 외쳤다. "우리가 그 차를 주차하고 숲 속을 산책한 것도 기억나지? 노란 낙엽이 마치⋯⋯." 안나가 그의 팔을 꽉 쥐었다. "침대 같았잖아. 거대한 황금색 침대." 그녀는 깔깔 웃더니 팔꿈치로 그를 슬쩍 쳤다. "나중에 내가 그 똥차를 뒤에서 밀어야 했지. 시동이 걸리게 말이야. 지금쯤이면 폐차했겠지?"

"글쎄. 아직 우리 집 차고에 있어. 좀 더 두고 보려고."

"저런, 저런. 마치 종양이라도 생겨서 병원에 입원한 죽마고우라도 되듯이 말하네." 그러더니 안나가 덧붙였다. 부드럽게. "그렇게 빨리 포기하면 안 되는 거였어, 해리."

해리는 대답하지 않았다.

"다 왔어. 이 집, 아직 기억하지?" 안나가 말했다. 그들은 소르

젠프리 가의 푸른 대문 앞에 서 있었다.

그는 부드럽게 안나의 팔을 뺐다. 그러고는 경고하는 그녀의 눈빛을 무시하며 말문을 열었다. "저기, 안나. 내일 아침 일찍 강력반 수사관들하고 미팅이 있어."

"누가 뭐래?" 안나가 대문을 열며 말했다.

불현듯 해리는 무언가가 기억나, 코트 안주머니에서 노란 봉투를 꺼냈다. "도어록 가게에서 받아 왔어."

"아, 열쇠. 별문제 없었어?"

"계산대 뒤의 점원이 내 신분증을 뚫어져라 보더군. 게다가 서명까지 받더라고. 이상한 가게야." 해리는 손목시계를 힐끗 보고는 하품을 했다.

"우리 아파트 열쇠는 아무나 받아 갈 수 없어." 안나가 황급히 말했다. "그 열쇠 하나로 아파트 전 구역을 다 출입할 수 있거든. 정문에서부터 지하실, 아파트 현관까지." 그녀의 입에서 당황한 듯하면서도 형식적인 웃음소리가 흘러나왔다. "이렇게 여분의 열쇠를 하나 만들더라도 아파트 주택조합의 신청서를 그 가게에 제출해야 해."

"그렇군." 해리는 그렇게 말하며 발뒤꿈치에 체중을 실었다. 그러고는 작별 인사를 하려고 숨을 들이쉬었다.

하지만 안나가 선수를 쳤다. 그녀의 목소리는 애원에 가까웠다. "커피 딱 한 잔만 하고 가, 해리."

*

높은 천장에는 예전과 똑같은 샹들리에가 걸려 있었고, 그 아래의 널찍한 거실에는 예전과 똑같은 테이블과 의자가 놓여 있었다. 전에는 벽 색깔이 더 밝았던 것 같은데(하얀색이나 노란색) 확실하진 않았다. 어쨌든 지금은 푸른색으로 칠해서 실내가 더 좁아 보였다. 어쩌면 안나는 공간을 줄이고 싶었는지도 모른다. 거실 세 개에 큼직한 침실 두 개가 딸리고, 높이가 350센티미터나 되는 집을 한 사람이 채우기는 무리일 것이다. 예전에 안나에게서 그녀의 할머니도 이 집에서 혼자 살았다는 이야기를 들은 기억이 났다. 하지만 할머니는 집에서 보내는 시간이 많지 않았다. 유명한 소프라노였기 때문에 노래를 부를 수 있는 한 전 세계를 돌아다녔다.

안나가 부엌으로 사라지자, 해리는 거실을 둘러보았다. 썰렁하고 텅 빈 거실에는 아이슬란드 조랑말만 한 크기의 안마鞍馬 하나만 덜렁 놓여 있었다. 벌어진 네 개의 나무다리가 달린 안마는 등에 두 개의 고리가 있었다. 해리는 안마로 다가가 매끄러운 갈색 가죽을 쓰다듬었다.

"체조 수업이라도 듣는 거야?" 해리가 외쳤다.

"안마 말하는 거야?" 부엌에서 안나가 물었다.

"이건 남자들만 하는 거 아닌가?"

"맞아. 정말 맥주 안 마실 거야, 해리?"

"응." 해리가 외쳤다. "근데 진짜 이거 뭐야? 왜 여기다 둔 거야?"

갑자기 등 뒤에서 안나의 목소리가 들리는 바람에 해리는 깜짝 놀랐다.

"왜냐하면 난 남자들이 하는 걸 하고 싶으니까."

해리는 뒤를 돌았다. 안나는 스웨터를 벗은 차림으로 거실 입구에 서 있었다. 한 손은 허리에 올리고, 다른 손으로는 문틀을 짚은 채. 해리는 하마터면 그녀의 머리에서 발끝까지 훑어볼 뻔했다.

"오슬로 헬스장에서 샀어. 내가 만들 작품의 소재야. 설치미술.

예전의 '접촉'처럼. 그 작품 기억하지?"

"테이블 위에 커튼 달린 상자가 놓여 있던 거? 커튼 속으로 손을 넣으면 악수할 수 있는 가짜 손이 잔뜩 달려 있었지."

"악수도 할 수 있고, 쓰다듬을 수도 있고, 희롱할 수도 있고, 거부할 수도 있지. 손 안에 든 발열체 덕분에 사람과 같은 체온을 유지해서 엄청나게 인기를 끌었잖아. 다들 테이블 밑에 누군가 숨어 있는 줄 알았지. 이리 와봐. 다른 것도 보여줄게."

해리는 그녀를 따라 더 안쪽 방으로 갔다. 안나는 미닫이문을 열더니 그의 손을 잡고 어둠 속으로 이끌었다. 불이 켜지자, 제일 먼저 전기스탠드가 눈에 들어왔다. 도금된 긴 막대 위로 한 손에는 저울을, 다른 손에는 칼을 든 여자의 조각상이 달린 스탠드였다. 칼 가장자리와 저울, 여자의 머리에 각각 전구가 달려 있었다. 해리는 뒤를 돌아 전구의 불빛이 비추는 곳을 바라보았다. 두 개의 전구는 벽에 걸린 그림을, 나머지 하나는 이젤에 놓인 미완성 그림을 비추고 있었다. 이젤의 왼쪽 구석에는 노란색과 갈색 물감 범벅의 팔레트가 고정되어 있었다.

"이건 무슨 그림이야?" 해리가 물었다.

"셋 다 초상화야. 사람으로 안 보여?"

"그렇군. 저게 눈이고, 저게 입인가?"

안나는 고개를 갸우뚱했다. "그렇게 볼 수도 있지. 각각 세 명의 남자를 그린 거야."

"내가 아는 사람도 있어?"

안나는 한동안 생각에 잠겨 해리를 바라보더니 입을 열었다. "아니. 넌 다 모르는 사람일 거야, 해리. 하지만 네가 정말로 원했다면 알 수도 있었겠지."

해리는 그림을 더 자세히 들여다보았다.

"뭐가 보이는지 말해봐."

"킥슬레드를 든 이웃사람이 보여. 내가 도어록 가게에서 나올 때 가게 뒷문으로 나오던 남자도 보이고. M의 웨이터도 보여. 방송기자 페르 스톨레 뢰닝도 보이고."

안나가 웃었다. "우리의 망막이 사물을 좌우로 역전시킨다는 거 알아? 그래서 뇌는 먼저 거울에 비친 이미지로 사물을 인식하지. 그러니까 사물을 있는 그대로 보고 싶으면 거울에 비춰 봐야 해. 그럼 이 그림 속의 인물이 꽤 다르게 보일 거야." 안나의 눈동자가 어찌나 반짝거리는지 해리는 차마 그녀의 말을 바로잡아줄 수가 없었다. 망막은 사물을 좌우가 아니라 상하로 역전시킨다고. "이게 내 최후의 걸작이 될 거야, 해리. 내 이름을 널리 알리게 될 거라고."

"이 초상화들이?"

"아니. 이건 작품 전체에서 일부일 뿐이야. 아직 완성되지 않았어. 두고 봐."

"흠. 작품 이름이 뭐야?"

"네메시스." 그녀가 나지막이 말했다.

해리는 무슨 뜻이냐고 묻듯이 그녀를 바라보았고, 두 사람의 시선이 마주쳤다.

"복수의 여신이잖아."

안나의 얼굴 한쪽에 그림자가 졌다. 해리는 시선을 돌렸다. 이미 충분히 보았다. 함께 춤출 상대를 갈구하는 등의 곡선, 앞으로 나아가야 할지 뒤로 물러서야 할지 모르겠다는 듯이 한쪽만 앞으로 내민 발, 들썩이는 가슴, 가느다란 목, 맥이 뛰는 것이 눈에 보일 듯한 목의 혈관까지. 갑자기 열이 오르며 약간 어지러웠다. 아까 안나가 뭐라고 했더라? '그렇게 빨리 포기하면 안 되는 거였어.' 그가 빨리 포기했던가?

"해리……"

"그만 가야겠어." 그가 말했다.

*

남자는 여자의 머리 위로 드레스를 끌어당겼고, 여자는 깔깔 웃으며 하얀 시트 위로 나자빠졌다. 컴퓨터 화면보호기의 흔들리는 야자수 사이로 터키색 불빛이 새어나왔다. 여자가 남자의 벨트를 푸는 동안, 침대 머리판에서 으르렁거리는 도깨비와 입을 딱 벌린 악마의 조각 위로 터키색 불빛이 휙휙 지나갔다. 예전에 안나는 이 침대가 할머니의 유품으로 거의 80년이나 되었다고 말해주었다. 그녀는 그의 귀를 살짝 깨물며, 낯선 언어로 무의미한 밀어를 속삭였다. 그러더니 속삭임을 멈추고 그의 몸에 올라타, 소리 지르고 웃고 간청하고 외부의 힘을 불러들였다. 남자는 그저 이 순간이 계속되기만을 바랄 뿐이었다. 그가 막 절정에 도달하려는 찰나, 그녀가 갑자기 동작을 멈추고 두 손으로 그의 얼굴을 붙잡았다. 그러고는 이렇게 속삭였다. "자긴 영원히 내 거지?"

"어림없는 소리." 남자는 웃으며 몸을 빙글 돌려 그녀 위에 올라탔다. 나무로 조각된 악마들이 그를 보며 히죽거렸다.

"자긴 영원히 내 거야. 맞지?"

"그래." 그는 신음하며 절정으로 치달았다.

웃음소리가 잦아들었고, 두 사람은 땀에 젖은 채 침대에 누워 있었다. 하지만 둘의 몸은 여전히 침대 커버 위에 꼭 뒤엉켜 있었다.

"이 침대를 할머니에게 선물한 사람은 스페인의 어느 귀족이야.

1911년 세비야에서 열린 콘서트 직후에 선물받았대." 안나는 그렇게 말하며 머리를 살짝 들어 올렸다. 해리가 그녀의 입에 불붙인 담배를 물려주었다.

"침대는 석 달 뒤, 증기선 '엘레노라'를 타고 도착했어. 아마도 그 배의 선장인 덴마크 출신의 제스퍼 뭐라나 하는 남자가 이 침대에 누운 할머니의 첫 번째 연인이었을 거야(비록 할머니 생애의 첫 연인은 절대 아니지만). 제스퍼는 아주 열정적인 남자였나 봐. 할머니 말에 의하면 침대에 조각된 말 머리가 사라진 이유도 그 사람 때문이래. 절정에 도달한 제스퍼 선장이 이로 물어뜯었다는 거야."

안나는 깔깔 웃었고, 해리는 빙그레 미소 지었다. 그러자 담배가 다 탔고, 둘은 스페인산 마닐라 목재가 삐걱거리고 신음하는 속에서 다시 사랑을 나누었다. 그 소리를 들으니 해리는 키잡이가 없는 배에 탄 기분이었다. 하지만 상관없었다.

까마득한 옛날 일이다. 해리가 술에 취하지 않은 맨 정신으로 안나 할머니의 침대에서 잤던 건 그날이 처음이자 마지막이었다.

해리는 좁은 철제 침대에서 몸을 뒤척였다. 머리맡 테이블의 라디오 알람시계는 03시 21분으로 빛나고 있었다. 그는 욕을 중얼거렸다. 눈을 감자, 생각이 다시 안나에게로 돌아갔다. 그녀 할머니의 침대, 그 위의 하얀 시트에서 보냈던 그해 여름으로. 당시 그는 대개 술에 취해 있었지만 그 밤들은 기억했다. 에로틱한 사진이 실린 엽서처럼 핑크빛이고 황홀했던 밤들. 심지어 그해 여름이 끝났을 때 그녀에게 했던 최후의 통첩이 지독하게 진부했다는 것까지 기억했다. "넌 나 같은 놈에겐 과분해."

그 무렵에는 술을 너무 많이 마셔서 모든 것이 오로지 한 방향만 가리켰다. 그러다 정신이 좀 맑아졌을 때 그는 안나까지 끌어내리지 않기로 결심했었다. 안나는 그녀가 쓰는 외국어로 그에게 욕을 했고, 언젠가 그에게 똑같이 갚아주겠다고 맹세했다. 그가 가장 사랑하는 것을 빼앗겠다고.

그게 7년 전의 일이었고, 둘이 사귄 기간은 고작 6주였다. 헤어진 후로 해리는 그녀를 딱 두 번 만났다. 첫 번째는 바에서 우연히 만났는데, 안나는 눈물이 그렁그렁한 눈으로 다가와 제발 부탁이니 나가달라고 했다. 그래서 해리는 그렇게 했다. 두 번째는 동생과 함께 전시회에 갔다가 마주쳤다. 그는 전화하겠다고 약속했지만 하지 않았다.

해리는 옆으로 돌아누워 다시 시계를 보았다. 03시 22분. 그는 안나에게 키스했다. 헤어지기 직전에. 표면에 물결무늬가 새겨진 유리를 끼워 넣은 그녀의 아파트 현관문, 그 문 밖으로 무사히 나오자 그는 몸을 내밀어 작별의 포옹을 했고 포옹은 키스가 되었다. 편안하면서 기분 좋은 키스. 어쨌거나 편안한 키스. 03시 33분. 맙소사, 언제부터 옛 애인에게 작별의 키스 좀 했다고 죄책감을 느낄 정도로 예민한 사람이 되었을까? 그는 인두스트리 가를 거쳐 보그스타바이엔 가를 빠져나간 범인의 도주로가 어디였을까 하는 생각에 집중하면서 규칙적으로 깊은 숨을 쉬려 했다. 들이마시고 내쉬고. 다시 들이마시고. 여전히 안나의 향기가 코끝을 맴돌았다. 그의 몸을 누르던 그녀의 달콤한 무게도 느껴졌다. 끈질기게 그를 탐하던 거친 혀도.

6

칠리

그날의 첫 햇살이 에케베르그 언덕 위로 모습을 드러냈다. 햇살은 반쯤 드리워진 강력반 회의실의 블라인드 아래를 슬쩍 훔쳐보더니, 실눈을 뜬 해리의 눈가 주름에 콕 박혔다. 길쭉한 테이블 맨 끝에는 강도수사과 책임자인 루네 이바르손이 다리를 벌린 채 서 있었다. 양손은 뒷짐을 지고서, 발뒤꿈치에 체중을 실어 몸을 들었다가 내리기를 반복했다. 그의 뒤에는 한 장씩 들어 올려 넘기는 대형 차트가 걸려 있었는데, 큼지막한 빨간색 글씨로 '환영'이라고 적혀 있었다. 어딘가에서 프레젠테이션에 관한 세미나라도 듣고 따라하는 모양이라고 해리는 생각했다. 강도수사과 책임자가 말문을 열자, 하품을 하던 해리는 참는 시늉을 했다.

"안녕들 한가. 지금 이 테이블에 앉은 여덟 명이 한 팀이 되어, 금요일에 발생한 보그스타바이엔 가의 은행강도 사건을 수사하게 됐다."

"살인 사건." 해리가 중얼거렸다.

"뭐라고 했지?"

의자에 앉아 있던 해리는 등을 곧게 폈다. 어느 쪽으로 몸을 돌려도 망할 놈의 햇빛 때문에 계속 눈이 부셨다. "이 사건은 살인 사건이라는 사실에 바탕을 두고 수사를 진행해야 할 것 같습니다만."

이바르손이 쓴웃음을 짓고는, 해리를 제외한 나머지 사람들을 휙 둘러보았다. "우선 서로를 소개하는 것부터 시작하려고 했는데, 강력반의 이 친구가 선수를 치는군. 이쪽은 강력반의 비아르네 묄레르 경정이 친절하게도 우리에게 보내준 해리 홀레 반장이다. 전문 분야는 살인이지."

"살인이 아니라 중범죄입니다." 해리가 말했다.

"전문 분야는 중범죄라는군. 홀레 반장 왼쪽은 이번 사건의 현장 감식을 주도한 과학수사과의 토를라이프 베베르다. 자네들도 알다시피 베베르는 우리 경찰청에서 가장 노련한 법의학 수사관이지. 뛰어난 분석력과 정확한 직관으로 유명하다. 예전에 총경님께서 사냥할 때 베베르를 사냥개로 데리고 다니면 좋겠다고 말했을 정도니까."

테이블 주위로 웃음보가 터졌다. 해리는 굳이 확인하지 않아도 베베르가 웃지 않으리라는 걸 알고 있었다. 베베르는 웬만해서는 웃지 않았다. 적어도 좋아하지 않는 사람들 앞에서는. 문제는 그가 좋아하는 사람이 거의 없다는 것이다. 특히 자신보다 나이 어린 상사는 그가 제일 싫어하는 종족이었다. 베베르의 말에 따르면 그 종족은 무능한 출세주의자들로 형사라는 직업이나 경찰이라는 조직에 아무런 애정도 없었다. 오로지 경찰청에 얼굴을 잠깐만 내밀면 얻을 수 있는 행정 권한과 영향력에 대한 본능만 유달리 강할 뿐이었다.

이바르손은 미소를 지었다. 그러고는 바다를 항해하는 배의 선장처럼 몸을 천천히 앞뒤로 흔들며 웃음이 가라앉기를 기다렸다.

"베아테 뢴은 아마 이런 자리에서 처음 보는 얼굴일 거다. 새로 온 비디오 판독 전문가지."

베아테의 얼굴이 비트처럼 새빨개졌다.

"베아테는 우리 경찰청에서 20년 넘게 근무한 외르겐 뢴의 딸이다. 뢴 선배는 당시 강도 및 중범죄 수사과 소속이었지. 지금까지는 베아테가 아버지의 전설적인 명성을 잘 이어가고 있다. 사건 해결에 도움이 된 결정적 증거들을 이미 여러 차례 제공했으니까. 내가 말했는지 모르겠지만, 작년 한 해 강도수사과의 범인 검거율은 50퍼센트에 육박한다. 이는 경찰청 내부에서 볼 때―."

"이미 말씀하셨습니다."

"고맙군."

이번에는 이바르손이 해리를 똑바로 응시하며 미소를 지었다. 윗니와 아랫니 모두를 활짝 드러낸, 뻣뻣하면서 파충류 같은 미소였다. 이바르손은 다른 사람을 모두 소개할 때까지 그 미소를 유지했다. 나머지 사람들 중에는 해리가 아는 사람도 있었다. 강력반의 젊은 형사 망누스 리안과 강도수사과의 디드릭 구드문손. 톰 레피오르 출신의 망누스 리안은 강력반에 온 지 6개월이 됐는데 지금까지 꽤 강한 인상을 남겼다. 디드릭 구드문손은 이 테이블에서 가장 경험이 많은 수사관으로 이바르손의 부관이었다. 해리는 말수가 적고 꼼꼼한 성격의 구드문손과 한 번도 충돌한 적이 없었다. 나머지 두 사람 역시 강도수사과 소속이었는데 성娃이 같았다. 하지만 두 사람이 일란성 쌍둥이가 아니라는 것은 금세 알 수 있었다. 여자인 토릴 리는 금발에 키가 컸고, 남자인 올라 리는 빨간 머리에 땅딸막했다. 여자는 입이 작고 엄격해 보이는 인상인 반면, 남자는 둥글둥글한 얼굴에 웃는 눈을 하고 있었다. 해리는 복도에서 두 사람을 숱하게 마주쳤다. 그 정도로 마주쳤다면 보통은 인사를 건네는 게 자연스럽다고 생각했을 테지만, 해리는 한 번도 그런 생각을 한 적이 없었다.

"나에 대해서는 다들 잘 알 거다." 이바르손은 마지막으로 자기소개를 했다. "그래도 형식적으로 소개를 해보자면, 강도수사과의 경정으로 이번 수사팀 책임자로 임명되었다. 그리고 아까 자네가 했던 말로 돌아가자면 말이야, 홀레, 죄 없는 피해자가 사망한 강도 사건은 이번이 처음은 아냐."

해리는 미끼를 물지 않으려고 노력했다. 정말로. 하지만 그 악어 같은 미소를 도저히 참을 수가 없었다.

"그런데도 범인 검거율이 50퍼센트라는 겁니까?"

이번에는 오로지 한 사람만 웃었다. 하지만 베베르의 웃음소리는 요란했다.

"내가 깜박 잊고 홀레 반장에 대해 빠뜨린 게 있군." 이바르손이 미소가 사라진 얼굴로 말했다. "이 친구는 코미디에 재능이 있다네. 제2의 아르베 옵살*이라고 들었어."

잠시 어색한 침묵이 흐르더니 이바르손이 짧게 큭큭 웃었다. 그러자 테이블 주위로 킬킬거리는 웃음소리가 퍼져갔다.

"좋아, 일단 사건 요약부터 시작하지." 이바르손이 차트의 첫 페이지를 넘겼다. 다음 장에는 '법의학 증거'라는 제목이 달려 있었다. 그는 마커 펜의 뚜껑을 열고 받아 적을 준비를 했다. "시작하시죠, 베베르."

---

* 노르웨이의 배우 겸 코미디언.

칼 토를라이프 베베르는 자리에서 일어났다. 작달막한 키에 사자 갈기를 연상시키는 잿빛 머리카락, 그리고 수염을 기른 남자였다. 왠지 불길하게 들리는 목소리는 저주파로 우르릉거렸지만 의외로 또렷했다. "간단히 말하지."

"좋을 대로 하세요." 이바르손이 종이 위로 마커 펜을 가져가며 말했다. "하지만 서두르실 필요는 전혀 없습니다, 칼."

"간단히 말한다는 건 할 말이 별로 없어서야." 베베르가 으르렁거렸다. "단서가 하나도 없으니까."

"그렇군요." 이바르손이 마커 펜을 내렸다. "단서가 하나도 없군요. 그게 정확히 무슨 뜻입니까?"

"새로 산 나이키 운동화의 신발 자국이 있었네. 45사이즈. 하지만 이번 사건은 전반적으로 솜씨가 너무 좋아서 내 짐작에는 그게 범인의 원래 사이즈는 아닐 것 같아. 탄도학 친구들이 총알을 분석한 결과, AG3 소총에 사용되는 7.62밀리미터 일반 탄약으로 밝혀졌어. 노르웨이에서 가장 흔히 볼 수 있는 탄약이지. 병영 생활관과 총포 가게는 물론 이 나라 전체의 예비군과 국방 시민군의 집집마다 있으니까. 다시 말해, 추적이 불가능하네. 이것만 아니라면 범인이 은행에 없었다고 해도 믿을 정도로 아무런 증거가 없어. 은행 근처도 마찬가지고. 거기도 수색을 했거든."

베베르는 자리에 앉았다.

"고맙습니다, 베베르. 그거 참…… 유용한 정보군요." 이바르손은 차트를 다음 페이지로 넘겼다. '목격자.'

"홀레?"

해리는 의자에 기대고 있던 몸을 더 축 늘어뜨렸다. "사건 직후 은행에 있던 사람들로부터 즉시 진술을 받았습니다. 하지만 모두 감시 카메라에 나와 있는 것들로 딱히 새로운 사실은 없습니다. 다시 말해, 그들이 잘못 기억하고 있는 것도 몇 가지 있다는 말이죠. 범인이 인두스트리 가로 도주하는 것을 봤다는 목격자가 있었고, 그 외에는 신고 전화를 한 사람도 없었습니다."

"그렇다면 다음으로 넘어가야겠군. 도주 차량. 토릴?"

토릴 리가 앞으로 나오더니 오버헤드 프로젝터를 켰다. 거기에는 지난 석 달간 도난당한 개인 차량을 요약한 슬라이드가 미리 올려져 있었다. 그녀는 강한 순뫼르스크 사투리 억양으로 그중에서 가장 유력한 도주 차량 후보에 대해 설명했다. 후보는 모두 네 대였는데 뽑힌 근거는 다들 지극히 평범한 브랜드의 평범한 모델이며, 튀지 않는 밝은 색깔이고, 범인으로 하여금 무사히 도주할 수 있으리라는 자신감이 들 정도의 새 차라는 이유에서였다. 그중에서도 특히 마리달스바이엔 가에 주차되어 있었던 폴크스바겐 GTI에 주목했다. 강도 사건이 발생하기 바로 전날 밤에 도난당했기 때문이다.

"은행강도들은 최대한 범행이 임박했을 때 차를 훔치는 경향이 있죠. 그래야 도난 차량 목록에 올라가지 않으니까요." 토릴 리는 그렇게 설명하고 오버헤드 프로젝터를 껐다. 그러고는 거기에 놓여 있던 슬라이드를 집어 자기 자리로 돌아갔다.

이바르손은 고개를 끄덕였다. "수고했어."

"헛일하느라." 해리가 베베르에게 속삭였다.

다음 장의 제목은 '녹화 테이프 분석'이었다. 이바르손은 다시 마커 펜의 뚜껑을 닫았다. 베아테는 침을 삼키고, 헛기침을 하고, 앞에 놓여 있던 컵의 물을 한 모금 마셨다. 다시 헛기침을 하고는 테이블에 시선을 고정시킨 채 입을 열었다. "제가 범인의 키를—."

"좀 더 큰 소리로 말해주겠나, 베아테?" 파충류 같은 미소. 베아테는 예닐곱 번 헛기침을 했다.

"녹화 테이프를 보고 범인의 키를 재봤는데 179센티미터로 나왔어요. 베베르와도 상의했는데 제 의견에 동의했고요."

베베르가 고개를 끄덕였다.

"훌륭하군!" 이바르손은 애써 열띤 목소리로 말했다. 그러더니 마커 펜의 뚜껑을 재빨리 열고 차트에 적었다. 신장 179센티미터.

베아테는 계속 테이블에 대고 말했다. "방금 전 노르웨이 과학 기술 대학의 아슬라크센과 통화했어요. 음성 분석가요. 강도가 영어로 말한 다섯 단어를 들어봤다는데, 그게……." 베아테는 소심하게 이바르손을 힐끗 올려다보았다. 그는 베아테에게 등을 돌린 채 받아 적을 준비를 하고 있었다. "…… 음질이 너무 나빠서 아무것도 알아낼 수가 없대요. 전혀 쓸모가 없는 자료래요."

이바르손이 팔을 내리는 것과 동시에 나지막이 떠 있던 태양이 구름 뒤로 들어가버렸다. 그들 뒤쪽 벽에 드리웠던 커다란 사각형 빛도 사라져버렸다. 귀가 먹먹할 정도의 침묵이 감돌았다. 이바르손은 숨을 들이쉬고는 발가락에 체중을 실으며 몸을 앞으로 내밀었다.

"다행히 우리에게는 아직 에이스가 남아 있지."

강도수사과 책임자는 차트의 마지막 장으로 넘겼다.

감시반.

"강도수사과 소속이 아닌 사람들을 위해 설명하자면, 강도 사건의 녹화 테이프가 입수되자마자 우리가 제일 먼저 하는 일은 감시반을 불러들이는 것이다. 화질이 좋은 비디오만 있으면 열 건 중일곱 건은 범인의 정체를 알아낼 수 있지. 전과가 있다면 말이야."

"복면을 썼는데도 말인가?" 베베르가 물었다.

이바르손은 고개를 끄덕였다. "훌륭한 잠입요원은 범인의 체격, 몸짓, 은행을 터는 동안의 말투로 전과자의 정체를 알아냅니다. 복면을 쓴다고 해도 절대 감춰지지 않는 작은 단서들이죠."

"하지만 범인이 누구인지 아는 것만으로는 부족합니다." 이바르손의 부관인 디드릭 구드문손이 끼어들었다. "우리에게는—."

"맞습니다." 이바르손이 그의 말을 잘랐다. "우리에게는 증거가 필요하죠. 설사 범인이 감시 카메라 앞에서 자기 이름을 말했다 해도 마찬가지입니다. 놈이 복면을 쓰고 있는 한, 또 유형의 증거를 남기지 않은 한 법정에서 우리가 내놓을 수 있는 건 아무것도 없습니다."

"그럼 범인의 정체를 알아낸 일곱 건 중에서 범인을 잡아넣은 건 몇 건이나 되지?" 베베르가 물었다.

"두세 건 정도죠." 구드문손이 말했다. "하지만 설사 범인을 못 잡을지라도, 범인이 누구인지 아는 편이 훨씬 낫습니다. 그들의 패턴과 방법을 알게 되니까요. 그럼 다음에 잡을 수 있죠."

"다음이 없다면요?" 해리가 물었다. 그는 이바르손이 웃을 때 귀 위의 굵은 혈관이 크게 확장한다는 것을 알았다.

"친애하는 살인 전문가 양반." 여전히 익살스런 말투로 이바르손이 말했다. "주위를 둘러보면 대부분 자네 질문에 소리 없이 웃고 있다는 걸 알게 될 거야. 은행털이에 성공한 놈은 언제나, 언제나 다시 은행을 터는 법이니까. 그게 이쪽 바닥에서는 만유인력의 법칙이나 마찬가지야." 이바르손은 창밖을 내다보며 다시 킬킬 웃더니 뒤꿈치에 체중을 실어 몸을 빙글 돌렸다. "오늘 수업은 이쯤 해두고, 이젠 용의자가 누군지 살펴볼까? 올라?"

올라 리가 이바르손을 바라보았다. 일어날지 말지 고민한 끝에 결국 그냥 앉아서 말하기로 했다. "음, 지난 주말에 마침 전 당직이었습니다. 사건이 발생한 금요일 저녁 8시경에 편집된 녹화 테이프가 도착했고, 전 곧장 감시반 친구들을 하우스 오브 페인으로 불러서 비디오를 보여줬죠. 그날 비번인 친구들은 토요일에 호출했고요. 금요일 8시에는 모두 합해 열세 명의 감시반 형사들이 왔고, 토요일에는……."

"됐으니까 결과나 말해보게, 올라." 이바르손이 말했다.

올라가 겸연쩍게 웃었다. 갈매기의 힘없는 울음소리 같은 웃음이었다.

"어서."

"에스펜 볼란은 병가 중입니다. 은행강도에 대해서라면 빠삭한 친구죠. 내일 여기 들르라고 할 겁니다." 올라가 말했다.

"지금 그 말은……?"

올라의 눈동자가 테이블 주위를 재빠르게 훑었다. "할 말이 별로 없다는 뜻입니다." 그가 부드럽게 말했다.

"올라는 우리 부서로 온 지 얼마 안 됐습니다." 이바르손이 말했다. 그의 턱 근육이 이를 갈기 시작했다. "그래서 100퍼센트 확신이 들어야만 범인의 정체를 밝히려 하는군요. 물론 칭찬할 만한 일입니다. 하지만 이번 경우에는 좀 무리죠. 강도가—."

"살인범이."

"—머리부터 발끝까지 몸을 가린데다 평균 신장이고, 말은 거의 하지 않았으니까요. 게다가 이례적인 수법을 사용했고 평소보다 큰 신발을 신었습니다." 이바르손은 언성을 높였다. "그러니까 명

단에 오른 이름을 모두 말해보게, 올라. 용의선상에 오른 자들이
누군가?"

"아무도 없습니다."

"한두 명은 있을 거 아니야!"

"아뇨." 올라가 침을 꿀꺽 삼켰다.

"지금 의견을 내놓은 사람이 아무도 없다는 말인가? 자진해서
밑바닥 생활을 할 정도로 열정적이고, 오슬로 최악의 쓰레기들을
매일 상대한다는 데 자부심을 가진 잠입요원들이? 은행강도 사건
이 터지면 십중팔구 누가 도주 차량을 몰았는지, 누가 돈 자루를
운반했는지, 누가 망을 봤는지에 관한 소문을 듣는 그 잠입요원들
이 별안간 범인을 어림짐작하기도 꺼렸다는 건가?"

"짐작이야 했죠. 여섯 명의 이름이 나왔습니다." 올라가 말했다.

"그러니까 그걸 말해보란 말이야."

"그 여섯 명의 알리바이를 모두 확인했습니다. 세 명은 감방에
있고, 한 명은 사건이 일어나던 시간에 플라타 마켓 광장에서 목
격됐습니다. 한 명은 태국의 파타야에 있고요. 제가 확인했습니
다. 그리고 잠입요원들이 이구동성으로 언급한 사람이 있었습니
다. 체격도 비슷하고, 범행 솜씨가 프로라는 점에서요. 트바이타
갱단 소속의 비에른 요한센이라는 놈입니다."

"그런데?"

올라는 의자 옆으로 미끄러져 내려 테이블 아래로 사라져버리
고 싶은 듯한 표정이었다.

"그놈은 현재 울레볼 병원에 입원 중인데, 사건이 있던 날에는
수술을 받았답니다. 아우레스 알라타이^{aures alatae} 수술요."

*

75

"아우레스 알라타이?"

"돌출귀." 해리는 신음하며 눈썹에 맺힌 땀을 손으로 휙 털었다. "이바르손은 폭발하기 직전이었어. 지금 몇 킬로야?"

"방금 21킬로가 됐어요." 할보르센의 목소리가 체력단련실 벽에 부딪혀 울렸다. 아직 이른 오후여서 경찰청 지하의 체력단련실에는 둘뿐이었다.

"지름길로라도 간 거야?" 해리는 이를 악물고, 간신히 속도를 약간 높였다. 그가 탄 실내 자전거 주위로 벌써 땀이 웅덩이를 이루고 있었다. 반면 할보르센의 이마는 아직 보송보송했다.

"그럼 알아낸 게 하나도 없네요?" 할보르센이 차분히 규칙적으로 호흡하며 물었다.

"그런 셈이지, 응. 막판에 베아테 뢴이 한 말만 제외하면."

"뭐라고 했는데요?"

"감시 카메라에 찍힌 범인의 얼굴과 머리를 3D 이미지로 만드는 프로그램을 작업 중이래."

"범인이 복면을 썼는데도요?"

"영상에서 얻은 정보를 토대로 만드는 프로그램이야. 빛, 그림자, 돌출된 부분, 함몰된 부분 같은 정보. 달라붙는 복면일수록 그걸 쓴 사람과 비슷한 이미지를 만들기가 더 쉽지. 그렇기는 해도 대충 스케치 정도일 거야. 하지만 베아테가 그걸 용의자들의 사진과 대조해보겠다고 했어."

"FBI의 신원 확인 프로그램이라도 쓴대요?" 할보르센이 해리를 돌아보았다. 그러고는 신기하다는 듯이 해리의 티셔츠를 바라보았다. 가슴팍에 그려진 요케 오그 발렌티네르네* 로고에서 시작된 땀자국이 이제는 셔츠 전체로 퍼져 있었다.

"아니, 더 나은 프로그램이 있대. 몇 킬로야?" 해리가 말했다.

"22킬로요. 무슨 프로그램인데요?"

"푸지포름 지러스^{fusiform gyrus}."

"마이크로소프트 건가요? 아니면 애플?"

해리는 다홍빛으로 달아오른 이마를 검지로 톡톡 쳤다. "모든 인간에게 장착된 소프트웨어야. 측두엽에 자리 잡은 방추상회라는 건데, 유일한 기능은 사람의 얼굴을 알아보는 거지. 오로지 사람 얼굴만. 우리가 수백, 수천 명의 사람 얼굴은 구분하면서 코뿔소는 기껏해야 열 마리 정도밖에 구분하지 못하는 게 바로 이 녀석 때문이야."

"코뿔소?"

해리는 흘러내리는 땀이 눈에 들어가지 않도록 눈을 연신 깜박거렸다. "예를 들면 그렇다는 거야, 할보르센. 하지만 베아테 뢴이 특별한 건 사실이야. 베아테의 방추상회는 다른 사람보다 두 번 더 회전할 수 있어. 다시 말해, 평생 마주친 사람의 얼굴은 모조리 기억한다는 거지. 아는 사람이나 이야기를 나눠봤던 사람만 말하는 게 아니야. 15년 전 사람들로 붐비는 거리에서 선글라스를 끼고 스쳐 지나간 사람까지 포함해서 그렇다는 거야."

"농담이죠?"

"아니." 해리는 숨을 충분히 들이쉬고 나자 다시 고개를 수그렸다. "역사상 베아테 같은 사람은 대략 100명 정도밖에 없었나 봐. 디드릭 구드문손 말로는 경찰대학에서 실험한 결과, 유명한 신원 확인 프로그램들보다 베아테의 능력이 더 뛰어났대. 그 여자는 걸

---

* 노르웨이의 록밴드.

어 다니는 얼굴 자료 보관소라고. 만약 그 친구가 널 보고 '우리 전에 어디선가 만나지 않았나요?'라고 말하면, 그건 절대 작업 멘트가 아닌 거야."

"와. 그런 사람이 왜 경찰에 있대요? 그렇게 뛰어난 능력이 있는데?"

해리는 어깨를 으쓱였다. "1980년대에 뤼엔에서 있었던 은행강도 사건 기억해? 한 형사가 총에 맞았잖아."

"제가 경찰이 되기 전의 일이잖아요."

"경찰에 신고가 들어왔을 때 마침 그 형사는 은행 근처에 있었어. 그래서 제일 먼저 현장에 도착했지. 무기도 없는 상태로 은행에 들어가서 범인과 협상하려 했다가 기관총에 맞아 무참히 살해됐어. 강도들은 끝내 잡히지 않았고. 나중에 경찰대학에서는 현장에 도착했을 때 절대 해서는 안 될 일을 설명하면서 그 사건을 예로 들었지."

"반드시 추가 병력이 올 때까지 기다릴 것. 강도들과 맞서지 말 것. 자기 자신은 물론 은행 직원 심지어 강도까지 불필요한 위험에 빠뜨리지 말 것."

"맞아. 규정집에 그렇게 적혀 있지. 그런데 이상한 건 그 형사가 당시 실력도 최고일 뿐 아니라 제일 노련한 수사관이었다는 거야. 외르겐 뢴. 베아테의 아버지이지."

"그렇군요. 그래서 그 여자가 경찰이 된 걸까요? 아버지 때문에?"

"그럴 수도 있지."

"예뻐요?"

"예뻐. 몇 킬로야?"

"방금 24킬로미터가 됐어요. 6킬로 남았네요. 반장님은요?"

"22킬로미터. 곧 따라잡을 테니 두고 봐."

"이번에는 안 될걸요." 할보르센은 그렇게 말하며 속도를 높였다.

"아니, 그렇게 될 거야. 이제 언덕이 나오거든. 자, 간다! 넌 겁을 먹고 다리에 쥐가 날 거라고. 늘 그랬듯이."

"이번에는 아니라니까요." 할보르센이 자전거 페달을 더 세게 밟으며 말했다. 할보르센의 이마에서 숱이 많은 머리카락으로 이어지는 부분에 땀이 한 방울 맺혔다. 해리는 씩 웃으며 자전거 핸들 위로 몸을 숙였다.

*

비아르네 묄레르는 아내에게서 받은 장보기 목록과 선반에 놓인 채소, 그중에서도 고수풀로 짐작되는 채소를 번갈아 바라보았다. 작년 겨울, 푸껫에 휴가를 다녀온 뒤로 아내는 태국 음식에 푹 빠졌다. 하지만 묄레르는 매일 방콕에서 그뢴란슬라이레의 파키스탄 식료품점으로 공수되는 온갖 채소에 아직 익숙하지 않았다.

"그건 그린 칠리예요, 보스." 귓가에서 목소리가 들렸다. 비아르네 묄레르는 몸을 빙글 돌려, 땀범벅에 벌겋게 달아오른 해리의 얼굴을 바라보았다. "그거 두세 개에 얇게 자른 생강 몇 조각이 있으면 톰얌 수프를 만들 수 있죠. 그걸 먹으면 귀에서 김이 나올 겁니다. 그래도 몸의 노폐물을 땀으로 배출할 수 있죠."

"꼴이 그게 뭔가? 톰얌 수프라도 먹었나?"

"할보르센과 자전거 경주 좀 했습니다."

"그래? 손에 든 봉지는 뭐고?"

"일본산 고추를 좀 샀습니다. 작고 빨간 고추죠."

"자네가 요리도 하는 줄은 몰랐군."

해리는 고추가 든 봉지를 신기하게 바라보았다. 마치 자기도 처음 본다는 듯이. "그건 그렇고 마침 잘 만났네요. 보스. 문제가 있습니다."

그 말을 듣자 묄레르는 골치가 지끈거렸다.

"보그스타바이엔 가 살인 사건을 누가 이바르손에게 맡겼는지는 모르겠지만, 그렇게는 안 되겠습니다."

묄레르는 장보기 목록을 쇼핑 바구니에 집어넣었다. "두 사람이 함께 일한 지 얼마나 됐지? 무려 이틀?"

"그게 문제가 아닙니다, 보스."

"평생 한 번쯤은 그냥 시키는 대로 군말 없이 하면 안 되겠나? 조직이 어떻게 돌아가는지는 다른 사람들에게 맡기고 말이야. 번번이 누군가와 맞서지 않는다고 해서 큰 화를 입는 건 아닐세."

"전 어서 빨리 이 사건을 해결하고 싶을 뿐입니다, 보스. 그래야 다른 사건을 수사할 수 있으니까요. 제가 수사하고 싶은 게 어떤 사건인지 아시죠?"

"그래, 알아. 하지만 자넨 나와 약속했던 두 달보다 훨씬 더 오랫동안 그 사건에 매달렸어. 더는 자네의 개인적 감정과 추측만으로 그 사건에 시간과 인력을 동원하는 걸 옹호해줄 수 없단 말일세, 해리."

"엘렌은 우리 동료였습니다, 보스."

"나도 알아!" 묄레르가 소리를 버럭 질렀다. 그러더니 멈칫 하고 주위를 둘러본 후, 작은 소리로 말을 이었다. "대체 문제가 뭔가, 해리?"

"그쪽은 강도 사건 수사에만 익숙한 사람들입니다. 그리고 이바르손은 건설적인 조언에는 손톱만큼도 관심이 없고요."

해리가 했을 '건설적인 조언'을 생각하자, 비아르네 묄레르는 자신도 모르게 씩 웃었다.

해리는 몸을 앞으로 기울이더니 속사포처럼 쏟아냈다. "살인 사건이 발생했을 때 우리가 제일 먼저 자문하는 게 뭡니까, 보스? 왜 죽였을까? 동기가 뭘까? 그게 우리가 하는 질문이죠. 하지만 강도수사과에서는 동기를 당연히 돈 때문이라 생각하고, 그런 질문은 생각하지도 않더라고요."

"자넨 동기가 뭐라고 생각하나?"

"저도 모르죠. 요점은 저들이 사용하는 방법이 완전히 틀렸다는 겁니다."

"방법이 다른 거야, 해리. 틀린 게 아니라 다른 거. 난 이 채소들을 사서 집에 가야 하네. 그러니까 원하는 걸 말해보게."

"제가 단독으로 일할 수 있게 해주십시오. 딱 한 명만 붙여주시면 됩니다."

"수사팀에서 빠지겠다고?"

"병행 수사죠."

"해리……."

"진홍가슴새도 그렇게 잡지 않았습니까? 기억하시죠?"

"해리, 내가 이래라저래라—."

"베아테 뢴과 일하고 싶습니다. 둘이서 수사를 새로 시작하고 싶어요. 이바르손은 이미 옴짝달싹—."

"해리!"

"네?"

"진짜 이유가 뭔가?"

해리는 다른 쪽 발로 체중을 옮겨 실었다. "그 히죽거리는 악어와는 일 못하겠습니다."

"이바르손 말인가?"

"같이 일하다가는 제가 뭔가 엄청나게 바보 같은 짓을 저지를 겁니다."

비아르네 묄레르의 양 눈썹이 미간에서 만나 검은 V자를 만들었다. "지금 날 협박하는 건가?"

해리는 묄레르의 어깨에 한 손을 올려놓았다. "이번 부탁만 들어주세요, 보스. 다시는 어떤 부탁도 하지 않겠습니다. 절대로."

묄레르가 신음했다. 지금까지 해리를 위해 자신의 목을 내놓은 적이 얼마나 많았던가? 그의 경력을 걱정하는 선배들의 호의적인 조언은 늘 귓등으로 들어왔다. 해리와 거리를 두게. 그자는 어디로 튈지 모르는 인간이야. 해리 홀레에 대해 한 가지 확실한 게 있다면 언젠가 큰 사고를 치리라는 것뿐이지. 그들은 그렇게 말했다. 하지만 신기하게도 지금까지 두 사람은 난관을 잘 극복해왔고, 따라서 누구도 그들에게 극단적인 조치를 취할 수 없었다. 지금까지는. 그렇다고는 해도 여전히 궁금증은 남는다. 왜 그는 이 모든 걸 참고 견디는 걸까? 그는 해리를 바라보았다. 알코올 중독자에 사고뭉치. 가끔씩 못 견딜 정도로 짜증나는, 거만한 고집불통. 하지만 그가 거느린 최고의 수사관이었다. 톰 볼레르를 제외하고.

"얌전히 있게, 해리. 안 그러면 자네를 억지로 책상에 앉히고, 문을 잠가버릴 테니까. 알아들었나?"

"아주 똑똑히 알아들었습니다, 보스."

묄레르는 한숨을 쉬었다.

"내일 이바르손과 총경님을 만나기로 했네. 한번 말은 해보지. 꼭 그렇게 해주겠다는 건 아니야, 알았나?"

"예, 예, 보스. 사모님께 안부 전해주세요." 해리는 나가는 길에 목을 길게 빼어 고갯짓을 했다. "고수풀은 왼쪽 끝, 맨 아래 선반에 있습니다."

비아르네 묄레르는 우두커니 서서 장보기 목록을 바라보았다. 이제야 이유가 생각났다. 그는 알코올 중독자에 제멋대로인 저 고집쟁이가 좋았다.

7

화이트 킹

해리는 안면이 있는 단골에게 고개를 끄덕여 인사했다. 그러고는 발데마르 테라네스 가가 내다보이는 좁은 창유리 아래의 테이블에 앉았다. 그의 뒤쪽 벽에는 커다란 그림이 걸려 있었다. 화창한 날씨의 웅스토르게 광장에서 실크해트를 쓰고 산책을 하던 신사들이 양산을 든 여인들을 즐겁게 맞이하는 그림이었다. 오늘따라 그 그림은 슈뢰데르 바의 분위기와 극명한 대조를 이뤘다. 이곳의 조명은 늘 가을날처럼 어둑어둑한데다 지금처럼 조용한 오후에는 종교적 기운마저 감돌았기 때문이다.

"와주셔서 고맙습니다." 해리는 이미 테이블에 앉아 있던 남자에게 말했다. 살집이 좋은 그 남자가 이곳의 단골이 아니라는 것은 한눈에 알 수 있었다. 그가 입은 품위 있는 트위드 재킷이나 빨간 물방울무늬의 나비넥타이 때문은 아니었다. 그의 앞에 차가 담긴 하얀 머그컵이 놓여 있고, 그가 스푼으로 차를 젓고 있었기 때문이다. 머그컵 아래의 식탁보는 맥주 냄새에 찌든 데다가 담뱃불로 검게 그을린 구멍이 여기저기 뚫려 있었다. 이곳에 어울리지 않는 이 손님은 심리학자 스톨레 에우네였다. 노르웨이에서 가장 훌륭한 심리학자 중 하나로 꼽혔으며, 경찰이 자주 자문을 구하기도 하는 전문가였다. 때로는 즐겁게, 때로는 유감스럽게 에우네는 그 자문에 응했다. 부러질지언정 굽히지 않는 올곧은 성격의 소유자라서 과학적 증거로 뒷받침되지 않는 사항은 절대 증언하지 않기 때문이다. 하지만 원래 심리학은 뚜렷한 증거가 부족한 학문이다. 따라서 검찰 측 증인으로 출두해도 그는 종종 피고 측 변호인단의 가장 좋은 친구가 되었으며, 그가 뿌린 의심은 대체로 피고에게 유리하게 작용했다. 경찰로서 해리는 살인에 관한 에우네의 전문지식에 꽤 오랫동안 의지해서 이제는 그가 동료로 느껴질 정도였다. 또한 알코올 중독자로서도 이 다정하면서 똑똑하고 따라서 어느 정도는 거만한 이 남자의 손에 자신을 완전히 의탁한 상태였다. 그리하여 (자신이 궁지에 몰릴 때는) 그를 친구라고 부를 수도 있을 정도였다.

"그래, 여기가 자네의 도피처인가?" 에우네가 말했다.

"네." 해리는 그렇게 말하며, 계산대를 지키는 마야에게 한쪽 눈썹을 추켜올렸다. 그러자 마야는 즉시 스윙도어를 밀치고 부엌으로 총총 들어갔다.

"손에 든 건 뭔가?"

"일본산 고추예요."

땀방울이 해리의 코를 타고 흘러내리더니 코끝에 잠시 매달렸다가 식탁보로 떨어졌다. 에우네는 식탁보에 생긴 땀자국을 바라보았다.

"제 몸의 체온 조절 장치가 좀 느려요. 체력단련실에서 운동을 했거든요." 해리가 말했다.

에우네는 코를 찡그렸다. "심리학자로서는 아마도 자네에게 박

85

수를 쳐줘야 마땅할 거야. 하지만 철학자로서는 왜 자기 몸에 그런 불쾌한 일을 가하는지 묻지 않을 수 없군."

스테인리스로 된 커피포트와 머그컵이 해리 앞에 도착했다. "고마워, 마야."

"어떤 사람들은 스스로에게 벌을 줘야만 죄책감이 해소되지. 자네가 절망에 빠졌을 때처럼 말일세, 해리. 자네의 경우, 술은 도피처가 아니라 스스로를 벌주기 위한 궁극적 수단이야."

"진단 고맙습니다. 하지만 그 말씀은 전에도 하셨어요."

"죽어라 운동하는 이유가 그 때문인가? 양심의 가책?"

해리는 어깨를 으쓱였다.

에우네는 목소리를 낮췄다. "엘렌이 자네를 괴롭히나?"

해리가 눈을 휙 들어 에우네를 바라보았다. 그러고는 커피가 든 머그컵을 천천히 입으로 가져갔다. 길게 한 모금 마신 뒤, 찡그린 얼굴로 다시 컵을 내려놓았다. "아뇨, 엘렌 사건 때문이 아닙니다. 그 사건은 진전이 없지만, 그건 우리의 수사가 잘못되어서가 아닙니다. 그건 분명해요. 곧 뭔가 나타날 겁니다. 우린 그저 때를 기다려야죠."

"다행이군. 엘렌이 죽은 건 자네 탓이 아닐세. 그 사실을 늘 명심하라고. 그리고 잊지 말게. 자네 동료는 다들 범인이 잡혔다고 생각한다는 걸."

"그럴 수도 있고, 아닐 수도 있죠. 그자는 죽었고, 죽은 자는 말이 없으니까요."

"그런 강박증에 빠져서는 안 되네, 해리." 에우네는 트위드 조끼 주머니에 손가락 두 개를 넣어 은제 회중시계를 꺼내 힐끗 보았다. "하지만 자네가 죄책감에 대해 이야기하려고 날 부르진 않왔을 텐데."

"네, 맞습니다." 해리는 재킷 안주머니에서 사진 뭉치를 꺼냈다. "이 사건에 대한 박사님 의견이 듣고 싶습니다."

에우네는 손을 내밀어 사진을 뒤적거리기 시작했다. "은행강도 사건 같군. 은행강도는 강력반 소관이 아닐 텐데."

"다음 사진을 보시면 이해가 갈 겁니다."

"정말인가? 남자가 감시 카메라를 향해 손가락 하나를 들어 올리고 있는데?"

"죄송합니다. 그다음 사진이네요."

"이런. 이 여자는……?"

"네. AG3 기관총이라서 불꽃이 거의 안 보일 겁니다. 하지만 방금 이자가 총을 쏜 게 맞습니다. 여기 보시면 총알이 막 여자의 이마로 들어갔죠. 다음 사진에서는 총알이 여자의 머리 뒤로 나가서 유리 칸막이 옆의 목재에 박혔고요."

에우네는 사진을 내려놓았다. "왜 늘 이런 소름 끼치는 사진을 보여주는 건가, 해리?"

"그래야 우리가 하는 이야기가 얼마나 심각한지 아실 테니까요. 다음 사진을 보세요."

에우네는 한숨을 쉬었다.

"범인은 돈을 손에 넣었어요." 해리가 손으로 가리키며 말했다. "이제 도망만 가면 끝이죠. 놈은 유능한데다 차분하면서 정확해요. 더는 누구를 겁주거나, 뭘 하라고 강요할 이유도 없고요. 그런데도 도망가는 걸 몇 초 미루면서까지 은행 직원을 총으로 쐈어요. 그저 지점장이 현금인출기에서 돈을 빼는 데 6초 늦었다는 이유만으로요."

에우네는 컵 속에 든 스푼으로 천천히 8자를 그렸다. "그래서 그 동기가 뭔지 알고 싶은 건가?"

"동기야 늘 있기 마련이죠. 하지만 그보다 먼저 범인의 정신 상태가 과연 정상인지 모르겠습니다. 박사님 생각은 어떠세요?"

"심각한 인격 장애야."

"하지만 다른 면에서는 이성적이기 그지없는 걸로 보이는데요."

"인격 장애가 있다고 해서 멍청하다는 뜻은 아닐세. 그들도 목표를 달성하는 데 있어서 우리만큼, 혹은 종종 그 이상으로 뛰어난 능력을 보인다네. 다만 우리와 원하는 게 다를 뿐이지."

"약에 취해서 그런 건 아닐까요? 평상시에는 정상인 사람이 살인을 저지를 정도로 공격성이 증가하는 약물은 없나요?"

에우네는 고개를 저었다. "약물은 잠재해 있던 성향을 더 두드러지게 하거나 약화시킬 뿐일세. 술에 취해 아내를 죽이는 작자는 평소에도 아내를 구타하는 성향이 있지. 더구나 이렇게 고의적인 살인은 반드시 특정한 성향을 지닌 사람들이 저지른다네."

"그러니까 박사님 말씀은 이자가 정신이상이라는 겁니까?"

"아니면 사전에 입력이 되었거나."

"입력이 되었다고요?"

에우네가 동의의 뜻으로 고개를 끄덕였다. "한 번도 잡힌 적이 없는 은행강도, 라스콜 바제트를 기억하나?"

해리는 고개를 저었다.

"그자는 집시라네. 몇 년간 이 신비스런 인물에 대한 소문이 떠돌았지. 1980년대 오슬로에서 발생한 모든 현금수송차량 약탈 사건과 주요한 은행강도 사건은 이자의 머리에서 나왔다는 소문이었어. 그런 인물이 정말로 존재한다는 사실을 경찰이 인정하기까지도 꽤 오랜 세월이 걸렸지. 인정한 후에도 그에게 불리한 증거는 전혀 나오지 않았어."

"어렴풋이 기억나네요. 잡힌 줄 알았는데요."

"아니야. 기껏해야 두 강도에게서 라스콜에게 불리한 증거를 넘겨주겠다는 약속을 받아낸 게 전부였어. 하지만 그들은 감쪽같이 사라져버렸지."

"흔히 있는 일이죠." 카멜 담뱃갑을 꺼내며 해리가 말했다.

"감옥에 갇혀 있을 때는 흔한 일이 아니지."

해리는 나지막이 휘파람을 불었다. "그자도 결국에는 감옥에 간 거 같은데요?"

"맞아. 하지만 체포된 건 아니었어. 본인이 자수했지. 어느 날 경찰청 안내 데스크에 라스콜이 나타나서 과거에 있었던 일련의 은행강도 사건을 자백하고 싶다고 한 거야. 당연히 경찰 내부에서는 난리가 났지. 그자의 행동이 도무지 이해가 가지 않았으니까. 라스콜은 왜 자수했는지에 대해서는 일절 설명하지 않았어. 재판이 열리기 전에 경찰이 내게 전화를 했지. 그의 정신 상태를 감정해서, 그의 자백이 효력이 있을지 확인해달라는 거였어. 라스콜은 나와 이야기하는 대신 두 가지 조건을 걸었어. 첫째, 자신과 체스 게임을 할 것. 내가 체스를 둔다는 걸 그가 어떻게 알았는지는 묻지는 말게. 둘째, 면회 올 때 손자병법의 불어 번역본을 가져올 것. 손자병법은 중국의 병법서라네."

에우네는 노벨 프티* 담뱃갑을 열었다.

"나는 파리에서 보내준 책과 체스판을 챙겨 면회를 갔지. 그의

* 네덜란드에서 생산하는 고급 수제 담배.

감방에 들어갔더니 수도승처럼 생긴 사람이 날 맞이하더군. 그는 내게 펜을 빌리고는 책을 휘리릭 훑어보았어. 그러더니 고개를 끄덕이며 체스판을 펼치라는 신호를 했지. 나는 체스 말을 제자리에 세워 두고 레티의 오프닝*으로 시작했지. 중원을 장악하기 전까지 적을 공격하지 않는 수야. 중급 정도의 실력자들을 상대하는 데 효과적이라네. 하지만 내 첫수만 보고 이런 생각을 읽어내기란 불가능하지. 그런데도 그 집시는 책 너머로 체스판을 보더니 자신의 염소수염을 쓰다듬으며 다 안다는 눈빛으로 나를 바라보았어. 그러고는 책에 무언가를 적기 시작했지."

가느다란 담배 끝에서 은색 라이터가 불꽃을 내뿜었다.

"다 쓰더니 다시 책을 읽기 시작했어. 그래서 내가 체스 안 둘 거냐고 물었지. 그랬더니 또 뭔가를 끼적거리며 대답했어. '둘 필요 없소. 이 게임이 어떻게 끝날지 적고 있으니까. 한 수 한 수 차례로. 당신은 스스로 자신의 킹을 쓰러뜨릴 거요.' 나는 그에게 첫수만 보고 게임이 어떻게 진행될지 아는 건 불가능하다고 말했어. 그랬더니 그가 내기를 하자는 거야. 나는 웃어넘기려고 했지만 라스콜은 집요했어. 그래서 나는 앞으로의 면담에 그가 협조하기를 바라는 마음에서 100크로네를 걸기로 했어. 그가 지폐를 보여달라고 해서 나는 체스판 옆에 100크로네를 꺼내놓았어. 마침내 그가 첫수를 놓으려는 듯이 한 손을 들어 올렸지. 그 뒤로는 전광석화 같았어."

"블리츠**였나요?"

---

* 슬로바키아 출신의 유명한 체스 선수인 리처드 레티의 이름을 딴 오프닝. 오프닝이란 게임 초반의 수를 정리해놓은 것을 말한다.
** 보통 체스보다 더 빠른 시간 안에 끝나는 체스.

에우네는 미소를 지었다. 그러고는 골똘히 생각에 잠긴 채 천장으로 도넛 모양의 연기를 띄웠다. "다음 순간, 강철 같은 손아귀가 내 목을 움켜잡았어. 나는 고개가 뒤로 꺾인 채 천장만 바라봤지. 귓가에서 목소리가 들리더군. '칼날이 느껴지나, 가드조?' 당연히 느껴졌지. 예리하고 면도날처럼 얇은 칼날이 내 목을 누르며 살갗을 뚫고 들어오려고 했어. 그런 경험 해본 적 있나, 해리?"

해리는 그와 관련된 경험의 기록부를 재빨리 훑어보았지만, 완벽하게 똑같은 경우는 찾아낼 수 없었다. 그는 고개를 저었다.

"내 환자들이 했던 말을 인용하자면, 기분 더럽다네. 나는 너무 무서워서 바지에 오줌을 싸기 직전이었어. 그런데 그가 내 귀에 속삭이는 거야. '킹을 넘어뜨리시오, 에우네.' 그러더니 내 목을 약간 풀어주더군. 난 팔을 들어 올려 내 체스 말을 모두 쓰러뜨렸어. 그러자 그가 아까 공격할 때처럼 느닷없이 날 놓아주더니 자기 자리에 앉아 기다리더군. 내가 몸을 가누고, 제대로 숨을 쉴 때까지. 내가 대체 뭐 하는 짓이냐고 따졌더니 그가 대답했어. '이게 바로 은행털이요. 일단 계획을 세우고 실행하는 것.' 그러더니 책에 쓴 글을 보여주더군. 거기에는 내 첫수가 적혀 있었고, 그 아래 이런 문장이 있었어. '화이트 킹이 항복한다.' 그가 물었지. '이게 당신이 내게 묻고 싶은 질문들에 대한 답이 되겠소, 에우네?'"

"그래서 뭐라고 하셨어요?"

"아무 말도 안 했네. 그냥 간수를 불렀지. 하지만 간수가 오기 전에 라스콜에게 마지막 질문을 했지. 그 자리에서 대답을 듣지 못하면 남은 평생 궁금해서 미치리라는 걸 알고 있었거든. 그래서 물었지. '정말로 할 생각이었소? 내가 항복하지 않으면, 정말로 내 목을 그을 작정이었소? 이 바보 같은 내기에서 이기려고?'"

"그랬더니요?"

"미소를 지으면서 사전 입력이 뭔지 아느냐고 묻더군."

"그래서요?"

"그게 다야. 문이 열렸고, 난 거기서 나왔어."

"사전 입력이라는 게 대체 뭐죠?"

에우네는 머그컵을 옆으로 밀었다. "우리는 특정한 패턴의 행동을 하도록 뇌에 미리 입력해둘 수 있다네. 그러면 뇌는 다른 모든 충동을 물리치고 미리 정해둔 법칙만 따르지. 무슨 일이 있어도 말일세. 뇌가 자연적으로 패닉 상태에 빠질 때 매우 유용한 방법이라네. 예를 들어, 낙하산이 펴지지 않는 상황을 생각해보게. 그럴 경우 낙하산을 탄 사람에게 비상조치를 사전 입력시켜두면 좋지 않겠나?"

"전쟁터의 군인에게도요."

"그렇지. 하지만 너무 심하게 입력시킨 나머지 사람을 일종의 무아지경에 빠뜨리는 경우도 있다네. 그럴 때는 아무리 심한 외부 자극이 와도 전혀 영향을 받지 않아. 살아 있는 로봇이 되는 거지. 모든 장군들의 꿈 아니겠나? 필요한 기술만 알면 놀라울 정도로 쉽다네."

"일종의 최면인가요?"

"최면보다는 사전 입력이라 부르고 싶군. 그편이 덜 신비로우니까. 이건 충동의 노선을 열어주고 닫아주기만 하면 된다네. 똑똑한 사람이라면 자기 머리에 쉽게 사전 입력을 시킬 수 있지. 소위 자기 최면이라는 거야. 만약 내가 항복하지 않을 경우 날 죽이도록 라스콜이 사전 입력을 했다면, 무슨 일이 있어도 그 마음이 바뀌지 않았을걸세."

"하지만 라스콜은 박사님을 죽이지 않았잖아요."

"모든 프로그램에는 탈출 버튼이 있지. 우리를 무아지경에서 깨어나게 하는 암호 같은 것. 이 경우에는 화이트 킹을 넘어뜨리는 거였어."

"흠. 재미있네요."

"그러니까 내가 말하려는 요점은……."

"뭔지 알 거 같습니다. 사진 속 은행강도는 스스로에게 사전 입력을 시킨 거군요. 지점장이 정해진 시간을 지키지 않으면 무조건 인질을 쏘도록 말이죠."

"사전 입력의 법칙은 간단해야 하네." 에우네는 다 피운 담배를 머그컵에 버리고는 컵받침을 컵 위에 올려놓았다. "무아지경에 빠지기 위해서는 작지만 논리적이고 폐쇄된 시스템을 만들어야 해. 다른 생각은 끼어들 여지가 없이."

해리는 머그컵 옆에 50크로네를 놓아두고 자리에서 일어섰다. 에우네는 테이블 위의 사진을 챙기는 해리를 말없이 바라보다가 입을 열었다. "자넨 내 말을 믿지 않는군. 그렇지?"

"네."

에우네는 자리에서 일어나 불룩 나온 배 위로 재킷 단추를 채웠다. "그럼 뭘 믿나?"

"전 경험을 통해 배운 것을 믿습니다. 나쁜 놈들은 대체로 저처럼 멍청하고 쉬운 길을 선택하며 복잡하지 않은 동기를 가지고 있다고요. 한마디로 보이는 그대로죠. 전 이 범인이 약에 취했거나 패닉 상태에 빠져서 행동했다는 데 걸겠습니다. 놈은 분별없이 행동했어요. 그런 점에서 전 이자가 멍청하다는 결론을 내렸습니다. 박사님이 아주 똑똑하다고 생각하시는 그 집시를 예로 들어보죠.

그자가 칼로 박사님을 공격하기까지 몇 분이 걸렸나요?"

"아무것도 나오지 않았다네." 에우네가 냉소적인 미소를 지으며 말했다.

"네?"

"그 방에서 칼은 나오지 않았어."

"하지만 문이 잠긴 감방에 단둘이 있었다면서요."

"바닷가 모래사장에 배를 깔고 누워 있는데 친구들이 다가와서 움직이지 말라고 한 적 있나? 자네 등에 뜨거운 석탄을 올려놓을 거라면서 말이야. 누군가 으악 소리를 지르고, 이내 등에서 석탄이 타는 게 느껴지지."

해리는 휴가의 기억을 뒤져보았다. 별로 오래 걸리지 않았다. "없는데요."

"친구들이 그런 장난 친 적 없나? 사실은 석탄이 아니라 그냥 얼음을 가지고 말이야."

"없습니다."

에우네는 한숨을 쉬었다. "가끔씩 자네가 지난 35년간 어떻게 살았는지 궁금하다네, 해리."

해리는 손으로 얼굴을 쓸어내렸다. 피곤했다. "알았습니다, 박사님. 요점이 뭔가요?"

"남을 잘 조종하는 사람은 100크로네짜리 지폐도 칼날이라고 믿게 할 수 있다는 거야."

*

금발의 남자는 해리의 눈을 똑바로 바라보며 내일은 해가 뜰 거라고 장담했다. 비록 하루 종일 구름이 끼긴 하겠지만. 해리가 전원 버튼을 누르자, 영상이 14인치 모니터 중앙의 빛나는 점으로 줄어들었다. 하지만 눈을 감았을 때 그의 망막에 남은 영상은 스티네 그레테였다. 기자의 말이 귓가에 맴돌았다. "……지금까지 경찰은 어떤 용의자도 찾아내지 못했습니다."

해리는 다시 눈을 뜨고, 꺼진 화면에 비친 모습을 바라보았다. 자기 자신과 낡은 초록색 윙체어, 컵과 병이 놓였던 자국만 찍혀 있을 뿐 아무것도 없는 커피 테이블이 보였다. 모든 것이 그대로였다. 휴대용 텔레비전은 선반 위, 론니플래닛 태국편 가이드북과 노르웨이 도로 지도 사이에 놓여 있었다. 그가 여기 살면서부터 계속 그 자리였고, 지난 7년간 단 1센티미터도 움직이지 않았다. 그는 7년마다 찾아오는 권태기의 법칙에 대해 읽은 적이 있다. 7년이 지나면 사람들은 대개 새로운 곳으로 이사하고 싶어진다고 했다. 혹은 새로운 직장을 구하거나, 새로운 사람을 사귀고 싶어진다는 것이다. 하지만 해리는 거의 10년째 같은 일만 하고 있었는데도 전혀 권태롭지 않았다. 시계를 보았다. 8시까지 와, 안나는 그렇게 말했다.

연인 간의 권태기에 있어서라면, 해리는 그 이론이 맞는지 확인할 때까지 오래 사귀어본 적이 없었다. 오래 갈 뻔했던 두 번의 연애를 제외하면 해리의 로맨스는 소위 6주마다 찾아오는 권태기의 법칙에 의해 끝나곤 했다. 여자와의 깊은 관계를 꺼리는 것은 예전에 했던 두 번의 연애가 모두 비극으로 끝났기 때문일까? 아니면 살인 사건 수사와 알코올을 향한 그의 사랑이 전혀 식지 않았기 때문일까? 그도 알 수 없었다. 어쨌거나 2년 전 라켈을 만나기 전까지는 자신이 장기간의 연애에 적합한 사람이 아니라는 결론 쪽으로 기울어지던 중이었다. 해리는 라켈의 집에 있는 크고 서늘한 침실을 떠올렸다. 그들이 아침 식사 자리에서 주고받은 암호였던 꿍, 하는 소리. 냉장고 문에 붙어 있는 올레그의 그림. 세 사람이 손을 잡은 그림이었는데, 그중 한 사람은 푸르고 청명한 하늘에 뜬 노란 태양에 닿을 정도로 키가 컸고 밑에는 '해리'라고 적혀 있었다.

해리는 자리에서 일어나 자동응답기 옆에 놓인 종이쪽지를 집어 들었다. 휴대전화로 쪽지에 적힌 그녀의 번호를 눌렀다. 신호음이 네 번 울린 끝에 그녀가 전화를 받았다.

"응, 해리."

"나라는 거 어떻게 알았어?"

저음의 나직한 웃음소리. "지난 몇 년간 달나라에라도 다녀온 거야, 해리?"

"무슨 말이야? 내가 또 멍청한 말을 한 거야?"

그녀의 웃음소리가 더욱 커졌다.

"아, 액정에 내 번호가 뜨는 걸 깜빡했군. 멍청하긴."

해리도 자신이 얼마나 횡설수설하는지 알고 있었다. 하지만 상관없다. 중요한 건 해야 할 말을 하고 전화를 끊는 것이다. 그것뿐이다. "저기, 안나. 오늘 저녁에 만나기로 한 약속 말이야……."

"유치하게 굴지 마, 해리!"

"유치하게?"

"난 지금 21세기가 시작된 이후로 최고의 카레를 만드는 중이라고. 혹시라도 내가 널 유혹할까 걱정이라면 실망하게 될 거야. 난 그저 너와 한두 시간 저녁을 먹으면서 이야기를 나누려는 것뿐이야. 추억에 잠기려는 것뿐이라고. 몇 가지 오해도 풀고. 아니면 그저 한바탕 웃어도 좋고. 일본산 고추는 샀어?"

"아, 응."

"잘했어. 8시 정각이야."

"음……."

"이따 봐."

해리는 우두커니 서서 전화기를 바라보았다.

8

잘라라바드*

🔑

"내가 곧 네놈들을 싹 다 죽일 거야." 해리는 총의 차가운 강철로 된 부분을 더욱 꼭 움켜쥐며 말했다. "그걸 먼저 말해주고 싶었어. 잘 생각해보라고. 입 벌려!"

해리는 밀랍 인형들에게 말하고 있었다. 영혼도 없고, 인간성도 말살된 채 꼼짝하지 않는 인형. 복면을 쓴 해리의 얼굴에서는 땀이 흘렀고, 관자놀이가 쿵쿵 울리기 시작했다. 한 번 울릴 때마다 무지근한 통증이 남았다. 해리는 주위를 둘러보지 않았다. 자신을 향한 비난의 눈초리를 마주하고 싶지 않았다.

"가방에 돈을 담아. 그리고 머리 위로 가방을 들어 올려." 앞에 있는 얼굴 없는 사람에게 해리가 말했다.

그러자 얼굴 없는 사람이 웃기 시작했다. 해리는 총을 돌려 개머리판으로 상대의 머리를 치려고 했으나 빗나갔다. 그러자 은행에 있던 사람들이 웃기 시작했다. 해리는 가장자리가 들쭉날쭉하게 찢어진 복면의 눈구멍으로 그들을 바라보았다. 갑자기 그들이

---

* 아프가니스탄의 동부 국경 도시로 칸다하르와 함께 빈 라덴의 은신처로 추정되었다.

낯익어 보였다. 두 번째 창구를 지키는 여직원은 비르기타를 닮았다. 번호표 지급기 옆에 서 있는 흑인은 맹세코 앤드류였다. 그리고 유모차를 미는 백발 여인은…….

"어머니." 해리가 중얼거렸다.

"돈 가져갈 거야, 말 거야? 25초 남았어." 얼굴 없는 사람이 말했다.

"몇 초가 걸릴지는 내가 정해!" 해리는 소리를 지르며 검게 벌어진 남자의 입에 총을 쑤셔 박았다. "네놈 짓이지? 난 처음부터 알고 있었어. 넌 6초 안에 죽게 될 거야. 그러니 벌벌 떨라고!"

잇몸에서 나온 실 한 가닥에 이가 달려 있었고, 얼굴 없는 남자의 입에서는 피가 흘러내렸다. 하지만 남자는 아랑곳하지 않고 말했다. "더는 자네의 개인적 감정과 추측만으로 그 사건에 시간과 인력을 동원하는 것을 옹호해줄 수 없어." 어디선가 전화벨이 미친 듯이 울려댔다.

"어서 벌벌 떨어! 엘렌처럼 벌벌 떨라고!"

"그런 강박관념에 빠져서는 안 돼, 해리." 해리의 입안에서 총신이 씹혔다.

"엘렌은 우리 동료야, 이 나쁜 자식아! 엘렌은 나와 제일 친한……." 복면이 해리의 입에 달라붙어 숨을 쉬기가 힘들었다. 하지만 얼굴 없는 남자는 개의치 않고 말했다. "그녀를 해고해."

"……친구라고." 해리는 방아쇠를 잡아당겼다. 아무 일도 일어나지 않았다. 그는 눈을 떴다.

처음에는 깜빡 잠들었다 깨어난 줄 알았다. 아까와 똑같이 초록색 윙체어에 앉아 전원이 꺼진 텔레비전 모니터를 바라보고 있었기 때문이다. 하지만 아까는 없었던 코트가 있었다. 그의 몸을 덮은 코트가 얼굴을 반쯤 가리고 있었다. 입에서 젖은 섬유의 맛이 났다. 집 안에 햇살이 가득 쏟아져 들어왔다. 이윽고 대형 망치가 눈 뒤의 신경을 쿵 때렸다. 몇 번이고 반복해서. 가혹할 정도로 정확하게. 그러자 익숙하면서도 극렬한 통증이 밀려들었다. 그는 머릿속의 테이프를 앞으로 감아보았다. 어젯밤에 슈뢰데르에서 술을 마신 걸까? 아니면 안나의 집에서 이미 술을 마시기 시작한 건가? 하지만 그가 우려하던 대로 테이프는 텅 비어 있었다. 안나와 전화통화가 끝난 뒤, 거실에 앉아 있었던 것까지는 기억이 났다. 하지만 그 이후로는 아무것도 기억나지 않았다. 순간 위장의 내용물이 올라왔다. 해리는 의자에 앉은 채 몸을 앞으로 내밀었다. 쪽모이세공을 한 마루 위로 토사물이 튀는 소리가 들렸다. 그는 신음을 하며 눈을 감고, 계속 울리는 전화벨 소리를 몰아내려 했다. 자동응답기가 돌아가자, 그는 잠이 들었다.

*

마치 누군가 그의 머릿속에 들어와 어젯밤의 기억만 싹둑 잘라낸 것 같았다. 해리는 다시 잠에서 깼지만 계속 눈을 감은 채 누워 있었다. 기억에 조금이라도 진전이 있는지 알아보기 위해서였다. 하지만 아무것도 떠오르지 않았다. 아까와 유일하게 달라진 점이라면 망치로 때리는 부위가 더 넓어졌다는 것뿐이다. 토사물의 악취가 풍겼다. 이제는 다시 잠들지 못할 것이다. 그는 셋까지 센 뒤, 자리에서 일어났다. 허리를 숙여 머리를 무릎까지 떨어뜨린 상태로 비틀비틀 여덟 걸음을 걸어 욕실로 갔다. 위장을 모두 비워낸 후에는 변기를 움켜잡고 일어서서 다시 숨을 쉬려고 용을 썼다. 하얀 변기를 타고 흘러내리는 노란 토사물 속에 놀랍게도 붉은색과 초록색 파편이 있었다. 해리는 엄지와 검지로 붉은 파편

하나를 집어 올려 수돗물에 씻고는 불빛에 비춰보았다. 조심스럽게 이 사이에 넣어 씹어보았다. 일본산 고추의 얼얼하게 매운 즙이 흘러나오자 해리는 얼굴을 찡그렸다. 세수를 하고, 허리를 폈다. 거울 속에 검게 멍든 한쪽 눈이 보였다. 거실의 햇살이 눈을 찌르는 가운데 그는 자동응답기의 재생 버튼을 눌렀다.

"반장님, 저 베아테 뢴이에요. 방해해서 죄송한데, 이바르손 경정님이 지금 당장 모두에게 연락하라고 했어요. 은행강도 사건이 또 터졌어요. 이번에는 키르케바이엔 가에 있는 덴노르스케 은행이에요. 프롱네르 공원과 마요르스투엔 교차로 사이에 있어요."

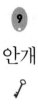

안개

오슬로 피오르에 거의 닿을 듯 슬금슬금 내려앉은 한 겹의 푸르스름한 회색 구름 뒤로 태양이 사라졌다. 남쪽에서 불어오는 바람은 거의 돌풍 수준으로 몰아치고 있었다. 일기예보에서 말한 비의 서막을 알리는 듯했다. 키르케바이엔 가를 따라 집집마다 홈통이 휘파람을 불고, 차양이 펄럭거렸다. 얼마 남지 않았던 나뭇잎은 이제 완전히 다 떨어졌다. 도심에 남아 있던 마지막 색깔마저 완전히 바래면서 오슬로는 흑백에 잠긴 듯했다. 해리는 몰아치는 바람에 허리를 구부린 채 양손을 주머니에 집어넣고 코트를 꼭 붙잡았다. 코트 맨 아래 단추가 도망가고 없었다. 아마도 어제저녁에 그랬을 것이다. 사라진 건 단추만이 아니었다. 간밤의 기억을 재구성하는 데 도움을 얻고자 안나에게 전화하려고 했더니, 휴대전화가 없었다. 그래서 안나의 집으로 전화했지만, 얼핏 옛날의 어떤 여자 아나운서를 연상시키는 목소리만 흘러나왔다. 지금은 전화를 받을 수 없으니 번호나 메시지를 남기라는 내용이었다. 해리는 전화를 끊어버렸다.

몸 상태는 곧 회복되었다. 놀랍게도 술을 계속 마시고 싶다거나 지척에 있는 주류 판매소 혹은 슈뢰데르에 달려가고 싶다는 충동을 쉽게 누를 수 있었다. 대신 샤워를 하고 옷을 갈아입은 후, 걷기 시작했다. 소피스 가에서부터 비슬렛 스타디움을 지나, 필레스트레데 가를 거쳐, 스텐스 공원을 지나고 마요르스투엔을 가로질렀다. 지난밤에 대체 뭘 마신 걸까? 짐 빔을 마실 때 필연적으로 따라오는 복통이 없는 대신 안개가 그를 감싸며 모든 감각을 둔화시켰다. 상쾌한 돌풍조차도 그 안개를 걷어내지 못했다.

빙글빙글 돌아가는 푸른 경광등이 달린 경찰차 두 대가 덴노르스케 은행 앞에 서 있었다. 해리는 제복 경찰에게 신분증을 보여준 뒤, 노란 테이프 아래로 몸을 숙여 은행 안으로 들어갔다. 마침 베베르가 과학수사과 직원 한 명과 이야기를 나누는 중이었다.

"참 빨리도 왔군, 반장." 베베르가 빈정거렸다. 시퍼렇게 멍든 해리의 눈을 보자, 그의 한쪽 눈썹이 올라갔다. "이젠 마누라에게 맞고 사는 거야?"

해리는 재치 있는 답변이 생각나지 않았다. 그래서 그냥 담뱃갑을 툭 털어 담배를 꺼냈다. "어떻게 된 겁니까?"

"복면을 쓰고 AG3 기관총을 든 놈이야."

"새는 날아갔고요?"

"진작 날아갔지."

"목격자와 이야기했나요?"

"그럼, 하고말고. 토릴 리와 올라 리가 경찰청에서 아주 바쁠 거야."

"범행의 세부 사항은 나온 거 있나요?"

"강도가 여자 지점장에게 25초 안에 현금인출기를 열라고 했어. 그동안 자기는 은행 창구에 앉은 여직원의 머리에 총을 대고 말이야."

"말도 여직원이 대신하고요?"

"응. 은행에 들어설 때도 똑같이 영어로 외쳤다더군."

"강도다. 움직이지 마!" 뒤에서 영어가 들리더니 짧은 스타카토의 웃음이 이어졌다. "와줘서 고맙군, 홀레. 맙소사, 욕조에서 미끄러지기라도 했나?"

해리는 한 손으로 담배에 불을 붙이며 다른 손으로 이바르손에게 담뱃갑을 건넸다. 이바르손은 고개를 저었다. "추잡한 습관이야, 홀레."

"맞습니다." 해리가 코트 안주머니에 카멜 담배를 집어넣으며 말했다. "절대 담배를 권하지 마라. 신사라면 자기 담배는 스스로 살 것이라고 생각하라. 벤자민 프랭클린."

"정말인가?" 히죽거리는 베베르를 무시한 채 이바르손이 말했다. "자넨 아는 것도 많군, 홀레. 그렇다면 우리 도선생께서 은행을 또 털었다는 것도 알겠군. 지난번에 내가 뭐랬나?"

"동일범이라는 걸 어떻게 압니까?"

"이미 들었겠지만, 보그스타바이엔 가의 강도 사건과 판박이라네."

"그런가요?" 해리는 담배를 깊이 빨아들였다. "그럼 시신은 어디 있습니까?"

이바르손과 해리는 서로를 뚫어지게 노려보았다. 파충류 같은 이가 반짝 빛났다. 베베르가 끼어들었다. "이번에는 지점장이 빨랐다네. 23초 만에 돈을 꺼냈어."

"피살자는 없어. 실망했나?" 이바르손이 말했다.

"아뇨." 해리는 코로 연기를 내뿜었다. 돌풍에 담배 연기가 날아갔다. 하지만 머릿속의 안개는 여전히 걷히지 않았다.

*

문이 열리자, 에스프레소 머신을 들여다보고 있던 할보르센이 고개를 들었다.

"에스프레소 아주 진하게 한 잔만 뽑아주겠어? 지금 당장." 해리는 그렇게 말하며 의자에 털썩 앉았다.

"반장님도 좋은 아침이에요. 꼴이 왜 그러세요?" 할보르센이 말했다.

해리는 양손에 얼굴을 묻었다. "간밤의 일이 하나도 생각나질 않아. 대체 뭘 마셨는지 모르겠지만 앞으로는 한 방울도 입에 대지 않을 거야."

해리가 손가락 사이로 훔쳐보니 할보르센의 미간에 근심으로 인한 주름이 또렷이 새겨져 있었다.

"걱정 마, 할보르센. 살다 보면 그럴 수도 있는 거야. 지금은 이 책상처럼 정신이 말짱하다고."

"어떻게 된 거예요?"

해리는 공허하게 웃었다. "위 속의 내용물을 확인해보니 옛 여자친구와 저녁을 먹었더군. 그 사실을 확인하려고 몇 번이나 전화했는데 친구가 전화를 안 받아."

"옛 여자친구?"

"그래, 옛 여자친구."

"그럼 별로 똑똑한 경찰은 아니군요. 네?" 할보르센이 조심스럽게 말했다.

"자넨 커피에나 집중해." 해리가 으르렁거리듯 말했다. "옛날에 다 끝난 일이야. 아무 일도 없었다고."

"기억이 안 난다면서 그걸 어떻게 아세요?"

해리는 면도하지 않아 까끌까끌해진 턱을 손바닥으로 문지르며 에우네가 했던 말을 생각했다. 약물은 단지 잠재해 있던 성향을 더 두드러지게 할 뿐이라고 했던 말. 그 말이 위안이 될 줄은 몰랐다. 단편적인 기억이 떠오르기 시작했다. 검은 드레스. 안나는 검은 드레스를 입고 있었다. 그리고 그는 계단에 누워 있었다. 어떤 여자가 그를 일으켜주었다. 얼굴이 반쪽뿐인 여자였다. 안나의 초상화처럼.

"난 잠깐씩 의식을 잃을 때가 많아. 이번이 딱히 더 심한 것도 아니야." 해리가 말했다.

"그럼 눈은 어떻게 된 거예요?"

"아마 집에 와서 부엌 선반이나 어디에 부딪쳤겠지."

"겁주고 싶지는 않지만, 부엌 선반에 부딪친 것보다는 심각해 보이는데요?"

"음." 해리는 양손으로 커피 잔을 감쌌다. "내가 겁먹은 것처럼 보여? 내가 술에 취해 난투극을 벌였다면 상대는 내가 맨 정신일 때도 싫어하는 사람일 거라고."

"그건 그렇고, 묄레르 경정님께서 전갈을 남기셨어요. 일이 잘 풀렸다고 전해달래요. 무슨 내용인지는 말 안 하셨어요."

해리는 입안에서 에스프레소를 한 번 굴린 다음, 목으로 넘겼다. "곧 알게 될 거야, 할보르센. 곧 알게 될 거라고."

*

그날 오후, 수사팀은 경찰청에 모여 강도 사건의 세부 사항에 대해 브리핑했다. 디드릭 구드문손은 경보가 울리고 3분 후에 경찰이 은행에 도착했지만, 범인은 이미 달아난 뒤였다고 보고했다.

즉시 경찰차로 은행을 포위하고, 가장 가까운 도로를 봉쇄했을 뿐 아니라 그 후로 10분 안에는 주요 도로에 저지선을 쳤다. 포르네부 공항 근처의 E18도로, 울레볼 병원 근처의 3번 순환도로, 아케르 병원 근처의 트론하임스바이엔 가, 베룸 위쪽의 그리니바이엔 가, 칼 베르네르스 광장 근처의 교차로였다.

"물샐틈없이 봉쇄했다고 말하고 싶지만, 요즘 인력이 얼마나 부족한지 아실 겁니다."

토릴 리는 발라클라바를 쓴 남자가 자동차 조수석에 뛰어드는 것을 보았다고 말한 목격자의 진술을 확보했다. 마요르스투바이엔 가에 대기하고 있던 하얀색 오펠 아스코나였는데, 남자가 타자마자 좌회전해서 야콥 올스 가로 올라갔다고 한다. 망누스 리안이 면담한 목격자는 오펠일 가능성이 있는 하얀 차가 빈데른의 한 차고로 들어가더니, 곧이어 푸른색 볼보가 튀어나왔다고 말했다. 이바르손은 화이트보드에 걸린 지도를 뚫어지게 바라보았다.

"그럴듯하군. 푸른색 볼보도 수배령을 내리도록 해. 올라. 베베르?"

"섬유조직이 발견됐네. 범인이 뛰어넘은 은행창구 뒤에서 두 개, 입구 옆에서 하나."

"예스!" 이바르손이 허공으로 주먹을 날렸다. 그러고는 앉아 있는 사람들 뒤로 가서 테이블 주위를 으스대며 걷기 시작했다. 해리는 그 모습이 극도로 눈에 거슬렸다. "그럼 이제 용의자 몇 명만 찾아내면 되겠군. 베아테의 편집이 끝나는 대로 감시 카메라 녹화 테이프를 인터넷에 올리도록."

"그게 잘하는 일일까요?" 해리가 물었다. 그는 이바르손이 지나가지 못하도록 의자를 뒤로 기울여 벽에 기댔다.

이바르손은 놀란 표정으로 해리를 바라보았다. "잘하는 일이냐고? 누군가 화면 속 범인을 알아보고 제보할 수도 있는데 마다할 이유가 없잖나."

올라가 끼어들었다. "그 일 기억나세요? 어떤 아줌마가 전화해서 화면 속의 강도가 자기 아들 같다고 했었죠. 그런데 알고 보니 그 아줌마의 아들은 이미 다른 강도 사건으로 수감 중이었잖아요."

요란한 웃음소리가 울려 퍼졌다. 이바르손이 미소 지었다. "우린 새로운 목격자를 마다하지 않는다네, 홀레."

"모방범죄가 생길 수도 있죠." 해리는 머리 뒤로 두 손을 가져갔다.

"모방범죄? 정신 좀 차리게, 홀레."

"흠. 만약 제가 오늘 은행을 턴다면, 전 지금 이 순간 노르웨이 경찰이 눈에 불을 켜고 찾는 은행강도의 수법을 그대로 따라 할 겁니다. 의심의 눈초리를 그놈에게 돌릴 수 있으니까요. 보그스타바이엔 가 은행강도 사건의 수법은 인터넷에서 자세한 정보까지 모두 얻을 수 있습니다."

이바르손은 고개를 저었다. "유감이지만 요즘의 일반적인 은행강도들은 그렇게 똑똑하지 않다네, 홀레. 이 강력반 친구에게 상습적인 은행강도의 대표적인 특징에 대해 말해줄 사람 없나? 없어? 음, 상습범들은 말일세, 이전에 성공한 수법을 늘 반복한다네. 민망할 정도로 똑같이 말이야. 오로지 실패했을 때만, 그러니까 돈을 훔치지 못했거나 체포되었을 때만 수법을 바꾸지."

"그게 경정님의 이론을 입증할지라도 제 이론을 배제할 수는 없습니다." 해리가 말했다.

이바르손은 제발 좀 도와달라는 듯이 절박한 눈빛으로 테이블을 둘러보았다. "좋아, 홀레. 자네 이론을 시험해볼 기회를 주지. 마침 난 새로운 접근법을 시도하려던 참이었네. 우리 수사팀과 분리되어 독자적으로, 하지만 평행하게 활동하는 소규모 수사팀을 꾸리려고 했거든. 원래 FBI에서 쓰는 방법이지. 수사가 틀에 박히거나, 사건을 오로지 하나의 시각으로만 보는 것을 피하기 위해서 말이야. 대규모 인원이 수사를 할 경우에는 수사의 주요 특징에 대해 의식적으로든 무의식적으로든 의견이 일치하게 되니까. 반면 소규모 수사팀은 수사에 새롭고 신선한 시각을 가져다줄 수 있지. 별개로 활동하면서 다른 팀의 영향을 받지 않으니 말일세. 이 방법은 특히 복잡한 사건일 경우에 효과적인 것으로 입증되었다네. 여기 있는 사람들은 분명 해리 홀레야말로 이런 소규모 수사팀의 일원으로 적합하다는 데 동의할 거야."

여기저기서 킥킥거리는 웃음소리가 들렸다. 이바르손은 베아테가 앉은 의자 뒤에서 걸음을 멈췄다. "베아테, 자넨 해리에게 합류하도록 하게."

베아테가 얼굴을 붉혔다. 이바르손은 딸을 대하는 아버지처럼 베아테의 어깨에 손을 올리며 말했다. "이 방법이 효과가 없다면 언제든 내게 말하게."

"알겠습니다." 해리가 말했다.

*

아파트 정문을 열고 들어가려던 해리는 마음을 고쳐먹고, 왔던 길을 10미터 정도 되돌아가 작은 식료품점으로 갔다. 알리가 도로에 쌓인 청과물 상자를 가게 안으로 나르고 있었다.

"안녕하세요, 해리! 몸은 좀 괜찮아요?" 알리가 활짝 웃으며 말했다. 해리는 잠시 눈을 질끈 감았다. 우려했던 대로였다.

"어젯밤에 날 도와줬어요, 알리?"

"계단 오르는 것만요. 현관문을 연 후에는 당신이 혼자 할 수 있다고 했죠."

"내가 집에 어떻게 왔죠? 걸어서? 아니면……?"

"택시로요. 나한테 120크로네 빚졌어요."

해리는 신음하며 알리를 따라 가게 안으로 들어갔다. "미안해요, 알리. 정말로. 어젯밤 일 좀 간략하게 설명해주겠어요? 민망한 부분은 대충 건너뛰고요."

"길에서 당신과 택시 운전사가 실랑이를 벌이고 있더군요. 마침 우리 집 침실이 그쪽 거리로 나 있거든요." 알리는 애교 넘치는 미소를 지으며 덧붙였다. "그쪽으로 창문을 내다니 미친 짓이었죠."

"그때가 몇 시였나요?"

"한밤중이었죠."

"당신은 새벽 다섯 시에 일어나잖아요, 알리. 당신 같은 사람에게 한밤중이 몇 시인지 난 몰라요."

"적어도 11시 반은 됐을 겁니다."

해리는 앞으로 다시는 그런 일이 없을 거라고 약속했다. 알리는 그런 말이라면 귀에 딱지가 앉도록 들어왔다는 듯이 건성으로 고개를 끄덕였다. 고맙다는 사례를 어떻게 하면 좋겠느냐는 해리의 질문에 알리는 사용하지 않는 그의 지하실을 빌려달라고 했다. 해리는 긍정적으로 검토해보겠다고 대답하고는 택시비와 콜라, 미트볼 파스타 한 봉지의 가격을 지불했다.

"그럼 이걸로 계산 끝났죠?" 해리가 말했다.

알리는 고개를 저었다. "3개월치 관리비가 밀렸어요." 주택조합위원회의 회장이자 회계 담당자 겸 만능 해결사인 알리가 말했다.

"이런 젠장, 깜빡했네."

"에릭센." 알리가 미소를 지었다.

"그게 누구예요?"

"올여름에 에릭센이라는 사람에게서 편지가 왔어요. 1972년 5월과 6월의 관리비를 내지 않았다면서 나더러 계좌번호를 알려달라더군요. 그것 때문에 밤잠을 설치는 것 같다면서요. 그래서 난 지금 이 아파트에서 당신을 기억하는 사람은 아무도 없다, 그러니 돈을 보낼 필요 없다고 답장을 보냈죠." 알리는 손가락으로 해리를 가리켰다. "하지만 당신에게는 관리비를 받아야죠."

해리는 항복의 뜻으로 양팔을 들어 올렸다. "내일 송금해줄게요."

집에 들어오자마자 해리는 제일 먼저 안나의 집으로 전화했다. 지난번과 똑같은 여자 아나운서의 목소리가 전화를 받았다. 하지만 그가 프라이팬에 미트볼 파스타를 다 붓기도 전에 지글거리는 소음을 뚫고 전화가 울렸다. 해리는 복도로 달려가 전화기를 낚아챘다.

"여보세요!" 그가 전화기에 대고 외쳤다.

"여보세요?" 익숙한 여자 목소리였다. 약간 놀란 목소리.

"아, 당신이구나."

"응. 그럼 누군 줄 알았는데?"

해리는 눈을 질끈 감았다. "동료인 줄 알고. 은행강도 사건이 또 터졌거든." 입안에서 담즙과 고추 맛이 났다. 눈 뒤의 무지근한 통증이 다시 시작되었다.

"휴대전화로 계속 전화했어." 라켈이 말했다.

"잃어버렸어."

"잃어버려?"

"어딘가에 두고 왔나 봐. 아니면 도둑맞았거나. 나도 모르겠어, 라켈."

"무슨 문제라도 있어, 해리?"

"문제?"

"굉장히…… 스트레스를 받은 목소리야."

"난……"

"응?"

해리는 숨을 들이쉬었다. "재판은 어떻게 돼가?"

해리는 라켈의 대답을 들었지만, 들리는 단어를 뜻이 통하는 문장으로 조합할 수가 없었다. 그저 '재정 상태' '아이에게 최선' '중재'라는 단어만 알아듣고, 전반적으로 새로운 소식이 없다는 것으로 이해했다. 변호사들이 합석하는 다음 미팅은 금요일로 연기되었으며, 올레그는 잘 지내지만 호텔 생활에 신물을 낸다고 했다.

"두 사람이 돌아오기를 내가 손꼽아 기다린다고 전해줘." 해리가 말했다.

통화가 끝난 후에도 해리는 우두커니 서 있었다. 라켈에게 다시 전화해야 할까? 하지만 무슨 말을 하려고? 옛 애인에게서 저녁 식사 초대를 받았는데 그날 무슨 일이 있었는지 전혀 기억나지 않는다고? 해리가 전화기에 손을 올린 순간, 부엌의 화염경보기가 울렸다. 전기레인지에서 얼른 프라이팬을 내리고 창문을 열자, 다시 전화벨이 울렸다. 훗날 해리는 생각했다. 그때 비아르네 묄레르 경정이 전화하지 않았더라면 자신의 운명이 바뀌었을 거라고.

*

"방금 퇴근한 건 알지만 지금 일손이 부족해서 말일세. 어떤 여자가 자기 아파트에서 죽은 채로 발견됐네. 권총 자살인 거 같아. 가서 한번 봐주겠나?" 뮐레르가 말했다.

"물론입니다, 보스. 오늘 보스에게 신세진 것도 있으니까요. 그건 그렇고, 이바르손은 병행 수사법이 자기 아이디어인 것처럼 말하더군요."

"만약 자네가 보스인데, 상부로부터 그런 명령을 받았다면 어쩌겠나?"

"제가 보스가 된다는 건 도저히 상상이 안 되네요, 보스. 현장이 어딥니까?"

"집에서 기다리게. 누가 데리러 갈 거야."

20분 뒤, 귀에 거슬리는 왱 소리가 울렸다. 좀처럼 울리는 법이 없는 초인종 소리라서 해리는 깜짝 놀랐다. 인터콤을 통해 변질된 금속성의 목소리가 들렸다. "택시 왔습니다." 그 소리를 듣자 목덜미의 털이 쭈뼛 곤두섰다. 계단을 내려갔더니 아니나 다를까 차체가 낮은 빨간색 스포츠카, 도요타 MR2가 있었다.

"오랜만이야, 홀레." 열린 차창으로 목소리가 흘러나왔다. 하지만 창문이 너무 낮아 말하는 사람의 얼굴이 보이지 않았다. 차문을 열자, 펑키한 베이스 연주와 파란 사탕처럼 인위적인 오르간 연주, 그리고 익숙한 가성이 그를 맞이했다. "You sexy motherfucka!"

해리는 좁은 좌석에 힘겹게 몸을 포갰다.

"오늘 밤엔 우리 둘뿐이야." 톰 볼레르 경감은 그렇게 말하며, 게르만 민족 특유의 턱을 벌렸다. 그러자 햇볕에 그을린 얼굴 한가운데 자리 잡은, 흠잡을 데 없이 쪽 고른 이가 드러났다. 하지만 연푸른색 눈동자는 여전히 냉랭했다. 경찰청에서 해리를 싫어하는 사람은 많았다. 그러나 해리가 아는 한 실제로 그를 향한 증오심을 키워가는 사람은 딱 하나였다. 볼레르의 눈에 비친 해리는 경찰로서 자격이 없었으며, 따라서 훌륭한 경찰인 그에게는 모욕적인 존재였다. 해리도 그 사실을 알고 있었다. 하지만 그래도 자신은 호모, 빨갱이, 실업수당 횡령꾼, 파키스탄인, 아시아인, 깜둥이, 집시, 이탈리아인에 관해 볼레르를 비롯한 몇몇 동료들의 은밀한 파시스트적 견해에 절대 동조할 수 없다는 입장을 분명히 밝혔다. 한편 볼레르는 해리를 '만취한 록큰롤 전문 기자나부랭이'라고 불렀다. 해리는 볼레르가 자신을 미워하는 진짜 이유는 술을 마시기 때문이 아닐까 생각했다. 톰 볼레르는 누군가 약한 모습을 보이는 걸 견디지 못했다. 그가 체력단련실에서 몇 시간씩 하이킥을 연습하고, 샌드백에 주먹질을 하고, 스파링 파트너를 바꿔가며 계속 싸우는 이유도 아마 그 때문일 것이다. 한번은 구내식당에서 한 젊은 경관이 선망의 목소리로 볼레르의 무용담을 늘어놓은 적이 있었다. 볼레르가 오슬로 중앙역 근처에서 활동하는 베트남 갱단 소속의 가라데 유단자 소년과 싸워 그 애의 양팔을 부러뜨렸다는 것이다. 피부색에 대한 편견이 그토록 남다른 사람이 툭하면 일광욕실에 죽치고 있다는 사실이 해리에게는 역설적으로 느껴졌다. 어쩌면 볼레르는 인종차별주의자가 아니라 흑인이든 신나치주의자든 그저 두들겨 패는 걸 좋아할 뿐이라던 누군가의 농담이 맞는지도 모르겠다.

스베레 올센이 죽은 지 1년이 넘었다. 엘렌 엘텐이 왜 살해되었는지 말해줄 수 있는 유일한 사람이었던 올센은 침대에서 싸늘한 시신으로 발견되었다. 손에는 따뜻한 총을 쥐고, 미간에는 볼레르의 스미스앤드웨슨에서 발사된 총알이 박힌 채.

"조심하라고, 볼레르."

"뭐라고?"

해리는 팔을 뻗어 사랑을 나누는 듯한 신음소리를 줄였다. "오늘 밤에는 길이 얼었으니까."

엔진이 재봉틀처럼 매끄럽게 가릉가릉거렸지만, 그 소리는 순전히 속임수였다. 차가 속력을 내는 동안 해리는 자동차 좌석 등받이가 얼마나 딱딱한지 몸소 체험했기 때문이다. 차는 스텐스 공원 옆의 언덕을 넘어 숨스 가로 접어들었다.

"어디로 가는 거지?" 해리가 물었다.

"다 왔어." 앞에서 오는 차를 피해 갑자기 왼쪽으로 차를 홱 돌리며 볼레르가 말했다. 차창이 열려 있어서 젖은 낙엽이 타이어에 타다닥 들러붙는 소리가 들렸다.

"강력반에 복귀한 걸 환영해. 국가정보국에서 쫓겨난 거야?" 해리가 물었다.

"구조조정이야. 게다가 총경님과 묄레르 경정님이 내가 돌아오기를 바랐고. 강력반 시절에 내가 꽤 큰 공을 세웠잖아. 기억할지 모르겠지만."

"잊을 리가 있어?"

"글쎄, 음주의 장기적 폐해에 대해 하도 많이 들어서 말이야."

볼레르가 갑자기 브레이크를 밟는 바람에 해리는 하마터면 앞유리를 뚫고 튀어나갈 뻔했다. 하지만 다행히 한쪽 팔이 계기판에 걸렸다. 계기판 옆의 수납함이 벌컥 열리면서 육중한 물건이 해리의 무릎을 툭 치고 바닥으로 떨어졌다.

"이 빌어먹을 물건은 또 뭐야?" 해리가 신음했다.

"제리코 941. 이스라엘 경찰에게 지급되는 총이야." 볼레르는 그렇게 말하며 엔진을 껐다. "장전되지 않은 거니까 그냥 두고 어서 내려."

"여기라고?" 해리는 깜짝 놀라 물었다. 그러고는 허리를 굽혀 앞에 보이는 노란색 아파트 단지를 올려다보았다.

"왜? 여기면 안 돼?" 벌써 차에서 반쯤 내린 볼레르가 말했다.

해리는 가슴이 방망이질치는 것을 느꼈다. 차문의 손잡이를 찾는 동안, 머릿속을 스치는 많은 생각 중에서 유독 하나가 그를 사로잡았다. 라켈에게 전화할걸.

*

다시 안개가 나타났다. 안개는 거리 구석구석에 스며 있었다. 뿐만 아니라 가로수 뒤로 보이는 닫힌 창문의 틈새, 인터콤에서 베베르의 퉁명스런 고함이 흘러나온 후에 열리던 푸른 대문, 위층으로 올라가며 지나쳤던 집들의 열쇠 구멍에서도 안개가 새어나왔다. 안개는 솜이불처럼 해리를 감쌌다. 아파트에 들어서자, 해리는 구름 위를 걸어 다니는 기분이었다. 주위의 모든 것들, 그러니까 사람, 목소리, 무전기의 지글거리는 소음, 카메라 플래시의 불빛, 이 모든 것이 꿈에서처럼 희미한 광채를 띠고 있었다. 현실과 분리된 막에 씌어 있었다. 왜냐하면 이것은 현실이 아니며, 현실일 리가 없기 때문이다. 하지만 막상 오른손에 권총을 쥐고 관자놀이에 검은 구멍이 뚫린 채 침대에 누워 있는 시신 앞에 서자, 해리는 베개를 적신 피를 바라볼 수 없었다. 원망하는 듯한 그녀의 공허한 눈길도 마주할 수가 없었다. 그래서 대신 침대 머리판에 조각된, 머리가 뜯겨나간 말에 시선을 고정했다. 어서 안개가 걷히고 꿈에서 깨기를 바라면서.

10
소르겐프리 가

주위에서 목소리가 들렸다가 사라졌다.

"난 볼레르 경감이다. 누가 간략하게 설명 좀 해주겠나?"

"저희는 45분 전에 여기 도착했습니다. 저기 있는 전기공이 시신을 발견했고요."

"그게 몇 시지?"

"5시요. 발견하고 곧장 경찰에 신고했답니다. 이름이…… 어디보자…… 레네 옌센이라네요. 사회보장번호와 주소도 받아뒀습니다."

"잘했어. 경찰청에 전화해서 전과 기록 조회해봐."

"알겠습니다."

"레네 옌센 씨?"

"전데요."

"이쪽으로 와주시겠습니까? 전 볼레르 경감이라고 합니다. 이집에는 어떻게 들어오셨죠?"

"이미 말했다시피, 여분의 열쇠로 들어왔습니다. 여기 집주인이 화요일에 제 가게에 들러 열쇠를 맡기고 갔거든요. 제가 방문할 시간에 집에 없을 거라면서요."

"집주인이 어디 출근이라도 하나요?"

"저야 모르죠. 하지만 직장에 다니는 것 같지는 않았어요. 그러니까 평범한 직장 말입니다. 무슨 전시회를 열 예정이라고 했거든요."

"그렇다면 예술가라는 말이군요. 누가 이 여자 이름 들어본 적 있나?"

침묵이 흘렀다.

"그런데 침실에는 왜 들어간 겁니까, 옌센 씨?"

"욕실을 찾으려고요."

옆에 있던 경관이 끼어들었다. "저 문 뒤가 바로 욕실입니다."

"그렇군요. 이 아파트에 들어왔을 때 뭔가 수상한 낌새가 있었나요?"

"에…… 수상한 낌새라뇨?"

"문은 잠겨 있었나요? 창문이 열려 있던가요? 특정한 냄새나 소리가 나지는 않았나요? 뭐든 좋습니다."

"현관문은 잠겨 있었어요. 창문이 열려 있는 건 못 봤지만 딱히 신경을 쓰지 않아서 모르겠네요. 냄새라고 한다면 휘발유 냄새밖에……."

"테레빈유油요?"

이번에도 경관이 끼어들었다. "큰 방에 물감이 있습니다."

"그렇군요. 또 다른 건 없었나요, 옌센 씨?"

"마지막 게 뭐였죠?"

"소리요."

"아 맞다, 소리! 아뇨, 별다른 소리는 없었어요. 무덤 속처럼 조용했죠. 그러니까…… 하하…… 그런 뜻으로 한 말은……."

"괜찮습니다, 옌센 씨. 죽은 여자를 전에도 본 적 있나요?"

"가게에 온 날 처음 봤습니다. 그때는 꽤 활기차 보였는데."

"여자가 당신을 찾아간 이유가 뭐였나요?"

"욕실 바닥 밑에 설치된 난방 장치의 온도조절기를 고쳐달라고 하더군요."

"그럼 부탁 하나만 하죠. 정말로 난방 장치에 문제가 있는지 살펴봐주세요. 난방 장치가 있기나 한지도 봐주시고요."

"왜요? 아, 알겠다. 죽은 여자가 이 모든 걸 꾸며놓고 자신의 시신이 발견되도록 했을지도 모른다는 거죠?"

"비슷합니다."

"네, 그게, 온도조절기가 맛이 갔더군요."

"맛이 가요?"

"작동하지 않았다고요."

"그걸 어떻게 압니까?"

정적이 흘렀다.

"경찰이 아무것도 만지지 말라고 했을 텐데요, 옌센 씨. 안 그런가요?"

"그렇기는 합니다만, 경찰이 도통 와야 말이죠. 불안해서 뭔가 할 일이 필요했습니다."

"그래서 이제는 욕실의 온도조절기가 제대로 작동한다는 말입니까?"

"그게…… 하하…… 네."

*

해리는 침대 곁을 떠나려 했지만, 발이 말을 듣지 않았다. 검시관이 안나의 눈을 감겨줘서 이제 그녀는 자는 것처럼 보였다. 톰 볼레르는 전기공을 집으로 돌려보내며, 앞으로 사나흘간 연락이 닿는 곳에 있으라고 당부했다. 또한 신고를 받고 출동한 순찰 경관들도 돌려보냈다. 이런 감정을 느끼게 될 줄은 꿈에도 몰랐지만, 해리는 볼레르가 곁에 있다는 사실이 다행스러웠다. 노련한 동료인 그가 없었다면 제대로 된 질문을 하는 사람도, 더 나아가 제대로 된 결정을 내리는 사람도 없었을 것이다.

볼레르는 검시관에게 잠정적인 결론을 내려줄 수 있는지 물었다.

"보다시피 총알이 두개골을 통과하면서 뇌를 박살냈고, 따라서 필수적인 생체 기능이 모두 정지됐습니다. 실내 온도가 일정했다고 가정한다면, 체온으로 봐서 죽은 지 최소한 16시간은 됐을 겁니다. 폭력의 흔적은 전혀 없습니다. 주삿바늘 자국이나 약물의 흔적도 없고요. 하지만……." 검시관은 다음 말을 강조하기 위해 뜸을 들였다. "손목의 흉터로 봐서 전에도 자살 시도를 한 적이 있습니다. 순전히 추측이지만 어디까지나 경험에서 우러난 추측을 하자면, 피해자는 조울증 혹은 우울증 환자일 겁니다. 자살 충동도 있고요. 장담하건대 정신과 진료 기록이 있을 겁니다."

해리는 무언가 말하려고 했지만 혀도 말을 듣지 않았다.

"자세히 검사하면 더 많은 정보가 나올 겁니다."

"고맙습니다, 닥터. 뭐 해줄 말 있나요, 베베르?"

"손에 든 총은 베레타 M92F라네. 매우 드문 총이지. 개머리판에서만 지문이 나왔는데 두말할 나위 없이 저 여자의 지문이야. 총알은 침대 상판에 박혔고, 구경은 베레타와 일치해. 그러니 탄도학 보고서에는 그 총알이 저 총에서 발사되었다고 적힐 거야.

제대로 된 보고서는 내일 받아 볼 수 있을걸세."

"알겠습니다. 하나만 더요. 전기공이 도착했을 때는 현관문이 잠겨 있었습니다. 아까 보니까 닫으면 저절로 문이 잠기는 오토록이 아니고 일반적인 도어록이 설치되어 있더군요. 따라서 만약 누군가 여기 들어왔다가 나갔다면 분명 피해자의 열쇠를 가져가서 문을 잠그고 나가야 했을 겁니다. 다시 말해, 이 집에서 피해자의 열쇠가 나오면 이 사건을 자살로 마무리 지을 수 있다는 뜻이죠."

베베르는 고개를 끄덕이며 노란 연필을 들어 올렸다. 연필 끝에는 열쇠고리와 열쇠가 달려 있었다. "현관 복도의 서랍장 위에 놓여 있더군. 아파트 출입문은 물론 주민들이 공동으로 사용하는 공간까지 모두 열 수 있는 일종의 시스템 열쇠라네. 아까 확인해봤는데 이 집 현관문도 열 수 있었어."

"잘됐군요. 이건 뭐, 서명이 적힌 유서만 없을 뿐이네요. 이 사건을 단순 자살로 보는 데 반대하는 사람 있나요?"

볼레르는 베베르와 검시관, 그리고 해리를 바라보았다. "좋습니다. 유가족에게 이 비보를 알리고, 신원을 확인하러 오라고 하세요."

볼레르가 밖으로 나간 후에도 해리는 계속 침대 옆에 서 있었다. 잠시 후, 볼레르가 다시 얼굴을 내밀었다.

"모든 조각이 딱 맞아떨어질 때 정말 신나지 않아, 홀레?"

해리의 뇌는 고개를 끄덕이라는 명령을 보냈다. 하지만 과연 몸이 그 명령을 따랐는지는 알 수 없었다.

환상

나는 첫 번째 비디오 파일을 보고 있다. 프레임 별로 나눠서 보니 총구에서 뿜어져 나오는 불꽃이 보인다. 아직 순수한 에너지로 전환되지 않은 화약 가루의 파편은 마치 대형 혜성을 따라 대기권에 진입하면서 불타오르는 한 무리의 소행성 같다. 반면 혜성은 유유히 궤도를 돌 뿐이다. 누구도 손쓸 도리가 없다. 이것은 인류가, 감정이, 증오와 자비가 태어나기도 전인 수백만 년 전에 이미 예정된 일이기 때문이다. 총알이 머리로 들어가면서 정신적 활동은 단축되고, 꿈은 철회된다. 두 개골 한가운데서 마지막 생각, 통증 센터에서 보낸 신경충동이 박살난다. 모든 것이 침묵하기 전, 자신에게 보내는 최후의 모순된 SOS이다. 나는 두 번째 비디오 제목을 클릭한다. 컴퓨터가 열심히 인터넷을 뒤지는 동안 창밖을 바라본다. 밤하늘에 별이 총총하다. 나는 저 별들 하나하나가 피할 수 없는 운명의 증거라고 생각한다. 별들은 앞뒤가 맞지 않는다. 논리와 문맥을 요구하는 인간보다 한 수 위에 있다. 그래서 그토록 아름다운 것 같다.

이윽고 두 번째 비디오 파일이 준비되었다. 나는 재생 버튼을 클릭했다. 연극을 재생했다. 마치 장소만 다를 뿐 같은 공연을 하는 이동

극단 같았다. 대화도, 동작도, 의상도, 배경도 똑같았다. 엑스트라만 달랐다. 그리고 마지막 장면도. 이날 밤에는 비극이 일어나지 않았다.

나는 내 연기가 만족스러웠다. 그리고 내가 연기한 인물의 핵심을 알아냈다. 그것은 자신이 원하는 바를 정확히 알며, 때에 따라서는 가차 없이 사람을 죽이는 냉혈한이다. 누구도 시간을 끌려 하지 않았다. 보그스타바이엔 가의 사건 이후로 누구도 감히 그러지 못했다. 그것이 내가 2분 동안, 내가 나 자신에게 허락한 120초 동안 신이 되는 이유다. 환상은 효과가 있었다. 작업복 안에 입은 두꺼운 옷, 신발 안에 넣은 두 개의 깔창, 눈에 낀 컬러 렌즈와 미리 연습한 동작.

나는 로그아웃했고, 방은 어둠에 잠겼다. 내게 도달하는 외부 요소라고는 도심의 아련한 소음뿐이다. 오늘 프린스를 만났다. 이상한 사람이다. 그를 만나면 플루비아누스 아이집티우스, 즉 악어의 이빨을 청소해주는 악어물떼새로 사는 것에 양가 감정이 든다. 프린스는 모든 것이 계획대로 진행 중이며, 강도수사과에서는 어떤 단서도 찾지 못했다고 말했다. 그는 그의 몫을 받았고, 나는 약속대로 유대인 총을 받았다.

행복해야 마땅하겠지만, 나는 결코 다시는 온전해지지 못할 것이다.

그 후에 공중전화로 경찰청에 전화했다. 하지만 그들은 유가족이 아닌 한 어떤 정보도 필요 없다고 했다. 그 사건은 자살이라고, 안나가 총으로 목숨을 끊었다고 했다. 사건은 종결되었다고 했다. 나는 웃음이 터지기 전에 간신히 전화기를 내려놓았다.

NEMESIS

PART 2

12

자유 죽음*

🔑

"알베르 카뮈는 자살이야말로 철학에서 유일하게 진지한 문제라고 했네." 보그스타바이엔 가 위로 펼쳐진 회색빛 하늘을 향해 코를 치켜들며 에우네가 말했다. "살 가치가 있느냐 없느냐를 결정하는 것은 철학의 본질적 질문에 대한 답이기 때문이지. 그 외의 모든 문제, 이를테면 이 세상이 3차원인지, 우리의 마음이 9차원인지 12차원인지 하는 문제는 차후의 일일세."

"음." 해리가 말했다.

"지금까지 여러 학자들이 사람의 자살 원인을 조사해왔다네. 그들이 찾아낸 가장 공통적인 이유가 뭔지 아나?"

"오늘 박사님께 듣고 싶은 말이 바로 그겁니다." 땅딸막한 정신과 의사와 보조를 맞추기 위해 해리는 좁은 보도에서 사람들을 요리조리 피해야만 했다.

"더는 살고 싶지 않아서였다네." 에우네가 말했다.

"그렇게 대단한 걸 알아내다니 노벨상감이네요." 해리는 어젯

---

* freitod, 니체가 사용한 용어로, 깨어 있는 명료한 의식 상태에서 선택한 죽음을 말한다.

126

밤 에우네에게 전화해, 오늘 저녁 9시에 그의 사무실로 데리러 가 겠다는 약속을 잡았다. 두 사람은 첫 번째 강도 사건이 발생한 노르데아 은행을 지났다. 은행 맞은편의 세븐일레븐 앞에는 아직도 초록색 쓰레기통이 놓여 있었다.

"우리는 종종 자살이 정신적으로 멀쩡한 사람들의 합리적 사고를 거쳐 이뤄진다는 사실을 간과하지. 그들은 더 이상 삶에서 얻을 것이 없다고 판단했을 뿐이야. 예를 들면, 평생 함께한 동반자를 잃었거나 건강이 악화된 노인들 같은 경우지." 에우네가 말했다.

"하지만 이 여자는 젊고 원기 왕성했습니다. 그런 여자가 무슨 합리적 근거로 자살을 선택했을까요?"

"무엇보다 '합리적'이라는 말의 의미를 정의해봐야 하네. 우울증에 빠진 사람이 고통으로부터 도피하기 위해 목숨을 끊기로 선택했다면, 그 사람은 삶과 죽음 모두를 고려했을 거라고 봐야지. 반면 고통받던 사람이 바닥을 치고 올라오다가 겨우 행동할 힘이 생겨서 자살을 선택한 전형적인 경우도 있다네. 이런 자살은 합리적이라고 보기 힘들지."

"완전히 충동적으로 자살을 저지르기도 하나요?"

"물론이지. 하지만 그 전에 자살 미수가 우선하는 게 일반적이라네. 특히 여자의 경우가 그렇지. 미국에서는 자살하는 여자 한 명당 대략 열 번의 가짜 자살 시도가 있는 것으로 보고 있다네."

"가짜?"

"수면제 다섯 알을 먹는 건 그냥 도와달라고 외치는 거야. 심각한 건 사실이지만, 침대맡 테이블에 아직 수면제가 반 통이나 남아 있을 때는 그걸 자살로 치지 않는다네."

"이 여자는 총으로 머리를 쐈습니다."

"그렇다면 남성적인 자살이로군."

"남성적?"

"남자들의 자살이 더 성공률이 높은 이유 중 하나는 여자들보다 더 공격적이고 치명적인 방법을 선택하기 때문이지. 여자들처럼 손목을 긋거나 약물을 과다 복용하는 방법 말고, 총을 쏘거나 고층 빌딩에서 떨어진다네. 여자가 총으로 자살하는 경우는 아주 드물어."

"타살이 의심될 정도로요?"

에우네는 해리를 뚫어지게 바라보았다. "이 사건이 타살이라고 믿는 이유라도 있나?"

해리는 고개를 저었다. "그냥 확실하게 해두고 싶어서요. 여기서 오른쪽으로 돌아야 합니다. 피해자의 아파트가 이 거리 위쪽이거든요."

"소르겐프리 가라고?" 에우네는 킬킬 웃으며 하늘을 가로질러 가는 불길한 구름을 실눈으로 올려다보았다. "아무렴."

"아무렴이라뇨?"

"소르겐프리는 크리스토프 왕의 소유였던 궁전 이름이라네. 아이티의 왕이었는데 프랑스 군의 포로로 잡혔을 때 자살했지. 소르겐프리 성은 상 수시 성이라고도 불렸는데, 둘 다 아무런 근심 걱정 없다는 뜻이야. 그러니 소르겐프리 가는 만사 태평한 거리라는 뜻이지. 자네도 알다시피, 크리스토프 왕은 신에게 복수한답시고 하늘에 대포를 쐈잖나."

"그랬군요……."

"작가인 올라 바우에르가 이 거리에 대해 했던 말도 들어봤지?

'소르겐프리 가로 이사했다. 하지만 그것 역시 별 도움이 되지 않았다.'" 에우네는 이중으로 접힌 턱이 흔들릴 정도로 웃어재꼈다.

아파트 단지 앞에는 할보르센이 서 있었다. "경찰청을 나오면서 묄레르 경정님을 만났어요. 경정님은 이 사건이 완전히 종결된 걸로 알고 계시던데요?"

"몇 군데 느슨한 부분을 조이려는 것뿐이야." 해리는 그렇게 말하며 전기공에게서 받은 열쇠로 정문을 열었다.

문 앞에 둘러졌던 노란색 테이프가 사라지고, 시신을 운반해갔을 뿐 그 외에는 모든 것이 어젯밤과 똑같았다. 그들은 침실로 들어갔다. 커다란 침대의 하얀 시트가 어스름 속에서 희미하게 빛났다.

"그럼 뭘 찾아야 하죠?" 해리가 커튼을 걷자, 할보르센이 물었다.

"여분의 열쇠." 해리가 대답했다.

"왜요?"

"우리는 피해자에게 여분의 열쇠가 있고, 그걸 전기공에게 주었다고 추정했지. 내가 조금 알아봤는데, 이 아파트의 시스템 열쇠는 아무 데서나 만들 수 없어. 인가받은 도어록 업체를 통해 열쇠 회사에 주문해야 하지. 열쇠가 아파트 출입문과 지하실까지 모두 열 수 있기 때문에 아파트 주민위원회에서 엄격하게 관리하거든. 따라서 아파트 주민이 새 열쇠를 주문하려면 주민위원회에 허가서를 신청해야 해. 위원회의 합의서에 따르면, 인가받은 도어록 업체는 집집마다 발급해준 열쇠의 기록을 보관해둬야 해. 어젯밤에 비베스 가에 있는 도어록 업체인 로세스메덴에 전화했어. 안나 베트센은 여분의 열쇠를 두 개 신청했더군. 그러니까 열쇠는 총 세 개인 셈이지. 하나는 어제 이 아파트에서 나왔고, 하나는 전기공이 가지고 있었어. 그런데 세 번째 열쇠는 어디 있지? 그 열쇠가 나오지 않으면, 여자가 죽었을 때 누군가 여기 있었을 가능성을 배제할 수 없어. 나중에 그자가 열쇠로 문을 잠그고 나갔을 수도 있으니까."

할보르센은 천천히 고개를 끄덕였다. "세 번째 열쇠라, 음."

"세 번째 열쇠. 여기서부터 다시 찾아봐주겠어, 할보르센? 그동안 난 에우네 박사님께 보여드릴 게 있어."

"알겠습니다."

"좋아, 그리고 한 가지 더. 찾다가 혹시 내 휴대전화가 나와도 놀라지 마. 어제 오후에 여기다 두고 간 것 같으니까."

"사건이 있기 전날에 잃어버렸다고 하지 않으셨어요?"

"다시 찾았다가 또 잃어버렸어. 알잖아……."

할보르센이 고개를 절레절레 흔들었다. 해리는 복도를 지나 거실 쪽으로 에우네를 안내했다. "오늘 박사님께 와달라고 한 건 제 지인들 중에 그림을 그리는 사람은 박사님이 유일하기 때문이에요."

"유감스럽게도 그냥 혼자 끄적이는 수준일세." 계단을 올라온 여파로 에우네는 여전히 숨을 헐떡였다.

"네, 하지만 그래도 박사님은 예술에 대해 좀 아시잖아요. 이 그림을 해석해주셨으면 좋겠어요."

해리는 가장 안쪽에 있는 방의 미닫이문을 열었다. 조명 스위치를 켠 다음, 그림을 가리켰다. 하지만 에우네의 시선이 향한 곳은 해리가 가리킨 세 점의 그림이 아니었다. 그는 숨을 헉 들이쉬더니 전구가 세 개 달린 전기스탠드 쪽으로 걸어갔다. 트위드 재킷 안주머니에서 안경을 꺼내 쓰고는, 허리를 숙여 스탠드의 육중한 주추에 적힌 글귀를 읽었다.

"맙소사!" 에우네가 열광적으로 외쳤다. "그리머의 진품이로 군."

"그리머?"

"베르톨 그리머. 세계적으로 유명한 독일 출신의 디자이너라네. 특히 1941년 히틀러가 파리에 세운 전승기념 탑을 설계한 것으로 유명하지. 당대 최고의 예술가가 될 수도 있었는데, 경력의 절정 기에 혈통의 70퍼센트가 집시라는 사실이 밝혀졌지. 그 때문에 강 제수용소로 끌려갔고, 그가 설계한 몇몇 빌딩과 예술품에서는 그 의 이름이 지워졌다네. 훗날 수용소에서 살아남았지만, 다른 집시 들과 함께 채석장에서 강제 노역을 하느라 양손이 뭉개져버렸지. 그 후로도 작품 활동을 계속했지만 부상 때문에 결코 예전과 같은 명성은 얻지 못했어. 이건 분명 전쟁 후의 작품일걸세. 장담하지." 에우네는 스탠드의 갓을 들어 올렸다.

해리는 헛기침을 했다. "전 저 초상화를 봐주셨으면 했는데요."

"완전 아마추어 솜씨야." 에우네가 코웃음을 쳤다. "이 스탠드 의 우아한 조각상에 집중하는 게 나을걸세. 네메시스 여신이야. 전쟁이 끝난 후에 베르톨 그리머가 가장 좋아했던 모티프였지. 복 수의 여신. 그러고 보니 복수도 자살의 흔한 동기라네. 자신의 삶 이 이렇게 비참해진 것은 누군가의 탓이고, 그러니 자살을 함으로 써 상대에게 죄책감을 주려는 거지. 베르톨 그리머도 자살했다네. 아내를 죽인 후에 말이야. 아내가 바람을 피웠거든. 복수, 복수, 복수. 인간만이 복수를 하는 유일한 생명체라는 사실을 아나? 복 수의 흥미로운 점은 말일세……."

"박사님?"

"아, 맞아, 초상화. 이 초상화를 해석해달라는 거지? 흠. 로르샤흐 얼룩과 비슷해 보이는군."

"환자들에게 연상 작용을 일으키려고 주는 그림 말입니까?"

"맞아. 문제는 만약 내가 이 초상화를 해석한다면, 죽은 여자보다는 나의 내면에 대해 더 많이 말하게 될 거라는 거야. 다만 요즘엔 더 이상 로르샤흐 테스트를 믿지 않으니 못할 것도 없지. 어디보자……. 그림이 아주 어둡군. 우울하다기보다 화가 나 있어. 하지만 한 작품은 확실히 미완성이야."

"어쩌면 일부러 그렇게 한 게 아닐까요? 미완성인 세 작품이 전체를 완성하도록 말입니다."

"왜 그렇게 생각하지?"

"모르겠습니다. 스탠드의 전구 세 개가 정확히 각각의 그림을 비추고 있기 때문일까요?"

"흠." 에우네는 가슴 위로 한 팔을 올리더니 검지를 입술에 댔다. "자네 말이 맞아. 그래, 정말 그렇군. 그리고 이거 아나, 해리?"

"아뇨. 뭔데요?"

"내가 보기에 이 그림은 아무 의미도 없다네. 이런 표현을 쓰는 건 좀 그렇지만 완전 쓰레기야. 이제 끝났나?"

"네. 아, 하나만 더요. 박사님은 직접 그림을 그리시니까 물어볼게요. 보다시피 팔레트가 이젤의 왼쪽에 있습니다. 저렇게 두고 그리면 정말 불편하지 않나요?"

"그렇지. 왼손잡이가 아닌 한."

"알겠습니다. 전 가서 할보르센을 도와야겠습니다. 뭐라고 감사를 드려야 할지 모르겠네요."

"알고 있네. 다음 달 청구서에 한 시간 추가해두지."

할보르센은 침실을 다 뒤졌다고 했다.

"소지품이 별로 없어요. 이건 뭐 호텔방을 뒤지는 기분이에요. 옷가지와 세면도구, 다리미, 수건, 침구가 전부예요. 가족사진이나 편지, 개인 기록은 전혀 없어요."

한 시간 뒤, 해리는 할보르센의 말이 무슨 뜻인지 정확히 알 수 있었다. 그들은 집 안 전체를 다 뒤진 후에 다시 침실로 돌아왔지만 하다못해 전화요금 고지서나 통장 거래내역서 한 장도 없었다.

"이렇게 이상한 경우는 처음이에요." 해리가 앉은 책상 맞은편에 앉으며 할보르센이 말했다. "미리 다 치운 게 분명해요. 어쩌면 죽을 때 모두 가져가고 싶었는지도 모르죠. 자신의 모든 흔적을요. 무슨 뜻인지 아시죠?"

"알아. 랩톱은 못 봤어?"

"랩톱?"

"휴대용 컴퓨터 말이야."

"무슨 말씀을 하시는 거예요?"

"여기에 빛바랜 사각형 자국이 있잖아." 해리는 두 사람 사이에 있는 책상을 가리켰다. "여기 컴퓨터가 있었는데 누군가 치운 것 같아."

"그래요?"

해리는 자신을 의심스럽게 바라보는 할보르센의 시선을 느낄 수 있었다.

*

두 사람은 거리로 나와, 연노란색 건물 앞면에 자리한 안나의 집 창문을 올려다보았다. 해리는 코트 안주머니에 떨어져 있던 납작 찌부러진 담배를 꺼내 피웠다.

"가족이 없는 것도 참 이상하죠. 안 그래요?" 할보르센이 말했다.

"무슨 말이야?"

"경정님께 못 들으셨어요? 자살한 여자의 부모나 형제자매 그 누구의 연락처도 찾지 못했대요. 수감 중인 삼촌 하나가 전부래요. 시신을 가져가라고 상조회사에 전화하는 것도 경정님이 직접 하셨대요. 죽은 것도 서러운데 말이죠."

"흠. 어느 회사야?"

"산데만이라는 데예요. 삼촌이 화장해달라고 했다더군요."

해리는 입에 물고 있던 담배를 꺼내, 연기가 피어올라 흩어지는 것을 바라보았다. 멕시코 벌판에서 한 농부가 담배 씨앗을 뿌리며 시작된 과정의 끝. 씨앗은 넉 달 만에 사람 키만큼 자라서 담배가 된다. 두 달 후면 농부들은 그 담배를 수확하고, 흔들고, 말리고, 등급을 나누고, 포장해 플로리다나 텍사스의 RJ 레이놀즈 공장으로 보낸다. 거기서 만들어진 필터 담배는 진공 포장한 노란색 카멜 담뱃갑 속으로 들어가 유럽으로 수송된다. 멕시코의 햇살 아래서 초록색 발아 식물의 잎이 된 지 여덟 달 후, 그것은 주정뱅이의 코트 안주머니에 들어 있던 담뱃갑에서 쏙 빠져버린다. 주정뱅이가 계단 혹은 택시에서 내리다가 넘어지는 바람에 그렇게 된 것이다. 혹은 코트를 담요 삼아 덮고 자다가 그렇게 되었을 수도 있다. 침대 밑에 우글거리는 괴물이 무서워서 침실 문을 열 수가, 혹은 열 엄두가 나지 않았기 때문이다. 어쨌거나 마침내 주머니 속 보풀을 뒤집어쓴 채 구겨진 담배를 찾아낸 주정뱅이는 담배의 한쪽 끝을 악취가 나는 자신의 입에 넣고, 다른 쪽 끝에 불을 붙인다. 볕에 말려 가늘게 잘린 담뱃잎은 찰나의 즐거움을 위해 잠시 그의 몸속에 머물렀다가 밖으로 뿜어져 나와 마침내 자유가 된다. 마음 껏 흩어져 무無로 변하게 된다. 마음껏 잊히게 된다.

할보르센은 헛기침을 두 번 했다. "자살한 여자가 비베스 가의 도어록 가게에서 열쇠를 주문한 건 어떻게 아셨어요?"

해리는 담배꽁초를 바닥에 던지고는 코트 자락을 더 단단히 여 몄다. "에우네의 말이 맞는 거 같아. 곧 비가 쏟아지겠어. 곧장 경찰청으로 갈 거면 나 좀 태워줘."

"오슬로에 도어록 가게가 한둘이 아닐 텐데요, 반장님."

"흠. 아파트 주민위원회 부회장에게 전화했어. 크누트 아르네 링네스. 좋은 사람이더군. 20년간 같은 도어록 가게에 열쇠를 맡 겼대. 그만 가지."

*

"마침 잘 오셨어요." 해리가 하우스 오브 페인에 들어서자, 베 아테 뢴이 말했다. "어젯밤에 찾아낸 게 있어요. 이걸 보세요." 베 아테는 녹화 테이프를 앞으로 감더니 정지 버튼을 눌렀다. 발라클 라바를 쓴 강도를 돌아보는 스티네의 정지된 얼굴이 화면을 가득 채웠다. "한 프레임의 일부를 확대했어요. 스티네의 얼굴을 가능 한 한 크게 보고 싶었거든요."

"왜?" 해리가 의자에 털썩 앉으며 물었다.

"화면 위의 시간을 보시면, 지금이 도살자가 총을 쏘기 8초 전……"

"도살자?"

베아테는 수줍은 미소를 지었다. "그냥 제가 붙인 이름이에요. 할아버지가 농장을 하셨거든요. 그래서…… 네."

"농장이 어디 있었는데?"

"세테스달 계곡의 발레라는 곳이에요."

"거기서 가축이 도살되는 걸 본 거야?"

"네." 더는 묻지 말아달라는 투로 베아테가 대답하더니, '느린 재생' 버튼을 눌렀다. 스티네 그레테의 얼굴이 움직이기 시작했다. 눈이 깜박이고, 느린 속도로 입술이 움직이기 시작했다. 이제 곧 총에 맞는 장면이 나오겠구나 싶어 보기가 두려워지던 찰나, 베아테가 갑자기 비디오를 정지시켰다.

"보셨어요?" 그녀가 흥분한 어조로 물었다.

해리는 몇 초가 지난 후에야 깨달았다.

"스티네가 뭔가 말을 했어! 총에 맞기 몇 초 전에 뭐라고 중얼거렸다고. 하지만 아무 소리도 들리지 않는데?"

"그거야 그냥 중얼거린 거니까요."

"어떻게 이걸 몰랐지? 하지만 왜? 대체 뭐라고 한 걸까?"

"곧 알아낼 수 있을 거예요. 농아협회의 독순술 전문가에게 연락했거든요. 지금 오는 중이에요."

"잘했어."

베아테는 손목시계를 힐끗 보았다. 해리는 아랫입술을 깨물었다. 그러고는 숨을 들이쉬며 나직이 말했다. "저기, 베아테……."

그가 처음으로 이름을 부르자, 베아테의 얼굴이 굳어졌다.

"옛날에 내게 엘렌 옐텐이라는 파트너가 있었어."

"알아요." 그녀가 서둘러 대답했다. "강가에서 살해당했죠."

"그래. 수사에 진전이 없을 때면 무의식에 갇힌 정보를 활성화하기 위해 우리가 사용했던 몇 가지 기법이 있어. 연상 게임이라는 거야. 예를 들면, 종이에 단어를 막 적는다거나 하는 식이지." 해리는 어색하게 미소를 지었다. "좀 모호하게 들리겠지만 가끔씩 성과가 있었어. 우리도 한번 해보면 어떨까 싶은데."

"좋으실 대로요." 베아테는 비디오나 컴퓨터 화면에 집중하고 있을 때 훨씬 더 자신감이 넘친다는 것을 해리는 새삼 깨달았다. 지금 그를 바라보는 그녀의 표정은 마치 스트립 포커라도 제안받은 듯했다.

"이 사건에 대한 자네 느낌이 어떤지 알고 싶어." 해리가 말했다.

베아테가 당황하며 웃었다. "느낌이라고요? 흠."

"사건과 관련된 정확한 정보는 잠시 잊어." 해리는 몸을 앞으로 숙였다. "똑똑하게 굴려고 하지 마. 자기가 한 말을 증명할 필요도 없어. 그냥 직감적으로 느껴지는 사실만 말하는 거야."

베아테는 테이블을 바라보았다. 해리는 기다렸다. 그러자 베아테가 고개를 들고, 그의 눈을 똑바로 바라보았다. "전 2번에 걸겠어요."

"2번?"

"축구 도박에서 원정팀이 이기는 경우죠. 이건 경찰이 절대 해결하지 못하는 50퍼센트의 사건 중 하나예요."

"좋아. 왜 그렇게 생각하지?"

"조금만 계산해보면 답이 나와요. 멍청한데도 경찰에 잡히지 않는 범죄자가 수두룩해요. 하물며 이 도살자는 모든 일을 철저하게 계산했어요. 우리가 어떻게 수사할지도 알고, 운도 꽤 좋았죠."

"흠." 해리는 얼굴을 문질렀다. "그러니까 자네 직감은 암산을 했군?"

"꼭 그 이유만은 아니에요. 도살자의 움직임에 무언가 있어요. 너무나 단호해요. 그의 범행 동기는 왠지……."

"그의 동기가 뭐지, 베아테? 돈?"

"모르겠어요. 통계에 따르면 은행강도의 가장 큰 동기는 돈이고, 둘째가 흥분, 그리고—."

"통계는 잊어, 베아테. 지금 자넨 형사야. 화면 속 영상뿐 아니라 그것을 본 후 자네의 머릿속에서 일어나는 무의식적 해석까지 분석하는 거야. 날 믿어. 형사에게 가장 중요한 단서는 바로 그거라고."

베아테는 해리를 바라보았다. 해리는 지금 자신이 무엇을 하는지 알고 있었다. 그녀가 스스로의 틀을 깨고 나오도록 어르는 중이었다. "어서! 도살자의 범행 동기가 뭐지?" 그가 다그쳤다.

"감정."

"어떤 감정?"

"강렬한 감정."

"어떤 종류의 강렬한 감정이지, 베아테?"

그녀는 눈을 감았다. "사랑이나 증오. 증오예요. 아니, 사랑. 모르겠어요."

"그가 왜 스티네를 쐈을까?"

"왜냐하면 그는…… 아니에요."

"말해봐. 그가 왜 그녀를 쐈을까?" 해리는 베아테가 있는 쪽으로 의자를 약간 움직였다.

"그래야만 했으니까요. 미리 예정되어 있었으니까……."

"좋아! 왜 미리 예정되었지?"

그때 문을 똑똑 두드리는 소리가 들렸다.

*

해리로서는 농아협회 소속의 프리츠 벨케가 그들을 돕기 위해 이렇게 빨리 왔다는 사실이 별로 달갑지 않았다. 어쨌거나 자전거를 타고 도심을 맹렬하게 가로질러 왔다는 벨케는 지금 문간에 서 있었다. 동그란 안경에 핑크색 자전거 헬멧을 쓴 통통하고 순한 인상의 남자였다. 그는 청각장애인이 아니었고, 분명 언어장애인도 아니었다. 그들은 테이프를 앞으로 감아 스티네 그레테가 처음으로 말하는 부분부터 틀었다. 벨케가 스티네의 입 모양에 대해 가능한 한 많이 알아낼 수 있도록 하기 위해서였다. 비디오가 재생되는 동안 벨케는 쉴 새 없이 떠들었다.

"제가 전문가이긴 하지만, 사실 우리 모두에게는 독순술의 능력이 있습니다. 청각에 아무런 문제가 없는 사람이라 할지라도요. 그렇기 때문에 소리와 영상이 수백 분의 1초라도 어긋난 영화를 보면 아주 불편하죠."

"그렇습니까? 하지만 전 이 여자의 입술에서 아무것도 읽어내지 못하겠던데요." 해리가 말했다.

"문제는 입술만 봐서는 우리가 하는 말의 30에서 40퍼센트밖에 읽어낼 수 없다는 겁니다. 나머지를 알아내려면 얼굴과 몸짓 언어를 연구해야 합니다. 언어적 본능과 논리를 이용해 빠진 말을 채워 넣어야죠. 입술을 읽는 것 못지않게 머리로 생각하는 것도 중요합니다."

"여기서 여자가 중얼거리기 시작해요." 베아테가 말했다.

벨케는 즉시 말을 멈추고, 보일 듯 말 듯하게 달싹거리는 화면 속의 입에 정신을 집중했다. 총이 발사되기 직전에 베아테가 화면을 정지시켰다.

"정말 그렇군요. 한 번 더 보여주세요." 벨케가 말했다.

다 보고 나자 "한 번 더요"라고 말했다.

그다음에는 "한 번만 더 보죠"라고 말했다.

모두 일곱 번을 본 후에야 그는 충분히 봤다며 고개를 끄덕였다.

"왜 저런 말을 했는지 이해가 안 가네요." 벨케가 말했다. 해리와 베아테는 서로를 바라보았다. "하지만 뭐라고 했는지는 알 거 같아요."

*

베아테는 해리를 따라잡기 위해 복도를 반쯤 뛰다시피 걸어갔다.

"이 분야에서 노르웨이 최고의 전문가라고요." 그녀가 말했다.

"그래도 소용없어. 본인도 확실하지 않다고 했잖아."

"하지만 만약 스티네가 정말로 그렇게 말했다면요?"

"앞뒤가 안 맞잖아. 벨케가 끝말을 잘 못 알아들은 게 분명해."

"전 그렇게 생각하지 않아요."

해리가 갑자기 걸음을 멈추는 바람에 베아테는 하마터면 그의 등에 부딪힐 뻔했다. 그녀가 놀란 표정으로 올려다보니, 해리가 눈을 휘둥그렇게 뜬 채 그녀를 바라보고 있었다.

"좋아." 해리가 말했다.

베아테는 어리둥절했다. "뭐가요?"

"의견이 다른 건 좋은 거야. 의견이 다르다는 건 비록 무엇인지 확신할 수는 없어도 자네가 뭔가를 보거나 이해했다는 뜻이니까. 그리고 내가 이해하지 못한 무언가가 있다는 뜻이고." 해리는 다시 걷기 시작했다. "자네 말이 맞는다고 쳐. 그러면 어떤 결론이 나는지 생각해보자고." 해리는 엘리베이터 앞에 서서 버튼을 눌렀다.

"어디 가세요?" 베아테가 물었다.

"확인할 게 좀 있어. 한 시간 안에 돌아올 거야."

엘리베이터의 문이 열리더니, 이바르손 경정이 내렸다.

"이런!" 이바르손이 환하게 웃었다. "명탐정께서 추적 중이신가? 새로 보고할 사항은 없고?"

"병행 수사의 핵심은 자주 보고할 필요가 없다는 거 아닌가요?" 해리는 그를 피해 옆으로 돌아서 엘리베이터에 올라탔다. "제가 경정님과 FBI의 의도를 제대로 이해했다면 말입니다."

이바르손의 환한 미소와 시선은 조금도 흔들리지 않았다. "그래도 중요한 정보는 공유해야지."

해리는 1층 버튼을 눌렀지만, 이바르손이 양쪽에서 닫히려는 엘리베이터 문 사이에 들어가 섰다. "뭐 없나?"

해리는 어깨를 으쓱였다. "스티네 그레테는 총에 맞기 직전, 강도에게 무언가를 말했습니다."

"뭐라고 했는데?"

"내 잘못이에요."

"내 잘못이라고?"

"네."

이바르손의 미간에 주름이 생겼다. "그건 말이 안 되잖아, 안 그래? 내 잘못이 아니에요, 라고 해야 말이 되지. 지점장이 돈을 담는 데 6초나 초과한 건 그녀의 잘못이 아니니까."

"전 그렇게 생각하지 않습니다." 해리는 일부러 시계를 보는 시늉을 했다. "이 분야에서 국내 최고의 전문가가 한 말입니다. 자세한 사항은 베아테가 말씀드릴 겁니다."

엘리베이터의 양쪽 문 사이에 서 있던 이바르손은 아예 한쪽 문에 등을 기댔다. 문은 조급하게 그의 등을 계속 툭툭 쳤다. "스티네 그레테가 너무 당황해서 잘못 말한 거겠지. 보고할 사항은 그게 전부인가, 베아테?"

베아테가 얼굴을 붉혔다. "키르케바이엔 가 강도 사건의 테이프를 보기 시작했어요."

"무슨 결론이라도 나왔나?"

베아테의 시선은 이바르손에게서 해리로 이동했다가 다시 이바르손에게 돌아갔다. "아직은 아무것도 없어요."

"그럼 알아낸 게 아무것도 없는 거로군. 이번에는 내가 희소식을 알려주지. 현재 아홉 명의 용의자를 찾아내서 심문하는 중일세. 그리고 마침내 라스콜에게서 정보를 얻어낼 전략도 세웠어."

"라스콜?" 해리가 물었다.

"라스콜 바제트. 쥐새끼들의 대왕이라 할 수 있지." 이바르손은 그렇게 말하며, 벨트 고리에 손가락을 걸었다. 그러고는 숨을 들이쉬고 씩 웃으며 바지를 추켜올렸다. "자세한 사항은 베아테가 말해줄 걸세."

13

대리석

어떤 문제에 있어서는 자신이 아주 옹졸하다는 것을 해리도 알고 있었다. 예를 들어, 보그스타바이엔 가*가 그랬다. 그는 이 거리가 싫었다. 이유는 알 수 없었다. 어쩌면 황금과 기름으로 뒤덮인 이 거리, 해피랜드의 최고봉인 이 거리에 웃는 사람이 없어서인지도 몰랐다. 해리 본인도 웃지 않았지만 그는 비슬렛에 사니까 상관없다. 웃어야 하는 직업도 아니고, 현재로서는 웃을 수 없는 이유도 몇 가지 있었다. 그렇기는 해도 대부분의 노르웨이인과 마찬가지로 해리 역시 누군가 자신을 보며 웃어주는 건 싫지 않았다.

마음속으로는 세븐일레븐의 계산대를 맡고 있는 소년을 이해하려고 노력했다. 저 애는 아마도 자신의 일이 싫을 것이고, 해리처럼 비슬렛에 살 것이다. 게다가 또 비까지 퍼붓기 시작했다.

빨갛게 성난 여드름투성이의 창백한 얼굴이 지루하다는 표정으로 해리의 경찰 신분증을 힐끗 바라보았다. "저 뜨레기통이 언제부터 있었는지 내가 어떻게 알아요?" 소년이 혀 짧은 소리로

---

* 이 거리에는 주로 고가의 명품을 파는 상점과 값비싼 호텔, 식당이 밀집해 있다.

말했다.

"왜냐하면 초록색인데다가, 보그스타바이엔 가를 절반이나 가리고 있으니까." 해리가 대답했다.

소년은 신음을 하더니 바지가 간신히 걸쳐진 골반 뼈에 양손을 올렸다. "한 일주일쯤 돼뜰라나? 근데 지금 아저띠 뒤로 사람들이 줄 서 있는 거 안 보이세요?"

"흠. 내가 쓰레기통 속을 봤는데 거의 비어 있었어. 기껏해야 병 서너 개와 신문뿐이었다고. 쓰레기통을 누가 주문했는지 혹시 알아?"

"모르는데요."

"계산대 위에 설치된 저 감시 카메라에 쓰레기통이 잡히지 않을까?"

"그럴 수도 있죠."

"지난주 금요일 이후의 녹화 테이프가 아직 보관되어 있으면 좀 보고 싶은데."

"내일 전화하뗴요. 내일은 토벤이 출근하니까."

"토벤?"

"여기 점장이에요."

"지금 당장 토벤에게 전화해서 내게 테이프를 줘도 된다는 허락을 받아내. 그럼 더는 귀찮게 하지 않을 테니까."

"뒤를 좀 돌아보뗴요." 소년의 여드름은 한층 더 붉어졌다. "지금 그깟 테이프나 찾고 있을 시간이 없다고요."

"그래?" 해리가 계속 버티고 서서 말했다. "그럼 영업 끝나고 찾든지."

"여기 24시간이거든요?" 소년이 눈동자를 굴리며 대답했다.

"농담이야."

"참 재미있네요. 하. 하." 몽롱한 목소리로 소년이 말했다. "그래서 뭐 살 거예요, 말 거예요?"

해리가 고개를 젓자, 소년은 해리 뒤를 바라보았다. "다음 분."

해리는 한숨을 쉬며 자신의 뒤에 줄 서 있는 사람들을 돌아보았다. "아직 안 끝났습니다. 전 오슬로 경찰입니다." 그는 경찰 신분증을 보여주었다. "그리고 이 친구는 혀 짧은 소리를 하는 죄로 체포됐습니다."

어떤 문제에 있어서 해리는 한없이 옹졸했다. 하지만 지금 이 순간은 사람들의 반응이 지극히 만족스러웠다. 다른 사람들이 자신을 보며 웃어주는 것은 언제나 좋았다.

*

하지만 목사나 정치가, 장의사가 직업적 훈련의 결과로서 짓는 미소는 좋아하지 않았다. 그들은 말하는 동시에 눈으로 웃었고, 그 때문에 산데만 상조회사의 사장인 산데만의 미소는 진실되어 보였다. 그 미소도 싫은데다가, 마요르스투엔 교회 밑에 위치한 관 보관실의 서늘한 온도 때문에 해리는 몸을 부르르 떨었다. 그는 주위를 둘러보았다. 관 두 개, 의자, 화환, 장의사, 검은 양복, 이마 위로 빗어 넘긴 머리.

"고인은 단장을 마쳤습니다. 평온하면서 편안하고 위엄이 넘쳐 보이죠. 가족분이신가요?" 산데만이 물었다.

"아닙니다." 진심 어린 표정은 유가족에게나 보이기를 바라며 해리는 경찰 신분증을 보여주었다. 하지만 그의 바람은 빗나갔다.

"이렇게 젊은 아가씨가 이런 식으로 세상을 떠나다니 정말 슬픈 일입니다." 산데만은 미소를 지으며, 양 손바닥을 포갰다. 장례지도사의 손가락은 유달리 가늘고 구부러져 있었다.

"고인이 발견 당시에 입고 있던 옷을 좀 보고 싶은데요. 사무실에 물어보니 당신이 여기로 가져왔다고 하더군요."

산데만은 고개를 끄덕이더니 하얀 비닐봉지를 가져왔다. 혹시라도 여자의 부모나 형제자매가 나타날 경우를 대비해 가져왔다며, 해리에게 알아서 처분하라고 했다. 해리는 검은 드레스의 주머니를 뒤져보았지만 아무것도 없었다.

"특별히 찾으시는 거라도 있나요?" 산데만이 해리의 어깨 너머를 바라보며 순진한 어조로 물었다.

"집 열쇠요. 혹시 고인의⋯⋯." 해리는 산데만의 구부러진 손가락을 바라보았다. "⋯⋯옷을 벗길 때 나온 거 없었나요?"

산데만은 눈을 지그시 감고 고개를 저었다. "시신뿐이었습니다. 물론 신발 속의 사진은 제외하고요."

"사진?"

"네. 이상하죠? 분명 그들의 관습일 겁니다. 아직 신발 속에 있습니다."

해리는 봉지에서 검은색 하이힐을 집어 들었다. 그가 저녁 식사를 하려고 안나의 집으로 갔을 때 문간에 서 있던 그녀의 모습이 얼핏 떠올랐다. 검은 드레스, 검은 하이힐, 빨간 입. 붉디붉은 입술.

한쪽 귀퉁이가 접힌 사진에는 해변가를 배경으로 세 아이들과 한 여인이 찍혀 있었다. 매끈하고 커다란 바위들이 바닷속에 잠겨 있고, 언덕 위로 키 큰 소나무 숲이 있었다. 노르웨이 어딘가에서 휴가 중에 찍은 사진 같았다.

"유가족 중에서 누가 왔었나요?" 해리가 물었다.

"삼촌이라는 사람만 왔습니다. 물론 형사님의 동료를 대동하고요."

"물론?"

"그 사람, 복역 중 아닌가요?"

해리는 대답하지 않았다. 산데만은 몸을 앞으로 숙이더니 등을 구부렸다. 어찌나 심하게 구부렸는지 작은 머리가 양어깨 사이로 쑥 들어가 꼭 독수리 같았다. "대체 무슨 죄로 복역 중인지 궁금하더군요." 그의 속삭임은 목쉰 새가 우는 것 같았다. "무슨 죄를 지었기에 장례식에도 참석하지 못하는 겁니까?"

해리는 헛기침을 했다. "고인을 좀 봐도 될까요?"

산데만은 대답을 듣지 못해 실망한 듯했으나, 한 손으로 정중하게 관을 가리켰다.

늘 그렇듯이 해리는 전문가의 손길이 닿으면 시신이 완전히 달라 보인다는 데 놀라지 않을 수 없었다. 안나는 정말로 평온해 보였다. 그녀의 이마를 만져보았다. 마치 대리석을 만지는 기분이었다.

"이 목걸이는 뭡니까?" 해리가 물었다.

"금화예요. 삼촌이 주고 갔죠."

"그럼 이건요?" 해리는 두꺼운 갈색 고무줄에 묶인 두툼한 지폐 더미를 들어 올렸다. 100크로네 뭉치였다.

"그들의 관습입니다." 산데만이 말했다.

"아까부터 자꾸 '그들'이라고 하는데, 그들이 대체 누굽니까?"

"모르셨습니까?" 산데만의 얇고 젖은 입술이 미소를 지었다. "고인은 집시거든요."

*

경찰청 구내식당은 테이블마다 직원들의 열띤 대화로 떠들썩했다. 한 테이블만 제외하고. 해리는 그곳으로 갔다.

"차츰 사람들과 친해지게 될 거야." 해리가 말했다. 무슨 뜻인지 모르겠다는 눈빛으로 그를 올려다보는 베아테를 보며 해리는 둘 사이의 공통점이 생각보다 많다는 것을 깨달았다. 그는 의자에 앉자, 테이블에 비디오테이프를 내려놓았다. "노르데아 은행과 대각선으로 맞은편에 있는 세븐일레븐 알지? 거기의 감시 카메라 녹화 테이프야. 강도 사건이 있던 금요일과 그 전주 목요일의 영상이 들어 있어. 혹시 쓸 만한 게 있는지 봐주겠어?"

"범인이 찍혔는지 보라는 거죠?" 간 파테를 바른 빵을 입안 가득 우물거리며 베아테가 말했다. 해리는 그녀가 싸온 도시락을 바라보았다.

"지푸라기라도 잡는 거지."

"물론이죠." 베아테는 눈에 눈물까지 맺혀가며 입안의 빵을 삼키려고 애썼다. "1993년 프롱네르의 크레디트카세 은행에 강도가 들었어요. 강도는 돈을 담아 가려고 쉘 주유소의 로고가 그려진 비닐봉지를 가져왔죠. 그래서 우리는 은행에서 가장 가까운 쉘 주유소의 감시 카메라를 조사했어요. 그 결과, 범인이 범행 10분 전에 비닐봉지를 사간 것이 밝혀졌죠. 복면만 쓰지 않았을 뿐 옷이 똑같았거든요. 범인은 30분 만에 체포됐죠."

"우리? 8년 전인데?" 해리가 무심코 물었다.

신호등처럼 베아테의 안색이 순식간에 바뀌었다. 그녀는 빵을 한 쪽 집어 들더니 그 뒤로 얼굴을 감추려 했다. "저희 아버지요." 그녀가 웅얼거렸다.

"미안해. 그럴 의도는 없었어."

"괜찮아요." 그녀가 냉큼 대답했다.

"아버지는……."

"은행강도가 쏜 총에 맞아 돌아가셨어요. 오래전 일이죠."

해리는 말없이 앉아 베아테의 씹는 소리를 들으며 자신의 손을 바라보았다.

"왜 사건이 일어나기 전주의 테이프까지 가져오신 거예요?" 베아테가 물었다.

"쓰레기통."

"그게 왜요?"

"쓰레기통 회사에 전화해서 물어봤어. 담당자 말로는 인두스트리 가에 사는 스타인 쇠브스타라는 사람이 사건 발생 전주 목요일에 쓰레기통을 주문했다는 거야. 그래서 다음 날인 금요일에 곧장 그쪽에서 요구한 장소, 그러니까 세븐일레븐 앞에 배달해줬대. 오슬로에 스타인 쇠브스타라는 사람은 딱 두 명인데, 둘 다 쓰레기통을 주문한 적이 없다고 했어. 그러니까 내 짐작으로는 범인이 주문한 거야. 세븐일레븐 안에서 창밖으로 보이는 시야를 막기 위해서. 그래야 자기가 범행을 마치고 나와 길을 건널 때 그 모습이 감시 카메라에 잡히지 않거든. 만약 쓰레기통을 주문한 날에 범인이 세븐일레븐 주위를 정찰했다면 카메라에 찍혔을 거야. 누군가 카메라를 들여다보고, 창밖으로 은행을 보면서 카메라 앵글 등등을 확인하는 장면이 있겠지."

"운이 좋으면요. 세븐일레븐 앞에서 범인의 도주를 목격한 증인의 말로는 범인이 길을 건널 때 여전히 복면을 쓰고 있었다고 했어요. 그러니 범인이 굳이 쓰레기통을 거기에 두려고 애쓸 이유가 없잖아요?"

"원래는 복면을 벗고 길을 건널 계획이었을 수도 있지." 해리는 한숨을 쉬었다. "모르겠어. 그냥 저 초록색 쓰레기통이 뭔가 수상하다는 느낌이 들어. 가져다 놓은 지 일주일이 지났는데, 어쩌다 지나가던 사람들이 쓰레기를 버리는 것 말고는 딱히 사용하는 사람이 없거든."

"알겠어요." 베아테가 비디오테이프를 집어 들고 자리에서 일어났다.

"하나 더. 그 라스콜 바제트라는 사람에 대해 아는 거 있어?"

"라스콜?" 베아테가 눈살을 찌푸렸다. "자수하기 전까지는 일종의 신화적 인물이었죠. 소문이 사실이라면 오슬로 은행강도 사건의 90퍼센트는 어떤 식으로든 그자가 개입되어 있어요. 제 짐작으로는 아마 지난 20년간 오슬로에서 벌어진 은행강도 사건의 범인을 모두 알고 있을 거예요."

"그래서 이바르손이 그자를 이용하려는 거로군. 지금 어디에서 복역 중이지?"

베아테는 엄지로 어깨 너머를 가리켰다. "저쪽 동棟에서요."

"봇센?"

"네. 하지만 수감 기간 동안 어떤 경찰과도 말하지 않겠다고 했어요."

"그런데 이바르손은 뭘로 그자의 입을 열겠다는 거야?"

"마침내 라스콜이 협상에 나설 정도로 원하는 것을 찾아냈거든요. 사람들 말로는 봇센에 올 때부터 라스콜이 원하는 것은 딱 하나였대요. 친척의 장례식에 참석하는 거요."

"그래?" 해리는 자신의 얼굴에 아무런 감정도 드러나지 않기를 바랐다.

"이틀 후면 조카의 장례식이래요. 라스콜은 조카의 장례식에 참가하게 해달라는 긴급 탄원서를 교도소장에게 제출했다더군요."

베아테가 떠나고, 해리는 혼자 테이블에 남아 있었다. 점심시간이 끝나서 구내식당은 사람들이 썰물처럼 빠져나가고 있었다. 이곳은 환하고 아늑하며 국영 케이터링 업체가 운영하는 식당이었다. 그래서 해리는 차라리 시내에서 사먹는 게 더 좋았다. 하지만 불현듯 여기가 크리스마스 파티 때 라켈과 춤춘 곳이라는 것을 깨달았다. 바로 여기서 그는 라켈에게 작업을 걸기로 결심했었다. 아니면 그 반대였나? 그의 손에 닿던 그녀 등의 곡선이 아직도 생생했다.

라켈.

이틀 후면 안나의 장례식이고, 아무도 그녀의 자살을 의심하지 않았다. 그날 밤 안나의 집에 있었고, 그녀의 자살에 이의를 제기할 수 있는 사람은 자신뿐이다. 하지만 기억나는 것이 하나도 없었다. 그런데도 굳이 긁어 부스럼을 만들 필요가 있을까? 얻을 것은 없고 잃을 것뿐인데도? 다른 것은 다 그만두고라도 자신과 라켈을 위해, 두 사람의 관계를 위해 그냥 잊어버릴 순 없을까?

해리는 양 팔꿈치를 테이블에 올리고 두 손으로 턱을 괴었다.

만약 처음부터 안나의 자살에 이의를 제기할 수 있었다면 과연 그는 그렇게 했을까?

의자 다리가 바닥에 긁히는 소리가 요란하게 울려 퍼지자, 옆 테이블에 있던 사람들이 깜짝 놀라 몸을 돌렸다. 그들은 평판이 나쁜 한 형사가 긴 다리로 서둘러 구내식당을 나가는 모습을 지켜보았다.

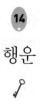

행운

문 위에 달린 종이 맹렬하게 울리더니, 두 남자가 어둡고 좁아터진 가게 안으로 뛰어들었다. 엘메르의 가게는 요즘은 더 이상 찾아보기 힘든 구멍가게였다. 다시 말해, 한쪽 벽에는 자동차와 사냥, 낚시 잡지가 있고, 다른 쪽 벽에는 강도가 약한 포르노 잡지, 담배, 시가가 있으며, 카운터에는 축구 도박권 세 묶음과 그 양옆으로 막대 모양의 눅눅한 감초 젤리 그리고 작년 크리스마스에 팔다 남은, 회색빛으로 버석버석하게 변한 돼지 모양의 마지팬*이 리본을 달고 진열되어 있었다.

"아슬아슬했어." 엘메르가 노를란 억양으로 말했다. 그는 마른 체구에 수염을 기른 60대의 대머리 노인이었다.

"와, 웬 소나기래요?" 할보르센이 어깨에 떨어진 빗방울을 털어내며 말했다.

"전형적인 오슬로 가을 날씨인 게지." 엘메르가 뒤늦게 배운 보

---

* 마지팬은 아몬드와 설탕으로 만든 과자인데, 크리스마스와 연말에 돼지 모양의 마지팬을 선물하면 이듬해에 행운이 따른다고 한다.
** 노르웨이에서는 보크몰과 뉘노르스크, 이 두 개의 언어가 모두 공용어로 쓰인다.

크몰**로 말했다. "가뭄 아니면 폭우. 스무 개짜리 카멜?"

해리는 고개를 끄덕이며 지갑을 꺼냈다.

"그리고 젊은 친구에게는 즉석 복권 두 장?" 엘메르는 복권 두 장을 할보르센에게 건넸다. 할보르센은 환하게 웃으며 얼른 복권을 주머니에 넣었다.

"여기서 좀 피워도 될까요, 엘메르?" 해리가 지저분한 창문 너머로 쏟아지는 폭우를 내다보며 말했다. 거센 빗줄기가 이제는 인적이 보이지 않는 인도를 후려치고 있었다.

"얼마든지." 엘메르가 두 사람에게 거스름돈을 내주며 말했다. "독약과 도박은 내 돈줄이니까."

그는 허리를 숙이더니 비뚤어지게 달려 있는 갈색 커튼을 젖히고 가게 안쪽으로 들어갔다. 커튼 너머로 커피포트가 콸콸 소리를 냈다.

"이 사진이야. 그냥 대충 이 여자가 누군지만 알아내면 돼." 해리가 말했다.

"그냥 대충?" 할보르센은 해리가 건넨 사진을 바라보았다. 한쪽 모퉁이가 접힌 사진은 화질이 선명하지 않았다.

"이 사진을 찍은 곳이 어딘지부터 알아내." 담배 연기를 폐에 담아두려고 하는 바람에 해리는 발작하듯이 심한 기침을 했다. "내 생각엔 휴양지 같아. 만약 그렇다면 작은 식료품 가게나 별장을 빌려주는 업체가 있을 거야. 사진 속의 가족이 정기적으로 그곳을 찾았다면 그 지역에서 일하는 누군가가 그들을 알아볼 거라고. 그것만 알아내면 나머지는 내게 맡겨."

"이 모든 게 단지 신발 속에 이 사진이 들어 있었기 때문인가요?"

"일반적으로 사진을 보관해두는 장소는 아니지 않아? 요즘은 바뀌었나?"

할보르센은 어깨를 으쓱이며 문 쪽으로 걸어갔다.

"아직 비 안 그쳤어." 해리가 말했다.

"알아요. 하지만 집에 가야죠."

"뭐하러?"

"인생이라는 걸 좀 즐기려고요. 반장님은 관심 없겠지만."

해리는 이 말이 재치 있는 표현이라는 것을 인정한다는 표시로 억지 미소를 지었다. "즐거운 시간 보내."

종이 딸랑거렸고, 할보르센의 등 뒤로 문이 쾅 닫혔다. 해리는 담배를 한 모금 빨아들였다. 가게에 진열된 잡지를 보며 불현듯 자신이 일반적인 노르웨이 남자들과 공통되는 관심사가 거의 없다는 것을 깨달았다. 이젠 매사에 관심이 없기 때문일까? 물론 음악에는 관심이 있었다. 하지만 지난 10년 동안 아무도 들을 만한 음악을 내놓지 않았다. 심지어 그의 늙은 우상들조차 그랬다. 영화? 요즘에는 영화관을 나설 때 뇌엽절리술을 받은 기분이 들지 않는 때가 손에 꼽을 정도였다. 다시 말해, 그가 여전히 관심을 갖는 것이 있다면 나쁜 놈을 찾아 쇠고랑을 채우는 것뿐이다. 그것마저도 예전만큼 가슴이 뛰지 않았다. 하지만 가장 소름 끼치는 것은 따로 있다고, 차갑고 매끈한 카운터에 손을 올리며 해리는 생각했다. 이런 상태가 조금도 거슬리지 않는다는 사실, 그가 굴복했다는 사실이었다. 나이를 먹는다는 것이 그저 자유롭게 느껴졌다.

종이 다시 맹렬하게 딸랑거렸다.

"깜빡했어요." 할보르센이 말했다. "어젯밤에 불법 무기 소지 혐의로 한 놈을 잡아들였어요. 로이 크빈스빅이라고 헤르베르트 피자 가게에 들락거리는 스킨헤드족이에요." 그는 문간에 서 있었고, 젖은 신발 주위로 빗줄기가 춤을 추었다.

"그런데?"

"아주 겁을 먹었더라고요. 그래서 쓸 만한 정보를 주면 풀어주겠다고 했죠."

"그랬더니?"

"엘렌이 죽던 날 밤, 그뤼네르뢰카에서 스베레 올센을 봤대요."

"그래서? 그걸 증언해줄 증인은 전에도 많았잖아."

"네. 하지만 이 친구는 올센이 차 안에서 누군가와 이야기하는 걸 봤대요."

담배가 바닥에 떨어졌지만 해리는 무시했다.

"그 사람이 누군지 안대?" 해리가 천천히 물었다.

할보르센은 고개를 저었다. "아뇨. 모르는 사람이었대요."

"인상착의는 들었어?"

"그냥 형사처럼 보이는 남자였다는 것만 기억난대요. 다시 보면 아마 알아볼 수 있을 거라고 했어요."

해리는 코트 안에서 열이 오르는 것을 느끼고 한 단어, 한 단어 신중하게 말했다. "혹시 차종을 기억한대?"

"아뇨. 급하게 지나가느라 못 봤대요."

해리가 고개를 끄덕이며 손으로 카운터를 쓰다듬었다.

할보르센은 헛기침을 했다. "하지만 스포츠카였던 것 같대요."

해리는 바닥에 떨어진 담배가 계속 타들어가는 것을 바라보았다. "색깔은?"

할보르센은 미안하다는 뜻으로 한쪽 손바닥을 보였다.

"빨간색이었대?" 해리가 잠긴 듯한 목소리로 나직이 물었다.

"뭐라고 하셨어요?"

해리는 등을 폈다. "아니야. 녀석의 이름을 잘 기억해둬. 이제 그만 집에 가서 인생을 즐기라고."

종이 딸랑거렸다.

해리는 카운터를 쓰다듬던 동작을 멈추고 손을 가만히 두었다. 별안간 카운터가 차가운 대리석처럼 느껴졌다.

*

아스트리드 몬센은 마흔다섯 살로, 소르겐프리 가에 있는 자신의 아파트에서 프랑스 문학 작품을 번역하면서 생계를 유지했다. 그녀의 인생에 남자는 없었다. 하지만 개 짖는 소리가 무한히 재생되는 카세트테이프가 있어서 밤이면 그 테이프를 틀어두었다. 발소리가 들리고, 최소한 세 개의 잠금장치가 돌아간 후에야 빼꼼 열린 문틈으로 그녀가 얼굴을 내밀었다. 검은 곱슬머리 아래의 주근깨투성이 얼굴이 그를 바라보았다.

"옥." 해리의 거구를 보더니 그녀가 외쳤다.

비록 얼굴은 낯설지라도 해리는 전에 그녀를 봤다는 느낌이 들었다. 아마도 안나가 이 섬뜩한 이웃에 대해 자세히 묘사해주었기 때문일 것이다.

"강력반에서 나온 해리 홀레라고 합니다." 그는 신분증을 보여주었다. "늦은 시간에 찾아와서 죄송합니다. 안나 베트센이 사망한 날에 대해 몇 가지 질문이 있습니다."

벌린 입을 다물지 못하는 그녀를 보며 해리는 미소로 그녀를 안심시키려 했다. 시야 한편으로 현관문에 달린 유리창 뒤의 움직임이 보였다.

"잠깐 들어가도 될까요, 몬센 양? 금방 끝날 겁니다."

아스트리드 몬센이 두 걸음 물러섰다. 해리는 얼른 그 사이로 들어가 등 뒤로 현관문을 닫았다. 이제야 흑인처럼 동그랗게 부풀린 그녀의 곱슬머리를 전부 볼 수 있었다. 저 검은 머리카락은 분명 염색했을 것이다. 어쨌거나 잔뜩 부푼 곱슬머리가 거대한 구체처럼 그녀의 작고 하얀 얼굴을 감싸고 있었다.

그들은 불빛이 약한 현관 복도에 마주 보고 섰다. 니스의 샤갈 박물관 포스터가 액자에 걸려 있었고, 말린 꽃이 장식되어 있었다.

"전에 절 보신 적 있습니까?" 해리가 물었다.

"무슨…… 말이죠?"

"그냥 전에 절 보신 적이 있는지 묻는 겁니다. 나중에 다른 집들도 다 방문할 겁니다."

그녀가 입을 벌렸다가 다물었다. 그러고는 단호하게 고개를 저었다.

"알겠습니다. 화요일 밤에 집에 계셨나요?"

그녀는 주저하며 고개를 끄덕였다.

"뭐 듣거나 본 것이 있으신가요?"

"아뇨." 해리가 원했던 것보다 다소 빠르게 대답이 튀어나왔다.

"천천히 잘 생각해보세요." 그가 애써 다정한 미소를 지어 보였다. 그의 표정 목록에서 빈도가 잦은 표정은 결코 아니었다.

"전혀……." 그녀가 해리 뒤의 문을 바라보며 대답했다. "없어요."

*

다시 거리로 나온 해리는 담배에 불을 붙였다. 좀 전에 그가 집에서 나가자마자, 아스트리드 몬센은 재빨리 문을 잠갔다. 불쌍한 여자. 이 집이 그가 방문한 마지막 집이었다. 이로써 안나가 죽던 날 밤, 계단에서 그를 포함한 누군가를 보았거나 들은 사람은 아무도 없다는 결론을 내릴 수 있었다.

그는 두 모금 더 빨고 담배를 버렸다.

집에 돌아와 의자에 앉아, 자동응답기의 빨간 눈을 오랫동안 바라보았다. 재생 버튼을 눌렀다. 잘 자라는 라켈의 메시지, 그리고 두 건의 은행강도 사건에 대해 의견을 듣고 싶다는 기자의 메시지였다. 재생이 끝나자, 그는 테이프를 앞으로 감아 안나의 메시지를 들었다. "네 청바지 중에 내가 진짜 좋아하는 거 있지? 그거 입고 와줘."

그는 얼굴을 쓸어내리고는 테이프를 꺼내 쓰레기통에 버렸다. 밖에서는 빗방울이 똑똑 떨어졌고, 집 안에서는 텔레비전 채널이 획획 돌아갔다. 여자 핸드볼 경기, 드라마, 백만장자가 될 수 있는 퀴즈 게임. 그러다 철학자와 사회 인류학자가 대담을 나누는 방송에 채널을 고정했다. 스웨덴 공영방송인 SVT였고, 대담의 주제는 복수였다.

"미국 같은 나라, 그러니까 자유와 민주주의 같은 어떤 가치를 상징하는 나라는 자국 내에서 당한 공격에 대해 복수해야 할 도덕적 책임이 있습니다. 미국을 공격한다는 것은 곧 그들이 대표하는 가치를 공격한다는 것과 같은 뜻이니까요. 보복을 원하고 그것을 실천하는 것만이 민주주의와 같은 연약한 시스템을 보호하는 길입니다." 한쪽이 주장했다.

"만약 복수를 하는 과정에서 민주주의를 대표하는 가치 그 자체가 희생된다면요?" 상대방이 반박했다. "국제법에 의해 다른 나라의 권리가 침범당한다면요? 가해자를 쫓는 과정에서 죄 없는 시민들의 권리를 박탈하고도 어떤 가치를 수호한다고 말할 수 있을까요? 다른 쪽 뺨도 대라는 도덕적 가치는 그냥 버리는 겁니까?"

"문제는 우리에게 뺨이 두 개뿐이라는 겁니다." 상대방이 미소 지으며 말했다. "안 그런가요?"

해리는 텔레비전을 껐다. 라켈에게 전화할까 고민했지만 너무 늦은 시간이었다. 짐 톰슨의 책을 읽어보려고 했으나 23페이지에서 38페이지까지 찢겨나가고 없었다. 그는 자리에서 일어나 방 안을 서성였다. 냉장고 문을 열고 하얀 치즈 덩어리와 딸기잼을 절망적으로 바라보았다. 어떤 욕구가 솟구쳤지만 정체를 알 수 없었다. 그는 냉장고 문짝이 부서져라 닫았다. 지금 누굴 속이려고? 그가 원하는 것은 술이었다.

새벽 2시, 그는 의자에서 깨어났다. 옷은 하나도 벗지 않은 채 아까 그대로였다. 욕실로 가서 물을 한 잔 마셨다.

"젠장." 거울 속의 자신을 보며 그가 중얼거렸다. 침실로 가서 컴퓨터를 켰다. 검색해보니 자살에 관한 국내 기사가 104개나 나왔다. 하지만 복수에 관한 기사는 없었다. 그저 키워드만 있거나, 문학과 그리스 신화에서 모티브로 사용되었던 복수로 넘어가는 링크뿐이었다. 컴퓨터를 끄려다가 문득 지난 2주 동안 이메일을 확인하지 않았다는 것을 깨달았다. 두 통의 이메일이 와 있었다. 하나는 네트워크 운영자가 보냈는데, 그날부로 서비스가 종료될 것임을 경고하는 내용이었다. 또 다른 이메일은 주소가 anna.beth@chello.no로 되어 있었다. 그는 더블클릭해서 내용을 읽어보았다.

안녕 해리. 열쇠 잊지 마. 안나.

발송 시간을 보니, 그와의 마지막 저녁 약속을 두 시간 앞두고 보낸 메일이었다. 그는 메일을 다시 읽어보았다. 너무 짧고, 너무…… 간단했다. 사람들은 늘 이런 식으로 메일을 보내는 모양이다. **안녕 해리.** 누가 보면 분명 두 사람이 오랜 친구라도 되는 줄 알 것이다. 하지만 두 사람은 겨우 6주간 알고 지냈을 뿐이다. 그것도 아주 오래전에. 안나가 그의 메일 주소를 알고 있는 줄도 몰랐다.

그날 밤, 해리는 다시 총을 들고 은행에 서 있는 꿈을 꾸었다. 주위 사람은 전부 대리석으로 만들어져 있었다.

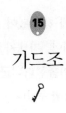

15

가드조

"오늘 날씨 정말 끝내주는군." 다음 날 아침, 비아르네 묄레르가 해리와 할보르센의 사무실로 당당하게 들어서며 말했다.

"보스야 당연히 잘 아시겠죠. 사무실에 창문이 있으니까." 해리가 커피 잔에서 눈을 들지 않은 채 말했다. "그리고 새 의자도요." 묄레르가 할보르센의 고장 난 의자에 앉자, 해리가 덧붙였다. 의자가 고통스런 비명을 질렀다.

"잘 지냈나? 기분 나쁜 일이라도 있었나?" 묄레르가 물었다

해리는 어깨를 으쓱였다. "마흔이 다 되어가면서 불평하는 게 취미가 됐어요. 그게 뭐 잘못됐나요?"

"전혀. 그건 그렇고, 양복을 입으니 보기 좋구먼."

해리는 이제야 봤다는 듯이 검은 양복 재킷의 깃을 들어 올렸다.

"어제 각 부서 책임자들의 미팅이 있었네. 길게 해줄까, 짧게 해줄까?"

해리는 연필로 커피를 저었다. "엘렌 사건을 그만 접으라는 얘기군요. 아닌가요?"

"그 사건은 이미 오래전에 해결됐어, 해리. 과학수사과 책임자의 불만이 이만저만이 아니야. 자네가 옛날 증거들을 모두 다시 조사해달라면서 자기들을 괴롭힌다더군."

"어제 새로운 목격자가 나왔습니다. 그 친구가—."

"새 목격자는 늘 나오는 법일세, 해리. 그냥 더는 수사하지 말게."

"하지만—."

"이미 결정됐네, 해리. 미안하네."

묄레르는 문가로 걸어갔다. "햇볕 좋을 때 산책이나 하게. 오늘이 지나면 당분간 추워질 테니까."

*

"소문에 의하면 오늘 날씨가 아주 화창하다더군." 하우스 오브 페인에 들어서며 해리가 베아테에게 말했다. "참고하라고."

"불 꺼주세요. 보여드릴 게 있어요." 베아테가 말했다.

아까 전화했을 때 그녀는 흥분한 목소리였지만 이유는 말하지 않았다. 베아테가 리모컨을 집어 들었다. "쓰레기통을 주문한 목요일 테이프에는 별다른 게 없었어요. 하지만 사건 당일에 이걸 찾아냈죠."

해리는 화면 속의 세븐일레븐을 바라보았다. 창문 밖으로 초록색 쓰레기통이 보였다. 가게 안에는 계산대 안쪽에 진열된 크림빵 그리고 어제 해리와 이야기를 나눴던 점원 소년의 뒤통수와 엉덩이골이 보였다. 소년은 계산대 앞에 선 여자의 우유와 코즈모폴리턴 잡지, 콘돔을 계산해주고 있었다.

"현재 시각은 15시 05분이에요. 그러니까 도살자가 은행을 털기 15분 전이죠. 이제 보세요."

여자가 계산된 물건을 집어 들고 자리를 떠나자, 계산대 앞에 늘어선 줄이 앞으로 움직였다. 다음 손님은 앞 챙에 귀덮개까지 달린 모자를 푹 눌러쓰고, 위아래가 붙은 검은 작업복을 입은 남자였다. 그는 계산대 위의 무언가를 가리켰는데 좀처럼 고개를 들지 않아서 얼굴이 전혀 보이지 않았다. 겨드랑이에는 반으로 접힌 검은 배낭을 끼고 있었다.

"맙소사." 해리가 속삭였다.

"도살자예요."

"정말이야? 검은 작업복을 입는 사람은 많다고. 게다가 도살자는 모자를 쓰지 않았잖아."

"저 남자가 계산대 앞을 떠나면 신발이 보일 거예요. 은행의 감시 카메라에 찍힌 것과 같은 신발이죠. 그리고 왼쪽 주머니가 불룩한 걸 보세요. AG3예요."

"테이프로 붙였군. 근데 놈이 대체 여기서 뭘 하는 거지?"

"현금수송차량이 오기를 기다리는 거예요. 눈에 띄지 않고 망볼 곳도 필요하고요. 도살자는 이 지역을 정찰했고, 현금수송차량이 15시 15분에서 20분 사이에 온다는 걸 알고 있었어요. 그동안 발라클라바를 쓰고 돌아다니면서 은행털이범이라고 광고하고 다닐 수는 없죠. 그래서 얼굴 전체를 가린 모자를 쓴 거예요. 저자가 계산대로 갔을 때 자세히 보시면 계산대 위로 작은 사각형 빛이 스칠 거예요. 선글라스의 빛이 반사된 거죠. 너 선글라스 썼지, 안 그래? 이 나쁜 놈아." 베아테가 나지막이, 하지만 빠르게 말했다. 지금까지 한 번도 들어본 적 없는, 분노가 담긴 어조였다. "놈은 분명 세븐일레븐 안의 감시 카메라를 의식하고 있어요. 얼굴을 전혀 보여주지 않잖아요. 저기 각도 확인하는 것 좀 보세요! 사실 아주 잘하고 있어요. 그건 인정하죠."

계산대 뒤의 소년이 작업복 차림의 남자에게 크림빵을 건네고 는, 남자가 계산대에 내려놓은 10크로네짜리 동전을 집어 들었다.

"저거 봐." 해리가 외쳤다.

"네. 장갑을 안 꼈어요. 하지만 가게 안의 물건에는 전혀 손대지 않은 것 같아요. 저기 보세요. 아까 제가 말한 사각형 빛이 보이 죠?"

해리의 눈에는 아무것도 보이지 않았다.

계산대 앞에 서 있던 줄의 맨 마지막 사람까지 계산을 마치자, 검은 작업복의 남자는 밖으로 나갔다.

"흠. 다시 목격자를 찾아봐야겠어." 해리가 자리에서 일어서며 말했다.

"저라면 큰 기대는 하지 않겠어요." 베아테가 화면에서 눈을 떼지 않은 채 말했다. "금요일 러시아워에 도살자가 도망간 것을 본 목격자도 딱 한 명뿐이었잖아요. 도둑이 제일 숨기 좋은 곳은 군중 속이에요."

"좋아. 그럼 다른 제안이라도 있어?"

"자리에 앉으세요. 이제 곧 클라이맥스예요."

해리는 약간 당황해서 그녀를 힐끗 바라봤다가 다시 화면으로 고개를 돌렸다. 계산대 뒤의 소년이 손가락으로 콧구멍을 후비며 카메라 쪽으로 돌아섰다.

"자네에겐 이게 클라이맥스일지 모르겠지만—." 해리가 투덜거 렸다.

"창밖의 쓰레기통을 보세요."

창문에 햇빛이 반사되었지만 그래도 여전히 검은 작업복의 남자가 보였다. 그는 보도의 쓰레기통과 주차된 차 사이에 서 있었다. 카메라 쪽으로 등을 돌린 채 한 손은 쓰레기통 가장자리에 놓여 있었다. 크림빵을 먹으면서 은행을 주시하는 듯했다. 아까 겨드랑이에 끼워져 있었던 배낭은 도로에 내려놓았다.

"저기가 놈의 초소예요. 쓰레기통을 주문해서 정확히 저 자리에 두게 했죠. 기발할 정도로 단순해요. 은행의 감시 카메라에 잡히지 않으면서 현금수송차량이 오기를 기다릴 수 있는 자리니까요. 그리고 서 있는 위치를 좀 보세요. 우선 지나가는 사람들의 절반은 쓰레기통 때문에 그를 볼 수조차 없어요. 나머지 절반은 그를 본다 해도 그저 쓰레기통 옆에 모자를 쓴 작업복 차림의 남자가 있다고 생각하겠죠. 건설현장의 인부이거나 이삿짐센터 직원, 혹은 쓰레기 처리반이라고요. 한마디로 대뇌피질에 남을 만한 이유가 전혀 없어요. 목격자가 없는 것도 당연해요."

"쓰레기통에 지문을 잔뜩 남기는군. 지난 주 내내 비가 내린 게 유감이야."

"하지만 크림빵—"

"거기 남긴 지문은 빵과 함께 먹어버렸지." 해리가 한숨을 쉬었다.

"크림빵 때문에 목이 마르죠. 여길 보세요."

남자는 허리를 숙이더니 가방을 열고 하얀 비닐봉지를 꺼냈다. 그 안에 유리병 하나가 들어 있었다.

"코카콜라예요." 베아테가 속삭였다. "반장님이 오시기 전에 화면을 정지시키고 확대해서 봤어요. 코르크 마개로 막은 유리병이에요."

남자는 병의 윗부분을 잡은 채 코르크 마개를 빼냈다. 그러더니 고개를 뒤로 젖히고 병을 높이 치켜들어 입에 콜라를 들이부었다. 콜라가 한 방울도 남김없이 줄어드는 것이 보였지만, 모자의 챙이 벌어진 입과 얼굴을 가리고 있었다. 남자는 병을 다시 비닐봉지에 넣고, 봉지를 묶더니 가방에 넣으려다 잠시 멈칫했다.

"보세요. 지금 생각하는 거예요." 베아테가 단조로운 어조로 나지막이 속삭였다. "배낭 안에 돈을 담을 공간이 충분할까? 배낭 안에 돈을 담을 공간이 충분할까?"

주인공은 배낭 속을 뚫어지게 바라보다가 쓰레기통으로 시선을 옮겼다. 그러고는 마음의 결정을 내리고 유리병이 든 비닐봉지를 재빠르게 던졌다. 허공에 호를 그리며 날아가던 봉지가 열려 있던 쓰레기통 속에 착지했다.

"3점 슛!" 해리가 외쳤다.

"홈팀의 승리입니다!" 베아테가 환호했다.

*

"젠장!" 해리가 소리 질렀다.

"안 돼." 베아테는 신음하며 이마로 운전대를 내려쳤다.

"분명 방금 전까지 여기 있었을 거야. 기다려!" 해리가 말했다.

그가 차문을 벌컥 여는 바람에 뒤에서 자전거를 타고 오던 사람이 방향을 홱 틀었다. 해리는 그대로 튀어나가 길을 건너 세븐일레븐의 계산대로 달려갔다.

"쓰레기통 언제 가져갔어?" 해리가 계산대 뒤의 소년에게 물었다. 소년은 엉덩이가 큰 여자아이 둘이 주문한 빅바이트 핫도그를 포장하는 중이었다.

"제발 차례 좀 기다리세요." 소년이 고개도 들지 않고 말했다.

해리는 몸을 앞으로 숙여 초록색 셔츠를 입은 소년의 멱살을 잡왔다. 그 바람에 케첩을 집을 수 없게 된 소녀가 화를 내며 징징거렸다.

"그래, 또 나야. 이제부터 내 말 잘 들어. 아니면 이 핫도그를 그냥……."

겁에 질린 소년의 표정을 보고서야 해리는 스스로를 진정시켰다. 그리하여 먹살을 놓아주고 창밖을 가리켰다. 쓰레기통이 사라진 덕분에 이제는 길 건너편의 노르데아 은행이 훤히 보였다. "쓰레기통 언제 가져갔어? 빨리 말해!"

소년은 침을 꿀꺽 삼키고 해리를 바라보았다. "방금요. 방금."

"방금이 언제야?"

"2분 전에요." 소년의 눈이 다시 풀렸다.

"어디로 가져갔지?"

"그걸 내가 어떻게 알아요? 난 뜨레기통에 대해서는 아무것도 모른다고요."

"쓰레기통."

"네?"

하지만 해리는 이미 가고 없었다.

*

해리는 베아테의 빨간 휴대전화를 귀에 댔다.

"오슬로 쓰레기 처리장이죠? 난 경찰인데 해리 홀레 반장이라고 합니다. 거리에서 수거한 쓰레기통은 어디로 가져갑니까? 네, 개인용 쓰레기통이에요. 메토디카요? 거기가 어디…… 알나브루의 베르크사이에르 가요? 고맙습니다. 네? 아니면 그뢴모일 수도 있다고요? 어느 쪽인지 알려주셔야……?"

"저기 보세요. 길이 꽉 막혔어요." 베아테가 말했다.

헤그데헤우그스바이엔 가의 카페 로리 앞에 있는 삼거리 쪽으로 차들이 도저히 뚫고 들어갈 수 없는 벽을 쌓고 있었다.

"우라니엔보르그바이엔 가로 가야 해. 아니면 키르케바이엔 가로 가든가." 해리가 말했다.

"반장님이 운전하지 않아서 유감이네요." 베아테는 자동차의 두 앞바퀴를 인도로 들이밀며 운전대 위로 몸을 숙이고 액셀러레이터를 밟았다. 깜짝 놀란 사람들이 옆으로 비켜났다.

"여보세요?" 해리가 휴대전화에 대고 말했다. "방금 전에 그쪽에서 보그스타바이엔 가에 있는 초록색 쓰레기통을 수거해 갔습니다. 인두스트리 가 교차로 옆에 있는 거요. 그거 어디로 가져가는 중인가요? 네, 기다리죠."

"그냥 알나브루로 가보죠." 베아테는 트램 앞의 교차로로 뛰어들었다. 강철 선로 위에서 바퀴가 헛돌다가 마침내 도로로 내려갔다. 해리는 얼핏 기시감이 들었다.

필레스트레데 가에 접어들었을 때 오슬로 쓰레기 처리장 직원이 다시 전화를 받았다. 쓰레기 수거차 운전사의 휴대전화로 전화했지만 받지 않는다고 했다. 하지만 아마도 알나브루로 가는 중일 거라고 했다.

"알겠습니다. 메토디카 매립지에 전화해서 우리가 도착할 때까지 쓰레기를 소각로에 버리지 말아달라고……. 11시 30분에서 12시까지 사무실이 문을 닫는다고요? 조심해! 아뇨, 운전사에게 한 말입니다. 아뇨, 쓰레기 수거차의 운전사 말고 지금 내가 탄 차를 운전하는 친구요."

차가 입센 터널에 들어서자 해리는 경찰청에 전화해서 메토디카 매립지로 순찰차 한 대를 보내달라고 부탁했다. 하지만 가장 가까운 곳에 있는 경찰차도 최소 15분이 걸린다고 했다.

"젠장!" 해리는 휴대전화를 어깨 너머로 던지고는 손으로 계기판을 내려쳤다.

뷔포르텐 쇼핑센터와 광장 사이의 로터리에 진입하자, 베아테는 하얀 중앙선을 걸치고 서 있는 시보레 밴과 빨간 버스 사이로 기어들어갔다. 고가차도인 트라피크 마스키넨을 시속 110킬로미터로 내려와, 비명을 질러대는 타이어로 급커브를 틀어 오슬로 중앙역의 피오르 쪽으로 들어섰다. 이쯤 되자 해리는 아직 희망이 남아 있다는 것을 깨달았다.

"대체 어떤 미친놈에게 운전을 배운 거야?" 베아테가 에케베르그 터널로 이어지는 3차선 도로에서 자동차 사이를 요리조리 빠져나가는 동안, 해리가 손잡이를 꽉 쥔 채 물었다.

"독학했어요." 베아테가 말했다.

볼레렝가 터널 한복판에 접어들자, 시커먼 연기를 토해내는 거대하고 흉측한 화물차가 그들 앞에 모습을 드러냈다. 화물차는 오른쪽 차선으로 느릿느릿 움직였다. 차 뒤쪽으로 두 개의 노란색 기계 팔이 초록색 쓰레기통을 붙잡고 있었는데, 쓰레기통에 '오슬로 쓰레기 처리장'이라고 적혀 있었다.

"예스!" 해리가 외쳤다.

베아테는 화물차 앞으로 뛰어들어 속도를 줄이더니 오른쪽 깜빡이를 켰다. 해리는 차창을 내린 후, 한 팔을 뻗어 경찰 신분증을 보여주고 다른 쪽 팔로는 길가 쪽으로 차를 대라고 손짓했다.

*

"원한다면 얼마든지 쓰레기를 뒤지쇼. 근데 메토디카 매립지에 가서 보는 게 나을 텐데. 거기 가면 쓰레기를 바닥에 모두 쏟아놓으니까." 화물차 운전수가 말했다.

"병이 부서지면 안 됩니다!" 지나가는 차들의 소음보다 더 큰 소리로 해리가 외쳤다.

"형사 양반의 멋진 양복을 생각해서 하는 소리지." 운전수가 말했지만, 해리는 이미 쓰레기통 속으로 들어간 후였다. 이윽고 쓰레기통 안에서 우당탕 소리가 나더니, 해리가 큰 소리로 욕을 퍼붓는 소리가 들렸다. 한참을 뒤진 끝에 마침내 또 다른 "예스!"가 들렸고, 쓰레기통 밖으로 해리가 모습을 드러냈다. 하얀 비닐봉지를 트로피처럼 높이 들어 올린 채.

"유리병을 당장 베베르에게 가져다주고 긴급한 일이라고 해." 차의 시동을 거는 베아테에게 해리가 말했다. "내가 부탁했다고 하고."

"그게 효과가 있을까요?"

해리는 머리를 긁적였다. "아니. 그냥 긴급한 일이라고만 해."

베아테가 웃었다. 아주 짧게, 피식 웃는 정도였지만 그래도 분명 웃었다.

"늘 그렇게 열정적이세요?" 그녀가 물었다.

"내가? 그러는 자넨? 이 증거를 확보하려고 우리 두 사람의 목숨을 내놓고 달린 거 아니었어?"

베아테는 미소를 지었지만 대답하지 않았다. 그저 차도로 들어가기 위해 사이드미러를 살필 뿐이었다.

해리는 손목시계를 보았다. "젠장!"

"회의에 늦었어요?"

"마요르스투엔 교회까지 태워다줄 수 있어?"

"물론이죠. 그래서 검은 양복을 입고 오신 거예요?"

"응. 내…… 친구의 장례식이야."

"그럼 어깨에 묻은 그 갈색 얼룩부터 좀 지워야겠네요."

해리는 목을 쭉 뺐다. "아까 쓰레기통에 들어갔을 때 묻었나 봐." 얼룩을 털어내며 그가 말했다. "이제 지워졌어?"

베아테는 손수건을 건넸다. "침 좀 묻혀서 지워보세요. 친한 친구였어요?"

"아니. 친하다고 해야 하나? 한동안은 그랬던 거 같아. 그래도 장례식에는 가야 되겠지?"

"글쎄요."

"자넨 안 가?"

"제 인생에 장례식은 딱 한 번뿐이었어요."

차 안에 침묵이 감돌았다.

"아버지?"

베아테가 고개를 끄덕였다.

그들은 신센 교차로를 지났다. 하랄스헤이멘 아래에 있는 널찍한 녹지인 무제룬덴에 이르자, 남자와 두 아이가 하늘에 연을 날리는 모습이 보였다. 세 사람 모두 파란 하늘을 바라보고 있었다. 남자는 키가 더 큰 아이의 연줄을 잡아당겨주었다.

"우린 아직 범인을 잡지 못했어요." 베아테가 말했다.

"맞아. 잡지 못했어. 아직은."

*

"주님은 우리에게 생명을 주셨다가 거두어 가십니다." 텅 빈 신도석을 내려다보며 말하던 목사의 시선이 문을 열고 살그머니 들어오는 장신의 남자에게 향했다. 머리를 짧게 자른 그 남자는 예배당 맨 뒷줄에서 자리를 찾아 앉았다. 목사는 아치 모양의 천장

171

아래에서 울려 퍼지는 비통한 흐느낌의 메아리가 잦아들기를 기다렸다. "하지만 때로는 주님이 그저 거두어만 가는 것으로 보일 수도 있습니다."

목사는 '거두어만'을 강조해서 말했고, 예배당의 음향은 그 단어를 맨 뒷자리까지 실어 날랐다. 흐느낌이 다시 커졌다. 해리는 주위를 둘러보았다. 안나는 무척이나 외향적이고 활달한 성격이라서 친구가 많을 줄 알았는데 장례식에는 고작 여덟 명뿐이었다. 맨 앞줄에 여섯 명, 그리고 뒤쪽의 두 명. 합해서 여덟 명. 따지고 보면 그의 장례식에는 이보다 더 적은 사람이 올 것이다. 그러니 여덟 명은 그다지 적은 수가 아닐지도 모른다.

흐느낌의 진원지인 맨 앞줄에는 밝은 색상의 스카프를 머리에 두른 여자 셋과 머리에 아무것도 쓰지 않은 남자 셋이 앉아 있었다. 나머지는 왼쪽에 앉은 남자 하나와 가운데에 앉은 여자 하나였다. 둥글게 부풀어 오른 곱슬머리로 보아 아스트리드 몬센일 것이다.

오르간 페달이 끽끽거리더니 음악이 흘러나왔다. 하느님의 은혜라는 찬송가였다. 눈을 감자 피곤이 몰려왔다. 오르간의 선율이 올라갔다 내려왔고, 높은 음들이 마치 물처럼 천장에서 졸졸 흘러나왔다. 힘없는 목소리가 용서와 자비를 노래했다. 그는 무언가 자신을 따뜻하게 해주는 것, 자신을 숨겨주는 것 속으로 빠져들고 싶었다. 주님께서 산 자와 죽은 자를 심판하시리라. 주님의 복수. 네메시스가 된 주님. 저음의 오르간 소리에 텅 빈 신도석이 진동했다. 한 손에는 칼을, 다른 손에는 저울을. 처벌과 정의. 혹은 처벌도 정의도 없거나. 해리는 눈을 떴다.

네 남자가 관을 운반하고 있었다. 그중에는 경찰청의 올라 리 형사도 있었다. 리 형사 앞에서 관을 운반하는 까무잡잡한 두 남자는 맨 위 단추를 푼 하얀 와이셔츠에 아르마니 양복 차림이었다. 리 형사 옆의 네 번째 남자는 키가 너무 커서 관이 기울어질 정도였다. 양복이 헐렁할 정도로 마른 체구였지만, 네 사람 중 유일하게 관의 무게에 힘겨워하지 않았다. 해리는 특히 남자의 얼굴에 눈길이 갔다. 이목구비가 섬세하고 긴 얼굴이었는데 눈언저리가 움푹 꺼져 있고, 그 가운데에는 고뇌에 찬 갈색 눈동자가 자리했다. 검은 머리카락은 넓고 빛나는 이마가 드러나도록 뒤로 말끔히 넘겨 길게 땋았다. 섬세한 하트 모양의 입 주위로 잘 손질된 긴 수염이 원을 그리고 있었다. 마치 목사 뒤의 제단에서 예수가 걸어 내려온 듯했다. 그리고 무언가가 더 있었다. 감히 얼굴에서 빛이 난다고 말할 수 있는, 매우 드문 경우였다. 네 남자가 통로를 걸어 내려오자, 해리는 남자의 얼굴을 빛나게 하는 것이 무엇인지 알아내려 했다. 슬픔일까? 분명 기쁨은 아니었다. 선함? 악함?

운구 행렬이 지나갈 때 둘의 시선이 잠시 마주쳤다. 남자들 뒤로 시선을 떨군 아스트리드 몬센과 회계사처럼 생긴 중년 남자, 알록달록한 스커트를 입은 여자 셋이 지나갔다. 세 여자 중에서 둘은 나이가 많고 한 명은 어렸는데, 다들 침묵의 반주에 맞춰 눈동자를 굴리고 손을 쥐어짜고 흐느끼고 통곡했다.

짧은 행렬이 교회 밖으로 나가는 동안 해리는 우두커니 서 있었다.

"재미있지 않나? 이 집시들 말이야, 홀레." 교회 안에 그 말이 울려 퍼졌다. 해리는 뒤를 돌아보았다. 검은 양복에 넥타이를 맨 이바르손이 미소를 짓고 있었다. "어릴 때 우리 집에 집시 정원사가 있었지. 우르사리Ursari였어. 춤추는 곰을 데리고 떠도는 사람들 말이야. 이름은 요세프였는데 늘 음악을 연주하는 장난꾸러기였어. 하지만 죽음에 있어서는…… 우리보다 집시들이 훨씬 더 껄끄러운 관계를 맺고 있지. 이들은 죽은 자의 영혼인 물레mule를 두려워한다네. 물레가 돌아온다고 믿거든. 요세프는 물레를 쫓아내는 여자를 찾아가곤 했어. 여자에게만 그런 능력이 있는 모양이야. 그만 가자고."

이바르손이 해리의 팔을 살짝 잡았다. 그 손을 뿌리치고 싶은 충동을 억누르기 위해 해리는 이를 악물어야 했다. 그들은 교회 계단을 내려갔다. 키르케바이엔 가의 차량 소음이 종소리를 삼켜버렸다. 검은 캐딜락이 후문을 열어놓은 채 쇠닝스 가에서 운구 행렬을 기다리고 있었다.

"관을 베스트레 화장터로 가져간다더군." 이바르손이 말했다. "시신을 태우는 건 집시들이 인도에서 들어온 힌두 풍습이야. 영국에서는 죽은 자가 살았던 트레일러를 태우지. 미망인을 그 안에 가두고 함께 태우던 풍습은 이제 금지되었다더군, 큭큭. 그래도 죽을 때 평소 고인이 아끼던 물건은 가져갈 수 있나 봐. 요세프에게 헝가리의 집시였던 한 폭파 전문가의 장례식에 대해 들은 적이 있어. 그가 죽었을 때 유가족은 생전에 그가 만들었던 다이너마이트를 관에 함께 넣어주었대. 결국 화장터가 통째로 날아가 버렸지."

해리는 카멜 담뱃갑을 꺼냈다.

"자네가 여기 왜 왔는지 알고 있어, 홀레." 이바르손의 미소에는 흔들림이 없었다. "혹시라도 그자와 이야기할 기회가 있을까 해서 온 거지?" 이바르손은 고갯짓으로 운구 행렬을 가리켰다. 키가 크고 마른 남자가 천천히 걷는 동안, 나머지 세 사람은 그와 속도를 맞추기 위해 종종걸음을 쳤다.

"저 사람이 라스콜입니까?" 해리가 입술 사이로 담배를 밀어 넣으며 물었다.

이바르손은 고개를 끄덕였다. "죽은 여자의 삼촌이야."

"나머지 사람들은요?"

"당연히 친구겠지."

"가족도 있나요?"

"그들은 고인을 가족으로 인정하지 않아."

"네?"

"라스콜의 말에 의하면 그래. 집시는 거짓말쟁이로 악명이 높으니 믿을 건 못 되지. 하지만 라스콜의 이야기는 요세프가 했던 말과도 맞아떨어져. 요세프에게서 집시들의 사고방식에 대해 들은 적이 있거든."

"그게 뭔데요?"

"그들에게는 가족의 명예가 제일 중요해. 죽은 여자도 그래서 가족에게 버림받았지. 라스콜의 말에 의하면, 고인은 열네 살에 그리스어를 쓰는 스페인의 그리고 집시와 혼인한 상태였다는군. 하지만 초야를 치르기 전에 가드조와 눈이 맞아 야반도주를 했대."

"가드조?"

"집시가 아닌 사람을 일컫는 말이야. 덴마크 출신의 선원이었대. 집시로서 최악의 행동이지. 가문의 이름에 먹칠하는 짓."

"흠. 이 라스콜이라는 사람과 꽤 친해지셨나 봅니다." 해리가 말할 때마다 아직 불붙지 않은 채 그의 입술에 매달려 있던 담배가 위아래로 흔들렸다.

이바르손은 있지도 않은 담배 연기를 손으로 휘휘 저었다. "가끔씩 얘기를 좀 했어. 소규모 접전이었다고 해두지. 진짜 중요한 회담은 우리 쪽에서 약속을 이행한 후에 이뤄질 거야. 다시 말해, 그가 이 장례식에 참석한 후에."

"그러니까 아직까지는 별말이 없었다는 거군요."

"수사에 중요한 말은 하나도 없었어, 그래. 하지만 말투가 긍정적이었지."

"얼마나 긍정적이었기에 경찰이 그의 조카 장례식에서 관까지 들어주는 겁니까?"

"목사님이 관을 들어줄 사람이 한 명 부족하다면서 도와달라고 하셨어. 못할 이유가 없지. 어차피 그자를 감시하러 온 거니까. 앞으로도 그럴 거고. 계속 주시해야지."

해리는 실눈을 뜨고 가을의 땡볕을 바라보았다.

이바르손이 그에게로 몸을 돌렸다. "한 가지 확실히 해두지, 홀레. 우리의 용무가 끝나기 전까지는 아무도 라스콜과 이야기할 수 없어. 아무도. 지난 3년간 난 이자와 거래를 하려고 노력해왔어. 이자는 모든 것을 알고 있으니까. 그리고 마침내 기회가 왔다고. 누구도 이 기회를 망칠 수 없어. 내 말 알아들었나?"

"여기 우리 둘밖에 없으니까 솔직하게 말해주세요, 경정님." 해리가 입에 물고 있던 담배를 빼며 말했다. "지금 이 사건을 두고 경정님과 제가 경쟁하는 겁니까?"

이바르손은 태양이 있는 쪽으로 고개를 들더니 큭큭 웃었다. "내가 자네라면 어떻게 했을지 아나?" 그가 눈을 감은 채 물었다.

"어떻게 했는데요?" 더는 침묵을 견디지 못하고 해리가 물었다.

"양복 드라이클리닝부터 했을 거야. 자넨 꼭 쓰레기장에 누워 있다 온 꼬락서니라고." 그는 두 손가락을 눈썹에 댔다. "좋은 하루 보내게."

해리는 담배를 피우며 계단에 혼자 서 있었다. 그렇게 서서 하얀 관의 들쑥날쑥한 운구 행렬이 보도를 내려가는 것을 지켜보았다.

*

해리가 들어서자, 할보르센이 의자를 빙글 돌렸다.

"마침 잘 오셨어요. 좋은 소식이에요. 제가…… 으악, 이게 무슨 냄새예요!"

할보르센은 코를 틀어쥔 채 어업기상 통보 방송의 억양으로 말했다. "양복이 왜 그 모양이에요?"

"쓰레기통 속에서 미끄러졌어. 좋은 소식이 뭐야?"

"으윽……. 네, 전 반장님께서 주신 사진 속 배경이 쇠를란데트*의 피서지일 거라고 생각했어요. 그래서 에우스트 아그데르 주의 모든 경찰서에 이메일을 보냈죠. 그랬더니 곧장 리쇠르 시의 한 경관에게서 그 해변이 어디인지 안다는 전화가 걸려오더군요. 그런데 그거 아세요?"

"음, 아니. 모르겠어."

"사진 속 배경은 쇠를란데트가 아니라 라르콜렌이래요!" 할보르센은 기대에 찬 미소를 지으며 해리를 바라보았다. 하지만 해리가 아무 반응이 없자 이렇게 덧붙였다. "외스트폴 주요. 모스 시 외곽."

"나도 라르콜렌이 어디 있는지 알아, 할보르센."

"그렇죠. 하지만 이 경관은 쇠를란데트에 사는데—."

* 노르웨이 남부의 스카게라크 해변 지역을 일컫는다. 베스트 아그데르 주와 에우스트 아그데르 주가 이 지역에 속한다.

"쇠를란데트 사람들도 휴가는 가니까. 라르콜렌에 전화해봤어?"

할보르센은 눈동자를 굴리며 대답했다. "네, 물론이죠. 캠핑장과 별장을 대여해주는 업체 두 곳에 전화해봤어요. 두 군데밖에 없는 식료품점에도요."

"그래서 알아냈어?"

"네." 할보르센이 다시 환하게 웃었다. "팩스로 사진을 보냈는데, 한 식료품점의 주인이 여자를 알아봤어요. 그 지역에서 가장 끝내주는 별장을 소유하고 있다네요. 가끔씩 그 집에 식료품을 배달해준대요."

"그래서 여자 이름이?"

"비그디스 알부?"

"알부? 팔꿈치를 말할 때의 그 알부?"

"네. 노르웨이에 알부라는 여자는 딱 두 명이에요. 한 명은 1909년생이죠. 또 하나는 마흔세 살인데 슬렘달의 비에르네트로케트 12번지에서 아르네 알부라는 남자와 함께 살아요. 그리고 짠, 여기 전화번호예요, 보스."

"그렇게 부르지 마." 해리가 전화기를 집어 들며 말했다.

할보르센이 신음했다. "왜 그러세요? 뭐 기분 나쁜 일이라도 있었어요?"

"응. 하지만 그래서가 아니야. 보스는 묄레르 하나야. 난 아니라고. 알았어?"

할보르센이 뭔가 말하려는데 해리가 고압적인 자세로 한 손을 들어 올렸다. "알부 부인?"

*

178

알부 부부처럼 집을 지으려면 많은 시간과 돈, 땅이 필요했다. 그리고 많은 취향도. 해리가 보기에는 나쁜 취향이었지만. 이 집을 지은 건축가는(건축가가 있기나 했다면) 노르웨이의 전통적인 오두막 양식에 미국 남부 농장의 대저택 양식을 혼합한 다음, 교외에 있는 핑크색 집들의 분위기를 약간 첨가했다. 조약돌을 깔아 만든 진입로를 걸어가자, 해리의 발이 조약돌 속으로 푹푹 빠졌다. 진입로는 관상용 관목들이 늘어선 정원과 작은 청동 수사슴이 물을 마시는 분수를 지나 집으로 이어졌다. 차고 지붕의 용마루에는 타원형의 주석 간판이 걸려 있었는데, 그 안에 푸른 깃발이 새겨져 있었다. 깃발 안에는 검은 삼각형을 품은 노란 삼각형이 있었다.

집 뒤쪽에서 개 한 마리가 맹렬히 짖어대는 소리가 들렸다. 해리는 기둥 사이의 널찍한 계단을 올라가 초인종을 눌렀다. 하얀 앞치마를 두른 흑인 가정부가 나올 것만 같았다.

"누구시죠?" 문이 벌컥 열리는 것과 거의 동시에 여자가 짹짹거렸다. 비그디스 알부는 늦은 밤 텔레비전에서 가끔씩 나오는 헬스클럽 광고 속의 여자 같았다. 새하얀 이를 드러내며 미소 지었고, 머리는 바비 인형처럼 금발로 탈색했고, 탄탄한 몸매에 운동용 타이즈와 스포츠 브라 차림이었다. 가슴 수술을 하긴 했지만, 적어도 터무니없이 큰 사이즈로 하지 않을 정도의 분별력은 있었다.

"저는 해리—."

"들어오세요!" 그녀가 미소를 지었다. 연하게 화장한 크고 푸른 눈 주위로 주름이 살짝 잡혔다.

해리는 널찍한 복도로 들어섰다. 복도에는 그의 허리까지 올라오는, 못 생기고 뚱뚱한 목조 트롤상이 여러 개 진열되어 있었다.

"집안일을 좀 하는 중이었답니다." 비그디스 알부가 그렇게 말하며 하얀 치아를 드러내고 싱긋 웃었다. 그러고는 마스카라가 흘러내리지 않도록 검지로 조심스럽게 땀을 닦았다.

"혹시 바닥 청소 중이셨다면 신발을 벗고 들어가는 게 낫겠군요." 해리는 그렇게 말해놓고 순간적으로 오른쪽 양말 엄지발가락에 뚫린 커다란 구멍이 생각났다.

"어머, 아니에요. 집 청소는 제가 안 해요. 그건 해주는 사람이 따로 있답니다." 그녀가 웃었다. "하지만 빨래는 제가 직접 하는 게 좋아요. 집에 낯선 사람을 한없이 들일 수는 없잖아요. 안 그래요?"

"지당하신 말씀입니다." 해리가 중얼거렸다. 비그디스 알부의 걸음을 따라잡기 위해 그는 속도를 내야 했다. 그들은 세련된 부엌을 지나 거실로 들어섰다. 유리로 된 미닫이문 두 개 너머로 널찍한 테라스가 보였다. 맞은편 벽에는 거대한 벽돌 구조물이 세워져 있었는데 오슬로 시청과 기념비의 중간쯤 되어 보이는 물건이었다.

"페르 홈멜이 남편의 마흔 번째 생일을 기념해서 만들어준 거랍니다. 페르는 우리 친구죠." 비그디스가 말했다.

"네, 친구분께서 정말 대단한…… 벽난로를 만들어주셨네요."

"반장님도 페르 홈멜을 아시죠? 건축가요. 홀멘콜렌의 새 예배당을 지었잖아요."

"유감스럽게도 모릅니다." 해리는 그렇게 말하며 그녀에게 사진을 건넸다. "이걸 좀 봐주시겠습니까?"

해리는 그녀의 얼굴에 놀라움이 번져가는 것을 지켜보았다.

"이건 남편이 작년에 라르콜렌에서 찍은 사진인데요? 반장님이 어떻게 이 사진을 가지고 있죠?"

해리는 자신이 대답하기 전까지 진심으로 당황한 그녀의 표정이 계속 유지되는지 지켜보았다. 표정은 변함이 없었다.

"안나 베트센이라는 여자의 신발에서 나왔습니다." 해리는 비그디스 알부의 얼굴에 여러 생각과 추론, 감정의 연쇄 반응이 일어나는 것을 목격했다. 마치 막장 드라마를 빠른 속도로 재생한 것처럼 처음에는 놀라움이, 그다음에는 호기심과 혼란이 뒤따르다가 직감이 찾아온다. 처음에는 그럴 리 없다는 웃음으로 그것을 떨쳐버리지만 직감은 점점 더 강해지고 깨달음이 눈을 뜨는 듯하더니 마침내 굳은 얼굴과 함께 이런 자막이 떴다. '집에 낯선 사람을 한없이 들일 수는 없잖아요. 안 그래요?'

해리는 손에 들고 있던 담뱃갑을 만지작거렸다. 큼직한 유리 재떨이가 테이블 한가운데의 명당자리에 놓여 있었다.

"안나 베트센을 아십니까, 알부 부인?"

"알 리가 있나요. 제가 알아야 하는 사람인가요?"

"모르겠습니다." 해리는 솔직히 말했다. "안나 베트센은 죽었고, 전 왜 그녀의 신발에 이런 개인적인 사진이 들어 있는지 궁금해하는 중이니까요. 짐작 가는 거라도 있으신가요?"

비그디스 알부는 너그러운 미소를 지어 보이려고 했지만, 그녀의 입이 말을 듣지 않았다. 그래서 맹렬하게 고개를 흔드는 것으로 만족해야 했다.

해리는 움직이지 않고 느긋하게 기다렸다. 아까 그의 신발이 조약돌 속으로 빠졌듯이, 이번에는 그의 몸이 푹신한 하얀 소파 속으로 가라앉았다. 경험상 그는 침묵이 상대의 입을 열게 하는 가장 효과적인 방법임을 알고 있었다. 두 이방인이 마주 보고 앉아 있노라면, 침묵은 진공청소기처럼 그들의 입에서 말을 뽑아낸다. 그들은 10초간 그렇게 앉아 있었다. 영원처럼 느껴지는 10초. 비그디스 알부가 침을 삼켰다. "집 안 어딘가에 이 사진이 떨어져 있던 걸 청소부가 가져갔는지도 몰라요. 그랬다가 그 여자에게 준 게 아닐까요……. 이름이 안나라고 했던가요?"

"흠. 담배 좀 피워도 될까요, 알부 부인?"

"우리 집은 금연이에요. 남편도, 저도 담배를……." 그녀는 얼른 손을 들어 자신의 땋은 머리를 만졌다. "그리고 막내 알렉산데르가 천식이라서요."

"그거 유감이군요. 그럼 남편분은 시간을 어떻게 보내시나요?"

그녀가 입을 딱 벌리고 그를 바라보았다. 그렇지 않아도 큰 그녀의 푸른 눈이 한층 더 커졌다.

"직업이 뭐냐는 뜻입니다." 해리는 담배를 다시 코트 안주머니에 집어넣었다.

"그이는 투자가예요. 3년 전쯤에 회사를 매각했죠."

"무슨 회사였습니까?"

"알부 AS요. 수건과 샤워 매트를 수입해다가 호텔과 기관에 납품했어요."

"수건을 꽤 많이 파셨나 봅니다. 샤워 매트도요."

"스칸디나비아 전체를 담당하는 에이전시가 따로 있었을 정도니까요."

"대단하군요. 차고에 걸린 깃발 말인데요, 그건 영사관 깃발 아닌가요?"

침착함을 되찾은 비그디스 알부가 머리끈을 풀었다. 불현듯 해리는 그녀가 얼굴에 손을 댔다는 생각이 들었다. 얼굴의 비율이 어딘가 이상했다. 다시 말해, 얼굴의 비율이 너무 완벽했다. 마치 인위적으로 균형을 잡아놓은 것처럼.

"세인트루시아 섬이라고, 남편이 그곳에서 11년간 노르웨이 영사로 지냈어요. 거기에 샤워 매트를 만드는 공장이 있거든요. 작은 집도 한 채 있고요. 거기 가본 적⋯⋯?"

"없습니다."

"정말 멋지고 예쁜 섬이죠. 그곳의 나이 든 주민들은 여전히 불어를 쓴답니다. 통 알아들을 수가 없는 불어이긴 하지만요. 그래도 굉장히 매력적인 사람들이죠."

"크레올 프렌치라고 합니다."

"네?"

"예전에 어디선가 읽었습니다. 알부 씨는 어쩌다 이 사진이 죽은 여자의 손에 들어가게 되었는지 혹시 아실까요?"

"모를 거예요. 그이가 알아야 하는 이유라도 있나요?"

"흠." 해리는 미소를 지었다. "왜 안나 베트센이 모르는 사람의 사진을 자기 신발에 보관했을까, 하는 질문만큼이나 대답하기 힘들군요." 해리는 자리에서 일어섰다. "남편분을 만나려면 어디로 가야 합니까, 알부 부인?"

아르네 알부의 회사 전화번호와 주소를 받아 적는 동안, 해리는 자신이 앉았던 소파를 내려다보게 되었다.

"에⋯⋯." 비그디스 알부의 시선이 그의 시선을 따라 소파로 향하자, 해리가 말했다. "제가 쓰레기통 속에서 미끄러져서요. 물론 세탁비를—"

"상관없어요." 그녀가 그의 말을 잘랐다. "어차피 다음 주에 소파 커버를 세탁소에 보낼 생각이었거든요."

집 밖의 계단으로 나오자, 그녀가 해리에게 물었다.

"혹시 5시 이후에 남편에게 전화할 수는 없나요? 그때쯤이면 집에 돌아올 거고, 바쁘지도 않을 텐데요."

해리는 대답하지 않았다. 대신 그녀의 입꼬리가 올라갔다 내려오는 것을 바라보았다.

"그럼 그이와 제가…… 일이 어떻게 된 건지 알아볼게요."

"감사합니다. 친절하시군요. 하지만 제가 차를 가져왔고, 남편분의 회사가 마침 가는 길목이라서요. 그러니까 회사로 찾아가 만날 수 있는지 알아볼 겁니다."

"그러세요." 그녀가 씩씩하게 미소 지으며 말했다.

긴 진입로를 걸어가는 내내 개 짖는 소리가 해리를 따라왔다. 정문에 도달하자, 해리는 뒤를 돌아보았다. 비그디스 알부는 여전히 핑크색 대저택 앞의 계단에 서 있었다. 그녀는 고개를 숙인 상태였고, 반지르르한 스포츠 웨어와 머리카락 위로 햇살이 부서졌다. 멀리서 보니 그 모습이 꼭 조그만 청동 수사슴 같았다.

*

비카 아트리움에 있는 아르네 알부의 회사에는 합법적인 주차 공간도, 아르네 알부도 없었다. 그저 로비를 지키는 안내 데스크 직원뿐이었다. 그녀는 해리에게 알부 씨가 다른 세 명의 투자자와 함께 사무실을 임대했으며, 지금은 '브로커'와 식사 중이라고 했다.

건물에서 나오자, 자동차 와이퍼 밑에 주차위반 딱지가 찔려 있었다. 그는 딱지를 떼고, 기분 나쁜 상태 그대로 증기선 루이스에 갔다. 증기선 루이스는 사실 배가 아니라 아케르 브뤼게에 있는 레스토랑이었다. 슈뢰데르와 달리 그곳에서는 지불 능력이 있는 손님들에게 먹을 만한 음식을 제공하고 있었다. 조금 인심을 써서 말하자면 오슬로의 월스트리트라고 불러줄 만한 거리에 사무실을 둔 사람들이었다. 해리는 아케르 브뤼게가 늘 불편했다. 그것은 아마도 그가 관광객이 아니라 오슬로에서 자랐기 때문일 것이다. 그와 몇 마디 나눈 웨이터가 창가 쪽 테이블을 가리켰다.

"방해해서 죄송합니다, 신사분들." 해리가 말했다.

"이제야 왔군." 테이블에 앉은 세 남자 중 하나가 외치며 앞머리를 뒤로 휙 넘겼다. "대체 지금 이걸 실온에 두었던 와인이라고 가져온 건가, 웨이터?"

"저라면 그걸 클로 드 파프* 병에 디캔트한 노르웨이산 레드와인이라고 하겠습니다."

앞머리가 깜짝 놀라며 해리의 검은 양복을 훑어보았다.

"농담입니다." 해리는 미소 지었다. "경찰에서 나왔습니다."

남자의 놀라움이 불안으로 넘어갔다.

"외코크림**은 아니니 안심하시죠."

남자의 안도감이 이번에는 물음표로 넘어가더니 남자가 소년처럼 웃었다. 해리는 숨을 들이쉬었다. 어떻게 말할지 미리 생각해두었지만, 과연 결과가 어떨지는 알 수 없었다. "아르네 알부 씨가 누구신가요?"

"나요." 웃고 있던 남자가 대답했다. 호리호리한 몸매에 짧게 자른 갈색 곱슬머리였고, 눈가에는 웃어서 생긴 주름이 잡혀 있었다. 그 주름을 보니 웃음이 많은 사람 같았고, 처음에 해리가 짐작

---

* 프랑스의 고급 와인.
** Økokrim. 경제 범죄와 환경 범죄를 조사하는 노르웨이 정부 기관.

했던 서른다섯보다 더 먹은 듯했다. "오해해서 미안하게 됐소." 여전히 웃음기가 묻어나는 목소리로 그가 말했다. "뭘 도와드릴까, 순경 아저씨?"

해리는 아르네 알부를 바라보며 질문하기 전에 그를 재빨리 파악하려 했다. 낭랑한 음성. 흔들림 없는 눈빛. 너무 조이지도, 너무 느슨하지도 않게 맨 넥타이, 넥타이 뒤의 눈부시게 새하얀 칼라. "나요"에서 끝나지 않고, 사과의 말과 "뭘 도와드릴까, 순경 아저씨?"('순경 아저씨'를 살짝 비꼬듯이 강조하며)까지 덧붙인 것으로 보아 아르네 알부는 자신감이 넘치는 사람 같았다. 아니면 그런 인상을 주려고 많은 연습을 했거나.

해리는 집중했다. 자신이 하려는 말이 아니라, 알부의 반응에.

"안나 베트센이라는 여자를 아십니까, 알부 씨?"

알부는 그의 아내와 똑같은 푸른 눈동자로 그를 바라보았다. 그러더니 잠깐 생각한 후에 크고 또렷한 목소리로 대답했다. "아뇨."

알부의 얼굴은 그의 입에서 나온 말 이상을 보여주지 않았다. 그럴 거라고 기대하지도 않았지만. 거짓말을 하는 사람들을 매일 대면하다 보면 거짓말을 간파하게 되리라는 믿음은 버린 지 오래였다. 예전에 한 경찰이 재판에서 자신은 오랜 경험상 피고가 거짓말을 하면 알아볼 수 있다고 주장했다. 당시에도 피고 측 증인으로 채택되었던 스톨레 에우네는 연구 결과에 따르면, 특별히 거짓말을 더 잘 알아차리는 직업은 없다고 말했다. 다시 말해, 심리학자나 경찰이 거짓말을 간파할 확률은 청소부와 똑같다는 것이다. 이 비교 연구에서 유일하게 평균 이상의 실력을 발휘한 집단은 비밀요원뿐이었다. 하지만 해리는 비밀요원이 아니었다. 시간에 쫓기며, 늘 뚱한 기분으로 사는 옵살 출신의 남자에 불과했다. 게다가 지금은 형편없는 판단력을 보여주고 있었다. 제대로 된 의심의 근거도 없이 누군가를 낯 뜨거운 상황에 빠뜨리는 것은(그것도 다른 사람들 앞에서) 전혀 효과적이지 못할 뿐 아니라 페어플레이도 아니었다. 따라서 해리는 자신이 지금 하려는 일을 해서는 안 된다는 걸 알고 있었다. "안나 베트센에게 이 사진을 준 사람이 누군지 짐작이 가십니까?"

남자 셋은 해리가 테이블에 올려놓은 사진을 바라보았다.

"전혀 모르겠소. 우리 아내? 아니면 아이들?" 알부가 말했다.

"흠." 해리는 알부의 동공에 변화가 있는지, 혈압이 올라갔다는 표시로 땀이 나거나 얼굴이 붉어지는지 살폈다.

"무슨 일 때문에 이러는지 모르겠지만, 여기까지 수고스럽게 날 찾아온 걸 보면 심각한 일인가 봐요, 순경 아저씨. 한델스 은행에서 오신 이 신사분들과의 미팅이 끝난 후에 따로 이야기하는 게 어떻겠소? 기다리고 싶다면, 웨이터에게 말해서 흡연 구역에 테이블을 하나 마련해놓으라고 하죠."

해리는 알부의 미소가 자신을 조롱하는 것인지, 아니면 단순히 친절을 베푸는 것인지 알 수 없었다. 그런 것조차도 간파할 수 없었다.

"전 시간이 없습니다." 해리가 말했다. "그러니까 잠시 앉아서—"

"미안하지만 나도 시간이 없는데 어쩝니까." 알부가 차분하지만 단호한 목소리로 그의 말을 잘랐다. "지금은 내 근무 시간이오. 그러니 그 이야기는 근무가 끝난 뒤에 합시다. 아직도 내가 당신을 도울 수 있다고 생각한다면 말이오."

해리는 침을 삼켰다. 그는 아무런 힘이 없었고, 알부도 그 사실을 아는 것 같았다.

"그럼 나중에 이야기하죠." 해리는 그렇게 말했다. 자신의 귀에도 참으로 한심하게 들리는 말이었다.

"고맙소, 순경." 알부는 미소를 지으며 고개를 갸웃했다. "그리고 와인에 관해서는 아마 그쪽 말이 맞을 거요." 그러고는 고개를 돌려 한델스 은행 사람들을 바라보았다. "옵티콤시社에 관한 이야기를 하던 중이었죠, 스타인?"

해리는 테이블에 놓았던 사진을 집어 들었고, 앞머리를 내린 브로커가 대놓고 히죽거리는 것을 꾹 참은 후에 레스토랑을 나왔다.

부둣가에 서서 담배에 불을 붙였다. 하지만 아무 맛도 느껴지지 않자, 짜증 섞인 신음과 함께 담배를 던져버렸다. 아케슈스 요새의 창문 위로 햇살이 반짝거렸다. 바다는 어찌나 잔잔한지 투명한 얼음이 수면에 얇게 얼어 있는 듯했다. 왜 그런 짓을 했을까? 왜 알지도 못하는 남자를 모욕하기 위해 가미카제처럼 뛰어들었을까? 그래 봐야 실크 장갑을 낀 손이 건져내 어딘가에 버려버릴 텐데.

그는 태양을 마주 보며 눈을 감았다. 기분 전환 삼아 뭔가 똑똑한 일을 해야 하는 건 아닐까? 이를테면 이번 사건 전체에서 손을 떼버린다든가. 앞뒤가 맞는 것이 하나도 없는 것 같았다. 그저 혼돈과 좌절뿐이다. 시청의 종이 울리기 시작했다.

해리는 묄레르의 말이 맞을 줄은 꿈에도 몰랐다. 그날은 그해에 마지막으로 따뜻한 날이었다.

16

남코 건콘45

씩씩한 올레그.

"잘될 거예요." 올레그는 전화기에 대고 말했다. 마치 비밀 계획이라도 세워둔 사람처럼 거듭, 반복해서. "엄마와 전 곧 돌아가게 될 거예요."

해리는 창가에 서서 맞은편 아파트 단지 위의 하늘을 바라보았다. 저녁 해가 얇게 주름진 구름 아래쪽을 오렌지색과 빨간색으로 물들이고 있었다. 이상하게도 집으로 오는 길에 갑자기 기온이 급격히 떨어졌다. 마치 누군가 눈에 보이지 않는 문을 열면서 그 문으로 모든 온기가 빨려 들어간 듯했다. 아파트에 들어서니 마룻바닥에서 한기가 올라오기 시작했다. 털 슬리퍼를 어디에 뒀더라? 지하실? 아니면 다락? 슬리퍼가 있기는 했던가? 기억이 나지 않았다. 하지만 다행히도 올레그에게 사주겠다고 약속한 플레이스테이션의 명칭은 적어두었다. 남코 건콘45*. 물론 올레그가 겜보이에 저장된 해리의 테트리스 기록을 깨야 한다는 단서가 붙기는

---

* 남코는 일본의 게임 업체이며 건콘은 Gun controller의 준말로 권총 모양의 게임 조종기를 말한다.

했지만.

뒤에 있는 14인치 텔레비전에서 웅얼거리는 소음이 나직이 울렸다. 또 다른 희생자들을 위한 모금 행사가 한창이었다. 줄리아 로버츠가 연민을 표했고, 실베스터 스탤론은 기부자들의 전화를 받고 있었다. 이윽고 복수의 시간이 왔다. 융단폭격을 받은 산비탈을 보여주는 사진들. 바위 사이에서 피어오르는 검은 연기 기둥. 아무것도 자라지 않는 황폐한 풍경. 그때 전화가 울렸다.

베베르였다. 경찰청에서 베베르는 일반적으로 고집불통의 우거지상 늙은이인데다가 함께 일하기 힘들다는 평판을 받고 있었다. 하지만 해리의 생각은 그 반대였다. 무시하거나 들볶지만 않으면 베베르는 오히려 다루기 쉬웠다.

"자네가 결과를 기다릴 거 같아서 전화했네. 병에서 DNA는 안 나왔지만, 또렷한 지문은 몇 개 찾아냈어." 베베르가 말했다.

"잘됐네요. 비닐봉지에 들어 있기는 했지만 그래도 지문이 지워졌을까 걱정했거든요."

"유리병이라 다행이었어. 페트병이었다면 그렇게 오랜 시간이 지난 후에는 지문의 기름기가 완전히 흡수되었을 거야."

뒤에서 면봉으로 딸그락거리는 소리가 들렸다. "아직도 일하는 중이에요, 베베르?"

"응."

"데이터베이스에 일치하는 지문이 있는지 확인하는 건 언제쯤 가능해요?"

"지금 재촉하는 거야?" 늙은 법의학자가 으르렁거리듯이 말했다.

"그럴 리가요. 전 시간밖에 없는 사람이에요, 베베르."

"내일까지 알려줄게. 난 컴퓨터에도 서툴고, 젊은 놈들은 벌써 다 퇴근했다고."

"퇴근 안 할 거예요?"

"몇몇 용의자들의 지문과 대조해볼 생각이야. 구식 방법으로 말이지. 잘 자라고, 홀레. 이 민중의 지팡이가 밤새 지켜줄 테니까."

해리는 전화를 끊고 침실로 가서 컴퓨터를 켰다. 윈도우즈의 시작을 알리는 경쾌한 음악에 거실에서 흘러나오던 미국의 복수 찬양이 잠시 묻혔다. 키르케바이엔 가의 은행강도 사건 비디오 파일을 클릭했다. 예닐곱 번 반복해서 보았지만 특별히 더 똑똑해지지도, 더 멍청해지지도 않았다. 이번에는 이메일 아이콘을 클릭했다. 모래시계가 나타나더니 '1개의 메일이 있습니다'라는 문구가 떴다. 복도의 전화가 다시 울렸다. 해리는 손목시계를 힐끗 본 후, 전화기를 들었다. 그리고는 오로지 라켈과 통화할 때만 나오는 부드러운 목소리로 "여보세요"라고 말했다.

"나 아르네 알부요. 이렇게 늦은 시간에 전화해서 미안하게 됐소. 하지만 아내에게서 당신 이름을 들었고, 이 일을 한시라도 빨리 해결하는 게 좋을 것 같아서 말이오. 지금 통화할 수 있겠소?"

"말씀하시죠." 해리는 멋쩍어서 다시 평소의 목소리로 말했다.

"음, 아내와 얘길 좀 했는데 우리 둘 다 그 여자의 이름을 들어본 적도 없고, 어쩌다 이 사진이 그녀의 수중에 들어가게 됐는지 모르겠소. 하지만 사진관에서 인화한 사진이니 그 가게에서 일하는 누군가가 한 장 더 인화했을 수도 있지. 또 우리 집에는 드나드는 사람이 많소. 한마디로 가능성은 아주 아주 많단 말이오."

"흠." 아르네 알부의 목소리는 아까 낮에 만났을 때와 달리 자신감과 침착함이 넘치지 않았다. 찌글거리는 침묵이 몇 초간 흐른 뒤, 알부가 말을 이었다. "이 일에 대해 더 얘기하고 싶다면 사무실로 연락해주시오. 아내에게 회사 전화번호를 받은 걸로 알고 있소."

"알부 씨는 근무 시간에 방해받는 걸 싫어하는 줄 알았는데요."

"하지만 내 아내에게…… 스트레스를 주고 싶지 않소. 신발 속에 사진을 넣고 죽은 여자라니, 끔찍하잖소! 그러니 나하고만 얘기합시다."

"알겠습니다. 하지만 그 사진 속에 있는 사람은 알부 씨가 아닙니다."

"아내는 이 일에 대해 아무것도 모른다고 했잖소!" 알부는 자신의 성난 어조를 후회하며 이렇게 덧붙였다. "내가 약속하죠. 이 사진이 어떻게 그 여자의 손에 들어갔는지 상상할 수 있는 모든 가능성을 다 검토해보겠소."

"말씀은 감사합니다만, 제게는 필요하다고 생각되면 누구하고든 이야기할 수 있는 권리가 있습니다." 해리는 알부의 숨소리를 듣다가 이렇게 덧붙였다. "이해해주시기 바랍니다."

"이봐요, 내가—."

"유감스럽지만 이 일은 의논한다고 달라질 게 없습니다. 필요한 게 있으면 알부 씨나 알부 부인에게 연락드리죠."

"잠깐만! 이해를 못하는군. 아내는 지금…… 화가 많이 났단 말이오."

"맞습니다. 전 이해를 못하겠군요. 부인께서 어디 아프기라도 한가요?"

"아프냐고?" 알부가 놀라며 물었다. "아니오, 하지만—."

"그럼 이 대화는 여기서 끝내는 걸로 하죠." 해리는 거울 속에 비친 자신의 얼굴을 바라보았다. "지금은 근무 시간이 아니라서요. 끊겠습니다."

해리는 전화기를 내려놓고 다시 거울을 바라보았다. 이제는 사라지고 없었다. 남의 불행을 보며 느끼는 쾌감Skadefryd에서 비롯된 엷은 미소와 환희가. 옹졸함Småligheten. 독선Selvrettferdigheten. 사디즘Sadismen. 복수의 네 가지 S. 하지만 하나 더 있었다. 무언가가 잘못되어 보였다. 무언가가 빠져 있었다. 그는 거울 속의 얼굴을 뚫어지게 바라보았다. 어쩌면 그냥 조명 때문인지도 모른다.

해리는 컴퓨터 앞에 앉으며, 에우네 박사에게 이 네 가지 S에 대해 말해줘야겠다고 생각했다. 에우네는 그런 이야기들을 수집했으니까. 그에게 온 메일의 발신자 주소는 생전 처음 보는 주소였다. furie@bolde.com. 그는 이메일을 클릭했다.

그러자 앞으로 족히 일 년은 갈 법한 한기가 해리 홀레의 몸에 퍼져갔다.

이메일을 읽는 동안 목 뒤의 털이 쭈뼛 곤두섰고, 살갗이 마치 줄어든 옷처럼 그의 몸을 조였다.

슬슬 시작해볼까? 어떤 여자와 저녁 식사를 했는데 다음 날 그 여자가 죽은 채로 발견되었다고 상상해봐. 당신이라면 어떻게 하겠어?

S²MN

전화가 찌르찌르 울어대기 시작했다. 라켈의 전화였다. 해리는 전화가 울리도록 내버려두었다.

아라비아의 눈물

사무실에 들어서던 할보르센은 해리를 보고 깜짝 놀랐다.

"벌써 출근하셨어요? 이제 겨우……."

"잠이 안 와서." 팔짱을 낀 채 컴퓨터 앞에 앉아 있던 해리가 중얼거렸다. "이 컴퓨터 더럽게 느리군."

할보르센은 해리의 어깨 너머를 바라보았다. "인터넷 속도는 데이터 정보량에 따라 달라져요. 지금 반장님은 표준 ISDN선을 사용하고 있잖아요. 하지만 기뻐하세요. 경찰청에 곧 브로드밴드가 깔리게 될 거예요. '다겐스 네링슬리브'의 기사를 검색 중이셨어요?"

"뭐……? 응."

"아르네 알부? 비그디스 알부를 만나셨어요?"

"응."

"이 사람들이 은행강도 사건과 무슨 상관이죠?"

해리는 고개를 들지 않았다. 이들이 은행강도 사건과 관계가 있다는 말은 한 적이 없지만, 관계가 없다는 말도 한 적이 없었다. 따라서 그의 동료가 그런 추리를 하는 건 꽤나 당연했다. 하지만 그 순간 아르네 알부의 얼굴이 모니터를 가득 채운 덕분에 해리는 대답을 피할 수 있었다. 바싹 졸라맨 넥타이 위로 오늘 해리가 검색했던 사진들 중에서 가장 환히 웃고 있는 얼굴이 있었다. 할보르센은 입맛을 다시며 큰 소리로 기사를 읽었다.

"3천만 크로네에 가업을 넘기다. 어제 호텔 체인 브랜드인 초이스가 알부 AS의 주식 전부를 매입함에 따라 아르네 알부는 3천만 크로네를 벌어들이게 되었다. 알부는 가족들과 더 많은 시간을 보내고 싶으며, 그것이 한창 성공 가도에 있던 회사를 매각한 가장 큰 이유라고 했다. '우리 아이들이 자라는 걸 보고 싶습니다.' 알부는 인터뷰에서 그렇게 말했다. '가족은 가장 중요한 투자죠.'"

해리는 인쇄 버튼을 눌렀다.

"나머지 기사는 출력 안 하세요?"

"응. 사진만 있으면 돼."

"알부는 은행에 3천만 크로네가 있는데 이제 은행까지 털고 다니는 거예요?"

"나중에 설명할게." 해리가 자리에서 일어나며 말했다. "그보다 이메일 발신인을 찾아내는 법 좀 알려줘."

"이메일에 주소가 있잖아요."

"그것만 보고 상대의 신원까지 알 수는 없잖아."

"그야 그렇죠. 하지만 메일 서버를 알아낼 수 있어요. 이메일 주소 안에 적혀 있거든요. 서버에는 어떤 고객이 어떤 주소를 사용하는지 적힌 목록이 있고요. 아주 간단해요. 재미있는 메일이라도 받았어요?"

해리는 고개를 저었다.

"제게 이메일 주소를 알려주세요. 그럼 금방 찾아드릴 테니까."

"좋아. bolde.com이라는 서버, 들어봤어?"

"아뇨. 하지만 알아볼게요. 나머지 주소는요?"

해리는 머뭇거렸다. "기억이 안 나."

해리는 경찰청에 신청해서 받은 차로 천천히 그뢴란을 가로질렀다. 어제 햇살에 바싹 마른 낙엽이 보도에 쌓여 있다가 살을 에는 바람을 타고 빙글빙글 돌아갔다. 사람들은 주머니에 손을 묻고, 목을 움츠린 채 걸어갔다.

필레스트레데 가에 접어들자, 해리는 트램 뒤를 따라가며 NRK 라디오 뉴스를 들었다. 스티네 그레테 사건에 관한 언급은 전혀 없었다. 수십만 명의 피난민 아이들이 아프간의 모진 겨울을 견뎌낼 수 없을 거라는 우려의 목소리가 들렸다. 미국 병사 하나가 살해당했다. 유가족의 인터뷰가 이어졌다. 그들은 복수를 원했다. 비슬렛은 차량이 통제되었으니 돌아가라고 했다.

*

"네?" 인터콤으로 들리는 이 한 음절만으로도 아스트리드 몬센이 아주 심한 감기에 걸렸음을 알 수 있었다.

"해리 홀레입니다. 지난번에 도와주셔서 감사했습니다. 몇 가지 더 여쭤보고 싶은데 시간 있으신가요?"

그녀가 코를 두 번 훌쩍이더니 대답했다. "뭐가 궁금한데요?"

"이왕이면 안에 들어가서 말씀드리고 싶군요."

두 번 더 훌쩍이는 소리.

"지금 바쁘신가요?" 해리가 물었다.

아파트 출입문 자물쇠에서 웅 소리가 나자, 해리는 문을 밀었다.

계단을 올라가니 아스트리드 몬센이 복도에 서 있었다. 어깨에 숄을 두르고, 가슴 앞에서 팔짱을 낀 자세로.

"장례식에 오셨더군요." 해리가 말했다.

"이웃사람 중에서 적어도 한 명은 얼굴을 비쳐야 할 것 같아서요." 마치 확성기에서 나오는 듯한 목소리로 그녀가 말했다.

"혹시 이 사람을 알아보시겠습니까?"

그녀는 마지못해 한쪽 귀퉁이가 접힌 사진을 받아 들었다. "이 중에서 누구요?"

"누구든 상관없습니다." 해리의 목소리가 계단을 타고 위아래로 울렸다.

아스트리드 몬센은 사진을 바라보았다. 오랫동안.

"어떻습니까?"

그녀는 고개를 저었다.

"확실한가요?"

이번에는 고개를 끄덕였다.

"흠. 혹시 안나에게 남자친구가 있었는지 아십니까?"

"어떤 남자를 말하는 거예요?"

해리는 숨을 깊이 들이쉬었다. "남자가 많았다는 뜻입니까?"

그녀는 어깨를 으쓱였다. "우리 집에서는 온갖 소리가 다 들린답니다. 계단에서 삐걱거리는 소리가 요란하게 났었다고 해두죠."

"진지하게 만나는 사람이 있었나요?"

"모르겠네요."

해리는 기다렸다. 그녀는 오래 뜸 들이지 않았다. "올여름, 안나의 우편함에 웬 남자의 이름이 함께 적혀 있더군요. 진지한 관계였는지는 모르겠지만……."

"그랬습니까?"

"분명 안나의 필체였어요. 그냥 에릭센이라고만 적었더군요."
그녀의 얇은 입술이 슬쩍 미소를 지었다. "남자가 깜박하고 성姓만
가르쳐줬나 봐요. 그나마도 일주일 만에 사라져버렸지만."

해리는 계단의 난간 아래를 내려다보았다. 계단이 가팔랐다.
"일주일이라도 아예 없었던 것보다 낫죠. 안 그런가요?"

"누군가에게는 그렇겠죠." 아스트리드 몬센이 현관문 손잡이를
잡으며 말했다. "그만 들어가봐야겠어요. 방금 이메일이 온 소리
가 들렸거든요."

"이메일이 어디 도망가는 건 아니잖습니까?"

그녀는 또다시 미친 듯이 재채기를 해댔다. "답장을 보내야 해
요." 눈물이 그렁그렁한 눈으로 그녀가 말했다. "작가에게서 온
거라서요. 내 번역에 대해 의논하던 중이었어요."

"그럼 서두르도록 하죠. 이것도 좀 봐주십시오."

해리는 그녀에게 종이 한 장을 건넸다. 아스트리드 몬센은 종이
를 받아 들고 한번 힐끗 보더니 미심쩍다는 듯이 해리를 바라보
았다.

"찬찬히 보세요. 시간은 얼마든지 드리겠습니다." 해리가 말
했다.

"그럴 필요 없어요." 다시 종이를 건네며 그녀가 말했다.

*

해리가 경찰청에서 쉘베르그 가 21A까지 걸어가는 데는 10분이
걸렸다. 눈앞에 보이는 낡은 벽돌 건물은 한때 무두질 공장, 인쇄
소, 대장간이었으며, 아마 그 외에도 몇 가지 다른 용도로도 사용
되었을 것이다. 오슬로가 한때 산업 도시였음을 상기시키는 이 건
물은 현재 경찰청 산하 과학수사과가 사용하고 있었다. 조명도 새

로 하고, 인테리어도 현대식으로 바꾸었지만 건물에서는 여전히 공장 분위기가 풍겼다. 해리는 커다랗고 냉랭한 방에서 베베르를 찾아냈다.

"젠장. 정말 확실해요?" 해리가 물었다.

베베르는 지친 미소를 지었다. "병에 찍힌 지문이 워낙 또렷해서 만약 우리 데이터베이스에 일치하는 게 있었다면 컴퓨터가 찾아냈을 거야. 물론 100퍼센트 확실히 하기 위해 일일이 하나씩 대조해볼 수도 있지. 하지만 그렇게 하려면 몇 주가 걸릴 거고, 어차피 일치하는 지문도 나오지 않을 거야. 그러니까 확실해."

"죄송해요. 다 잡았다고 확신했거든요. 그렇게 치밀한 놈은 한 번도 잡히지 않았을 거라는 생각이 들기는 했어요. 아주 사소한 일로도요."

"자료실에 놈의 지문이 없다는 건 우리가 다른 곳을 찾아봐야 한다는 뜻이야. 하지만 현재로서는 최소한 확실한 증거가 있는 셈이지. 이 지문과 키르케바이엔 가의 강도 사건에서 얻은 섬유 조직. 그러니까 놈을 잡기만 하면 유죄 판결을 받아낼 수 있다고. 헬게센!"

지나가던 젊은 남자가 우뚝 멈춰 섰다.

"아케르셀바 강에서 나온 이 모자가 밀봉도 되지 않은 채 왔어." 베베르가 투덜댔다. "여긴 돼지우리가 아니라고. 알아들었나?"

헬게센은 고개를 끄덕이더니 해리에게 이해한다는 눈빛을 던졌다.

"남자답게 받아들이게." 다시 해리에게로 몸을 돌리며 베베르가 말했다. "적어도 자넨 이바르손 같은 험한 꼴을 당하지는 않았으니까."

"이바르손이 왜요?"

"오늘 배수로에서 있었던 일 못 들었나?"

해리는 고개를 저었고, 베베르는 낄낄대며 양손을 비볐다. "그렇다면 내가 그 재미있는 이야기를 들려주지. 힘이 좀 날 거야."

＊

베베르가 들려준 이야기는 그가 제출하는 보고서와 매우 흡사했다. 감정, 어조, 표정에 관한 화려한 묘사는 일절 없이 거친 문장으로 일어났던 행동만 간략히 설명했다. 그래도 이야기 사이의 공백은 쉽게 메울 수 있었다. 해리는 루네 이바르손 경정과 베베르가 봇센 교도소 A동 면회실로 들어가는 모습을 상상할 수 있었다. 그들 뒤로 잠기던 문소리도 들렸다. A동 면회실 두 곳은 모두 안내 데스크 옆에 붙어 있었는데 가족 면회용이어서 주로 수감자의 가족들이 이용했다. 수감자들은 이곳에서 자신과 가장 가깝고도 사랑하는 이들을 만나 잠시나마 마음의 평화를 누린다. 면회실은 심지어 아늑하게 꾸며져 있었다. 기본적인 가구에 조화, 벽에 걸린 수채화도 두 점이나 있었다.

두 사람이 도착했을 때 라스콜은 두꺼운 책 한 권을 겨드랑이에 낀 채 서 있었다. 그들 앞에 놓인 나지막한 테이블에는 체스 말이 세워진 체스판이 펼쳐져 있었다. 라스콜은 거의 무릎까지 내려오는 흰 코트 같은 셔츠를 입고 있었는데, 아무 말 없이 고뇌에 찬 갈색 눈동자로 그들을 바라볼 뿐이었다. 이바르손은 심기가 불편해져서, 키가 크고 마른 집시에게 자리에 앉으라고 퉁명스럽게 말했다. 라스콜은 살짝 미소 지으며 그 명령에 따랐다.

이바르손이 수사팀의 젊은 형사 대신 베베르를 데려간 것은 이 늙은 여우가 '라스콜을 간파하는 데' 도움이 될 거라고 생각했기 때문이었다. 베베르의 표현에 따르면 그랬다. 베베르는 문 앞으로 의자를 끌고 가서 앉은 다음, 수첩을 꺼냈다. 그동안 이바르손은 악명 높은 죄수를 마주 보고 앉았다.

"시작하시오, 이바르손 경정." 라스콜이 한쪽 손바닥을 보이며 이바르손에게 체스를 시작하라고 권했다.

"우린 정보를 얻으러 왔지 게임을 하러 온 게 아니야." 이바르손은 그렇게 말하며 보그스타바이엔 가 은행강도 사건의 사진 다섯 장을 테이블에 나란히 늘어놓았다. "사진 속 남자가 누구인지 알아야겠어."

라스콜은 사진을 한 장씩 차례로 들어 올리며 "흠" 소리와 함께 들여다보았다.

"펜 좀 빌릴 수 있겠소?" 사진을 모두 본 후에 라스콜이 물었다.

베베르와 이바르손은 시선을 교환했다.

"내 걸 주지." 베베르가 만년필을 꺼내며 말했다.

"그냥 일반 볼펜이면 더 좋겠는데." 이바르손에게서 시선을 떼지 않은 채 라스콜이 말했다.

이바르손은 어깨를 으쓱이더니 재킷 안주머니에서 볼펜을 꺼내어 라스콜에게 주었다.

"우선 염료팩의 원리부터 설명해드리지." 라스콜이 이바르손에게서 건네받은 하얀 볼펜을 분해하며 말했다. 마침 덴노르스케 은행 로고가 찍힌 볼펜이었다. "알다시피 은행에서는 강도의 습격을 대비해 늘 돈에 염료팩을 끼워둔다오. 주로 현금인출기의 인출구에 부착해두지. 그중에는 송신기와 연결된 것도 있는데, 그럴 경우에는 돈이 가방에 담긴다든가 하는 것처럼 움직일 때 작동된다오. 은행 정문을 통과할 때 작동하는 염료팩도 있소. 그 경우에는 문 위에 장치가 달려 있지. 그런가 하면 염료팩에 리시버와 연결된 초소형 송신기를 설치하는 경우도 있소. 리시버에서 일정 거리 이상, 예를 들어 100미터라고 하면 100미터 이상 멀어졌을 때 폭발하는 거요. 염료팩 안에 설정된 시간을 초과했을 때 폭발하는 경우도 있소. 염료팩은 온갖 형태로 만들 수 있지만, 지폐 사이에 숨길 수 있을 만큼 작아야 해. 그래서 이렇게 작은 것도 있소." 라스콜은 엄지와 검지를 2센티미터 정도 벌렸다. "폭발 자체는 강도에게 아무런 위협이 되지 않지. 문제는 염료, 잉크요."

라스콜은 볼펜 안의 볼펜 심을 빼들었다.

"우리 조부께서는 잉크 만드는 일을 하셨소. 조부님 말씀에 의하면, 고대에는 아이언 골 잉크*를 만들 때 아라비아고무를 썼다고 합디다. 아카시아 나무에서 추출하는 고무인데 아라비아의 눈물이라고 불렀소. 나무에서 누르스름하게 방울방울 새어 나왔으니까. 이만 한 크기로."

라스콜은 엄지와 검지로 호두 크기만 한 동그라미를 만들었다.

"고무를 쓰는 이유는 그것이 잉크를 걸쭉하게 만들고, 잉크의 표면장력을 감소시키기 때문이오. 또 철염을 액체 상태로 유지시켜주기도 하고. 그 외에도 용제가 필요하다오. 고대에는 빗물이나 화이트 와인을 주로 사용했지. 혹은 식초나. 조부님은 적에게 편지를 쓸 때는 잉크에 식초를 타야 하고, 친구에게 편지를 쓸 때는 와인을 타야 한다고 했소."

이바르손은 헛기침을 했지만, 라스콜은 아랑곳하지 않고 말을 이었다.

---

* 철염과 타닌산을 혼합해 만든 잉크로 중세 시대 유럽에서 많이 쓰였다.

"기본적으로 염료팩의 잉크는 아무 색깔도 없이 투명하다오. 종이에 닿아야만 색깔이 나오지. 염료팩에는 붉은 입자가 있는데, 이것이 지폐의 표면에 닿으면 화학 작용이 일어나고 그 자국은 절대 지워지지 않소. 훔친 돈이라는 흔적이 영원히 남는 거요."

"염료팩이 어떻게 작용하는지는 나도 알아. 내가 궁금한 건—." 이바르손이 말했다.

"기다리시오, 친애하는 경정. 염료팩의 흥미로운 점은 극도로 간단하다는 데 있소. 나 같은 사람도 직접 제작하고, 원하는 곳 어디에든 설치할 수 있을 정도지. 리시버에서 일정 거리 이상 떨어지면 폭발하게도 할 수 있고. 필요한 장비라고 해봐야 도시락통 하나에 모두 들어간다오."

수첩에 메모를 하던 베베르가 동작을 멈췄다.

"하지만 염료팩의 원리는 기술에 있는 것이 아니오, 이바르손 경정. 죄를 알리는 데 있지." 라스콜의 얼굴이 환해지면서 만면에 미소를 머금었다. "염료팩이 터지면 강도의 옷과 살갗에 잉크가 묻는다오. 그런데 이 잉크는 너무 진해서 한번 손에 묻으면 절대 지워지지 않소. 본디오 빌라도와 유다 같지 않소? 피 묻은 손. 피 묻은 돈. 결정권자의 고뇌. 밀고자의 처벌."

라스콜은 볼펜 심을 바닥에 떨어뜨렸다. 그가 허리를 구부려 볼펜 심을 줍는 동안, 이바르손은 베베르에게 수첩을 달라는 손짓을 했다.

"여기에 사진 속 남자의 이름을 적어." 이바르손이 테이블에 수첩을 내려놓으며 말했다. "아까도 말했듯이, 우린 게임이나 하려고 온 게 아니야."

"게임을 하러 온 게 아니다, 그렇지." 라스콜이 천천히 볼펜을 다시 합체하며 말했다. "내가 돈을 가져간 남자의 이름을 말해주겠다고 약속했었죠?"

"그게 우리 계약이었지, 맞아." 이바르손이 말했다. 라스콜이 수첩에 무언가를 적기 시작하자, 이바르손은 테이블 위로 몸을 내밀었다.

"우리 집시들은 계약이 뭔지 잘 안다오. 그자의 이름만 쓰는 게 아니라, 그자가 정기적으로 찾아가는 창녀가 누구인지, 최근 딸에게 실연의 상처를 안겨준 놈팡이를 찾아내 정강이를 부셔버리라고 고용한 남자가 누구인지까지 알려드리지. 그건 그렇고 이 문제의 남자는 직장을 그만뒀다고 들었소."

"오…… 좋아." 이바르손이 얼른 베베르를 돌아보며 신나는 미소를 지었다.

"여기 있소." 라스콜이 수첩과 볼펜을 이바르손에게 넘겼다. 이바르손은 서둘러 수첩에 적힌 이름을 읽었다.

그의 얼굴에서 마냥 행복하던 미소가 사라졌다. "하지만……." 이바르손이 말을 더듬었다. "헬게 클레멘트센? 이 남자는 은행 지점장이잖아." 깨달음의 빛이 서서히 그의 얼굴에 떠올랐다. "이자가 연관되어 있나?"

"아주 깊이 연관되어 있소. 돈을 가져간 장본인이잖소." 라스콜이 말했다.

"돈을 가져가서 범인의 가방에 넣었지." 문가에서 베베르가 나지막이 쏘아붙였다.

의문에 차 있던 이바르손의 표정이 차츰 분노로 변해갔다. "지금 장난해? 도와주겠다고 약속했잖아."

라스콜은 오른손 새끼손가락의 길고 뾰족한 손톱을 바라보았다. 그러더니 근엄하게 고개를 끄덕이고는 테이블 위로 몸을 내밀어 이바르손에게 가까이 오라고 손짓했다. "그랬소." 그가 속삭였다. "그러니 내가 도와드리지. 인생이 무엇인지 배우시오. 집에 가서 당신 아이를 바라보시오. 잃어버린 것을 찾아내기는 쉽지 않지만 그래도 가능하다오." 라스콜은 이바르손의 어깨를 툭 치고는 체스판 쪽으로 손짓했다. "당신 차례요, 경정."

*

이바르손은 씩씩거리며 베베르와 함께 배수로를 터벅터벅 걸었다. 300미터 길이의 배수로는 봇센 교도소와 경찰청을 연결하는 지하 터널이었다.

"거짓말을 발명해낸 민족의 말을 믿다니! 염병할 집시를 믿다니!" 이바르손이 외쳤다. 그 말이 메아리가 되어 벽돌 벽을 스쳐 튕겨 나왔다. 베베르는 뛰다시피 걷는 중이었다. 이 춥고 음습한 터널을 한시바삐 벗어나고 싶었기 때문이다. 배수로는 봇센 교도소의 죄수를 경찰청으로 데려왔다 데려가는 통로로 사용되었는데, 여기서 벌어진 일에 대해 많은 소문이 돌았다.

이바르손은 재킷을 더 단단히 여미며 계속 걸었다. "한 가지만 약속해줘요, 베베르. 이 일은 절대 비밀로 해줘요. 네?" 이바르손은 한쪽 눈썹을 올린 채 베베르를 돌아보았다.

그 질문에 대한 베베르의 대답은 당연히 "알았네"였다. 그들은 배수로의 벽이 오렌지색으로 칠해진 지점에 도달한 참이었는데, 순간 조그맣게 펑 소리가 들렸다. 이바르손은 겁에 질려 비명을 지르더니 가슴을 부여잡은 채 웅덩이 속에 무릎을 꿇었다.

베베르는 뒤로 획 돌아 배수로를 위아래로 훑어보았다. 아무도 없었다. 다시 이바르손에게로 몸을 돌리니, 이바르손이 붉게 물든 자기 손을 바라보고 있었다.

"피가 나요. 나 죽나 봐요." 이바르손이 신음했다.

베베르는 이바르손의 눈이 전보다 한층 커진 것을 보았다.

"왜 그래요?" 베베르가 입을 딱 벌린 채 자신을 바라보자, 이바르손이 물었다. 그의 목소리는 공포로 떨리고 있었다.

"자네 세탁소에 옷을 맡겨야겠어." 베베르가 말했다.

이바르손은 시선을 아래로 내려 양복을 바라보았다. 붉은색 염료가 그의 셔츠 앞부분 전체와 라임색 재킷 일부에까지 번져 있었다.

"빨간색 잉크야." 베베르가 말했다.

이바르손은 덴노르스케 은행 볼펜을 꺼냈다. 미세 폭발로 볼펜 가운데가 부러져 있었다. 그는 계속 무릎을 꿇은 채 눈을 감고 호흡이 정상으로 돌아가기를 기다렸다. 그러고는 마침내 베베르를 바라보며 말했다.

"히틀러의 가장 큰 죄악이 뭔지 알아요?" 염료가 묻지 않은 손을 내밀며 이바르손이 말했다. 베베르는 그 손을 잡아 이바르손을 일으켜주었다. 이바르손은 실눈을 뜨고 지금까지 걸어온 방향을 바라보았다. "집시들의 씨를 말리지 않은 겁니다."

*

"이 일은 아무에게도 말하지 마세요." 베베르가 킥킥거리며 이바르손의 말투를 흉내 냈다. "이바르손은 곧장 차를 몰고 집으로 갔어. 손에 묻은 얼룩이 최소한 사흘은 갈걸?"

해리는 믿을 수가 없어 고개를 절레절레 저었다. "라스콜은 어떻게 되는 겁니까?"

베베르는 어깨를 으쓱였다. "이바르손이 독방에 처넣을 거라고 하더군. 그런다고 달라질 건 전혀 없겠지만. 정말이지…… 특이한 놈이었어. 특이하다는 말이 나왔으니 말인데, 베아테하고는 잘 지내나? 이 지문 말고 또 찾아낸 건 없어?"

해리는 고개를 끄덕였다.

"그 친구는 특별해. 아버지를 닮은 구석이 있더군. 훌륭한 형사가 될 거야."

"그럴 겁니다. 베아테의 아버지를 아세요?"

베베르는 고개를 끄덕였다. "좋은 사람이지. 충직하고. 그렇게 죽어서 유감이야."

"그토록 노련한 형사가 그런 실수를 저질렀다는 게 이상해요."

"난 그게 실수라고 생각하지 않아." 베베르가 싱크대에서 커피 잔을 씻으며 말했다.

"네?"

베베르가 뭐라고 중얼거렸다.

"뭐라고요, 베베르?"

"아무것도 아니야." 베베르가 퉁명스럽게 말했다. "분명 그렇게 행동한 이유가 있었을 거라고. 그뿐이야."

*

"bolde.com은 서버일 거예요." 할보르센이 말했다. "하지만 어디에도 등록되어 있지 않아요. 아마 키예프의 지하실 같은 곳에 있겠죠. 그리고 그 서버를 이용해 서로 포르노를 주고받는 익명의 고객들이 있을 거고요. 어디까지나 제 짐작이지만. 우리 같은 평범한 인간들은 그 정글 속에 숨어 있고자 하는 사람들을 절대 찾아낼 수 없어요. 반장님에게 필요한 건 사냥개예요. 진짜 전문가."

문을 두드리는 노크 소리가 너무 가벼워서 해리는 듣지도 못했다. 하지만 할보르센이 큰 소리로 말했다. "들어오세요."

문이 조심스럽게 열렸다.

"어서 와요." 할보르센이 미소를 지으며 말했다. "베아테, 맞죠?"

그녀는 고개를 끄덕이고는 얼른 해리를 바라보았다. "반장님께 계속 연락했어요. 연락처에 적힌 반장님 휴대전화로 계속 전화했는데……."

"휴대전화를 잃어버리셨어요." 할보르센이 자리에서 일어나며 말했다. "여기 앉아요. 제가 할보르센 특제 에스프레소를 만들어 드리죠."

베아테는 망설였다. "고마워요. 하지만 하우스 오브 페인에서 반장님께 보여드려야 할 게 있어요. 시간 있으세요, 반장님?"

"넘치도록 많지." 해리가 의자에 등을 기대며 말했다. "베베르에게서는 나쁜 소식뿐이야. 유리병의 지문과 일치하는 지문이 없대. 그리고 라스콜은 이바르손을 완전히 가지고 놀았고."

"그게 나쁜 소식이에요?" 무심코 베아테의 입에서 그 말이 튀어나왔다. 그녀는 깜짝 놀라 뒤늦게 입을 다물었고, 해리와 할보르센은 웃음을 터뜨렸다.

"또 만나서 반가웠어요, 베아테." 사무실을 나서는 해리와 베아테에게 할보르센이 말했다. 하지만 베아테의 대답 대신 수상하게 바라보는 해리의 시선만 돌아올 뿐이었고, 할보르센은 그렇게 약간 겸연쩍은 상태로 사무실 한가운데 홀로 남겨졌다.

*

하우스 오브 페인에 있는 2인용 이케아 소파 위의 헝클어진 담요가 해리의 눈에 들어왔다. "간밤에 여기서 잔 거야?"

"그냥 낮잠 좀 잤어요." 베아테는 그렇게 말하며 비디오를 켰다. "이 화면 안의 도살자와 스티네를 보세요."

그녀가 가리키는 화면 안에는 강도와 강도 쪽으로 몸을 숙인 스티네가 정지되어 있었다. 해리는 목 뒤의 털이 곤두서는 것을 느꼈다.

"이 화면에 뭔가 있어요, 그렇죠?" 베아테가 말했다.

해리는 강도를, 그다음에는 스티네를 꼼꼼히 살펴보았다. 그가 이 비디오를 보고 또 보았던 이유도 바로 이 화면 때문이었다. 분명히 존재하는데 자꾸만 그의 손을 빠져나가는 무언가를 줄곧 찾고 있었다.

"그게 뭔데? 자네 눈에는 보이는데 내 눈에는 안 보이는 게 뭐야?"

"찾아보세요."

"이미 찾아봤어."

"이 화면을 망막에 찍어두고 눈을 감으세요. 그리고 느껴보세요."

"정말이지……."

"어서요, 반장님." 그녀가 빙긋 웃었다. "이런 게 진짜 수사잖아요. 안 그래요?"

해리는 약간 놀라서 그녀를 바라보았다. 그러고는 어깨를 으쓱인 후, 그녀의 말대로 했다.

"뭐가 보이세요, 반장님?"

"내 눈꺼풀."

"집중하세요. 거슬리는 게 뭔지 말해보세요."

"범인과 스티네에게 뭔가 있어. 두 사람의…… 자세에."

"좋아요. 두 사람의 자세가 어떻죠?"

"두 사람이…… 모르겠어. 어쨌든 뭔가 잘못됐어."

"어떤 식으로 잘못됐을까요?"

해리는 비그디스 알부의 집에서처럼 가라앉는 기분이 들었다. 마치 귀담아들으려는 듯이 앞으로 몸을 숙인 스티네 그레테. 발라클라바에 뚫린 구멍 너머로 곧 자신이 죽일 여자의 얼굴을 바라보는 강도. 그는 무슨 생각을 하고 있을까? 스티네는 무슨 생각을 하고 있을까? 이 정지된 순간에 그녀는 강도가 누구인지, 발라클라바 속의 얼굴이 누구인지 알아내려고 했을까?

"어떤 식으로 잘못됐죠?" 베아테가 다시 물었다.

"두 사람은……. 두 사람은……."

손에 쥔 총, 방아쇠를 감은 손가락. 주위 사람들이 모두 대리석으로 변했다. 그녀는 입을 벌리고 있었고, 그는 가늠자 너머로 그녀의 눈을 볼 수 있었다. 총신이 그녀의 이를 슬쩍 밀었다.

"어떤 식으로 잘못됐죠?"

"두 사람은…… 둘이 너무 가까워."

"브라보, 반장님!"

해리는 눈을 떴다. 아메바 같은 반점이 반짝거리며 그의 시야를 가로질러 둥둥 떠갔다.

"브라보? 그게 무슨 뜻이야?" 해리가 중얼거렸다

"그동안 우리가 내내 봤던 걸 정확히 표현하셨어요. 반장님 말이 맞아요. 두 사람은 너무 가까워요."

"그래, 나도 내가 그렇게 말한 거 알아. 그런데 무엇과 비교해서 너무 가깝다는 거야?"

"전혀 모르는 두 사람이 일반적으로 유지하는 거리에 비교해서요."

"응?"

"에드워드 홀이라고 들어보셨어요?"

"아니."

"인류학자예요. 사람들이 이야기할 때의 거리가 그들의 관계와 어떤 연관이 있는지 처음으로 증명한 사람이죠. 그의 이론을 뒷받침하는 관련 증거는 아주 많아요."

"설명해봐."

"서로 모르는 사람들 사이의 사회적 공간은 짧게는 50센티미터, 길게는 1~3미터예요. 그게 서로가 유지해야 할 거리죠. 버스를 기다리거나 화장실 앞에 서 있을 때처럼 상황이 허락하지 않을 때는 예외고요. 도쿄에서는 사람들 간의 거리가 더 가까운데도 사람들은 불편함을 느끼지 않아요. 하지만 사실 문화의 변수는 비교적 적은 편이죠."

"하지만 이 경우에는 여자에게서 1미터 이상 떨어질 수가 없었잖아. 여자에게 말을 전달해야 하니까. 안 그래?"

"그렇죠. 하지만 개인 공간을 유지하면서도 충분히 말을 전할 수 있었어요. 일반적으로 45센티미터에서 1미터까지가 낯선 사람, 그리고 소위 지인이라는 사람들과 우리가 유지하는 거리죠. 그런데 보다시피, 도살자와 스티네 그레테는 이 경계를 깼어요. 제가 거리를 재봤는데 20센티미터였죠. 이건 그들이 친밀 공간 속으로 들어갔다는 뜻이에요. 이 공간 안에서는 거리가 너무 가까워서 상대의 얼굴에 계속 초점을 맞출 수가 없어요. 상대의 체온과 향기를 피할 수도 없고요. 연인이나 가까운 가족만 들어올 수 있는 공간이죠."

"흠. 그런 것까지 알다니 놀랍군. 하지만 이 두 사람은 지금 매우 극적인 상황에 처했잖아."

"네, 하지만 바로 그 점이 재미있는 거예요!" 베아테는 그렇게 소리치며 의자 팔걸이를 붙잡았다. 자신의 몸이 날아오르지 않도록. "꼭 필요한 상황이 아닌 한, 사람들은 에드워드 홀이 말한 그 경계를 넘어서지 않아요. 그리고 도살자와 스티네 그레테는 서로의 공간을 침범해야 할 필요가 없었고요."

해리는 턱을 문질렀다. "좋아. 그래서 그다음은 뭔데?"

"제 생각에 도살자와 스티네 그레테는 서로 아는 사이였어요. 그것도 아주 잘 아는 사이." 베아테가 말했다.

"좋아, 좋아." 해리는 양손으로 턱을 괴고는 손가락 사이로 말했다. "그러니까 완벽하게 은행을 턴 전문적인 은행강도와 스티네는 서로 아는 사이였다는 거군. 그렇다면 우리가 뭘 해야 할지 알지?"

베아테는 고개를 끄덕였다. "스티네 그레테를 조사해볼게요. 지금 당장."

"좋아. 그다음에는 스티네의 친밀 공간에 자주 들락거렸을 사람과 이야기를 나눠보자고."

18

어느 멋진 날

"여긴 왠지 으스스하네요." 베아테가 말했다.

"여기에 아르놀 유클레뢰라는 유명한 환자가 수감되었었지. 그 자가 말하길, 이곳이 정신의학이라고 불리는 병든 짐승의 두뇌라고 했어. 그래서 스티네 그레테에 대해서는 아무것도 알아내지 못한 거야?" 해리가 말했다.

"네. 흠잡을 만한 것이 전혀 없어요. 은행 계좌를 봐도 특별히 돈이 더 많이 들어온 적도 없고요. 옷가게나 레스토랑에서 돈을 펑펑 쓴 적도 없고, 비에르케 경마장이나 다른 도박장에서 돈을 쓴 적도 없어요. 제가 찾아낸 유일한 사치는 올여름 상파울루에 여행을 다녀온 것뿐이에요."

"남편은?"

"부인과 똑같아요. 검소하고 소박해요."

그들은 게우스타 정신병원의 정문을 지나, 빨간 벽돌 건물들로 둘러싸인 광장에 들어섰다.

"꼭 감옥 같네요." 베아테가 말했다.

"하인리히 쉬르머. 19세기의 독일 건축가인데 이 병원과 봇센

213

교도소를 설계했지."

안내 데스크에서 기다리자, 그들을 환자에게 데려다줄 간병인이 왔다. 머리를 검게 염색한 남자였는데 밴드에서 연주를 하거나, 디자인 계통의 일을 하는 사람처럼 보였다. 실제로도 그랬다.

"트론 그레테는 그냥 의자에 앉아 창밖을 내다보는 때가 많습니다." G2동으로 이어지는 복도를 빠르게 걸어가며 간병인이 말했다.

"이야기할 수 있는 상태인가요?" 해리가 물었다.

"네, 말하는 데는 아무 문제 없습니다……." 그의 머리는 미용실에서 600크로네나 들여서 일부러 부스스하게 만든 머리였다. 간병인은 머리카락 한 가닥을 쓸어 넘기고는 검은 뿔테 안경을 통해 해리를 바라보며 눈을 깜박였다. 검은 뿔테 안경은 그를 모범생처럼 보이게 했다. 어디까지나 좋은 쪽으로. 다시 말해, 사람들은 그를 진짜 모범생이라기보다 미적 감각이 있다고 생각할 것이다.

"죽은 부인에 대해 이야기할 수 있을 정도로 회복되었느냐는 뜻이에요." 베아테가 말했다.

"알게 되실 겁니다." 간병인이 그렇게 말하며, 안경 앞으로 흘러내린 머리카락을 뒤로 넘겼다. "만약 다시 정신이 이상해진다면 준비가 안 된 거겠죠."

해리는 정신이 이상한지 아닌지 어떻게 구분할 수 있느냐고는 묻지 않았다. 복도 끝에 도달하자, 간병인이 둥근 창문이 달린 문을 열쇠로 열어주었다.

"가둬둬야 할 정도인가요?" 불빛이 환한 거실을 둘러보며 베아테가 물었다.

"아뇨." 간병인은 그렇게만 대답할 뿐 더는 설명하지 않았다. 대신 그들에게 등을 돌린 채 창가 의자에 앉아 있는 남자를 가리켰다. 하얀 가운을 입은 뒷모습이 보였다. "전 당직실에 있을 겁니다. 나가는 길 왼쪽에 있어요."

두 사람은 의자에 앉아 있는 남자에게 다가갔다. 그는 창밖을 바라보고 있었는데 움직이는 것은 그의 오른손뿐이었다. 볼펜을 쥔 오른손이 수첩 위로 천천히 움직였다. 마치 로봇의 팔처럼 기계적이고 경련을 일으키는 듯한 움직임이었다.

"트론 그레테 씨?" 해리가 물었다.

그들을 돌아보는 남자의 얼굴은 완전히 다른 사람이었다. 트론 그레테는 머리를 모두 밀어버렸고, 얼굴은 더 홀쭉해졌다. 그날 밤, 테니스장에서 봤던 광기가 도는 눈동자 대신 차분하고 공허한 눈동자가 있었다. 1천 미터 너머를 바라보는 듯한 그 눈동자는 그들을 그대로 통과해 지나갔다. 해리는 전에도 저런 눈을 본 적이 있었다. 수감되어 속죄를 시작하는 처음 몇 주 동안에는 저런 눈이 된다. 해리는 본능적으로 이 남자도 똑같다는 것을 알았다. 트론 그레테도 속죄하는 중이었다.

"경찰입니다." 해리가 말했다.

트론은 그들에게로 시선을 옮겼다.

"은행강도 사건과 부인 일로 왔습니다."

트론은 눈을 반쯤 감았다. 해리가 하는 말을 이해하기 위해서는 집중을 해야 한다는 듯이.

"몇 가지 질문을 드려도 될까요?" 베아테가 큰 소리로 말했다.

트론은 천천히 고개를 끄덕였다. 베아테는 의자 하나를 가져와 앉았다.

"부인에 대해 말해주시겠어요?" 베아테가 물었다.

"말해달라고요?" 기름칠이 되어 있지 않은 문짝 같은 목소리였다.

"네." 베아테가 부드럽게 웃으며 말했다. "부인이 어떤 사람인지 알고 싶어요. 어떤 일을 했고, 뭘 좋아했으며, 두 분께서 어떤 계획을 세우셨는지, 뭐 그런 거요."

"뭐 그런 거?" 트론은 그녀를 바라보았다. 그러더니 볼펜을 내려놓았다. "우린 아이를 가질 예정이었죠. 그게 우리가 세운 계획입니다. 시험관 아기. 아내는 쌍둥이를 원했어요. 투 플러스 투. 늘 그렇게 말했죠. 투 플러스 투. 곧 시작할 계획이었어요. 지금 당장." 그의 눈에 눈물이 고였다.

"결혼하신 지 오래 됐죠?"

"10년째죠. 쌍둥이들이 테니스를 치지 않는다고 해도 상관없어요. 자식에게 부모와 같은 것을 좋아하라고 강요할 수는 없으니까요. 그 애들이 승마를 더 좋아할지도 모르죠. 승마도 멋지니까."

"부인은 어떤 사람이었나요?"

"10년째죠." 다시 창문을 바라보며 트론이 똑같이 대답했다. "우리는 1988년에 만났어요. 난 오슬로의 경영학교에 입학한 직후였고, 스티네는 니센 고등학교 졸업반이었죠. 지금까지 내가 만났던 여자들 중에서 제일 예뻤어요. 다들 그렇게 말하죠. 만났던 중에서 제일 예뻤던 여자하고는 절대 사귈 수 없고, 언젠가는 잊게 될 거라고. 하지만 스티네와는 달랐어요. 그리고 내 눈에 스티네는 늘 가장 아름다운 여자였죠. 사귄 지 한 달 만에 우리는 동거를 시작했고, 3년간 매일 밤낮을 붙어 다녔어요. 그런데 지금까지도 그녀가 내 프러포즈에 승낙했다는 게 믿기지 않아요. 이상하죠? 누군가를 정말 사랑하게 되면 상대가 나를 사랑한다는 게 믿기지 않는 법입니다. 오히려 그 반대가 되어야 할 것 같은데 말이죠."

의자 팔걸이에 눈물이 한 방울 떨어졌다.

"스티네는 친절했어요. 요즘에는 그 자질을 중요하게 생각하는 사람이 별로 없죠. 아내는 믿음직스럽고 성실하고 언제나 상냥했어요. 또 용감했고요. 내가 자고 있을 때 1층 거실에서 소리가 나면, 혼자서 1층으로 내려갔죠. 왜 날 깨우지 않았느냐, 진짜 도둑이라도 들었으면 어쩔 뻔했느냐고 야단쳤더니 아내가 그냥 웃으면서 이러더군요. '그럼 난 도둑에게 와플을 구워줄 거고, 와플 냄새를 맡은 당신이 깨어나겠지. 당신은 늘 그러니까.' 사실 전 아내가 굽는 와플 냄새에 늘 잠에서 깨거든요…… 네."

트론은 코로 숨을 세게 내쉬었다. 세찬 바람에 창밖으로 보이는 자작나무의 헐벗은 가지가 그들에게 손짓했다. "와플을 굽지 그랬어." 그가 속삭였다. 그러더니 소리 내어 웃으려고 했지만 오히려 우는 소리처럼 들렸다.

"부인의 친구들은 어땠나요?" 베아테가 물었다.

트론이 계속 웃고 있어서, 베아테는 다시 물어야 했다.

"아내는 혼자 있는 걸 좋아했습니다. 아마 외동딸이라서 그럴 겁니다. 부모님과 함께 지내는 시간이 많았어요. 그러다 날 만났고, 우린 다른 친구는 필요 없었습니다."

"그래도 그레테 씨가 모르는 친구도 있지 않았을까요? 안 그래요?" 베아테가 물었다.

트론은 그녀를 바라보았다. "무슨 뜻입니까?"

당황한 베아테는 볼을 붉히며 얼른 미소 지었다. "부인이 만나는 사람들 중에 그레테 씨에게 말하지 않은 사람도 있었을 거라는 뜻이에요."

"왜요? 지금 무슨 말이 하고 싶은 겁니까?"

베아테는 침을 삼키며 해리와 시선을 교환했다. 이제는 해리가 나설 차례였다. "사건을 수사할 때는 늘 모든 가능성을 검토합니다. 아무리 터무니없어 보이는 가능성일지라도요. 그중 하나가 은행 직원이 강도와 결탁했을 가능성이죠. 때로는 계획을 세우고 실행하는 단계에서부터 내부자가 개입하기도 합니다. 예를 들어, 현금인출기의 돈이 채워지는 시간을 범인이 어떻게 알았을지 조금 의심스럽습니다." 해리는 트론의 얼굴을 바라보며 그가 이 말을 어떻게 받아들이는지 살폈다. 하지만 그의 눈동자는 다시 그들을 떠나 머나먼 곳을 바라보고 있었다. "은행의 다른 직원들에게도 했던 질문입니다." 해리는 거짓말을 했다.

밖의 나무에 앉아 있던 까치가 비명을 질렀다. 구슬프고 외로운 비명이었다. 트론은 고개를 끄덕였다. 처음에는 천천히, 그러다 빠르게.

"아하. 알겠습니다. 당신들은 그래서 스티네가 총에 맞았다고 생각하는군요. 범인과 아는 사이였기 때문에. 수중에 돈이 들어오자 범인이 아무런 단서도 남기지 않기 위해 아내를 쏴 죽인 거라고 말이죠. 맞습니까?"

"음, 최소한 이론적으로는 그럴 가능성이 있습니다." 해리가 말했다.

트론은 고개를 절레절레 흔들며 다시 웃었다. 슬프고 공허한 웃음이었다. "당신들은 우리 스티네를 정말 모르는군요. 아내는 절대 그런 짓을 할 사람이 아닙니다. 왜 그런 짓을 하겠습니까? 조금 있으면 백만장자가 될 텐데."

"네?"

"발레 뵈트케르. 스티네의 할아버지죠. 지금 여든 다섯인데 도심에 아파트 건물 세 채를 소유하고 계십니다. 올여름에 폐암 판정을 받으셨고, 그 아파트를 물려받을 사람은 손자 손녀뿐입니다. 세 명이 각각 한 채씩 물려받게 될 겁니다."

해리의 질문은 순전히 반사적이었다. "그럼 아내분의 유산은 이제 누구에게 갑니까?"

"나머지 두 손자에게 가겠죠." 트론이 혐오스럽다는 말투로 대답했다. "이젠 그 사람들의 알리바이까지 조사할 겁니까?"

"조사해야 할까요?" 해리가 물었다.

트론은 냉큼 대답하려다가 해리와 눈이 마주치자 입을 다물었다. 그러고는 아랫입술을 깨물었다.

"미안합니다." 면도하지 않은 얼굴을 손으로 쓸어내리며 그가 말했다. "당신들이 모든 가능성을 검토한다는 건 기뻐해야 마땅할 일이죠. 다만 내게는 모든 게 너무 절망적으로 보입니다. 덧없기도 하고요. 설사 범인을 잡는다 한들, 그자가 내게서 빼앗아간 것을 돌려받지는 못할 테니까요. 그자가 사형선고를 받는다고 해도 마찬가지죠. 인생에서 최악의 사건은 죽는 것이 아닙니다." 해리는 그다음 말이 무엇일지 이미 알고 있었다. "살아야 할 이유가 사라지는 것이죠."

"알겠습니다." 해리는 자리에서 일어섰다. "이건 제 명함입니다. 뭐든 생각나면 전화 주십시오. 베아테 뢴에게 전화하셔도 되고요."

트론은 이미 고개를 돌려 다시 창밖을 보고 있던 참이라서, 해리가 내민 명함을 보지 못했다. 할 수 없이 해리는 명함을 테이블에 내려놓았다. 밖은 점점 어두워지고 있었고, 그들은 창문에 비친 자신들의 반투명한 모습을 바라보았다. 꼭 귀신 같았다.

"그자를 본 것 같습니다." 트론이 말했다. "금요일에는 퇴근하면 곧장 스쿼시를 치러 가곤 하거든요. 스포르바이스 가에 있는 SATS 헬스클럽이죠. 그런데 그날은 스쿼시를 함께 칠 사람이 없어서 그냥 운동만 했습니다. 역기를 들고, 자전거를 타는 등의 근력 운동 말입니다. 그 시간에는 사람이 많아서 종종 줄을 서서 기다려야 하죠."

"그렇죠." 해리가 말했다.

"스티네가 죽었을 때 난 거기 있었습니다. 은행에서 300미터 떨어진 거리였어요. 어서 샤워를 하고 집에 가서 요리하기만을 고대하고 있었죠. 금요일에는 늘 내가 요리하니까요. 난 집에서 아내가 오기를 기다리는 걸 좋아합니다. 기다리는 걸…… 좋아하죠. 모든 남자들이 다 그런 건 아니지만."

"그자를 본 것 같다는 게 무슨 말이죠?" 베아테가 물었다.

"탈의실에서 누군가 제 옆으로 지나갔습니다. 헐렁한 검은 옷을 입고 있었죠. 작업복 같은 거요."

"발라클라바를 썼던가요?"

트론은 고개를 저었다.

"챙이 달린 모자는요?" 해리가 물었다.

"손에 모자 같은 걸 들고 있기는 했습니다. 그게 발라클라바였는지도 모르죠. 챙 달린 모자였을 수도 있고."

"남자의 얼굴을 봤—?" 해리가 묻고 있는데 베아테가 끼어들었다.

"키가 어느 정도였나요?"

"모르겠어요. 평균 신장이었습니다. 평균 신장이 얼마죠? 1미터 80 정도?"

"왜 전에는 이 얘기를 하지 않았습니까?" 해리가 물었다.

"왜냐하면," 트론이 창문에 대고 손가락을 누르며 말했다. "그냥 느낌이었으니까요. 진짜 범인이 아닙니다."

"왜 그렇게 확신하죠?" 해리가 물었다.

"며칠 전에 당신 동료 둘이 찾아왔습니다. 둘 다 리라고 하더군요." 그가 몸을 홱 돌려 해리를 바라보았다. "둘은 친척인가요?"

"아뇨. 그들이 왜 찾아왔습니까?"

트론은 창에서 손을 뗐다. 창에 생긴 손자국 주위로 김이 서렸다.

"혹시라도 스티네가 범인과 결탁하지 않았는지 확인하려고 하더군요. 그러면서 내게 범인의 사진을 보여줬습니다."

"그런데요?"

"범인의 작업복도 검은색이긴 했지만 아무 글씨도 적혀 있지 않더군요. 헬스클럽에서 내가 본 남자는 등에 하얀색 글씨가 큼직하게 적혀 있었습니다."

"뭐라고 적혀 있었죠?" 베아테가 물었다.

"P—O—L—I—T—I(경찰)." 트론이 그렇게 말하며 창문의 손자국을 문질러 지웠다. "그 후에 헬스클럽에서 나왔더니 마요르스투엔에서 경찰차 사이렌 소리가 들리더군요. 이렇게 경찰이 버티고 있는데 어떻게 도둑놈들이 활개를 치는 걸까? 그게 맨 처음 든 생각이었죠."

"그러게 말입니다. 그런데 왜 그런 생각을 하셨죠?"

"모르겠어요. 아마 운동하는 동안 탈의실 로커에 넣어두었던 내 스쿼시 라켓을 도둑맞았기 때문일 겁니다. 스티네가 일하는 은행에도 도둑이 들었을 거야. 그게 두 번째로 든 생각이었고요. 상상이 도를 넘으면 그런 이상한 생각을 하게 되죠. 그러고는 집에 가서 라자냐를 만들었습니다. 스티네가 라자냐를 좋아하거든요." 트론은 미소를 지으려고 했지만, 도리어 눈물이 흐르기 시작했다.

해리는 아까 트론이 무언가를 적었던 종이에 시선을 고정했다. 다 큰 남자가 우는 것을 보지 않기 위해서였다.

"지난 6개월간의 통장 거래내역서를 살펴봤는데 거액을 인출한 적이 있더군요." 베아테의 목소리는 매정하고 기계적으로 들렸다. "상파울루에서 3만 크로네요. 그 돈을 어디에 쓰셨죠?"

해리는 깜짝 놀라 베아테를 바라보았다. 그녀는 트론의 눈물에 전혀 동요하지 않는 듯했다.

트론은 눈물이 흐르는 얼굴로 미소를 지었다. "스티네와 나는 상파울루에서 결혼 10주년을 축하하기로 했죠. 아내는 휴가를 얻어 나보다 일주일 먼저 떠났습니다. 우리가 제일 오랫동안 떨어져 있었던 때였죠."

"브라질에서 3만 크로네를 어디에 쓰셨는지 물었습니다." 베아테가 물었다.

트론은 창문 쪽으로 고개를 돌렸다. "그건 사적인 일입니다."

"이건 살인 사건이에요, 그레테 씨."

트론은 베아테를 오랫동안 뚫어지게 바라보았다. "당신은 누구를 사랑해본 적이 없군요. 그렇죠?"

베아테의 안색이 어두워졌다.

"상파울루의 독일인 보석상들은 세계에서 최고로 꼽힙니다. 그 돈으로 다이아몬드 반지를 샀습니다. 스티네가 죽을 때 끼고 있었던 반지요."

*

두 간병인이 트론에게 다가왔다. 저녁 식사 시간이었다. 해리와 베아테는 창가에서 서서 트론을 지켜보는 한편, 어서 간병인이 나가는 길을 안내해주기를 기다렸다.

"죄송해요. 제가 바보 같은 짓을 했어요. 전……." 베아테가 말했다.

"괜찮아."

"은행강도 사건의 경우에는 늘 용의자의 재정 상태를 확인하거든요. 하지만 이번에는 도가 지나쳤나 봐요……."

"괜찮다니까, 베아테. 자신이 했던 질문에 대해서는 절대 미안해하지 마. 놓치고 하지 못한 질문이 있을 때만 미안해하라고."

간병인이 와서 열쇠로 문을 열어주었다.

"트론 그레테는 언제까지 있을 건가요?" 해리가 물었다.

"수요일에 집으로 보낼 겁니다." 간병인이 말했다.

시내로 가는 차 안에서 해리는 베아테에게 물었다.

"왜 간병인들은 늘 환자를 '집으로 보낸다' 라는 표현을 쓰는 걸까? 자기들이 집까지 데려다주는 것도 아니잖아. 집이든 어디든 돌아가겠다고 결정하는 것도 환자 자신이고 말이야. 그러니까 그냥 '집으로 돌아갈 겁니다' 라고 하면 안 되나? 아니면 '퇴원할 겁니다' 라고 해도 되고."

베아테는 이 문제에 대해 별 생각이 없었다. 해리는 칙칙한 바깥 풍경을 보며 자신이 꼭 투덜대는 늙은이 같다고 생각했다. 예전에는 그냥 투덜이였는데.

"머리를 염색했더군요. 안경도 쓰고." 베아테가 말했다.

223

"누가?"

"간병인요."

"아, 둘이 아는 사이였어?"

"아뇨. 예전에 후크의 해변가에서 그 사람을 본 적이 있어요. 엘 도라도에서도 한 번 봤고, 스토르팅스 가에서도요. 스토르팅스 가가 맞을 거예요……. 분명 5년 전이었죠."

해리는 그녀를 바라보았다. "그런 스타일을 좋아하는 줄 몰랐어."

"그런 거 아니에요."

"아, 깜빡했다. 자네의 뇌가 가진 결함 때문이군."

베아테가 빙그레 웃었다. "오슬로는 작은 도시니까요."

"그래? 경찰청에 오기 전에 나는 몇 번이나 봤어?"

"한 번요. 5년 전에."

"어디서?"

"텔레비전에서요. 시드니의 살인 사건을 해결하셨죠."

"흠. 분명 강한 인상을 남겼겠군."

"반장님이 사건을 해결하지도 못했는데 영웅 대접을 받았던 게 짜증이 났어요. 그것만 기억나네요."

"그래?"

"반장님은 범인을 법정에 앉히지 못했잖아요. 그냥 쏴서 죽여버렸지."

해리는 눈을 감고, 조금 후에 피울 담배의 첫 모금이 얼마나 맛있을지 생각했다. 그리하여 재킷 안주머니에 담뱃갑이 있는 것을 확인하기 위해 가슴을 톡톡 치는 반으로 접힌 종이를 꺼내 베아테에게 보여주었다.

"그게 뭐예요?" 베아테가 물었다.

"아까 트론 그레테가 끄적거렸던 종이."

"어느 멋진 날." 그녀는 종이에 적힌 글씨를 읽었다.

"이걸 열세 번이나 적었더라고. '샤이닝' 같지 않아?"

"샤이닝?"

"공포 영화 있잖아. 스탠리 큐브릭이 감독한 거." 그는 곁눈질로 그녀를 흘긋 바라보았다. "잭 니콜슨이 호텔에 앉아서 같은 문장을 쓰고 또 쓰지."

"전 공포영화 싫어해요." 그녀가 냉큼 대답했다.

해리는 그녀에게로 얼굴을 돌렸다. 무슨 말을 하려다가, 하지 않는 편이 낫겠다는 생각이 들었다.

"어디 사세요?"

"비슬렛."

"저희 집에 가는 길이네요."

"자네 집은 어딘데?"

"옵살이에요."

"그래? 옵살 어디?"

"베틀란스바이엔 가요. 역 바로 옆이죠. 외른스뢰크바이엔 가가 어딘지 아세요?"

"응. 거기 모퉁이에 노란색 대형 목조 주택이 있지."

"맞아요. 거기가 저희 집이에요. 제가 2층에 살고, 엄마가 1층에 사시죠. 어릴 때부터 그 집에서 살았어요."

"나도 옵살이 고향이야. 어쩌면 우리가 공통으로 아는 사람들도 있겠군."

"어쩌면요." 베아테는 그렇게 말하며 차창 너머를 바라보았다.

"언제 한번 확인해봐야겠는데?" 해리가 말했다.

둘 다 더는 아무 말도 하지 않았다.

*

저녁이 되면서 바람이 거세졌다. 일기예보에서는 스타트 반도를 기준으로 남쪽에는 폭풍우가 몰아치고, 북쪽에는 돌풍이 불 거라고 했다. 해리는 기침을 하며 스웨터를 꺼냈다. 어머니가 아버지를 위해 떠준 스웨터였는데 어머니가 돌아가시고 몇 년 후, 아버지는 크리스마스 선물로 해리에게 이 스웨터를 주었다. 왜 그러셨을까? 해리는 미트볼 파스타를 데워서 먹고, 라켈에게 전화해 어린 시절을 보냈던 집에 대해 이야기해주었다.

라켈은 별말이 없었지만, 해리는 그녀가 자신의 이야기를 좋아한다는 것을 알 수 있었다. 그는 어릴 때 썼던 침실에 대해, 자신이 가지고 놀았던 장난감과 작은 서랍장에 대해 이야기했다. 벽지 무늬를 보며 마치 그것이 암호로 적힌 동화라도 되는 것처럼 이야기를 만들어냈던 일이며, 서랍장의 한 서랍을 그의 전용 서랍으로 정해 엄마는 절대 열어보지 않기로 약속했던 일도 이야기했다.

"그 서랍에 내 축구 카드가 들어 있었지. 톰 룬*에게서 받은 사인과 쉴비가 보낸 편지도 있었고. 쉴비는 가족과 함께 온달스네스에 여름휴가를 갔다가 만난 소녀였어. 나중에는 내 첫 담뱃갑과 콘돔도 넣었지. 콘돔은 유통기간이 지날 때까지 뜯지도 않은 채 거기 들어 있었어. 나중에 여동생과 내가 뜯어봤는데 어찌나 바싹 말라 있던지 갈라지더군."

라켈이 웃음을 터뜨렸다. 해리는 그녀의 웃음소리를 듣기 위해

---

* 노르웨이 역사상 가장 위대한 축구 선수로 평가받는 인물.

이야기를 계속했다.

전화를 끊은 후, 그는 안절부절못하며 서성였다. 텔레비전에서 나오는 뉴스는 어제의 재탕이었다. 잘라라바드에서는 총격전이 잦아지고 있었다.

해리는 침실로 가서 컴퓨터를 켰다. 컴퓨터가 삐걱삐걱 웅웅대는 동안, 그는 이메일 한 통이 도착한 것을 보았다. 보낸 이의 메일 주소를 보자 맥박이 빨라졌다. 그는 메일을 클릭했다.

안녕 해리

게임은 시작됐어. 검시 결과, 그녀가 죽었을 때 네가 동석했을 가능성이 있다는 게 밝혀졌지. 그래서 숨긴 거였나? 아주 똑똑한 짓이야. 설사 자살처럼 보인다 해도 말이야. 그래도 앞뒤가 안 맞는 부분이 몇 군데 있지? 안 그래? 이젠 네 차례야.

S²MN

해리는 탕 소리에 깜짝 놀랐다. 그제야 자신이 있는 힘껏 손으로 책상을 내려쳤다는 걸 깨달았다. 그는 어두운 방 안을 둘러보았다. 화가 나고 두려웠다. 하지만 가장 절망스러운 것은 이 메일을 보낸 자가 그와 너무도⋯⋯ 가까이에 있다는 사실이었다. 해리는 팔을 뻗어 아직도 얼얼한 손바닥을 컴퓨터 모니터에 댔다. 차가운 모니터가 손바닥을 식혀주었지만 그래도 열기가 느껴졌다. 일종의 체온처럼 컴퓨터 안에서 점점 높아지는 열기가.

전선에 걸린 신발

엘메르는 그뢴란슬라이레 가를 잽싸게 걸어 내려가며 아는 손님과 이웃 상점의 주인들에게 재빨리 인사와 미소를 날렸다. 그는 스스로에게 화가 났다. 또 잔돈이 떨어지는 바람에 '곧 돌아옵니다'라고 적힌 종이를 걸어두고, 은행에 가야만 했기 때문이다.

그는 은행 문을 잡아당기고 안으로 성큼성큼 걸어 들어갔다. 평소처럼 "안녕들 하시오"라고 크게 인사하고는 서둘러 번호표를 뽑으러 갔다. 그의 인사에 대꾸하는 사람은 아무도 없었지만 이제는 익숙해졌다. 여기서 일하는 사람은 죄다 백인 노르웨이인들뿐이니까. 현금인출기를 고치는 듯한 남자가 한 명 보였고, 그 외의 손님이라고는 창가에 서서 거리를 내다보는 두 사람뿐이었다. 은행 안은 유달리 조용했다. 그가 미처 모르는 사건이라도 터진 건가?

"20." 여직원이 외쳤다. 엘메르는 자신의 번호표를 바라보았다. 51이라고 적혀 있었지만, 다른 창구는 모두 닫혀 있었기에 그 여직원에게로 갔다.

"안녕, 카트리네. 잘 있었어?" 그가 호기심 어린 눈으로 창구의

228

유리문 안쪽을 들여다보며 말했다. "이거 동전으로 좀 바꿔줘. 5크로네짜리 다섯 줄과 1크로네짜리 다섯 줄로."

"21." 엘메르는 깜짝 놀라 카트리네 쉬엔을 바라보았다. 그제야 그녀 옆에 서 있는 남자가 눈에 들어왔다. 처음에는 흑인인 줄 알았는데 다시 보니 검은 발라클라바를 쓴 남자였다. 카트리네를 겨누고 있던 AG3의 총구가 홱 돌아 엘메르를 겨냥했다.

"22." 카트리네가 양철통 같은 목소리로 외쳤다.

*

"여긴 왜 오자고 한 거예요?" 할보르센이 아래로 보이는 오슬로 피오르를 내려다보며 물었다. 바람에 그의 앞머리가 이리저리 흔들렸다. 매연이 가득한 그뢴란에서 이곳 에케베르그 언덕까지는 차로 5분이 채 걸리지 않았다. 에케베르그 언덕은 오슬로 남동쪽으로 초록색 망루처럼 튀어나와 있었다. 두 사람은 나무 밑에 놓인 벤치에 앉아, 낡았지만 아름다운 벽돌 건물을 내려다보았다. 해리는 그 낡은 건물을 아직도 선원 학교라 불렀지만, 이제 그곳은 비즈니스 매니저 과정을 가르치는 학교로 바뀌었다.

"첫째로 여기서 보는 경치가 아름다우니까. 둘째로 외지인에게 오슬로의 역사를 짧게 가르쳐주려고. 오슬로의 '오슬'은 언덕을 의미해. 지금 우리가 앉아 있는 이 비탈을 말하지. 에케베르그 언덕. 그리고 '로'는 저기 내려다보이는 평지를 말해." 해리는 손으로 가리켰다. "그리고 셋째로 우린 매일 어딘가에서 이 언덕을 올려다보는데, 이 뒤에 뭐가 있는지 정도는 알아야 하지 않겠어?" 해리가 말했다.

할보르센은 대답하지 않았다.

"사무실에서 얘기하고 싶지 않았어. 엘메르의 가게에서도. 자네에게 할 말이 있어." 이곳은 피오르보다 훨씬 위쪽이었는데도 바람에서 여전히 소금기가 느껴지는 것 같았다. "난 안나 베트센과 아는 사이야."

할보르센은 고개를 끄덕였다.

"놀라서 까무러칠 줄 알았는데?"

"대충 그럴 거라고 짐작했어요."

"하지만 그게 다가 아니야."

"그래요?"

해리는 담뱃갑에서 담배를 꺼내 입술 사이에 밀어 넣었다. "이야기를 계속하기 전에 경고할 게 있어. 앞으로 내가 할 이야기는 우리 둘 사이의 비밀로 해야 해. 그러니까 자네 입장이 난처해질 거라고. 알겠어? 나와 얽히기 싫다면 더는 이야기하지 않을게. 여기서 멈추면 돼. 그러니까 더 들을 거야, 말 거야?"

할보르센은 해리의 얼굴을 살폈다. 그가 고민을 했는지는 몰라도 그리 오래 하지는 않았다. 이내 고개를 끄덕였기 때문이다.

"누군가 내게 이메일을 보내기 시작했어. 안나의 죽음에 대해서." 해리가 말했다.

"아는 사람인가요?"

"모르겠어. 이메일 주소만 봐서는 전혀 감이 안 잡혀."

"그래서 어제 제게 이메일 주소를 추적해달라고 하신 거예요?"

"난 컴퓨터에 능숙하지 않지만 자네는 잘하니까." 해리는 바람을 맞으며 담배에 불을 붙이려 했지만 실패했다. "도움이 필요해. 내 생각에 안나는 살해된 것 같아."

남아 있던 나뭇잎이 북서풍에 모조리 떨어지는 동안, 해리는 자신이 받은 메일에 대해 이야기했다. 경찰 내부에 알려진 사실은 물론 그 이상까지도 아는 듯한 사람이 보낸 이상한 이메일에 대해. 다만 안나가 죽던 날 밤, 자신이 그녀와 함께 있었다는 말은 하지 않았다. 그것만 제외하고는 팔레트의 위치로 보아 안나는 왼손잡이인데 권총은 안나의 오른손에 쥐어져 있었던 점, 신발 속에 든 사진, 그리고 아스트리드 몬센과의 대화까지 모두 이야기했다.

"아스트리드 몬센은 비그디스 알부와 사진 속의 아이들은 본 적이 없다고 했어. 하지만 신문에 실렸던 아르네 알부의 사진을 보여줬더니 두 번 볼 필요도 없다고 하더군. 이름은 모르지만 정기적으로 안나를 찾아왔던 남자라고 했어. 우편물을 가지러 내려갔다가 봤대. 주로 오후에 왔다가 밤중에 갔다고 해."

"야근을 거기서 했군요."

"아스트리드에게 둘이 주중에만 만났느냐고 물었더니 가끔은 남자가 주말에 차로 안나를 데리러 왔다더군."

"가끔씩 변화를 주기 위해 시골로 여행이라도 갔나 보네요."

"아마도. 하지만 짐이 없었대. 아스트리드 몬센은 관찰력이 뛰어나고 꼼꼼한 여자야. 그런데 그 여자 말이, 여름에는 남자가 안나를 차에 태우고 나간 적이 없다는 거야. 그 말을 들으니까 이런 생각이 들더라고."

"무슨 생각요? 둘이 호텔에 갔다고요?"

"그럴 수도 있지. 하지만 호텔은 여름에도 갈 수 있잖아. 생각해봐, 할보르센. 정답은 가까이에 있어."

할보르센은 생각나는 게 전혀 없다는 것을 보여주기 위해 아랫입술을 내민 채 인상을 썼다. 해리는 미소를 지으며 담배 연기를 내뱉었다. "자네가 그곳을 찾아낸 장본인이라고."

할보르센은 놀란 표정으로 한쪽 눈썹을 들어올렸다. "별장이군요! 맞다!"

"그래. 휴가철이 끝나서 가족은 집으로 돌아가고, 호기심 많은 이웃들도 모두 셔터를 내렸으니 은밀하고 편안한 밀회 장소로 제격이지. 오슬로에서 차로 한 시간이면 되고."

"하지만 그래서 뭐요? 그렇다고 수사에 진전이 있는 건 아니잖아요."

"그렇게 말하지 마. 안나가 별장에 있었다는 걸 증명할 수 있으면, 최소한 알부에게서 대답을 받아낼 수 있어. 찾아낼 것도 별로 없어. 지문, 머리카락, 가끔씩 물건을 배달해준 눈썰미 있는 상점 주인 정도면 충분해."

할보르센은 목덜미를 문질렀다. "차라리 그냥 안나의 아파트에서 알부의 지문을 찾는 게 어때요? 잔뜩 있을 텐데."

"아직 남아 있을지 의문이야. 아스트리드 몬센의 말에 의하면, 1년 전부터 갑자기 알부의 발길이 뚝 끊겼대. 그러다 지난달 어느 일요일에 알부가 차로 안나를 데리러 왔다더군. 안나가 몬센의 집에 찾아와, 혹시 자기가 없는 사이에 집에서 소리가 나지 않는지 잘 들어달라고 부탁했기 때문에 분명히 기억한대."

"그래서 반장님은 두 사람이 별장에 갔을 거라고 생각하시는 거예요?"

"내 생각에는," 해리가 피우던 담배꽁초를 웅덩이에 던지며 말했다. 담배가 피시식 소리를 내며 꺼졌다. "안나가 신발에 사진을 넣어둔 이유가 그 때문인 것 같아. 경찰대학에서 법의학 시간에 배운 거 기억나?"

"배운 게 거의 없었는데요. 반장님은 있었어요?"

"응. 현장 감식의 기본 도구가 든 사각 알루미늄 케이스가 있어.

그 안에 지문 수집을 위한 파우더랑 브러시, 플라스틱 필름지, 줄자, 손전등, 펜치 같은 것들이 들어 있지. 경찰차 중에서 그 케이스가 구비된 차는 세 대뿐인데, 내일 그 세 대 중에서 하나를 예약해."

"반장님—."

"그리고 미리 식료품점에 전화해서 별장으로 가는 법을 정확히 알아둬. 주인이 의심하지 않도록 정직한 시민 흉내를 내라고. 지금 별장을 짓는 중인데, 함께 일하는 건축가가 알부의 별장을 참고하라고 해서 한번 보고 싶다는 핑계를 대."

"반장님, 그렇게 무단으로—."

"지렛대도 가져오고."

"제 말 좀 들어보세요!"

할보르센의 고함에 갈매기 두 마리가 쉰 소리로 비명을 지르며 피오르 쪽으로 날아갔다. 할보르센은 손가락을 하나씩 꼽았다. "우리에겐 영장이 없어요. 영장을 받아낼 만한 어떤 증거도 없고요. 우리에게는…… 아무것도 없어요. 그리고 가장 중요한 건 우리가, 아니 저라고 해야겠네요, 제가 모르는 사실이 있다는 거예요. 저한테 다 말하지 않았죠, 반장님?"

"왜 그런 생각을—."

"간단해요. 반장님의 동기가 충분하지 않아요. 아는 여자라는 이유만으로 갑자기 모든 규칙을 다 무시하고, 무단으로 별장에 침입할 리는 없죠. 반장님이, 그리고 저까지 해고될 위험을 무릅쓰면서요. 반장님은 약간 미치기는 했지만 바보는 아니에요."

해리는 웅덩이 위를 둥둥 떠다니는 젖은 담배꽁초를 바라보았다. "우리가 함께 일한 지 얼마나 됐지, 할보르센?"

"곧 2년이 되죠."

"그 2년 동안 내가 자네에게 거짓말한 적 있어?"

"2년은 그리 긴 세월이 아니에요."

"내가 거짓말한 적 있느냐고 묻잖아?"

"없어요."

"내가 중요한 일에 대해 거짓말한 적 있어?"

"제가 아는 한 없어요."

"좋아, 지금도 난 거짓말을 하는 게 아니야. 그래, 자네 말이 맞아. 자네에게 전부 다 말하지 않았어. 그리고 날 도우면 자네가 위험해지는 것도 맞아. 내가 해줄 수 있는 말은, 만약 지금 내가 자네에게 사실대로 모두 말한다면 자네 입장이 훨씬 더 난처해진다는 것뿐이야. 그러니 지금으로서는 날 믿어야 해. 그럴 수 없다면 빠져. 아직 기회는 있어."

두 사람은 피오르를 바라보았다. 멀리 날아간 갈매기가 두 개의 작은 점으로 보였다.

"반장님이라면 어떻게 하겠어요?"

"나라면 빠질 거야."

두 개의 점이 점점 커졌다. 갈매기가 돌아오고 있었다.

*

경찰청에 돌아와보니 자동응답기에 묄레르의 메시지가 남겨져 있었다.

"산책이나 좀 하세." 해리가 전화했더니 묄레르는 그렇게 말했다. 두 사람이 경찰청 밖으로 나오자 묄레르는 아무 데나 가자고 했다.

"엘메르의 가게로 가시죠. 담배가 떨어졌습니다." 해리가 말했다.

봇센 감옥의 진입로와 경찰청사 사이에 잔디밭이 있었는데, 뮐레르는 해리를 따라 그 잔디밭을 가로질렀다. 잔디밭에는 사람들이 많이 다니면서 생긴 진창길이 있었다. 길이 어디에 있든 사람들은 언제나 두 지점 간의 최단 거리를 찾아낸다는 사실을 건축가들은 늘 간과하는 듯했다. 진창길 끝에는 쓰러진 표지판이 있었다. '잔디밭에 들어가지 마시오.'

"오늘 아침, 그뢴란슬라이레 가에서 발생한 은행강도 사건에 대해 들었나?" 뮐레르가 물었다.

해리는 고개를 끄덕였다. "참 재미있더군요. 범인이 경찰청에서 100미터밖에 떨어지지 않은 은행을 골랐다는 게 말입니다."

"우연히도 은행의 비상경보 장치가 수리 중이었네."

"전 우연은 믿지 않습니다."

"그래? 그러면 내부자 소행일까?"

해리는 어깨를 으쓱였다. "아니면 수리 중이라는 걸 아는 누군가의 소행일 수도 있죠."

"그 사실을 아는 사람은 은행 관계자들과 수리업자들뿐이었네. 우리 경찰하고."

"제게 하실 말씀이 그 사건 이야기는 아닐 텐데요. 아닌가요, 보스?"

"맞아." 웅덩이를 건너뛰며 뮐레르가 말했다. "총경님이 시장님을 만나고 왔네. 시장님이 최근의 은행강도 사건에 아주 신경을 쓰고 계시나 봐."

그들은 아이 셋을 줄줄이 데리고 오는 여자가 먼저 지나가도록 길에서 잠시 걸음을 멈췄다. 화나고 지친 목소리로 아이들을 혼내고 있던 여자는 해리의 시선을 피했다. 오늘은 봇센 교도소의 면회일이었다.

"이바르손은 유능한 형사일세. 그건 의심의 여지가 없는 사실이야. 하지만 이 도살자는 지금까지 우리가 상대하던 놈들과는 차원이 다른 것 같아. 총경님도 이번만큼은 기존의 수사 방식으로는 부족하다고 생각하시네." 묄레르가 말했다.

"그럴지도 모르죠. 하지만 그래서 뭐요? 원정팀이 한 번 더 이긴다고 해서 새삼 부끄러울 것도 없잖아요."

"원정팀이 이긴다고?"

"해결되지 못한 사건을 말하는 겁니다. 요즘에 많이 쓰는 표현이에요, 보스."

"단순히 부끄럽고 말고의 문제가 아닐세, 해리. 언론이 하루 종일 우릴 들볶고 있어. 악몽이 따로 없다네. 언론은 이자를 제2의 마르틴 페데르센이라 부르더군. '베르덴스 강'의 웹사이트에 가봤더니, 우리가 이자를 도살자라고 부른다는 걸 알아낸 모양이야."

"늘 똑같군요." 빨간불인데도 도로를 건너며 해리가 말했다. 묄레르는 그런 해리를 조심스럽게 뒤따랐다. "수사의 우선 순위를 언론이 결정하는 거요."

"흠, 어쨌거나 놈도 사람을 죽였잖나."

"더는 세간의 주목을 받지 못하는 살인 사건은 흐지부지되고요."

"아니!" 묄레르가 톡 쏘아붙였다. "그 이야기는 이미 끝났네."

해리는 어깨를 으쓱이고는 바람에 쓰러진 신문 가판대를 넘어갔다. 거리에 떨어진 신문의 페이지가 바람결에 맹렬한 속도로 파드득 넘어갔다.

"그래서 원하시는 게 뭡니까?"

"총경님은 당연히 이번 사건으로 경찰의 위신이 떨어질까 염려하시네. 일반적으로 은행강도 사건은 수사가 중단되기도 훨씬 전에 대중들로부터 잊히기 마련이지. 범인이 잡히지 않았다는 걸 알아차리는 사람도 없고. 하지만 이번 사건은 모두의 눈이 우리에게 쏠려 있네. 이런 사건에 대해 말이 돌면 돌수록 대중의 호기심도 높아지지. 마르틴 페데르센은 많은 이들의 꿈을 실현시킨 평범한 인물이야. 경찰에 체포되지 않은 현대판 제시 제임스지. 그런 사건은 신화와 영웅을 만들어내고, 사람들은 그 이야기를 자신과 동일시한다네. 그래서 너 나 할 것 없이 은행털이에 덤벼들게 되지. 마르틴 페데르센에 관한 기사가 쏟아지는 동안, 노르웨이 전역에 걸쳐서 은행강도 발생률이 급상승했었네."

"이 일의 파급 효과를 우려하시는군요. 알겠습니다. 그런데 그게 저와 무슨 상관이죠?"

"말했다시피 이바르손은 유능한 형사야. 아무도 그 사실을 의심하지 않아. 그 친구는 매사에 정확하고, 절대 선을 넘지 않는 전형적인 형사지. 하지만 이 도살자는 전형적인 은행강도가 아니야. 총경님은 지금까지의 결과에 만족하지 않으신다네." 묄레르는 고갯짓으로 봇센 교도소를 가리켰다. "라스콜과의 일이 총경님의 귀에도 들어갔어."

"흠."

"점심시간 전에 총경님의 사무실에 있었는데 자네 이름이 언급되었네. 사실 한두 번이 아니었어."

"맙소사. 기뻐서 눈물이라도 흘려야 하나요?"

"어쨌든 자네는 파격적인 방법으로 성과를 거두는 수사관이잖

237

나."

해리가 냉소적인 미소를 지었다. "가미카제 조종사를 그렇게 좋
은 뜻으로 해석해주시는군요⋯⋯."

"한마디로 자네에게 하려는 말은 이거야, 해리. 이 사건 이외의
다른 일은 모두 중단하게. 추가로 인력 지원이 필요하면 말만 해.
이바르손은 자기 수사팀과 수사를 계속할 거야. 하지만 우린 자네
에게 기대하고 있네. 그리고 하나 더⋯⋯." 묄레르는 해리에게 좀
더 가까이 다가갔다. "자네에게 무제한에 가까운 재량권을 주겠
네. 사정에 따라서는 규칙도 바뀔 수 있다는 걸 우린 기꺼이 받아
들일 작정이야. 대신 경찰청 내부에서만일세, 당연히."

"흠. 알겠습니다. 만약 경찰청 외부의 일이면요?"

"할 수 있는 한 자네를 지원할 걸세. 하지만 한계는 있을 거야.
그건 두말하면 잔소리지."

문 위에 달린 종이 울리자, 가게 안에 서 있던 엘메르가 뒤를 돌
아보았다. 그는 자기 앞에 있는 작은 휴대용 라디오를 향해 고갯
짓했다. "난 칸다하르가 스키 클럽인 줄 알았지 뭔가. 스무 개짜리
카멜?"

해리는 고개를 끄덕였다. 엘메르는 라디오의 음량을 줄였다. 뉴
스를 전하는 아나운서의 목소리에 웅웅거리는 외부의 소음이 녹
아들었다. 자동차 소리, 바람에 차양이 펄럭이는 소리, 도로 위를
굴러가는 낙엽 소리.

"함께 오신 양반은 뭘 드릴까?" 엘메르가 문 옆에 서 있는 묄레
르를 향해 고갯짓하며 해리에게 물었다.

"저분은 가미카제 조종사를 좋아하시죠." 담뱃갑을 뜯으며 해
리가 말했다.

238

"그래?"

"하지만 깜빡 잊고 조종사에게 얼마를 줘야 하는지 묻지 않으셨어요." 해리는 뒤돌아보지 않아도 묄레르의 다정하면서 냉소적인 미소를 느낄 수 있었다.

"요즘 가미카제 조종사들은 얼마나 받나?" 엘메르가 잔돈을 건네며 해리에게 물었다.

"임무에서 살아남기만 하면 그 후로는 자기가 원하는 사건만 수사할 수 있죠. 그게 가미카제 조종사가 내거는 유일한 조건이에요. 그가 유일하게 고집하는 요구 사항이기도 하고요." 해리가 말했다.

"합리적인 조건이구만. 좋은 하루 보내시게들." 엘메르가 말했다.

돌아가는 길에 묄레르는 총경과 의논해보겠다고 했다. 해리가 엘렌 옐텐 사건을 수사할 수 있도록 석 달의 시간을 더 주는 것에 대해. 물론 도살자가 잡힌다는 가정하의 일이었다. 해리는 동의했다. 묄레르는 '잔디밭에 들어가지 마시오'라고 적힌 표지판 앞에서 머뭇거렸다.

"이게 가장 빠른 길이에요, 보스."

"알아. 하지만 신발이 더러워질 텐데."

"좋을 대로 하세요." 진창길로 들어서며 해리가 말했다. "제 신발은 이미 더러워서요."

*

울뵈야로 빠지는 분기점을 지나자 차량 행렬은 한결 줄어들었다. 비는 그쳤고, 야안 지역의 도로는 이미 말라 있었다. 도로가 곧 4차선으로 넓어지자, 차들은 이곳이 자동차 경주장인 양 마음껏 속력을 내어 질주했다. 해리는 할보르센을 살펴보며 저 친구는 언제나 심장이 멎을 듯한 저 비명을 듣게 될까 의아해했다. 하지만 할보르센에게는 아무 소리도 들리지 않았다. 라디오에서 흘러나오는 트래비스*의 충고를 그대로 따르고 있었기 때문이다.

"Sing, sing, siiing!"

"할보르센……."

"For the love you bring……."

해리가 라디오의 음량을 줄이자, 할보르센이 무슨 일이냐는 표정으로 그를 바라보았다.

"와이퍼. 이젠 꺼도 되잖아." 해리가 말했다.

"아, 그렇네요. 죄송해요."

차 안에는 침묵이 감돌았다. 그들은 드뢰박으로 빠지는 출구를 지났다.

"식료품점 주인에게는 뭐라고 했어?" 해리가 물었다.

"모르시는 게 나을걸요."

"그 사람이 5주 전 목요일에 알부의 별장에 물건을 배달해줬다고?"

"그렇게 말했어요, 네."

"알부가 오기 전에?"

"그건 모르겠고, 그냥 자기는 그 집에 드나들 수 있다고 했어요."

"그렇다면 열쇠를 가지고 있다는 얘기네?"

"반장님, 제 얄팍한 핑계로는 캐묻는 데 한계가 있었다고요."

"무슨 핑계를 댔는데?"

---

* 영국 4인조 록밴드.

할보르센은 한숨을 쉬었다.

"주 의회 감독관이라고 했어요."

"주 의회—?"

"—감독관."

"그게 뭔데?"

"난들 아나요?"

라르콜렌은 고속도로 근처였다. 비포장도로를 13킬로미터 달리고, 열네 번의 급격한 커브를 돈 후에 나왔다.

"주유소 다음의 빨간 집 옆에서 오른쪽으로 꺾어라." 할보르센은 외운 대로 중얼거리며 자갈 깔린 진입로를 올라갔다.

"샤워 매트를 엄청나게 많이 판 모양이군." 5분 뒤 할보르센이 차를 세우고 나무 사이로 보이는 거대한 통나무 저택을 가리키자, 해리는 그렇게 중얼거렸다. 그 저택은 어쩌다가 사소한 오해로 인해 바닷가에 지어진 거대한 산장 같았다.

"여긴 인적이 드무네요." 할보르센이 근처의 산장들을 둘러보며 말했다. "갈매기뿐이에요. 그것도 엄청 많이. 어쩌면 근처에 쓰레기 매립지가 있을지도 몰라요."

"흠." 해리는 손목시계를 보았다. "어쨌거나 조금 더 위쪽에 주차하자고."

도로 맨 끝에는 차를 돌릴 수 있는 공간이 있었다. 할보르센은 시동을 껐고, 해리는 문을 열고 차에서 내렸다. 등을 쭉 펴고, 갈매기의 비명 소리와 멀리서 바닷가 바위에 부딪히는 파도의 굉음에 귀를 기울였다.

"와." 가슴 가득 공기를 들이마시며 할보르센이 말했다. "여기 공기는 오슬로와 좀 다르네요. 그렇죠?"

"당연하지." 담배를 찾으며 해리가 말했다. "알루미늄 케이스는 자네가 들고 와."

별장으로 올라가는 길에 울타리 기둥에 앉아 있는 대형 갈매기 한 마리가 눈에 띄었다. 부리는 노랗고 몸통은 하얀 갈매기였다. 그들이 지나가자, 갈매기의 머리가 그들을 따라 서서히 돌아갔다. 해리는 걸어가는 내내 갈매기의 반짝이는 눈빛이 등에 꽂히는 것을 느꼈다.

"쉽지 않겠는데요." 현관문에 달린 튼튼한 자물쇠를 들여다보더니 할보르센이 말했다. 그러고는 육중한 떡갈나무 문 위에 설치된 연철 장식의 조명등에 모자를 걸었다.

"흠. 열심히 해봐." 해리는 담배에 불을 붙였다. "그동안 나는 주변을 정찰하고 올 테니까."

"요즘 들어 담배가 부쩍 느셨어요." 할보르센이 알루미늄 케이스를 열며 말했다.

해리는 잠시 가만히 서 있었다. 그의 시선이 서서히 숲으로 흘러갔다. "언젠가는 자전거 타기 시합에서 자네가 이기게 해주려고."

*

칠흑처럼 새까만 통나무, 튼튼한 창문. 견고한 별장은 어디 하나 빈틈이 없어 보였다. 해리는 멋진 석조 굴뚝을 보며, 저기를 통해 집 안으로 들어갈 수 있을까 생각했다. 그러나 이내 포기하고 길을 걸어 내려갔다. 최근 며칠간 내린 비로 길은 진흙탕이 되어버렸다. 하지만 여름이면 햇살에 달궈진 이 길을 조그만 맨발로 뛰어 내려갔을 아이들이 눈에 선했다. 아마도 파도로 인해 반질반질해진 바위 뒤쪽에 펼쳐진 해변으로 달려갔으리라. 해리는 걸음을 멈추고 눈을 감았다. 마침내 소리가 들렸다. 곤충들의 웅웅 소리, 키 큰 풀이 미풍에 쏴쏴 물결치는 소리, 바람결에 흘러왔다가 떠내려가는 라디오의 아득한 노랫소리, 해변에서 노는 아이들의 신나는 고함 소리. 그는 열 살이었고, 상점에서 산 우유와 빵을 들고 한 발짝씩 조심스럽게 걸어가는 중이었다. 조그만 돌들이 발바닥에 콕콕 박혔지만, 어린 해리는 이를 악 물고 참았다. 읍살에 돌아갔을 때 외위스테인과 맨발로 뛰어다닐 수 있도록 이번 여름에 발바닥에 굳은살을 만들어두겠다고 결심했기 때문이다. 무거운 장바구니가 그를 점점 더 자갈 속으로 내리누르는 것 같았다. 마치 뜨거운 석탄 위를 걷는 기분이었다. 해리는 약간 앞쪽에 있는 물건, 예를 들어 큼직한 돌이나 나뭇잎에 정신을 집중했다. 그러고는 저기까지만 가면 된다고, 저기까지는 별로 멀지 않다고 스스로를 타일렀다. 무려 한 시간 반이나 걸려 집에 도착하니, 우유는 햇빛을 오래 받은 탓에 상해버렸고 엄마는 화를 냈다. 해리는 눈을 떴다. 회색 먹구름이 빠르게 하늘을 가로질러 갔다.

길옆의 누런 풀밭 위로 자동차 바퀴 자국이 찍혀 있었다. 거칠고 깊은 것으로 보아 오프로드 전용 타이어가 달린 육중한 자동차 같았다. 랜드로버나 그 비슷한 차종의. 최근 몇 주간 계속 비가 내렸기 때문에 자국은 최근에 찍힌 것이 분명했다. 기껏해야 이삼 일 전?

가을철의 피서지만큼 쓸쓸한 곳은 또 없을 거라고 생각하며 해리는 주변을 둘러보았다. 다시 별장으로 올라가는 길에 아까 봤던 그 갈매기가 또 보였다. 해리는 갈매기에게 고개를 까닥 숙여 인사했다.

할보르센은 자물쇠 여는 도구를 든 채 현관문 앞에 허리를 숙이고 끙끙거렸다.

"어떻게 됐어?"

"진전이 없어요." 할보르센이 허리를 펴며 땀을 훔쳤다. "이건 보통 자물쇠가 아니에요. 지렛대로 열 거 아니면 포기해야겠어요."

"지렛대는 안 돼." 해리가 턱을 긁적였다. "현관 매트 밑에는 봤어?"

할보르센은 한숨을 쉬었다. "안 봤고, 볼 생각도 없어요."

"왜?"

"지금은 21세기고, 요즘에는 더 이상 현관 매트 밑에 열쇠를 보관하지 않으니까요. 특히 호화로운 별장일 경우에는 더욱 그렇죠. 그러니까 100크로네라도 거신다면 모를까, 아니면 괜히 귀찮게 살펴보기 싫다고요. 아셨어요?"

해리는 고개를 끄덕였다.

"잘 생각하셨어요." 할보르센은 그렇게 말하며 쪼그리고 앉아, 바닥에 늘어놓은 도구를 챙기기 시작했다.

"그게 아니라 돈을 걸겠다고." 해리가 말했다.

할보르센은 고개를 들었다. "농담이죠?"

해리가 고개를 저었다.

할보르센은 합성 섬유로 만든 현관 매트 가장자리를 잡았다.

"딴말하기 없기예요." 할보르센은 그렇게 말하며 매트를 홱 젖혔다. 개미 세 마리, 쥐며느리 두 마리, 집게벌레 한 마리가 꿈틀 일어나 회색 콘크리트 위를 배회했다. 하지만 열쇠는 없었다.

"가끔씩 반장님은 너무 순진하다니까요." 할보르센은 그렇게 말하며 손을 내밀었다. "열쇠를 왜 이런 곳에 두겠어요?"

"왜냐하면," 해리는 문 옆에 달려 있는 연철 장식의 조명등을 골똘히 바라보느라 할보르센이 내민 손을 미처 보지 못했다. "밖에 놓아두면 햇빛을 받아 우유가 상할 테니까." 그는 조명등으로 다가가 윗부분을 돌렸다.

"무슨 뜻이에요?"

"알부가 오기 전에 식료품 가게에서 먼저 배달을 했다면서. 분명 배달한 물건을 집 안에 두고 갔을 거야."

"그거야 배달부가 열쇠를 가지고 있었을 수도 있잖아요."

"아닐걸? 내 생각에 알부는 안나와 여기 있는 동안 아무도 방해하지 못하게 해두었을 거야." 해리는 조명등의 뚜껑을 벗겨내고, 그 안을 샅샅이 뒤졌다. "역시 내 짐작대로군."

할보르센은 혼잣말을 중얼거리면서 내밀었던 손을 거뒀다.

"이 냄새를 맡아봐." 거실에 들어서며 해리가 말했다.

"물비누 냄새네요. 누군가 바닥 청소를 했나 봐요." 할보르센이 말했다.

육중한 가구, 녹슨 골동품, 커다란 석조 벽난로가 부활절 분위기를 자아냈다. 해리는 거실 반대쪽 끝에 놓인 선반으로 다가갔다. 소나무 재목으로 만든 그 선반에는 오래된 책들이 꽂혀 있었다. 해리는 눈으로 제목을 훑었다. 책등이 낡아서 너덜너덜했는데도, 왠지 읽지 않은 책들이라는 느낌이 들었다. 최소한 여기서는 읽지 않았다. 마요르스투엔의 중고 서점에서 헐값에 통째로 사들였을 수도 있다. 낡은 앨범. 서랍. 서랍에는 코이바와 볼리바르 시가 상자가 있었다. 서랍 하나는 잠겨 있었다.

"우리도 청소를 해야 할 거 같은데요." 할보르센이 말했다. 해리는 뒤를 돌아 할보르센이 가리키는 곳을 바라보았다. 마루를 가로질러 대각선으로 축축한 갈색 발자국이 찍혀 있었다.

그들은 현관에 신발을 벗어두고, 부엌에서 찾아낸 대걸레로 바닥을 닦았다. 청소가 끝난 후에는 할보르센이 거실을, 해리가 침실과 욕실을 뒤지기로 했다.

집 수색에 있어서 해리가 세운 원칙은, 어느 금요일 점심시간이 끝나고 경찰대학의 찜통 같은 교실에서 배운 것이었다. 다들 어서 집에 가서 샤워나 한 뒤, 놀러 나가고 싶어 좀이 쑤시는 상태였다. 그 수업에는 교재도 없었고, 그저 뢰케라는 이름의 형사 혼자 강의할 뿐이었다. 그날 뢰케 형사가 알려준 비법은 훗날 해리의 유일한 지침이 되었다. "무엇을 찾아야겠다고 생각하지 마라. 찾아낸 것에 대해서만 생각해. 이게 왜 여기 있지? 이게 여기 있어야 하는 물건인가? 이 물건이 여기 있다는 건 무슨 의미일까? 이건 독서와 같다. 'K'를 보면서 'L'을 생각한다면 단어를 제대로 볼 수 없다."

첫 번째 침실에 들어간 해리의 눈에 제일 먼저 들어온 것은 널찍한 더블베드, 그리고 머리맡 테이블에 놓인 알부 부부의 사진이었다. 크지는 않았지만 방 안의 유일한 사진인데다가 문을 정면으로 바라보고 있어 눈에 띄었다.

해리는 옷장을 열어보았다. 타인의 옷 냄새가 코를 찔렀다. 평상복은 없고 모두 이브닝드레스와 블라우스, 양복 두 벌뿐이었다. 그리고 밑창에 스파이크가 박힌 골프화도 한 켤레 있었다.

해리는 세 개의 옷장을 체계적으로 모두 뒤졌다. 오랜 형사 생활 탓에 이제는 다른 사람의 사적인 물건을 뒤져도 전혀 민망하지 않았다.

그는 침대에 앉아 사진을 바라보았다. 사진의 배경은 바다와 하늘뿐이었지만, 빛이 떨어지는 방향으로 보아 분명 남부 지방이었다. 아르네 알부는 햇빛에 그을려 가무잡잡했고, 일전에 아케르브뤼게의 레스토랑에서 봤을 때처럼 개구쟁이 소년 같은 표정을 짓고 있었다. 그의 손은 아내의 허리를 꽉 움켜잡았다. 어찌나 꽉 잡았는지 비그디스의 상체가 그에게 기울어진 듯했다.

해리는 침대보와 이불을 옆으로 들췄다. 만약 안나가 이 침대에 누웠다면 그녀의 머리카락이나 피부조직, 타액, 성관계시의 분비물이 남아 있을 것이다. 어쩌면 그 모두가 있을지도 모른다. 하지만 역시 예상대로였다. 해리는 풀 먹인 시트를 손으로 훑은 뒤, 베개에 코를 대고 숨을 들이쉬었다. 향긋한 세제 냄새가 풍겼다. 젠장.

이번에는 머리맡 테이블의 서랍을 열었다. 엑스트라 껌 한 통, 뜯지 않은 바랄긴*, A.A라고 새겨진 놋쇠 이름표가 달린 열쇠고리, 스위스 군용 칼이 있었다.

그가 군용 칼을 막 집어 들려는 찰나, 갈매기의 오싹한 비명 소리가 들렸다. 그는 무의식중에 몸을 부르르 떨며 창밖을 바라보았다. 갈매기는 사라지고 없었다. 다시 물건을 뒤지는데 이번에는 개 짖는 소리가 들렸다.

그 순간 문간에 할보르센이 나타났다. "누가 오고 있어요."

해리의 심장은 터보차저가 달린 것처럼 맹렬히 뛰기 시작했다.

"내가 신발을 가져올게. 자넨 도구를 모두 챙겨." 해리가 말했다.

"하지만—."

"사람이 들어오면 창문으로 뛰어내리는 거야. 빨리!"

---

* 해열 진통제.

247

개 짖는 소리가 점점 더 크고 사나워졌다. 해리는 거실을 가로질러 현관으로 달려갔고, 할보르센은 선반 앞에 무릎을 꿇은 채 파우더와 브러시, 찐득거리는 필름지를 알루미늄 케이스에 쓸어 담았다. 개 짖는 소리가 어찌나 가까워졌는지, 중간 중간 목구멍 깊은 곳에서 그르르르 울리는 소리까지 들릴 정도였다. 계단을 올라오는 발소리. 문을 미처 잠그지 못했지만, 이제 와서 잠그기에는 너무 늦었다. 그는 현행범으로 체포될 것이다! 해리는 숨을 들이쉬고 제자리에 멈춰 섰다. 차라리 그냥 들키는 게 나을지도 모른다. 그동안 할보르센이라도 도망칠 수 있을 테니까. 그렇게 되면 할보르센이 해고당할 일도, 그로 인해 해리가 양심의 가책을 받을 일도 없을 것이다.

"그레고르!" 문 반대편에서 남자의 외침이 들렸다. "돌아와!"

개 짖는 소리가 점점 멀어졌고, 문밖의 남자가 계단을 내려가는 소리가 들렸다.

"그레고르! 사슴은 건드리지 말라니까!"

해리는 두 걸음을 내딛어 살그머니 현관 자물쇠를 잠갔다. 그러고는 신발 두 켤레를 집어 들고 거실을 살금살금 가로질렀다. 문밖에서 열쇠가 짤랑거리는 소리가 들렸다. 해리가 등 뒤로 침실 문을 닫는 것과 거의 동시에 현관문이 열렸다.

침실에 먼저 숨어 있었던 할보르센은 창문 밑에 주저앉아, 휘둥그레진 눈으로 해리를 바라보았다.

"왜 그래?" 해리가 속삭였다.

"창밖으로 뛰어내리려는데 미친 개 한 마리가 달려왔어요. 덩치가 산만 한 로트와일러예요."

해리는 창밖을 내다보았다. 창문 아래로 금방이라도 물어뜯을 듯이 이를 딱딱 부딪치는 아가리가 보였다. 로트와일러는 두 앞발을 벽에 댄 채 서 있었다. 해리를 보자 껑충껑충 뛰면서 미친 듯이 짖어댔고, 양 어금니에서 침이 뚝뚝 떨어졌다. 거실에서 육중한 발소리가 들렸다. 해리는 할보르센 옆에 나란히 주저앉았다.

"기껏해야 70킬로그램이야. 문제없어." 해리가 속삭였다.

"허세 부리지 마세요. 전 빅토르가 로트와일러에게 공격당하는 걸 봤다고요. 그 탐지견 조련사 말이에요."

"흠."

"훈련 도중에 경관들이 개를 통제하지 못했어요. 악당 역을 맡았던 경관은 국립병원에 가서 손을 바늘로 꿰매야 했고요."

"두꺼운 패딩 장갑을 끼고 하는 줄 알았는데."

"끼고 했어요."

그들은 말없이 개 짖는 소리를 들었다. 거실에서 들리던 발소리가 멈췄다.

"나가서 인사나 할까요? 걸리는 건 시간문제—." 할보르센이 속삭였다.

"쉬."

다시 발소리가 들렸다. 침실 쪽으로 다가오고 있었다. 할보르센은 눈을 꼭 감았다. 마치 망신당할 마음의 준비라도 하듯이. 눈을 다시 떴을 때는 입술 위에 근엄하게 검지를 대고 있는 해리의 모습이 보였다.

침실 창문 밖에서 목소리가 들렸다. "그레고르! 이리 와! 집에 가자!"

개 짖는 소리가 두 번 더 들리더니 갑자기 조용해졌다. 가쁜 숨소리만 들렸는데 해리는 그것이 자신의 숨소리인지 할보르센의 숨소리인지 알 수 없었다.

"정말 말을 잘 듣는군요. 저 로트와일러라는 놈들은." 할보르센이 속삭였다.

그들은 길에서 자동차 시동 소리가 날 때까지 기다렸다가 거실로 달려 나갔다. 멀어져 가는 군청색 지프 체로키의 뒷모습이 보였다. 할보르센은 소파에 털썩 앉아 등을 기댔다.

"십년감수했네. 으으. 아까 잠시 불명예스럽게 해고당해 고향인 스타인셰르로 돌아가는 상상을 했어요. 그런데 저자는 대체 뭘 한 거죠? 채 2분도 안 있었잖아요." 할보르센은 다시 소파에서 벌떡 일어났다. "혹시 돌아오는 거 아닐까요? 어쩌면 그냥 장 보러 간 걸지도 몰라요."

해리는 고개를 저었다. "집에 갔어. 저런 사람들은 개에게 거짓말 안 해."

"정말요?"

"물론이지. 언젠가 개에게 이렇게 말할 거야. '이리 와, 그레고르. 오늘 병원에 가서 널 안락사 시켜줄게.'" 해리는 거실을 훑어보았다. 그러고는 선반으로 가서 꽂힌 책들을 손가락으로 훑었다. 맨 위 선반에서 아래 선반까지.

할보르센은 진지하게 고개를 끄덕이며 허공을 응시했다. "그러면 그레고르는 꼬리를 흔들며 따라가겠죠. 정말 이상한 동물이에요, 개들은."

해리는 동작을 멈추고 씩 웃었다. "나랑 손잡은 거 후회하지 않아?"

"글쎄요. 이것 말고도 후회하는 일이 워낙 많아서요."

"이젠 꼭 나처럼 말하는군."

"반장님이 하신 말이에요. 제가 인용한 거죠. 우리가 에스프레소 머신을 샀을 때 그렇게 말씀하셨잖아요. 뭘 찾으시는 거예요?"

"나도 몰라." 해리는 두껍고 큼지막한 책을 꺼내 펼쳤다. "이거 봐. 앨범이야. 재미있군."

"그래요? 근데 뭐가 재미있다는 거예요?"

해리는 어깨 뒤를 가리키고는 앨범을 계속 넘겼다. 할보르센은 소파에서 일어나 해리가 가리킨 곳을 보았고, 그제야 그 말을 이해했다. 현관에서 시작된 젖은 발자국이 복도를 지나 지금 해리가 서 있는 선반으로 이어졌다.

해리는 앨범을 제자리에 넣고, 다른 앨범을 꺼내 뒤적이기 시작했다.

"그렇군." 잠시 후, 해리가 말했다. 그는 앨범을 코로 가져갔다. "찾았어."

"그게 뭔데요?"

해리는 할보르센 앞의 테이블에 앨범을 내려놓았다. 그러고는 검은색 페이지에 붙어 있는 여섯 개 사진 중 하나를 가리켰다. 한 여자와 세 아이들이 해변가에서 그들을 향해 미소 짓고 있었다.

"안나의 신발에서 나온 것과 똑같은 사진이야. 냄새를 맡아봐." 해리가 말했다.

"굳이 안 맡아도 알겠어요. 풀 냄새가 여기까지 나네요."

"맞아. 알부는 이 사진을 붙이고 간 거야. 사진을 조금만 움직여봐도 풀이 아직 굳지 않은 게 느껴질 거야. 사진의 냄새를 맡아봐."

"그러죠." 할보르센은 사진 속의 미소 위에 코를 댔다. "이건…… 화학 약품 냄새인데요?"

"어떤 종류의 화학 약품이지?"

"막 현상된 사진에서 나는 냄새네요."

"맞았어. 그럼 여기서 어떤 결론을 내릴 수 있지?"

"에…… 알부는 앨범에 사진 붙이기를 좋아한다?"

해리는 손목시계를 보았다. 만약 알부가 곧장 집으로 갔다면 한 시간 후에 도착할 것이다.

"차 안에서 설명하지. 우린 필요한 증거를 찾았어." 해리가 말했다.

*

그들이 E6 도로에 접어들자, 비가 내렸다. 맞은편에서 오는 차량의 헤드라이트가 젖은 아스팔트에 비쳤다.

"이젠 안나의 신발 속에 들어 있던 사진의 출처를 알아냈어. 추측컨대 안나가 마지막으로 그 별장에 갔을 때 기회를 봐서 사진을 빼돌렸을 거야."

"그런데 그 사진으로 뭘 하려고 했을까요?"

"누가 알겠어. 어쩌면 자신과 알부 사이의 장애물이 무엇인지 보고 싶었는지도 몰라. 상황을 더 잘 이해하기 위해서. 핀으로 꽂아둘 만한 무언가가 필요했나 봐."

"반장님이 그 사진을 보여주었을 때 알부는 그게 자기 앨범 속 사진이라는 걸 알았을까요?"

"당연히 알았지. 별장 옆에 찍혀 있던 타이어 자국이 오늘 알부가 타고 왔던 체로키의 타이어 자국과 일치했어. 그걸로 보아 알부는 며칠 전에도 여길 온 거야. 어제일 수도 있고."

"바닥을 청소하고 지문을 모조리 닦아내려고요?"

"더불어 자신이 이미 의심하고 있던 사실을 확인하기 위해서.

앨범에서 사진 한 장이 없어졌으리라는 의심. 그래서 집에 가자마자 그 사진의 필름을 찾아내 현상소에 가져갔을 거야."

"아마도 한 시간 안에 현상해주는 가게였을 거예요. 그런 다음 오늘 다시 별장으로 돌아와 원래 사진이 있었던 자리에 풀로 붙인 거군요."

"흠."

앞서 가는 대형 트럭의 뒷바퀴가 계속 물을 튕겨대는 바람에 그들이 탄 자동차 앞 유리에 기름기가 도는 더러운 물이 한 겹 끼어 있었다. 그 흙탕물을 닦아내느라 와이퍼만 괜한 고생이었다.

"불장난의 흔적을 감추려고 알부가 아주 용을 쓰는군요. 그런데 정말로 그자가 안나 베트센을 죽였을까요?" 할보르센이 물었다.

해리는 트럭 뒷문에 달린 로고를 바라보았다. 아모로마—영원히 당신의 것. "안 죽였으리라는 법도 없지."

"제가 보기에는 왠지 살인자 같지는 않던데. 교육을 잘 받은 고지식한 사람 같거든요. 법을 어긴 적도 없고, 자수성가한 듬직한 가장이랄까?"

"외도를 했어."

"외도 안 하는 사람이 어디 있나요?"

"그래, 외도 안 하는 사람이 어디 있나." 해리는 천천히 따라 말했다. 그러다 벌컥 짜증을 냈다. "오슬로에 갈 때까지 계속 저 트럭 뒤에서 똥물을 뒤집어쓸 셈이야?"

할보르센은 미러를 확인한 후, 왼쪽 도로로 이동했다. "그럼 알부의 동기는 뭘까요?"

"당사자에게 직접 물어보자고."

"무슨 말이에요? 그의 집으로 찾아가 물어보자고요? 불법적인 수단으로 증거를 찾아냈다는 사실을 밝히고 그 즉시 해고당하려고요?"

"자넨 갈 필요 없어. 나 혼자 갈 거야."

"그렇게 해서 반장님이 얻는 게 뭐가 있죠? 우리가 영장도 없이 그의 별장에 들어갔다는 사실이 알려졌다가는 이 나라의 어떤 판사라도 기소를 기각할 거라고요."

"바로 그 때문이야."

"그 때문이라고요……? 죄송한데 이 수수께끼가 점점 피곤해지네요, 반장님."

"우리 쪽에서 법정에 내세울 만한 증거가 하나도 없기 때문에 그걸 얻기 위해 압력을 가해야만 해."

"그냥 알부를 경찰청에 데려가서 심문하면 안 돼요? 좋은 의자를 내주고, 에스프레소도 대접하고, 그의 말을 테이프에 녹음하면서요."

"안 돼. 우리가 아는 사실을 내세워서 그자의 말이 거짓이라는 걸 밝힐 수도 없는데 녹음은 해서 뭐해? 우리에게는 조력자가 필요해. 우리를 위해 알부를 폭로해줄 사람."

"그게 누군데요?"

"비그디스 알부."

"아하. 그런데 어떻게……?"

"아르네 알부가 바람을 피웠다면, 아마 비그디스는 그 일에 대해 더 캐고 싶을 거야. 그리고 그녀는 우리가 원하는 정보를 알고 있을 확률이 높고. 반대로 우리에게는 그녀에게 도움이 될 만한 정보가 몇 가지 있지."

할보르센은 그들 바로 뒤에서 따라오는 트럭의 헤드라이트에 눈이 부시지 않도록 백미러를 비스듬하게 기울였다. "그게 정말 좋은 생각이라고 확신하세요, 반장님?"

"아니. 회문이 뭔지 알아?"

"모르겠는데요."

"앞에서부터 읽으나 뒤에서부터 읽으나 똑같은 단어나 구를 말해. 백미러에 비친 트럭을 봐. 아모로마ᴬᴹᴼᴿᴼᴹᴬ. 어느 쪽에서 읽든 똑같아."

할보르센은 무슨 말인가를 하려다가 마음을 바꾸었다. 그러고는 그저 절망감에 고개를 저었다.

"슈뢰데르에서 내려줘." 해리가 말했다.

*

슈뢰데르 내부는 땀과 담배 연기, 비에 흠뻑 젖은 옷 냄새가 진동했고, 테이블마다 맥주를 주문하는 고함 소리로 시끄러웠다.

베아테 뢴은 일전에 에우네가 앉았던 테이블에 앉아 있었다. 그녀를 찾아내기란 외양간에서 얼룩말을 찾는 것만큼이나 쉬웠다.

"오래 기다렸어?" 해리가 물었다.

"방금 전에 왔어요." 그녀가 거짓말을 했다.

베아테 앞에는 커다란 맥주 한 잔이 놓여 있었다. 이미 거품이 사라진 맥주는 입도 대지 않은 채 그대로였다. 해리의 시선이 맥주로 향한 것을 본 베아테가 의무감에 맥주잔을 들어 올렸다.

"여기서 꼭 술만 마셔야 하는 건 아니야." 해리가 마야와 눈을 맞추며 말했다. "겉보기와는 다르다고."

"사실 맛이 나쁘지 않아요." 베아테가 눈곱만큼 맥주를 마시며 말했다. "아버지가 맥주를 마시지 않는 사람은 믿지 말라고 하셨어요."

해리 앞에 커피포트와 커피 잔이 도착하자, 베아테는 귀까지 새빨개졌다.

"예전에는 나도 맥주를 마셨어. 어느 순간에 끊어야 할 정도로." 해리가 말했다.

베아테는 테이블보를 뚫어져라 바라보았다.

"내가 유일하게 청산한 악행이야. 그 외에는 담배도 피우고, 거짓말도 하고, 앙심도 품지." 해리는 건배의 뜻으로 커피 잔을 들어 올렸다. "자네를 괴롭히는 건 뭐지, 뢴? 비디오 중독이랑 한 번 본 사람의 얼굴을 모두 기억하는 거 말고."

"그 외에는 별로 없어요." 그녀가 맥주잔을 들어 올렸다. "세테스달 경련 정도?"

"심각해?"

"꽤 심하죠. 원래는 헌팅턴 병이라고 해요. 유전병이고 세테스달 출신에게 흔하죠."

"왜 하필 그 지역 사람들에게 심한 거지?"

"거긴…… 높은 언덕에 둘러싸인 좁은 골짜기예요. 외지인들이 접근하기 힘든 곳이죠.*"

"그렇군."

"부모님 모두 세테스달 출신이세요. 처음에 엄마는 아빠와 결혼하지 않으려고 했대요. 아빠에게 친척 아주머니가 한 분 있는데, 그분이 갑자기 팔을 획획 뻗고는 했거든요. 그래서 사람들은 그분 곁에 가까이 가지 않았죠. 엄마는 그분이 세테스달 경련이 있는 줄 알았던 거예요."

---

* 이런 지형적 특성 때문에 세테스달에서는 근친혼이 성행했다.

"그런데 이젠 자네가 그러는 거야?"

베아테는 미소 지었다. "제가 어렸을 때 아빠는 그 일로 엄마를 놀리곤 했어요. 아빠와 제가 한 손으로 주먹을 쥐고 상대의 주먹을 치는 게임을 했는데, 제가 워낙 빠르고 주먹이 셌거든요. 아빠는 그게 분명 세테스달 경련 때문이라고 생각하셨죠. 나는 그게 너무 재미있어서…… 내가 정말로 그 병에 걸렸으면 좋겠다고 생각했어요. 그런데 어느 날, 엄마에게서 헌팅턴 병에 걸리면 죽을 수도 있다는 말을 들었죠." 그녀는 맥주잔을 만지작거렸다.

"그리고 그해 여름, 죽음이 무엇인지 배웠고요."

해리는 근처에 앉아 있던 늙은 선원에게 고개를 까딱 숙여 보였다. 하지만 선원은 그의 인사에 답하지 않았다. 해리는 헛기침을 했다. "앙심은 어때? 자네도 앙심을 품나?"

베아테는 그를 올려다보았다. "무슨 뜻이에요?"

해리는 어깨를 으쓱였다. "주위를 둘러봐. 인간은 앙심을 품지 않고서는 살아남을 수 없어. 복수와 응징. 그거야말로 학창 시절에 얻어맞고 다니던 땅꼬마가 훗날 억만장자가 되는 원동력이지. 사회로부터 부당한 대우를 받았다고 생각하는 은행강도의 원동력이기도 하고. 그리고 우리를 봐. 우리 경찰이야말로 차갑고 이성적인 응징으로 위장한 이 사회의 불타오르는 복수 아니겠어? 그게 우리 직업이라고."

"그래야죠." 해리의 시선을 피하며 그녀가 말했다. "처벌 없이는 사회가 돌아가지 않으니까요."

"그야 물론이지. 하지만 단지 그것만은 아니잖아, 안 그래? 카타르시스가 있지. 복수는 우리를 정화시켜. 아리스토텔레스가 말하기를, 인간의 영혼은 비극이 주는 연민과 공포로 정화된다고 했어. 복수의 비극을 통해 우리 영혼의 가장 깊숙한 욕망을 실현시키는 거야. 그렇게 생각하니까 무섭지 않아?"

"철학은 잘 몰라요." 그녀가 맥주잔을 들더니 길게 들이켰다.

해리는 고개를 숙였다. "나도 몰라. 그냥 허세 부리는 거야. 본론으로 들어갈까?"

"우선 나쁜 소식이에요. 복면 속 얼굴을 재구성하는 작업은 실패했어요. 코와 머리의 윤곽선 말고는 나오는 게 없어요."

"좋은 소식은?"

"그뢴란슬라이레 강도 사건에서 인질로 잡혔던 여자가 강도의 목소리를 구분할 수 있을 것 같다고 했어요. 유달리 고음이라서 여자 목소리로 착각할 정도였대요."

"흠. 다른 건?"

"헬스클럽 직원과 이야기를 나누고 몇 가지 확인을 했어요. 트론 그레테는 2시 반에 헬스클럽에 도착해서 4시쯤에 나갔어요."

"어떻게 알아냈지?"

"헬스클럽에 도착했을 때 신용카드로 스쿼시 수업료를 냈어요. 그때가 14시 34분으로 되어 있더라고요. 그리고 트론이 스쿼시 라켓을 도둑맞았다고 했던 거 기억나세요? 그곳 직원에게 신고했더군요. 담당 직원이 그 시간을 적어뒀는데, 트론은 16시 2분에 나간 걸로 되어 있었어요."

"그게 좋은 소식이야?"

"아뇨, 좋은 소식은 이제부터예요. 트론이 탈의실에서 봤다던 작업복 기억하시죠?"

"등에 경찰이라고 적혀 있다고 했지."

"녹화 테이프를 다시 봤는데, 도살자의 작업복 앞면과 뒷면에 찍찍이가 달려 있는 것 같아요."

"그래서?"

"만약 트론이 탈의실에서 본 사람이 도살자라면, 감시 카메라가 없는 곳에서 찍찍이를 이용해 등에 경찰이라는 글자를 붙일 수 있었을 거예요."

"흠." 해리가 후루룩 소리를 내며 커피를 마셨다.

"만약 그랬다면 왜 은행 근처에서 평범한 검은색 작업복을 봤다고 신고한 사람이 하나도 없었는지 설명이 돼요. 은행이 털린 후, 사방에 검은색 경찰 유니폼이 깔려 있었으니까요."

"헬스클럽에서는 뭐래?"

"그게 재미있는 부분이에요. 사실 그날 근무했던 여직원도 검은 작업복을 입고 지나갔던 남자를 기억한대요. 자기도 경찰인 줄 알았다더군요. 어찌나 잽싸게 지나갔는지 스쿼시장이라도 예약했나보다 생각했대요."

"이름은 적어두지 않았대?"

"네."

"그건 별로 신나는 일은 아니로군……."

"그렇죠. 하지만 가장 좋은 소식은 따로 있어요. 여직원이 도살자를 기억하는 이유는 그 남자가 분명 특공대나 그 비슷한 곳 소속일 거라고 생각했기 때문이래요. 작업복을 제외한 그 남자의 전체적인 차림새가 너무 후졌다나요*? 그런데……." 베아테는 말을

---

* 이 표현에 해당하는 노르웨이어는 'harry'로 영어 이름 '해리Harry'에서 비롯된 속어이다. 20세기 초, 노르웨이 중상류층에서는 자식들에게 주로 스칸디나비아식 전통 이름이나 독일식, 덴마크식 이름을 지어주었다. 반면 하층민들은 '해리'와 같은 영어식 이름을 종종 지어주었는데, 스칸디나비아의 전통이 없는 이런 이름들은 천박하게 여겨졌다. 그리하여 사람에게 'harry'라는 표현을 쓰면 주로 무식하거나 천박하다는 의미를 지닌다. 또한 마초를 뜻하기도 한다.

멈췄다. 그녀의 얼굴은 파랗게 질려 있었다. "죄송해요. 제가 말실
수를……."

"괜찮아. 계속 해봐." 해리가 말했다.

베아테는 잔을 옮겼고, 그녀의 작은 입에는 승리의 미소가 살짝
스치는 듯했다.

"그런데 도살자가 반쯤 걷어 올린 발라클라바를 쓰고 있었대요.
나머지 얼굴은 커다란 선글라스로 가리고요. 그리고 아주 무거워
보이는 검은 배낭을 들고 있었대요."

커피를 마시던 해리는 사레가 들렸다.

*

도브레 가의 집들 사이로 뻗어 있는 전선줄에 신발끈으로 이어
진 낡은 신발 한 켤레가 걸려 있었다. 전선에 달린 전구들은 자갈
이 깔린 인도를 밝히기 위해 최선을 다했지만, 어두운 가을 저녁
이 이미 도심의 불빛을 모두 빨아들인 듯했다. 하지만 상관없었
다. 아무리 캄캄해도 슈뢰데르에서 집까지는 찾아갈 수 있었다.
한두 번 다닌 길이 아니기 때문이다.

베아테는 검은 작업복을 입은 남자와 같은 시간에 헬스클럽을
이용한 사람들의 명단을 확보했다. 내일이면 그 명단에 적힌 사람
들에게 차례로 전화할 것이다. 설사 범인을 찾아내지 못한다 해
도, 탈의실에서 범인이 옷 갈아입는 것을 본 누군가가 범인의 인
상착의를 설명해줄 가능성이 있었다.

해리는 전선에 걸린 신발 아래로 걸어갔다. 저 신발은 몇 년째
저기 걸려 있었다. 어쩌다 저렇게 되었는지 알아내는 건 오래전에
포기했다.

아파트 입구에 들어서자, 알리가 계단을 청소하고 있었다.

"알리는 노르웨이의 가을이 정말 싫겠어요." 매트에 발을 닦으며 해리가 말했다. "쓰레기와 진흙탕뿐이니."

"파키스탄에 있는 내 고향은 가시거리가 50미터밖에 안 돼요. 대기오염 때문이죠." 알리는 미소를 지었다. "1년 내내요."

멀리서 희미하지만 익숙한 소리가 들렸다. 꼭 근처에 있을 때 울리기 시작하다가 막상 받으려고 달려가면 끊어지는 것이 전화의 법칙이다. 그는 손목시계를 보았다. 10시. 라켈이 9시에 전화한다고 했었다.

"지하실 말인데요……." 알리가 운을 뗐지만, 해리는 이미 전속력으로 달려가고 있었다. 네 계단마다 닥터 마틴 발자국을 남긴 채.

그가 문을 열자, 전화가 끊어졌다.

해리는 신발을 벗어 던지고 두 손으로 얼굴을 덮었다. 전화가 놓인 테이블로 다가가 전화기를 집어 들었다. 라켈이 묵는 호텔의 전화번호는 노란 포스트잇에 적어 거울에 붙여 놓았다. 포스트잇을 떼려는데 문득 거울에 비친 S²MN의 메일이 보였다. 그는 S²MN에게서 받은 첫 번째 메일을 출력해 벽에 꽂아두었다. 오랜 습관이었다. 강력반의 벽은 늘 사진이나 편지, 그리고 그 외에 어떤 식으로든 연결고리를 찾아내거나 무의식을 자극하는 데 도움이 될 만한 단서들로 도배되어 있다. 해리는 거울에 비친 글씨를 읽을 수 없었지만, 굳이 읽지 않아도 이미 다 외우고 있었다.

슬슬 시작해볼까? 어떤 여자와 저녁 식사를 했는데 다음 날 그 여자가 죽은 채로 발견되었다고 상상해봐. 당신이라면 어떻게 하

겠어?

S²MN

해리는 마음을 바꿔 그냥 거실로 들어갔다. 텔레비전을 켜고 윙체어에 털썩 앉았다. 그러다 다시 벌떡 일어나 복도로 가서 전화번호를 눌렀다.

라켈은 수심이 가득한 목소리였다.

"슈뢰데르에 있다가 방금 들어왔어."

"최소한 열 번은 했을 거야."

"무슨 일 있어?"

"나 무서워, 해리."

"음. 많이 무서워?"

해리는 어깨와 귀 사이에 전화기를 끼운 채 거실 문간에 서서 리모컨으로 텔레비전 음량을 줄였다.

"많이는 아니고 조금." 라켈이 말했다.

"조금 무서운 건 괜찮아. 오히려 우리를 더 강하게 만들어준다고."

"하지만 그러다 많이 무서워지면?"

"그럼 내가 즉시 달려갈게. 당신도 알잖아. 그냥 말만 해."

"내가 말했잖아. 당신은 여기 올 수 없어, 해리."

"그러니까 마음을 바꿀 수 있는 권리를 줄게."

해리는 텔레비전에 나온 남자를 바라보았다. 터번을 두르고 군복을 입은 남자의 얼굴이 이상하게 눈에 익었다. 누구와 많이 닮은 얼굴이었다.

"내 세상이 무너지고 있어. 그냥 누군가 내 곁에 있다는 걸 확인하고 싶었어."

"내가 이렇게 당신 곁에 있잖아."

"하지만 당신은 너무 멀게 느껴져."

해리는 몸을 돌려 문간에 기댔다. "미안해. 하지만 난 여기서 당신을 생각하고 있어. 비록 멀게 느껴질지라도 말이야."

라켈이 울기 시작했다. "미안해, 해리. 날 형편없는 울보라고 생각하지? 물론 당신이 내 곁에 있다는 거 알아." 그녀가 속삭였다. "당신에게 기댈 수 있다는 것도 알고."

해리는 숨을 깊이 들이쉬었다. 느리면서도 확실하게 두통이 밀려왔다. 그의 이마에 씌워진 쇠로 된 올가미가 서서히 조이는 기분이었다. 전화를 끊었을 때는 벌써 관자놀이가 욱신거렸다.

텔레비전을 끄고, 라디오헤드의 음반을 틀었다. 하지만 톰 요크의 목소리를 도저히 견딜 수가 없었다. 욕실로 들어가 얼굴을 씻고, 부엌에 서서 냉장고 안을 우두커니 바라보았다. 자신이 뭘 찾고 있는지도 모른 채. 마침내 더는 미룰 수 없어 침실로 갔다. 컴퓨터에 전원이 들어오며 침실에 차가운 푸른빛이 드리웠다. 인터넷에 접속하자, 메일 하나가 와 있었다. 그제야 그는 알 수 있었다. 자신이 느꼈던 것이 갈증이었음을. 자유의 몸이 되려고 안간힘을 쓰는 사냥개들의 쇠사슬이 달그락거리듯, 갈증을 묶어둔 쇠사슬도 달그락거렸다. 그는 이메일 아이콘을 클릭했다.

안나의 신발 속을 확인했어야 했는데. 그 사진은 분명 머리말 테이블에 놓여 있었을 거야. 내가 장전하는 사이에 신발에 넣은 거겠지. 그래도 덕분에 게임이 조금 더 흥미진진해졌어. 아주 조금.

S²MN

추신. 그녀는 겁에 질려 있었어. 네가 알아야 할 것 같아서.

해리는 주머니 깊숙이 손을 넣어 열쇠고리를 꺼냈다. 거기에는
A.A라고 적힌 놋쇠 이름표가 달려 있었다.

PART **3**

20

착륙

총구를 보고 있으면 사람은 어떤 생각이 드는 걸까? 가끔은 그들이 도 대체 생각이라는 걸 하는지 궁금하다. 오늘 만났던 여자처럼. "쏘지 마세요." 그녀는 그렇게 말했다. 그런 식으로 간청하면 정말 어느 쪽 으로든 조금이라도 영향을 줄 거라고 생각하는 걸까? 그녀의 이름표 에는 '덴노르스케 은행, 카트리네 쇠옌^{Cathrine Schøyen}'이라고 적혀 있었 다. 내가 이름에 'c'와 'h'가 왜 그리 많냐고 물었지만, 그녀는 그저 멍청한 암소 같은 표정으로 날 바라보며 똑같은 말을 반복할 뿐이었 다. "쏘지 마세요." 하마터면 자제력을 잃고 '음매' 대꾸한 뒤, 여자의 뿔 사이를 쏠 뻔했다.

내 앞의 차량은 도무지 움직일 생각을 하지 않는다. 등에 닿는 자동 차 좌석이 땀에 젖어 축축하다. 라디오는 NRK의 24시간 뉴스 채널에 맞춰져 있었지만, 아직은 아무 소식도 나오지 않는다. 손목시계를 보 았다. 계획대로라면 나는 30분 안에 안전하게 별장에 도착할 것이다. 내 앞차에는 촉매변환기가 달려 있었고, 나는 팬을 껐다. 오후의 러시 아워가 시작되기는 했지만 평소보다 훨씬 느렸다. 앞에서 사고라도 났 나? 아니면 경찰이 바리케이드라도 쳐놓았나? 그럴 리 없다. 돈이 든

266

가방은 재킷으로 덮어 뒷좌석에 두었다. 장전된 AG3와 나란히. 앞차가 액셀러레이터를 밟더니 클러치를 풀고 앞으로 2미터 나아갔다. 그러고는 다시 꽉 막혀버렸다. 지루해서 하품이라도 해야 할지, 긴장해야 할지, 아니면 짜증을 내야 할지 생각하고 있을 때 그들을 보았다. 줄줄이 늘어선 차들 사이로 두 명의 경찰이 중앙선을 따라 걸어오고 있었다. 한 명은 제복을 입은 여자였고, 또 하나는 회색 코트를 입은 키가 큰 남자였다. 그들은 경계하는 눈초리로 좌우의 차들을 살펴보고 있었다. 한 명이 걸음을 멈추더니 운전자와 몇 마디 이야기를 나누고 미소를 지었다. 안전벨트를 하지 않은 운전자였다. 의례적 점검인 모양이었다. 그들이 점점 더 가까이 다가왔다. NRK 24시간 뉴스에서 코맹맹이 소리가 영어로 소식을 전했다. 현지 온도는 40도가 넘으니 일사병을 주의하라고 했다. 밖은 흐리고 춥다는 것을 알고 있었는데도, 나는 자동적으로 땀을 흘리기 시작했다. 두 사람은 내 차 바로 앞에 서 있었다. 그 남자였다, 해리 홀레. 여자는 스티네를 닮았다. 그녀는 나를 내려다보았고, 두 사람은 그렇게 내 옆으로 지나갔다. 나는 안도의 한숨을 내쉬었다. 큰 소리로 웃음을 터뜨리려는 찰나, 누군가 차창을 똑똑 두드렸다. 나는 천천히 고개를 돌렸다. 어처구니없을 정도로 천천히. 그녀가 미소를 지었고, 이제 보니 차창이 이미 내려져 있었다. 이상한 일이었다. 그녀가 뭐라고 말했지만 앞차의 요란한 엔진 소리에 묻혀버렸다.

"뭐라고요?" 내가 다시 눈을 뜨며 물었다.

"등받이를 똑바로 세워주시겠어요?"

"등받이?" 나는 무슨 영문인지 몰라 물었다.

"곧 착륙합니다, 손님." 그녀가 다시 미소를 짓더니 가버렸다.

아직 잠이 덜 깬 눈을 비비자 모든 것이 다시 생각났다. 은행털이.

도주. 별장에 준비되어 있던 수트케이스와 비행기 티켓. 잡힐 염려는 전혀 없다는 프린스의 문자. 그래도 가르데모엔 공항에서 여권을 보여줄 때는 여전히 긴장되어 오싹했었다. 그리고 이륙. 모든 것이 계획대로였다.

창밖을 바라보았다. 아직 꿈나라에서 완전히 깨어나지 못했다. 한순간 별 위를 나는 듯한 착각마저 들었다. 그러다 저 별이 실은 도심의 불빛이라는 것을 깨닫고, 미리 예약해둔 렌터카를 생각하기 시작했다. 찜통 같은 무더위와 악취가 기승을 부리는 저 거대한 도시에서 하룻밤 자고 갈까? 차를 몰고 남쪽으로 떠나는 건 하루 늦춰도 상관없다. 아니다. 시차 때문에 내일도 오늘만큼 피곤할 것이다. 가능한 한 빨리 떠나는 게 최선이다. 내가 가려는 곳은 평판보다 훨씬 나은 곳이다. 심지어 이야기 상대가 되어줄 노르웨이인들도 몇 명 있다. 깨어났을 때 태양과 바다와 더 나은 삶이 기다리는 것. 그것이 계획이다. 어쨌든 내 계획은 그렇다.

스튜어디스가 내 테이블을 접기 전에 미리 빼돌려둔 술을 손에 꼭 쥐었다. 그러니 그냥 계획을 믿어보면 어떨까?

엔진의 웅웅거리는 소음이 높아졌다 낮아졌다. 비행기가 하강을 시작하는 것이 느껴졌다. 눈을 감고 본능적으로 숨을 들이쉬었다. 무엇이 찾아올지 알고 있었다. 그녀. 그녀는 처음 봤을 때와 똑같은 옷을 입고 있었다. 맙소사, 벌써 그녀가 그립다. 설사 그녀가 살아 있다 해도 이 그리움이 채워지지 못하리라는 것은 알고 있지만, 그렇다고 달라질 것은 없다. 그녀는 모든 면에서 비현실적인 여자였다. 정숙하면서도 격정적이었다. 머리칼은 모든 빛을 빨아들이는 듯했지만 오히려 황금처럼 빛났다. 눈물이 뺨을 타고 흐르는데도 반항적으로 웃었다. 내가 그녀 안으로 들어갈 때는 증오에 찬 눈빛으로 날 바라보았다. 약속을 어긴 후, 내가 뻔한 핑계를 대며 찾아갔을 때 그녀는 거짓으로 사랑을 맹세했고 진실로 즐거워했다. 다른 사람의 머리 자국이 남아 있는 베개를 베고 그녀 옆에 누웠을 때도 그 거짓 맹세와 즐거움은 반복되었다. 이제는 먼 옛일이 되어버렸지만. 수백만 년 전의 일. 나는 그 다음 장면을 보지 않기 위해 눈을 꼭 감았다. 내가 작고 차가운 무기로 그녀를 쓰러뜨리는 장면. 검은 장미처럼 천천히 피어나던 그녀의 동공. 천천히 흐르다가 떨어져, 지친 한숨과 함께 땅에 톡 내려앉은 피. 꺾인 목과 뒤로 넘어간 머리. 이제 내가 사랑하는 여자는 죽었다. 간단하다. 그런데도 여전히 이해가 되지 않는다. 그게 가장 아름다운 점이다. 너무 간단하고 아름다워서 도저히 감당할 수가 없다. 기내의 압력은 떨어지고 장력은 높아진다. 안쪽에서부터. 보이지 않는 힘이 내 고막과 부드러운 뇌를 짓누른다. 어디선가 이것이 예정된 결말이라는 말이 들린다. 아무도 날 찾아내지 못하고, 아무도 내게서 비밀을 짜낼 수 없으리라. 하지만 어쨌든 계획은 폭발할 것이다. 안쪽에서부터.

21

모노폴리

해리는 라디오 알람 시계의 뉴스 소리에 잠에서 깼다. 미군은 폭격을 더욱 강화했습니다. 저 말은 마치 후렴구처럼 들렸다.

그는 일어나야 하는 이유를 찾아보았다.

라디오에서 1975년 이후로 노르웨이 남녀의 평균 체중이 각각 13킬로그램과 9킬로그램 증가했다고 말했다. 그는 눈을 감고 에우네가 했던 말을 떠올렸다. 현실 도피는 부당하게 악명을 떨치고 있다고 했던가? 졸음이 밀려왔다. 어린 시절, 문을 열어놓은 채침대에 누워 아버지가 불을 하나씩 끄며 집 안을 돌아다니는 소리를 듣곤 했었다. 지금도 그때처럼 따뜻하고 달콤한 기분이 들었다. 불이 하나씩 꺼질 때마다 문밖의 어둠은 점차 깊어졌다.

"최근 몇 주간 오슬로에서 발생한 과격한 은행강도 사건 이후로 무방비 상태였던 도심 은행들이 무장 경비를 고용하고 있습니다. 어제 그뢴란슬라이레에서 발생한 덴노르스케 은행의 강도 사건은 무장 강도가 일으킨 가장 최근 사건으로, 경찰은 일명 도살자로 불리는 남자를 범인으로 의심하고 있습니다. 도살자는 일전에 한 은행 여직원을 총으로 살해한……"

해리는 차가운 리놀륨 바닥에 발을 디뎠다. 욕실 거울 속 얼굴은 피카소의 말기 작품 같았다.

*

통화 중이던 베아테는 사무실 문간에 나타난 해리를 보더니 고개를 저었다. 해리가 알았다는 뜻으로 고개를 끄덕이고 막 가려는데, 그녀가 오라고 손짓했다.

"어쨌든 도와주셔서 감사합니다." 베아테는 그렇게 말하고 전화기를 내려놓았다.

"내가 방해한 거 아니었어?" 그녀 앞에 커피 잔을 내려놓으며 해리가 물었다.

"아뇨, 헬스클럽 회원들을 상대로 한 조사가 아무 성과가 없다는 뜻으로 고개를 저은 거예요. 방금 통화한 사람이 명단의 마지막 남자였어요. 그 문제의 시간에 SATS 헬스클럽에 있었던 남자들 중에서 작업복 입은 남자를 봤다는 사람은 딱 한 명뿐이었어요. 그것도 어렴풋이 기억난다고 했고, 그 남자를 본 곳이 탈의실인지 다른 곳인지 확실하지 않대요."

"흠." 해리는 자리에 앉아 주위를 둘러보았다. 베아테의 사무실은 그의 예상만큼이나 작았다. 이름은 모르지만 눈에 익은 화초 하나가 창틀에 놓여 있을 뿐 그녀의 사무실도 해리의 사무실만큼이나 썰렁했다. 책상에 놓인 액자의 뒷면이 보였는데, 해리는 그게 누구의 사진일지 짐작이 갔다.

"남자들에게만 물어본 거야?" 해리가 물었다.

"이론상으로 도살자는 옷을 갈아입으러 남자 탈의실에 간 거 아닌가요?"

"그러고는 일반인처럼 모리스타운의 거리를 걸어갔겠지, 맞아.

어제 그뢴란슬라이레에서 발생한 사건에 대해서는 새로운 소식 없어?"

"새롭다는 게 어떤 뜻이냐에 달렸죠. 어제 사건은 완전 판박이에 가까워요. 똑같은 복장과 AG3 기관총. 인질에게 대신 말하게 한 점. 현금인출기의 돈을 가져가고, 이 모든 게 1분 50초 안에 끝난 것까지. 단서는 전혀 없어요. 한마디로……."

"도살자의 짓이군."

"이건 뭐예요?" 베아테가 커피 잔을 들어 안을 들여다보았다.

"카푸치노. 할보르센이 안부 전해달래."

"우유 탄 커피요?" 그녀가 코를 찡그렸다.

"내가 맞춰보지. 아버지가 블랙커피를 마시지 않는 사람은 절대 믿지 말라고 하셨지?"

베아테의 깜짝 놀란 표정을 보고 해리는 즉시 후회했다. "미안." 그가 웅얼거렸다. "그러려고 한 말은……. 내가 멍청했어."

"그럼 이제 우린 뭘 할까요?" 베아테가 커피 잔의 손잡이를 만지작거리며 황급히 물었다. "다시 출발점으로 돌아왔잖아요."

해리는 의자에 털썩 앉아 자신의 신발코를 바라보았다. "감옥으로 가시오."

"네?"

"곧장 감옥으로 가시오." 그는 앉은 채로 등을 곧게 폈다. "출발점을 통과하지 마시오. 2천 크로네를 받지 마시오."

"무슨 말씀을 하시는 거예요?"

"모노폴리 게임에 나오는 카드야. 우리에게 남은 건 그 카드뿐이야. 감옥에서 우리의 운을 시험해보자고. 봇센 교도소 전화번호 알아?"

"이건 시간낭비예요." 베아테가 말했다.

그녀의 목소리가 배수로의 양쪽 벽 사이로 울렸다. 그녀는 해리와 보조를 맞추기 위해 종종걸음을 걷고 있었다.

"그럴지도 모르지. 하지만 원래 수사의 90퍼센트가 시간 낭비야." 해리가 말했다.

"지금까지의 모든 보고서와 심문 녹취록을 다 읽어봤어요. 그자는 절대 알려주지 않아요. 쓸데없는 개똥철학만 잔뜩 늘어놓을 뿐이라고요."

터널 끝의 회색 철문에 도달하자, 해리는 철문 옆에 있는 인터콤 버튼을 눌렀다.

"어둠 속에서 잃어버린 물건을 정작 환한 곳에서 찾는다는 옛격언, 들어봤어? 난 그 말이 인간의 어리석음을 보여준다고 생각해. 참 공감이 가는 말이야."

"신분증을 카메라에 보여주세요." 스피커가 말했다.

"반장님 혼자 이야기할 거라면서 저는 왜 데리고 오신 거예요?" 베아테가 해리를 뒤따라 열린 철문을 통과하며 말했다.

"예전에 용의자를 심문할 때 엘렌과 내가 쓰던 방법이야. 둘 중한 명만 심문을 하고, 나머지 한 명은 앉아서 듣기만 하지. 그러다가 진전이 없으면 잠시 휴식 시간을 갖는 거야. 만약 내가 심문했다면 나는 나가고, 이제는 엘렌이 용의자와 일상적인 이야기를 하지. 요즘 금연 중이라거나, 텔레비전에 나오는 온갖 시시한 이야기들 말이야. 아니면 애인이랑 헤어진 뒤로 집세가 얼마나 비싼지 새삼 깨달았다는 이야기를 할 수도 있고. 어쨌든 둘이 한동안 이야기를 나누고 나면, 내가 문틈으로 머리를 들이밀며 갑자기 일이 생겼으니 심문을 대신 맡아달라고 하지."

"그게 먹히나요?"

"백발백중."

계단을 올라가니 교도소 중앙홀 앞의 장벽이 나왔다. 두꺼운 방탄유리 뒤의 교도관이 그들에게 고개를 까닥이며 버튼을 눌렀다. "곧 소장님이 오실 겁니다." 스피커에서 코맹맹이 소리가 흘러나왔다.

이윽고 울룩불룩한 근육질의 땅딸막한 남자가 뒤뚱거리며 그들에게 다가왔다. 교도소장은 두 사람을 독방 동棟으로 안내했다. 연푸른색 감방 문이 줄줄이 늘어선 3층짜리 복도로 둘러싸인 직사각형 홀이 나왔다. 층 사이에는 철망이 쳐져 있었다. 사람은 한 명도 보이지 않았고, 쥐죽은 듯한 정적이 흘렀다. 어딘가에서 문이 쾅 닫히는 소리만이 정적을 깰 뿐이었다.

해리는 이곳에 자주 왔었다. 하지만 이 사회가 강제로 감금해야 한다고 생각하는 사람들을 정해, 저 문 뒤에 가둬두었다고 생각하면 늘 불합리하다는 기분이 들었다. 그 제도가 왜 그렇게 부당하게 느껴지는지는 알 수 없었다. 아마도 이 사회가 범죄를 일상적으로, 공공연하게 징벌한다는 사실이 물리적으로 구현된 것을 보는 기분이 들어서일 것이다. 저울과 칼.

교도소장의 열쇠 뭉치가 쩽그랑거리더니, 그가 검은 글씨로 '면회실'이라고 적힌 문을 열었다. "여깁니다. 나오시려면 그냥 문을 두드리세요."

두 사람은 면회실 안으로 들어갔다. 그들 뒤에서 문이 쾅 닫혔다. 침묵이 흐르는 가운데 불이 깜빡거리는 네온등의 나지막한 웅웅 소리와 벽에 걸린 조화가 해리의 주의를 끌었다. 조화는 색이

바랜 수채화 그림 위로 그림자를 드리웠다. 테이블 뒤의 노란 벽, 그 벽의 정확히 한가운데에 한 남자가 등을 곧게 세운 채 앉아 있었다. 그의 양팔은 테이블 위의 체스판 양쪽에 놓여 있었고, 머리카락은 귀 뒤로 팽팽하게 당겨 묶었다. 작업복처럼 상하의가 붙은 죄수복 차림이었다. 진한 눈썹과 시원하게 뻗은 콧날에 떨어진 그림자가 네온등이 깜박거릴 때마다 또렷한 T자를 만들었다. 하지만 장례식장에서 본 이후로 해리의 기억 속에 가장 선명하게 남아 있는 것은 그의 표정이었다. 괴로움과 무표정이 뒤섞인 그의 얼굴은 누군가를 연상시켰다.

해리는 베아테에게 문가 의자에 앉으라고 손짓했다. 그러고는 의자 하나를 테이블로 가져가, 라스콜 반대편에 앉았다. "시간 내주셔서 고맙습니다."

"여기선 널린 게 시간이니까." 놀랄 만큼 밝고 부드러운 목소리였다. 라스콜은 동유럽 사람처럼 r을 강하게 발음하면서도 또박또박 말했다.

"그렇군요. 전 해리 홀레라고 합니다. 그리고 이쪽은 제 동료—"

"베아테 뢴. 아버지를 많이 닮았군, 베아테."

베아테의 헉 소리에 해리는 몸을 돌려 그녀를 바라보았다. 그녀는 얼굴을 붉히지 않았다. 반대로 하얀 피부는 더욱 새하얗게 변했고, 입은 따귀를 맞은 것처럼 찡그린 채 굳어 있었다.

해리는 테이블을 내려다보며 기침을 했다. 그제야 소름 끼칠 정도로 완벽한 대칭을 이루고 있는 체스판에서 오로지 딱 하나만 다르다는 것을 알아차렸다. 그의 진영에 놓인 말은 킹이었고, 라스콜의 진영에 놓인 말은 퀸이었다.

"전에 어디서 당신을 봤을까, 홀레?"

"난 주로 망자의 주위에서 목격되죠."

"아하. 장례식이로군. 이바르손의 경비견 중 하나인가?"

"아뇨."

"싫은가 보군, 응? 그의 경비견으로 불리는 게 말이야. 둘 사이에 무슨 사건이라도 있었나?"

"아뇨." 해리는 잠시 생각했다. "그냥 서로 싫어할 뿐입니다. 그건 당신도 마찬가지일 텐데요, 내가 듣기로는."

라스콜이 부드럽게 미소를 지었다. 깜박거리던 네온등에 불이 반짝 들어왔다. "개인적으로 유감이 있어서 한 일은 아니야. 양복이 아주 비싸 보이던데 미안하게 됐지."

"양복을 버린 게 가장 화나는 일은 아닐 겁니다."

"이바르손은 내가 무언가 말해주기를 바랐어. 그래서 말해줬지."

"밀고자에게는 평생 낙인이 찍힌다고요?"

"제법이군, 홀레 반장. 하지만 그 잉크는 시간이 지나면 지워질 거야. 체스 할 줄 아나?"

라스콜의 입에서 자신의 정확한 직함이 나오자 해리는 깜짝 놀랐지만, 그 사실을 얼굴에 드러내지 않으려고 노력했다. 그냥 짐작으로 맞춘 것일 수도 있다.

"송신기는 어떻게 숨겼습니까? 건물 전체를 이 잡듯이 뒤졌다고 들었는데." 해리가 물었다.

"난 아무것도 숨기지 않았어. 블랙으로 하겠나, 화이트로 하겠나?"

"사람들 말로는 당신이 지금도 노르웨이에서 발생하는 대형 은행강도 사건의 배후라고 하더군요. 여기가 당신의 근거지이고, 당신 몫은 외국 계좌로 송금된다고 말이죠. 그래서 일부러 봇센 교도소의 A동에 수감되도록 손쓴 겁니까? 여기서는 곧 석방될 단기 수감자들을 만날 수 있고, 그들에게 당신이 세운 계획을 실행하도록 할 수 있어서요? 그 친구들이 밖에 나가면 어떻게 연락합니까? 여기에 당신 소유의 휴대전화가 있나요? 아니면 컴퓨터?"

라스콜은 한숨을 쉬었다. "출발이 좋기는 한데 말이야, 반장, 난 벌써 지루해지기 시작했어. 체스 할 거야, 말 거야?"

"지루한 게임이죠. 걸린 게 아무것도 없다면."

"그거 좋지. 그럼 뭘 걸겠나?"

"이거요." 해리가 놋쇠 이름표와 열쇠가 달린 열쇠고리를 들어 올렸다.

"그게 뭐지?"

"아무도 모르죠. 가끔은 상대가 내건 물건이 가치 있을 거라고 믿는 모험을 할 수밖에요."

"내가 왜 그래야 하지?"

해리는 몸을 앞으로 내밀었다. "당신은 날 믿으니까."

라스콜은 큰 소리로 웃었다. "내가 반장을 믿어야 하는 이유를 하나만이라도 대보시지, 스피우니^{Spiuni}."

"베아테." 라스콜에게서 눈을 떼지 않은 채 해리가 말했다. "자리 좀 비켜주겠어?"

뒤에서 문을 두드리는 소리가 들리더니 이윽고 열쇠가 짤그락거렸다. 문이 열렸고, 자물쇠가 다시 잠기며 매끄러운 찰칵 소리가 났다.

"한번 보시죠." 해리가 테이블에 열쇠를 내려놓았다.

역시 해리의 눈에서 시선을 떼지 않은 채 라스콜이 물었다. "A.A?"

해리는 체스판의 화이트 킹을 집어 들었다. 손으로 조각한 멋진 작품이었다. "그건 사소한 문제가 있었던 어떤 남자의 이니셜입니다. 그는 부자였죠. 아내와 자식도 있고, 집과 별장도 있었습니다. 개와 애인까지도요. 모든 것이 만족스러웠죠." 해리는 들고 있던 화이트 킹을 돌려 보았다. "하지만 시간이 흐르면서 이 부유한 남자는 변했습니다. 여러 사건을 겪으며 가족이야말로 자신의 인생에서 가장 중요하다는 것을 깨닫게 되었죠. 그래서 회사를 처분하고, 애인과 헤어지고, 이제는 가족만을 위해 살겠다고 가족과 자기 자신에게 약속했습니다. 문제는 애인이 그들의 관계를 폭로하겠다면서 남자를 협박하기 시작한 겁니다. 어쩌면 돈을 뜯어냈을지도 모릅니다. 여자가 탐욕스러워서가 아닙니다. 가난했기 때문이죠. 게다가 일생일대의 역작이 될 작품을 마무리하는 중이었는데, 그 작품을 세상에 선보이기 위해서는 돈이 필요했습니다. 여자는 남자를 더 세게 밀어붙였습니다. 어느 날 밤, 남자는 여자를 찾아가기로 마음먹습니다. 그냥 아무 날이나 고른 것이 아니라, 특별한 날을 골랐죠. 그날은 바로 여자의 옛 애인이 그녀의 집을 방문하기로 한 날이었습니다. 여자는 옛 애인을 만날 거라는 말을 남자에게 왜 했을까요? 남자의 질투심을 불러일으키기 위해서? 아니면 자신을 원하는 남자가 있다는 걸 보여주기 위해서? 남자는 질투하지 않았습니다. 오히려 신이 났죠. 이건 절호의 기회였으니까요." 해리는 라스콜을 바라보았다. 그는 팔짱을 낀 채 해리를 유심히 바라보고 있었다. "남자는 밖에서 기다렸습니다. 아파트의 불빛을 바라보며 기다리고 또 기다렸습니다. 손님은 자정 직전이 되어서야 떠났죠. 나중에 조사하게 될 때 알리바이가 없을 용의자, 사람들이 그날 밤 내내 안나와 함께 있었다고 확신할 용의자가 생긴 겁니다. 다른 사람은 몰라도 오지랖 넓은 안나의 이웃만큼은 그 손님이 눌렀던 초인종 소리를 들었을 테니까요. 하지만 우리의 남자는 초인종을 누르지 않았습니다. 열쇠로 문을 열고 들어갔죠. 살그머니 계단을 올라가 안나 아파트의 문을 열었습니다."

해리는 블랙 킹을 집어 들고 화이트 킹과 비교했다. 자세히 보지 않으면 똑같다고 속을 정도였다.

"살인 무기는 등록되지 않은 총이었습니다. 안나의 총이었을 수도 있고, 남자의 총이었을 수도 있죠. 그날 밤 안나의 아파트에서 무슨 일이 있었는지는 나도 정확히 모릅니다. 아마 누구도 모를 겁니다. 안나는 죽었으니까요. 경찰의 입장에서 볼 때 이건 간단한 사건입니다. 단순 자살이죠."

"'나도 정확히 모른다?' '경찰의 입장?'" 라스콜은 자신의 염소수염을 쓰다듬었다. "왜 '우리'가 아니라 '나'이고, '우리의 입장'이 아니라 '경찰의 입장'인 거지? 지금 자네 혼자서 단독 비행을 하고 있다는 건가, 반장?"

"무슨 뜻입니까?"

"무슨 뜻인지 알고도 남을 텐데. 아까 동료를 밖으로 내보낸 건 이게 우리 둘만의 이야기라는 인상을 주기 위한 수법이지. 그건 이해가 가는데……." 그는 양 손바닥을 맞댔다. "가능성이 아주 없는 이야기는 아니야. 자네가 아는 사실을 다른 사람도 알고 있나?"

해리는 고개를 저었다.

"그럼 원하는 게 뭐야? 돈?"

"아뇨."

"나라면 그렇게 빨리 대답하지 않을 거야, 반장. 난 이 정보가 내게 얼마만큼의 가치가 있는지 아직 말하지 않았어. 이건 큰돈이 오갈 수도 있는 얘기야. 자네가 아까 한 말을 증명할 수 있다면 말이지. 그리고 죄인의 처벌은 정부의 개입 없이 개인의 후원 하에 이뤄질 수도 있어."

"중요한 건 그게 아닙니다." 해리는 자신의 이마에 맺힌 땀이 라스콜의 눈에 띄지 않기를 바랐다. "문제는 당신이 가진 정보가 내게 가치가 있느냐는 겁니다."

"무슨 말을 하는 거야, 스피우니?"

"내가 원하는 건," 해리는 한 손에 두 개의 킹을 모두 쥐며 말했다. "정보 교환입니다. 당신은 내게 도살자가 누구인지 말해주고, 나는 안나를 죽인 남자를 체포할 수 있는 증거를 찾아오죠."

라스콜이 껄껄 웃었다. "그거였군. 이제 그만 가보시게, 스피우니."

"잘 생각해봐요, 라스콜."

"생각하고 말 것도 없어. 난 돈을 좇는 사람을 믿지. 신념을 좇는 사람은 믿지 않아."

그들은 서로를 노려보았다. 네온등이 치지직 소리를 냈다. 해리는 고개를 끄덕인 후, 체스 말을 제자리에 두고 일어났다. "당신은 안나를 아주 예뻐했나 봅니다." 해리는 라스콜에게 등을 돌린 채 나가기 위해 문을 두드렸다. "소르겐프리 가의 아파트가 당신 이름으로 되어 있더군요. 그리고 난 안나가 얼마나 돈에 쪼들렸는지 정확히 알고 있죠."

"그래?"

"그 아파트의 주민위원회에 집주인인 당신 앞으로 열쇠를 보내
달라고 부탁했습니다. 오늘 택배로 배달될 겁니다. 그 열쇠를 내
가 준 열쇠와 비교해보시죠."

"왜 그래야 하지?"

"안나의 아파트 열쇠는 세 개뿐입니다. 하나는 안나가 가지고
있었고, 또 하나는 전기공이 가지고 있었죠. 그리고 아까 말했던
남자의 별장에서 내가 그 열쇠를 찾아냈습니다. 머리맡 테이블의
서랍 속에 있더군요. 그게 세 번째이자 마지막 열쇠입니다. 만약
안나가 살해되었다면 그 열쇠가 사용되었을 가능성이 있죠."

문밖에서 발소리가 들렸다. 해리가 말을 이었다.

"그리고 내 신뢰도를 높이는 데 도움이 될지 모르겠지만, 이 모
든 건 다 나 살자고 하는 짓입니다."

22

아메리카

술이 당기는 사람은 어디서나 술을 마신다. 테레세스 가에 있는 말리크를 예로 들어보자. 아무리 허접스럽다고는 해도 슈뢰데르가 정식 주류 판매를 허가받은 곳으로서 어떤 위엄이 감도는 것과 달리, 말리크는 그런 분위기와는 거리가 먼 햄버거 전문점이었다. 이곳의 주력 상품이 햄버거인 것도 사실이고, 소문에 의하면 그 햄버거는 다른 경쟁업체들보다 한 수 위라고 했다. 조금 더 인심을 쓰자면, 노르웨이 왕실 사진을 걸어두고 인도 분위기가 살짝 풍기는 이곳의 인테리어에는 일종의 B급 취향이 갖는 매력이 있다고도 할 수 있다. 하지만 이곳은 예전에도 그랬고, 앞으로도 영원히 패스트푸드점으로 남을 것이다. 따라서 알코올 중독자로서 기꺼이 명성을 날리고 싶은 사람이라면 절대 거기서 맥주를 마시지 않을 것이다.

해리는 결코 그런 부류에 속하지 않았다.

아주 오랜만에 다시 찾은 말리크였지만, 주위를 둘러보니 변한 것이 없었다. 외위스테인은 흡연 구역의 테이블에 술친구들과(한 명만 여자고 나머지는 모두 남자) 함께 앉아 있었다. 유로스포츠의 중계방송과 구식 팝송, 지글지글 고기 익는 소리를 배경으로 그들은 유쾌한 대화를 나누고 있었다. 대화의 주제는 복권 당첨과 오르데루드 살인 사건*, 그 자리에 없는 한 친구의 도덕적 결함이었다.

"어이, 해리!" 외위스테인의 걸걸한 목소리가 소음을 갈랐다. 그는 기름기가 도는 긴 머리를 뒤로 휙 넘기고, 한 손을 허벅지에 대고 문지르더니 해리에게 내밀었다.

"이쪽이 아까 내가 말했던 경찰 친구야. 오스트레일리아에서 그놈을 총으로 쏴버린 친구. 머리를 쐈지, 아마?"

"잘했소." 일행 중 한 명이 말했다. 해리는 그의 얼굴을 보지 못했다. 맥주잔 위로 긴 머리를 커튼처럼 드리운 채 몸을 앞으로 숙이고 있었기 때문이다. "해충은 박멸해야지."

해리가 빈 테이블을 가리키자, 외위스테인은 고개를 끄덕이더니 담배를 비벼 껐다. 그러고는 페테뢰스 담배를 데님 셔츠 주머니에 찔러 넣고, 갓 뽑은 생맥주를 한 방울도 흘리지 않고 빈 테이블로 옮기는 데 집중했다.

"오랜만이야." 담배를 새로 말며 외위스테인이 말했다. "다른 녀석들도 안 보기는 마찬가지지만. 만날 일이 없지. 다들 이사 가고 결혼하고 자식을 낳았어." 외위스테인이 껄껄 웃었다. 걸걸하고 씁쓸한 웃음이었다. "어쨌든 다들 정착했지. 누가 믿겠어?"

"음."

"옵살에 가본 적 있어? 아버지는 아직 그 집에 사시지?"

"응. 하지만 자주 안 가. 가끔씩 전화 통화만 하지."

---

* 노르웨이에서 가장 유명한 살인 사건으로, 1999년 한 부부와 딸이 총에 맞아 살해되었다.

"동생은? 좀 나아졌어?"

해리는 빙그레 웃었다. "다운증후군은 나아지는 병이 아니야, 외위스테인. 그래도 잘 지내. 송^{Sogn}에 아파트를 구했어. 남자친구도 생겼고."

"이야, 나보다 나은데?"

"택시 운전 일은 어때?"

"괜찮아. 얼마 전에 다른 회사로 옮겼어. 이전 회사는 나한테서 냄새가 난다고 하더라고. 병신 같은 놈들."

"컴퓨터 업계로 돌아갈 생각은 여전히 없는 거야?"

"미쳤냐!" 담배를 마는 종이 끝을 혀로 핥던 외위스테인이 몸이 흔들릴 정도로 웃어댔다. "연봉 백만 크로네와 조용한 사무실. 물론 그것도 좋지. 하지만 이미 늦었어, 해리. 나같이 제멋대로인 놈이 IT 업계에서 일하던 시기는 끝났다고."

"덴노르스케 은행의 데이터보호 부서 직원과 이야기를 할 기회가 있었어. 그 사람 말로는 네가 여전히 암호 해독의 선구자라던데."

"선구자라는 말은 한물갔다는 뜻이야, 해리. 최신 동향에 10년이나 뒤진 퇴물 해커를 필요로 하는 곳은 없어. 이해하겠지? 게다가 다른 문제들도 있고."

"음. 무슨 일이 있었던 거야?"

"무슨 일이 있었냐고?" 외위스테인이 눈동자를 굴렸다. "나 어떤지 알잖아. 한번 히피는 영원한 히피야. 쩐이 필요했어. 건드리면 안 되는 암호를 건드렸지." 그는 직접 만 담배에 불을 붙이더니 재떨이를 찾아 주위를 둘러보았다. "넌 어때? 술은 완전히 끊은 거야?"

"노력 중이야." 해리는 옆 테이블에 놓인 재떨이로 손을 뻗었다. "나 만나는 사람 있어."

해리는 라켈과 올레그, 모스크바의 재판에 대해 이야기했다. 그리고 전반적인 생활에 대해서도. 별로 오래 걸리지 않았다.

외위스테인은 어린 시절, 그들과 함께 어울렸던 친구들에 대해 들려주었다. 시게는 어떤 여자와 함께 하레스투아로 이사 갔는데, 시게에 비해 너무 세련된 여자라고 했다. 크리스티안은 오토바이를 타고 미네순 북부를 여행하다가 차에 치어 휠체어 신세라고 했다. "의사들이 녀석에게 기회를 줬지."

"무슨 기회?" 해리가 물었다.

"다시 여자랑 잘 수 있는 기회." 맥주를 쭉 들이켠 후, 외위스테인은 말을 이었다. "토레는 아직 선생인데 실리에와는 찢어졌어. 다시 합칠 가망은 없다고 봐야지. 30킬로그램이나 쪘거든. 그래서 실리에가 도망간 거야. 정말이라고! 토르킬이 술에 취해 흥청거리는 실리에를 만났는데 실리에가 그랬대. 더는 그 살덩어리를 참을 수가 없다고." 외위스테인은 맥주잔을 내려놓았다. "하지만 이런 이야기나 듣자고 날 부르진 않았을 텐데."

"응. 네 도움이 필요해. 수사 중인 사건이 있어."

"나쁜 놈을 잡는 데 내 도움이 필요하다고? 맙소사!" 외위스테인의 웃음은 발작에 가까운 기침으로 변해갔다.

"내가 개인적으로 연루된 사건이야. 다 설명하기는 좀 힘들지만, 어쨌든 내게 이메일을 보내는 놈을 추적 중이야. 익명으로 이용할 수 있는 서버를 통해서 보내는 것 같아. 아마도 외국 어딘가에 있는 서버겠지."

외위스테인은 생각에 잠겨 고개를 끄덕였다. "그래서 지금 곤경에 처한 거야?"

"어쩌면. 근데 왜 그렇게 생각하지?"

"난 최신 IT 업계에 대해서라면 쥐뿔도 모르는 술주정뱅이 택시 운전사야. 그리고 나를 아는 사람들은 하나같이 일에 관해서라면 난 믿을 수 없는 놈이라고 너한테 말했을 거야. 그런데도 네가 날 찾아온 이유는 딱 하나야. 불알친구인 내가 전적으로 네 편이라는 거. 내가 비밀을 지켜줄 거라고 생각한 거지. 안 그래?" 외위스테인은 새로 시킨 맥주를 한 모금 길게 들이켰다. "내가 술고래이기는 해도 바보는 아니야, 해리." 이번에는 담배를 한 모금 세게 빨았다. "그래, 언제부터 시작할까?"

*

슬램댈에 어두운 밤이 내려앉았다. 현관문이 열리더니 남녀 한 쌍이 계단에 모습을 드러냈다. 그들은 하하 호호 웃으며 집주인에게 작별 인사를 하고, 진입로를 걸어 내려왔다. 반짝이는 검은 구두 아래로 조약돌이 오도독거리는 동안, 그들은 오늘 파티의 음식과 집주인 부부 그리고 다른 손님들에 대해 두런두런 이야기했다. 이야기에 정신이 팔린 탓에 정문을 지날 때 길 약간 아래쪽에 주차된 택시도 보지 못했다. 해리는 담배꽁초를 비벼 끄고, 라디오의 음량을 높였다. P4 채널에서 엘비스 코스텔로가 웅얼거리는 목소리로 'Watching the Detectives'를 부르고 있었다. 해리는 자신이 좋아했던 최신 노래가 시간이 흐르면 인기 없는 라디오 채널에서 나오게 된다는 것을 깨달았다. 그것이 뜻하는 바가 오로지 하나뿐임을 그도 뼈저리게 알고 있었다. 자신도 늙어간다는 사실. 어제는 클리프 리처드에 이어 닉 케이브의 노래가 나왔다.

지나치게 아양을 떠는 목소리가 'Another Day in Paradise'를 소개하자, 해리는 라디오를 꺼버렸다. 차창을 내리고, 알부의 집에서 나지막이 흘러나오는 베이스 진동음에 귀를 기울였다. 그 소리만이 유일하게 침묵을 휘젓고 있었다. 사업상 알게 된 지인들, 이웃사람들, 대학 동창들이 초대된 성인들의 파티. 우스꽝스러운 단체 춤을 추는 파티도 아니고, 마약을 하는 광란의 파티도 아니다. 진 토닉과 아바, 롤링스톤스가 있는 파티다. 참석자들은 대부분 30대 후반의 고학력자들. 다시 말해, 집에서 아이를 보고 있을 베이비시터가 퇴근할 수 있도록 너무 늦기 전에 돌아갈 것이다. 해리는 손목시계를 보았다. 아까 외위스테인과 함께 컴퓨터를 켰을 때 메일함에 새로 와 있던 이메일을 생각했다.

아, 심심해. 무서운 거야, 아니면 그냥 멍청한 거야?
S²MN

해리는 컴퓨터를 외위스테인에게 맡겨둔 채 그의 택시를 빌려 이곳으로 왔다. 택시는 1970년대에 생산된 낡아빠진 메르세데스였다. 주택가에 진입해 과속방지턱을 지날 때마다 낡은 용수철 매트리스처럼 흔들거리기는 했어도 여전히 멋진 차였다. 점잖게 차려입은 손님들이 한두 명씩 알부의 집에서 나오는 것을 보고, 처음에는 손님들이 다 떠날 때까지 기다리기로 마음먹었다. 괜히 소란을 떨 필요는 없다. 게다가 어리석은 짓을 하기 전에 심사숙고할 시간도 필요했다. 최대한 이성적이고 냉정하게 행동하려고 노력했지만 그 '아, 심심해'라는 말이 자꾸 거슬렸다.

"자, 생각 끝났어." 해리는 백미러 속의 자신에게 중얼거렸다. "그러니 이제는 뭔가 멍청한 짓을 해도 된다고."

비그디스 알부가 현관문을 열었다. 그녀는 오로지 여자들만 터득했을 뿐 남자들은 결코 그 진실을 알아내지 못할 요술을 부려, 아름다운 여자로 변신해 있었다. 해리가 콕 집어 말할 수 있는 구체적인 변화는 그녀가 자신의 푸른 눈동자와 똑같은 색깔의 드레스를 입었다는 것뿐이다. 해리를 보자, 그 푸른 눈동자가 놀라움으로 휘둥그레졌다.

"이렇게 늦은 시간에 찾아와서 죄송합니다, 알부 부인. 남편분과 이야기를 좀 하고 싶습니다."

"지금 파티 중이에요. 내일 오시면 안 될까요?" 그녀는 간청하는 미소를 지었고, 한시바삐 문을 닫아버리고 싶어 하는 기색이 역력했다.

"죄송합니다만, 남편분께서는 안나 베트센을 모른다고 거짓말하셨습니다. 그 점은 부인도 마찬가지인 것 같군요." 해리는 자신이 갑자기 정중한 어조로 말하는 이유가 드레스 때문인지, 아니면 지금이 대치 상황이기 때문인지 알 수 없었다. 비그디스 알부의 입이 소리 없이 'O' 모양으로 벌어졌다.

"두 사람이 함께 있는 것을 본 목격자가 있습니다. 그리고 그 사진도 어디서 나온 것인지 알고 있고요." 해리가 말했다.

그녀가 눈을 두 번 깜박였다.

"왜……?" 그녀가 더듬거렸다. "왜……?"

"두 사람이 연인 사이였기 때문입니다, 알부 부인."

"아뇨. 내 말은…… 왜 그런 말을 내게 하는 거죠? 당신이 무슨 권리로?"

해리는 대답하기 위해 입을 열었다. 당신도 알 권리가 있다고 생각했다, 어차피 밝혀질 일이었다 등등. 하지만 그는 대답 대신 우두커니 그녀를 바라보았다. 그녀는 해리가 왜 이런 말을 하는지 알고 있었고, 해리는 그제야 진짜 이유를 깨달았다. 그는 침을 삼켰다.

"권리라니? 무슨 권리를 말하는 거야, 여보?"

계단을 내려오는 아르네 알부의 모습이 보였다. 그의 이마는 땀으로 번들거렸고, 나비넥타이는 셔츠 앞부분에 느슨하게 매달려 있었다. 계단 위의 거실에서 데이비드 보위가 'This Is Not America'라고 헛되이 외치고 있었다.

"쉬, 아르네, 아이들 깨겠어요." 비그디스가 간청하는 시선을 해리에게서 떼지 않은 채 말했다.

"아이들은 핵폭탄이 떨어져도 깨지 않을걸." 혀 풀린 발음으로 알부가 말했다.

"방금 홀레 씨가 핵폭탄을 떨어뜨린 것 같아요. 최대한의 피해를 주기 위해서요." 그녀가 부드럽게 말했다.

해리는 그녀의 시선을 맞받았다.

"그래?" 아르네 알부는 씩 웃으며 아내의 어깨에 팔을 둘렀다. "나도 그 게임에 참가할까?" 그의 미소는 즐거움으로 가득한 동시에 천진난만했다. 아무 잘못도 없어 보일 정도로. 아버지의 허락 없이 차를 끌고 나온 십대 소년의 무책임한 기쁨 같았다.

"죄송합니다만 게임은 끝났습니다. 우리는 필요한 증거를 얻었습니다. 그리고 현재 컴퓨터 전문가가 당신이 내게 보낸 이메일 주소를 추적 중입니다."

"지금 이 사람 무슨 소릴 하는 거야? 하하하. 증거? 이메일?"

해리는 알부를 빤히 바라보았다. "안나의 신발 속에서 나온 사진 말입니다. 몇 주 전 그녀가 당신과 함께 라르콜렌에 있는 별장에 갔을 때 앨범에서 꺼내 온 사진이죠."

"몇 주 전?" 비그디스는 그렇게 물으며 남편을 바라보았다.

"제가 사진을 보여주었을 때 남편분은 그 사실을 알고 있었습니다. 그래서 어제 별장에 가서 새로 인화한 사진을 다시 붙여두었죠."

아르네 알부는 얼굴을 찡그렸지만 미소는 잃지 않았다. "지금 취한 거요, 형사 양반?"

"당신은 안나에게 곧 죽을 거라는 말을 하지 말았어야 했습니다." 해리는 자신이 자제력을 잃기 직전이라는 걸 알았다. "아니면 최소한 그런 말을 한 후에 안나에게서 눈을 떼지 말았어야 했습니다. 그 틈에 그녀가 신발 속에 몰래 사진을 넣었으니까요. 그것 때문에 덜미가 잡힌 겁니다, 알부 씨."

비그디스가 숨을 헉 들이쉬었다.

"여기도 신발, 저기도 신발." 아내의 목을 계속 쓰다듬으며 알부가 말했다. "노르웨이 사업가들이 왜 해외 진출에 실패하는지 아시오? 신발을 소홀히 하기 때문이오. 옷은 15만 크로네짜리 프라다 양복을 입으면서, 신발은 스코링엔*에서 세일할 때 산 신발을 신는다오. 외국인들은 그런 점을 미심쩍게 생각하죠." 알부는 자신의 신발을 가리켰다. "봐요. 이탈리아 수제화요. 18만 크로네지만 이걸로 사람들의 신뢰를 살 수 있으니 그리 비싼 가격도 아니지."

"내가 궁금한 건 이겁니다. 그날 밤 당신이 밖에서 기다리고 있었다는 걸 내게 왜 그렇게 알리고 싶어 한 겁니까? 질투 때문이었

* 저가형 신발 브랜드.

나요?" 해리가 물었다.

알부는 껄껄 웃으며 고개를 저었다. 비그디스는 어깨에 놓인 그의 팔을 뿌리쳤다.

"내가 안나의 새 애인이라고 생각했습니까?" 해리는 집요하게 물고 늘어졌다. "사건과 관련해서 내 이름이 나오면 내가 겁을 먹고 아무것도 못할 거라고 생각했습니까? 그래서 나를 가지고 놀면서, 고문하고 미치게 만들어야겠다고 생각한 겁니까? 그래서 그런 짓을 한 겁니까?"

"빨리 와, 아르네! 크리스티안이 한마디 하고 싶대!" 한 손에는 술잔을, 다른 손에는 시가를 든 남자가 계단 위에 서서 몸을 흔들었다.

"먼저 시작해. 난 이 멋진 신사분 먼저 해결하고 갈 테니까." 알부가 말했다.

남자는 눈살을 찌푸렸다. "문제라도 생긴 거야, 응?"

"전혀 아니에요." 비그디스가 황급히 말했다. "그냥 먼저 들어가 있어요, 토마스."

남자는 어깨를 으쓱하더니 거실로 들어갔다.

"나를 놀라게 한 건 하나 더 있습니다. 심지어 내가 사진을 들고 찾아간 후에도 당신은 내게 계속 메일을 보낼 정도로 오만했죠." 해리가 말했다.

"자꾸 같은 말 해서 미안한데, 형사 양반." 알부가 혀 풀린 발음으로 말했다. "아까부터 계속 말하는 그…… 그 이메일이 대체 뭐요?"

"맞습니다. 흔히들 본명을 밝히지 않고도 신청할 수 있는 서버를 이용하면, 익명으로 메일을 보낼 수 있다고 생각하죠. 하지만 그건 틀린 생각입니다. 해커인 내 친구의 말로는 우리가 인터넷상에서 한 행동은 모두, 하나도 빠짐없이 흔적이 남는다고 하더군요. 그 흔적을 추적하면 내게 메일을 보낸 서버를 찾을 수 있고, 우리는 그렇게 할 겁니다. 서버를 찾아내는 건 시간문제죠."

"제발 부탁이니까……." 비그디스가 입을 열었다가 그냥 다물었다.

"말해주시죠, 알부 씨." 해리가 담배에 불을 붙이며 말했다. "지난주 화요일 밤 11시에서 새벽 1시 사이에 어디 있었습니까?"

아르네와 비그디스 알부는 시선을 교환했다.

"여기서 대답하든지 아니면 나중에 경찰청에서 하시죠." 해리가 말했다.

"그 시간에 남편은 여기 있었어요." 비그디스가 말했다.

"다시 한번 말씀드리죠." 코로 담배 연기를 내뿜으며 해리가 말했다. 그는 지금 자신이 지나친 강수를 두고 있다는 것을 알고 있었다. 그냥 한번 던져보는 이 엄포가 먹히지 않으리라는 것도 알고 있었다. 하지만 이제 와서 돌이킬 수는 없었다. "여기서 대답하든지 아니면 나중에 경찰청에서 하시죠. 손님들에게 파티가 끝났다고 말할까요?"

비그디스가 아랫입술을 씹었다. "하지만 내가 말했잖아요. 남편은 그 시간에 나와……." 그녀가 말문을 열었다. 그녀의 얼굴은 더 이상 아름다워 보이지 않았다.

"괜찮아, 비그디스." 알부는 그렇게 말하며 그녀의 어깨를 토닥였다. "가서 손님들 접대해. 난 홀레 씨를 정문까지 배웅할 테니까."

*

분명 더 높은 곳에서는 바람이 몰아치고 있었는데도 해리는 바람 한 점 느낄 수 없었다. 밤하늘을 가로질러 흘러가는 구름이 가끔씩 달을 가렸다. 두 사람은 느릿느릿 걸었다.

"왜 하필 집으로 찾아온 거요?" 알부가 물었다.

"당신이 자초한 일입니다."

알부는 고개를 끄덕였다. "그럴지도 모르지. 하지만 아내가 꼭 이런 식으로 알아야 할 필요는 없잖소?"

해리는 어깨를 으쓱였다. "그럼 어떤 식으로 알게 되기를 바랐습니까?"

집 안에서 흘러나오던 음악이 멈추고, 간간히 웃음소리가 와르르 터져 나왔다. 크리스티안이 연설 중이었다.

"담배 좀 빌립시다. 난 금연 중이라서 말이오." 알부가 말했다.

해리는 그에게 담뱃갑을 건넸다.

"고맙소." 알부는 입술 사이에 담배를 물고 해리의 라이터 위로 허리를 숙였다. "당신이 원하는 게 뭐요? 돈?"

"왜 다들 똑같은 질문을 하는 거지?" 해리가 중얼거렸다.

"당신 혼자서 단독으로 행동하기 때문이오. 날 체포할 수 있는 영장도 없으면서 경찰청에 끌고 가겠다는 협박으로 날 겁주고 있잖소. 만약 당신이 라르콜렌에 있는 내 별장에 무단 침입했다면 당신도 나 못지않게 골치 아파질 거요."

해리는 고개를 저었다.

"돈 때문이 아니다?" 알부가 허리를 폈다. 하늘에서 별 서너 개가 반짝거렸다. "그럼 뭔가 개인적 이유요? 둘이 사귀었소?"

"나에 대한 건 모두 다 알 텐데요."

"안나는 사랑을 매우 진지하게 받아들였소. 사랑을 사랑했지.

아니, 숭배했소. 그게 올바른 단어요. 그녀는 사랑을 숭배했소. 그녀의 인생에서 조금이라도 의미가 있는 건 오직 사랑뿐이었지. 사랑과 미움. 중성자성이 뭔지 아시오?"

해리는 고개를 저었다. 알부는 담배를 들어 올렸다. "행성이오. 이 행성은 밀도와 표면 중력이 너무 높아서, 이런 담배 하나만 떨어뜨려도 원자폭탄에 맞먹는 폭발이 일어난다오. 안나도 그런 중성자성과 같았소. 사랑과 미움을 끌어들이는 그녀의 중력은 너무 강해서 둘 사이에 다른 어떤 것도 존재할 수 없었소. 아주 작은 요소도 원자폭탄급 폭발을 일으켰지. 이해하겠소? 나도 시간이 흐른 뒤에야 이해했소. 그녀는 목성과 같았소. 끊임없이 맴도는 유황 구름 뒤에 숨어 있는 목성. 거기에 유머와 관능미까지."

"금성."

"뭐라고 했소?"

"아닙니다."

두 조각의 구름 사이로 달이 얼굴을 내밀자, 청동 수사슴이 허구의 짐승처럼 정원의 그림자 속에서 튀어나왔다.

"안나와 나는 자정에 만나기로 약속했소. 내게 돌려주고 싶은 물건이 몇 가지 있다고 하더군. 그래서 난 12시에 소르겐프리 가에 주차하고 20분 동안 기다렸소. 내가 초인종을 누르지 않고 대신 전화하기로 했기 때문이오. 오지랖 넓은 이웃집 여자가 신경 쓰인다고 안나가 그러더군. 어쨌거나 안나는 전화를 받지 않았고, 그래서 난 그냥 집으로 왔소."

"그럼 아내분이 거짓말한 겁니까?"

"물론이오. 당신이 사진을 가지고 쳐들어온 날에 우리는 이미 합의했소. 아내가 내 알리바이를 만들어주는 걸로."

"그런데 그 알리바이를 왜 이제 와서 포기하는 겁니까?"

알부는 웃음을 터뜨렸다. "누가 포기했다고 그러시오? 지금 여기에는 침묵의 증인인 달과 우리 둘뿐인데. 나중에 내가 모든 걸 부인할 수도 있소. 솔직히 말해서, 어차피 내게 불리한 증거도 없잖소?"

"왜 지난번에 나와 이야기할 때는 모든 걸 사실대로 말하지 않았습니까?"

"내가 안나를 죽였다고 말이오?" 알부가 다시 웃었다. 이번에는 더 큰 소리로. "그걸 밝혀내는 게 당신 직업 아니오?"

두 사람은 정문 앞에 도착했다.

"당신은 그저 내가 어떻게 반응하는지 보고 싶었을 뿐이오." 알부는 대리석 위에 담배를 비벼 껐다. "그리고 복수하고 싶었겠지. 그래서 내 아내에게 그 사실을 알린 거요. 당신은 화가 난 거야. 화가 난 어린아이처럼 앞에 보이는 건 무조건 공격한 거지. 이제 만족하시오?"

"이메일 주소만 찾아내면 당신을 체포할 겁니다." 해리는 더 이상 화가 나지 않았다. 그저 피곤할 뿐이었다.

"이메일 주소 같은 건 찾아내지 못할 거요. 미안하게 됐소, 친구. 이 게임을 계속할 수는 있지만 당신은 절대 이기지 못해."

해리는 주먹을 날렸다. 손가락 마디가 살에 부딪치며 둔탁하고 짧은 퍽 소리가 났다. 알부는 이마를 움켜쥔 채 비틀거리며 뒤로 한 발짝 물러섰다.

해리는 어두운 밤공기 속에 자신의 회색 입김이 퍼지는 것을 보았다. "바늘로 꿰매야 할 겁니다." 해리가 말했다.

알부는 자신의 피 묻은 손을 바라보며 박장대소했다. "맙소사,

해리. 당신 정말 찌질이로군. 앞으로 그냥 이름으로 불러도 될까? 이 일로 우리가 더 친해진 것 같은데, 안 그렇소?"

해리는 대답하지 않았다. 그러자 알부는 더 크게 웃었다.

"대체 안나는 뭘 보고 당신을 좋아한 거지? 안나는 찌질이를 싫어하거든. 최소한 찌질이와 자지는 않아."

알부의 웃음소리가 점점 더 높아지는 동안, 해리는 돌아서서 택시로 걸어갔다. 그의 주먹에 점점 힘이 들어가면서 쥐고 있던 자동차 열쇠의 뾰족뾰족한 톱니가 살을 파고들었다.

23

말머리성운

전화벨 소리에 잠에서 깬 해리는 실눈으로 시계를 바라보았다. 7시 30분. 전화한 사람은 외위스테인이었다. 그가 해리의 아파트를 떠난 지 불과 세 시간밖에 되지 않았다. 떠나기 전에 이미 문제의 서버가 이집트에 있다는 사실을 알아냈는데 이제는 또 다른 사실까지 알아냈다.

"옛 친구에게 메일을 보냈어. 지금 말레이시아에 살고 있는데, 그 친구가 가벼운 해킹을 좀 해줬지. ISP는 엘 토르라는 회사이고, 시나이 반도에 있어. 그쪽에 ISP가 꽤 많아. 일종의 중심지라고 할 수 있지. 자고 있었어?"

"비슷해. 우리 고객은 어떻게 찾을 거야?"

"유감스럽게도 방법은 하나뿐이야. 미국 달러를 두둑이 들고 직접 찾아가는 거지."

"얼마나?"

"이 일을 해결하려면 누구와 이야기해야 하는지 알아낼 수 있을 만큼. 또 그렇게 해서 만난 사람에게 이 일을 해결하려면 진짜 누구와 이야기해야 하는지 알아낼 수 있을 만큼. 또 그렇게 해서 만

난 사람에게 이 일을 해결하려면 정말로 누구와―."

"알아들었어. 그러니까 얼마나?"

"천 달러 정도면 뭔가 알아낼 수 있을 거야."

"그럴까?"

"나도 그냥 생각나는 대로 말한 거야. 내가 뭘 알겠어?"

"알았어. 그럼 일 맡을 거야?"

"물론."

"돈은 내가 마련할게. 넌 제일 싼 비행기를 타고 제일 싼 숙소에서 지내."

"알았어."

*

점심시간인 12시라서, 경찰청 구내식당은 사람들로 바글거렸다. 해리는 이를 악물고 식당 안으로 들어갔다. 그가 동료들을 싫어하는 것은 원칙이 달라서가 아니었다. 그저 본능적으로 싫었다. 세월이 흐르며 그 증상은 점점 더 심해졌다.

"지극히 정상적인 피해망상일세." 에우네는 그렇게 말했었다. "나도 마찬가지야. 모든 심리학자들이 날 따라잡으려 한다는 기분이 들거든. 하지만 현실적으로는 아마 절반 정도만 그럴걸세."

해리는 실내를 훑어보았다. 점심 도시락을 펼치고 앉아 있는 베아테, 그리고 해리에게 등을 돌린 채 그녀와 동석한 누군가가 보였다. 해리는 테이블을 지나갈 때마다 느껴지는 시선을 무시하려 했다. 누군가 "안녕하세요" 하고 웅얼거렸지만, 해리는 그 말을 빈정거림으로 받아들이고 대답하지 않았다.

"합석해도 될까?"

베아테는 나쁜 짓을 하다가 들킨 표정으로 해리를 올려다보왔다.

"물론." 익숙한 목소리가 들리더니, 베아테의 맞은편에 앉아 있던 사람이 자리에서 일어섰다. "어차피 일어나려던 참이었어."

해리는 목덜미의 솜털이 곤두서는 걸 느꼈다. 원칙이 달라서가 아니라 본능적으로.

"그럼 오늘 저녁에 봐." 톰 볼레르는 미소를 지었다. 새빨갛게 달아오른 베아테의 얼굴을 향해 그의 하얀 이가 싱긋 드러났다. 그러고는 쟁반을 집어 들더니 해리에게 목례를 하고 자리를 떴다. 해리가 자리에 앉는 동안, 베아테는 도시락에 든 염소 치즈를 내려다보며 애써 태연한 표정을 지었다.

"어떻게 된 거야?"

"뭐가요?" 이해할 수 없다는 표정을 과장되게 지으며 그녀가 톡 쏘아붙였다.

"자동응답기에 뭔가 알아냈다는 메시지를 남겼잖아. 급한 일인 줄 알고 달려왔지."

"조사를 좀 했어요." 베아테가 컵을 들어 우유를 마셨다. "컴퓨터가 도살자의 얼굴을 그린 그림 있잖아요? 머릿속을 뒤져서 그 그림이 누굴 연상시키는지 찾아봤어요."

"나한테 보여줬던 그 인쇄물 말이야? 그건 얼굴이라고 할 수도 없어. 그냥 종이 위에 선이 마구잡이로 그어져 있었을 뿐이라고."

"그래도요."

해리는 어깨를 으쓱였다. "하긴 자네의 방추상회는 특별하니까. 계속 해봐."

"어젯밤에 그게 누군지 생각났어요." 그녀는 다시 우유를 한 모금 마시더니, 입술 위에 생긴 우유 수염을 냅킨으로 닦았다.

"누군데?"

"트론 그레테."

해리는 그녀를 빤히 바라보았다. "농담이지?"

"아뇨. 그 사람이라는 게 아니라 그와 분명한 유사점이 있다는 말이에요. 어쨌든 보그스타바이엔 가에서 강도 사건이 일어나던 시간에 트론은 사건 현장에서 멀지 않은 곳에 있었어요. 하지만 아까도 말씀드렸다시피 제가 조사를 했죠."

"어떻게……?"

"게우스타 병원에 물어봤어요. 만약 첫 번째 강도 사건과 두 번째 강도 사건이 동일범의 소행이라면, 트론 그레테는 범인이 아니에요. 두 번째 사건이 터지던 시간에 최소한 세 명의 간병인과 함께 텔레비전 실에 앉아 있었거든요. 그리고 과학수사과 직원 두 명을 보내 트론의 집에서 지문을 채취해 오게 했어요. 방금 베베르가 그 지문을 코카콜라 병에서 나온 지문과 비교했는데 일치하지 않았어요."

"그럼 이번만은 자네가 틀린 건가?"

베아테는 고개를 저었다. "범인은 트론 그레테와 어느 정도 동일한 외적 특성을 지닌 사람인 거죠."

"이런 말 하기는 유감이지만, 트론은 외적이든 내적이든 어떤 특성도 없는 사람이야, 베아테. 그냥 회계사처럼 생긴 회계사일 뿐이라고. 난 그 사람 얼굴도 벌써 잊었어."

"맞아요." 자신이 먹을 샌드위치의 포장지를 벗기며 베아테가 말했다. "하지만 전 기억나요. 그게 중요하죠."

"음. 어쩌면 내가 좋은 소식을 들려줄지도 몰라."

"그래요?"

"지금 봇센 교도소에 가는 길이야. 라스콜이 나와 이야기하고 싶대."

"와. 행운을 빌어요."

"고마워." 해리는 자리에서 일어났지만, 선뜻 떠나지 않고 꾸물거렸다. 그러더니 숨을 깊이 들이쉬었다. "내가 자네 아버지는 아니지만, 한 마디 해도 될까?"

"얼마든지요."

해리는 듣는 사람이 없는지 확인하기 위해 주위를 둘러보았다. "내가 자네라면 볼레르를 조심할 거야."

"고마워요." 베아테는 샌드위치를 크게 한 입 베어 물었다. "하지만 반장님 말씀대로 반장님은 제 아버지가 아니니까요."

*

"난 평생을 노르웨이에서 살았습니다." 해리는 이야기를 시작했다. "옵살에서 자랐죠. 부모님은 두 분 다 교사였어요. 아버지는 은퇴하셨는데 어머니가 돌아가신 뒤로는 몽유병자처럼 살고 계시죠. 가끔씩만 산 자들의 땅에 내려오세요. 여동생은 예전의 아버지를 그리워해요. 나도 그런 거 같아요. 아버지와 어머니 모두 그리워요. 두 분은 내가 교사가 될 거라고 생각하셨죠. 나도 그럴 줄 알았어요. 하지만 엉뚱하게 경찰대학에 갔죠. 그리고 법학도 좀 공부했고요. 왜 경찰이 되었느냐고 묻는다면, 그럴듯한 대답을 열 개는 할 수 있어요. 하지만 난 그중 어떤 대답도 믿지 않아요. 이젠 더 이상 그 문제에 대해 생각하지 않아요. 이건 그냥 내 직업이고, 월급도 나오고, 가끔씩 좋은 일을 하는 것에 만족합니다. 그정도 이유면 꽤 오래 버틸 수 있죠. 난 서른이 되기 전부터 이미 알코올 중독자였어요. 어쩌면 스무 살 전부터였을지도 모르겠군요. 어떻게 보느냐에 달려 있죠. 사람들 말로는 알코올 중독이 유전이라더군요. 그럴지도 몰라요. 온달스네스에 사시던 할아버지가 실은 50년간 매일 술에 취해 있었다는 걸 나중에 어른이 되어서야 알았어요. 내가 열다섯이 될 때까지 우리 가족은 매년 여름 할아버지네 집에 갔는데, 아무도 그 사실을 눈치채지 못했죠. 유감스럽게도 난 할아버지의 그런 재능은 물려받지 못했어요. 그래서 사람들이 눈치챌 만한 짓들을 많이 했죠. 한마디로 내가 아직까지 경찰청에 다니는 건 기적입니다."

해리는 '금연'이라고 적힌 표지판을 보며 담배에 불을 붙였다.

"안나와 나는 6주 동안 만났습니다. 안나는 날 사랑하지 않았고, 나도 안나를 사랑하지 않았죠. 내가 헤어지자고 했을 때 그건 나보다는 안나를 위해서였습니다. 안나는 그렇게 생각하지 않는 것 같았지만."

해리의 이야기를 듣고 있던 남자는 고개를 끄덕였다.

"지금까지 내가 사랑한 여자는 딱 세 명입니다." 해리는 이야기를 계속했다. "첫 번째 여자는 학창시절에 사귀었는데, 난 그 애와 결혼할 생각이었죠. 그런데 일이 완전히 틀어져버렸어요. 그 친구는 나와 헤어지고 한참 후에 자살했습니다. 그러니 그 친구의 자살은 우리가 헤어진 것과는 아무 상관이 없죠. 두 번째 여자는 지구 반대편에서 내가 쫓던 범인에게 살해되었어요. 내 파트너였던 엘렌도 그렇게 죽었죠. 이유는 모르겠지만 내 주위의 여자들은 다 죽어요. 어쩌면 그것도 타고난 것인지 모르죠."

"세 번째 여자는?"

세 번째 여자. 세 번째 열쇠. 해리는 조금 전, 이 면회실에 막 들어왔을 때 라스콜에게 건네받은 열쇠의 뾰족뾰족한 톱니와 이니

셜 A.A를 쓰다듬었다. 주택조합이 보내준 안나의 아파트 열쇠와 이 열쇠가 일치하느냐는 해리의 질문에 라스콜은 고개를 끄덕였다.

그러고는 해리에게 그의 이야기를 들려달라고 했고, 그래서 해리는 이야기를 하는 중이었다.

이제 라스콜은 테이블 위로 팔꿈치를 괴고, 기도하는 사람처럼 손가락을 깍지 긴 채 앉아 있었다. 고장 났던 네온등은 새것으로 교체되었고, 그의 얼굴에 떨어지는 빛은 푸르스름한 하얀색 가루 같았다.

"세 번째 여자는 모스크바에 있습니다. 그 여자는 죽지 않고 살아남을 거 같아요." 해리가 말했다.

"자네 여자인가?"

"그렇게까지 말할 단계는 아닙니다."

"하지만 사귀는 중이고?"

"네."

"여생을 함께 보낼 계획인가?"

"글쎄요. 우린 아무 계획도 세우지 않았습니다. 아직은 시기상조예요."

라스콜은 서글픈 미소를 지었다. "자네는 세우지 않았다는 뜻이겠지. 하지만 여자들은 계획을 세운다네. 늘 그렇지."

"당신처럼 말입니까?"

라스콜은 고개를 저었다. "난 은행을 터는 계획밖에 세울 줄 몰라. 사람의 마음을 훔치는 데 있어서 남자들은 모두 아마추어야. 우린 여자를 정복했다고 믿지. 요새를 점령한 장군처럼. 그러다가 뒤늦게야 우리가 속았다는 걸 깨달아. 죽을 때까지 모를 수도 있고. '손자'라는 이름을 들어봤나?"

해리는 고개를 끄덕였다. "중국의 장수이자 지략가죠. 손자병법을 썼고요."

"사람들 말에 의하면 그렇지. 하지만 난 손자병법을 쓴 사람이 여자라고 생각하네. 표면적으로는 손자병법이 전쟁터에서 전략을 세우는 법을 다루는 것 같지만, 더 깊이 들여다보면 사실은 갈등에서 이기는 법을 말하고 있어. 좀 더 정확히 말하자면, 최소한의 대가로 원하는 것을 얻는 기술을 알려주지. 전쟁에서 이긴 사람이 꼭 승자는 아니라네. 많은 자들이 왕관을 썼지만 정작 자기 병사를 너무 많이 잃어서 오히려 표면상으로는 패배한 적군의 명령에 따라 통치해야만 했지. 권력에 관해서라면, 여자는 남자와 같은 허영심이 없어. 그래서 권력을 과시하지 않아. 그저 상대에게서 자신이 원하는 것, 그러니까 안도감, 음식, 즐거움, 복수, 평화를 얻어낼 수 있는 권력만 원할 뿐이지. 이성적이고, 권력을 추구하면서 계획을 세우지. 싸우는 것 그 이상, 승리를 축하하는 것 그 이상을 생각하는 사람들이야. 또한 자신의 희생양에게서 약점을 찾아내는 타고난 능력이 있기 때문에 언제, 어떻게 공격해야 하는지 본능적으로 알고 있어. 언제 멈춰야 할지도. 이건 절대 배운다고 되는 게 아니야, 스피우니."

"그래서 당신도 감옥에 있는 겁니까?"

라스콜은 눈을 감고 소리 없이 웃었다. "순순히 대답해줄 수도 있지만, 자네는 분명 내가 하는 말을 하나도 믿지 않을 거야. 손자의 첫 번째 병법은 속임수라네. 내 말을 믿게. 집시들은 모두 거짓말쟁이야."

"흠, 당신 말을 믿으라고요? 고대 그리스의 패러독스가 따로 없군요."

"이런, 형법 외의 다른 것도 아는 경찰이 있다니. 모든 집시가 거짓말쟁이고 내가 집시라면, 모든 집시가 거짓말쟁이라는 내 말은 거짓이겠지. 그러니 실은 내가 사실을 말한 거고, 그렇다면 모든 집시가 거짓말쟁이라는 말은 사실이야. 그러니 난 거짓말을 하고 있는 거야. 이것이 절대 깰 수 없는 순환논법이라네. 내 삶이 그러하고, 그것만이 유일한 진실이지." 그가 부드럽게 웃었다. 여자의 웃음소리 같았다.

"내 첫 수를 보여줬으니 이젠 당신 차례입니다."

라스콜은 해리를 바라보았고, 고개를 끄덕였다.

"내 이름은 라스콜 바제트라네. 알바니아 이름이지. 하지만 아버지는 우리가 알바니아인이라는 사실을 받아들이지 않았어. 알바니아가 유럽의 똥구멍이라고 생각했거든. 그래서 늘 나를 포함한 우리 형제자매들에게 우리는 루마니아에서 태어나 불가리아에서 세례를 받았고, 헝가리에서 포경수술을 했다는 말을 해주었지.

우리 가문은 아마도 메카리일 거야. 알바니아에서 규모가 가장 큰 집시 가문이지. 엔버 호자*가 집시를 박해하기 시작하자, 우리 가족은 몬테네그로의 산으로 도망쳤고 거기서 동쪽으로 향했어.

우린 어딜 가든 쫓겨 다녔어. 사람들은 우리에게 도둑이라고 손가락질했지. 물론 맞는 말이긴 한데, 아예 증거조차 확보하려 하지 않는다는 게 문제였어. 우리가 집시라는 것이 곧 증거였지. 내가 이 이야기를 하는 까닭은 집시를 이해하기 위해서는 그들이 이마에 최하계층의 표식을 달고 나온다는 사실을 알아야 하기 때문

* 알바니아의 제1대 공산당 서기장.

305

이야. 우리는 유럽의 모든 정권으로부터 빠짐없이 박해를 받았지. 파시스트든 공산주의자든 민주주의자든 상관없었어. 파시스트가 좀 더 효율적이었을 뿐이야. 집시들은 2차 세계대전 당시 나치에게 대학살을 당했던 일로 딱히 요란을 떨지 않아. 그 전에도 이미 비슷한 박해를 받아왔기 때문이지. 내 말을 못 믿는 것 같군."

해리가 어깨를 으쓱이자, 라스콜은 팔짱을 꼈다.

"1589년 덴마크는 집시 우두머리들에게 사형을 구형하기 시작했지. 50년 후에는 스웨덴에서 모든 집시 남자들을 교수형 시키기로 결정했고. 모라비아에서는 집시 여자들의 왼쪽 귀를, 보헤미아에서는 오른쪽 귀를 잘랐어. 마인츠의 대주교는 모든 집시들은 재판을 받을 필요 없이 사형시켜야 한다고 했어. 집시들의 생활 방식 자체가 이미 불법이라는 이유였지. 1725년 프로이센에서는 18세 이상의 모든 집시들을 재판 없이 사형시킨다는 법안이 통과되었어. 하지만 후에 그 법안은 폐지되고, 연령 제한은 14세로 낮춰졌지. 우리 아버지의 형제들 가운데 네 명은 모두 붙잡혀 죽었는데 2차 세계대전 중에 죽은 사람은 그중 한 명뿐이었어. 계속 할까?"

해리는 고개를 저었다.

"이것조차도 빙산의 일각이야. 우리가 박해받은 이유도, 또 살아남은 이유도 하나뿐이었어. 우리는 남들과 다르고, 다르기를 원하기 때문이지. 우리가 늘 따돌림 당했듯이 가드조도 우리 공동체에 들어올 수 없어. 집시는 신비로우면서 위협적인 이방인이야. 사람들은 집시에 대해 아무것도 모르면서 늘 온갖 종류의 소문을 만들어냈어. 오랫동안 집시가 식인종이라고 믿기도 했지. 어릴 때 부카레스트 외곽의 발테니에서 살았던 적이 있는데, 그쪽 사람들은 우리가 카인의 후손이라서 영원히 지옥에 갇힐 운명이라고 말하더군. 이웃에 사는 가드조가 우리에게 돈을 주면서 동네를 떠나라고 했지."

라스콜의 시선이 창문 없는 벽을 가로질렀다.

"우리 아버지는 대장장이였어. 하지만 루마니아에는 일감이 없었어. 그래서 칼데라쉬 집시들이 살고 있는 마을 외곽의 쓰레기 매립지로 이사를 갔어. 알바니아에 살 때 우리 아버지는 불리바스였어. 불리바스란 그 지역의 집시 리더이자 중재자를 말하지. 하지만 칼데라쉬 무리 속에서 아버지는 그저 일자리 없는 대장장이에 불과했어."

라스콜은 무거운 한숨을 쉬었다.

"어느 날 작고 순한 갈색 곰을 집에 데리고 오던 아버지의 표정을 잊을 수가 없어. 아버지는 남은 돈을 탈탈 털어 우르사리에게서 곰을 산 거야. '이 곰은 춤을 출 수 있단다.' 아버지는 그렇게 말씀하셨지. 공산주의자들은 춤추는 곰을 보려고 돈을 냈거든. 춤추는 곰을 보면 자기가 더 우월하다는 기분이 들었으니까. 우리 형 스테판은 곰에게 먹이를 주려고 했지만, 곰이 통 먹질 않는 거야. 엄마는 곰이 아픈 건 아닌지 물었어. 그러자 아버지는 부카레스트에서부터 당신과 함께 쭉 걸어왔으니까 곰에게도 휴식이 필요할 거라고 했지. 하지만 나흘 후에 곰은 죽어버렸어."

라스콜은 눈을 감고 예의 그 서글픈 미소를 지었다. "그해 가을, 스테판과 나는 가출했어. 두 사람의 입이라도 덜어야 했으니까. 우리는 북쪽으로 갔지."

"몇 살 때였나요?"

"난 여덟 살, 형은 열두 살이었어. 우리의 계획은 서독으로 가는 거였어. 당시 서독에서는 세계 각지의 난민들을 받아주고 먹여줬으니까. 전쟁을 일으킨 것에 대한 일종의 보상이었던 거 같아. 형은 어릴수록 밀입국에 성공할 확률이 높다고 생각했어. 하지만 우리는 폴란드 국경에서 잡혀버렸지. 할 수 없이 바르샤바로 가서, 각자 담요 하나씩 덮고 다리 밑에서 잤어. 바르샤바 동역 근처의 폐쇄된 지역이었지. 우리는 슐레퍼를 찾아야 했어. 슐레퍼는 밀입국을 도와주는 가이드 같은 사람이야. 며칠 동안 찾아 헤맨 끝에 마침내 로마니어*를 아는 사람을 찾아냈어. 그 남자는 자신이 국경 가이드라면서 우리를 서독으로 입국시켜주겠다고 약속했지. 하지만 우리에게는 돈이 없었어. 그러자 그가 돈을 벌 방법이 있다고 했어. 잘생긴 집시 소년들에게 돈을 두둑이 지불하는 남자들이 있다는 거야. 나는 그게 무슨 말인지 몰랐지만, 형은 당연히 알고 있었지. 형은 가이드를 옆으로 데려갔고, 두 사람은 큰 소리로 무언가를 상의했어. 가이드는 계속 손으로 날 가리켰고, 형은 계속 고개를 저었어. 결국 가이드가 양손을 들어 올리며 포기하더군. 형은 잠깐 차를 타고 다녀올 테니까 내게 기다리라고 했어. 나는 형 말대로 했지. 하지만 몇 시간이 지나도 형은 오지 않았어. 밤이 되었고, 나는 누워서 잠이 들었어. 그 다리 밑에서 자기 시작한 처음 이틀 동안은 화물 열차가 브레이크를 끼익 밟는 소리에 잠에서 깨곤 했어. 하지만 내 귀는 금세 그것이 경계해야 할 소리가 아님을 터득했지. 그래서 다시 잠들었는데 한밤중에 살금살금 걷는 발소리에 잠에서 깼어. 형이었어. 형은 자신의 담요 속으로 들어가더니 축축한 벽에 몸을 바싹 붙였어. 형이 우는 소리가 들

* 집시들의 언어.

렸지만 나는 눈을 꼭 감고 꼼짝하지 않았지. 이내 다시 기차 소리가 들렸어." 라스콜은 고개를 들었다. "기차 좋아하나, 스피우니?"

해리는 고개를 끄덕였다.

"다음 날 가이드가 돌아왔어. 그는 돈을 좀 더 요구했지. 형은 다시 차를 타고 떠났어. 나흘 뒤, 새벽에 깨어보니 형이 돌아와 있었어. 밤새 한숨도 못 잔 게 분명했지. 두피에 피가 묻어 있고, 입술 한쪽은 부어 있었어. 평소처럼 눈을 반쯤 뜬 채 누워 있더군. 새벽 공기 속에 형의 입김이 서리는 걸 볼 수 있었지. 나는 내 담요를 들고 중앙역으로 갔어. 거기 화장실 앞에 칼데라쉬 집시들이 진을 치고 앉아서 서쪽으로 떠날 기회를 기다리고 있었거든. 나는 그중에서 가장 나이 많은 소년에게 말을 걸었어. 그 애는 우리가 가이드라고 알고 있는 남자가 실은 역 주위에 자주 출몰하는 이 지역의 포주라고 했어. 자기 아빠에게도 30졸티를 주고 집시들 중에서 가장 어린 소년 둘을 데려갔다는 거야. 나는 그 애에게 내 담요를 보여줬어. 루블린을 지날 때 빨랫줄에 걸려 있던 걸 훔쳐 왔는데 두툼하고 상태가 좋았지. 그 애는 내 담요를 마음에 들어 했어. 곧 12월이었으니까. 난 그 애에게 칼을 보여달라고 했어. 그 애는 셔츠 안쪽에서 칼을 꺼냈지."

"그 소년에게 칼이 있다는 걸 어떻게 알았습니까?"

"집시들은 모두 칼을 가지고 다니니까. 그게 포크이자 나이프거든. 심지어 가족끼리도 포크나 나이프를 함께 쓰지 않아. 마리메이mahrime, 그러니까 영적으로 더러워지기 때문이지. 하지만 그 소년은 횡재한 거야. 그 애의 칼은 작고 무뎠거든. 다행히 철도 작업장에 있는 대장장이에게 칼을 갈아달라고 할 수 있었지."

라스콜은 오른손 새끼손가락의 길고 뾰족한 손톱으로 콧날을 쓸어내렸다.

"그날 밤, 형이 차에 탄 후에 난 그 포주 놈에게 날 위한 손님도 구해줄 수 있는지 물었지. 놈은 씩 웃으면서 기다리라고 하더군. 놈이 돌아왔을 때 나는 다리 아래의 그늘에 서서 역으로 들고나는 기차들을 바라보고 있었어. 놈이 외쳤어. '이쪽으로 와, 신티*. 좋은 손님을 모셔왔어. 돈 많은 공산당 당원이야. 서둘러. 시간이 별로 없어!' 난 크라쿠프 행 열차를 기다려야 한다고 대답했지. 그랬더니 놈이 다가와 내 팔을 잡았어. '지금 가야 한다니까. 못 알아들어?' 내 키는 기껏해야 놈의 가슴팍까지밖에 닿지 않았어. '저기 와요.' 내가 손으로 가리켰지. 놈은 내 팔을 놓아주더니 기차를 올려다보았어. 검은색 화물 열차의 행렬이 우리의 창백한 얼굴 옆으로 줄줄이 지나갔어. 이윽고 기다리던 순간이 왔어. 기차가 브레이크를 밟으며 바퀴가 선로 위에서 끼익 비명을 지르는 거야. 그 소리가 모든 것을 삼켜버렸지."

해리는 실눈을 떴다. 마치 그렇게 하면 라스콜의 말이 거짓인지 아닌지 더 쉽게 알 수 있다는 듯이.

"마지막 열차가 천천히 지나갈 때 창가에서 날 바라보는 여자의 얼굴이 보였어. 꼭 귀신 같더군. 우리 엄마처럼. 난 피 묻은 칼을 들어 올려 그녀에게 보여주었지. 그거 아나, 스피우니? 내 인생에서 완벽하게 행복했던 순간은 그때뿐이었어." 라스콜은 마치 그때로 돌아간 듯이 눈을 감았다. "'코케 페르 코케$^{koke\ per\ koke}$'. 머리에는 머리로. 피 흘리는 복수를 뜻하는 알바니아식 표현이지. 복

---

* 동유럽의 집시를 가리키는 말.

수야말로 신이 인간에게 준 가장 위험한 마약이야."

"그래서 어떻게 됐나요?"

라스콜이 다시 눈을 떴다. "박스트 ^{baxt} 가 무슨 뜻인지 아나, 스피우니?"

"모릅니다."

"운명이라네. 지옥과 카르마. 우리 삶을 지배하는 것들이지. 포주의 지갑을 열어보니 3천 졸티가 들어 있었어. 형이 돌아왔고, 우리는 놈의 시신을 선로 너머로 운반해 동쪽으로 가는 화물 열차 안에 버렸어. 그러고는 북으로 향했지. 2주 후에 그단스크에서 출발해 예테보리로 가는 배에 몰래 탔어. 거기서 오슬로로 왔고, 오슬로에 도착해 퇴옌의 벌판으로 갔어. 거기에 트레일러 네 대가 있었는데 세 대는 이미 누군가 살고 있더군. 나머지 한 대는 바퀴의 차축이 부러진 낡은 트레일러였지만 그래도 비어 있었지. 그 트레일러가 그 후로 5년간 우리의 집이었어. 그해 크리스마스이브, 우리는 그 트레일러에서 내 아홉 번째 생일을 축하했어. 하나 남은 담요 속에 들어가 비스킷과 우유 한 잔을 마시면서. 다음 날인 크리스마스에 처음으로 거리의 키오스크를 털었고, 우리는 그 일이 우리의 천직이라는 걸 알았지." 라스콜이 환하게 웃었다. "갓난아기에게서 사탕을 뺏는 것만큼이나 쉽더군."

두 사람은 한동안 말없이 앉아 있었다.

"아직도 날 완전히 믿지 못하는 표정이로군."

"그게 중요한가요?" 해리가 물었다.

라스콜은 미소를 지었다. "안나가 자네를 사랑하지 않는다는 걸 어떻게 알았나?"

해리는 어깨를 으쓱였다.

각자 한쪽 손목에 수갑을 찬 채 두 사람은 나란히 배수로를 걸어갔다.

"내가 범인을 알 거라고 확신하진 말게. 내가 모르는 사람일 수도 있어."

"압니다."

"좋아."

"그러니까 만약 안나가 당신 형님인 스테판의 딸이고, 형님이 노르웨이에 살고 있다면 장례식에는 왜 오지 않은 겁니까?"

"형은 죽었으니까. 몇 년 전에 개조 공사한 집의 지붕에서 떨어졌지."

"안나의 어머니는요?"

"형이 죽고 나자, 형제자매와 함께 루마니아 남쪽으로 이사 갔어. 주소는 몰라. 아마 번듯한 주소도 없을 테지만."

"이바르손에게 안나의 가족이 장례식에 참석하지 않은 건 안나가 가문 이름에 먹칠을 했기 때문이라고 했다면서요."

"그랬나?" 라스콜의 갈색 눈동자에 즐거운 기색이 감돌았다. "내가 거짓말을 한 거라면 믿겠어?"

"네."

"하지만 거짓말이 아니야. 안나의 가족은 안나와 의절했지. 형에게 안나는 더 이상 딸이 아니었어. 죽을 때까지 안나의 이름을 입에 올리지 않았어. 마리메이를 방지하기 위해서. 이해하겠나?"

"글쎄요."

그들은 경찰청사로 들어가 엘리베이터를 기다렸다. 라스콜은 혼잣말을 중얼거리더니 이내 소리 내어 말했다. "왜 날 믿는 거지,

스피우니?"

"다른 선택의 여지가 없으니까요."

"우리에게는 늘 선택의 여지가 있어."

"그보다 중요한 건 당신은 왜 나를 믿느냐는 겁니다. 내가 준 열쇠가 주택조합에서 보내준 안나의 아파트 열쇠와 일치할 수는 있어요. 하지만 내가 그 열쇠를 살인자의 집에서 찾아냈다는 건 거짓말일 수도 있잖습니까."

라스콜은 고개를 저었다. "착각하고 있군. 난 아무도 믿지 않아. 오로지 내 직감만 믿지. 그리고 내 직감에 의하면 자넨 바보가 아니야. 사람에게는 누구나 삶의 이유, 빼앗을 수 있는 무언가가 있어. 자네도 마찬가지고. 그뿐이야."

엘리베이터 문이 양옆으로 열렸고, 그들은 엘리베이터에 올라탔다.

*

해리는 흐릿한 어둠 속에 잠긴 라스콜을 뚫어지게 바라보았다. 그는 은행강도 사건의 녹화 테이프를 보는 중이었다. 등을 꼿꼿이 세우고 양 손바닥을 맞댄 채 조금의 표정 변화도 없이. 변조된 총성이 하우스 오브 페인을 가득 채울 때조차도 그러했다.

"다시 보여드릴까요?" 인두스트리 가로 사라지는 도살자의 마지막 모습이 화면에 잡히자, 해리가 물었다.

"그럴 필요 없네." 라스콜이 말했다.

"어떻습니까?" 최대한 흥분을 감추며 해리가 물었다.

"다른 테이프는 없나?"

해리는 불길한 예감이 들었다.

"은행과 대각선으로 맞은편에 있는 세븐일레븐에서 찍은 비디오가 있기는 합니다. 범인은 은행을 털기 전에 그곳에서 망을 봤죠."

"틀어보게."

해리는 세븐일레븐의 테이프를 두 번이나 틀었다. "어떤가요?" 화면이 끝나고 모니터 속에 새하얀 눈보라가 몰아치자, 해리가 다시 물었다.

"저자가 저지른 강도 사건이 한둘이 아닐 테니, 다른 테이프를 볼 수도 있겠지." 라스콜은 손목시계를 보았다. "하지만 시간 낭비야."

"지난번엔 널린 게 시간이라고 했던 것 같은데요."

"새빨간 거짓말일세." 그가 자리에서 일어나 손을 내밀었다. "내게 없는 건 시간뿐이야. 수갑을 다시 채워주게, 스피우니."

해리는 마음속으로 욕을 하며 라스콜의 손에 수갑을 채웠다. 두 사람은 테이블과 벽 사이를 모로 지나갔다. 해리는 문손잡이를 잡았다.

"은행털이범은 대부분 단순무식한 놈들이지. 그래서 은행을 터는 거야." 라스콜이 말했다.

해리는 동작을 멈췄다.

"유명한 은행털이범 중에 윌리 서튼이라는 미국인이 있지. 그가 체포되어 법정에 섰을 때 판사는 그에게 왜 은행을 털었느냐고 물었어. 서턴은 이렇게 대답했어. '거기에 돈이 있으니까요.' 그 말은 미국 영어의 일상적인 표현이 되었는데, 언어라는 것이 얼마나 단도직입적이고 쉽게 표현할 수 있는지 보여주지. 내게 그 말은 그저 잡힌 놈이 얼마나 멍청한지 대변하는 것에 불과하지만. 훌륭한 은행강도는 유명하지도 않고, 널리 인용될 만한 말을 남기지도 않아. 사람들은 그의 이름을 알지도 못해. 왜냐하면 잡힌 적이 없으니까. 단도직입적이지도 않고, 단순무식하지도 않거든. 당신들이 찾는 범인도 바로 그런 부류에 속하는 놈이야."

해리는 기다렸다.

"그레테." 라스콜이 대답했다.

*

"그레테라고요?" 베아테는 튀어나올 듯한 눈동자로 해리를 바라보았다. "그레테?" 그녀의 목을 지나가는 정맥이 부풀어 올랐다. "하지만 트론 그레테에게는 알리바이가 있어요! 게다가 그 사람은 소심한 회계사이지 은행강도가 아니라고요! 트론 그레테는…… 그러니까……."

"결백하지. 나도 알아." 해리는 그렇게 말하며 등 뒤로 문을 닫고, 책상 맞은편에 놓인 의자에 몸을 묻었다. "하지만 지금 내가 말하는 사람은 트론 그레테가 아니야."

베아테는 소리가 날 정도로 입을 찰싹 다물었다.

"레브 그레테라고 들어봤어?" 해리가 물었다. "라스콜 말로는 녹화 테이프의 첫 30초만 보고 그자라는 걸 알았대. 하지만 확실히 하기 위해 끝까지 봤다더군. 왜냐하면 최근 몇 년간 레브 그레테를 본 사람이 아무도 없기 때문이래. 라스콜이 가장 최근에 들은 소문에 의하면 레브는 외국 어딘가에 살고 있다더군."

"레브 그레테." 베아테가 중얼거렸다. 그녀의 시선이 허공을 떠돌았다. "아주 신출귀몰한 강도였어요. 아버지에게 들은 기억이 나요. 그가 용의자로 지목되었던 여러 은행강도 사건의 보고서를 읽었는데 당시 그의 나이 겨우 열여섯이었죠. 전설적인 인물이었어요. 한 번도 잡힌 적이 없었고, 일단 현장에서 사라지면 지문 하나도 남기지 않았으니까요." 그녀는 해리를 바라보았다. "제가 어리석었어요. 체격도 같고, 이목구비도 비슷하니 당연히 트론 그레테의 형이었겠죠."

해리는 고개를 끄덕였다.

베아테는 미간을 찌푸렸다. "하지만 그럼 레브 그레테가 동생의 부인을 죽였다는 말이잖아요."

"그렇게 생각하면 어느 정도 맞아떨어지지. 안 그래?"

베아테는 천천히 고개를 끄덕였다. "얼굴 사이의 간격이 20센티미터밖에 되지 않았던 게 이해가 가네요. 그들은 서로 알고 있었던 거예요."

"만약 스티네가 레브를 알아보았고, 그 사실을 레브가 알았다면……"

"당연하죠. 스티네는 위험한 목격자예요. 그녀가 자신의 정체를 밝힐 수도 있는 마당에 레브로서는 위험을 무릅쓸 이유가 없죠."

해리는 자리에서 일어났다. "할보르센에게 아주 진한 커피를 좀 가져오라고 해야겠어. 우린 녹화 테이프를 다시 보자고."

*

"내가 추측하기에 레브 그레테는 스티네가 저기서 일한다는 걸 몰랐어." 녹화 테이프의 화면에서 눈을 떼지 않은 채 해리가 말했다. "재미있는 점은 그가 스티네를 알아보고도 여전히 그녀를 인질로 썼다는 점이야. 가까이 다가가면 다른 건 몰라도 목소리 때문에 자신의 정체가 들통 났을 텐데 말이야. 그걸 몰랐을 리가 없잖아?"

베아테는 이해할 수 없다는 듯이 고개를 저으며, 화면 속의 은행을 뚫어지게 바라보았다. 그곳에는 일시적으로 정적이 감돌았고, 에우구스트 슐츠가 느릿느릿 걸어가는 중이었다. "그런데도 왜 스티네를 인질로 잡았을까요?"

"놈은 프로야. 어떤 것도 운에 맡기지 않지. 스티네 그레테는 이 순간부터 죽을 운명이었던 거야." 해리는 화면을 정지시켰다. 문을 밀고 들어온 강도가 실내를 둘러보던 중이었다. "레브 그레테는 스티네를 본 순간 자신의 정체가 들통 날 가능성이 있다는 걸 알았어. 그러니 어떻게든 스티네를 죽여야 했지. 그래서 그녀를 인질로 잡은 거야."

"냉혈한이군요."

"피도 눈물도 없지. 한 가지 이해가 안 가는 건 자신의 정체가 들통 나는 것을 막기 위해 굳이 살인까지 저지를 필요가 있었느냐는 거야. 이미 다른 은행강도 사건으로 수배 중이었잖아?"

베베르가 커피가 담긴 쟁반을 들고 들어왔다.

"아니, 레브 그레테는 어떤 사건으로도 수배되지 않았어." 베베르가 말했다. 그는 쟁반의 균형을 잘 잡아 조심스럽게 커피 테이블에 내려놓았다. 방 안은 1950년대에 실내장식을 한 후로 한 번도 사람의 손길이 닿지 않은 것처럼 보였다. 융단 의자와 피아노, 창틀에 놓인 먼지 쌓인 화초는 으스스한 정적을 내뿜고 있었다. 심지어 한쪽 구석에 놓인 괘종시계의 시계추마저 소리 없이 흔들리고 있었다. 맨틀피스에 놓인 사진 속에서 반짝이는 눈동자의 백발 여인이 조용히 웃고 있었다. 8년 전 베베르가 홀아비가 되면서 그의 삶에 들어온 정적이 주위의 모든 것을 고요하게 만들어버린 듯했다. 심지어 저 피아노에서 음악이 흘러나오는 것조차 상상하기 힘들었다. 베베르의 아파트는 퇴옌에 있는 낡은 아파트 단지의 1층에 자리하고 있었다. 하지만 집 밖에서 들리는 자동차 소음은 집 안에 감도는 침묵을 더욱 두드러지게 할 뿐이었다. 베베르는 조심스럽게 윙체어에 앉았다. 마치 그 의자가 박물관에서 전시 중인 물건이라도 된다는 듯이.

"레브 그레테가 은행강도 사건에 연루되었다는 구체적 증거는 한 번도 나온 적이 없네. 목격자 증언도, 그를 밀고하는 사람도, 지문도, 다른 법의학적 단서도 전혀 없었지. 그저 보고서에만 그가 용의자라고 적혀 있을 뿐이야."

"흠. 그러니까 만약 스티네 그레테가 신고하지만 않는다면 그자는 깨끗하다는 겁니까?"

"그렇지. 비스킷 먹겠나?"

베아테는 고개를 저었다.

오늘은 베베르가 쉬는 날이었지만, 해리는 그에게 전화해 당장 만나서 할 이야기가 있다고 우겼다. 베베르는 누가 집으로 찾아오는 것을 싫어했다. 해리도 그걸 알고 있었지만 달리 방법이 없었다.

"과학수사과의 당직 직원에게 코카콜라 병에서 나온 지문을 예전에 레브 그레테가 용의자였던 은행강도 사건에서 나온 지문과 비교해달라고 부탁했어요. 하지만 일치하지 않았어요." 베아테가 말했다.

"아까도 말했듯이," 커피포트의 뚜껑이 제대로 닫혔는지 확인하며 베베르가 말했다. "레브 그레테의 지문은 범죄 현장에서 나온 적이 없다네."

베아테는 수첩을 휘리릭 넘겼다. "라스콜이 범인으로 레브 그레테를 지목한 것에는 동의하세요?"

"굳이 동의하지 않을 이유가 없잖나?" 베베르가 커피를 따르기 시작했다.

"왜냐하면 레브 그레테가 용의자였던 사건에서는 폭력이 사용된 적이 없거든요. 게다가 스티네는 동생의 부인이고요. 자신의 정체가 탄로 날까 두려워 살인을 저지른다, 이건 살인의 동기치고는 좀 약하지 않나요?"

베베르는 커피를 따르던 동작을 멈추고 그녀를 바라보았다. 그러고는 약간 놀란 표정으로 해리를 흘낏 보았다. 해리는 어깨를 으쓱였다.

"아니." 베베르는 그렇게 대답하고는 다시 커피를 따르기 시작했다. 베아테의 얼굴이 새빨갛게 달아올랐다.

"베베르는 정통주의자라 그래." 해리가 거의 사과하다시피 말했다. "살인이란 그 자체로 이성적 동기를 배제한다는 게 베베르의 생각이거든. 살인에는 다양하고 복잡한 동기가 있는데 그중에 가끔씩 이성적으로 보이는 게 있을 뿐이야."

"원래 살인이란 그런 거라네." 커피포트를 내려놓으며 베베르가 말했다.

"제가 궁금한 건 왜 레브 그레테가 노르웨이를 떠났느냐는 겁니다. 어차피 자신에게 불리한 증거는 하나도 없었는데 말이죠." 해리가 말했다.

베베르는 의자 팔걸이에서 눈에 보이지 않는 먼지를 털어냈다. "나도 확실히는 모르겠네."

"확실히는?"

베베르는 큼직하고 통통한 엄지와 니코틴 자국이 있는 검지로 얇고 깨질 듯한 도자기 커피 잔의 손잡이를 잡았다.

"당시에 돌던 소문이 있었어. 믿을 만한 소문은 아니었지만. 전해 들은 바에 따르면, 레브 그레테는 경찰을 피해 도망친 게 아니야. 그가 마지막으로 했던 은행털이가 계획대로 되지 않은 모양이더군. 곤경에 빠진 파트너를 두고 레브 혼자 도망쳤대."

"어떻게요?" 베아테가 물었다.

"아무도 모르지. 레브가 도주 차량의 운전을 맡았는데, 경찰이 도착하자 파트너를 은행에 남겨둔 채 혼자 도망쳤다는 말이 있어. 그런가 하면 은행을 터는 데는 성공했는데 레브 혼자 돈을 몽땅 가로채 외국으로 튀었다는 말도 있고." 베베르는 커피를 한 모금 마시고 조심스럽게 잔을 내려놓았다. "하지만 이 시점에 우리가 이야기해야 할 사안은 어떻게 도망쳤느냐가 아니라, 그 사람이 누구였느냐는 거야. 레브의 파트너였던 사람."

해리는 베베르의 눈동자를 살폈다. "그 말은 설마……?"

노련한 법의학 전문가가 고개를 끄덕이자, 베아테와 해리는 시선을 교환했다.

"젠장." 해리가 말했다.

*

베아테는 왼쪽의 차량 행렬에 시선을 고정시킨 채 오른쪽에서 달려오는 차들 사이로 들어갈 틈이 나기를 기다렸다. 자동차 지붕 위로 빗줄기가 요란하게 떨어졌다. 해리는 눈을 감았다. 정신을 집중하면 지나가는 차들의 쌩쌩 소리가 뱃머리에 부딪치던 파도 소리로 들리리라는 것을 알고 있었다. 어린 시절, 그는 할아버지의 손을 잡은 채 미풍을 받으며 뱃머리에 서서 하얀 포말을 내려다보았다. 하지만 지금은 그런 추억에 잠길 여유가 없었다.

"그러니까 라스콜은 아직 레브 그레테에게서 받아내지 못한 빚이 있는 거로군." 해리가 눈을 뜨며 말했다. "그래서 그를 범인으로 지목한 거고. 녹화 테이프 속의 남자는 정말 레브 그레테였을까? 아니면 라스콜이 단순히 그에게 복수한 걸까? 아니면 이것 또한 우리를 속이려는 라스콜의 속임수일까?"

"아니면 베베르의 말대로 그건 단지 소문일 수도 있죠." 베아테가 말했다. 오른쪽에서 달려오는 차량 행렬이 쉬지 않고 이어지자, 그녀는 자동차 핸들 위로 초조하게 손가락을 톡톡 두드렸다.

"아마 그럴 거야. 만약 라스콜이 레브에게 복수하고 싶었다면, 경찰의 도움 따위는 필요 없었을 테니까. 그게 단지 소문이고, 화면 속의 남자가 레브가 아니었다면 라스콜은 왜 레브를 지명한 걸까?"

"그냥 충동적으로?"

해리는 고개를 저었다. "라스콜은 전략가야. 아무 이유 없이 엉뚱한 사람을 지목하지는 않아. 이번 사건이 정말 도살자의 단독 범행인지 좀 의심스러워."

"무슨 말이에요?"

"아마 누군가가 계획을 세워주었을 거야. 무기 밀매 조직의 일원일 수도 있고. 도주 차량과 은신처, 은행을 턴 후에 옷과 무기를 없애버리는 청소부, 돈을 세탁해주는 세탁부까지 그쪽에서 전부 대주는 거지."

"그게 라스콜일까요?"

"만약 라스콜이 경찰의 수사망으로부터 진짜 범인을 빼돌리고 싶었다면, 누구를 범인으로 지목하는 게 제일 좋을까? 아무도 행방을 모르거나 예전에 죽었거나 새로운 이름으로 외국에 정착한 사람이겠지. 그러면 경찰에게는 결코 수사에서 제외할 수 없는 용의자가 생길 테니까. 우리에게 거짓 정보를 흘려서 우리가 진범인

라스콜의 부하가 아니라, 실체 없는 그림자를 쫓게 하는 거야."

"그러니까 라스콜이 거짓말을 했다고 생각하시는 거예요?"

"집시들은 모두 거짓말쟁이야."

"네?"

"라스콜이 한 말이야."

"유머 감각이 뛰어난 사람이네요. 만약 그자가 세상 모든 사람에게 거짓말을 한다면, 굳이 반장님에게만 하지 않을 이유가 없잖아요?"

해리는 대답하지 않았다.

"드디어 들어갈 틈이 생겼네요." 베아테가 액셀러레이터를 가볍게 밟으며 말했다.

"잠깐! 좌회전하지 말고 우회전해. 핀마르크 가로 가자고."

"알았어요." 베아테는 당황하며 우회전을 했고, 퇴엔 공원 앞 도로로 들어섰다. "지금 어디 가는 거죠?"

"트론 그레테의 집으로 가야겠어."

*

테니스장은 네트가 철거되어 있었다. 그리고 트론 그레테의 집은 창문마다 모두 불이 꺼져 있었다.

"집에 없네요." 초인종을 두 번 눌러본 후에 베아테가 결론을 내렸다.

그러자 옆집의 창문이 열렸다.

"트론은 집에 있다우." 주름이 쪼글쪼글한 옆집 여자가 'r'을 심하게 굴리며 말했다. 그녀의 얼굴은 지난번보다 한층 더 갈색으로 그은 듯했다. "집에 있는데도 문을 안 여는 거야. 초인종에서 손가락을 떼지 말고 계속 눌러봐요. 그럼 나올 테니까."

베아테가 길게 초인종을 누르자, 집 안에서 요란한 종소리가 울려 퍼졌다. 옆집 창문은 다시 닫혔고, 이내 그들 앞에 창백한 얼굴이 나타났다. 아무 반응도 없는 두 눈동자 아래로 푸르스름한 다크 서클이 내려앉아 있었다. 트론 그레테는 노란 가운 차림이었다. 일주일 동안 잠만 자다가 막 일어난 사람 같았다. 더구나 그렇게 자고도 잠이 부족해 보이는 사람. 그는 아무 말 없이 손을 들어 올리더니 안으로 들어오라고 손짓했다. 왼손 새끼손가락에 낀 다이아몬드 반지가 햇살에 반짝 빛났다.

*

"레브는 다른 사람과 달랐습니다. 열다섯 살에 사람을 죽이려고 했었죠." 트론이 말했다.

그러고는 마치 소중한 기억을 회상하듯이 허공을 향해 빙그레 웃었다.

"우리는 한 세트의 유전자를 서로 나눠 가진 듯했죠. 형이 가진 유전자는 내게 없었고, 내가 가진 유전자는 형에게 없었습니다. 우리는 이 집에서 함께 자랐어요. 형은 이 동네의 전설이었습니다. 난 그저 레브 그레테의 동생이었고요. 학창 시절을 생각하면 제일 먼저 떠오르는 기억이 있습니다. 쉬는 시간에 형이 학교 지붕 위에 균형을 잡고 서 있던 모습이죠. 4층 건물의 지붕이어서 선생님들도 감히 형을 끌어내릴 엄두를 내지 못했습니다. 우리가 환호성을 지르며 지상에 서 있는 동안, 형은 양팔을 옆으로 벌린 채 지붕에서 춤을 추었어요. 파란 하늘을 배경으로 춤추던 형의 모습이 아직도 눈에 선합니다. 난 조금도 무섭지 않았어요. 형이 떨어질지 모른다는 생각은 단 1초도 하지 않았으니까요. 아마 다들 나와 같은 생각이었을 겁니다. 레브는 트라베르바이엔 가의 아파트 단지에 살던 게우스텐 형제들과 유일하게 맞서던 사람이었죠. 그 형제들은 레브보다 최소한 두 살은 많았고, 소년원에도 다녀왔었는데 말입니다. 레브는 열네 살 때 아버지의 차를 몰래 끌고 나갔죠. 릴레스트룀까지 갔다가 역내 매점에서 훔친 트위스트 초코바 한 봉지를 가지고 돌아왔어요. 아버지는 그 일을 전혀 모르셨죠. 형은 훔친 초코바를 내게 줬고요."

트론 그레테는 애써 웃으려고 했다. 그들은 식탁에 둘러앉아 있었고, 그들 앞에는 트론이 내온 코코아가 있었다. 트론은 코코아를 타기 전, 코코아 가루가 든 양철통을 한참 우두커니 바라보았다. 양철통에는 사인펜으로 '코코아'라고 쓴 글씨가 적혀 있었다. 깔끔하고 여성스러운 필체였다.

"가장 유감스러운 건 형이 사회적으로 크게 성공할 수 있었다는 겁니다." 트론은 이야기를 계속했다. "형의 문제는 매사에 너무 빨리 싫증을 낸다는 거였어요. 다들 형이 지난 몇 년간 스카이드* 출신 중에서 축구 실력이 가장 뛰어나다고 했죠. 하지만 정작 청소년 국가 대표팀에 발탁되자, 형은 축구장에 나타나지도 않았어요. 열다섯 살이 되었을 때는 기타를 하나 빌렸고, 두 달 후에는 학교에서 자작곡을 연주했죠. 나중에 와타**라는 남자로부터 그로루드에 있는 자신의 밴드에 들어오라는 제안도 받았어요. 하지만 형은 그 밴드의 실력이 별로라면서 거절했죠. 형은 뭐든 잘하는 타입이었어요. 만약 형이 숙제를 꼬박꼬박 하고, 그렇게 땡땡이를 자주 치지만 않았다면 좋은 성적을 받는 건 식은 죽 먹기였을 겁니다." 트론은 한쪽 입꼬리를 올리며 미소 지었다. "난 형의

---

* 노르웨이 연합 스포츠클럽.
** 폴 와타 사보이. 노르웨이 밴드 아하의 기타리스트.

필체를 흉내 내서 에세이를 대신 써주곤 했죠. 그 대가로 형이 훔쳐 온 사탕을 받았어요. 최소한 형의 작문 점수는 안전한 셈이었죠." 트론은 껄껄 웃더니 금방 다시 진지해졌다. "형은 기타에도 싫증을 내더니 오르볼 출신의 나이 많은 패거리들과 어울리기 시작했어요. 형은 언제든 자신이 가진 걸 쉽게 놓아버렸죠. 그걸 전혀 위험하다고 생각하지 않는 것 같았어요. 다음 모퉁이를 돌면 언제나 다른 것, 더 좋고 더 신나는 무언가가 있다고 믿었으니까요."

"어리석은 질문일지도 모르겠습니다만, 형님을 잘 아신다고 생각합니까?" 해리가 물었다.

트론은 생각에 잠겼다. "아뇨, 그건 어리석은 질문이 아닙니다. 네, 우린 함께 자랐어요. 네, 형은 외향적이고 재미있는 성격이었죠. 다들, 여자아이뿐 아니라 남자아이들도 형과 친해지고 싶어했어요. 하지만 사실 형은 혼자 있는 것을 좋아했습니다. 한번은 제게 그러더군요. 자신에게는 팬과 여자친구만 있을 뿐 진정한 친구는 없다고. 형에게는 내가 모르는 면이 많았어요. 예를 들어, 게우스텐 형제들이 말썽을 부리려고 찾아왔을 때도 그랬죠. 그 형제들은 세 명이었는데 다들 형보다 나이가 많았어요. 나와 다른 아이들은 그 형제들을 보자마자 도망쳤죠. 하지만 레브는 도망가지 않았어요. 그래서 5년 동안 그 형제들에게 두들겨 맞았죠. 그러던 어느 날, 그중에서 제일 나이 많은 놈이 혼자 우리 마을에 왔어요. 로게르라는 놈이었죠. 우린 평상시와 마찬가지로 도망쳤어요. 나중에 내가 집 모퉁이 너머로 바라보니, 로게르가 바닥에 누워 있고 형이 그 위에 올라가 있더군요. 형은 양 무릎으로 로게르의 팔을 누른 채 손에 막대기를 들고 있었죠. 난 자세히 보기 위해 가까이 다가갔어요. 씩씩거리는 숨소리만 들릴 뿐 두 사람 다 아무 말도 없었어요. 그 순간, 형이 막대기로 로게르의 눈언저리를 찌르더군요."

베아테는 자세를 고쳐 앉았다.

"형은 완전히 몰입해 있었어요. 마치 고도의 정확성과 주의를 필요로 하는 일을 하는 사람처럼요. 형은 눈알을 비틀어 빼내려는 듯했고, 로게르는 피눈물을 흘렸죠. 눈에서 흘러내린 피가 귀를 지나 귓불에서 아스팔트로 떨어졌어요. 사방이 너무 고요해서 피가 떨어지는 소리가 들릴 정도였죠. 뚝, 뚝, 뚝."

"당신은 뭘 했나요?" 베아테가 물었다.

"토했습니다. 난 피를 못 보거든요. 피만 보면 어지럽고 막 아프죠." 트론은 고개를 저었다. "형은 로게르를 놓아주었고, 나와 함께 집에 돌아갔습니다. 로게르는 눈을 치료했지만 그 후로 게우스텐 형제는 두 번 다시 우리 동네에 얼씬하지 않았어요. 하지만 막대기를 들고 있던 형의 모습은 잊지 못할 겁니다. 그런 순간이면 형이 가끔씩 내가 모르는 낯선 사람처럼 느껴졌죠. 그 낯선 사람은 가끔씩 예기치 않게 형을 찾아왔는데, 불행히도 그 사건 이후로 점점 더 자주 찾아왔습니다."

"아까 형이 사람을 죽이려 했다고 했었죠?"

"어느 일요일 아침이었습니다. 형은 스크루드라이버와 연필을 챙겨서 자전거를 타고 나가더군요. 링바이엔 가로 연결되는 보행자 전용 다리 아시죠? 그 다리들 중 한 곳으로 간 겁니다. 약간 무서운 다리죠. 사각형 모양의 구멍이 뚫린 금속 격자판 위를 걸어가야 하는데, 격자판 사이로 7미터 아래의 아스팔트 도로가 훤히 보이니까요. 아까 말했다시피 그날은 일요일 아침이었고, 근처에 사람이 별로 없었어요. 형은 격자판 하나를 골라 네 개의 고정 나사 중에서 두 개는 빼버리고 한쪽에 두 개만 남겨두었대요. 나사가 없는 쪽은 연필을 받쳐두었고요. 그러고는 기다렸대요. 1번 타자는 어떤 아가씨였어요. 형의 표현대로 하자면 '방금 남자와 자고 나온' 듯이 보이는 여자였죠. 파티 복장에 헝클어진 머리, 굽이 부러진 스틸레토 힐을 신고 절뚝절뚝 걸으며 욕을 하고 있었대요." 트론은 소리 없이 웃었다. "형은 열다섯 살치고는 아는 게 많았죠." 트론은 컵을 입으로 가져가더니 부엌 창밖을 내다보고 깜짝 놀랐다. 회전식 빨랫대 뒤로 보이는 쓰레기통 앞에 쓰레기 수거차가 있었던 것이다. "오늘이 월요일인가요?"

"아닙니다." 코코아에는 손도 대지 않은 해리가 대답했다. "그 아가씨는 어떻게 됐나요?"

"격자판은 두 줄로 이어져 있었어요. 여자는 왼쪽 격자판으로만 걸어갔죠. 운이 나빴다고 형이 그러더군요. 노인네보다는 그 여자가 걸리기를 바랐대요. 두 번째로 한 노인이 왔어요. 노인은 오른쪽 격자판으로 걸어갔죠. 격자판 아래에 놓아둔 연필 때문에 나사가 풀린 격자판은 다른 판들보다 좀 더 위로 올라가 있었어요. 노인은 분명 자신에게 닥칠 위험을 알고 있었다고 형이 그러더군요. 그 문제의 격자판에 다가갈수록 노인의 걸음이 점점 더 느려졌기 때문이래요. 마지막 발걸음을 내딛기 직전에는 마치 몸이 그대로 얼어붙은 사람 같았대요."

트론은 서서히 고개를 저으며, 쓰레기 수거차가 신음과 함께 이웃의 쓰레기를 모두 씹어 먹는 것을 바라보았다.

"노인이 발을 내딛자, 격자판은 마치 마룻바닥에 있던 비밀 문처럼 밑으로 쑥 열렸어요. 왜 있잖습니까, 교수형에 처할 때 바닥에서 벌컥 열리는 문처럼 말입니다. 노인은 아스팔트로 떨어지면서 두 다리가 부러졌죠. 일요일 아침이 아니었다면 곧장 차에 치였을 겁니다. 형은 운이 나쁘다고 했어요."

"형이 경찰에게도 그렇게 말했나요?" 해리가 말했다.

"경찰에게요? 네." 트론은 컵 속을 들여다보며 말했다. "이틀 뒤에 경찰이 찾아왔죠. 내가 문을 열어줬어요. 집 앞에 있는 자전거가 우리 가족 소유인지 묻더군요. 그래서 그렇다고 했죠. 알고 보니, 다리 근처에서 형이 자전거를 타고 떠나는 걸 본 목격자가 있었대요. 그 목격자가 자전거의 모양이며 소년이 빨간 재킷을 입고 있었다고 말해준 거죠. 그래서 난 형이 입고 다녔던 빨간색 퀼트 재킷을 보여줬습니다."

"당신이요? 당신이 형을 고발했단 말입니까?"

트론은 한숨을 쉬었다. "난 그게 내 자전거라고 했습니다. 재킷도 내 거고요. 형과 나는 비슷하게 생겼으니까."

"왜 그런 거짓말을 한 겁니까?"

"난 고작 열네 살이고, 너무 어려서 경찰이 손쓸 도리가 없으니까요. 하지만 형이 범인인 게 밝혀지면 게우스텐 형제들이 갔던 소년원에 갔을 겁니다."

"부모님은 가만 계셨나요?"

"어쩌겠습니까? 우리를 아는 사람은 다들 그게 레브 짓이라는 걸 알고 있었습니다. 형은 사탕을 훔치고 돌을 던지는 미치광이였고, 나는 숙제를 꼬박꼬박 하고, 길을 건너는 할머니들을 도와주는 착하고 친절한 아이였으니까요. 그 후로 부모님은 그 일을 입에 올린 적이 없었습니다."

베아테가 헛기침을 했다. "당신이 죄를 뒤집어쓴다는 건 누구의 생각이었나요?"

"내 생각이었습니다. 나는 세상에서 형을 제일 사랑했으니까요. 다행히 기소가 취하되었기 때문에 지금 이런 말도 할 수 있는 거죠. 그리고 사실……." 트론은 예의 그 멍한 미소를 지었다. "가끔은 그런 짓을 한 사람이 나였으면 좋겠다는 생각도 듭니다."

해리와 베아테는 말없이 컵을 만지작거렸다. 해리는 자신과 베아테 둘 중에서 누가 물어봐야 할지 고민했다. 만약 지금 그의 곁에 있는 사람이 베아테가 아니라 엘렌이었다면, 누가 물어야 할지 본능적으로 알았으리라.

"지금……?" 둘이 동시에 말문을 열었다. 트론이 눈을 껌벅이며 그들을 바라보았다. 해리는 베아테에게 고개를 끄덕였다.

"지금 레브는 어디 있나요?" 베아테가 물었다.

"지금…… 레브가 어디 있느냐고요?" 트론은 당황한 표정으로 그들을 바라보았다.

"네. 한동안 외국에 나가 계셨다는 건 압니다." 베아테가 말했다.

트론은 해리에게 몸을 돌렸다. "형의 일로 온다는 말은 없었잖습니까." 비난하는 어조였다.

"이런 저런 이야기를 하고 싶다고 말씀드렸죠. 이런 이야기가 끝났으니까 이제 저런 이야기를 하는 겁니다." 해리가 말했다.

트론은 의자에서 벌떡 일어나, 컵을 들고 싱크대로 가서 코코아를 버렸다. "하지만 형은…… 아무리 그래도 내……. 대체 형이 이 일과 무슨 상관입니까?"

"아무 상관 없을 수도 있습니다. 만약 그렇다면 형님을 수사선상에서 제외하기 위해서라도 당신의 도움이 필요합니다."

"형은 심지어 이 나라에 있지도 않다고요." 트론이 신음하더니,

몸을 돌려 그들을 마주 보았다.

베아테와 해리는 서로를 바라보았다.

"그러니까 어디에 있습니까?" 해리가 물었다.

트론은 딱 10분의 1초 머뭇거린 후에 대답했다. "모릅니다."

해리는 창밖으로 노란 쓰레기 수거차가 지나가는 것을 바라보았다. "거짓말에 서투르시군요. 안 그런가요?"

트론은 대답 대신 흔들림 없는 시선으로 해리를 바라보았다.

"흠. 어쩌면 당신에게 형을 찾도록 도와달라는 건 무리한 요구일지도 모릅니다. 하지만 다시 생각해보면 죽은 사람은 당신 부인입니다. 그리고 당신 형을 부인의 살인범으로 지목한 목격자가 있습니다." 해리는 '살인범'이라는 단어를 말할 때 눈을 들어 트론을 바라보았다. 창백한 피부 밑에서 트론의 울대뼈가 껑충 뛰어오르는 것이 보였다. 침묵이 흐르는 가운데 옆집에서 틀어놓은 라디오 소리가 들렸다.

해리는 기침을 했다. "그러니 우리에게 알려주실 정보가 있다면, 수사에 큰 도움이 될 겁니다."

트론은 고개를 저었다.

해리는 잠시 앉아 있다가 자리에서 일어났다. "좋습니다. 뭔가 생각나시면 연락 주십시오."

집 앞 계단에 나와서 보니, 트론은 처음 봤을 때보다 덜 피곤해 보였다. 해리는 충혈된 눈으로 태양을 올려다보았다. 구름 사이로 튀어나온 태양이 나지막이 걸려 있었다.

"쉬운 일이 아니라는 건 압니다. 하지만 어쩌면 이젠 형의 빨간 재킷을 벗을 때가 된 건지도 모릅니다."

트론은 대답하지 않았다. 주차장을 빠져나오며 그들이 마지막으로 본 것은 새끼손가락에 낀 다이아몬드 반지를 만지작거리며 문간에 서 있던 트론 그레테, 그리고 이웃집 창문 뒤로 얼핏 보이던 주름진 갈색 얼굴이었다.

*

그날 저녁에는 구름이 모두 걷혔다. 해리는 슈뢰데르 바를 나서서 집으로 가던 중에 도브레 가 초입에 서서 하늘을 올려다보았다. 달 없는 하늘에서 별들이 반짝거렸다. 그중 하나는 가르데모엔 공항이 있는 북쪽으로 날아가는 비행기였다. 오리온의 말머리성운. 말머리성운. 오리온. 이걸 누구에게서 들었을까? 안나에게서?

집에 돌아온 해리는 NRK의 뉴스를 보기 위해 텔레비전을 켰다. 미국 소방관들의 영웅담이 흘러나오자, 텔레비전을 꺼버렸다. 거리에서 한 남자가 여자의 이름을 목청이 터져라 불러댔다. 술에 취한 듯했다. 해리는 라켈의 새 전화번호를 적어둔 쪽지를 찾기 위해 주머니를 뒤졌다. A.A가 새겨진 열쇠가 아직 그의 주머니에 들어 있었다. 열쇠를 꺼내, 전화기가 놓인 테이블 서랍에 넣고는 쪽지에 적힌 번호를 눌렀다. 받지 않았다. 전화가 울리는 동안, 이것이 라켈의 번호가 맞는지 확신이 들지 않았다. 지글거리는 전화선 너머에서 라켈 대신 외위스테인이 전화를 받았다.

"씨발, 여기 운전 개판이야!"

"소리 지르지 않아도 다 들려, 외위스테인."

"도로에서 날 죽이려고 작정을 했다고, 저것들이! 샤름 엘 셰이크에서부터 택시를 탔어. 멋진 여행이 될 거라고 생각했지. 사막을 관통해서 달리니까 차들도 별로 없고, 그냥 직진만 하면 될 거 아냐? 근데 멋지기는 개뿔! 내가 장담하는데, 지금 내가 살아 있는 게 기적이야. 게다가 더워서 뒈지는 줄 알았다고! 그리고 여기 메뚜기 소리 들어봤어? 사막 귀뚜라미라는 건데, 이 세상 메뚜기들 중에서 제일 고음으로 울지. 그 소리가 뇌로 곧장 전달돼서 뇌가 빠개질 거 같아. 하지만 여기 바닷물은 아주 끝내줘. 끝내준다고! 살짝 초록색이 도는데 완전 투명해. 체온과 똑같아서 느낌조차 없어. 어제 바다에 들어갔다 나왔는데, 내가 대체 물 속에 들어갔던 건지 아닌지……."

"바다 얘기는 그만하고, 서버는 찾았어?"

"그렇기도 하고, 아니기도 해."

"그게 무슨 뜻이야?"

해리는 대답을 듣지 못했다. 외위스테인이 누군가와 실랑이를 벌이느라 대화가 중단된 것이다. 해리에게는 '보스'라든가 '돈'과 같은 일부 단어만 들렸다.

"여보세요? 미안. 여기 이 친구가 편집증이 좀 있어. 나도 마찬가지고. 여기가 졸라 덥거든! 하지만 내 생각에는 제대로 찾은 거 같아. 놈들이 날 엿 먹일 가능성은 언제나 있지만, 내일은 회사를 둘러보고 사장을 직접 만날 거야. 키보드 3분만 두드리면 그게 우리가 찾는 서버인지 알 수 있어. 나머지는 돈만 있으면 다 해결돼. 그러길 바라야지. 내일 전화할게. 여기서 베두인족들이 가지고 다니는 칼을 네가 봤어야 하는데……."

외위스테인의 웃음소리가 공허하게 들렸다.

*

불을 끄기 전에 마지막으로 해리는 백과사전을 찾아보았다. 말머리성운은 먹구름이었다. 그 외에는 알려진 바가 별로 없었다. 오리온 별자리도 마찬가지였다. 그저 별자리 중에서 가장 아름답기로 손꼽힐 뿐이었다. 오리온은 그리스 신화 속 인물로 타이탄 족의 위대한 사냥꾼이다. 에오스의 유혹에 넘어갔다가, 그 사실을 알게 된 아르테미스의 분노를 사서 죽게 된다. 해리는 누군가 자신을 생각하고 있다는 기분을 느끼며 잠자리에 들었다.

이튿날 아침에 눈을 뜨자, 그는 자신의 생각이 사방으로 흩어진 것을 느낄 수 있었다. 갈가리 찢긴 파편들, 이제는 반쯤 잊힌, 흘 깃 보았던 장면들. 마치 누군가 그의 머릿속을 뒤져, 머릿속 서랍 과 찬장 속에 조심스럽게 정리되어 있던 내용물을 사방에 어질러 놓은 듯했다. 분명 꿈을 꾸었나 보다. 복도의 전화가 울리기 시작 했다. 해리는 기를 써서 침대에서 일어났다. 이번에도 외위스테인 의 전화였다. 그는 엘 토르의 사무실에 있었다.

"문제가 생겼어." 외위스테인이 말했다.

24

상파울루

라스콜의 입과 입술은 원래부터 부드럽게 미소 짓는 모양새였다. 따라서 해리는 지금 그가 정말로 미소를 지은 것인지 아닌지 분간할 수 없었다. 아마도 아닐 것이다.

"그러니까 이집트에서 자네 친구가 전화번호를 찾고 있다는 거로군." 라스콜이 말했다. 해리는 그의 억양이 빈정대는 것인지 아니면 무덤덤한 것인지도 분간할 수 없었다.

"엘 토르라는 회사죠." 해리가 의자 팔걸이에 손바닥을 문지르며 말했다. 그는 지금 극도로 불편했다. 이 썰렁한 면회실에 다시 오게 돼서가 아니라 자신의 용건 때문이었다. 그는 모든 가능성을 고려해보았다. 개인적으로 대출을 받을 수도 있고, 뮐레르 경정에게 비밀을 털어놓을 수도 있다. 늘 정비소 신세인 포드 에스코트를 팔아버릴 수도 있다. 하지만 이것만이 유일하게 현실적인 기회이자, 유일하게 논리적인 해결책이었다. 물론 미친 짓이었지만.

"우리가 찾는 전화번호는 단순한 번호가 아닙니다. 그 번호를 알아내면 내게 이메일을 보낸 사람이 누군지 알 수 있습니다. 그 이메일에는 안나가 죽기 직전에 함께 있었던 사람이 아니고서는 도저히 알 수 없는 내용들이 적혀 있었고요."

"그리고 자네 친구 말로는 그 회사 소유주들이 6만 이집트 파운드를 요구한다는 거로군. 그게 노르웨이 돈으로 하면?"

"대략 12만 크로네죠."

"그리고 자네는 내가 그 돈을 줄 거라고 생각하고?"

"전 아무 생각 없습니다. 그냥 이런 상황이라고 말하는 겁니다. 그들은 돈을 원하고, 내겐 돈이 없으니까요."

라스콜은 손가락으로 윗입술을 훑었다. "왜 내가 그 일을 해결해야 하는 거지, 해리? 우린 계약을 했고, 난 약속을 지켰어."

"나도 약속을 지킬 겁니다. 하지만 돈이 없으면 더 오래 걸리죠."

라스콜은 고개를 젓더니 양팔을 들어 올리며 뭐라고 중얼거렸다. 아무래도 로마니어인 듯했다. 전화로 들리는 외위스테인의 목소리는 절박했다. 이것이 그들이 찾던 서버라는 데는 의심의 여지가 없었다. 다만 외위스테인은 이 서버가 조그만 헛간에 놓인 고물 컴퓨터쯤 될 거라고 예상했었다. 소음은 심하지만 잘 돌아가는 고물 컴퓨터, 그리고 머리에 터번을 두른 말 장수가 카멜 담배 세 갑과 미국 담배 한 갑 정도만 요구할 줄 알았다. 하지만 그가 안내된 곳은 에어컨이 설치된 사무실이었고, 책상 뒤에는 양복을 빼입은 젊은 이집트 남자가 앉아 있었다. 남자는 은테 안경으로 그를 바라보며 가격을 제시했고, 그 가격은 '흥정이 불가능'하다고 했다. 또한 돈은 추적할 수 없도록 현찰이어야 하며, 제안은 딱 사흘간 유효하다고 했다.

"경찰이 근무 중에 나 같은 사람에게 돈을 받은 게 알려지면 어떻게 될까? 그 점은 이미 고려했겠지?"

"아직 근무 시작 전입니다." 해리가 말했다.

라스콜은 손바닥으로 양쪽 귀를 쓰다듬었다. "손자가 말하길, 내가 사건을 통제하지 않으면 사건이 날 통제한다고 했지. 자네는 사건에 대한 통제력이 전혀 없어, 스피우니. 그건 계속 실수를 해 왔다는 뜻이지. 나는 실수를 저지르는 사람을 좋아하지 않아. 그러니 제안을 하나 하지. 우리 둘 모두에게 이편이 훨씬 간단할 거야. 내게 그 남자의 이름을 알려주게. 그럼 나머지는 내가 알아서 처리하지."

"안 됩니다!" 해리가 손으로 테이블을 세게 내려쳤다. "당신이 보낸 고릴라 같은 놈들에게 그 남자가 얻어터지는 건 내가 원하는 결말이 아닙니다. 난 그놈을 철창에 처넣어야 한다고요."

"놀랍군, 스피우니. 내가 제대로 이해하고 있다면, 자네는 이미 곤란한 상황에 처했을 텐데. 그냥 정의가 최대한 수월하게 실현되도록 내버려 두지그러나?"

"복수는 안 됩니다. 그게 우리 약속이었죠."

라스콜은 미소를 지었다. "고집불통이로군, 홀레. 마음에 들어. 그리고 우리가 한 약속도 존중하지. 하지만 자넨 지금 일을 망치기 시작했어. 이 남자가 진짜 범인이라는 걸 내가 어떻게 확신하지?"

"내가 그 남자의 별장에서 찾아낸 열쇠가 안나의 아파트 열쇠와 똑같다는 걸 확인했잖습니까."

"하지만 자넨 지금 또다시 내 도움을 구하고 있잖나. 그러니 내게 증거를 좀 더 줘야겠어."

해리는 침을 삼켰다. "안나의 시신을 발견했을 때 안나가 신고 있던 구두 속에 사진 한 장이 들어 있었습니다."

"계속해봐."

"아무래도 총에 맞기 직전에 안나가 그 사진을 구두 속에 넣은 것 같더군요. 범인의 가족을 찍은 사진이었습니다."

"그게 다야?"

"네."

라스콜은 고개를 저으며 해리를 바라보았다. 그러더니 다시 고개를 저었다. "여기서 제일 멍청한 게 누군지 모르겠군. 친구에게 속아 넘어가는 자네인지, 내 돈을 훔쳐서 도망갈 수 있다고 생각하는 자네 친구인지." 라스콜은 무거운 한숨을 내쉬었다. "아니면 자네에게 돈을 주는 나인지."

해리는 행복감이나 최소한 안도감이라도 느낄 줄 알았다. 하지만 그저 뱃속이 단단하게 뭉치는 느낌뿐이었다. "그럼 뭘 알려주면 됩니까?"

"자네 친구 이름하고 그 친구가 돈을 받고자 하는 이집트 은행의 이름만 알면 돼."

"한 시간 안으로 알려드리죠." 해리는 자리에서 일어났다.

라스콜은 마치 방금 전에 수갑을 벗은 사람처럼 손목을 문질렀다. "행여나 날 이해한다는 생각은 하지 말게, 스피우니." 라스콜이 고개를 들지 않은 채 나지막이 말했다.

해리는 동작을 멈췄다. "무슨 뜻입니까?"

"난 집시야. 내 세계는 역전되어 있다네. 로마니어로 신이 뭔지 아나?"

"아뇨."

"데벨Devel. 자네들이 흔히 악마라고 하는 데빌Devil과 같은 단어야. 이상하지? 영혼을 팔 때는 누구에게 파는지 정도는 알아두는 게 좋아, 스피우니."

*

할보르센은 해리에게 지쳐 보인다고 말했다.

"'지쳐 보인다'가 무슨 뜻인지 정의해봐." 사무실 의자에 등을 기대고 앉으며 해리가 말했다. "아니, 그냥 관둬."

할보르센이 수사에 진척이 있는지 묻자, 해리는 또다시 '진척'을 정의해보라고 했다. 할보르센은 한숨을 내쉬며, 복권을 사러 엘메르의 가게로 갔다.

해리는 라켈에게서 받은 전화번호를 눌렀지만, 역시나 러시아 여자의 목소리만 흘러나왔다. 아마도 지금 그가 엉뚱한 곳에 전화했다고 말하는 듯했다. 그래서 이번에는 비아르네 묄레르에게 전화해, 자신이 엉뚱한 짓을 하는 게 아니라 제대로 하고 있다는 인상을 주려고 노력했다. 하지만 묄레르의 반응은 시원찮았다.

"난 희소식을 원하네, 해리. 자네가 시간을 어떻게 보내는지는 보고할 필요 없어."

베아테가 사무실에 들렀다. "녹화 테이프를 열 번도 넘게 봤는데, 도살자와 스티네 그레테가 서로 아는 사이라는 게 확실해요. 도살자가 스티네에게 마지막으로 한 말이 뭔지 알 거 같아요. 아마 넌 곧 죽을 거라고 했을 거예요. 스티네의 눈동자에 반항심과 두려움이 함께 있거든요. 전쟁 영화에서 총살을 기다리며 서 있던 레지스탕스와 같은 눈빛이죠."

정적이 흘렀다.

"저기요." 그녀가 해리의 눈앞에서 손을 흔들었다. "지쳐 보이세요."

해리는 에우네에게 전화했다.

"저 해리예요. 자신이 처형되리라는 걸 알았을 때 사람들은 어떻게 반응하죠?"

에우네는 큭큭 웃었다. "정신을 집중하지. 시간에." 그가 말했다.

"그리고 겁에 질리나요? 패닉 상태에 빠지고?"

"어떤 처형이냐에 따라 달라. 자네가 말하는 처형은 어떤 종류지?"

"공개 처형이에요. 장소는 은행이고요."

"알겠네. 2분 후에 전화하지."

해리는 기다리는 동안 시계를 바라보았다. 120초 후에 전화가 걸려왔다.

"죽는 과정은 태어나는 과정만큼이나 지극히 사적인 일이라네. 그런 상황에 처할 때 사람이 본능적으로 숨고자 하는 이유는 단지 육체적으로 약하다고 느끼기 때문만은 아니야. 공개 처형과 같이 다른 사람들 앞에서 죽는다는 것은 이중 처벌이라네. 인간이 생각할 수 있는 가장 잔인한 방법으로 피해자의 겸손함을 모욕하는 일이지. 아무도 없는 감방에서 처형하는 것보다 공개적으로 처형하는 것이 범죄 예방 차원에서 대중에게 훨씬 큰 효과를 발휘하는 데는 그런 이유도 있어. 하지만 약간의 배려도 있기는 하지. 예를 들어, 사형집행인이 복면을 쓰는 것처럼 말일세. 많은 사람들의 생각과 달리, 그건 사형집행인의 신분을 감춰주기 위해서가 아니야. 다들 그자가 동네 백정이라거나, 밧줄 만드는 사람이라는 걸 알고 있어. 복면은 처형당하는 사람을 배려하는 차원에서 쓰는 거라네. 죽음의 순간에 이방인이 곁에 있다고 느끼지 않도록 말일세."

"흠. 그 은행강도도 복면을 쓰고 있었죠."

"복면이나 가면을 쓴다는 건 심리학 연구의 한 분야일세. 예를 들어, 가면을 쓰는 것이 우리에게서 자유를 박탈한다는 현대의 개념은 완전히 뒤집힐 수 있어. 가면이나 복면은 그것을 쓴 사람을 비인격화하고, 따라서 자유를 주지. 그렇지 않다면 빅토리아 시대에 가면무도회의 인기를 어떻게 설명하겠나? 섹스할 때 재미로 가면을 쓰는 것도 마찬가지고. 반면 은행강도가 복면을 쓰는 건 보다 뻔한 이유 때문이지, 물론."

"어쩌면요."

"어쩌면?"

"모르겠어요." 해리가 한숨을 쉬었다.

"자네 왠지……."

"피곤한 거 같다고요, 네. 나중에 연락드리죠."

*

지구상에서 해리의 위치는 태양으로부터 차츰 멀어졌고, 해는 점점 더 빨리 지기 시작했다. 알리의 가게 앞에 진열된 레몬이 작은 노란색 별처럼 반짝거렸다. 집으로 걷다 보니, 이슬비가 소리 없이 머리와 어깨에 내려앉았다. 그날 오후 내내 엘 토르에 송금하는 일을 처리했다. 별로 힘든 일은 아니었다. 외위스테인과 통화해 그의 여권번호, 그리고 그가 묵는 호텔 옆의 은행 주소를 알아낸 뒤, 교도소 수감자들의 신문인 〈돌아온 유령〉에 전화해 그 정보를 전달하면 끝이었다. 라스콜은 그 신문에 손자병법에 관한 기사를 쓰고 있었다. 할 수 있는 일은 다 했으니 이제는 기다리기만 하면 된다.

아파트 정문 앞에 도착해 막 열쇠를 찾으려는데, 뒤에서 터벅터벅 소리가 들렸다. 해리는 돌아보지 않았다.

개가 나지막이 으르렁거리는 소리가 들리기 전까지는.

사실 별로 놀랍지는 않았다. 압력솥을 가열하면 조만간 터지기 마련이다.

개의 얼굴은 칠흑처럼 검어서, 하얗게 드러난 이빨과 대조를 이루었다. 큼지막한 송곳니에서는 침이 흘러내리고 있었는데 정문 위에 달린 희미한 외등 불빛에 반사되어 반짝 빛났다.

"앉아!" 정적이 흐르는 좁은 길 건너편의 그늘 속에서 귀에 익은 목소리가 흘러나왔다. 로트와일러는 마지못해 그 넓적한 근육질의 뒷다리와 엉덩이를 젖은 아스팔트 도로에 내려놓았다. 하지만 흔히들 '강아지 눈'이라고 할 때의 그 순진한 눈동자와는 거리가 아주 먼, 험악한 갈색 눈동자는 해리에게 고정되어 있었다.

해리에게 다가오는 남자의 얼굴 위로 모자챙이 그늘을 드리웠다.

"안녕하시오, 해리. 개가 무서운가?"

해리는 자기 앞의 빨간 아가리를 내려다보았다. 사소한 상식 하나가 불쑥 떠올랐다. 로마인들이 로트와일러의 선조격인 개들을 앞세워 유럽을 정복했다는 사실. "아뇨. 여긴 어쩐 일입니까?"

"제안을 하러 왔소. 그때 당신이 했던 제안 말이오……. 뭐라고 했더라?"

"됐으니까 그냥 말하시죠, 알부 씨."

"휴전합시다." 아르네 알부가 모자챙을 뒤로 쓱 넘기며 예의 그 소년 같은 미소를 지었다. 하지만 이번에는 지난번처럼 자연스럽지 않았다. "당신이 내게서 물러나면, 나도 당신에게서 물러나겠소."

"재미있군요. 내가 싫다면요?"

알부는 로트와일러를 향해 고갯짓을 했다. 이제 놈은 몸을 웅크린 채 덮칠 준비를 했다. "방법이 있지. 빈손으로 온 것도 아니고."

"흠." 해리는 담배를 찾아 재킷 주머니를 더듬거렸다. 하지만 로트와일러의 으르르 소리가 점점 더 위협적으로 들리자 그만두기로 했다. "지쳐 보이는군요, 알부 씨. 계속 달아나느라 지친 겁니까?"

알부는 고개를 저었다. "달아나는 사람은 내가 아니야, 해리. 당신이지."

"그런가요? 공공장소에서 경찰에게 애매하게 협박하기. 난 그걸 지쳤다는 신호로 보죠. 더 놀고 싶은 마음이 사라졌나요?"

"놀아? 당신 눈에는 이게 노는 걸로 보여? 이게 인간의 운명을 건 주사위 게임이라도 되는 줄 알아?"

해리는 아르네 알부의 눈동자에 어린 분노를 보았다. 그뿐만이 아니었다. 턱은 굳어지고, 관자놀이와 이마의 핏줄이 튀어나왔다. 그것은 절망감의 표시였다.

"당신이 무슨 짓을 했는지 알기나 해?" 알부가 속삭이듯이 말했다. 더는 웃으려고 애쓰지 않았다. "아내가 떠났어. 아내가…… 아이들을 데리고 가버렸다고. 그 하찮은 불장난 때문에. 안나는 이제 내게 아무런 의미도 없는데."

아르네 알부가 해리 곁으로 다가왔다. "내 친구 갤러리에 놀러 갔다가 안나를 만났어. 마침 그 갤러리에서 안나의 특별 전시회가 진행 중이었거든. 난 그녀의 그림 두 점을 샀지. 왜 그랬는지는 정말 모르겠어. 사무실에 걸어둘 거라고 했지만, 물론 난 그 그림을 어디에도 건 적이 없어. 다음 날 그림을 가지러 갤러리에 갔다가 안나와 이야기를 나누게 되었고, 느닷없이 그녀에게 점심을 함께 먹자고 청했어. 그다음에는 저녁을 함께 먹었고, 2주 후에는 베를린으로 주말여행을 떠났지. 상황이 걷잡을 수 없이 커졌어. 난 옴짝달싹할 수 없었고, 빠져나오려는 시도조차 하지 않았어. 그런데 마침내 아내가 그 일을 알게 됐고, 나와 헤어지겠다고 엄포를 놓은 거야."

알부의 목소리가 떨리기 시작했다.

"난 아내에게 그저 일회성 만남일 뿐이라고 설득했어. 내 나이의 남자들이 어린 여자를 만났을 때 종종 걸리는 어리석은 열병이라고. 중년 남자들은 그런 여자를 보며 과거를 떠올리거든. 젊고, 힘도 세고, 자유로웠던 과거. 현재에는 누리지 못하는 것들이지. 특히나 자유는. 당신도 아이가 생기면 무슨 말인지 알게 될 거야……"

그가 말끝을 흐리더니 헐떡거렸다. 그러고는 양손을 코트 주머니에 묻고 말을 이었다.

"안나는 열정적인 연인이었어. 거의 비정상에 가까울 정도로. 마치 내게서 떨어질 줄을 모르는 듯했지. 난 말 그대로 안나를 떼어내야 했어. 한번은 안나가 집에 가려는 날 놓아주지 않는 바람에 내 재킷이 찢어지기까지 했어. 무슨 말인지 당신도 잘 알 거야. 예전에 안나에게서 당신과 헤어진 후의 이야기를 들은 적이 있으니까. 그때도 완전히 산산조각 났다고 하더군."

해리는 너무 놀라 아무 말도 나오지 않았다.

"하지만 난 안나를 불쌍하게 여겼던 거 같아. 그러니까 다시 만나달라는 안나의 부탁을 들어줬겠지. 난 우리 사이는 이제 끝났다고 분명히 말했어. 하지만 안나는 그저 내 물건을 몇 개 돌려주고 싶다고 하더군. 갑자기 당신이 찾아와서 아내에게 모든 걸 말할 줄은 꿈에도 몰랐어. 당신 때문에 마치 우리가…… 헤어졌다가 다시 만난 것처럼 보이게 되었다고." 알부가 고개를 숙였다. "이제 아내는 날 믿지 않아. 앞으로 다시는 날 신뢰할 수 없을 거라고 했어. 다시는."

그는 고개를 들었고, 해리는 그의 눈에서 절망을 보았다. "당신은 내가 가진 유일한 것을 뺏어 갔어. 내게 남은 건 그게 전부였다고. 난 가족을 영영 잃게 될지도 몰라." 그의 얼굴이 고통으로 일그러졌다.

해리는 압력솥을 떠올렸다. 이제 금방이라도 터질 것이다.

"내게 남은 유일한 기회는 당신이…… 당신이……."

코트 주머니 속에 들어 있던 알부의 손이 움직이자, 해리는 본능적으로 행동했다. 먼저 알부의 무릎 옆을 발로 차, 도로 위로 그의 무릎을 꿇렸다. 그러고는 팔을 휘둘러 자신에게 덤벼드는 로트와일러의 얼굴을 막았다. 옷이 찢기는 소리가 들리더니, 놈의 이빨이 살갗을 뚫고 살 속으로 파고드는 것이 느껴졌다. 해리는 놈이 계속 팔을 물고 있기를 바랐으나, 영리한 녀석은 금세 팔을 놓아버렸다. 해리는 살이 많이 모인 부위를 향해 발길질을 했지만 빗나갔다. 로트와일러의 발톱이 아스팔트를 긁는 소리가 나더니, 놈이 몸을 날려 뛰어올랐고 벌어진 아가리가 그에게로 달려왔다. 예전에 이런 말을 들은 적이 있었다. 로트와일러는 생후 3주가 되기도 전에 사람을 죽이는 가장 효과적인 방법이 목을 물어뜯는 것임을 터득한다고. 이제 70킬로그램에 육박하는 그 근육 덩어리가 그의 목을 향해 달려들었다. 해리는 발길질을 하며 생긴 가속도를 이용해 몸을 빙글 돌렸다. 따라서 로트와일러가 입을 다물었을 때 놈이 문 것은 그의 숨통이 아니라 뒷목이었다. 그렇다고 해서 그가 무사하다는 것은 아니었지만. 해리는 뒤로 팔을 뻗어, 양손으로 각각 로트와일러의 위턱과 아래턱을 잡고 있는 힘껏 벌리려 했다. 하지만 턱은 벌어지기는커녕 더욱 깊이 그의 목을 파고들었다. 놈의 턱을 이루는 힘줄과 근육이 강철처럼 단단해 꿈쩍도 하지 않았다. 해리는 뒤로 뛰어서, 벽으로 몸을 날렸다. 로트와일러의 갈비뼈가 우지끈 부서지는 소리가 들렸지만 턱은 여전히 벌어지지 않았다. 해리는 패닉 상태에 빠졌다. 예전에 동물의 턱이 얼마나 힘이 센지 들은 적이 있었다. 한번 사자의 목을 문 하이에나는 암사자에 의해 몸이 갈기갈기 찢긴 후에도 오랫동안 목을 놓아주지 않는다고 했다. 뜨거운 피가 등을 타고 티셔츠 안으로 흘러내렸다. 해리는 자신이 무릎을 꿇고 있다는 것을 깨달았다. 이제 모든 감각이 사라지기 시작한 걸까? 왜 아무도 없지? 소피스 가는 원래 조용했지만 지금처럼 인적이 드문 적은 처음이었다. 불현듯 모든 것이 철저한 침묵 속에서 진행되었다는 생각이 들었다. 고함소리도, 개 짖는 소리도 나지 않았다. 그저 살과 살이 부딪치고, 살점이 뜯기는 소리만 있었을 뿐이다. 그는 소리를 지르려고 했지만 목소리가 나오지 않았다. 시야의 가장자리가 어두워지기 시작했다. 동맥이 눌려서 뇌가 충분한 산소를 공급받지 못했을 때 나타나는 현상이었다. 알리의 가게 앞에서 반짝거리던 레몬들이 광채를 잃어가고 있었다. 무언가 새까맣고 평평하면서 축축하고 단단한 것이 위로 올라와 그의 얼굴을 퍽 쳤다. 입에서 아스팔트 자갈의 맛이 느껴졌다. 멀리서 알부가 외치는 소리가 들렸다. "그만해!"

그의 목을 조이던 턱이 느슨해졌다. 지구상에서 해리의 위치가 태양으로부터 차츰 멀어져 주위가 칠흑처럼 깜깜해졌을 때 누군가의 목소리가 들렸다. "살아 있어요? 내 말 들려요?"

그러더니 귓가에서 쇳덩이가 찰칵거리는 소리가 들렸다. 총이다. 방아쇠를 잡아당기는 소리.

"젠장⋯⋯." 구역질 소리가 나더니 이윽고 토사물이 아스팔트 바닥에 철퍼덕 떨어지는 소리가 들렸다. 다시 쇳덩이가 찰칵거리는 소리가 들렸다. 안전장치를 제거하는 소리⋯⋯. 몇 초 후면 모든 것이 끝나리라. 그것이 그의 심정이었다. 절망감도, 공포심도, 심지어 후회도 없었다. 안도감뿐이었다. 잃을 것도 별로 없었다. 알부는 서두르지 않았다. 덕분에 해리는 자신에게도 잃을 것이 있다는 것을 깨달았다. 그는 공기를 잔뜩 들이마셨다. 동맥이 산소를 흡수해 뇌로 보냈다.

"자, 이제⋯⋯." 다시 목소리가 들렸다. 하지만 해리가 주먹으로 후두를 강타하는 바람에 갑자기 말이 끊겼다.

해리는 무릎으로 일어섰다. 힘이 별로 없었다. 상대의 마지막 공격을 기다리며 의식을 되찾으려고 애썼다. 1초가 지나고, 2초, 3초가 지났다. 토사물 냄새가 그의 코를 찔렀다. 서서히 눈의 초점이 잡히며 머리 위의 가로등이 보였다. 텅 빈 거리에는 아무도 없었다. 그의 옆에 누워 끅끅거리는 남자뿐이었다. 남자는 푸른색 퀼트 재킷을 입고 있었는데, 파자마 상의처럼 보이는 옷이 재킷 위로 삐죽 튀어나와 있었다. 가로등 불빛이 쇳덩어리에 반짝 반사되었다. 총이 아니라 라이터였다. 그제야 해리는 그 남자가 아르네 알부가 아니라는 것을 알 수 있었다. 트론 그레테였다.

*

델 정도로 뜨거운 차가 담긴 컵을 손으로 감싼 채 해리는 트론

346

과 마주 보고 식탁에 앉았다. 트론은 여전히 씩씩거리며 힘겹게 숨을 쉬고 있었고, 패닉 상태에 빠진 눈은 툭 튀어나와 있었다. 해리로 말하자면 어지럽고 속이 울렁거렸으며, 목의 통증은 불에 댄 것처럼 욱신거렸다.

"마셔요. 레몬이 잔뜩 들어 있습니다. 근육을 무감각하게 하면서 긴장이 풀릴 테니까 숨 쉬기도 더 편할 겁니다." 해리가 말했다.

트론은 순순히 마셨다. 놀랍게도 레몬차는 정말 효과가 있는 듯했다. 몇 모금 마시자, 한두 번 기침이 나오더니 트론의 창백한 얼굴에 혈색이 돌아왔다.

"꼴이 어마예요." 트론이 씨근거렸다.

"뭐라고요?" 해리는 의자에 비스듬히 몸을 기댔다.

"꼴이 엉망이라고요."

해리는 미소를 지었다. 목에 감은 타월이 벌써 피에 흠뻑 젖은 것이 느껴졌다. "그래서 토한 겁니까?"

"피를 못 봐요. 속이 막……." 트론이 눈동자를 굴렸다.

"이보다 더 끔찍한 꼴이 되었을 수도 있어요. 당신 덕분에 살았죠."

트론이 고개를 저었다. "당신을 봤을 때 난 꽤 멀리 떨어져 있었어요. 그냥 소리만 질렀죠. 남자가 개를 말린 이유가 과연 내가 소리를 질렀기 때문인지는 잘 모르겠어요. 미안하지만 자동차 번호는 못 봤어요. 하지만 남자가 타고 간 차는 분명 지프 체로키였습니다."

해리는 괜찮다는 뜻으로 손을 저었다. "누군지 알고 있습니다."

"네?"

"수사 중인 사람이죠. 그보다 그레테 씨가 여기는 어쩐 일입니까?"

트론은 찻잔을 만지작거렸다. "꼭 응급실에 가서 그 상처를 치료하세요."

"그러죠. 지난번에 우리가 찾아간 후로 생각을 좀 해봤나요?"

트론이 천천히 고개를 끄덕였다.

"그래서 어떤 결론을 내렸죠?"

"더는 형을 도와줄 수 없어요." 트론이 이 말을 속삭인 이유가 단지 후두가 아파서인지 해리로서는 알 수 없었다.

"그럼 지금 레브는 어디 있나요?"

"당신이 형에게 말해줬으면 좋겠어요. 내가 형의 소재를 밝혔다고. 형도 이해할 겁니다."

"그러죠."

"포르투 세구루."

"네?"

"브라질의 도시예요."

해리는 코를 찡그렸다. "그렇군요. 거기서 어떻게 찾아야 합니까?"

"형 말로는 거기에 집이 있다고 했어요. 주소는 가르쳐주지 않았습니다. 전화번호만 알려줬죠."

"왜죠? 수배 중인 것도 아닌데."

"과연 그럴까요?" 트론이 차를 한 모금 마셨다. "어쨌든 주소는 모르는 편이 나을 거라고 형이 그랬습니다."

"흠. 큰 도시인가요?"

"인구가 백만 명 정도? 형의 말에 의하면요."

"그렇군요. 다른 건 없습니까? 레브를 아는 사람 중에 주소를

348

알 만한 사람이 있다거나."

트론은 머뭇거리다가 고개를 저었다.

"말해보세요." 해리가 말했다.

"지난번 오슬로에서 만났을 때 형과 함께 커피를 마셨습니다. 형 말로는 커피 맛이 전보다 더 나빠졌다고 하더군요. 자기는 동네 아화ahwa에서 카페징유를 마시기 시작했다고 했어요."

"아화? 그건 아랍식 카페가 아닙니까?"

"맞아요. 카페징유는 에스프레소를 브라질식으로 변형한 거죠. 형 말로는 그 아화에 매일 간다고 했어요. 거기서 커피를 마시고, 물담배도 피우고, 친구가 된 시리아 출신의 주인과 도미노 게임을 한다더군요. 그 주인의 이름은 기억나요. 무하메드 알리. 권투선수와 같은 이름이죠."

"중동 사람들의 절반도 그와 같은 이름일 겁니다. 형이 그 카페의 이름을 말했나요?"

"아마도 말했을 거예요. 하지만 기억이 안 나네요. 브라질의 도시에 아화가 그렇게 많지는 않을 겁니다. 안 그래요?"

"그건 모르죠." 해리는 생각했다. 최소한 수사를 시작할 수 있는 구체적 단서가 생긴 것은 분명했다. 무심코 이마에 손을 올리려고 했으나, 손을 들어 올리자마자 목이 아팠다.

"마지막으로 하나만 묻겠습니다. 이 사실을 왜 내게 말해주기로 마음을 바꾼 겁니까?"

트론은 서너 차례 컵을 휘휘 돌렸다. "사건 당시, 형이 오슬로에 있었다는 걸 아니까요."

해리의 목에 두른 타월이 무거운 밧줄처럼 느껴졌다. "그걸 어떻게 알죠?"

트론은 한동안 턱 밑을 긁적거리다 입을 열었다. "우린 2년 넘게 연락이 끊겼습니다. 그런데 갑자기 형이 전화해서 오슬로에 있다고 하더군요. 우리는 카페에서 만나 오랫동안 이야기를 나눴습니다. 커피 얘기도 그래서 나왔고요."

"그게 언제였습니까?"

"사건이 발생하기 사흘 전이었습니다."

"무슨 이야기를 했죠?"

"아무 이야기나요. 쓸데없는 이야기도요. 우리처럼 오랫동안 알고 지낸 사이에서는 큰일이 종종 너무 커져버리죠. 그래서 사소한 일들만 이야기하게 됩니다. 예를 들면…… 아버지가 키우던 장미라든가."

"큰일이라면 어떤……?"

"하지 말았어야 할 일들. 입에 담지 말았어야 할 말들이죠."

"그래서 대신 장미 이야기를 하셨나요?"

"그 집에 스티네와 나, 단둘이 살게 되면서부터 내가 장미를 돌봤죠. 그 집은 형과 내가 자란 집이에요. 우리 아이들을 키우고 싶었던 곳이기도 하고요." 트론이 아랫입술을 깨물었다. 그의 시선이 갈색과 하얀색의 방수 천으로 된 식탁보에 고정되었다. 어머니가 돌아가셨을 때 해리가 유일하게 가져온 어머니의 유품이었다.

"레브가 은행털이에 대해서는 아무 말도 없던가요?"

트론은 고개를 저었다.

"그때쯤에는 분명 범행 계획을 세워뒀을 겁니다. 목표는 당신의 부인이 일하고 있는 은행이었고요. 알고 계시죠?"

트론은 무거운 한숨을 내쉬었다. "그걸 미리 알았더라면 막을 수 있었겠죠. 형은 자신이 은행을 턴 이야기를 즐겨 들려주곤 했습니다. 자신이 찍힌 감시 카메라의 테이프 복사본을 구해서 우리 집 다락방에 보관해두고, 가끔씩 제게 함께 보자고 우겼어요. 내가 얼마나 똑똑한 형을 두었는지 알아야 한다면서요. 스티네와 결혼하고 직장에 다니면서부터는 형의 범죄 행각에 대해 더는 듣고 싶지 않다고 분명히 밝혔습니다. 내 입장이 난처해질 테니까요."

"흠. 그럼 그 은행에서 스티네가 일한다는 걸 형은 몰랐나요?"

"스티네가 노르데아 은행에 다닌다는 말은 했습니다. 하지만 어느 지점인지는 말하지 않은 것 같네요."

"하지만 둘은 서로 아는 사이였죠?"

"몇 번 만난 적이 있습니다, 네. 가족 모임에서 한두 차례요. 형은 그런 모임을 싫어했죠."

"두 사람은 사이가 좋았나요?"

"음, 형은 마음만 먹으면 얼마든지 매력적인 사람이 될 수 있어요." 트론이 씁쓸한 미소를 지었다. "전에도 말했듯이 내게 없는 유전자를 가지고 있으니까요. 난 형이 자신의 좋은 면을 스티네에게 보여주려고 노력하는 게 기뻤습니다. 자기가 싫어하는 사람들에게 형이 얼마나 못되게 구는지 알고 있으니까요. 내게 그 이야기를 들은 스티네도 우쭐하며 좋아했죠. 스티네가 처음 우리 집을 방문했던 날, 형은 스티네를 데리고 동네를 돌아다니며 우리 형제가 어릴 때 함께 놀았던 곳들을 구경시켜줬습니다."

"하지만 그 보행자다리는 가지 않았겠죠?"

"네, 거긴 안 갔습니다." 트론은 수심에 잠겨 양손을 들어 올리더니 손을 바라보았다. "믿기 힘들 테지만, 그건 형이 자신이 한 짓을 감추고 싶어서가 아닙니다. 형은 자신이 저지른 온갖 나쁜 짓에 대해 이야기하는 걸 아주 좋아했으니까요. 형이 거기 가지 않은 건 절 위해서였습니다. 전 형이 그런 사람이라는 걸 스티네에게 알리고 싶지 않았거든요."

"흠. 혹시 본인이 형을 실제보다 더 미화한다는 생각은 안 해봤습니까?"

트론은 고개를 저었다. "형에게는 어두운 면과 밝은 면이 모두 있습니다. 누구나 마찬가지죠. 형은 좋아하는 사람을 위해서라면 목숨도 바칠 겁니다."

"하지만 감옥에는 가지 않는다?"

트론이 입을 벌렸지만, 대답은 나오지 않았다. 대신 한쪽 눈 아래의 근육만 실룩거렸다. 해리는 한숨을 내쉬고 힘겹게 자리에서 일어났다. "택시를 타고 응급실에 가야겠습니다."

"제가 차를 가져왔습니다." 트론이 말했다.

*

자동차 엔진이 나직이 웅웅거렸다. 해리는 어두운 밤하늘 속에서 옆으로 미끄러져가는 가로등과 대시보드, 운전대를 쥔 트론의 새끼손가락에서 반짝이는 다이아몬드 반지를 바라보았다.

"지금 끼고 있는 그 반지에 대해 했던 말은 거짓말이죠?" 해리가 속삭였다. "그 다이아몬드는 3만 크로네라기에는 너무 작아요. 아마 5천 크로네쯤 할 테고, 여기 오슬로의 귀금속 가게에서 샀을 겁니다. 내 말이 맞죠?"

트론은 고개를 끄덕였다.

"당신은 상파울루에서 레브를 만난 겁니다. 그 돈도 레브에게 줬고요."

트론은 다시 고개를 끄덕였다.

"당분간 레브가 생활하기에 충분한 돈이었겠죠. 레브가 다시 은행을 털기로 결심했을 때 오슬로 행 비행기 티켓을 사기에도 충분했을 테고요."

트론은 대답하지 않았다.

"레브 그레테는 아직 오슬로에 있습니다. 형의 휴대전화 번호를 알려주세요." 해리가 속삭였다.

"이거 아세요?" 트론이 알렉산데르 시엘란 광장 옆에서 조심스럽게 우회전을 했다. "어젯밤 꿈에 스티네가 침실로 들어오더니 내게 말을 걸더군요. 스티네는 천사 옷을 입고 있었죠. 진짜 천사였다는 게 아니라, 축제 때 입는 그런 천사 복장을 했더라고요. 그러더니 자신은 저세상에 속해 있지 않다고 했어요. 난 잠에서 깨어 형을 생각했죠. 우리가 다음 수업을 듣기 위해 교실로 들어가는 동안, 학교 지붕 가장자리에 앉아 다리를 대롱대롱 흔들어대던 형을요. 형은 너무 멀어 작은 점처럼 보였지만, 그때 내가 무슨 생각을 했는지는 기억해요. 형은 저세상에 속한 사람이라고."

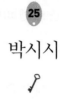

박시시

이바르손의 사무실에는 세 사람이 앉아 있었다. 깔끔한 책상 앞에 앉은 이바르손, 그리고 살짝 낮은 의자에 앉은 베아테와 해리. 상대를 자신보다 낮은 의자에 앉히는 것은 자신의 우월함을 강조하기 위한 수법이다. 너무 잘 알려진 수법이라 요즘에 누가 이런 수법을 쓸까 싶지만, 이바르손은 똑똑했다. 그는 경험상 기본적인 수법은 언제나 통한다는 것을 알고 있었다.

해리는 창밖을 보기 위해 의자를 뒤로 기울였다. 플라자 호텔이 보였다. 그 유리 빌딩과 도심 위로 뭉게구름이 지나갔지만, 비는 한 방울도 뿌리지 않았다. 간밤에 응급실에서 파상풍 주사를 맞고 진통제까지 먹었는데도 해리는 잠을 자지 못했다. 동료들에게는 떠돌이 유기견에게 물렸다고 둘러댔다. 충분히 믿을 수 있을 정도로 독창적이면서도 실제 사실과 비슷한 거짓말이라서 해리는 자신 있게 그 거짓말을 하고 다녔다. 그의 목은 부어올랐고, 꽉 묶은 붕대에 살갗이 쓸렸다. 지금 이야기 중인 이바르손 쪽으로 고개를 돌리면 얼마나 아플지 정확히 알고 있었다. 하지만 설령 아프지 않았다 해도, 자신이 그쪽으로 고개를 돌리지 않았으리라는 것 또

354

한 알고 있었다.

"그래서 브라질을 뒤져보고 싶으니 브라질 행 비행기 티켓을 달라?" 이바르손이 책상 윗면을 손으로 털어내며, 웃음을 참는 척했다. "도살자는 여기 오슬로에서 보란 듯이 은행을 터느라 바쁜데 말인가?"

"그자가 오슬로 어디에 있는지 우리는 몰라요." 베아테가 말했다. "혹은 정말 오슬로에 있는지도요. 하지만 레브의 집이 있다는 포르투 세구루에 가보면 최소한 그의 집을 찾을 수 있어요. 집을 찾으면 그의 지문도 얻을 수 있고요. 그 지문이 우리가 코카콜라 병에서 얻어낸 지문과 일치하면, 우리에게는 강력한 증거가 생기는 거죠. 그러니까 가볼 만한 가치가 있어요."

"정말인가? 그런데 자네들만 가지고 있다는 그 지문은 대체 뭔가?"

베아테는 해리와 눈을 맞추려고 안간힘을 썼지만 헛수고였다. 그녀는 마른침을 삼켰다. "서로 독립적으로 수사를 진행하는 게 원칙이기 때문에 우리는 그 지문을 우리만 알고 있기로 했어요. 추후 공지가 있을 때까지요."

"친애하는 베아테." 이바르손이 오른쪽 눈으로 윙크를 하며 말문을 열었다. "자넨 '우리'라고 하지만, 내 귀에는 해리 홀레로 들리는군. 내 수사 방식을 그렇게까지 지켜주는 홀레의 열성은 고맙지만, 우리가 함께 이룰 수 있는 성과를 방해하면서까지 원칙을 고수해서는 안 되지. 그러니 다시 묻겠네. 그 지문이 대체 뭔가?"

베아테가 절박한 눈빛으로 해리를 바라보았다.

"홀레?" 이바르손이 말했다.

"그게 이 수사의 방식입니다. 추후 공지가 있을 때까지는요."

해리가 말했다.

"좋을 대로 하게. 하지만 출장은 포기해. 그냥 브라질 경찰에게 연락해서 지문을 채취해달라고 부탁하면 되잖나."

베아테가 헛기침을 했다. "제가 알아봤어요. 그러려면 바이아 주의 경찰서장을 통해 서면 신청서를 제출하고, 브라질 지방검사가 사건을 살펴봐야 해요. 결국 수색 영장이 나오기는 할 테지만, 제가 물어봤던 사람 말로는 브라질 행정부에 연줄이 없으면 대략 빠르면 두 달, 늦으면 2년쯤 걸린다더군요."

"내일 저녁에 출발하는 비행기 티켓을 예약해뒀습니다." 자신의 손톱을 바라보며 해리가 말했다. "어떻게 하실 건가요?"

이바르손이 웃었다. "내가 어떻게 할 거 같나? 느닷없이 찾아와 지구 반대편으로 가겠으니 비행기 티켓 값을 달라고 하면서, 정작 그런 출장을 떠나는 이유조차 설명하려 하지 않잖아? 영장도 없이 집을 뒤질 모양인데 그렇다면 설사 그 집에서 법의학적 증거가 나온다 해도 법정에서 받아주지 않을 거야. 불법으로 획득한 거니까."

"벽돌 수법이 있죠." 해리가 부드럽게 말했다.

"뭐라고?"

"어떤 사람이 벽돌을 집어 들어 창문에 던집니다. 마침 그 옆을 지나가던 경찰은 영장이 없어도 들어갈 수 있습니다. 거실에서 마리화나 냄새가 나는 것 같았기 때문이죠. 주관적 인식이기는 하지만, 즉시 그 집을 수색할 수 있는 정당한 근거죠. 그런 식으로 그 집에서 지문과 같은 법의학적 증거들을 수집할 수 있습니다. 매우 합법적으로요."

"한마디로 우리도 어떻게 할지 생각해봤다는 뜻이에요." 베아테가 서둘러 덧붙였다. "레브 그레테의 집만 찾아내면, 합법적인 방법으로 지문을 채취할 거예요."

"그래?"

"기왕이면 벽돌을 던지지 않고도요."

이바르손은 고개를 저었다. "그걸로는 부족해. 분명히 말하는데 내 대답은 '노'야." 그는 이제 그만 이야기하자는 뜻으로 손목시계를 보더니, 파충류 같은 미소를 슬쩍 지으며 덧붙였다. "추후 공지가 있을 때까지."

"경정님의 비위를 맞춰줄 순 없었어요?" 이바르손의 사무실을 나와 복도를 걸어가며 베아테가 말했다.

"예를 들어 어떻게?" 해리가 조심스럽게 목을 돌리며 물었다. "그 사람은 이미 마음의 결정을 내린 상태였다고."

"반장님도 경정님이 우리 편을 들어줄 기회조차 주지 않았다고요."

"난 이바르손에게 기회를 준 거야. 뒤통수를 맞지 않을 기회."

"무슨 뜻이에요?" 두 사람은 엘리베이터 앞에 멈춰 섰다.

"말 그대로야. 이 사건에 있어서 우리는 꽤나 자유롭게 수사할 수 있다고."

베아테는 몸을 돌려 해리를 바라보았다. "그랬군요." 그녀가 천천히 말했다. "그럼 이제 어떻게 되는 거죠?"

"이바르손이 뒤통수를 맞는 거지. 자외선 차단제 잊지 말고 챙겨." 엘리베이터 문이 열렸다.

그날 늦게 비아르네 묄레르에게 들은 바에 의하면, 해리와 베아테를 브라질로 출장 보내고 그 모든 경비를 강도수사과에서 지불하라는 경찰총장의 결정에 이바르손은 매우 화를 냈다고 한다.

"이제 흐뭇하세요?" 퇴근하려는 해리에게 베아테가 물었다.

하지만 마침내 구름이 걷히며 하늘이 열리고, 플라자 호텔을 지나가던 해리는 이상하게 아무런 만족감도 느낄 수 없었다. 그저 수면 부족과 통증으로 인한 피곤함, 그리고 왠지 모를 민망함만 느껴질 뿐이었다.

*

"박시시?" 해리가 전화기에 대고 소리를 질렀다. "박시시가 대체 뭐야?"

"일종의 팁이야." 외위스테인이 말했다. "이 염병할 나라에서는 팁 없이는 누구도 손가락 하나 까딱하지 않아."

"젠장!" 해리는 거울 앞의 테이블을 발로 찼다. 전화가 테이블에서 미끄러지면서 전화기가 그의 손에서 빠져나갔다.

"여보세요? 듣고 있어, 해리?" 바닥에 떨어진 전화기가 치직거렸다. 해리는 전화기를 저대로 두고 싶었다. 그냥 나가버리고 싶었다. 아니면 메탈리카의 음반을 큰 소리로 틀어두거나. 최근 음반 말고 옛날 걸로.

"이제 와서 무너지면 안 돼, 해리!" 외위스테인이 꽥 소리를 질렀다.

해리는 목을 뻣뻣이 세운 채 무릎을 굽혀 전화기를 집어 들었다. "미안, 외위스테인. 놈들이 요구하는 게 얼마야?"

"2만 이집트 파운드. 그러니까 4만 크로네야. 그것만 주면 우리가 찾는 놈의 이름을 알려준대."

"이놈들 지금 바가지 씌우는 거라고, 외위스테인."

"당연히 그렇겠지. 하지만 아쉬운 건 우리잖아."

"보내줄게. 영수증이나 잊지 말고 챙겨, 알았어?"

해리는 침대에 누워 천장을 바라보면서 복용량을 세 배로 늘린 진통제의 효과가 나타나기를 기다렸다. 어둠 속으로 떨어지기 전에 그가 마지막으로 본 것은 한 소년이었다. 소년은 높은 곳에 앉아 다리를 대롱대롱 흔들며 그를 내려다보고 있었다.

NEMESIS

PART 4

26

다주다(D'Ajuda)

프레드 베우게스타는 숙취에 시달리고 있었다. 서른한 살의 이혼 남인 그는 스타트피오르 B 석유굴착 장치에서 일하는 인부였다. 일은 고되었고, 일하는 기간에는 맥주를 한 방울도 입에 댈 수 없 었다. 하지만 보수가 두둑했고, 방에는 텔레비전이 있으며, 배식 은 최고급 음식으로만 나왔다. 가장 좋은 점은 3주 일하고 4주 쉰 다는 것이었다. 그 4주 동안 아내가 있는 집으로 가서 벽만 바라 보는 사람도 있고, 심심해서 미치지 않으려고 택시를 몰거나 집 짓는 일을 하는 사람도 있었다. 그런가 하면 프레드처럼 따뜻한 나라로 가서 죽어라고 마셔대는 사람도 있었다. 가끔씩 그는 딸 카르뫼, 혹은 '우리 아기'에게 엽서를 보냈다. 열 살인 딸을 그는 여전히 아기라고 불렀다. 열한 살이던가? 어쨌거나 그것이 그가 본국과 유일하게 취하는 연락이었고, 그것으로 충분했다. 마지막 으로 아버지와 통화했을 때 아버지는 프레드의 엄마가 슈퍼마켓 에서 또 비스킷을 훔치다가 체포되었다고 투덜거렸다. 그러더니 엄마를 위해 기도한다면서, 프레드가 있는 곳에도 성경이 있는지 물었다. "그럼요. 제게 성경은 아침 식사만큼이나 필수적인걸요."

프레드는 그렇게 대답했다. 사실이었다. 다주다에 머무는 동안 프레드는 점심 전에는 아무것도 먹지 않기 때문이다. 카이피리냐를 음식으로 치지 않는다면. 사실 프레드는 칵테일을 만들 때마다 설탕을 최소한 네 숟가락 정도는 퍼부었기 때문에 카이피리냐를 음식으로 볼 것인지 말 것인지는 결정하기 힘들었다. 프레드 베우게스타가 카이피리냐를 마시는 이유는 이것이 정말로 몸에 나쁜 술이기 때문이었다. 유럽에서는 칵테일을 럼이나 보드카로 만들기 때문에 칵테일이 분에 넘치게 좋은 평판을 받고 있다. 반면 카이피리냐는 카샤사로 만드는데, 카샤사는 사탕수수를 증류시킨 후에 전혀 가공하지 않은 쌉쌀한 브라질산 아구아르디엔테*이다. 그 때문에 카이피리냐를 마시면 곧 마신 것을 후회하게 되는데, 프레드는 그것이 카이피리냐가 만들어진 원래 목적이라고 주장한다. 프레드의 외가와 친가 할아버지는 모두 알코올 중독자였다. 그런 유전자 조합을 가지고 태어났기에 프레드는 돌다리도 두들겨보고 건너는 게 최선이라고 생각했다. 그래서 몸에 너무 나빠 절대 중독될 염려가 없는 술만 골라서 마셨다.

오늘은 정오가 되자, 무거운 몸을 이끌고 무하메드네 가게로 가서 에스프레소와 브랜디를 주문했다. 다 마신 후에는 다시 이글거리는 열기 속으로 나가 집으로 느릿느릿 걸어갔다. 울퉁불퉁한 좁은 자갈길 양쪽으로 작고 야트막하며 비교적 하얀 집들이 늘어서 있었다. 그가 로게르와 함께 세 들어 사는 집은 조금 덜 하얀색이었고, 벽에 바른 회반죽은 군데군데 떨어져 있었다. 거친 시멘트 벽돌을 쌓아 만든 벽은 대서양에서 불어오는 축축한 바람이 잔뜩

* 25퍼센트에서 60퍼센트 사이의 알코올을 함유한 음료를 말한다.

스며들어 있어, 혀만 내밀면 벽의 톡 쏘는 맛이 느껴질 정도였다. 하지만 그거야 혀를 내밀지 않으면 그만이라고 프레드는 생각했다. 그 정도면 훌륭한 집이었다. 침실 세 개에 매트리스 두 개, 냉장고와 난로가 하나씩 있었다. 게다가 그들이 거실로 정한 곳에는 벽돌 두 개 위에 테이블 상판을 놓아서 만든 탁자와 소파까지 있었다. 그들이 그곳을 거실로 정한 이유는 벽에 사각형 비슷한 구멍이 뚫려 있었기 때문인데, 그들은 그 구멍을 창문이라 불렀다. 청소를 게을리한 탓에 부엌에는 브라질인들이 라바 페$^{lava pe}$라고 부르는, 물리면 엄청나게 아픈 노란 불개미들이 우글거렸다. 하지만 냉장고를 거실로 옮긴 후에는 부엌에 갈 일이 별로 없었다. 프레드가 소파에 누워 이제 뭘 할까 생각하고 있던 차에 로게르가 들어왔다.

"어디 갔었어?" 프레드가 물었다.

"포르투의 약국에." 로게르의 넓적하고 얼룩덜룩한 얼굴에 함박웃음이 번졌다. "거기에서 뭘 파는지 알면 놀라서 까무러칠걸. 노르웨이에서 처방전조차 받기 힘든 약을 마음껏 살 수 있다니까." 로게르가 비닐봉지 안의 내용물을 바닥에 쏟더니 라벨을 읽기 시작했다.

"벤조디아제핀 3밀리그램. 플루니트라제팜 2밀리그램. 씨발, 이거 그냥 로힙놀이잖아!"

프레드는 대답하지 않았다.

"어디 아파?" 로게르가 흥분한 목소리로 물었다. "지금까지 아무것도 안 먹은 거야?"

"응. 무하메드 가게에서 커피만 한 잔 마셨어. 그건 그렇고, 거기 웬 처음 보는 남자가 찾아와서 무하메드에게 레브를 아는지 묻

364

더라고."

약을 보고 있던 로게르가 고개를 반짝 들었다. "레브를 찾았다고? 어떻게 생겼어?"

"키가 크고 금발에 푸른 눈이야. 노르웨이 억양이 있고."

"씨발, 간 떨어질 뻔했잖아, 프레드." 로게르가 다시 약의 라벨을 읽기 시작했다.

"무슨 말이야?"

"이렇게 말해주지. 만약 그 남자가 키가 크고, 마르고, 가무잡잡했다면 다주다를 떠날 때가 됐다는 뜻이야. 다주다뿐 아니라 서반구 자체를 떠나야지. 경찰처럼 생겼어?"

"경찰이 어떻게 생겼는데?"

"그러니까…… 관둬라, 이 석유쟁이야."

"알코올 중독자처럼 생겼어. 알코올 중독자는 보면 알지."

"어쩌면 레브의 친구일지도 모르겠군. 그 사람을 도와줘야 할까?"

프레드는 고개를 저었다. "레브는 자신이 여기에 사는 걸 완전히…… 인…… 인……. 아, 뭐였더라? 비밀을 뜻하는 라틴어였는데……. 아무튼 아무에게도 알리고 싶지 않다고 했어. 무하메드도 레브를 모르는 척했고. 그치가 레브를 찾아내겠지. 레브가 원한다면 말이야."

"그냥 농담이었어. 그건 그렇고 레브는 어디 있어? 요 몇 주간 통 안 보이던데."

"지난번에 듣기로는 노르웨이에 간다고 했어." 천천히 고개를 들며 프레드가 말했다.

"어쩌면 은행을 털다 잡혔는지도 모르지." 로게르는 그렇게 말하며 빙그레 웃었다. 레브가 잡히기를 원해서가 아니라, 은행을 턴다는 생각에 웃음이 나서였다. 로게르 본인도 은행을 세 번이나 털었는데 매번 호되게 당했다. 상관없다. 처음 두 번은 잡혔지만 세 번째에는 모든 걸 제대로 했다. 물론 자신의 무용담을 들려줄 때는 마침 그날 감시 카메라가 고장 났던 행운은 주로 빼고 말했지만. 어쨌거나 덕분에 여기 다주다에서 유유자적한 생활을 즐길 수 있었다. 가끔씩 마약도 하면서.

포르투 세구루 남쪽에 펼쳐진 이 아름다운 작은 마을은 최근까지 유럽의 지명 수배자들이 가장 많이 머무는 곳이었다. 그런 현상은 1970년대에 다주다가 히피와 여행자들의 집결지가 되면서부터 시작되었다. 그들은 도박을 하거나, 여름이면 유럽으로 건너가 직접 만든 귀금속을 팔거나, 문신을 해주며 근근이 생계를 유지하는 사람들이었다. 그들이 유입된다는 것은 다주다의 입장에서 반가운 부가 수입이었고, 전반적으로 모두에게 이로운 일이었다. 그리하여 사실상 그 마을의 모든 무역과 산업을 소유하고 있는 두 가문이 그 지역의 경찰서장과 합의를 보았다. 그 결과 해변과 카페, 그 수가 점점 늘어나는 바에서는 마리화나를 피워도 경찰이 모른 척하게 되었다. 시간이 흐르며 길거리에서도, 급기야는 다주다 어디에서나 마리화나를 피울 수 있었다.

하지만 한 가지 문제가 있었다. 마리화나를 피우거나 비교적 생소한 다른 법규를 위반한 관광객들로부터 벌금을 받아내는 일은 다른 곳에서와 마찬가지로 이곳 경찰들에게 중요한 수입원이었다. 그들의 월급은 쥐꼬리만 했기 때문이다. 그리하여 수익성이 좋은 관광 사업과 경찰이 사이좋게 공존하기 위해 두 가문은 경찰에게 다른 안전한 수입원을 제공해야만 했다. 그렇게 시작된 것이

마을에서 마리화나를 생산하고 판매하던 미국인 사회학자와 아르헨티나 출신인 그의 남자친구로부터 수수료를 뜯어내는 것이었다. 그 대가로 그들은 경찰의 보호와 독점 판매를 보장받았다. 독점 판매라는 것은 다시 말해 잠재적인 경쟁자가 나타났을 때 경찰이 온갖 수선과 난리를 피우며 그들을 즉시 체포해 연방 경찰에 넘긴다는 뜻이었다. 몇몇 지방 경찰관의 호주머니로 돈이 조금씩 흘러들어갔고, 모든 것이 순조로웠다. 세 명의 멕시코인들이 경찰에게 더 높은 수수료를 주겠다고 제안하기 전까지는. 그리하여 어느 일요일 아침, 우체국 앞 광장에서 미국인과 아르헨티나인 커플은 온갖 수선과 난리 속에서 연방 경찰에게 인도되었다. 그 후로도 경찰의 보호를 사고파는 효율적인 시장 통제 시스템은 계속 번성했고, 다주다는 곧 세계 구석구석에서 몰려온 지명 수배범들로 득실거리게 되었다. 그들은 파타야를 비롯한 다른 어느 도시보다도 훨씬 싼 비용으로 다주다에서 비교적 안전하게 지낼 수 있었다. 긴 해변과 붉은 노을, 훌륭한 마리화나를 자랑하는 다주다는 사람의 손길이 거의 닿지 않은 천혜의 보석이었다. 하지만 1980년대에 들어서며 이 도시는 탐욕스런 관광객 무리인 배낭여행 족들의 눈에 띄게 되었다. 그들은 돈을 쓰겠다는 일념하에 다주다에 대거 몰려들었다. 그것은 곧 다주다의 실세인 두 가문이 범법자들의 캠프로서 번성하던 다주다의 수익성을 재평가해야 한다는 뜻이었다. 아늑하고 어둠침침한 바가 점차 다이빙 장비 대여 가게로 업종을 변경했고, 주민들이 모여 구식 람바다를 추던 카페는 '광란의 달밤 파티'를 주최하기 시작했다. 그에 따라 경찰도 조그만 하얀 집을 급습해 격렬하게 반항하는 수배자들을 광장으로 끌어내는 빈도가 점점 더 잦아졌다. 그래도 다주다는 여전히 지구상의 다른 어떤 도시보다도 범법자들이 안전하게 머물 수 있는 곳이었다. 비록 로게르뿐 아니라 이곳에 사는 모두가 편집증에 시달리고 있었지만.

*

무하메드 알리 같은 남자가 다주다의 요식업계에 뛰어들 수 있었던 것도 바로 그 때문이다. 그의 아화는 포르투 세구루에서 출발해 종점인 다주다에 도착하는 버스를 감시할 수 있는 전략적 요충지라는 데서 가장 큰 정당성을 찾을 수 있다. 문을 열어두고 카운터 뒤에 서 있으면 다주다의 하나뿐인 광장에서 일어나는 일을 하나도 빠짐없이 볼 수 있었다. 조약돌이 깔리고, 햇빛이 작열하는 광장에 버스가 새로 도착할 때면 무하메드는 하던 일을 멈추고, 물담배에 브라질산 담뱃잎을(그가 집에서 직접 재배한 당밀에 비하면 형편없었지만) 밀어 넣었다. 버스에서 내리는 사람들을 살피며 경찰이나 현상금 사냥꾼처럼 보이는 사람이 있는지 살피기 위해서였다. 지금까지 한 번도 틀린 적이 없는 그의 코가 그런 사람들의 냄새를 맡으면 그는 즉시 경보를 울린다. 경보는 일종의 회비를 받아 운영되는 시스템으로 매달 돈을 지불한 사람에게 전화를 해주거나, 작고 발 빠른 아이 파울리뉴를 통해 그들의 집에 메시지를 붙여둔다. 무하메드 또한 이곳에 도착하는 버스를 감시해야 하는 개인적 이유가 있었다. 그 자신도 유부녀인 로잘리타와 함께 히우지자네이루에서 도망친 처지였기 때문이다. 만약 버림받은 그녀의 남편이 그들의 은신처를 알아낸다면 무슨 일이 벌어질지는 불 보듯 뻔했다. 히우나 상파울루의 파벨라*에 가면 간단

---

* 브라질의 대도시 곳곳에 자리 잡은 빈민가로 마약과 범죄의 소굴이기도 하다.

한 살인 정도는 단돈 200달러에 의뢰할 수 있다. 심지어 노련한 살인 청부업자도 2, 3천 달러에 수색 및 소탕 비용만 추가하면 쉽게 고용할 수 있었다. 게다가 지난 10년간 그 시장은 공급이 수요를 훨씬 웃돌아서, 두 사람을 죽여달라고 의뢰할 경우에는 할인도 꽤 많이 받을 수 있었다.

가끔씩 무하메드가 현상금 사냥꾼이라고 점찍은 남자들이 그의 아화로 곧장 들어오는 경우도 있었다. 그들은 형식상 커피 한 잔을 시켰다가 적당한 때가 되면 커피 잔을 내려놓고 뻔한 질문을 던졌다. "내 친구 아무개가 어디 사는지 아시오?" 혹은 "사진 속 남자를 아시오? 그자에게 갚아야 할 돈이 있소." 그럴 경우 만약 무하메드의 상투적 답변을('이틀 전에 그자가 큰 수트케이스를 들고 포르투 세구루 행 버스에 타는 것을 봤습니다, 싱요르*) 들은 현상금 사냥꾼이 다음 버스로 곧장 떠나면, 무하메드는 보너스를 받기도 한다.

방금 전에도 무하메드는 정해진 회비 외에 몇 헤알 더 받을 수 있겠다는 느낌이 왔다. 꾸깃꾸깃한 린넨 양복을 입고 목에는 하얀색 붕대를 감은 장신의 금발 남자가 카운터에 플레이스테이션 가방을 올려놓으며 이마의 땀을 훔치더니, 영어로 커피를 주문했기 때문이다. 하지만 그의 직감을 자극한 것은 남자가 아니라, 남자와 함께 온 여자였다. 그녀의 이마에는 마치 '경찰'이라고 적혀 있는 듯했다.

*

해리는 실내를 둘러보았다. 그와 베아테, 카운터를 지키는 아

---

* 포르투갈어에서 남성에게 쓰는 존칭어.

랍인을 제외하면 손님이라고는 세 사람뿐이었다. 두 명은 배낭여행객이었고, 한 명은 초라한 행색의 관광객이었는데 심각한 숙취에 시달리는 듯했다. 해리는 목이 아파 죽을 지경이었다. 손목시계를 보니, 오슬로를 떠난 지 스무 시간째였다. 오슬로를 떠나기 전에 올레그가 전화를 해서 그의 테트리스 기록을 깼다고 말했다. 해리는 헤시피* 행 비행기로 갈아타기 전에 히스로 공항의 게임기 가게에서 간신히 남코 건콘45를 구입했다. 헤시피에 도착해서는 프로펠러기를 타고 포르투 세구루로 이동했다. 공항에서 나와 택시 운전사와 협상한 끝에(그래 봐야 엄청나게 바가지를 썼을 테지만) 그들을 다주다로 데려다 줄 페리가 있는 항구로 갔다. 다주다에 도착해서는 다시 덜컹거리는 버스를 타고 몇 킬로미터를 더 달려왔다.

24시간 전, 그는 면회실에 앉아 라스콜에게 이집트인들이 4만 크로네를 더 요구했다고 설명했다. 라스콜은 무하메드 알리의 아화가 있는 곳은 포르투 세구루가 아니라 근처 마을이라고 알려주었다.

"다주다라는 곳일세." 라스콜이 함박웃음을 지으며 말했다. "내가 아는 녀석들 두세 명이 거기 살고 있지."

아랍인의 시선을 느낀 베아테는 주문하지 않겠다는 뜻으로 고개를 저었다. 그러자 아랍인은 아무 말 없이 해리 앞에 커피 잔을 내려놓았다. 쓰고 진한 커피였다.

"무하메드." 해리가 그의 이름을 부르자, 카운터 뒤에 서 있던 아랍인의 얼굴이 굳어졌다. "당신이 무하메드 맞지?"

* 브라질 동쪽의 항구 도시.

아랍인은 마른침을 삼켰다. "누구시죠?"

"친구." 해리가 오른손을 재킷 안쪽에 넣자, 아랍인의 가무잡잡한 얼굴에 공포가 어렸다. "레브의 동생이 형을 찾고 있어." 해리는 베아테가 트론의 집에서 가져온 사진을 꺼내 카운터에 올려놓았다.

무하메드는 잠시 두 눈을 감았다. 그의 입술이 조용히 감사 기도를 중얼거렸다.

사진 속에는 두 소년이 있었다. 둘 중에서 키가 큰 소년은 웃는 얼굴에 빨간색 퀼트 재킷을 입고 있었는데, 한 팔로 다른 소년을 다정하게 끌어안고 있었다. 키가 작은 소년은 카메라를 향해 수줍게 웃고 있었다.

"레브가 동생 얘기를 했는지 모르겠지만, 동생 이름은 트론이야." 해리가 말했다.

무하메드는 사진을 집어 들고 바라보았다.

"흠." 그는 턱수염을 긁적거렸다. "둘 다 처음 보는 얼굴인데요. 레브라는 이름도 들어본 적 없습니다. 이 근처 사는 사람은 거의 다 알고 있는데 말이죠."

무하메드는 해리에게 사진을 돌려주었다. 해리는 사진을 재킷 안주머니에 넣고, 커피 잔을 비웠다. "우린 숙소를 찾아야 해, 무하메드. 숙소를 찾은 뒤에 다시 오지. 그때까지 잘 생각해보라고."

무하메드는 고개를 젓더니, 해리가 커피 잔으로 눌러둔 20달러를 끄집어내 그에게 돌려주었다. "거스름돈 없습니다." 무하메드가 말했다.

해리는 어깨를 으쓱였다. "어차피 다시 올 거야, 무하메드."

*

지금은 비수기였기 때문에 그들은 비토리아라는 이름의 작은 호텔에서 각자 머물 큰 방을 구할 수 있었다. 해리가 받은 열쇠에는 69호실이라고 적혀 있었다. 이 호텔은 고작 2층이어서, 방이라고 해야 스무 개 남짓일 텐데 말이다. 빨간색 하트 모양의 침대 머리맡에는 테이블이 놓여 있었는데, 서랍을 열어보니 호텔의 인사말이 적힌 종이와 콘돔 두 개가 있었다. 아무래도 이 방은 신혼부부용 스위트룸인 듯했다. 욕실문은 거울로 도배되어 있어 침대에 누운 모습이 그대로 비쳤다. 가구라고는 침대를 제외하면 어울리지 않을 정도로 크고 깊은 옷장뿐이었다. 옷장 안에는 허벅지까지 내려오는 다소 낡은 가운 두 개가 걸려 있었는데 등에 동양적인 문양이 그려져 있었다.

호텔 접수원은 레브 그레테의 사진을 보더니 미소를 지으며 고개를 저었다. 호텔 인근의 레스토랑이나 이상할 정도로 조용한 메인 도로를 따라 한참 위쪽에 있는 인터넷 카페 직원들도 마찬가지였다. 메인 도로는 전통적으로 그러듯이 교회에서 공동묘지까지 이어졌는데 지금은 브로드웨이라는 새 이름을 달고 있었다. 물과 크리스마스 장식품을 파는 조그만 구멍가게에는 문 위에 영어로 '슈퍼마켓'이라고 적힌 종이가 붙어 있었다. 그곳의 계산대 뒤에 있던 여자는 그들의 질문에 무조건 '예스'를 남발하더니 멍한 눈동자로 그들을 바라보았다. 결국 그들은 포기하고 가게를 나왔다. 돌아가는 길에 사람이라고는 딱 한 명밖에 보지 못했다. 지프차에 기대어 있던 젊은 경관이었는데, 옆구리 아래에 불룩한 권총집을 찬 채 팔짱을 끼고 있었다. 그는 하품을 하며 그들의 행동을 주시했다.

무하메드의 아화에 도착하자, 카운터 뒤의 깡마른 소년이 사장님은 갑자기 오늘 휴가를 내고 산책하러 갔다고 말했다. 베아테는 무하메드가 언제 돌아올지 물었다. 하지만 소년은 당황하며 고개를 젓더니, 해를 가리키며 "트란코수"라고 말했다.

호텔 여직원은 끊기지 않는 백사장을 따라 트란코수까지 이어지는 13킬로미터의 산책로가 다주다의 가장 큰 볼거리라고 했다. 사실 광장의 성당을 제외하고는 그것이 다주다의 유일한 볼거리였다.

"흠. 그런데 왜 거리에 사람들이 하나도 없는 겁니까, 싱요라*?"

그녀는 웃으며 바다를 가리켰다.

*

사람들은 모두 거기 있었다. 발바닥이 타버릴 듯이 뜨거운 모래사장에. 아지랑이가 피어오르는 모래사장은 양쪽으로 시야의 끝까지 뻗어 있었다. 누워서 일광욕을 즐기는 사람들, 아이스박스와 과일 자루를 어깨에 짊어진 채 모래를 헤치며 터벅터벅 걸어 다니는 행상인들, 짚을 이어 지붕을 만든 임시 바에서 싱글벙글 웃어대는 바텐더들, 확성기에서 쿵쿵 울려 퍼지는 삼바 음악, 노란색 국가대표 유니폼을 입은 서퍼들. 그들의 입술에는 자외선 차단제가 새하얗게 칠해져 있었다. 그리고 손에 신발을 든 채 남쪽으로 걷는 남녀가 있었다. 여자는 호텔에서 갈아입은 반바지에 민소매 티, 밀짚모자 차림이었고, 남자는 여전히 꾸깃꾸깃한 린넨 양복에 머리에는 아무것도 쓰지 않았다.

"아까 그 여직원이 13킬로미터라고 했던가?" 코끝에 매달린 땀방울을 입으로 불어 날리며 해리가 말했다.

---

* 포르투갈어에서 여성에게 사용하는 존칭어.

"돌아오기도 전에 해가 질 거예요." 베아테가 사람들을 가리켰다. "보세요. 다들 벌써 돌아오고 있잖아요."

해안을 따라 검은 줄이 보였다. 태양을 등진 채 집으로 돌아가는 사람들의 끝없는 행렬이었다.

"우리가 원하던 대로네." 선글라스를 고쳐 쓰며 해리가 말했다. "다주다 시민들을 일렬로 늘어세우고 싶었는데. 눈을 부릅뜨고 살펴봐야겠어. 무하메드는 발견하지 못할지라도 운이 좋으면 레브와 직접 마주칠 거야."

베아테가 미소를 지었다. "아니라는 데 100크로네 걸죠."

열기 속에서 수많은 얼굴이 휙휙 지나갔다. 검고 하얗고, 어리고 늙고, 아름답고 추하고, 술에 취하고 금욕적이고, 미소 짓고 찡그린 얼굴들. 바와 서핑보드 대여점은 이미 철수하고 없었다. 보이는 것이라고는 왼쪽의 모래와 바다, 오른쪽의 울창한 정글뿐이었다. 군데군데 사람들이 무리 지어 앉아 있는 곳에서는 마리화나 냄새가 풍겼다.

"친한 사람들 간의 공간 문제와 내부자 이론에 대해 좀 더 생각해봤어. 레브와 스티네 그레테가 단지 가족 관계 이상으로 가까웠을 수도 있을까?" 해리가 말했다.

"스티네가 은행털이 계획을 세우는 단계에서부터 가담했고, 나중에 레브가 종적을 감추기 위해 그녀를 총으로 쐈다는 말씀이세요?" 베아테가 태양을 바라보며 말했다. "아니란 법도 없죠."

4시가 넘었는데도 열기는 별로 누그러지지 않았다. 그들은 바위를 건너가기 위해 신발을 신었다. 반대편에 파도에 떠밀려온 두껍고 마른 나뭇가지 하나가 있었다. 해리는 나뭇가지를 모래사장에 꽂고, 지갑과 여권을 빼낸 재킷을 그 임시 옷걸이에 걸어놓았다.

저 멀리 트란코수가 보일 무렵, 베아테가 방금 비디오에서 본 남자가 지나갔다고 말했다. 그 말을 들은 해리는 별로 유명하지 않은 영화배우쯤 되나 보다 생각했다. 하지만 베아테는 그가 로게르 페르손이라는 남자이며, 온갖 마약 소지로 체포되었을 뿐 아니라 감믈레뷔엔과 베이트벳의 우체국을 털다 잡혀서 복역하기도 했다고 덧붙였다. 또한 울레볼 우체국 강도 사건의 용의자이기도 하다고 말했다.

*

프레드는 트란코수 해변의 레스토랑에서 카이피리냐를 세 잔이나 벌컥벌컥 들이켜고 집으로 돌아가는 길이었다. 그런데도 13킬로미터나 걷는 것은 미친 짓이라는 생각에 변함이 없었다. 이게 다 '피부에 곰팡이가 피기 전에 바람이라도 쐬어주자'며 로게르가 그를 끌고 나온 탓이었다.

"네 문제는 그놈의 약을 처먹어서 한시도 가만히 있질 못한다는 거야." 프레드가 로게르에게 징징거렸다. 로게르는 발꿈치를 든 채 앞서서 느릿느릿 걷고 있었다.

"그게 어때서? 너도 북해로 돌아가면 매일 뷔페만 먹을 거 아니야? 그 전에 살 좀 빼야지. 그보다 무하메드가 전화로 했다는 얘기 좀 해봐. 경찰 둘이 왔었다며?"

프레드는 한숨을 쉬며 마지못해 자신의 단기 기억 속을 뒤졌다. "피부가 너무 창백해서 투명할 정도인 여자랑 코가 딸기코인 남자라고 했어. 여자는 체구가 작고, 남자는 덩치 큰 독일인이라던가?"

"독일인?"

"무하메드의 추측이야. 러시아인일 수도 있지. 아니면 잉카 인디언이거나 아니면……."

"그래, 참 재미도 있다. 경찰인 게 확실하대?"

"무슨 뜻이야?"

로게르가 갑자기 걸음을 멈추는 바람에 프레드는 하마터면 그와 부딪힐 뻔했다.

"왠지 마음에 안 들어서. 내가 아는 한 레브는 노르웨이 외에서는 은행을 털 사람이 아니야. 그리고 노르웨이 경찰이 고작 은행 강도 하나 잡겠다고 브라질까지 올 리도 없고. 아마 러시아인일 거야. 젠장. 누가 보냈는지 알겠어. 그들이 노리는 건 레브가 아냐."

로게르의 말에 프레드가 신음했다. "그놈의 집시 타령 좀 그만해, 제발."

"내가 편집증이라고 생각하겠지만 그놈은 살아 있는 악마야. 자기 돈을 1크로네라도 훔쳐간 놈은 한 치의 망설임도 없이 죽여버린다니까. 난 놈이 절대 모를 줄 알았어. 돈이 든 자루에서 고작 2, 3천 크로네 슬쩍했을 뿐이거든. 하지만 원칙은 원칙이지. 조직의 리더가 되면 원칙을 존중해야 해. 예외가 있다면―"

"로게르! 그놈의 마피아 이야기가 궁금하면 내가 차라리 비디오를 빌려볼게."

로게르는 대답하지 않았다.

"왜 대답이 없어? 로게르?"

"입 다물어." 로게르가 속삭였다. "돌아보지 말고 계속 걸어가."

"뭐?"

"네가 술이 좀 덜 취했다면 방금 우리 옆으로 지나간 투명한 얼굴과 딸기코를 봤을 거야."

"정말이야?" 프레드가 목을 길게 뺐다. "로게르⋯⋯."

"왜?"

"네 말이 맞는 거 같아. 저 사람들이 뒤돌아서 우리를 보고 있어⋯⋯."

로게르는 돌아보지 않고 계속 걸었다. "젠장젠장젠장!"

"어떻게 하지?"

아무 대답도 들리지 않자, 프레드는 뒤를 돌아보았다. 하지만 로게르는 벌써 사라지고 없었다. 프레드는 깜짝 놀라 모래사장에 깊게 파인 로게르의 발자국을 바라보았다. 발자국은 갑자기 왼쪽으로 꺾여 있었고, 저 앞쪽에 마구 달려가는 로게르의 발뒤꿈치가 보였다. 그제야 프레드도 로게르를 따라 울창한 초록색 수풀 쪽으로 달리기 시작했다.

*

해리는 곧바로 포기했다.

"쫓아갈 필요 없어." 그가 베아테의 등에 대고 외쳤다. 베아테가 비틀거리더니 이내 멈춰 섰다.

해변에서 불과 2, 3미터밖에 떨어지지 않았는데도 이곳은 딴 세상 같았다. 무성한 수풀이 천장을 이뤄 어둠침침했고, 나무 사이로 후끈한 열기가 고여 있었다. 두 남자가 달아나는 소리는 새들의 비명과 뒤에서 들리는 바다의 포효에 묻혀버렸다.

"뒤따라가던 남자는 잡을 수도 있었다고요." 베아테가 말했다.

"그래도 우리보다는 길을 더 잘 알 거야. 게다가 우린 무기가 없지만 놈들에게는 있을 수도 있고."

"만약 레브가 우리의 존재를 미처 몰랐다면 이제는 확실히 알았겠네요. 어쩌죠?"

해리는 땀이 찬 목의 붕대를 문질렀다. 벌써 붕대 속으로 들어간 솜씨 좋은 모기들에게 몇 방 물린 상태였다. "차선책으로 변경해야지."

"그게 뭔데요?"

해리는 베아테를 바라보며 의아해했다. 자신은 물이 새는 홈통처럼 땀을 줄줄 흘리는데 어떻게 베아테의 이마에는 땀이 한 방울도 없을까?

"낚시."

*

일몰은 짧았지만 빨강의 스펙트럼에 해당되는 모든 색깔이 총출동할 정도로 변화무쌍했다. 게다가 빨강 외에 다른 색깔도 몇 가지 더 있다고, 태양을 가리키며 무하메드는 주장했다. 태양은 뜨거운 프라이팬 위의 버터 덩어리처럼 순식간에 지평선 속으로 녹아들었다.

하지만 카운터 앞의 독일인은 일몰에 관심이 없었다. 그는 방금 전 레브 그레테나 로게르 페르손의 소재를 알려주는 사람에게는 천 달러를 주겠다고 말한 참이었다. 당신이 소문 좀 내주겠어, 무하메드? 관심 있는 제보자는 비토리아 호텔 69호실로 찾아오라고 해. 독일인은 그렇게 말하고는 얼굴이 창백한 여자와 함께 가버렸다.

짧은 저녁 춤을 추기 위해 곤충들이 나오자, 제비들이 미쳐 날뛰었다. 태양은 바다의 표면 위에서 흐물흐물하게 녹아, 붉게 흘러내리더니 10분 후에는 주위가 캄캄해졌다.

한 시간 뒤 로게르가 욕을 뇌까리며 나타났다. 햇볕에 그을렸는데도 그의 얼굴은 창백했다.

"악마 같은 집시놈." 그는 그렇게 중얼거렸다. "프레도의 바에서 내게 두둑한 보상금이 걸렸다는 소문을 듣고 즉시 도망쳤어. 오는 길에 슈퍼마켓에 잠깐 들렀더니 페트라가 독일인과 금발 여자가 두 번이나 왔다 갔다고 그러더군. 두 번째에 왔을 때는 아무것도 묻지 않고 낚싯줄만 사갔대. 낚싯줄은 왜 샀을까?" 무하메드가 잔에 커피를 따르는 동안, 로게르는 주위를 힐끗 둘러보았다. "낚시하려고?"

"이거나 마셔." 무하메드가 커피 잔을 가리키며 말했다. "편집증에 좋아."

"편집증?" 로게르가 소리쳤다. "이건 그냥 상식이야. 무려 천 달러라고, 염병할! 여기 놈들은 100달러만 줘도 지 엄마를 기꺼이 팔아넘기는 족속들이야."

"그래서 어떻게 할 건데?"

"해야 할 일을 해야지. 내가 먼저 선수를 쳐야겠어."

"정말? 어떻게?"

로게르는 커피를 마시더니 허리춤에서 검은 권총을 꺼냈다. 적갈색의 짧은 개머리판이 달린 총이었다. "상파울루에서 온 타우루스 PT92C에게 인사해."

"됐으니까 당장 치워." 무하메드가 조그맣게 말했다. "미쳤어? 그 독일인을 혼자 처리할 수 있을 거 같아?"

로게르는 어깨를 으쓱이더니 권총을 다시 허리춤에 집어넣었다.

"프레드는 집에서 벌벌 떨고 있어. 다시는 술을 끊지 못할 거래."

"이 남자는 프로야, 로게르."

로게르는 콧방귀를 뀌었다. "난 아니고? 나도 왕년에 은행을 턴 몸이야. 그리고 가장 중요한 게 뭔지 알아, 무하메드? 허를 찌르는 거야. 그게 제일 중요하다고." 로게르는 남아 있던 커피를 다 마셨다. "그리고 자기 방이 몇 호인지 동네방네 떠들고 다니는 걸 보면 별로 대단한 프로 같지도 않아."

무하메드는 눈알을 굴리며 팔짱을 꼈다.

"알라가 보고 있어, 무하메드." 로게르는 은근슬쩍 농담을 하며 자리에서 일어났다.

로게르가 호텔 로비에 들어서자마자, 그 금발 여자가 보였다. 여자는 한 무리의 남자들과 함께 카운터 위에 설치된 텔레비전으로 축구 중계를 보고 있었다. 그랬다. 오늘 밤은 히우의 플라멩구와 플루미넨시 간의 유서 깊은 더비*가 열리는 날이었다. 프레도의 바가 사람들로 바글거렸던 이유도 그 때문이었다.

로게르는 여자가 자신을 보지 않았기를 바라며 얼른 그들을 지나쳤다. 카펫이 깔린 계단을 올라가 복도를 걸어갔다. 69호실이 어디에 있는지 너무 잘 알고 있었다. 페트라의 남편이 다른 도시로 출장 갔을 때 로게르가 예약했던 방이 마침 69호실이었기 때문이다.

로게르는 문에 귀를 대보았지만 아무 소리도 들리지 않았다. 열쇠 구멍을 들여다보았으나 방 안은 캄캄했다. 독일인이 나갔거나 잠든 모양이었다. 로게르는 마른침을 삼켰다. 심장이 두근거렸지만, 아까 각성제 반쪽을 먹은 덕분에 마음이 차분했다. 그는 총알이 장전되어 있는지 확인하고 안전장치를 푼 다음, 객실 손잡이를 부드럽게 내리눌렀다. 놀랍게도 문이 열려 있었다! 로게르는 살

* 축구에서 한 도시를 연고지로 한 두 개의 프로팀이 벌이는 경기.

그머니 방으로 들어가 조용히 문을 닫았다. 그러고는 숨을 죽인 채 어둠 속에 서 있었다. 사람의 형체도 보이지 않고, 기척도 느껴지지 않았다. 움직임도, 숨소리도 없었다. 그저 천장에 달린 선풍기가 부드럽게 돌아가는 소리뿐이었다. 다행히 로게르는 이 방을 구석구석 알고 있었다. 그리하여 하트 모양의 침대가 있는 쪽으로 권총을 겨누고 눈이 어둠에 적응하기를 기다렸다. 달빛 한 줄기가 은은한 광채를 던지는 침대에는 이불이 젖혀져 있었고, 아무도 없었다. 로게르는 재빨리 머리를 굴렸다. 독일인이 문을 잠그는 걸 잊어버리고 나간 걸까? 그렇다면 자리를 잡고 앉아 기다리다가, 문간에 독일인이 나타났을 때 쏴버리면 그만이다. 너무 쉬워서 비현실적으로 느껴질 정도였다. 깜빡 잊고 시한 자물쇠*를 작동시키지 않은 은행을 터는 것처럼. 하지만 그럴 리가 없었다. 선풍기가 켜져 있었으니까.

그 순간에 깨달음이 찾아왔다.

갑자기 욕실에서 변기 물 내리는 소리가 들리자, 로게르는 깜짝 놀랐다. 독일인이 변기에 앉아 있었구나! 로게르는 양손으로 권총을 잡고, 두 팔을 뻗어 욕실 문 쪽으로 겨눴다. 5초가 지났다. 8초. 로게르는 더 이상 숨을 참을 수가 없었다. 저 새끼는 욕실에서 뭘 하는 거지? 물도 내렸으니 나와야 할 거 아냐. 12초. 어쩌면 소리를 들었는지도 모른다. 소리를 듣고 도망치려는 것일 수도 있다. 욕실 벽에 작은 창문이 있었던 기억이 났다. 젠장! 오늘이 기회다. 놈을 그냥 도망치게 둘 수는 없다. 로게르는 살금살금 옷장을 지나갔다. 저 옷장에 걸린 가운이 페트라에게 참 잘 어울렸지.

---

* 미리 정해둔 시간이 되기 전에는 열 수 없는 자물쇠.

그는 욕실 문 앞에 서서 문손잡이에 손을 올려놓았다. 숨을 깊이 들이쉬었다. 손잡이를 내리려는 순간, 차가운 기운이 느껴졌다. 선풍기 바람도 아니고, 열린 창문으로 불어온 바람도 아니었다. 무언가 달랐다.

"꼼짝 마." 그의 바로 뒤에서 목소리가 들렸다. 고개를 들어 욕실 문에 붙은 거울을 본 순간, 로게르의 몸은 얼어붙었다. 얼어붙다 못해 이가 딱딱 부딪힐 정도였다. 옷장 문이 열려 있었고, 그 안의 하얀 가운 사이로 건장한 형체가 보였다. 하지만 로게르가 갑자기 얼어붙은 것은 그 때문이 아니었다. 자기가 든 총보다 훨씬 큰 총이 자신을 겨누고 있다는 것을 알았을 때의 심리적 효과는 무기에 대한 지식이 있다고 해서 결코 누그러지지 않는다. 오히려 그 반대다. 큰 구경의 총알이 훨씬 더 효과적으로 인체를 파괴할 수 있다는 것을 알기 때문이다. 달빛 속에서 얼핏 보이던 커다랗고 검은 괴물에 비하면, 로게르의 타우루스 PT92C는 장난감 총에 불과했다. 끼익 하는 소리에 로게르는 위를 바라보았다. 낚싯줄 같은 것이 달빛에 반짝거렸다. 빠끔 열린 욕실 문틈으로 나온 낚싯줄은 옷장으로 이어져 있었다.

"Guten Abend.*" 로게르가 속삭였다.

*

6년 뒤, 파타야의 한 바에서 누군가 로게르에게 손을 흔들었다. 구레나룻 뒤의 얼굴이 프레드라는 걸 알았을 때 로게르는 너무 놀라 아무런 반응도 하지 못한 채 우두커니 서 있었다.

보다 못한 프레드가 앉으라며 의자를 끌어당겼다. 그러고는 술

---

* 독일어 저녁 인사.

을 주문하더니, 자신은 더 이상 북해에서 일하지 않고 장애인 수당을 받는다고 했다. 로게르는 머뭇거리며 의자에 앉았고, 지난 6년 동안 치앙라이와 파타이를 오가는 운반 사업을 해왔다고 대충 설명했다. 술이 두세 잔 들어가자 프레드는 헛기침을 하며 대체 6년 전 그날 밤, 왜 갑자기 짐을 꾸려 다주다를 떠났느냐고 물었다.

로게르는 술잔을 들여다보며 숨을 깊이 들이쉬더니 자신에게는 선택의 여지가 없었다고 말했다. 그 독일인에게(알고 보니 독일인이 아니었지만) 속아, 하마터면 저승으로 갈 뻔했는데 다행히 막판에 극적으로 타협을 보았다는 것이다. 그리하여 레브 그레테가 어디 사는지 알려주는 대가로 30분 안에 다주다를 떠날 수 있는 기회를 얻었다고 했다.

"그 남자가 가진 총이 뭐라고 했었지?" 프레드가 물었다.

"너무 어두워서 보진 못했어. 어차피 유명한 총도 아니었고. 하지만 내가 장담하건대 그 총에 맞았다가는 내 머리통이 프레도의 바까지 날아갔을 거야." 로게르는 문 쪽을 힐끗 바라보았다.

"내가 여기에 집을 한 채 빌렸어. 자넨 어디 머물 곳 있나?" 프레드가 물었다.

로게르는 마치 그런 생각은 한 번도 해보지 못했다는 듯이 프레드를 바라보았다. 그러고는 수염이 까끌까끌하게 자란 턱을 한동안 긁적거린 후에 대답했다.

"사실은 없어."

27

에드바르 그리그

레브의 집은 막다른 골목 맨 끝에 있었다. 인근의 다른 집들과 마찬가지로 간단한 구조였다. 다른 점이라면 이 집은 창문에 실제로 유리가 있었다. 하나뿐인 가로등의 노란 원추형 불빛 속에서 온갖 곤충들이 서로 공간을 차지하려고 다투는 동안, 탐욕스런 박쥐들이 어둠 속을 들락거렸다.

"집에 아무도 없는 거 같은데요?" 베아테가 속삭였다.

"전기를 아끼는 중일지도 모르지." 해리가 말했다.

두 사람은 야트막하고 녹슨 철문 앞에서 걸음을 멈췄다.

"그럼 이제 어떻게 하죠? 그냥 올라가서 문을 두드릴까요?" 베아테가 물었다.

"아니. 자넨 휴대전화를 켜두고 여기서 기다려. 내가 창문 아래에 앉으면 이 번호로 전화해." 해리는 수첩에서 찢어낸 종이를 건넸다.

"왜요?"

"집 안에서 휴대전화 벨소리가 들리면 레브가 집에 있다는 뜻이니까."

"알았어요. 근데 어떻게 체포하실 생각이세요? 설마 그걸로 요?" 베아테는 해리의 오른손에 있는 큼지막한 검은 물건을 가리 켰다.

"안 될 거 없지. 로게르 페르손에게도 통했는데." 해리가 말했 다.

"그때는 방 안이 어두웠고, 거울로 본 거잖아요."

"음, 우린 브라질에서 무기를 소지할 수 없으니까 가진 걸 이용 할 수밖에."

"이를테면 변기에 묶은 낚싯줄과 장난감 같은 거요?"

"이건 평범한 장난감이 아니야, 베아테. 남코 건콘45라고." 해 리는 초대형 플라스틱 권총을 톡톡 쳤다.

"최소한 플레이스테이션 딱지라도 떼세요." 베아테가 고개를 저으며 말했다.

해리는 신발을 벗고, 구부정한 자세로 한때는 잔디가 깔렸으나 이제는 메마르고 갈라진 땅을 가로질러 달려갔다. 집에 도달하자 창문 밑 벽에 등을 대고 앉아 베아테에게 손짓을 했다. 그에게는 베아테가 보이지 않지만, 베아테에게는 흰 벽에 기대어 앉은 그의 모습이 보일 것이다. 해리는 우주가 펼쳐진 하늘을 올려다보았다. 몇 초 뒤, 집 안에서 희미하지만 또렷한 휴대전화 벨소리가 들렸 다. '산속 마왕의 동굴에서'. 페르귄트에 나오는 음악이다. 유머 감각이 있는 친구로군.

해리는 별 하나를 집중해서 바라보며, 앞으로 해야 할 일만 생 각하고 머릿속의 다른 생각은 모두 비우려 했다. 하지만 그럴 수 가 없었다. 예전에 에우네가 이런 말을 한 적이 있다. 우리의 은하 계만 봐도 평범한 해변의 모래알보다 더 많은 수의 항성이 존재하는데, 하물며 어떻게 저 외계에 다른 생명체가 없을 거라고 생각할 수 있는지. 우리는 그 생명체와 접촉을 시도하는 모험이 과연 가치 있는지 따지기보다는, 그들이 평화를 사랑할 가능성이 있는지 자문해봐야 할 것이라고. 해리는 건콘 손잡이를 잡은 손에 힘을 주었다. 지금 그도 스스로에게 똑같은 질문을 하는 중이었다.

그리그의 벨소리가 멈추었다. 해리는 기다렸다. 숨을 들이쉰후, 뒤꿈치를 들고 문으로 걸어갔다. 귀를 기울였지만 귀뚜라미 소리밖에 들리지 않았다. 손으로 문손잡이를 감싸 쥐었다. 아마 문은 잠겼을 것이다.

그의 예상대로였다.

해리는 속으로 욕을 했다. 원래는 문이 잠겨서 급습할 수 없을 경우에는 다음 날까지 기다렸다가 무기를 구입해 다시 오기로 했었다. 이런 동네에서 제대로 된 총 두 자루를 구입하는 건 식은 죽먹기일 터였다. 하지만 오늘 있었던 일이 곧 레브의 귀에 들어갈 것이고, 그들에게 시간이 별로 없다는 느낌이 들었다.

갑자기 오른발에서 화끈거리는 통증이 느껴지는 바람에 해리는 움찔했다. 반사적으로 발을 홱 들어 올리고 아래를 보니, 희미한 별빛 속에서 회반죽을 바른 벽을 따라 내려가는 검은 선이 보였다. 문에서 시작된 검은 선이 그의 발이 있는 층계를 가로질러, 계단 아래로 내려가 그의 시야에서 사라졌다. 해리는 주머니를 뒤져 소형 손전등을 꺼내 스위치를 켰다. 개미였다. 노란색의 크고 반투명한 개미들이 한 줄은 계단 아래로 내려가고, 한 줄은 문 속으로 들어가고 있었다. 확실히 노르웨이에서 보던 검은 개미들과는 다른 종류였다. 개미들이 나르는 게 무엇인지는 알 수 없었지만, 노란색이든 검은색이든 개미가 있는 곳에는 반드시 무언가가 있다는 것 정도는 해리도 알고 있었다.

　그는 손전등의 스위치를 끄고 잠시 생각한 후, 자리를 떴다. 계단을 내려가 대문으로 걸어갔다. 그러다 걸음을 멈추고 뒤돌아 달리기 시작했다. 단순한 구조의 썩어가던 나무 문은 시속 30킬로미터로 달려온 95킬로그램의 거구에 들이받히자, 반으로 갈라져 양쪽으로 날아가버렸다. 해리는 문의 파편과 함께 돌바닥에 쿵 떨어졌다. 하필 한쪽 팔꿈치를 깔고 넘어진 탓에 통증이 팔을 타고 목까지 전해졌다. 어둠 속에서 바닥에 누운 채 그는 방아쇠의 부드러운 딸각 소리가 들리기를 기다렸다. 하지만 아무 소리도 들리지 않자, 자리에서 일어나 손전등을 켰다. 가느다란 빛줄기가 벽을 따라가는 개미들의 행렬을 찾아냈다. 붕대 밑에서 느껴지는 열기로 보아 다시 목에서 피가 나는 듯했다. 그는 지저분한 카펫을 가로질러 가는 개미들의 번들거리는 행렬을 따라 옆방으로 들어갔다. 그곳에서 행렬은 급격하게 왼쪽으로 꺾어지더니 벽을 타고 계속 올라갔다. 벽 위쪽에 걸린 카마수트라 그림이 손전등 불빛 속으로 들어왔다. 개미의 행렬이 여러 갈래로 갈라져 천장을 가로질러 갔다. 해리는 뒤로 고개를 꺾었다. 그 어느 때보다도 목이 아팠다. 이제 개미 행렬은 그의 머리 바로 위를 지나갔다. 해리는 몸을 돌려야 했다. 불빛이 약간 방황한 끝에 다시 개미들을 찾아냈다. 이게 정말 개미들에게 지름길일까? 그렇게 생각한 찰나, 해리 앞에 레브 그레테의 얼굴이 나타났다. 희미하게 보이는 레브의 몸은 해리보다 높이 솟아 있었다. 놀란 해리는 손전등을 떨어뜨리고 뒤로 물러났다. 이미 너무 늦었다는 생각이 들기는 했지만 충격을 받아 얼떨떨한 상태로 손을 더듬거려 남코 건콘45를 잡았다.

28

라바 페

베아테는 악취를 2분 이상 참지 못하고 밖으로 뛰어나갔다. 해리
가 어슬렁거리며 밖으로 나가 담배를 피우려고 계단에 앉는 동안
그녀는 허리를 숙인 채 구역질을 하고 있었다.

"저 냄새를 맡고도 괜찮으세요?" 베아테가 신음했다. 그녀의 입
과 코에서 타액이 줄줄 흘러내리고 있었다.

"이상후각이야." 해리는 담배의 불빛을 물끄러미 바라보았다.
"후각의 일부가 소실되는 병이지. 특정 냄새를 맡지 못해. 에우네
말로는 시체 냄새를 너무 많이 맡아서 그렇대. 감정적 트라우마
같은 거야."

베아테는 다시 구역질을 했다.

"죄송해요. 그놈의 개미 때문이에요. 그 역겨운 녀석들은 왜 하
필 콧구멍을 2차선 도로로 사용하는 거죠?"

"굳이 알아야겠다면 인간의 몸에서 단백질이 가장 풍부한 곳이
어딘지 알려주지."

"사양할게요!"

"미안." 해리는 마른 땅 위로 담배를 획 던졌다. "그래도 아주

잘 대처했어, 뢴. 이건 비디오를 보는 일과는 다르니까." 해리는 일어서서 집 안으로 들어갔다.

레브 그레테는 천장 램프 고리에 묶은 짧은 밧줄에 매달려 있었다. 의자가 넘어져 있는 바닥에서 족히 50센티미터는 떠 있었기 때문에 파리들이 노란 개미들보다 앞서 시신을 독점하고 있었다. 개미들은 지금도 여전히 밧줄을 오르락내리락하고 있었다.

베아테는 소파 옆 바닥에서 휴대전화와 충전기를 발견했다면서, 레브가 마지막으로 통화한 사람이 누군지 알아낼 수 있겠다고 했다. 해리는 부엌으로 들어가 조명 스위치를 켰다. 푸르스름한 광택이 도는 바퀴벌레가 A4 용지 위에서 해리 쪽으로 더듬이를 흔들어대더니 가스레인지 뒤로 재빠르게 도망쳤다. 해리는 A4용지를 들어 올렸다. 손글씨가 적혀 있었다. 지금까지 온갖 종류의 유서를 보았지만 대단히 문학적인 유서는 별로 없었다. 대부분 무슨 말인지 알아들을 수 없는 횡설수설이거나 도와달라는 절박한 절규, 또는 누구에게 토스터기와 잔디 깎는 기계를 물려주겠다는 따분한 지시 사항이었다. 그나마 좀 더 기억에 남는 것은 마리달렌의 한 농부가 헛간 벽에 분필로 써놓은 유언이었다. '여기 목을 맨 남자가 있습니다. 경찰에 연락해주세요. 죄송합니다.' 그런 점을 고려할 때 레브 그레테의 유서는 독창적인 것까지는 아니더라도 최소한 평범하지는 않았다.

사랑하는 동생 트론에게

다리를 건너다 갑자기 발밑이 꺼질 때 어떤 기분이었을지 늘 궁금했어. 발아래로 심연이 열리면서, 완벽하게 무의미한 일이 벌어지겠구나 하고 깨닫는 순간 말이야. 그 노인은 무의미한 죽음을 맞을 뻔했잖아.

어쩌면 그에게는 아직 하고 싶은 일이 있었을지도 몰라. 그날 아침, 누군가 그가 오기를 기다렸을 수도 있어. 오늘부터 새로운 시작이라고 생각했을 수도 있고. 어떤 면에서는 정말 그렇기도 했지만……

너한테는 말 안했는데, 사실 난 장미꽃을 한 아름 들고 그 노인의 병문안을 갔었어. 우리 집 창문으로 모든 걸 다 봤다고 말했지. 그래서 전화로 앰뷸런스도 부르고, 경찰에게 소년의 인상착의와 자전거 모양도 설명해줬다고. 한없이 조그맣고 창백한 모습으로 침대에 누워 있던 노인은 내게 고맙다고 했어. 나는 그에게 바보 같은 스포츠 해설가들이 꼭 하는 질문을 던졌지. "기분이 어땠나요?"

노인은 대답하지 않았어. 그저 약물이 똑똑 떨어지는 온갖 튜브를 꽂은 채 날 바라보더니 다시 고맙다고 하더라. 간호사는 이제 그만 나가달라고 했어.

그래서 난 그게 어떤 기분인지 영영 알지 못했지. 어느 날 내 발밑에서 심연이 열리기 전까지는. 은행을 털고 인두스트리 가를 뛰어갈 때만 해도 아무렇지 않았어. 그 후에 돈을 세고, 텔레비전으로 뉴스를 볼 때도 그랬고. 그 노인처럼 나도 무방비 상태에서 당한 거야. 어느 날 아침, 난 다가올 위험은 전혀 의식하지 못한 채 행복하게 걸어가고 있었어. 날씨는 화창했고, 난 다주다로 안전하게 돌아와 있었지. 긴장이 풀리면서 점차 깨닫게 됐어. 내가 가장 사랑하는 사람에게서 그가 가장 사랑하는 것을 빼앗았다는 사실을. 내게는 앞으로 풍족하게 살 수 있는 2백만 크로네가 있었지만, 삶의 의미가 사라져버렸어. 그게 오늘 아침의 일이야.

네가 날 이해해주리라고는 기대하지 않아, 트론. 난 은행을 털었고, 그녀가 날 알아봤다는 걸 알았어. 난 나름의 규칙이 있는 게임에 발목이 잡힌 거야. 하지만 이 모두가 너의 세상에는 없는 것들이지. 지금 내가 하려는 짓을 네가 이해하리라고도 기대하지 않아. 하지만 내가 이 일에, 사는 데 진력이 나버렸다는 것은 어쩌면 너도 이해할 수 있을 거야.

레브

추신. 당시에는 몰랐는데 내게 고맙다고 말하던 노인의 얼굴에는 미소가 없었어. 그게 오늘에서야 생각나더라, 트론. 어쩌면 그 노인에게는 사람이든 뭐든 자신을 기다려주는 것이 아무것도 없었는지 몰라. 어쩌면 발밑에 심연이 열렸을 때 그는 자기 손으로 직접 목숨을 끊을 필요가 없다는 생각에 안도했을지도 몰라.

해리가 거실로 나가자, 레브의 시신 옆에 세워둔 의자에 베아테가 올라가 있었다. 그녀는 끙끙대며 레브의 손가락을 구부려, 작고 반짝이는 금속 상자 안에 대고 눌렀다.

"젠장. 햇볕에 놓아뒀더니 잉크패드가 모두 말라버렸어요." 베아테가 말했다.

"지문을 제대로 못 찍으면 소방대원들이 쓰는 방법이 있지."

"그게 뭔데요?"

"불이 나면 사람들은 자동적으로 손을 쓰지. 불에 까맣게 그은 사람도 손가락 끝의 피부는 그대로 남아 있는 경우가 많아. 그래서 지문으로 시신의 신분을 확인할 수 있어. 가끔은 소방대원이 손가락을 잘라 과학수사과로 보내기도 해."

"그런 걸 시신 훼손이라고 하죠."

해리는 어깨를 으쓱였다. "레브의 다른 쪽 손을 봐. 이미 손가락 하나가 없잖아."

"그렇네요. 잘려 나간 거 같아요. 어떻게 된 걸까요?" 베아테가 말했다.

해리는 가까이 다가가 손전등으로 비췄다. "레브가 목을 맨 지 한참 후에 손가락이 잘린 거야. 누군가 여기 왔다가, 레브가 자신들의 수고를 이미 덜어주었다는 걸 알게 된 거지."

"그게 누군데요?"

"글쎄, 몇몇 나라에서 집시들은 도둑에게 벌을 줄 때 손가락을 자르지. 집시의 돈을 훔쳐 간 도둑 말이야."

"어쨌거나 지문은 잘 찍힌 거 같아요." 베아테가 이마의 땀을 닦으며 말했다. "이제 목에 맨 밧줄을 자를까요?"

"아니. 집 안을 다 둘러본 후에는 우리 흔적을 지우고 도망갈 거야. 아까 메인 도로에서 공중전화 박스를 봤어. 거기서 경찰서에 전화해 익명으로 신고할 거야. 나중에 오슬로에 도착하면, 브라질 경찰에게 연락해서 검시 보고서를 보내달라고 할 수 있으니까. 레브의 사인이 질식사라는 건 의심의 여지가 없는데 사망 시각이 궁금하군."

"문은 어쩌고요?"

"그냥 둬야지, 뭐."

"반장님 목은요? 붕대가 온통 붉게 물들었어요."

"신경 쓰지 마. 팔이 더 아프니까. 아까 문을 부술 때 넘어져서 팔이 깔렸거든."

"많이 아파요?"

해리는 조심스럽게 팔을 들어 올렸다가 얼굴을 찡그렸다. "움직이지 않으면 괜찮아."

"세테스달 경련이 없는 걸 다행으로 아세요."

방 안에 있던 세 사람 중에 두 사람이 웃었지만, 웃음소리는 금세 사라졌다.

*

"이 자살이 납득이 가세요?"

호텔로 돌아가는 길에 베아테가 해리에게 물었다.

"경찰로서 보자면 그래. 하지만 개인적으로 내게 자살은 영원한 미스터리일 거야."

해리는 담배를 휙 던졌다. 질감이 느껴질 듯한 밤공기 속에서 빨간 담뱃불이 호를 그렸다. "하지만 그거야 내 생각이고."

316호실

탕 소리와 함께 창문이 열렸다.

"트론은 집에 없어요." 떨리는 ´r´ 발음으로 그녀가 말했다. 탈색한 머리카락은 지난번 방문 이후로 다시 탈색한 게 분명했고, 윤기를 잃은 머리카락 사이로 두피가 반짝거렸다. "열대지방에라도 다녀왔수?"

해리는 갈색으로 그을린 얼굴을 들어 그녀를 바라보았다.

"그런 셈이죠. 트론이 어디 있는지 아십니까?"

"차에 짐을 싣고 있다우." 집 맞은편을 가리키며 그녀가 말했다. "여행을 가려는 모양이에요, 불쌍한 것."

"흠."

베아테는 자리를 뜨려고 했지만, 해리는 움직이지 않았다. "여기 오래 사셨죠, 부인?"

"그럼요. 32년이나 됐으니까."

"그럼 레브와 트론이 꼬마였을 때부터 보셨겠군요."

"물론이죠. 그 형제는 이 동네에서 유명했다우." 그녀는 미소를 짓더니 창틀에 몸을 기댔다. "특히 레브가 그랬지. 아주 매력 덩어

394

리였어. 크면 여자깨나 울릴 거라고 우리가 그랬다우."

"그랬군요. 그럼 혹시 보행자다리에서 떨어진 노인 이야기도 아시나요?"

그녀는 안색이 어두워지더니 비극적인 목소리로 중얼거렸다. "아무렴요. 끔찍한 사고였죠. 그 후로 노인이 평생 절룩거리게 되었다고 들었어요, 가여운 양반. 무릎이 뻣뻣해졌다고 하더군요. 어린아이가 그렇게 사악한 장난을 쳤다는 게 믿어지우?"

"흠. 아주 말썽꾸러기였나 봅니다."

"말썽꾸러기라고?" 그녀는 손을 들어 눈가에 그늘을 만들었다. "말썽꾸러기와는 거리가 멀지. 오히려 예의바르고 가정교육을 잘 받은 아이였는걸요? 그래서 더 충격이었고."

"동네 사람들은 다들 그 애가 범인이라는 걸 알았나요?"

"그럼요. 난 이 창문에 서서 그 애를 봤어요. 빨간 재킷을 입고 자전거를 타고 가더군요. 그 애가 돌아왔을 때 뭔가 사고가 생겼다는 걸 알았어야 했는데. 아이의 얼굴에 핏기가 하나도 없었거든요." 차가운 바람이 불자, 여자는 몸을 부르르 떨었다. 그러더니 길 건너를 가리켰다.

트론이 양팔을 축 늘어뜨린 채 그들 쪽으로 걸어오고 있었다. 그의 걸음이 점차 느려지더니 마침내 제자리에 멈춰 섰다.

"형 때문이군요. 그렇죠?" 그들 앞에 와서 선 후에야 그가 물었다.

"그렇습니다." 해리가 말했다.

"형이 죽었나요?"

해리의 시야 한편으로 놀라움에 입을 딱 벌린 이웃집 여자의 얼굴이 들어왔다. "네, 죽었습니다."

"잘됐군요." 트론은 그렇게 말하더니 허리를 숙이고 양손에 얼굴을 묻었다.

*

비아르네 묄레르는 창가에 서서 근심스러운 표정으로 창밖을 내다보고 있었다. 해리는 반쯤 열린 사무실 문 사이로 고개를 내밀고는 문을 똑똑 두드렸다.

뒤를 돌아본 묄레르의 표정이 환해졌다. "어서 오게."

"여기 보고서 가져왔습니다, 보스." 해리는 초록색 서류 봉투를 묄레르의 책상에 툭 던졌다.

묄레르는 의자에 앉아 자신의 한없이 긴 다리를 책상 밑에 간신히 밀어 넣고는 안경을 썼다.

"어디 보자." 그는 그렇게 중얼거리며 '문서 목록'이라고 적힌 서류 봉투를 열었다. 하지만 그 안에는 A4용지 한 장뿐이었다.

"자세한 내막은 모르시는 게 나을 거 같아서요." 해리가 말했다.

"자네가 그렇다면 그런 거겠지." 묄레르는 그렇게 말하며 글씨가 띄엄띄엄 적힌 보고서를 훑어보았다.

해리는 상사의 어깨 너머로 창밖을 바라보았다. 아무것도 보이지 않았다. 더러운 기저귀처럼 도심에 내려앉은 진하고 축축한 안개뿐이었다. 묄레르는 보고서를 내려놓았다.

"그러니까 그냥 다주다에 가서 누군가로부터 도살자가 어디 사는지 알아냈고, 그래서 그 집에 갔더니 도살자가 목을 매고 있었다는 건가?"

"대략적인 개요는 그렇습니다, 네."

묄레르는 어깨를 으쓱였다. "이 남자가 우리가 찾던 범인이라는 확증만 있다면 난 상관없네."

"오늘 아침에 베베르가 지문을 대조했습니다."

"그런데?"

해리는 의자에 앉았다. "레브 그레테의 지문이 코카콜라 병에서 나온 지문과 일치했습니다. 범인이 은행을 털기 전에 들고 있던 병이죠."

"자네가 찾아낸 병이 범인이 들고 있던 병과 동일하다고 확신하나……?"

"걱정 마세요, 보스. 우리에게는 병도 있고, 비디오 속의 남자도 있어요. 방금 읽으신 보고서에 레브 그레테가 범행을 자백한 자필 유서를 남겼다고 적혀 있잖아요. 오늘 아침에 트론 그레테를 찾아가 소식을 전했습니다. 베아테가 그 집 다락방에서 옛날에 레브가 썼던 노트를 몇 권 찾아내 그걸 크리포스의 필적 감정사에게 가져갔고요. 필적 감정사 말이 유서와 교과서에 적힌 글씨가 동일인의 필적이라는 데 의심의 여지가 없답니다."

"그래, 그래, 그렇겠지. 난 그냥 언론에 발표하기 전에 확실히 해두고 싶어서 그러네. 이건 신문 1면감이잖나, 자네도 알다시피."

"좀 더 기뻐하는 법을 배우셔야겠어요, 보스." 해리는 자리에서 일어났다. "한동안 가장 골치 아팠던 사건이 해결됐잖아요. 경찰청을 풍선과 색종이로 장식해야 할 일이라고요."

"자네 말이 맞아." 묄레르는 한숨을 쉬더니 잠시 뜸을 들였다가 물었다. "그러는 자네 표정도 별로 기뻐 보이지 않는데?"

"전 어떤 사건이 해결되기 전까지는 기쁘지 않을 겁니다. 아시잖아요, 어떤 사건인지……." 해리는 문 쪽으로 걸어갔다. "오늘 할보르센과 함께 책상을 치우고, 내일부터 엘렌 옐텐 사건을 수사할 겁니다."

묄레르가 헛기침을 하자, 해리는 문간에서 걸음을 멈췄다. "네, 보스?"

"도살자가 레브 그레테라는 건 어떻게 알았지?"

"음, 공식적인 설명은 베아테가 감시 카메라 녹화 테이프를 보고 그의 얼굴을 알아봤다는 겁니다. 비공식적인 설명도 듣고 싶으세요?"

묄레르는 뻣뻣해진 무릎을 문질렀다. 그의 얼굴에 근심스런 표정이 돌아왔다. "아니."

*

"흠." 해리가 하우스 오브 페인의 문간에 서서 말했다.

"흠." 의자에 앉아 있던 베아테가 몸을 비틀어 모니터 속에서 지나가는 영상을 힐끗 바라보았다.

"훌륭한 팀워크를 보여줘서 고맙다는 인사를 하러 왔어."

"저도요."

해리는 자신의 열쇠 뭉치를 만지작거렸다. "어쨌든 이바르손은 곧 화가 풀릴 거야. 우리를 한 팀으로 묶어준 게 자기 아이디어였다는 이유로 꽤 칭찬받고 있으니까."

베아테가 희미하게 미소 지었다. "칭찬이 지속되는 한은요."

"그 사람에 대해 내가 해준 충고 잊지 마."

"네." 그녀의 눈이 반짝 빛났다.

해리는 어깨를 으쓱였다. "질이 나쁜 놈이라고. 그걸 알면서도 자네에게 알려주지 않는다면 내 양심에 걸렸을 거야."

"반장님을 알게 돼서 기뻐요."

해리의 등 뒤에서 문이 저절로 닫혔다.

해리는 아파트 문을 열고, 현관 복도 한가운데에 플레이스테이션이 든 플라스틱 상자와 가방을 내려놓았다. 그러고는 곧장 침대로 가서 세 시간 동안 꿈도 꾸지 않은 채 자다가 전화벨 소리에 깨어났다. 몸을 돌려 시계를 보니 19시 03분이었다. 그는 침대에서 내려와 발을 질질 끌고 복도로 나갔다. 전화기를 들고 상대가 자신을 밝히기도 전에 "응, 외위스테인"이라고 말했다.

"여보세요? 나 지금 카이로 공항이야. 이 시간에 통화하기로 했었지?" 외위스테인이 말했다.

"넌 약속 시간은 칼같이 지키니까." 해리가 하품을 하며 말했다. "지금 취한 거야?"

"아니, 안 취했어." 외위스테인이 화를 내며 혀가 꼬인 발음으로 말했다. "스텔라 딱 두 병 마셨을 뿐이야. 세 병이었나? 사막에서는 탈수되지 않도록 조심해야 한다고. 지금 난 말짱해, 해리."

"다행이군. 뭐 좋은 소식 없어?"

"의사들 말처럼 좋은 소식과 나쁜 소식이 있어. 좋은 소식부터 말할게……."

"알았어."

오랫동안 침묵이 흐르며 거친 숨소리로 추정되는 치지직 소리만 들렸다.

"외위스테인?"

"왜?"

"나 지금 크리스마스 선물을 기다리는 아이처럼 흥분해서 기다리고 있다고."

"뭘?"

"좋은 소식."

"아, 그랬지. 음, 어디 보자, 우리가 찾던 놈의 전화번호를 알아냈어. 여기 사람들이 늘 말하듯이 노 프라블럼이었지. 노르웨이 휴대전화의 번호였어."

"휴대전화? 그게 가능해?"

"휴대전화로 전 세계에 이메일을 보낼 수 있어. 컴퓨터를 휴대전화에 연결만 하면, 휴대전화가 서버로 연결되지. 그게 언제 적 일인데 모르는 거야?"

"몰랐어. 어쨌든 휴대전화 주인에게 이름이 있을 거 아니야?"

"에…… 물론이지. 하지만 여기 엘 토르에 있는 녀석들도 이름은 몰라. 여기서는 그냥 노르웨이 전화국에 청구서를 보낼 뿐이야. 이 경우에는 텔레노르고, 그럼 텔레노르에서 다시 최종 고객에게 고지서를 보내지. 그래서 내가 텔레노르에 전화해서 이름을 알아냈어."

"그래?" 해리는 잠이 확 깼다.

"이제 별로 좋지 않은 소식을 들을 차례야."

"알았어."

"최근에 휴대전화 고지서 확인해봤어, 해리?"

해리는 2, 3초가 흐른 후에야 그 말뜻을 이해했다. "내 휴대전화? 그 새끼가 내 휴대전화를 쓴 거야?"

"너 전화 잃어버렸다고 했지?"

"응. 그러니까…… 안나를 만났던 날에 잃어버렸지. 젠장!"

"휴대전화를 해지해야겠다는 생각, 한 번도 안 했어?"

"한 번도 안 했냐고?" 해리는 신음했다. "이 망할 놈의 사건이 터진 후로는 아예 이성적으로 생각하는 법을 잊어버렸다고, 외위스테인. 미안, 너무 어이가 없어서 그래. 너무 뻔하고 간단한 거였는데. 그래서 안나의 집에서 내 휴대전화가 나오지 않은 거야. 그래서 놈이 날 비웃은 거고."

"네 하루를 잡쳐서 미안하게 됐다."

"잠깐만." 갑자기 기분이 좋아져서 해리가 말했다. "만약 놈이 내 전화기를 가지고 있다는 걸 증명하면, 내가 안나의 집을 나온 후에 놈이 그 집에 있었다는 증거인 셈이잖아!"

"야호!" 전화기 반대편에서 함성이 들렸다. 그러더니 좀 더 조심스러운 목소리가 말했다. "그러니까 너한테 좋은 일인 거지? 여보세요? 해리?"

"듣고 있어. 생각 중이야."

"생각하는 건 좋은 거야. 계속 생각해. 난 스텔라와 데이트가 있어서 말이야. 사실 꽤 길어질 거 같아. 만약에 오슬로 행 비행기를 타게 되면……."

"잘 있어, 외위스테인."

해리는 손에 전화기를 든 채 이걸 거울로 던져버릴지 말지 고민했다. 다음 날 아침 잠에서 깨었을 때는 외위스테인과의 통화가 꿈이었기를 바랐다. 사실 꿈을 꾸기도 했었다. 예닐곱 개의 각기 다른 버전으로.

*

라스콜은 고개를 숙이고, 양손으로 머리를 받힌 채 앉아 해리의 이야기를 들었다. 해리가 레브 그레테를 찾아낸 과정과 그들이 찾던 전화번호가 알고 보니 해리 본인의 휴대전화 번호여서 안나를 죽인 범인에게 불리한 증거는 여전히 확보하지 못했다는 이야기. 이야기를 듣는 동안, 라스콜은 미동도 하지 않은 채 해리의 말에 끼어들지 않았다. 해리의 이야기가 끝난 후에야 두 손을 포개더니 서서히 고개를 들었다. "그러니까 자네 사건은 해결됐는데, 내 사건은 여전히 미결로 남았군."

"난 그걸 당신 사건과 내 사건으로 나눠서 생각하지 않습니다, 라스콜. 모두 내가 책임—."

"하지만 내 눈에는 그렇게 보여, 스피우니." 라스콜이 해리의 말을 잘랐다. "나는 군대를 거느리고 있어."

"흠. 그게 정확히 무슨 뜻입니까?"

라스콜은 두 눈을 감았다. "우 왕이 궁녀들에게 병법을 가르치기 위해 손자를 초대한 이야기를 해줬던가, 스피우니?"

"아뇨."

라스콜이 미소 지었다. "손자는 똑똑한 사람이었어. 그래서 우선 궁녀들에게 행진하는 법을 설명했지. 정확하면서도 교육적으로. 하지만 북소리가 울리자, 궁녀들은 행진하지 않았어. 그저 킥킥거리며 웃었지. '병사들이 명령을 제대로 이해하지 못했다면 그것은 장군의 책임이다.' 손자는 그렇게 말하고 한 번 더 설명했어. 하지만 두 번째로 행진하라고 명령했는데도 같은 일이 벌어졌어. 그러자 손자는 '명령을 충분히 설명했는데도 이행되지 않는다면 그것은 병사의 책임이다'라고 말하더니, 자기 부하 두 명에게 궁녀들 중에서 우두머리 둘을 끌어내라고 했지. 그러고는 겁에 질린 다른 궁녀들 앞에 두 여자를 일렬로 세우고 목을 베었어. 왕은 자신이 아끼던 궁녀 둘이 처형되었다는 이야기를 듣고 며칠간 병상에 눕게 되었지. 마침내 건강이 회복되자 왕은 손자에게 자신의 군대를 맡겼다네." 라스콜은 다시 눈을 떴다. "이 이야기의 교훈이 무엇인 거 같나, 스피우니?"

해리는 대답하지 않았다.

"군대라는 조직에서는 논리가 전부이며, 절대적으로 일관성이 있어야 한다는 교훈이야. 자신이 내린 명령을 스스로 가벼이 여기면, 결국에는 킥킥거리는 궁녀들만 남게 되지. 지난번 자네가 추가로 4만 크로네를 요구했을 때 내가 그 돈을 준 이유는 안나의 신발 속에 사진이 들어 있었다는 이야기를 믿었기 때문이야. 안나는 집시니까. 우리 집시들은 여행할 때 갈림길이 나오면 파트린*을 남기지. 나뭇가지에 빨간 스카프를 묶는다든가, 뼛조각을 남긴다든가 하는 식으로. 모두 각기 다른 의미를 지닌다네. 사진은 누군가 죽었다는 의미야. 혹은 죽어야 한다거나. 자네는 그 사실을 몰랐고, 그래서 난 자네의 말을 믿었어." 라스콜이 손바닥을 위로 가게 해서 테이블에 내려놓았다. "그런데 내 조카의 목숨을 빼앗은 녀석은 지금 자유의 몸이고, 이제 자네에게서는 킥킥거리는 궁녀의 모습이 보여, 스피우니. 절대적 일관성. 내게 놈의 이름을 알려주게, 스피우니."

해리는 숨을 들이쉬었다. 다섯 음절로 된 두 단어. 만약 그가 알부의 존재를 알린다면, 알부는 어떤 형을 받게 될까? 질투에 의한 계획 살인? 9년 형을 받고 6년 후에는 가석방될까? 그렇다면 자신은 어떻게 될까? 수사팀은 결국 경찰인 해리가 의심의 눈초리를 피하기 위해 진실을 은폐했다는 사실을 알아낼 것이다. 그러니 자기 무덤을 파는 꼴이 되리라. 다섯 음절로 된 두 단어. 이 단어만 말하면 해리의 문제는 모두 해결된다. 최종 책임은 알부가 지게 될 것이다.

* patrin, 로마니어로 표식이라는 뜻.

하지만 해리의 대답은 한 음절이었다.

라스콜은 고개를 끄덕이며, 슬픈 눈으로 해리를 바라보았다. "자네가 그렇게 말할 것 같아 두려웠네. 그렇다면 나로서도 선택의 여지가 없군, 스피우니. 왜 자네를 믿느냐고 물었을 때 내가 했던 대답을 기억하나?"

해리는 고개를 끄덕였다.

"사람은 누구에게나 살아가는 의미가 있지. 안 그런가, 스피우니? 그들로부터 빼앗을 수 있는 무언가가 있는 법이야. 316호실. 이걸 들으면 뭐 떠오르는 거 없나?"

해리는 대답하지 않았다.

"그럼 내가 말해주지. 316은 모스크바에 있는 인터내셔널 호텔의 객실 번호야. 지금 올가가 그 객실이 있는 3층을 감시 중이지. 올가는 곧 은퇴할 거고, 은퇴 후에는 흑해 근처로 장기 휴가를 떠나고 싶어 해. 3층에는 계단이 세 군데 있고, 엘리베이터가 하나 있지. 물론 직원용 엘리베이터도 있고. 방에는 침대가 두 개 있다네."

해리는 침을 꿀꺽 삼켰다.

라스콜이 포갠 손 위에 이마를 대었다. "창가 쪽 침대가 꼬마의 침대지."

해리는 벌떡 일어나 문으로 달려갔다. 문을 쾅쾅 두드리는 소리가 복도를 따라 메아리처럼 울려 퍼졌다. 열쇠 돌아가는 소리가 들릴 때까지 그는 문을 계속 두드렸다.

30

진동 모드

♪

"미안. 그래도 최대한 빨리 온 거야." 외위스테인이 엘메르 담배
가게 앞에 서 있던 택시를 출발시키며 말했다.

"귀국을 환영한다." 해리가 말했다. 오른쪽에서 달려오는 저 버
스의 운전사는 외위스테인이 멈출 생각이 전혀 없다는 것을 깨달
았을까?

"슬렘달로 가는 거지?" 버스의 경적을 무시한 채 외위스테인이
물었다.

"비에르네트로케트. 여기서 양보해야 하는 거 알지?"

"하기 싫어."

해리는 친구를 바라보았다. 가늘게 찢어진 눈의 눈동자가 충혈
되어 있었다.

"피곤해?"

"시차 때문에."

"이집트와 노르웨이는 한 시간밖에 차이 안 나, 외위스테인."

"그게 어디야."

해리가 앉은 조수석은 충격 흡수 장치도, 스프링도 더는 제 기

능을 하지 못했다. 따라서 구불구불한 길을 따라 알부의 집으로 가는 내내 해리는 길가의 조약돌 하나하나, 도로의 상태 변화까지 모두 느낄 수 있었다. 하지만 지금으로서는 그런 데 신경 쓸 겨를이 없었다. 그는 외위스테인의 휴대전화를 빌려 인터내셔널 호텔 316호실에 전화하는 중이었다. 올레그가 전화를 받았다. 어디냐고 묻는 올레그의 목소리에 반가움이 묻어났다.

"차 타고 가는 중이야. 엄마는 어디 있니?"

"나갔어요."

"내일까지는 재판 없는 걸로 알고 있는데."

"쿠즈네츠키 모스트 가에서 변호사들이 모두 모이는 회의가 있어요." 어른스러운 목소리로 올레그가 말했다. "엄마는 한 시간 후에 올 거예요."

"잘 들어, 올레그. 엄마에게 이 말 좀 전해줄래? 호텔 바꾸라고 해. 당장."

"왜요?"

"왜냐하면…… 내가 그러라고 했으니까. 그냥 엄마에게 그렇게 말해, 알았어? 나중에 다시 전화할게."

"알았어요."

"그래, 착하다. 이만 끊어야겠다."

"아저씨……."

"왜?"

"아무것도 아니에요."

"그래. 아까 아저씨가 한 말, 잊지 말고 전해라."

외위스테인이 속도를 줄이더니 인도 옆에 택시를 세웠다.

"여기서 기다려." 해리는 택시에서 뛰어내렸다. "20분 안에 내가 돌아오지 않으면 경찰청 작전실로 전화해. 아까 번호 알려줬지? 전화해서—."

"강력반의 해리 홀레 반장이 순찰차 한 대와 무장 경관들을 지금 당장 보내달라고 요청했다. 알았다고, 해리."

"좋아. 혹시라도 총소리가 들리면 바로 전화해."

"알았어. 아까 이게 어떤 영화라고 했었지?"

해리는 알부의 집을 올려다보았다. 개 짖는 소리는 들리지 않았다. 군청색 BMW가 천천히 그들 곁을 지나 길 아래쪽에 멈춰 섰다. 그것만 제외하고는 사방이 고요했다.

"다 섞인 영화." 해리는 나직이 말했다.

외위스테인이 씩 웃었다. "좋아." 그러더니 미간에 근심스런 주름이 잡혔다. "좋은 거 맞지? 응? 위험한 거 아니지?"

*

비그디스 알부가 문을 열었다. 말끔하게 다린 흰 블라우스에 짧은 스커트를 입고 있었지만, 침대에서 막 나온 사람처럼 눈동자가 흐리멍덩했다.

"남편분의 직장에 전화했더니 오늘은 출근 안 한다고 하더군요." 해리가 말했다.

"그런가 보죠. 그 사람은 더 이상 이 집에 살지 않아요, 반장님." 그녀가 웃음을 터뜨렸다. "별로 놀라지 않으시네요, 반장님. 하긴 이 집에 그…… 그…….." 그녀는 적확한 단어를 찾는 것처럼 손짓을 하더니, 불쾌하다는 미소를 지으며 대체할 단어가 없다는 사실을 인정했다. "……창녀 사건을 끌어들인 장본인이 당신이니까요."

"잠깐 들어가도 될까요, 알부 부인?"

407

그녀는 어깨를 움츠리더니 혐오스럽다는 표시로 몸을 부르르 떨었다. "비그디스든 뭐든 상관없으니까 그렇게만 부르지 말아요."

"비그디스." 해리가 상체를 구부정하게 숙였다. "지금 좀 들어가도 될까요?"

가늘게 다듬은 눈썹 한쪽이 위로 올라갔다. 그녀는 망설이더니 손을 내밀었다. "안 될 것도 없죠."

얼핏 진gin 냄새가 풍기는 듯싶었으나 비그디스의 향수 냄새일지도 모른다고 해리는 생각했다. 집 안에 조금이라도 이상한 낌새를 풍기는 물건은 전혀 없었다. 모든 것이 깨끗하고 향긋하며 잘 정돈되어 있었다. 서랍장의 꽃병에는 싱싱한 꽃이 꽂혀 있었다. 소파 커버는 지난번 해리가 앉았을 때보다 약간 더 하얗게 변해 있었다. 보이지 않는 스피커에서 클래식 음악이 나직이 흘러나왔다.

"말러인가요?" 해리가 물었다.

"명곡 모음집이죠. 아르네는 모음집만 샀어요. 최고를 제외하고는 다 쓸모없다는 게 그 사람 주장이었으니까." 비그디스가 말했다.

"그렇다면 음반을 몽땅 가져가지 않은 게 다행이군요. 그건 그렇고, 알부 씨는 어디 있나요?"

"첫째로 여기 있는 어떤 물건도 아르네 소유가 아니에요. 그리고 난 그 인간이 어디 있는지 모르고, 알고 싶지도 않아요. 담배 있나요, 반장님?"

해리는 그녀에게 담뱃갑을 건네주었다. 비그디스가 티크와 은으로 만들어진 대형 테이블 라이터를 더듬거리자, 해리가 테이블 위로 몸을 내밀어 자신의 일회용 라이터로 불을 붙여주었다.

"고마워요. 그 인간은 외국에 있을 거예요, 아마도. 어딘가 더운 나라에 있겠죠. 쪄 죽을 정도로 더우면 좋으련만."

"흠. 여기 있는 어떤 물건도 알부 씨 소유가 아니라는 건 무슨 뜻입니까?"

"말 그대로예요. 집, 가구, 차. 모두가 내 소유예요." 그녀가 담배 연기를 세게 내뿜었다. "내 변호사에게 물어보세요."

"남편분에게는 돈이―."

"그렇게 부르지 말아요!" 비그디스는 담배 안의 가루를 모두 빨아들일 기세였다. "네, 아르네에게는 돈이 있었죠. 이 집과 가구, 자동차, 양복, 별장, 그리고 소위 친구라는 사람들 앞에서 오로지 자랑할 용도로 내게 사준 보석을 구입할 수 있을 정도로요. 아르네에게 의미가 있는 건 하나뿐이었어요. 그의 가족, 나의 가족, 동료, 이웃, 동창생들 같은 사람들에게 자기가 어떻게 보일까, 하는 거였죠." 분노로 인해 그녀의 목소리에는 귀에 거슬리는 기계적인 음색이 감돌았다. 확성기에 대고 말하는 것처럼. "세상 사람들 모두가 아르네 알부의 환상적인 인생을 지켜보는 구경꾼이었죠. 일이 잘될 때면 그들로부터 갈채를 받아야 했어요. 아르네가 갈채를 받는 것만큼만 회사 운영에도 신경을 썼더라면 알부 AS는 그렇게 내리막길로 들어서지 않았을 거예요."

"'다겐스 네링슬리브'에는 알부 AS가 성공한 기업이라고 실렸던데요?"

"알부 AS는 회계 장부를 세세하게 공개해야 하는 주식 상장회사가 아니라 그냥 가족이 운영하는 사업체였어요. 아르네는 회사 자산을 모두 팔아치워서 수익성이 있는 회사처럼 보이게 했죠."

비그디스는 반쯤 피우다 만 담배를 재떨이에 비볐다. "2년 전, 회사가 심각한 유동성 위기를 맞이했어요. 회사의 빚은 모두 아르네 개인 명의였기 때문에 집을 비롯한 우리의 모든 재산을 나와 아이들 이름으로 돌려놓았죠."

"네, 하지만 이번에 회사를 구입한 사람들이 꽤 많은 돈을 준 걸로 아는데요. 신문에서는 3천만 크로네라고 하더군요."

비그디스가 쓴웃음을 지었다. "그래서 성공한 기업가가 가족과 더 많은 시간을 보내기 위해 사업을 접는다는 얘기를 곧이곧대로 믿은 거예요? 아르네는 홍보에 일가견이 있죠. 그 점은 인정해요. 이렇게 말하죠. 아르네는 회사를 넘기느냐 아니면 파산하느냐의 기로에 서 있었어요. 당연히 전자를 선택했죠."

"그럼 3천만 크로네는요?"

"아르네는 자신이 원하면 아주 매력적인 사람이 될 수 있어요. 그리고 사람들은 거기에 속아 넘어가죠. 그래서 그 사람이 협상의 귀재인 거예요. 특히 자기가 코너에 몰리는 상황에서 그 능력은 더욱 빛을 발하죠. 은행과 공급업체들이 아르네가 원할 때까지 회사를 계속 살려둔 것도 그 때문이고요. 아르네는 납작 엎드려야 할 입장이었는데도 공급업체와의 협상 끝에 계약서에 두 가지 조항을 집어넣었어요. 첫째는 아직 그의 이름으로 되어 있는 별장을 계속 소유할 수 있게 해줄 것. 둘째는 회사를 구입하는 구매자들에게 회사 매입가를 3천만 크로네로 추산해줄 것. 그들에게는 금액이 얼마든 상관없었어요. 어차피 매입가는 전부 알부 AS의 빚으로 탕감되는 거니까요. 하지만 물론 알부에게는 체면이 제일 중요했죠. 그래서 파산을 성공적인 매각으로 보이게 한 거예요. 그 정도면 제법 괜찮은 실력 아닌가요?"

비그디스가 머리를 뒤로 젖히고 웃었다. 턱 아래에 주름제거 수술로 인한 작은 흉터가 보였다.

"안나 베트센은 어떻게 된 겁니까?" 해리가 물었다.

"그 창녀?" 그녀는 날씬한 다리를 꼬더니 얼굴에 붙은 머리카락을 손가락으로 휙 튕겨냈다. 그러고는 무심한 표정으로 허공을 응시했다. "그 여자는 그냥 장난감이었어요. 아르네의 최대 실수는 친구들에게 진짜 집시 애인이 있다고 너무 열심히 자랑한 거예요. 아르네가 친구라고 여기는 사람들 중에는 딱히 그에게 의리를 지켜야 한다고 생각하지 않는 사람들도 있죠. 그들이 내게 귀띔해준 거예요."

"그래서요?"

"난 한 번은 용서해주기로 했어요. 아이들을 위해서. 난 사리분별이 있는 여자니까요." 그녀는 게슴츠레한 눈으로 해리를 바라보았다. "하지만 그 사람은 날 배신했죠."

"어쩌면 알부 씨는 안나가 장난감 이상의 존재라는 걸 깨달은 건 아닐까요?"

비그디스는 대답하지 않았다. 하지만 그녀의 얇은 입술이 한층 더 얇아졌다.

"알부 씨에게 서재 같은 공간이 있습니까?" 해리가 물었다.

비그디스가 고개를 끄덕였다.

그녀는 계단을 올라가더니 다락방으로 안내했다. "방문을 잠그고 밤늦게까지 이 방에 있곤 했죠." 방문을 열자, 이웃집 지붕이 늘어선 경치가 보였다.

"여기서 일을 했나요?"

"인터넷을 했어요. 아주 푹 빠져 있었죠. 자기 말로는 자동차를 구경한다고 했지만 뭘 했는지 누가 알겠어요?"

해리는 책상으로 가서 서랍 하나를 열어보았다. "비었군요."

"이 방에 있던 물건은 전부 가져갔어요. 비닐봉지 하나가 꽉 차 더군요."

"컴퓨터도 가져갔나요?"

"노트북이었어요."

"혹시 휴대전화가 연결되어 있던가요?"

그녀의 한쪽 눈썹이 올라갔다. "난 컴퓨터에 대해서는 전혀 몰라요."

"그냥 궁금해서요."

"또 보고 싶은 게 있나요?"

해리는 뒤를 돌아보았다. 비그디스가 문틀에 몸을 기댄 채 한 손은 머리 위로 뻗어 문틀을 짚고, 다른 손으로는 허리를 짚고 있었다. 해리는 강렬한 기시감을 느꼈다.

"마지막으로 하나만 묻겠습니다, 알부 부…… 비그디스."

"어머, 벌써 가시게요, 반장님?"

"밖에서 택시 미터기가 계속 올라가고 있어서요. 간단한 질문입니다. 알부 씨가 안나를 죽였을 수도 있다고 생각하십니까?"

그녀는 한동안 해리를 바라보더니 구두 굽으로 문지방을 툭 찼다. 해리는 기다렸다.

"내가 그 창녀 이야기를 처음 꺼냈을 때 그 인간이 처음으로 한 말이 뭔지 아세요? 절대 아무에게도 말하지 않겠다고 약속해줘, 비그디스. 그 말이었어요. 아무에게도 말하지 말라고요! 왜냐하면 아르네에게는 우리가 행복한 부부로 보이는 것이 우리가 실제로 정말 행복하느냐보다 더 중요하니까요. 그러니까 내 대답은요,

반장님, 난 아르네가 살인을 저지를 만한 사람인지 아닌지 전혀 모르겠다는 거예요. 그 인간이 어떤 사람인지 모르겠거든요."

해리는 재킷 안주머니에서 명함을 꺼냈다. "알부 씨에게서 연락이 오거나, 그가 어디 있는지 알게 되시면 곧장 연락 주십시오."

그의 명함을 바라보는 비그디스의 연분홍 입술에 살짝 미소가 감돌았다. "그럴 때만 연락해야 하나요, 반장님?"

해리는 대답하지 않았다.

집 밖으로 나와 계단을 내려가던 해리는 뒤를 돌아보았다. "혹시 누구에게 말했나요?"

"내 남편이 바람을 피운다고요? 내가 어떻게 했을 거 같으세요?"

"전 부인이 현실적인 사람이라고 생각합니다."

비그디스가 환하게 웃었다.

*

"18분이야. 젠장, 내 맥박이 막 빨라지는 중이었다고." 외위스테인이 말했다.

"내가 저기 있는 동안 내 휴대전화로 전화했어?"

"물론이지. 계속 했다고."

"난 아무 소리도 듣지 못했어. 그럼 내 전화는 저 집에 없는 거야."

"미안한데 혹시 진동 모드라고 들어봤어?"

"뭐?"

외위스테인이 간질 발작을 일으키는 사람처럼 몸을 부르르 떨었다. "이런 거. 진동 모드. 벨소리가 울리지 않는다고."

"내 전화기는 1크로네짜리라서 그런 기능 없어. 그자가 저 집을

나갈 때 가져간 거야, 외위스테인. 길 아래쪽에 있던 군청색 BMW
는 어떻게 됐어?"

"뭐?"

해리는 한숨을 쉬었다. "그만 가자."

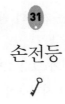

손전등

"당신이 자기 조카를 죽인 살인범을 잡지 못했다는 이유로 어떤 사이코가 우리 모자를 쫓고 있단 말이야?" 전화기에서 라켈의 목소리가 듣기 싫게 끽끽거렸다.

해리는 눈을 감았다. 할보르센은 엘메르의 가게에 갔고, 사무실에는 해리뿐이었다. "간단하게 말하자면 그래. 내가 그 사람과 계약을 했고, 그 사람은 내 요구를 들어줬거든."

"그래서 그것 때문에 우리가 쫓긴다는 거야? 그것 때문에 호텔까지 바꿔야 하고? 며칠 후면 우리 아들이 엄마와 함께 살아도 되는지 아닌지 결정되는 이 판국에? 그러니까…… 그러니까……." 라켈의 음성이 간간히 높아지며 성난 가성으로 변했다. 해리는 끼어들지 않고 라켈이 계속 이야기하도록 내버려두었다. "대체 왜 그러는 거래?"

"세상에서 가장 오래된 동기지. 복수. 가족의 원한을 대신 갚는 거야."

"그게 우리 모자랑 무슨 상관인데?"

"아까도 말했듯이 아무 상관없어. 당신과 올레그는 목적이 아니

415

라 수단일 뿐이야. 이 남자는 가족의 원수를 갚는 걸 자기 의무라고 생각하거든."

"의무?" 라켈의 고함 소리가 그의 고막을 찔렀다. "복수는 당신네 남자들이 죽고 못 사는 그 지겨운 영역 표시에 속하는 거야. 의무가 아니라 그냥 네안데르탈인의 욕구라고!"

해리는 라켈의 말이 끝났다고 생각될 때까지 기다렸다. "일이 이렇게 돼서 미안해. 하지만 지금으로서는 내가 할 수 있는 일이 없어."

라켈은 대답하지 않았다.

"라켈?"

"왜?"

"지금 어디야?"

"당신 말대로 그 사람들이 우릴 그렇게 쉽게 찾아낼 수 있다면, 그 질문에 대답하면 안 될 거 같은데?"

"알았어. 어쨌든 안전한 곳에 있는 거지?"

"그럴 거야."

"잘했어."

단파 라디오 방송처럼 러시아인의 목소리가 들렸다가 사라졌다.

"왜 날 안심시켜주지 못하는 거야, 해리? 모든 게 당신 상상이라고, 우린 안전하다고 말해줘. 그들이 그냥 겁주는 거라고……." 그녀의 목소리 가장자리가 갈라지기 시작했다. "…… 뭐든 좋으니까 말해줘……."

해리는 뭐라고 대답할지 한동안 생각하다가 또렷한 목소리로 천천히 대답했다. "당신은 겁을 먹어야 해, 라켈. 그래야 올바른 행동을 할 테니까."

416

"그 올바른 행동이 뭔데?"

해리는 숨을 깊이 들이쉬었다. "내가 다 해결할게. 약속해. 다 해결할게."

*

라켈과 통화가 끝난 후, 해리는 비그디스에게 전화를 했다. 신호음이 한 번 울리자마자 그녀가 전화를 받았다.

"홀레 반장입니다. 전화기 옆에 앉아 기다리는 전화라도 있었나요, 알부 부인?"

"맞춰보세요." 혀가 풀린 것으로 보아 그가 떠난 후로 최소한 두세 잔은 마신 듯했다.

"모르겠군요. 그것보다 남편분의 실종 신고를 해주셨으면 합니다."

"왜요? 난 그 사람이 실종된 줄도 몰랐는데." 그녀가 짧게, 슬프게 웃었다.

"음……. 수색팀을 꾸리려면 이유가 필요하니까요. 부인에게는 두 가지 선택이 있습니다. 부인께서 남편의 실종 신고를 하든가, 아니면 제가 알부 씨를 수사하는 중이었다고 알리는 거죠. 살인 혐의로요."

오랫동안 침묵이 흘렀다. "이해가 안 가네요, 순경 아저씨."

"이해하고 말 것도 없습니다, 알부 부인. 부인께서 실종 신고를 했다고 할까요?"

"잠깐만요!" 비그디스가 외쳤다. 전화기 반대편에서 유리컵을 탕 내려놓는 소리가 들렸다. "지금 무슨 말이에요? 아르네는 이미 수사 받는 중이었잖아요."

"제가 수사하는 중이었습니다, 네. 하지만 전 아직 아무에게도 그 사실을 알리지 않았습니다."

"뭐라고요? 그럼 당신이 떠난 후에 찾아온 세 명의 형사는 뭐죠?

차가운 손가락이 해리의 등뼈를 훑어 올리는 느낌이 들었다. "세 명의 형사라고요?"

"경찰청 내부에서는 의사소통이 전혀 이뤄지지 않는 건가요? 그 사람들, 좀처럼 가려고 하질 않았다고요. 무서울 지경이었다니까요."

해리는 사무실 의자에서 일어났다. "군청색 BMW를 타고 왔던가요, 알부 부인?"

"내가 그 호칭에 대해 했던 말 잊었어요, 해리?"

"그 사람들에게 뭐라고 했습니까?"

"별말 안 했어요. 당신에게 했던 말과 비슷한 말만 했을 거예요, 아마도. 그 사람들은 사진을 몇 개 들여다보더니…… 음, 딱히 무례한 건 아닌데 뭐랄까……."

"부인이 뭐라고 하니까 가던가요?"

"그게 무슨 말이에요?"

"그 사람들은 자기들이 원하는 걸 얻기 전까지는 절대 가지 않았을 겁니다. 제 말 믿으세요, 알부 부인."

"해리, 자꾸 이런 말 하기도 이제 지겨운데 내가 그 호칭……."

"생각해보세요! 중요한 문제입니다."

"맙소사. 난 아무 말도 안 했어요. 아까 말했잖아요. 난 그냥…… 맞다, 이틀 전 아르네가 자동응답기에 남긴 메시지를 틀어줬더니 그제야 가더군요."

"남편분과 통화한 적 없다고 했잖습니까."

"통화 안 했어요. 그이가 그레고르를 데려간다는 메시지만 남긴 거죠. 사실이 그랬고요. 메시지에서 그레고르가 짖는 소리가 들리더군요."

"어디에서 전화했던가요?"

"그걸 내가 어떻게 알아요?"

"어쨌거나 그 손님들은 알았습니다. 이건……." 해리는 다른 표현을 생각해내려다 이내 포기했다. "……생사가 달린 문제입니다."

*

해리는 도로와 교통 상황에 대해서는 잘 알지 못했다. 계산에 의하면 빈테르브로에 터널 두 개를 짓고, 고속도로를 확장하는 것이 오슬로 남쪽에 있는 E6도로의 러시아워 교통 체증을 줄여준다는 결과가 나왔다는 것도 몰랐다. 수십억 크로네가 들어가는 이 투자의 가장 중요한 쟁점은 모스와 드뢰박 사이를 통근하는 유권자들이 아니라 교통 안전이라는 사실도 몰랐다. 도로교통공단이 사회적 편익을 계산하기 위해 한 사람의 목숨을 2억 4백만 크로네로 잡고 계산했다는 사실도 몰랐다. 그 2억 4백만 크로네에는 앰뷸런스, 차량의 우회 통행, 미래의 세입 손실이 포함되어 있었다. 외위스테인의 메르세데스를 타고 차량이 꽉 들어찬 E6도로를 따라 남쪽으로 향하는 해리는 자신이 아르네 알부의 목숨 값으로 과연 얼마를 매겼는지 알지 못했다. 그의 목숨을 구한다고 해서 자신에게 무슨 이득이 돌아오는지는 더더욱 알지 못했다. 그가 아는 사실은 한 가지뿐이었다. 지금 자신이 무언가를 잃을 위험에 처했고, 그것을 잃어서는 안 된다는 사실. 무슨 일이 있어도. 따라서 깊이 생각하고 말 것도 없었다.

비그디스 알부가 전화로 들려준 자동응답기의 메시지는 5초 만에 끝났다. 그 안에 귀중한 정보는 딱 하나뿐이었지만 그것으로 충분했다. "그레고르는 내가 데려갈게. 그냥 당신에게 말해야 할 거 같아서." 아르네 알부가 남긴 이 짧은 메시지는 아무런 쓸모도 없었다.

아르네 알부의 목소리 너머로 그레고르가 미친 듯이 짖어대는 소리도 마찬가지였다.

단서는 차가운 비명 소리였다. 갈매기.

라르콜렌으로 빠지는 표지판이 나타났을 때는 사방이 어두워져 있었다.

*

별장 앞에 지프 체로키가 주차되어 있었지만 해리는 차를 돌릴 수 있는 곳까지 계속 올라갔다. 거기에도 군청색 BMW는 없었다. 다시 차를 돌려 별장 바로 아래에 주차했다. 몰래 들어가려고 해봐야 쓸데없는 짓이다. 언덕 초입에서 차창을 내렸을 때부터 개 짖는 소리가 들렸기 때문이다.

해리도 총을 가져와야 한다는 생각은 했었다. 아르네 알부가 무장하고 있을 것 같아서는 아니었다. 알부는 누군가 자신의 목숨을, 정확히는 자신의 죽음을 원한다는 사실조차 모르고 있었다. 알부 때문이 아니라 이 드라마에 새로운 인물이 등장했기 때문이었다.

해리는 차에서 내렸다. 이제 갈매기는 보이지 않았고, 울음소리도 들리지 않았다. 녀석들은 낮에만 우는 모양이었다.

그레고르는 집 앞 계단 난간에 사슬로 묶여 있었다. 녀석의 이빨이 달빛에 번들거리자, 아직도 쑤시는 해리의 목에 한기가 느껴졌다. 하지만 그는 계속 짖어대는 개를 향해 천천히, 넓은 보폭으로 다가갔다.

"나 기억하니?" 개의 회색 입김이 닿을 정도로 가까이 다가가자, 해리가 속삭였다. 그레고르의 목에 묶인 사슬이 팽팽하게 당겨지며 살짝 떨렸다. 해리가 그레고르 앞에 쪼그리고 앉자, 놀랍게도 개 짖는 소리가 차츰 줄어들었다. 목소리가 쉬어 있는 걸로 보아 꽤 오랫동안 짖은 듯했다. 그레고르는 앞발을 앞으로 밀더니 머리를 숙이고 완전히 조용해졌다. 해리는 현관문 손잡이를 돌려보았다. 잠겨 있었다. 집 안에서 알부의 목소리가 들리나? 거실에 불이 켜져 있었다.

"아르네 알부!"

아무 대답도 없었다.

해리는 잠시 기다리다가 다시 외쳤다.

조명등 안에는 열쇠가 없었다. 그래서 적당히 큰 돌을 찾아, 베란다 난간을 넘어 베란다 문에 달린 판유리 한쪽을 돌로 깼다. 깨진 구멍 속으로 손을 넣어 현관문을 열었다.

집 안에 몸싸움의 흔적은 없었다. 그보다는 어디론가 급히 떠난 듯했다. 탁자에 책 한 권이 펼쳐져 있었는데, 셰익스피어의 〈맥베스〉였다. 책에 나오는 대사 한 줄에 푸른색 볼펜으로 동그라미가 쳐져 있었다. '너 같은 놈과는 말할 필요도 없다. 이 칼이 나의 말을 대신하리라.' 해리는 방 안을 훑어보았지만 어디에도 볼펜은 보이지 않았다.

좁아터진 침실의 침대만이 사용한 흔적이 있었다. 머리맡 테이블에는 남성용 잡지 한 권이 놓여 있었다.

부엌에서는 대략 P4 뉴스 채널에 맞춰진 작은 라디오가 나지막이 떠들어대고 있었다. 해리는 라디오를 껐다. 조리대에는 해동시킨 스테이크용 갈빗살과 플라스틱 용기에 담긴 브로콜리가 있었다. 해리는 고기를 들고, 그레고르가 문을 긁어대는 현관으로 갔다. 해리가 문을 열자, 순진무구한 갈색 눈동자가 그를 올려다보았다. 정확히 말하면, 그가 아니라 고기였지만. 고기는 계단에 철썩 떨어지기가 무섭게 갈기갈기 찢겼다.

해리는 굶주린 개를 바라보며 어떻게 해야 할지 생각했다. 과연 그가 할 수 있는 일이 있는지조차 의문이었지만. 아르네 알부는 셰익스피어를 읽을 사람이 아니다. 그것만큼은 확실했다.

마지막 남은 고기 한 점까지 다 먹어치우자, 그레고르는 새로 힘이 생겼는지 길을 향해 짖기 시작했다. 해리는 난간으로 걸어가 사슬을 풀어주었다. 그레고르가 앞으로 달려 나가려고 하는 바람에 젖은 땅에 두 발로 서 있기가 힘들었다. 그레고르는 길 아래로 그를 이끌더니 길을 건너 가파른 비탈을 내려갔다. 반달의 빛을 받아 희끄무레하게 빛나는 매끄러운 바위에 검은 파도가 부서지고 있었다. 그들은 축축하게 젖어 있는 키 큰 풀을 헤치며 걸어갔다. 풀은 마치 해리를 보내주기 싫다는 듯이 그의 다리에 달라붙었다. 하지만 그레고르는 멈추지 않았고, 마침내 해리의 신발 아래로 조약돌과 모래가 오도독거렸다. 동그랗게 말린 그레고르의 뭉툭한 꼬리는 위를 향해 있었다. 이제 그들은 해변에 서 있었다. 만조라서 파도는 뻣뻣한 풀이 있는 곳까지 밀려왔다. 빠져나가는 파도가 모래사장에 남기는 거품은 이산화탄소라도 들어 있는 것처럼 부글거렸다. 그레고르가 다시 짖기 시작했다.

"그가 보트를 타고 갔을까?" 해리는 반은 그레고르에게, 반은 자신에게 물었다. "혼자였을까, 아니면 일행이 있었을까?"

그레고르는 어느 쪽에도 반응이 없었다. 하지만 알부의 흔적이 여기서 끊긴 것만은 분명했다. 해리가 목줄을 잡아당겼지만, 덩치 큰 로트와일러는 꿈쩍도 하지 않았다. 어쩔 수 없이 손전등을 켜고 바다를 비춰보았다. 보이느니 줄줄이 밀려드는 하얀 파도뿐이었다. 마치 검은 거울 위에 가지런히 늘어놓은 코카인 같았다. 분명 수심이 얕을 것이다. 해리는 다시 사슬을 잡아당겼지만, 로트와일러는 절박하게 울부짖더니 발로 모래를 파기 시작했다.

해리는 한숨을 쉬고는 손전등을 끄고 다시 별장으로 걸어갔다. 부엌에서 커피 한 잔을 내리고 있자니 멀리서 개 짖는 소리가 들렸다. 커피를 마시고 컵을 씻은 후에 다시 해변으로 걸어갔다. 바위 사이에 앉아서 바람을 피할 수 있는 공간을 찾아냈다. 그는 담배에 불을 붙이고 생각을 하려고 했다. 코트 자락을 더 단단히 여미고 두 눈을 감았다.

*

안나의 침대에서 자던 어느 날, 안나가 그에게 무슨 말을 했다. 분명 6주가 거의 다 끝나갈 무렵이었다. 기억이 나는 걸 보니 평상시보다 술을 덜 마신 게 분명하다. 안나는 그 침대가 배이며, 그녀와 해리는 조난자라고 했다. 바다를 표류하는 외로운 사람들로 육지를 발견하게 될까 두려워하고 있다고. 그래서 정말로 그렇게 되었던가? 그들이 육지를 발견했던가? 그랬던 것 같지는 않다. 그보다는 배에서 뛰어내린 듯한, 갑판에서 뛰어내린 듯한 기분이 들었다. 어쩌면 그의 기억이 장난을 치는 것인지도 모르겠다.

그는 안나의 이미지를 떠올리려고 노력했다. 그들이 조난자였던 때 말고, 그녀를 마지막으로 보았던 때. 두 사람은 함께 저녁을 먹었다. 그건 확실하다. 그녀가 그의 잔에 무언가를 따라주었다.

와인이었던가? 그가 그것을 마셨던가? 그것도 확실하다. 그가 다 마시자, 안나가 다시 따라주었다. 그는 손에 힘이 빠져서 물건을 잡을 수가 없었다. 잔을 엎질렀다. 안나가 그런 그를 보며 웃었다. 그에게 키스하고, 그를 위해 춤을 췄다. 그녀가 즐겨 말하던 의미 없는 밀어를 그의 귀에 속삭였다. 그들은 침대 위로 쓰러졌고, 바다로 떠내려갔다. 안나에게는 그 일이 정말 그렇게 쉬웠을까? 그에게도?

아니다, 그럴 리가 없다.

하지만 해리는 확신할 수 없었다. 자신이 입가에 황홀한 미소를 지은 채 안나의 침대에 누워 있지 않았다고 자신 있게 말할 수 없었다. 왜냐하면 라켈이 모스크바의 호텔 침대에 누워 천장을 올려다보며 아들을 빼앗길지도 모른다는 두려움에 잠 못 드는 동안, 그는 옛 애인을 다시 만났기 때문이다.

해리는 몸을 웅크렸다. 칼바람이 그를 그대로 통과해 지나갔다. 마치 그가 유령인 것처럼. 지금까지 간신히 밀쳐두었던 이런 생각들이 이제는 물밀 듯이 밀려들었다. 그는 자신이 인생에서 가장 소중히 여기는 여자를 두고 바람을 피울 수 있을 줄은 꿈에도 몰랐다. 그러니 자신이 또 무슨 짓을 저질렀을지 어떻게 알겠는가? 에우네는 술과 마약이 그저 우리 안에 이미 잠재되어 있는 특질을 강화시키거나 약화시킬 따름이라고 주장했다. 하지만 자기 안에 무엇이 있는지 확실히 아는 사람이 과연 몇이나 될까? 인간은 로봇이 아니며, 뇌의 화학작용은 시간이 흐르며 바뀌기 마련이다. 모든 여건이 맞아떨어지는 상황에서 잘못된 약이 주입되었을 때 자신이 저지를 수 있는 행동이 어디까지인지 정확히 파악하는 사람이 있을까?

해리는 몸을 부르르 떨며 욕을 했다. 이제는 알 수 있었다. 왜 다른 사람이 아르네 알부를 영원히 침묵하게 하기 전에 자신이 먼저 찾아내서 자백을 받아야 하는지. 그의 직업정신이 투철해서도 아니고, 이 일이 그의 개인적 문제여서도 아니었다. 진실을 알아야 했기 때문이다. 그리고 아르네 알부는 그에게 진실을 말해줄 수 있는 유일한 사람이었다.

해리는 다시 눈을 감았다. 최면을 거는 듯한 끈질긴 파도 소리 너머로 화강암에 부딪히는 바람의 나지막한 휘파람 소리가 들렸다.

다시 눈을 뜨자, 더는 어둡지 않았다. 바람이 구름을 모두 쓸어낸 덕분에 머리 위에서 무광의 별들이 반짝거렸다. 달의 위치도 바뀌었다. 해리는 손목시계를 보았다. 벌써 한 시간 가까이 지나 있었다. 그레고르는 바다를 향해 미친 듯이 짖어대고 있었다. 그는 뻣뻣해진 몸을 일으켜 그레고르에게 다가갔다. 달의 인력이 바뀌고 바닷물이 빠지면서 널찍한 모래사장이 드러나 있었다. 해리는 그 모래사장을 터덜터덜 걸어갔다.

"가자, 그레고르. 여기는 아무것도 없는 거 같구나."

그가 그레고르의 목줄을 잡으러 다가가자, 그레고르가 그에게 덤벼들었다. 해리는 자동적으로 한 걸음 물러섰다. 바다를 바라보았다. 검은 해수면에 달빛이 반짝거렸지만, 이제는 만조였을 때 볼 수 없었던 무언가가 보였다. 마치 해수면 위로 튀어나온 두 개의 개선주 끝부분 같았다. 해리는 바다 가장자리로 다가가 손전등을 비춰보았다.

"맙소사." 그가 속삭였다.

그레고르는 바다로 뛰어들었고, 해리도 개를 따라 파도를 헤치며 걸어갔다. 물속으로 10미터나 들어갔지만, 여전히 그의 무릎밖에 올라오지 않았다. 해리는 구두 한 쌍을 바라보았다. 이탈리아 수제화. 해리가 손전등으로 바다를 비추자, 두 개의 창백한 묘비처럼 삐죽 튀어나온 푸르스름한 맨다리에 불빛이 반사되었다.

해리의 절규가 바람을 타고 흘러가다가 부서지는 파도 소리에 즉시 묻혀버렸다. 하지만 그가 떨어뜨린 손전등, 바다가 삼켜버린 손전등은 모래 바닥에 그대로 남아 거의 24시간가량 불이 켜져 있었다. 이듬해 여름, 한 소년이 그 손전등을 모래 속에서 찾아내 아빠에게 달려갔을 때는 손전등의 검은 표면이 소금물에 부식되어 있었다. 아빠도, 소년도 그 손전등을 이 바다에서 기괴하게 발견된 시신과 연관시키지 못했다. 지난해만 해도 모든 신문에 대서특필되었던 사건이건만, 이제는 여름 햇살 속에서 영겁 이전처럼 아득하게 느껴졌다.

PART 5

데이비드 핫셀호프

아침 햇살이 하늘의 틈 사이로 하얀 기둥처럼 내려와 피오르를 환하게 비췄다. 톰 볼레르는 그런 빛을 '예수의 빛'이라 불렀는데, 그의 집에도 비슷한 광경을 찍은 사진이 몇 장 걸려 있었다. 그는 사건 현장에 둘러진 폴리스 라인을 훌쩍 뛰어넘었다. 그를 안다고 생각하는 사람들은 볼레르가 폴리스 라인 아래로 고개를 숙이지 않고 뛰어넘는 것은 그의 성격 때문이라고 말할 것이다. 맞는 말이지만 한 가지는 틀렸다. 톰 볼레르를 제대로 아는 사람은 아무도 없었다. 그리고 볼레르는 앞으로도 그 상태를 계속 유지할 작정이었다.

그는 강청색 폴리스* 선글라스를 낀 채 디지털 카메라의 액정을 바라보았다. 집에 폴리스 선글라스가 열두 개 더 있었는데, 그에게 신세를 진 고객의 감사 선물이었다. 디지털 카메라도 마찬가지였다. 모래사장에 파놓은 구멍과 그 옆에 누인 시신이 카메라 렌즈 속으로 들어왔다. 시신은 검은 바지와 한때는 하얀색이었을 테

---

* 여기서는 선글라스 브랜드를 말한다.

지만 지금은 진흙과 모래로 갈색이 된 셔츠 차림이었다.

"개인 소장용으로 찍는 건가?" 베베르였다.

"새로운 수법이잖아요." 고개를 들지 않은 채 볼레르가 말했다. "전 창조적인 살인자를 좋아하거든요. 신원은 확인됐습니까?"

"아르네 알부. 42세. 결혼했고 세 자녀를 뒀네. 돈이 꽤 많은 모양이야. 여기 바로 뒤쪽에 별장을 소유하고 있어."

"뭔가 보거나 들은 사람은요?"

"지금 탐문 수사 중일세. 하지만 자네도 보다시피 여긴 인적이 드물어서 말이야."

"저기 호텔 투숙객 중에 본 사람이 있을지도 모르죠." 볼레르가 해변 끝에 자리한 노란색의 대형 목조 건물을 가리켰다.

"과연 그럴까? 지금 같은 비수기에는 투숙객이 하나도 없을 거야." 베베르가 말했다.

"시신은 누가 발견했습니까?"

"모스의 공중전화에서 누군가 익명으로 모스 경찰서에 전화했네."

"살인자일까요?"

"아닐 거야. 개와 산책하던 중에 바다 위로 두 다리가 튀어나온 걸 봤다고 했어."

"통화 내용을 녹음했답니까?"

베베르가 고개를 저었다. "비상 번호가 아닌 일반 번호로 전화했다더군."

"어떻게 생각하세요?" 볼레르가 고갯짓으로 시신을 가리켰다.

"검시관이 아직 보고서를 작성하는 중이지만, 내 생각에는 산 채로 묻힌 거 같아. 외부 폭력의 흔적은 없지만, 코와 입에서 피가 나오고 눈의 혈관이 터진 걸로 봐서 머릿속에 다량의 혈액이 축적된 것으로 보이네. 게다가 목구멍 깊은 곳에서 모래가 나왔어. 이건 땅 속에 묻힐 때 분명 숨을 쉬고 있었다는 뜻이야."

"그렇군요. 다른 건요?"

"그의 별장에 개가 묶여 있었네. 덩치가 크고 못생긴 로트와일러야. 놀라울 정도로 건강하더군. 문은 잠겨 있지 않았고, 집 안에 몸싸움의 흔적도 없었네."

"다시 말해, 놈들이 집 안으로 들어가 피살자를 총으로 협박하고 개를 묶은 다음, 모래사장에 구멍을 파서 피살자에게 안으로 뛰어들라고 한 거군요."

"범인이 여럿이라면."

"덩치 큰 로트와일러를 묶어두고 150센티미터 깊이의 구멍을 판 것으로 보아, 범인이 여럿이라고 봐도 될 거 같은데요?"

베베르는 대답하지 않았다. 그는 볼레르와 일하는 것이 싫지 않았다. 볼레르는 경찰청에 얼마 없는 유능한 수사관이었다. 지금까지의 실적만 봐도 자명했다. 하지만 그렇다고 해서 베베르가 그를 좋아한다는 뜻은 아니었다. '싫어한다'도 정확한 단어는 아닐 것이다. 무언가 다른 감정, '다른 그림 찾기'를 연상시키는 어떤 감정이었다. 정확히 꼬집어 말할 수는 없지만, 그를 불안하게 하는 무언가가 있었다. 불안하게 하다, 그것이 맞는 표현이었다.

*

볼레르는 시신 옆에 쪼그리고 앉았다. 베베르가 자신을 싫어한다는 걸 그도 알고 있었다. 하지만 상관없었다. 베베르는 과학수사과에서 일하는 늙은이였고, 앞으로 승진할 가망도 없었으며, 따라서 어떤 식으로든 그의 경력에 영향을 줄 사람이 아니었다. 한

마디로 잘 보일 필요가 없는 사람이었다.

"신원 확인은 누가 했죠?"

"지나가던 동네 사람들 몇 명이 알아보더군. 식료품점 주인도 알아봤고. 오슬로에 있는 부인에게 오라고 연락했더니, 직접 와서 남편이 맞다고 확인해줬네."

"부인은 지금 어디 있나요?"

"별장에 있어."

"심문은 했습니까?"

베베르는 어깨를 으쓱였다.

"제가 우선적으로 심문하고 싶군요." 볼레르는 그렇게 말하며, 상체를 앞으로 내밀어 시신의 얼굴을 클로즈업으로 찍었다.

"이 사건은 모스 경찰서 관할이야. 우린 그냥 도와달라는 요청만 받은 거라고." 베베르가 말했다.

"우리에겐 경험이 있잖습니까. 여기 돌대가리들에게 그 사실을 공손히 설명해줬나요?"

"사실 여기도 살인 사건을 수사해본 사람이 한두 명 있습니다." 뒤에서 목소리가 들렸다. 베베르는 빙그레 미소 짓는 남자를 올려다보았다. 남자는 검은 가죽 재킷을 입고 있었는데 가장자리가 황금색으로 된 어깨 견장에 별 하나가 달려 있었다.

"기분 나빠하지는 마십시오, 하하. 전 파울 쇠렌센입니다. 볼레르 경감님이시죠?"

볼레르는 고개만 살짝 숙일 뿐 상대가 악수를 청하며 내민 손은 잡지 않았다. 그는 모르는 남자와의 신체 접촉을 좋아하지 않았다. 아는 남자와도 마찬가지였지만. 여자와의 신체 접촉은 예외였다. 단, 그가 주도권을 쥐어야 했고, 그는 늘 주도권을 쥐었다.

"이런 사건은 수사해본 적 없을 거요, 쇠렌센." 볼레르가 죽은 남자의 눈꺼풀을 들어 올려 핏빛 눈동자를 보여주었다. "이건 술집에서 일어난 칼부림이나 술주정뱅이의 사고사와는 달라요. 그래서 우릴 부른 거 아니오?"

"동네에서 흔히 보는 사건이 아니긴 하죠, 네." 쇠렌센이 말했다. "당신과 당신네 부하들은 계속 여길 지켜요. 난 가서 이 남자의 부인과 얘기를 좀 나눌 테니까."

쇠렌센은 마치 볼레르가 재미있는 농담이라도 했다는 듯이 웃었다. 하지만 폴리스 선글라스 위로 볼레르의 눈썹이 솟아오르자, 웃음을 그쳤다. 톰 볼레르는 자리에서 일어나 폴리스 라인을 향해 걸어가기 시작했다. 천천히 셋까지 센 다음, 돌아보지 않고 외쳤다. "그리고 그 경찰차 좀 옮겨주시오. 길 끝에 주차해뒀더군요, 쇠렌센. 과학수사과에서 범인이 타고 온 차의 타이어 자국을 조사할 거요. 고맙소."

볼레르는 돌아보지 않아도 쇠렌센의 명랑한 얼굴에서 웃음기가 싹 사라졌다는 걸 알고 있었다. 이로써 이 범죄 현장은 오슬로 경찰청이 접수하게 되었다.

*

"알부 부인?" 볼레르가 거실에 들어서며 물었다. 그는 이 대화를 가능한 한 빨리 끝내기로 마음먹은 터였다. 꽤 괜찮은 여자와 점심 약속이 잡혀 있었는데 그 약속을 깨고 싶지 않았기 때문이다.

앨범을 뒤적거리던 비그디스 알부가 고개를 들었다. "네?"

볼레르는 여자가 마음에 들었다. 구석구석 관리한 몸매, 당당하게 앉은 자세, 도르테 스카펠*처럼 세심하게 신경 쓴 캐주얼 복장, 단추를 세 개까지 푼 블라우스. 또한 귀에 들리는 목소리도 마음

432

에 들었다. 그 부드러운 목소리는 그가 여자들로부터 듣고 싶은 특별한 단어들을 말하기에 안성맞춤이었다. 여자의 입도 마음에 들었다. 벌써부터 저 입에서 그가 좋아하는 단어들이 나오는 것을 듣고 싶었다.

"톰 볼레르 경감입니다." 여자의 맞은편에 앉으며 볼레르가 말했다. "이번 일로 얼마나 충격이 크십니까. 진부한 표현이라는 거 압니다. 이 말이 지금 부인에게 위로가 되리라고 생각하지도 않고요. 하지만 그래도 조의를 표하고 싶군요. 저도 최근에 아주 가까운 사람을 잃었거든요."

그는 기다렸다. 그녀가 마지못해 눈을 들어 그와 시선을 마주쳤다. 그녀의 눈동자는 흐리멍덩했는데, 처음에는 눈물이 고여서 그런 줄 알았다. 그녀의 대답을 듣고서야 사실은 그녀가 취해 있다는 걸 알았다. "담배 있나요, 형사님?"

"톰이라고 부르십시오. 죄송하지만 전 담배는 안 피웁니다."

"언제까지 여기 있어야 하죠, 톰?"

"가능한 한 빨리 가실 수 있도록 제가 조치하겠습니다. 그냥 몇 가지 질문만 드리면 됩니다. 괜찮겠습니까?"

"네."

"좋습니다. 남편을 죽이고 싶어할 만한 사람이 있습니까?"

비그디스 알부는 한 손으로 턱을 괴고는 창밖을 응시했다. "다른 형사는 어디 있죠, 톰?"

"네?"

"그 사람도 와야 하는 거 아닌가요?"

---

* 노르웨이 전직 모델이자 방송인.

"다른 형사라뇨, 알부 부인?"

"해리 말이에요. 이건 그 사람 사건이잖아요. 아닌가요?"

톰 볼레르가 동기들 중에서 가장 빨리 승진한 첫 번째 이유는 그가 너무도 완벽하게 사건을 해결하기 때문이다. 피고 측 변호사를 포함해 누구도 그에게 범인의 유죄를 증명하는 증거를 어떻게 얻었는지 캐묻지 않을 정도였다. 두 번째 이유는 그에게 민감한 안테나가 있기 때문이다. 물론 가끔씩 그 안테나가 먹통이 되는 경우도 있었다. 하지만 오작동한 적은 한 번도 없다. 그런데 지금 그 안테나가 작동하고 있었다.

"지금 해리 홀레를 말씀하시는 겁니까, 알부 부인?"

*

"여기 내려주시면 돼요."

톰 볼레르는 그녀의 목소리가 여전히 마음에 들었다. 그는 인도 옆에 차를 세우고, 몸을 앞으로 내밀어 언덕을 굽어보는 핑크색 대저택을 올려다보았다. 아침 햇살이 정원에 있는 동물 모양의 물체에 반사되어 반짝 빛났다.

"정말 친절하시군요. 쇠렌센 형사를 설득해 절 보내주도록 하시고, 또 집까지 차로 태워다주시다니 말이에요." 비그디스 알부가 말했다.

볼레르는 따뜻한 미소를 지어 보였다. 자신의 미소가 따뜻하게 보이리라는 걸 알고 있었다. 많은 사람들이 그를 미국 드라마인 〈베이워치〉의 데이비드 핫셀호프와 닮았다고 했다. 데이비드 핫셀호프와 똑같은 턱선, 몸매, 미소를 가졌다고. 볼레르는 〈베이워치〉를 보았고, 그게 무슨 뜻인지 알고 있었다.

"천만에요. 오히려 제가 감사하죠."

사실이었다. 라르콜렌에서 여기까지 차를 몰고 오는 동안 그는 몇 가지 재미있는 사실을 알게 되었다. 이를테면, 해리 홀레가 그녀의 남편을 안나 베트셴의 살인범으로 생각했다는 사실. 그가 기억하는 한 안나 베트셴은 예전에 소르겐프리 가에서 자살한 여자였고, 그 사건은 종결되었다. 볼레르가 자살이라는 결론을 내리고 직접 보고서를 썼다. 그런데 그 머저리 홀레는 대체 뭘 하고 다닌 걸까? 그에 대한 적개심 때문에 앙갚음이라도 하려고 한 걸까? 안나 베트셴이 자살한 게 아니라 살해되었다는 사실을 밝혀서 그를 위협하려고? 정신 나간 알코올 중독자가 할 만한 짓이긴 했다. 하지만 그래 봐야 볼레르가 입게 될 최악의 손해는 그가 너무 성급한 결론을 내렸다는 것뿐이다. 고작 그 정도 흠집을 내기 위해 홀레가 그 사건에 그토록 많은 에너지를 쏟았다는 것은 납득이 가지 않았다. 단지 직업정신이 투철해서 그랬으리라는 가능성은 일찌감치 제외했다. 여가 시간에 자신이 맡지 않은 사건까지 조사하고 다니는 경찰은 영화 속에나 나올 뿐이다.

　홀레가 용의자로 점찍었던 알부가 죽었다는 사실은 이제 여러 가지 다른 해결책이 가능하다는 뜻이다. 그중 어떤 해결책을 택해야 할지는 아직 확실하지 않았다. 하지만 해리 홀레가 연루되어 있다는 것을 본능적으로 감지한 만큼 이제는 사태를 파악하고 싶었다. 따라서 비그디스 알부가 잠깐 집에 들어와 커피 한 잔 하겠느냐고 청했을 때 볼레르의 구미를 당긴 것은 이제 막 과부가 된 섹시한 여주인이 아니었다. 기회가 왔기 때문이었다. 늘 가까이서 그를 지켜보고 있던 거머리를 떨쳐버릴 기회. 그게 언제부터였더라? 1년이 넘었던가?

*

그렇다, 정말로 1년이 넘었다. 당시 스베레 올센이 또다시 실수를 저지르는 바람에 엘렌 엘텐은 오슬로의 조직적인 무기 밀매업의 배후 인물이 톰 볼레르라는 사실을 알아버렸다. 엘렌이 그 사실을 발설하기 전에 그녀를 처치하라고 볼레르는 올센에게 명령을 내렸다. 그러나 한편으로는 엘렌을 죽인 범인이 나올 때까지 홀레가 절대 포기하지 않으리라는 걸 알고 있었다. 그래서 범죄 현장에 일부러 올센의 모자를 놓아두었고, 올센을 체포하는 과정에서 '정당방위'로 용의자인 올센을 쏠 수 있었다. 볼레르에게 불리한 증거는 전혀 없었다. 그런데도 이상하게 그는 홀레가 자신의 목을 점점 죄고 있으며, 자신이 위험해질 수도 있다는 불쾌한 기분이 들었다.

"혼자 있을 때는 집이 유달리 텅 빈 것 같아요." 비그디스 알부가 열쇠로 현관문을 열며 말했다.

"혼자 사신 지 얼마나 되셨나요?" 그녀를 따라 거실로 이어지는 계단을 올라가며 볼레르가 물었다. 그는 여전히 그녀가 마음에 들었다.

"아이들은 노르뷔에 있는 부모님 댁에 보냈어요. 상황이 다시 정상으로 돌아갈 때까지 거기서 지내게 할 생각이었죠." 그녀는 한숨을 쉬더니 깊숙한 안락의자에 몸을 묻었다. "한잔해야겠네요. 맨 정신으로는 아이들에게 전화 못하겠어요."

톰 볼레르는 우두커니 서서 그녀를 바라보았다. 방금 그 말로 인해 그녀는 모든 것을 망쳐버렸다. 조금 전 그가 느꼈던 짜릿한 흥분은 사라져버렸다. 갑자기 그녀가 훨씬 늙어 보였다. 아마도 알코올 기운이 사라져서일 것이다. 아까는 알코올이 그녀의 주름을 매끈하게 펴주고, 입매를 부드럽게 해주었다. 하지만 부드러웠던 입매는 이제 뒤틀린 핑크색 틈에 불과했다.

"앉아요, 톰. 커피 가져올게요."

비그디스가 부엌으로 사라지자, 그는 소파에 털썩 앉아 다리를 쭉 폈다. 소파 가죽에 희미한 얼룩이 보였다. 그걸 보니 그의 소파에 있던 얼룩이 생각났다. 생리 혈이 남긴 자국.

그는 빙그레 미소 지었다.

베아테 뢴이 생각나서였다.

사랑스럽고 순수한 베아테 뢴. 그녀는 커피 테이블 맞은편에 앉아 그가 해주는 말을 곧이곧대로 믿었다. 마치 그의 말이 그녀가 마시는 카페 라테에 넣는 각설탕이라도 되는 듯이 꿀떡꿀떡 받아 삼켰다. 카페 라테라니, 어린 여자들이나 마시는 커피다. "용기를 내서 있는 그대로의 자신이 되는 게 중요하다고 생각해. 관계에서 가장 중요한 건 솔직함이잖아. 안 그래?" 어린 여자들을 상대할 때는 심오한 척하는 싸구려 표현의 수위를 어느 정도로 해야 할지 결정하기 어렵다. 하지만 베아테의 경우에는 정통으로 과녁을 맞힌 듯했다. 그녀는 순순히 그의 집까지 따라왔고, 그런 그녀에게 볼레르는 칵테일을 만들어주었다. 어린 여자들은 절대 마셔서는 안 될 칵테일이었다.

그는 저절로 웃음이 나왔다. 심지어 다음 날까지도 베아테는 자신이 의식을 잃은 진짜 이유가 무엇인지 몰랐다. 너무 피곤했거나, 칵테일이 평소 먹던 것보다 독했기 때문이라고만 생각했다. 약물의 양을 잘 조절한 덕분이다.

하지만 가장 웃기는 부분은 따로 있었다. 다음 날 아침, 그가 거실로 나갔더니 베아테가 젖은 천으로 소파를 닦고 있었다. 전날 밤 그들은 그 소파에서 기본 단계를 밟아갔고, 그녀가 의식을 잃으면서 진짜 재미가 시작되었다.

"미안해요." 울상을 지으며 베아테가 말했다. "이제야 봤어요. 너무 창피하네요. 예정일은 다음 주인 줄 알았는데."

"괜찮아." 그는 베아테의 볼을 토닥이며 그렇게 대답했다. "그냥 최선을 다해서 얼룩을 지워봐."

볼레르는 그렇게 말한 뒤, 쏜살같이 부엌으로 달려가야 했다. 웃음소리가 들리지 않도록 수도꼭지를 틀고, 딸그락 소리가 날 정도로 냉장고 문을 세게 열었다. 그동안 베아테 뢴은 린다가 남긴 혈흔을 닦고 있었다. 린다가 아니라 카렌이었나?

부엌에서 비그디스가 외쳤다. "커피에 우유 넣나요, 톰?" 엄격한 목소리. 분명 웨스트엔드의 억양이 들어가 있었다. 어쨌거나 그는 자신이 원하던 걸 얻었다.

"시내에 약속이 있는 걸 깜빡했군요." 볼레르는 그렇게 말하며 뒤돌아보았다. 그녀가 커피 잔 두 개를 든 채 부엌 문간에 서 있었다. 마치 뺨이라도 맞은 듯이 그녀의 눈동자가 놀라서 휘둥그레졌다. 그는 잠시 생각했다.

"부인께서는 혼자만의 시간이 필요하실 겁니다." 그가 자리에서 일어나며 말했다. "저도 경험이 있어서 압니다. 말씀드렸듯이 최근에 가까운 친구를 잃었으니까요."

"유감이네요." 비그디스가 당황하며 말했다. "그러고 보니 그게 누구인지 묻지도 않았군요."

"엘렌이라는 직장 동료입니다. 저와는 각별한 사이였죠." 톰 볼레르는 머리를 옆으로 기울여 비그디스를 바라보았다. 그녀는 어설프게 미소를 지어 보였다.

"무슨 생각을 하세요?" 그녀가 물었다.

"나중에 한번 들러서 부인이 잘 지내는지 살펴봐야겠습니다."

그는 각별히 더 따뜻한 미소를 지었다. 데이비드 핫셀호프 같은 미소. 사람들이 서로의 속마음을 읽을 수 있다면 이 세상은 얼마나 지옥 같을까?

이상후각

오후 러시아워가 시작되었고, 그뢴란슬라이레에는 자동차로 이동하는 월급 노예들이 천천히 경찰청사를 지나가고 있었다. 바위종다리 한 마리가 나뭇가지에 앉아 마지막 잎새가 떨어지는 것을 바라보더니, 포르르 날아올라 경찰청사 6층의 회의실 창문 옆으로 지나갔다.

"전 달변가는 아닙니다." 비아르네 묄레르가 말문을 열었다. 예전에 그의 연설을 들은 적이 있는 사람들은 동의의 뜻으로 고개를 끄덕였다.

76크로네짜리 오페라 스파클링 와인과 아직 포장을 풀지 않은 열네 개의 플라스틱 잔, 그리고 도살자 사건 수사에 참여했던 모든 사람들이 묄레르의 연설이 끝나기를 기다리고 있었다.

"우선 오슬로 시청과 시장님, 경찰청장님의 따뜻한 인사부터 전하고 싶군요. 그리고 열심히 일해준 여러분 모두에게 감사드립니다. 여러분도 알다시피, 우리는 상당한 압력을 받고 있었습니다. 범인이 연달아 은행을 털었기 때문이죠……."

"은행을 한 번만 터는 놈도 있던가요?" 이바르손의 외침에 다들

440

웃음을 터뜨렸다. 그는 회의실 뒤쪽, 문 옆에 서 있었는데 거기서는 회의실에 모인 사람들이 모두 보였다.

"그렇게 말할 수도 있겠군요." 묄레르가 미소 지었다. "내가 하고 싶은 말은…… 에…… 여러분도 알다시피…… 모든 일이 끝나서 다행이라는 겁니다. 샴페인으로 축배를 들기 전에 특별히 감사하고 싶은 사람이 있습니다. 이번 사건이 해결되는 데 가장 큰 역할을 한 사람이죠."

해리는 다른 사람들의 시선이 자신에게 향하는 것을 느꼈다. 이런 순간이 제일 싫었다. 상사가 연설을 하고, 상사에게 답례 연설을 하고, 머저리들에게 감사 인사를 하며 쓸데없는 쇼를 하는 것.

"이번 수사팀을 이끈 루네 이바르손입니다. 축하하네, 루네."

박수갈채가 쏟아졌다.

"한마디 할 텐가, 루네?"

"하지 마." 해리가 이를 악문 채 속삭였다.

"네, 그러죠." 이바르손이 말했다. 그 자리에 모인 형사들이 목을 빼고 뒤를 돌아봤다. 이바르손이 헛기침을 했다. "불행히도 전 경정님처럼 달변가가 아니라고 말하는 특권을 누릴 수가 없겠네요, 비아르네. 왜냐하면 전 달변가가 맞으니까요." 웃음소리가 더욱 커졌다. "그리고 예전에도 사건이 성공적으로 해결된 자리에서 연설해본 경험상, 고마운 사람들을 줄줄이 나열하는 게 얼마나 피곤한지 알고 있습니다. 여러분도 다들 아시다시피, 경찰 수사는 팀워크입니다. 베아테와 해리가 골을 넣기는 했어도 기초 작업은 우리 팀이 함께한 겁니다."

사람들이 동의의 뜻으로 고개를 끄덕이자, 해리는 어이가 없다는 표정으로 그들을 바라보았다.

"따라서 여러분 모두에게 감사합니다." 이바르손은 그렇게 말하며 형사들을 한 명씩 차례로 바라보았다. 그가 각자의 노고를 알아주며 고마워한다는 느낌을 주려는 의도였다. 그러더니 한층 더 유쾌한 어조로 외쳤다. "자, 빨리 샴페인을 땁시다!"

누군가로부터 샴페인을 건네받은 이바르손은 샴페인을 잘 흔든 뒤에 코르크 마개를 따기 시작했다.

"더는 못 봐주겠군. 그만 갈게." 해리가 베아테에게 속삭였다.

베아테가 나무라는 눈빛으로 그를 바라보았다.

"조심해!" 코르크 마개가 뻥 소리를 내며 천장으로 날아갔다. "자, 다들 잔을 들어요!"

"미안. 내일 봐." 해리가 말했다.

해리는 나가는 길에 재킷을 챙겼다. 엘리베이터에 올라타자 벽에 몸을 기댔다. 간밤에 알부의 별장에서 두 시간 잔 것이 전부였다. 새벽 6시에 일어나서 차를 몰아 모스 기차역으로 갔고, 그 근처에서 공중전화를 발견했다. 모스 경찰서 전화번호를 알아내, 바다에서 시신을 보았다고 신고했다. 그는 모스 경찰서에서 오슬로 경찰청에 도움을 청하리라는 걸 알고 있었다. 따라서 8시에 오슬로에 도착한 후에는 울레볼스바이엔 가에 있는 카페 브레네리에에 앉아 코르타도를 마시며 기다렸다. 그 사건이 다른 사람에게 확실히 넘어갈 때까지. 그런 후에야 마음 편히 사무실로 출근할 수 있었다.

엘리베이터 문이 양옆으로 열렸다. 해리는 경찰청사의 회전문을 빠져나와 차갑고 맑은 오슬로의 가을 공기 속으로 들어갔다. 조사에 따르면, 오슬로의 공기는 방콕보다 더 오염되었다고 했다. 그는 스스로에게 서두를 필요 없다고 말하며 억지로 발걸음을 늦

442

췄다. 오늘은 아무 생각도 하지 않고 그저 자고 싶었다. 제발 꿈은 꾸지 않기를. 내일이면 그의 뒤로 모든 문이 닫히기를.

하나만 제외하고. 절대로 닫히지 않을 문, 그가 닫고 싶지 않은 문이었다. 하지만 그 문에 대한 생각도 내일로 미룰 작정이었다. 내일이 되면 할보르센과 함께 아케르셀바 강을 따라 걸을 것이다. 그러다 그녀의 시신이 발견된 나무 옆에서 걸음을 멈출 것이다. 그리고 백 번째로 당시 상황을 재구성할 것이다. 그 사건에 관해 하나라도 잊은 게 있어서가 아니라 느낌을 되살리기 위해, 다시 냄새를 맡기 위해서였다. 그 생각을 하니 벌써부터 두려웠다.

그는 잔디밭을 가로지르는 좁은 길에 들어섰다. 지름길이었다. 왼쪽의 회색 교도소 건물은 쳐다보지 않았다. 라스콜은 아마도 당분간 체스판을 치워두었을 것이다. 라르콜렌이든 어디든 라스콜이나 그의 심복을 지목하는 증거는 나오지 않을 것이다. 설사 해리가 직접 사건을 맡는다 해도 마찬가지다. 필요할 때까지 수사에 계속 매달리는 수밖에 없을 것이다. 도살자는 죽었다. 아르네 알부도 죽었다. 예전에 엘렌은 이런 말을 한 적이 있다. 정의는 물과 같아서 언제나 제 갈 길을 찾아 흘러간다고. 그들은 이 말이 사실이 아니라는 걸 알고 있었지만, 최소한 가끔 위안이 되는 거짓말이었다.

사이렌 소리가 들렸다. 해리는 한동안 그 소리에 귀를 기울였다. 푸른 경광등이 달린 하얀 경찰차 여러 대가 그의 옆을 지나 그뢴란슬라이레로 사라졌다. 저 차들이 왜 소집되었는지 생각하지 않으려고 했다. 아마도 그와는 상관없는 일일 것이다. 설사 상관이 있다 해도 기다려야 할 것이다. 내일까지.

*

톰 볼레르는 자신이 너무 일찍 찾아왔다는 것을 깨달았다. 연노란색 아파트 단지의 주민들 중에서 한낮에 집을 지키는 사람은 없었다. 맨 아래 초인종까지 눌러보았으나 아무 대답이 없었다. 막 떠나려고 돌아서는 찰나, 꽉 막힌 듯한 쇳소리가 들렸다. "누구세요?"

볼레르는 몸을 휙 돌렸다. "아, 거기가……?" 그는 초인종 옆에 적힌 이름을 보았다. "아스트리드 몬센 씨 댁인가요?"

20초 뒤 그는 층계참에 서 있었고, 현관문에 걸린 체인 뒤에서 겁에 질린 주근깨투성이의 얼굴이 그를 올려다보고 있었다.

"좀 들어가도 될까요, 몬센 양?" 볼레르는 이를 드러내며 데이비드 핫셀호프의 미소를 지었다.

"그냥 여기서 말하세요." 여자가 신경질적으로 말했다. 이 여자는 〈베이워치〉를 안 본 모양이었다.

볼레르는 신분증을 보여주었다.

"안나 베트셴의 죽음에 대해 조사하러 왔습니다. 정말로 자살인지 의문이 생겨서요. 제 동료 한 명이 개인적으로 조사하고 다닌 것으로 알고 있습니다. 혹시 제 동료와 이야기 하셨나요?"

동물, 특히 포식자들은 두려움의 냄새를 맡을 수 있다고 한다. 이는 볼레르에게 전혀 놀라운 사실이 아니었다. 오히려 두려움의 냄새를 맡을 수 없는 사람이 있다는 게 놀라웠다. 두려움은 소의 오줌처럼 휘발성 악취를 풍겼다.

"뭘 두려워하시는 겁니까, 몬센 양?"

그녀의 동공이 한층 더 팽창되었다. 이제 볼레르의 안테나가 돌아가기 시작했다.

"저희를 꼭 좀 도와주셔야 합니다. 경찰과 대중의 관계에서 가

444

장 중요한 건 정직이니까요. 그렇게 생각하지 않으십니까?"

그녀의 시선이 방황하자, 볼레르는 도박을 해보기로 했다. "전제 동료가 어떤 식으로든 이 사건에 연루되어 있다고 생각합니다만."

그녀가 입을 딱 벌리더니 무력하게 그를 바라보았다. 빙고.

*

그들은 부엌 식탁에 앉았다. 갈색 벽은 어린아이의 그림으로 도배되어 있었다. 여자에게 조카들이 아주 많은 모양이라고 볼레르는 생각했다. 여자가 이야기를 하는 동안, 그는 메모를 했다.

"복도에서 쿵 소리가 나기에 나가봤더니, 웬 남자가 우리 집 문 앞에 쓰러져 있더군요. 넘어진 것 같아서 내가 남자에게 괜찮으냐고 물어봤죠. 하지만 남자가 대답을 못하더군요. 위층으로 올라가서 안나네 집 초인종을 눌렀지만, 거기도 아무 대답이 없었어요. 다시 돌아와서 남자를 부축해 일으켜주었죠. 남자의 주머니에서 떨어진 물건들이 사방에 널려 있었어요. 지갑을 찾아서 안을 봤더니 이름과 주소가 적혀 있더군요. 그래서 밖으로 데리고 나가 지나가는 택시를 잡아 운전사에게 주소를 알려줬어요. 그게 전부예요."

"그 남자가 나중에 당신을 찾아온 형사와 동일 인물이라는 게 확실합니까? 그러니까 해리 홀레였다고요?"

그녀가 마른침을 꿀꺽 삼키더니 고개를 끄덕였다.

"좋아요, 아스트리드. 홀레가 안나를 만나러 온 손님이라는 건 어떻게 알았죠?"

"그 사람이 오는 소리를 들었으니까요."

"소리를 들었다고요? 그 사람이 안나의 집에 들어가는 소리도 들었고요?"

"내 서재가 복도 바로 옆이에요. 복도에서 나는 소리는 다 들리죠. 우리 동은 조용하거든요. 별로 찾아오는 사람도 없고요."

"안나의 집 근처에서 다른 소리도 들었나요?"

그녀가 망설였다. "그 형사가 간 후에 누군가 위층으로 살그머니 올라가는 소리가 난 거 같아요. 근데 여자 같았어요. 하이힐 소리였거든요. 하이힐은 소리가 다르니까요. 아마 4층에 사는 군데르센 부인이었을 거예요."

"그래요?"

"부인은 감레 마요르에서 한잔 하고 오는 날에는 대개 그렇게 몰래 들어가거든요."

"혹시 총소리를 들었나요?"

아스트리드는 고개를 저었다. "집과 집 사이의 벽은 방음이 아주 잘 되어 있어요."

"택시 번호는 기억합니까?"

"아뇨."

"복도에서 쿵 소리가 났던 때가 몇 시였나요?"

"11시 15분이었어요."

"확실한가요, 아스트리드?"

아스트리드가 고개를 끄덕이고는 숨을 깊이 들이쉬었다.

"그 남자가 안나를 죽인 거예요." 갑자기 그녀의 목소리에서 느껴지는 단호함에 볼레르는 깜짝 놀랐다.

볼레르의 맥박이 빨라지기 시작했다. 약간. "왜 그렇게 생각하죠, 아스트리드?"

"그날 안나가 자살했다는 말을 들었을 때 뭔가 이상하다고 생각했어요. 그 남자는 고주망태가 되어 계단에 쓰러져 있었고, 내가 초인종을 눌러도 안나는 문을 열어주지 않았으니까요. 경찰에 연락할까 생각했는데, 그 남자가 찾아온 거예요……." 마치 익사하는 사람이 구조대원을 바라보는 듯한 눈빛으로 그녀는 톰 볼레르를 바라보았다. "그 남자는 제일 먼저 자기를 알아보겠느냐고 묻더군요. 물론 난 그게 무슨 뜻인지 알고 있었죠."

"그게 무슨 뜻인데요?"

그녀의 목소리가 반 옥타브 올라갔다. "무슨 뜻이긴요? 범인이 유일한 목격자에게 자기를 알아보겠느냐고 묻는 거죠. 그 사람은 경고하러 온 거예요. 자신의 정체를 발설할 경우 내게 큰 화가 닥치리라는 걸. 그래서 난 그가 원하는 대로 했죠. 그를 본 적이 없다고 말했어요."

"하지만 나중에 그가 다시 찾아와 아르네 알부에 대해 물었다고 했죠?"

"네, 그 남자는 다른 사람에게 누명을 씌우고 싶어 했어요. 내가 얼마나 무서웠을지 짐작이 가죠? 난 아무것도 모르는 척하고 그 사람 장단에 맞춰줬어요……." 그녀가 울먹이는 목소리로 말했다.

"하지만 이제는 사실대로 말할 수 있죠? 법정에서 선서한 후에도요."

"네, 당신이…… 내 안전이 보장되기만 한다면요."

다른 방에서 이메일 도착을 알리는 띵 소리가 났다. 볼레르는 손목시계를 보았다. 4시 30분. 빨리 움직여야 했다. 가능하면 오늘 저녁에 끝내야 한다.

*

4시 35분, 해리는 아파트 문을 열고 집 안으로 들어섰다. 순간 오늘 저녁에 경찰청 체력단련실에서 할보르센과 자전거를 타기로 한 약속이 기억났다. 그는 신발을 벗어 던지고, 깜박거리는 자동 응답기의 재생 버튼을 눌렀다. 라켈이 남긴 메시지였다.

"수요일에 재판 결과가 나와서, 목요일에 출발하는 비행기를 예약했어. 11시에 가르데모엔 공항에 도착해. 공항으로 우리를 마중 나올 수 있겠어? 올레그가 물어봐달래."

'우리'. 라켈은 재판 결과가 즉시 효력을 발휘한다고 했었다. 만약 재판에 진다면 그가 마중할 사람은 우리가 아니라, 삶의 전부를 잃은 한 여자일 것이다.

라켈은 전화번호를 남기지 않았다. 따라서 그녀에게 다시 전화할 수가 없었다. 혹은 그녀로부터 모든 것이 끝났고, 더는 어깨 너머를 돌아볼 필요가 없다는 말을 듣게 될 일도 없었다. 그는 한숨을 내쉬고 초록색 안락의자에 털썩 앉았다. 눈을 감자, 어둠 속에서 그녀가 보였다. 라켈. 피부가 얼얼할 정도로 차가운 하얀 시트, 창문을 열어두었는데도 거의 미동도 하지 않는 커튼, 그녀의 맨팔 위로 떨어지는 한 줄기 달빛. 그는 손끝으로 그녀를 부드럽게 쓰다듬었다. 그녀의 눈과 손, 좁은 어깨, 길고 가느다란 목, 그의 다리와 얽힌 그녀의 다리. 그의 목에 닿는 그녀의 차분하고 따뜻한 숨결. 그는 그녀의 척추가 움푹 들어간 부분을 부드럽게 애무했다. 그러자 그녀의 잠든 육신이 내쉬던 숨소리가 미묘하게 변했다. 그녀의 엉덩이 역시 미묘하게 그의 엉덩이를 향해 움직이기 시작했다. 마치 계속 동면하면서 그를 기다리고 있었다는 듯이.

*

5시. 루네 이바르손은 외스테로스의 자택에서 전화기를 들었다. 전화를 건 사람에게 이제 막 식사를 하려는 참이라고 말하기 위해서였다. 이 집에서는 식사 시간이 매우 신성했다. 그러니 나중에 다시 전화해주시겠습니까?

"집으로 전화해서 미안합니다, 이바르손 경정님. 저 톰 볼레르입니다."

"아, 톰." 반쯤 씹던 감자가 입에 든 채로 이바르손이 말했다. "저기……."

"해리 홀레의 체포 영장이 필요합니다. 그의 아파트를 수색할 수 있는 영장도 함께요. 함께 수색할 사람도 다섯 명만 보내주세요. 홀레가 살인 사건에 연루되었다고 믿을 만한 근거가 있습니다."

감자를 삼키던 이바르손은 사레가 들렸다.

"긴급한 일입니다. 증거 파손의 위험이 있어요." 볼레르가 말했다.

"묄레르 경정님이……." 미친 듯이 나오는 기침 사이로 이바르손이 간신히 내뱉었다.

"맞습니다. 엄밀히 말하면 이건 묄레르 경정님 소관이죠. 하지만 이바르손 경정님도 아시다시피 그분은 홀레를 편애합니다. 함께 일한 지 10년이나 됐으니까요."

"맞는 말이야. 하지만 우리 팀은 방금 터진 사건 때문에 다들 손이 묶여 있다고."

"루네……." 아내가 그를 불렀다. 이바르손은 아내의 신경을 건드리고 싶지 않았다. 샴페인 축하 파티가 끝나고, 그렌센에 있는 덴노르스케 은행의 경보기가 울리는 바람에 집에 20분이나 늦게 도착한 터였다.

"내가 다시 연락하지, 볼레르. 먼저 경찰청 변호사에게 전화해 방법이 있는지 알아보겠네." 그는 헛기침을 하고는 아내가 들을 수 있도록 큰 소리로 덧붙였다. "일단 식사가 끝난 후에 말이야."

*

현관문을 두드리는 소리에 해리는 잠에서 깼다. 그의 뇌는 즉각적으로 상대가 꽤 오랫동안 문을 두드렸으며, 그가 집에 있다고 확신한다는 결론을 내렸다. 손목시계를 보았다. 5시 55분. 그는 라켈의 꿈을 꾸고 있었다. 기지개를 켜고 의자에서 일어났다.

다시 쾅쾅 두드리는 소리가 들렸다. 크게.

"나갑니다, 나가요." 해리는 그렇게 외치고 문으로 걸어갔다. 현관문에 달린 물결무늬의 유리 너머로 사람 윤곽이 보였다. 인터콤을 사용하지 않은 것으로 보아, 분명 같은 아파트 주민일 것이다.

막 현관문 손잡이를 잡는 순간, 해리는 멈칫했다. 목 뒤가 따끔거리고, 눈앞에 점이 보였다. 맥박이 빨라졌다. 말도 안 돼. 그는 문을 열었다.

미간에 주름을 잔뜩 잡은 채 알리가 서 있었다.

"오늘까지 지하실 창고를 비워주기로 약속했잖아요, 해리."

해리는 손으로 이마를 찰싹 때렸다.

"젠장! 미안해요, 알리. 난 아무짝에도 쓸모없는 덜렁이예요."

"괜찮아요, 해리. 오늘 저녁에 치울 거면 내가 도와줄게요."

해리는 놀란 눈으로 그를 바라보았다. "도와요? 거기 있는 물건은 10초면 옮길 수 있어요. 솔직히 말하면, 내가 거기 뭘 뒀는지도 전혀 기억이 안 나네요. 어쨌거나 괜찮아요."

"그건 비싼 물건들이예요, 해리." 알리가 고개를 저었다. "그런

450

물건을 지하실에 보관하는 건 미친 짓이에요."

"그런가요? 일단 슈뢰데르에 가서 한 끼 때우고 이따 들를게요, 알리."

해리는 문을 닫고 의자에 털썩 앉아, 리모컨을 눌렀다. 수화로 뉴스가 방송되고 있었다. 예전에 청각장애인 몇 명을 데려다가 심문을 한 적이 있어서 수화를 약간 알고 있었다. 그는 아나운서의 손짓을 그 아래 나오는 자막과 연결시키려고 노력했다. 중동 지역은 잠잠했다. 한 미국인이 탈레반의 편에 서서 싸운 혐의로 군법 재판에 회부될 예정이었다. 거기까지 하던 해리는 포기했다. 대신 슈뢰데르의 오늘의 메뉴, 커피, 담배를 생각했다. 지하실을 내려가 물건을 치운 다음, 곧장 자야겠다. 리모컨을 들고 막 끄려는데 아나운서가 검지를 쭉 펴서 카메라를 가리키더니 엄지를 들어올렸다. 해리도 아는 수화였다. 누군가 총에 맞았다. 해리는 자동적으로 아르네 알부를 생각했지만, 그는 질식사였다. 해리의 눈동자가 화면 아래의 자막으로 이동했다. 그러고는 몸이 굳은 채 미친 듯이 리모컨을 누르기 시작했다. 나쁜 소식이었다. 아마 아주 나쁜 소식일 것이다. 텔레텍스트*도 아까 보았던 자막과 별 다를 바가 없었다.

강도의 습격으로 은행 직원이 총상을 입음. 오늘 오후, 은행강도가 오슬로 그렌센 지점의 덴노르스케 은행에서 은행 직원을 총으로 쏘았음. 은행 직원의 상태가 위중함.

* 텔레비전 방송 전파 사이에 문자 정보를 전달하는 서비스.

해리는 침실로 가서 컴퓨터를 켰다. 시작 화면에 은행강도 소식이 헤드라인으로 걸려 있었다. 그는 기사를 더블클릭했다.

은행의 영업시간이 끝나기 직전, 한 복면강도가 총을 휘두르며 은행에 난입해 여성 지점장에게 현금인출기의 돈을 빼라고 명령했다. 지점장이 정해진 시간 안에 돈을 빼지 못하자, 강도는 서른네 살의 은행 직원을 총으로 쏘았다. 총에 맞은 여성의 상태는 매우 위급한 것으로 알려졌다. 루네 이바르손 경정은 현재로서는 아무 단서가 없으며, 이번 사건이 도살자라 불리던 남자의 범행 수법과 흡사하다는 지적에 대해 아무 말도 하지 않았다. 경찰은 이번 주에 도살자가 브라질의 다주다에서 시신으로 발견되었다고 발표한 바 있다.

우연일 수도 있다. 물론 그럴 수 있다. 하지만 우연이 아니다. 어림없는 소리. 해리는 손으로 얼굴을 쓸어내렸다. 그가 계속 두려워하던 것이 바로 이것이었다. 레브 그레테는 딱 한 군데의 은행만 털었다. 그 후의 은행털이는 다른 자의 소행이다. 그리고 그 자는 이제 본격적인 궤도에 진입했다. 너무 본격적인 나머지 도살자의 마지막 영광스러운 디테일까지 그대로 재연한 것을 자랑스러워하고 있었다.

해리는 꼬리를 물고 이어지는 생각을 끊으려 했다. 더는 은행강도 사건에 대해 생각하고 싶지 않았다. 총에 맞은 은행 직원에 대해서도, 도살자가 두 명으로 판명날 수 있는 가능성에 대해서도 생각하고 싶지 않았다. 또한 그가 다시 이바르손 밑에서 일하고, 그로 인해 엘렌 사건의 수사가 지연될 위험에 대해서도 생각하고 싶지 않았다.

그만. 오늘은 그만 생각해. 내일 하자고.

하지만 그의 다리는 제멋대로 움직여 그를 복도로 데려갔고, 그의 손가락 역시 제멋대로 베베르의 번호를 눌렀다. "저 해리예요. 뭐 좀 건졌어요?"

"운이 좋았어." 놀랍게도 베베르의 목소리는 기운이 넘쳤다. "착한 사람들은 결국에는 늘 운이 따르는 법이니까."

"그런 말은 처음 듣네요. 그럼 그 운이 뭔지 좀 들어볼까요?"

"우리가 은행에서 현장을 조사하는 동안, 베아테 뢴이 하우스 오브 페인에서 전화를 했더라고. 은행의 감시 카메라 테이프를 보고 있었는데, 뭔가 재미있는 걸 발견했대. 범인이 말할 때 창구의 플렉시글라스 가까이에 서 있었다는 거야. 그러니까 혹시 플렉시글라스에 침이 튀지 않았는지 살펴보라더군. 범행이 발생한 지 30분밖에 안 됐으니까 뭔가 나올 확률이 있었던 거지."

"그래서요?" 해리가 초조하게 물었다.

"침은 없었어."

해리는 신음했다.

"하지만 응결된 입김은 눈곱만큼 남아 있었지."

"정말요?"

"그렇다니까."

"최근에 누군가 밤마다 기도라도 했나 보네요. 축하해요, 베베르."

"사흘이면 DNA 프로파일이 나올 거야. 그럼 데이터베이스의 DNA와 비교할 수 있을 거고. 내 짐작으로는 이번 주 안에 범인이 잡힐 거야."

"그렇게 됐으면 좋겠네요."

"내 말이 맞는다니까."

"내 입맛을 구제해줘서 고마워요."

해리는 전화를 끊고 재킷을 입었다. 막 나가려는데 컴퓨터를 끄지 않은 게 생각나 다시 침실로 갔다. 종료 버튼을 누르려다가 그것을 보고 말았다. 그의 심장 박동이 느려지고, 혈관 속의 피가 진해졌다. 이메일이 도착해 있었다. 물론 그냥 컴퓨터를 종료해버릴 수도 있었다. 그랬어야 했다. 급히 올 이메일도 없었으니까. 누구든 그에게 메일을 보낼 수 있었다. 한 사람만 제외하고. 해리는 어서 집을 나서서 슈뢰데르로 가고 싶었다. 낡은 신발 한 켤레가 어쩌다 하늘과 땅 사이에 걸쳐 있게 되었을지 궁금해하고, 꿈에서 보았던 라켈의 모습을 음미하며 도브레 가를 터덜터덜 내려가고 싶었다. 하지만 이제 너무 늦어버렸다. 그의 손가락이 다시 멋대로 움직였고, 컴퓨터가 웅웅 소리를 내더니 이메일이 열렸다. 장문의 메일이었다.

안녕 해리.

왜 그렇게 실망하지? 아마 다시는 내게서 메일이 안 올 거라고 생각했을 거야. 뭐, 원래 인생은 놀라움의 연속이잖아, 해리. 이걸 읽을 때쯤이면 아르네 알부에 관해 무언가가 발견되었을 거야. 당신과 나, 우리 둘이 그 친구를 좀 못살게 굴었잖아. 안 그래? 내가 많이 틀리지 않았다면 분명 그의 부인이 아이들을 데리고 떠났을 거야. 잔인한 일이지. 안 그래? 한 남자에게서 가족을 빼앗아버리다니. 더구나 자기 인생에서 가장 중요한 게 가족이라는 걸 깨달은 사람에게 말이야. 하지만 자승자박이지. 외도는 그 어떤 벌로도 부족해. 당신도 같은 생각이지, 해리? 어쨌든 내 작은 복수는 여기서 끝났어. 더는 내 메일을 받을 일이 없을 거야.

하지만 아무 죄도 없이 여기까지 끌려온 당신에게는 어쩌면 설명 정도는 해주는 게 도리일 거 같아. 사실 내 설명은 비교적 간단해. 난 안나를 사랑했어. 정말로. 그녀 자체, 그리고 그녀가 내게 주는 것을 사랑했지.

하지만 불행히도 그녀는 내가 주는 것을 사랑하지 않았어. 내가 뭘 줬냐고? 일명 작대기, 바로 헤로인이었지. 안나가 고질적인 약쟁이라는 거 알고 있었나? 아까도 말했듯이 원래 인생은 놀라움의 연속이니까. 안나의 전시회가 (그냥 까놓고 말하자고) 실패한 후에 난 그녀에게 헤로인을 소개해주었어. 둘은 천생연분이더군. 안나는 주삿바늘에 처음 찔리는 순간부터 헤로인과 사랑에 빠져버렸어. 그 후로 4년간이나 내 고객이자 은밀한 연인이었지. 말하자면 그 두 개의 역할은 절대 분리될 수 없었어.

혼란스럽지, 해리? 안나의 옷을 벗겼을 때 주삿바늘 자국은 전혀 못 봤을 테니까, 응? 그래, '주삿바늘에 처음 찔리는 순간부터 사랑에 빠졌다'라는 것은 은유적인 표현이야. 안나는 주사라면 질색했으니까. 그래서 우리는 쿠바 초콜릿에서 벗겨낸 은박지로 헤로인을 피웠지. 주사보다 돈이 더 들기는 해. 하지만 안나는 나를 만나는 한 도매가로 헤로인을 얻을 수 있었으니까. 우리는 (그 단어가 뭐였더라?) 떼려야 뗄 수 없는 사이였어. 그 시절을 생각하면 아직도 눈가에 눈물이 맺혀. 안나는 여자가 남자를 위해 해줄 수 있는 모든 걸 해줬어. 나랑 자주고, 날 먹여주고, 씻겨주고, 즐겁게 해주고, 위로도 해줬지. 또 애걸도 하고. 한마디로 안나가 내게 해주지 않은 것은 날 사랑하는 것뿐이었어. 그게 뭐 그리 어려울까, 해리? 하긴 안나는 당신을 사랑했지만 당신도 안나를 전혀 사랑하지 않았지.

심지어 안나는 아르네 알부까지 사랑하려고 했어. 내가 보기에 그자는 그저 안나에게 이용당하는 호구였어. 안나는 당분간 내게서 떨어지기 위해 그자에게서 돈을 짜내려고 했던 거야. 나와 헤어지면 훨씬 비싼 값에 마약을 사야 했으니까.

그러던 5월의 어느 날, 내가 안나에게 전화를 했지. 경범죄로 3개월간 복역하고 나온 직후였어. 안나와 난 오랫동안 연락이 끊긴 상태였지. 난 안나에게 함께 축하하자고 했어. 치앙라이의 공장에서 생산된, 세상에서 가장 순도 높은 약을 구했거든. 하지만 안나의 목소리에서 무언가 잘못되었다는 걸 금방 알 수 있었어. 안나가 다 끝났다고 하더군. 난 그게 약을 말하는 건지, 아니면 날 말하는 건지 물었어. 안나는 둘 다라고 했어. 그녀의 말대로 하자면, 세상에 자신의 이름을 길이 남길 작품을 시작한 터라 맑은 정신 상태를 유지해야 한다는 거야. 당신도 알다시피, 안나는 한번 마음을 먹으면 고집불통이잖아. 내가 장담하건대, 아마 안나의 혈액에서는 마약이 전혀 나오지 않았을 거야. 맞지?

그러더니 안나는 내게 그 남자, 아르네 알부에 대해 이야기했어. 둘이 만나고 있고, 함께 살 예정이라고. 물론 아내와의 일이 정리되면 말이야. 많이 들어본 말이지, 해리? 나도 그래.

참 신기하게 말이야, 주위 세상이 무너지는데도 정신을 똑바로 차릴 수가 있더라고. 전화기를 내려놓기도 전에 난 내게 필요한 게 무엇인지 알았어. 복수. 원시적이라고? 천만에. 복수는 사고하는 인간의 반사작용이야. 행동과 일관성의 복잡한 혼합물로, 지금까지 인간 외의 다른 종은 도달하지 못한 영역이라고. 진화론적으로 말하자면, 복수의 실행은 그 자체로 너무 효과적이라는 것이 드러났기 때문에 가장 복수심이 넘치는 사람만이 살아남았지. 복수 아니면 죽음. 서부 영화 제목

같지? 하지만 입헌국을 만든 것은 보복의 논리라는 걸 명심하라고. 눈에는 눈, 죄를 지은 자는 지옥에서 불타거나 최소한 교수대에 매달린다는 약속이 보장되어 있지. 복수는 기본적으로 문명의 기초야, 해리.

그래서 그날 저녁, 나는 책상에 앉아 계획을 짰어.

간단한 계획이었지.

우선 트리오빙*에 안나의 아파트 열쇠를 주문했어. 그게 어떻게 가능했는지는 알려주지 않을 거야. 당신이 안나의 아파트를 나오자, 내가 들어갔지. 안나는 이미 잠자리에 들었더군. 그녀와 나, 그리고 베레타 M92F, 우리 셋이서 오랫동안 유익한 대화를 나눴어. 나는 안나에게 아르네 알부로부터 받은 물건을 찾아내라고 했지. 카드든 편지든 명함이든 뭐든지. 그 물건을 안나의 몸에 남겨 당신이 알부를 의심하게 만드는 것이 내 계획이었어. 하지만 안나가 가진 것은 그의 별장에서 가져온 가족사진뿐이었어. 그의 앨범에서 빼냈다고 하더군. 사진만으로는 너무 아리송할 것 같아서 내가 당신을 좀 더 도와야겠다 싶었어. 그런데 아이디어가 떠올랐지. 시뇨르 베레타**가 안나를 설득해서 알부의 별장에 들어가는 법을 털어놓도록 했어. 집 밖에 있는 조명등 속에 열쇠가 들어 있다고 하더군.

안나를 쏜 뒤에 (자세한 건 말하지 않겠어. 아주 김빠지는 순간이었으니까. 안나에게서 두려워하거나 후회하는 기색은 전혀 없었어) 그녀의 신발 속에 사진을 넣고, 즉시 라르콜렌으로 떠났어. 그 별장에 안나 아파트의 열쇠를 놓아두었지(지금쯤은 분명 당신도 깨달았을 거야). 처음에는 변기 수조 속에 본드로 붙여놓으려고 했어. 거기가 내가 제일 좋아하는 장소거든. '대부'에서 마이클이 총을 숨겨놓은 곳이기도 하고. 하지만

---

* 노르웨이의 열쇠 회사.
** 베레타 M92F를 말한다.

당신은 아마 거기까지 찾을 만큼 상상력이 풍부하지 않을 거야. 굳이 거기 숨겨둘 필요도 없고. 그래서 침대 머리맡 테이블에 넣어두었어. 쉽지, 안 그래?

그렇게 무대는 마련이 되었고, 당신과 다른 꼭두각시들이 입장했지. 그건 그렇고, 중간에 조금씩 내 도움을 받았다고 해서 너무 자존심 상해하지 마. 당신네 경찰들의 지적 수준이란 게 딱히 소름 끼칠 정도는 아니라서 말이야. 그러니까 소름 끼칠 정도로 높지는 않다고.

나는 이쯤해서 물러나지. 그동안 내 말벗이 되어주고, 날 도와줘서 고마웠어. 함께 일해서 즐거웠어, 해리.

S²MN

34

플루비아누스 에집티우스

해리의 아파트 정문 옆에 경찰차 한 대가 주차되어 있었다. 도브레 가에서 소피스 가로 들어서는 길목도 또 다른 경찰차가 막고 있었다.

톰 볼레르는 사이렌이나 경광등을 쓰지 말라고 지시해두었다.

볼레르가 무전기로 다들 제 위치에 있는지 묻자, 치직거리는 긍정의 대답이 속사포처럼 돌아왔다. 이바르손의 말에 의하면 경찰청 변호사가 발부해준 체포 서류와 수색 영장이 정확히 40분 전에 도착했다고 한다. 볼레르는 델타팀을 원치 않는다고 분명히 못 박았다. 자신이 직접 팀을 이끌 것이며, 이미 필요한 인원을 대기시켜두었다고 했다. 이바르손은 순순히 허락해주었다.

톰 볼레르는 손을 비볐다. 비슬렛 스타디움에서부터 거리를 따라 불어오는 칼바람 때문이기도 했지만, 그보다는 신이 나서였다. 체포는 경찰 업무의 꽃이다. 그는 어릴 때 이미 그 사실을 깨달았다. 어느 가을 저녁, 꼬마 볼레르는 친구 요아킴과 함께 부모님의 과수원에 잠복해 있었다. 공영 주택에 살면서 사과 서리를 하러 오는 아이들을 기다리는 중이었다. 이윽고 녀석들이 왔다. 그런

아이들은 대개 여덟 명에서 열 명씩 몰려다녔다. 하지만 몇 명이 오든 상관없었다. 일단 그와 요아킴이 손전등을 비추고, 둘이서 직접 만든 확성기로 소리를 질러대기만 하면 아수라장이 되기 때문이다. 그들은 사슴을 사냥하는 늑대의 원칙을 따랐다. 즉 가장 작고 약한 놈을 고르는 것이다. 하지만 볼레르에게 가장 즐거웠던 순간은 체포(먹잇감을 궁지로 모는 것)였다. 반면 요아킴은 처벌하는 순간을 제일 좋아했다. 범인을 처벌하는 데 있어서 요아킴의 창의력은 너무 앞선 나머지 가끔씩 볼레르가 말려야 할 정도였다. 도둑들을 동정해서가 아니라, 요아킴과 달리 볼레르는 냉정을 유지했고 결과를 가늠할 수 있었기 때문이다. 볼레르는 종종 그와 요아킴이 친구가 된 것은 우연이 아니라는 생각이 들었다. 요아킴은 현재 오슬로 검찰청의 검사로 화려한 경력을 쌓아가고 있었다.

볼레르가 경찰에 지원했을 때 가장 끌렸던 것은 범인을 체포한다는 생각이었다. 아버지는 그가 의대에 가거나 자신처럼 신학대에 가기를 바랐다. 너는 학교에서 성적도 최상위권인데 왜 경찰이 되겠다는 거냐? 좋은 교육을 받는 것은 네 자긍심을 높이는 데도 매우 중요해. 아버지는 그렇게 말하면서 자신의 형 이야기를 들려주었다. 그분은 철물점에서 못을 파는 일을 하는데, 그로 인한 열등감 때문에 세상 사람들을 증오한다는 것이다.

아버지의 꾸지람을 듣는 내내 볼레르는 냉소를 지었다. 아버지가 그 미소를 끔찍이도 싫어한다는 걸 알고 있었기 때문이다. 아버지가 걱정하는 건 그의 자긍심이 아니었다. 하나뿐인 아들이 '고작' 경찰이 되는 것을 이웃사람이나 친척들이 어떻게 생각할까 하는 것이었다. 아버지는 전혀 모르고 있었다. 설사 내가 상대보다 우월해도 그들을 증오할 수 있다는 것을, 우월하기 때문에 증오한다는 것을.

볼레르는 손목시계를 보았다. 6시 13분. 그는 1층에 있는 집들 중에서 한 집의 초인종을 눌렀다.

"누구세요?" 여자 목소리였다.

"경찰입니다. 문 좀 열어주시겠습니까?" 볼레르가 말했다.

"댁이 경찰이라는 걸 어떻게 알죠?"

파키스탄인이로군, 볼레르는 생각했다. "창밖을 내다보면 경찰차가 보일 겁니다."

이윽고 출입문의 잠금장치에서 웅 소리가 났다.

"그리고 집 밖으로 나오지 마세요." 그가 인터콤에 대고 말했다.

볼레르는 건물 뒤쪽, 비상계단 옆에 한 사람을 대기시켜두었다. 경찰청 인트라넷으로 이 건물의 설계도를 본 후, 해리의 아파트 위치를 외워두었고 그쪽에는 비상계단이 없다는 사실을 알았다.

볼레르와 두 형사는 각자 어깨에 MP5를 둘러메고 낡은 나무 계단을 조심스럽게 올라갔다. 3층에 도착하자, 볼레르는 문패가 없는(그리고 별로 필요해 보이지도 않는) 집을 가리켰다. 그러고는 다른 두 사람에게 눈짓을 했다. 제복 아래로 그들의 가슴이 들썩였다. 계단을 올라왔기 때문이 아니었다.

그들은 머리에 발라클라바를 썼다. 핵심은 스피드, 효율성, 그리고 결단성이었다. 사실 결단성이란 필요에 따라서는 상대를 죽일 정도로 잔인해질 수 있음을 말한다. 그렇게까지 해야 하는 경우는 거의 드물었지만. 일반적으로 아무리 강심장인 범죄자라고 해도 복면을 쓰고 무장한 남자들이 느닷없이 들이닥치면 완전히 얼어버리기 때문이다. 한마디로 그들은 은행강도와 같은 수법을 구사했다.

볼레르는 마음을 진정시키고, 한 형사에게 고개를 끄덕였다. 그러자 그 형사가 손으로 문을 똑똑 두드렸다. 훗날 보고서에 분명 노크를 먼저 했다고 쓰기 위해서였다. 볼레르는 기관총 총신으로 현관문의 판유리를 깨부수고 그 속으로 손을 넣어 단숨에 문을 열었다. 그러고는 고함을 치며 안으로 들어갔다. 그게 모음이었는지, 어떤 단어의 첫 글자였는지는 확실하지 않다. 그저 어릴 때 요아킴과 함께 서리 도둑에게 손전등을 비춰댈 때 외쳤던 것과 같은 말이라는 것만 알고 있었다. 이 순간이 제일 좋았다.

*

"라스페볼*은 손도 안 댔네." 마야가 해리의 접시를 가져가며 꾸짖듯이 바라보았다.

"미안. 입맛이 없어서. 셰프에게 음식이 맛없어서가 아니라고 전해줘. 이번만큼은."

마야가 큰 소리로 웃으며 주방으로 향했다.

"마야……."

그녀가 천천히 돌아보았다. 해리의 음성과 억양에는 앞으로 닥칠 불길함을 알리는 무언가가 있었다.

"나 맥주 한 잔만 가져다주겠어?"

그녀는 다시 주방으로 걸어갔다. 내가 상관할 일이 아니야. 그녀는 생각했다. 난 그냥 손님이 달라는 대로 주면 된다고. 나하고는 아무 상관없어.

"무슨 일이야, 마야?" 남은 음식을 쓰레기통에 버리는 마야에게 주방장이 물었다.

---

* 노르웨이 전통 음식인 감자 만두.

"내 인생이 아니야. 저 남자 인생이라고. 저 바보."

*

베아테의 사무실 전화가 고음으로 삑 울리자, 그녀가 전화기를 들었다. 웅성거리는 사람들 목소리와 웃음소리, 챙 부딪치는 유리잔 소리가 들리더니, 이윽고 상대가 입을 열었다.

"내가 방해했나?"

순간적으로 그녀는 상대가 누구인지 확신할 수 없었다. 목소리가 귀에 설었기 때문이다. 하지만 다른 사람일 리가 없었다. "반장님?"

"뭐하고 있었어?"

"아……. 제보가 들어온 게 있는지 인터넷을 보고 있었어요. 반장님 지금—."

"그럼 범인이 찍힌 테이프를 인터넷에 올린 거로군?"

"네, 그것보다 반장님—."

"자네에게 할 말이 있어, 베아테. 아르네 알부는—."

"알았어요. 알았으니까 제 말부터 들으세요."

"뭔가 걱정스러운 목소리야, 베아테."

"네, 맞아요!" 그녀의 외침에 전화기가 지글거렸다. 베아테가 다시 차분한 목소리로 덧붙였다. "사람들이 반장님을 쫓고 있어요. 반장님에게 경고하려고 집으로 전화했지만 안 받으시더라고요."

"무슨 소리야?"

"톰 볼레르요. 그자가 반장님 체포 영장을 가지고 있어요."

"뭐? 무슨 혐의로 날 체포하겠다는 건데?"

그제야 베아테는 해리의 목소리가 왜 달라졌는지 알 수 있었다.

그는 취해 있었다. 베아테는 마른침을 삼켰다. "지금 어디에 있는지 알려주세요, 반장님. 그럼 제가 데리러 갈게요. 나중에 반장님이 자수했다고 하면 되니까요. 저도 일이 대체 어떻게 된 건지 모르겠어요. 하지만 제가 도울게요, 반장님. 약속해요. 반장님? 어리석은 짓 하지 마세요, 아셨죠? 여보세요?"

다시 웅성거리는 목소리, 웃음소리, 유리잔이 부딪치는 소리가 들리더니 발소리와 함께 허스키한 여자 목소리가 들렸다. "난 슈뢰데르에서 일하는 마야라고 해요."

"반장님은……?"

"갔어요."

SOS

비그디스 알부는 밖에서 그레고르가 짖는 소리에 잠에서 깼다. 빗줄기가 지붕을 두들기고 있었다. 손목시계를 보았다. 7시 30분. 깜빡 잠이 든 모양이었다. 앞에 놓인 술잔은 비어 있었다. 집도 비어 있었고, 모든 것이 텅 비어 있었다. 원래 계획은 이게 아니었는데.

그녀는 자리에서 일어나 발코니로 통하는 문으로 걸어갔다. 그레고르가 귀와 꼬리를 똑바로 세운 채 정문을 마주 보고 있었다. 저 녀석을 어쩐다? 누구에게 줘버려? 안락사를 시켜버려? 아이들조차도 지나치게 활동적이고 신경질적인 저 녀석을 좋아하지 않았다. 그래, 계획. 그녀는 유리 탁자에 놓인 반쯤 빈 술병을 바라보았다. 이제 새로운 계획을 세워야 할 때다.

그레고르의 짖는 소리가 하늘을 찌르듯이 울려 퍼졌다. 멍, 멍! 아르네는 저 짜증나는 소리를 들으면 안심이 된다고 했다. 누군가 경계를 게을리하지 않는다는 막연한 느낌이 든다나? 개들은 적의 냄새를 금방 알아차린다고 했다. 악의를 가진 사람은 친구와 다른 냄새가 나기 때문이다. 비그디스는 내일 수의사에게 전화하기로 마음먹었다. 자신이 집에 들어올 때마다 짖어대는 개에게 더는 돈을 들이고 싶지 않았다.

그녀는 발코니 문을 살짝 열고, 귀를 기울였다. 개 짖는 소리와 빗소리 너머로 자갈이 오도독거리는 소리가 들렸다. 황급히 머리를 몇 번 빗고, 왼쪽 눈 아래로 흘러내린 마스카라를 닦자 초인종이 울렸다. 헨델의 〈메시아〉에서 따온 세 음절. 시댁에서 준 집들이 선물이었다. 손님이 누구인지 알 것 같았고, 그녀의 예상이 맞았다. 거의.

"형사님?" 그녀가 깜짝 놀라서 물었다. "이렇게 반가울 데가."

계단 위에 선 남자는 비에 흠뻑 젖어 있었다. 눈썹에는 빗방울이 맺혀 있었고, 한 팔을 문틀에 기댄 채 아무 말 없이 그녀를 바라보고 있었다. 비그디스 알부는 문을 활짝 열어젖히고, 눈은 다시 반쯤 감았다. "안 들어오세요?"

그녀는 집 안으로 그를 안내했다. 뒤에서 물에 젖은 신발이 질척거리는 소리가 들렸다. 그가 자신의 모습을 마음에 들어 한다는 걸 그녀는 알고 있었다. 그는 코트도 벗지 않은 채 안락의자에 앉았다. 물이 스며들자, 소파의 천이 짙게 변해갔다.

"진 드릴까요, 형사님?"

"짐 빔 있습니까?"

"아뇨."

"그럼 진으로 하죠."

그녀는 크리스털 잔(역시 시댁의 결혼 선물) 두 개를 가져와 술을 따랐다. "조의를 표합니다." 형사는 그렇게 말하더니 붉게 충혈된 반짝이는 눈동자로 그녀를 바라보았다. 저 눈을 보건대 이미 다른 곳에서 술을 마시고 온 모양이었다.

"고맙네요. 건배." 그녀가 말했다.

비그디스가 잔을 내려놓았을 때는 그의 술잔이 벌써 반이나 비어 있었다. 그는 술잔을 만지작거리더니 불쑥 내뱉었다. "내가 그를 죽였습니다."

비그디스는 본능적으로 목에 건 목걸이에 손을 가져갔다. 결혼식 다음 날 아침에 남편에게서 받은 선물이었다.

"이런 결말을 바라진 않았지만 내가 어리석고 부주의했습니다. 내가 살인자들을 남편분에게 곧장 안내한 겁니다."

비그디스는 술잔을 입으로 가져갔다. 웃음이 터지려는 걸 들키지 않기 위해서였다.

"이제 아셨죠?" 그가 말했다.

"네, 이제 알았어요, 해리." 그녀가 속삭였다. 그의 눈에 놀란 기색이 스치는 것 같았다.

"톰 볼레르와 이야기하셨죠." 이 말은 질문이라기보다 선언처럼 들렸다.

"자기가 신의 선물이라도 되는 줄 아는 그 형사 말이에요? 네, 그 사람하고 이야기했어요. 물론 내가 아는 걸 전부 말했죠. 그러면 안 되나요, 해리?"

그는 어깨를 으쓱였다.

"내가 당신을 난처하게 했나요, 해리?" 그녀는 두 다리를 들어 소파 위에 나란히 눕히고는, 잔 뒤에서 걱정스런 표정으로 그를 바라보았다.

그는 대답하지 않았다.

"한 잔 더?"

그는 고개를 끄덕였다. "적어도 부인께 드릴 좋은 소식이 한 가지 있습니다." 그는 자신의 잔에 술을 따르는 그녀의 손을 신중히 바라보았다. "오늘 저녁, 자기가 안나 베트센을 죽였다고 자백한 사람에게서 이메일이 왔습니다. 그 사람이 절 조종해서 남편분이 범인이라고 믿게 한 거죠."

"잘됐네요. 이런, 너무 많이 따랐군요." 그녀가 따르던 술이 테이블 위로 흘러넘쳤다.

"별로 놀라지 않으시네요."

"더는 놀랄 일도 없어요. 그리고 솔직히 말해서, 아르네가 누굴 죽일 정도의 배짱은 없다고 생각해요."

해리는 목덜미를 문질렀다. "어쨌거나 이제는 안나 베트센이 살해되었다는 증거가 확보되었습니다. 아까 집을 나서기 전에 그 살인범의 자백이 담긴 메일을 동료에게 보냈습니다. 지금까지 내가 받았던 모든 메일과 함께요. 그건 내 역할에 관한 한 내가 가진 카드를 테이블 위에 모두 내놓았다는 뜻입니다. 안나는 내가 전에 사귀었던 여자입니다. 문제는 그녀가 살해되던 밤에 내가 그녀와 함께 있었다는 거죠. 안나의 초대를 그 자리에서 거절했어야 했는데, 내가 어리석고 부주의했어요. 이 사건을 나 혼자 해결할 수 있다고 생각했죠. 동시에 내가 끌려다니지 않으리라 확신했고요. 난……."

"어리석고 부주의했죠. 아까 말했어요." 비그디스는 옆에 놓인 소파 쿠션을 쓰다듬는 해리를 물끄러미 바라보았다. "물론 그걸로 많은 부분이 설명되죠. 하지만 전 아직도 잘 모르겠네요. 함께 있고 싶었던 여자와…… 함께 있었던 것이 왜 범죄가 되는지요. 좀 더 자세히 설명해보세요, 해리."

"그게," 해리는 빛나는 액체를 꿀꺽 삼켰다. "다음 날 아침에 일어나보니 기억이 하나도 안 나더군요."

"그랬군요." 비그디스가 소파에서 일어나더니 그에게로 다가가 그의 앞에 섰다. "그 남자가 누구인지 아세요?"

해리는 소파에 머리를 기댄 채 그녀를 올려다보았다. "내가 언제 '남자'라고 했나요?" 약간 혀가 꼬부라진 소리로 그가 말했다.

비그디스는 날씬한 손을 내밀었다. 해리가 어리둥절한 표정으로 그녀를 바라보았다.

"코트를 주세요. 그런 다음, 곧장 욕실로 가서 뜨거운 욕조에 몸을 담그세요. 그동안 내가 커피를 내리고 당신이 입을 옷을 찾아볼게요. 남편도 반대하지 않았을 거예요. 그이는 여러 면에서 합리적인 사람이었으니까."

"난……."

"어서요. 빨리."

*

뜨거운 품에 안기자, 쾌락의 전율이 그의 몸을 관통했다. 애무의 손길이 그의 허벅지로, 거기서 다시 허리로 올라가자 살갗에 소름이 돋았다. 입에서도 신음이 새어나왔다. 그는 몸의 나머지 부분을 뜨거운 물속에 마저 담그고, 뒤로 등을 기댔다.

밖에서 빗소리가 들렸다. 비그디스 알부의 동태를 살피기 위해 귀를 기울였지만, 그녀는 음악을 틀어두었다. 폴리스. 설상가상으로 히트곡 모음집이었다. 그는 다시 눈을 감았다.

"Sending out an SOS, sending out an SOS." 스팅이 노래했다. 그러고 보니 지금쯤이면 그가 보낸 메일을 베아테가 읽었을 것이다. 그 메일을 다른 사람들에게 전했을 것이고, 여우 사냥은 취소되었겠지. 알코올 기운 때문에 눈꺼풀이 무거웠다. 하지만 눈을 감을 때마다 김이 모락모락 나는 목욕물 위로 삐죽 튀어나온 두 다리와 이탈리아 수제화가 보였다. 그는 욕조 가장자리에 놓아둔 술잔을 집기 위해 머리 뒤로 손을 더듬거렸다. 슈뢰데르에서 베아테에게 전화했을 때는 겨우 맥주 두 잔을 마신 상태였고, 그것으로는 그가 원하던 마취 상태에 빠지기에는 턱없이 부족했다. 그런데 대체 빌어먹을 술잔이 어디 있는 거야? 톰 볼레르가 아직도 나를 쫓고 있을까? 볼레르는 그를 체포하려고 혈안이 되어 있을 것이다. 하지만 이 사건의 세세한 부분들까지 모두 해결되기 전까지는 자수하지 않을 작정이었다. 이제부터 누군가를 믿는다는 것은 사치다. 그가 직접 해결해야 했다. 우선 잠시 휴식을 취하고 술을 더 마신 뒤에. 오늘 밤은 이 집 소파에서 자야겠다. 머리를 비우고 내일 생각해야지.

손에 육중한 크리스털 잔이 부딪히더니 둔탁한 와장창 소리와 함께 잔이 타일 바닥에 떨어졌다.

해리는 욕을 지껄이며 일어섰다. 하마터면 넘어질 뻔했으나 넘어지기 직전에 벽을 잡았다. 두툼한 플러시 타월을 허리에 두르고, 거실로 나갔다. 술병은 아직 커피 테이블에 놓여 있었다. 술병과 술잔이 진열된 장식장에서 술잔을 꺼내 넘칠 듯이 가득 따랐다. 커피머신 소리가 들렸다. 그리고 비그디스의 목소리도. 그는 욕실로 돌아가 조심스럽게 잔을 내려놓았다. 잔 옆에는 비그디스가 그를 위해 가져다둔 옷이 있었다. 속옷부터 겉옷까지 모두 연푸른색과 검은색으로 된 비에른 보리 제품이었다. 그는 타월로 김이 서린 거울을 닦고, 그 안에 비친 자신의 눈동자를 노려보았다.

"이 머저리." 그가 중얼거렸다.

욕실 바닥을 내려다보니, 붉은 물줄기가 타일 사이의 회반죽을 타고 배수구로 흘러가고 있었다. 물줄기를 거슬러가 보니 그의 오른발로 이어졌고, 발가락 사이에서 조금씩 피가 새어나오고 있었다. 그는 유리 파편 한복판에 서 있었던 것이다. 그런데도 전혀 모르고 있었다. 아무것도 모르고 있었다. 그는 다시 거울을 바라보았다. 그러고는 껄껄 웃었다.

*

비그디스는 전화기를 내려놓았다. 즉흥적으로 둘러대는 건 딱 질색이었지만 어쩔 수가 없었다. 일이 계획대로 되어가지 않으면 몸이 아팠다. 저절로 되는 일은 하나도 없다는 것을 그녀는 아주 어릴 때부터 알고 있었다. 계획을 세우는 것이 중요했다. 초등학교 3학년 때 시엔에서 슬렘달로 이사를 갔던 일이 아직도 기억났다. 그녀는 새로운 동급생들 앞에 서서 자기소개를 했다. 아이들은 자리에 앉아 그녀와 그녀의 옷, 이상한 배낭을 바라보았다. 몇몇 여자아이들은 킥킥거리며 그 배낭을 가리키기도 했다. 마지막 수업시간에 그녀는 명단을 작성했다. 이 반 여자아이들 중에서 누가 자신의 단짝 친구가 될 것이며, 남자아이들 중에서는 누가 자신과 사랑에 빠질 것인지, 누구에게 쌀쌀맞게 대할 것인지, 자신을 가장 예뻐할 선생님이 누구인지. 그러고는 집에 돌아가 그 명단을 침대 머리맡에 붙여놓았다. 명단은 크리스마스 때까지 계속 붙어 있었는데, 그때쯤에는 명단 속 이름 옆에 모두 체크 표시가 되어 있었다.

하지만 지금은 달랐다. 지금은 그녀의 삶이 제자리로 돌아가기 위해서는 타인의 도움이 필요했다.

손목시계를 보았다. 9시 40분. 톰 볼레르는 12분쯤 걸릴 거라고 했다. 슬렘달에 진입하기 전에 사이렌을 끄고 올 테니 이웃사람들

걱정은 하지 말라고 했다. 그녀 쪽에서 먼저 말하지도 않았는데 그렇게 말했다.

비그디스는 복도에 앉아 기다렸다. 홀레가 욕조에서 잠들었으면 좋으련만. 다시 시계를 보고 음악에 귀를 기울였다. 다행히 짜증나는 폴리스의 노래가 끝나고, 마음을 달래주는 스팅의 감미로운 목소리가 그의 솔로 앨범에 실린 곡을 노래했다. 비가 별의 눈물처럼 떨어진다고. 노래가 너무 아름다워서 하마터면 울 뻔했다.

이윽고 그레고르가 짖어대는 소리가 들렸다. 드디어 온 모양이다.

그녀는 약속했던 대로 문을 열고 계단으로 나갔다. 정원을 가로질러 베란다로 달려오는 형체와 집 뒤쪽으로 돌아가는 형체가 보였다. 발라클라바에 검은 제복을 입고, 작고 짧은 권총을 쥔 두 남자가 그녀 앞에 섰다.

"아직 욕실에 있습니까?" 한 남자가 검은 발라클라바 뒤에서 속삭였다. "계단 올라가서 왼쪽이라고 했죠?"

"네, 톰. 그리고 이렇게 빨리 와줘서—."

하지만 그들은 벌써 안으로 들어가버렸다.

비그디스는 눈을 감고 귀를 기울였다. 계단을 올라가는 발소리, 그레고르가 발코니에서 사납게 으르렁대는 소리, 스팅의 부드러운 'How Fragile We are', 욕실 문이 와장창 깨지는 소리.

그녀는 몸을 돌려 집 안으로 들어갔다. 계단을 올라가 고함 소리가 나는 곳으로 갔다. 술이 필요했다. 계단 끝에 톰이 보였다. 그는 발라클라바를 벗고 있었는데 얼굴이 어찌나 뒤틀렸는지 딴 사람 같았다. 그는 카펫 위의 무언가를 가리키고 있었다. 비그디스는 카펫을 내려다보았다. 핏자국이었다. 핏자국은 거실을 가로질러 발코니의 열린 문으로 이어졌다. 검은 옷의 머저리가 그녀에게 뭐라고 외쳤지만 들리지 않았다. 계획. 이건 내 계획이 아니야. 그녀의 머릿속에는 온통 그 생각뿐이었다.

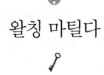

왈칭 마틸다

해리는 달렸다. 그레고르가 짖는 소리가 스타카토로 뚝뚝 끊어지며 차츰 성난 메트로놈 소리처럼 들렸다. 그것만 제외하면 주위가 고요했다. 젖은 잔디 위로 그의 맨발이 철퍽거렸다. 양팔을 앞으로 뻗어 또 다른 산울타리를 헤치고 들어갔다. 가시가 그의 손바닥과 비에른 보리 옷을 잡아 뜯었지만 아무런 느낌도 없다. 그가 벗어둔 옷과 신발은 찾을 수 없었다. 분명 비그디스가 아래층으로 가져갔을 것이다. 그러고는 거기서 경찰이 오기를 기다렸겠지. 할 수 없이 다른 신발을 찾고 있는데 그레고르의 칭얼대는 소리가 들리는 바람에 곧장 달려야 했다. 바지에 셔츠만 입고서. 빗방울이 눈으로 들이쳐서 눈앞의 집과 사과나무, 덤불이 흐릿하게 보였다. 어둠 속에서 또 다른 집의 정원이 나타났다. 그는 위험을 무릅쓰고 낮은 담장을 훌쩍 뛰어넘었다. 하지만 균형을 잃었다. 술을 마시고 달리면 이 꼴이 된다. 잘 다듬은 잔디밭이 솟아올라 그의 얼굴을 덮쳤다. 그는 그대로 누운 채 귀를 기울였다.

지금 짖어대는 개가 한 마리가 아닌 듯했다. 빅토르가 왔나? 이렇게 빨리? 볼레르가 대기시켜둔 것이 분명하다. 해리는 일어나서 주위를 샅샅이 둘러보았다. 지금 있는 곳은 언덕 꼭대기였다. 여기까지 달려오는 동안 일부러 가로등이 있는 길은 피해 왔다. 그런 길에는 곧 경찰차가 돌아다닐 테고 그러면 쉽게 경찰의 눈에 띌 것이기 때문이다. 비에르네트로케트 아래쪽으로 아르네 알부의 집이 보였다. 정문 앞에 차 네 대가 있었는데, 그중 두 대에 푸른 경광등이 달려 있었다. 해리는 언덕 반대쪽을 내려다보았다. 저기가 홀멘이었던가? 아니면 그레스반넨? 그 비슷한 이름이었다. 경찰차가 아닌 일반 차가 헤드라이트를 켜둔 채 교차로 옆 인도에 주차되어 있었다. 해리도 빨랐지만 볼레르는 더 빨랐다. 오로지 경찰만 저런 식으로 주차한다.

해리는 얼굴을 세게 문질렀다. 최근에 그토록 원했던 마취 상태에 빠졌건만 이제는 거기서 벗어나야 했다. 스타숀스바이엔 가의 나무 사이로 푸른 불빛 하나가 번쩍거렸다. 그는 그물에 걸렸고, 그물은 벌써 점점 조여지고 있었다. 도망치지 못할 것이다. 볼레르는 실력이 너무 뛰어났다. 하지만 이해할 수가 없었다. 이건 볼레르의 단독 쇼가 아니다. 고작 한 사람을 체포하는 데 이렇게 많은 인력을 허가한 배후 인물이 있을 것이다. 무슨 일이 있었던 거지? 베아테가 메일을 받지 못했나?

해리는 귀를 기울였다. 개가 한 마리가 아닌 것은 분명했다. 주위를 둘러보았다. 칠흑처럼 캄캄한 언덕에 불 켜진 집들이 띄엄띄엄 흩어져 있었다. 저 창문 뒤에 있을 아늑하고 따뜻한 방들을 생각했다. 노르웨이인들은 환한 것을 좋아했다. 그리고 전기도 풍족했다. 남쪽 지방으로 2주 동안 휴가라도 가지 않는 한, 늘 불을 켜두었다. 그의 시선이 차례로 집들을 훑었다.

*

톰 볼레르는 크리스마스 전구처럼 경치를 장식하고 있는 불 켜진 집들을 올려다보았다. 넓고 컴컴한 정원들. 사과 서리. 그는 빅토르가 특별히 개조한 밴에 앉아 계기판에 두 발을 올려놓았다. 차 안에는 최상의 통신 장치들이 구비되어 있었기 때문에 여기서 작전을 지휘하기로 했다. 그는 이 지역을 포위한 모든 부대원들과 무선으로 연락을 취하고 있었다. 손목시계를 보았다. 밖에서는 개들이 수색 중이었다. 조련사와 함께 어둠 속으로 들어가 정원을 헤치고 다닌 지 이제 곧 10분이 될 터였다.

무전기가 지글거렸다. "여기는 스타숀스바이엔 가, 빅토르 01 나와라. 여기 차가 한 대 왔는데, 스티그 안톤센이라는 사람이다. 퇴근해서 레베히벤 17번지의 집으로 가는 길이라고 한다. 어떻게……?"

"신분증과 주소를 확인하고 들여보내라. 다른 부대원들도 마찬가지다, 알았나? 머리를 쓰라고."

볼레르는 그렇게 지시하고, 가슴팍의 주머니에서 시디를 꺼내 플레이어에 넣었다. 가성이 흘러나왔다. 프린스의 'Thunder'였다. 옆의 운전석에 앉아 있던 남자가 한쪽 눈썹을 추켜세웠지만, 볼레르는 모른 척하고 음량을 높였다. 노래. 후렴. 노래. 후렴. 다음 곡은 'Pop Daddy.' 볼레르는 다시 손목시계를 확인했다. 젠장, 개들이 왜 이렇게 굼뜬 거야? 그는 계기판을 내려쳤다. 다시 운전석에서 그를 바라보는 시선이 느껴졌다.

"핏자국만 따라가면 될 거 아니야. 그게 그렇게 어렵나?" 볼레르가 말했다.

"개들이에요. 로봇이 아니라. 진정하세요. 곧 잡을 테니까." 운전석의 남자가 말했다.

프린스가 한창 'Diamonds and Pearls'를 부르고 있을 때 보고가 들어왔다. "여기는 빅토르 03, 빅토르 01 나와라. 범인을 찾은 것 같다. 지금 하얀 집 앞에 있는데 여기가…… 음, 에리크가 거리 이름을 알아보는 중이다. 어쨌거나 벽에는 16번지라고 적혀 있다."

볼레르가 음량을 줄였다. "좋아. 거리 이름을 알아내고 대기하라. 그런데 이 소리는 뭐지?"

"집 안에서 나는 소리다."

무전기가 지글거렸다. "여기는 스타손스바이엔 가, 빅토르 01 나와라. 방해해서 미안한데 지금 보안 업체의 차량이 와 있다. 할레라벤 16번지로 가는 길이라고 한다. 방금 전 그 집의 도난 경보기가 작동되었다는데 어떻게 해야—?"

"여기는 빅토르 01. 모든 부대원들에게 알린다! 지금 당장 할레라벤 16번지로 집합." 볼레르가 소리쳤다.

*

비아르네 묄레르는 기분이 몹시 나빴다. 하필이면 〈오펜 포스트〉*를 보는 도중에 나와야 하다니! 16번지라고 적힌 하얀 집이 나오자, 그는 집 앞에 차를 세웠다. 대문을 통과해 열린 현관문으로 이어지는 계단을 올라갔다. 현관문 옆에는 셰퍼드 한 마리와 셰퍼드의 목줄을 쥔 경관이 서 있었다.

"볼레르가 여기 있나?" 묄레르가 물었다. 경관은 문 안쪽을 가리켰다. 현관 창문의 깨진 유리가 눈에 들어왔다. 볼레르는 복도에 서서 다른 경관과 열띤 논쟁을 벌이는 중이었다.

---

* 노르웨이의 인기 토크쇼.

"이게 대체 무슨 일인가?" 묄레르가 단도직입적으로 물었다.

볼레르가 뒤를 돌아보았다. "그렇게 됐습니다. 여긴 어쩐 일이십니까, 경정님?"

"베아테 뢴에게서 전화를 받았네. 이런 바보 같은 짓을 허가한 사람이 대체 누구지?"

"경찰청 변호사요."

"체포 영장을 말하는 게 아닐세. 이 3차 대전을 승인해준 사람이 누구냐고 묻는 거야. 고작 우리 동료가 몇 가지 해명해야 할 사항이 있을 수도 있다는 이유로 말이야. 꼭 있는 것도 아니고, 있을 수도 있다는 이유로!"

볼레르는 발뒤꿈치에 체중을 실으며 묄레르를 노려보았다. "이바르손 경정입니다. 해리의 집에서 몇 가지 물건이 나왔는데, 단지 이야기를 나눠봐야 할 수준이 아닙니다. 지금 해리는 살인 용의자입니다. 더 궁금하신 것이 있으신가요, 경정님?"

묄레르는 놀라서 한쪽 눈썹을 추켜세웠다. 그리고 볼레르가 흥분한 모양이라고 결론을 내렸다. 볼레르가 상관에게 저렇게 도발적으로 말하는 것은 처음이었다. "알겠네. 해리는 어디 있나?"

볼레르는 쪽모이세공 마루에 찍힌 붉은 발자국을 가리켰다. "여기 있었습니다. 보다시피 무단 침입했죠. 해명해야 할 것이 점점 더 많아지기 시작했습니다. 안 그런가요?"

"지금 어디 있느냐고 물었네."

볼레르와 다른 경관이 시선을 교환했다. "해리는 별로 해명하고 싶지 않은 모양입니다. 우리가 도착했을 때는 새가 날아간 뒤였습니다."

"뭐라고? 자네가 이 지역 전체를 포위한 줄 알았는데."

"그랬습니다." 볼레르가 말했다.

"그런데 어떻게 도망갔다는 건가?"

"이걸 이용해서요." 볼레르가 테이블 위의 전화기를 가리켰다. 거기에는 피처럼 보이는 얼룩이 묻어 있었다.

"전화기를 이용해서 도망쳤다고?" 묄레르는 빙그레 웃고 싶은 비이성적인(현재의 저조한 기분과 사태의 심각성을 고려할 때) 충동을 느꼈다.

"아무래도 그 친구가 택시를 부른 것 같습니다." 볼레르는 그렇게 말했다. 데이비드 핫셀호프를 닮은 강한 근육질의 턱이 딱딱하게 굳어졌다.

*

외위스테인은 천천히 골목 아래로 택시를 몰아, 오슬로 교도소 앞의 자갈 깔린 반원형 공터로 진입했다. 그러고는 주차된 두 차 사이로 후진해 들어갔다. 차의 뒤쪽으로는 텅 빈 공원과 그뢴란슬라이레 가가 있었다. 열쇠를 돌려 시동을 껐지만, 와이퍼는 계속 좌우로 움직였다. 외위스테인은 기다렸다. 주위에는 아무도 없었다. 광장에도, 공원에도. 그는 경찰청사를 올려다본 뒤, 운전대 아래의 레버를 잡아당겼다. 딸각 소리와 함께 트렁크 뚜껑이 위로 톡 솟아올랐다.

"나와!" 그가 백미러를 보며 외쳤다.

자동차가 흔들리더니 트렁크 뚜껑이 활짝 열렸다가 쾅 닫혔다. 뒷좌석 문이 열리고 한 남자가 뛰어들었다. 외위스테인은 비에 젖은 생쥐 꼴로 몸을 부르르 떠는 손님을 백미러로 바라보았다.

"너 아주 가관이다, 해리."

"고맙다."

"옷도 때깔 나고."

"사이즈가 안 맞아. 그래도 비에른 보리 거야. 신발 좀 빌려줘."

"뭐?"

"아까 그 집에는 털 슬리퍼밖에 없었다고. 그걸 신고 교도소에 면회를 갈 수는 없잖아. 그리고 재킷도."

외위스테인은 눈동자를 굴리더니 낑낑대며 짧은 가죽 재킷을 벗었다.

"바리케이드 지날 때 아무 일 없었어?" 해리가 물었다.

"들어갈 때만. 소포를 전하려는 사람의 이름과 주소를 알고 있는지 확인하더라고."

"내가 문패에 적힌 이름을 봐뒀지."

"나갈 때는 내 차를 보더니 그냥 가라고 손짓하더라. 그러고는 30초 후에 경찰 무선이 시끌벅적해졌지. 전체 부대원을 다 부르고 난리였어. 하하."

"트렁크에 있을 때 무슨 소리가 들리더라니. 경찰 무선을 듣는 게 불법인 건 알고 있지, 외위스테인?"

"글쎄, 듣는 건 불법이 아냐. 그 정보를 이용하는 게 불법이지. 그리고 난 그 정보를 이용할 일이 없다고."

해리는 신발끈을 묶고, 털 슬리퍼를 앞좌석으로 던졌다. "나중에 죽어서 복 받을 거야. 혹시라도 경찰이 네 차 번호를 알아내서 찾아오면 자초지종을 설명해야 할 거야. 휴대전화로 예약을 받았는데 손님이 트렁크에 누워서 가겠다고 우긴 걸로 해."

"물론이지. 또 그게 사실이고."

"그보다 더 사실일 수는 없지."

*

해리는 심호흡을 하고 초인종을 눌렀다. 위험 부담이 큰 것은 아니었지만, 그래도 그가 수배중이라는 사실이 이미 이곳까지 퍼졌을지도 모른다. 여기는 늘 경찰이 드나들기 때문이다.

"네." 인터콤에서 목소리가 들렸다. "해리 홀레 반장이다." 해리가 출입문 위에 달린 카메라를 들여다보며 지나칠 정도로 또박또박 말했다. 지금 자신의 표정이 침착하기를 바랐다. "라스콜 바제트를 면회하러 왔다."

"명단에 성함이 없는데요."

"그럴 리가. 베아테 뢴에게 예약하라고 전화했는데. 어젯밤 9시에. 라스콜에게 물어보게."

"면회 시간 외에 오실 때는 명단에 이름이 있어야 합니다, 반장님. 내일 근무 시간에 다시 전화 주시죠."

해리는 한 발에서 다른 발로 체중을 옮겨 실었다. "자네 이름이 뭐지?"

"뵈위그세테입니다. 죄송하지만 오늘은—."

"내 말 들어, 뵈위그세테. 오늘 면회는 중요한 경찰 수사에 관한 정보를 얻기 위해서야. 내일까지 미룰 수 없다고. 오늘 저녁 경찰청 주변에서 사이렌이 울리는 소리 들었지?"

"네, 하지만—."

"내일 기자들 앞에서 자네가 우리 수사를 어떻게 망쳤는지 발표라도 할 텐가? 그럴 게 아니라면 너무 빡빡하게 굴지 말고 상식 있게 행동하라고. 자네 앞에 있는 버튼만 누르면 돼, 뵈위그세테."

해리는 생명 없는 카메라의 눈을 들여다보았다. 1천 1, 1천 2. 잠금장치에서 웅 소리가 났다.

*

해리가 라스콜의 감방에 들어갔을 때 그는 책상에 앉아 있었다.

"내가 면회 오기로 되어 있었다고 말해줘서 고맙습니다." 해리는 그렇게 말하며 가로 4미터, 세로 2미터의 감방을 둘러보았다. 침대 하나, 책상 하나, 선반 두 개, 책 서너 권이 전부였다. 라디오도, 잡지도, 개인 물품도 없고, 벽에는 아무것도 걸려 있지 않았다.

"난 이편이 더 좋다네." 해리의 생각에 대답하듯이 라스콜이 말했다. "정신을 집중할 수 있거든."

"그럼 이 소식을 들으면 정신이 얼마나 집중되는지 한번 보시죠." 해리는 그렇게 말하며 침대 가장자리에 걸터앉았다. "아르네 알부는 안나를 죽이지 않았어요. 당신은 엉뚱한 사람을 죽인 겁니다. 당신 손에 죄 없는 사람의 피를 묻힌 거예요, 라스콜."

확실하지는 않았지만 해리는 부드러우면서도 차가운, 순교자 같은 라스콜의 얼굴에 미세한 경련이 이는 것을 본 것 같았다. 라스콜은 고개를 숙이더니 양 손바닥을 관자놀이에 댔다.

"진짜 범인에게서 메일이 왔습니다. 알고 보니 그자가 처음부터 날 조종한 거였어요." 해리는 침대에 깔린 십자 무늬 이불을 위아래로 쓰다듬으며 이메일에 적힌 내용을 요약해서 들려주었다. 그리고 그 후에 있었던 사건들도.

라스콜은 꼼짝도 하지 않은 채 해리의 말을 들었다. 해리의 이야기가 끝나자, 그가 고개를 들었다. "그렇다면 자네 손에도 결백한 사람의 피가 묻었다는 거로군, 스피우니."

해리는 고개를 끄덕였다.

"자네 손에 피를 묻힌 사람이 나라는 이야기를 하려고 여기 온 거로군. 그러니까 내가 자네에게 빚을 졌다는 건가?"

해리는 대답하지 않았다.

"동의하네. 빚을 갚으려면 어떻게 해야 할지 말해보게."

해리는 이불을 쓰다듬던 손길을 멈췄다. "세 가지가 있습니다. 첫째, 내가 이 사건의 진상을 규명할 때까지 숨어 있을 곳이 필요합니다."

라스콜은 고개를 끄덕였다.

"둘째로 안나의 아파트 열쇠가 필요합니다. 몇 가지 확인할 것이 있어요."

"그 열쇠는 이미 자네에게 돌려줬잖나."

"A.A라는 이름표가 달린 열쇠 말고요. 그 열쇠는 우리 집 서랍에 있고, 지금 거길 갈 수는 없으니까요. 그리고 마지막으로……."

해리가 뜸을 들이자, 라스콜은 호기심 어린 시선으로 그의 얼굴을 뜯어보았다.

"만약 라켈에게서 누군가 곁눈질로라도 그녀와 올레그를 쳐다본다는 소리가 들리면, 난 바로 자수할 겁니다. 내가 가진 카드를 모두 내놓고, 당신을 배후 인물로 지목할 겁니다. 아르네 알부의 살인범으로."

라스콜은 너그러우면서도 다정한 미소를 지었다. 마치 두 사람이 명확히 알고 있는 한 가지 사실을 해리를 대신해 유감스러워한다는 듯이. 그것은 바로 라스콜을 알부의 살인과 연결시키는 단서는 하나도 나오지 않으리라는 사실이었다. "라켈과 올레그는 걱정할 필요 없네, 스피우니. 알부를 처리한 순간, 모스크바의 내 연락책에게 감시를 중단하라고 명령했으니까. 자넨 재판 결과에나 더 신경 써야 할 거야. 내 연락책 말로는 전망이 그다지 밝지 않다던데. 남자 쪽 집안에 연줄이 있다면서?"

해리는 어깨를 으쓱였다.

라스콜은 책상 서랍을 열어 반짝이는 트리오빙 시스템 열쇠를 꺼내주었다. "그뢴란의 지하철역으로 가게. 첫 번째 계단을 내려가면 화장실 창구를 지키는 여자가 있을 거야. 화장실 이용료는 5크로네일세. 돈을 내고 여자에게 해리가 왔다고 해. 그런 다음, 남자용 화장실로 들어가서 칸막이 문을 잠그게. 어디선가 휘파람으로 '왈칭 마틸다'를 부는 소리가 들리거든 자네를 데리러 왔다는 뜻일세. 행운을 비네, 스피우니."

*

빗줄기가 어찌나 센지 도로에서 미세한 물보라가 튀어 올랐다. 누군가 여유가 있었다면 소피스 가의 좁은 일방통행로 맨 끝의 가로등에 걸린 작은 무지개도 보았을 것이다. 하지만 비아르네 묄레르는 그럴 여유가 없었다. 그는 차에서 내려, 입고 있던 코트를 머리 위까지 뒤집어쓴 채 도로를 건넜다. 도로 맞은편 아파트 정문에는 이바르손과 베베르, 그리고 파키스탄인으로 보이는 남자가 그를 기다리고 있었다.

묄레르는 얼굴이 가무잡잡한 남자와 악수를 했다. 그는 자신이 해리의 이웃인 알리라고 소개했다.

"볼레르는 슬렘달 쪽이 정리되는 대로 올걸세. 대체 뭐가 나왔다는 건가?" 묄레르가 물었다.

"유감스럽게도 아주 충격적인 물건이 나왔습니다." 이바르손이 말했다. "지금 가장 중요한 문제는 기자회견입니다. 우리 동료 형사가 진범이라는 말을 기자들에게 어떻게—"

"잠깐 잠깐." 묄레르가 외쳤다. "너무 앞서 가지는 말게. 일단 간략하게 설명부터 듣지."

이바르손이 희미하게 미소 지었다. "이쪽으로 오시죠."

강도수사과 책임자인 이바르손이 앞장서서 낮은 문으로 들어가 더니 지하실로 이어지는 구부러진 계단을 내려갔다. 묄레르는 천 장이나 벽에 부딪히지 않기 위해 마르고 긴 몸을 최대한 구부리고 비틀었다. 그는 지하실을 싫어했다.

벽돌 벽 사이로 이바르손의 목소리가 둔탁하게 메아리쳤다. "아 시다시피 베아테 뢴은 홀레로부터 여러 통의 메일을 전달받았습 니다. 홀레는 그것이 안나 베트센을 죽였다고 자백하는 남자에게 서 받은 메일이라고 주장했죠. 저는 한 시간 전에 경찰청에 가서 그 메일을 모두 읽었습니다. 솔직히 말해서 대부분이 앞뒤가 안 맞고 이해가 안 가는 헛소리더군요. 하지만 거기에는 안나 베트센 이 죽던 날 밤, 그 현장에 있지 않고서는 알 수 없는 정보가 있었 습니다. 그 정보에 의하면 홀레가 그날 저녁에 안나 베트센의 아 파트에 있었다는 걸 알 수 있습니다. 하지만 동시에 홀레에게 알 리바이 비슷한 것이 생기는 셈이죠."

"알리바이 비슷한 것?" 묄레르는 다시 문틀 아래로 고개를 숙였 다. 안쪽은 천장이 훨씬 낮아 묄레르는 허리를 푹 숙인 채 걸어갔 다. 수세기 전에 윗가지와 진흙 반죽으로 엉성하게 이어 붙인 4층 높이의 건물이 자신의 머리 위에 있다는 생각은 애써 하지 않으려 했다. "그게 무슨 뜻인가, 이바르손? 이메일에 자기가 여자를 죽 였다고 자백했다면서?"

"우선 우리는 홀레의 아파트를 뒤졌습니다. 그의 컴퓨터를 켜고 메일함을 열었더니 그가 받은 메일 세 통이 있더군요. 베아테 뢴 에게 말한 대로였습니다. 다시 말해, 알리바이 비슷한 것이 있는 셈이죠." 이바르손이 말했다.

"그 말은 이미 들었네." 짜증이 역력한 목소리로 묄레르가 말했다. "어서 본론이나 말해보게."

"물론 요점은 누가 그 메일을 보냈느냐는 겁니다."

앞쪽에서 두런거리는 목소리가 들렸다.

"모퉁이를 돌면 나옵니다." 해리의 이웃사촌이라는 파키스탄인이 말했다.

그들은 창고 앞에 멈춰 섰다. 철망 뒤에 두 남자가 쪼그려 앉아 있었다. 한 사람은 손전등으로 노트북 뒷면을 비추며 제품 번호를 읽어주었고, 다른 사람은 그걸 받아 적고 있었다. 벽의 소켓에 꽂힌 두 개의 전선이 하나는 노트북으로, 다른 하나는 표면에 긁힌 자국이 있는 노키아 휴대전화기로 이어져 있었다. 그 휴대전화기는 다시 노트북에 연결되어 있었다.

묄레르는 할 수 있는 한도 내에서 최대로 등을 폈다. "그래서 이게 뭐 어쨌다는 건가?"

이바르손은 한 손을 파키스탄인의 어깨에 올렸다. "여기 알리의 말로는 안나 베트센이 죽은 지 며칠 후에 이 지하실에 내려왔을 때 처음으로 해리의 창고에서 이 노트북을 봤다고 합니다. 휴대전화의 소유자는 이미 확인해봤고요."

"그게 누군데?"

"홀레입니다. 지금은 저 노트북을 누가 구입했는지 알아보는 중입니다. 어쨌든 일단 저 노트북의 보낸 메일함부터 확인했습니다."

묄레르는 눈을 감았다. 벌써부터 등이 아팠다.

"거기 다 있더군요." 이바르손이 확실하다는 듯이 고개를 저었다. "해리가 수수께끼의 살인범으로부터 받았다고 주장한 메일이 모두 저 노트북에 있었습니다."

"흠. 좋지 않군." 묄레르가 말했다.

"그리고 베베르가 홀레의 집에서 진짜 증거를 찾아냈습니다."

묄레르는 대답을 듣기 위해 베베르를 바라보았다. 베베르는 어두운 표정으로 작고 투명한 지퍼백을 들어 올렸다.

"열쇠? A.A라는 이름표가 달렸군." 묄레르가 말했다.

"전화기가 있던 탁자 서랍에서 나왔습니다. 안나 베트센의 아파트 열쇠와 일치합니다." 베베르가 말했다.

묄레르는 멍한 표정으로 베베르를 바라보았다. 알전구의 강렬한 빛 때문에 그들의 얼굴은 회반죽을 칠한 벽처럼 창백하게 변해 있었다. 묄레르는 납골당에 들어온 듯한 기분이 들었다. "그만 나가야겠네." 그가 중얼거렸다.

37

스피우니 게르만

해리는 눈을 떠, 미소 짓는 소녀의 얼굴을 올려다보았다. 대형 망치가 머리를 쿵 치는 듯한 통증이 밀려왔다.

다시 눈을 감았지만 소녀의 웃음소리도, 두통도 사라지지 않았다.

그는 어젯밤 일을 다시 재구성하려 애써보았다.

라스콜, 지하철 역 화장실, 낡은 아르마니 양복을 입고 휘파람을 불던 땅딸막한 남자. 그가 내민 손에는 금반지가 여러 개였고, 검은 털이 수북했으며, 새끼손가락의 손톱이 길고 뾰족했다. "안녕, 해리. 당신 친구 시몬이야." 낡은 양복과 대조적으로 번쩍이는 새 자동차는 메르세데스였다. 운전사는 시몬의 형제인 것 같았다. 시몬과 똑같이 쾌활한 갈색 눈동자인데다가, 악수를 하기 위해 내민 손 역시 털이 수북했고 금반지를 주렁주렁 끼고 있었기 때문이다.

차의 앞쪽 좌석에 앉은 두 사람은 노르웨이어와 스웨덴어를 섞어가며 수다를 떨었다. 서커스 단원, 칼 장수, 전도사, 댄스 밴드의 보컬들이 주로 사용하는 이상한 억양이었다. 하지만 별로 많은 말이 오가지는 않았다. "괜찮나, 친구?" "날씨가 형편없지, 응?" "옷이 멋지군, 친구. 바꿔 입을까?" 그러더니 쾌활하게 웃으며 라이터를 딸깍 켰다. 담배 피우나? 이건 러시아산 담배야. 하나 피워보게. 좀 거칠기는 하지만 나름대로 좋아. 다시 웃음소리. 아무도 라스콜의 이름이나 지금 그들이 가는 곳을 언급하지 않았다.

목적지는 그다지 멀지 않았다.

뭉크 박물관을 지나 샛길로 빠지더니 비포장도로를 달려 주차장으로 들어섰다. 진흙투성이의 버려진 축구장 앞에 있는 주차장이었는데, 맨 끝에 트레일러 세 대가 있었다. 두 대는 크고 깨끗한 반면, 한 대는 작고 낡은데다 바퀴가 없어 회색 벽돌로 괴어두었다.

크고 깨끗한 두 대의 트레일러 중에서 한 곳의 문이 열리더니, 여자의 실루엣이 보였다. 여자 뒤로 아이들의 머리가 솟아 있었다. 세어보니 다섯이었다.

해리는 배고프지 않다고 말하고는 구석에 앉아 그들을 바라보았다. 트레일러에 사는 두 여자 중에서 어린 여자가 음식을 날랐고, 식사는 아무런 의식 없이 재빨리 진행되었다. 아이들은 킥킥거리고 서로 밀치며 해리를 바라보았다. 해리는 아이들에게 윙크했고, 미소를 지으려 했다. 뻣뻣하게 굳어 있던 몸에 천천히 감각이 돌아오고 있었다. 꼭 좋은 소식만은 아니었다. 그의 신장은 2미터 가까이 되었고, 마디마디가 아팠기 때문이다. 식사가 끝나자, 시몬이 모직 담요 두 개를 주며 그의 어깨를 다정하게 툭툭 쳤다. 그러고는 작은 트레일러를 향해 고갯짓했다. "힐튼 호텔은 아니지만 저기라면 안전할 거야, 친구."

냉장고처럼 싸늘한 달걀 모양의 트레일러에 들어서자 그의 몸에 남아 있던 온기는 즉시 사라져버렸다. 그는 족히 한 사이즈는 작은 외위스테인의 신발을 벗어 던졌다. 두 발을 비비며 짧은 침대에 긴 다리를 뻗을 수 있는 공간을 마련하려고 애썼다. 젖은 바지를 벗으려고 했던 것이 그날 밤의 마지막 기억이었다.

"히히히."

해리는 다시 눈을 떴다. 조그만 갈색 얼굴은 사라지고 없었다. 웃음소리도 이제는 밖에서, 열린 문 너머에서 들렸다. 문 사이로 한 줄기 햇살이 대담하게 트레일러 안으로 들어와 그의 뒤쪽 벽을 환하게 비추었다. 벽에는 핀으로 꽂은 사진이 있었다. 해리는 팔꿈치를 짚고 몸을 일으켜 그 사진을 보았다. 그중 한 장은 두 소년이 서로의 몸에 팔을 두른 채 지금 그가 누워 있는 트레일러 앞에 서 있는 사진이었다. 소년들은 즐거워 보였다. 아니, 그 이상이었다. 행복해 보였다. 아마 그가 어린 라스콜을 알아보지 못한 이유도 그 때문일 것이다.

해리는 두 다리를 침대에서 내리고, 두통은 무시하기로 했다. 뱃속이 괜찮은지 확인하기 위해 잠시 그대로 앉아 있었다. 어제보다 훨씬 심한 시련도 숱하게 겪어온 그였다. 훨씬 심한 시련도. 어제 저녁 식사 시간에 혹시 술이 있느냐고 물으려다가 간신히 참았다. 어쩌면 오랫동안 절주했으니까 이제 그의 몸은 술을 더 잘 받아들이지 않을까?

밖으로 나온 해리는 그 질문에 대한 답을 얻었다.

견인봉에 몸을 기댄 채 갈색 잔디 위로 토하는 해리를 아이들은 놀란 눈으로 바라보았다. 해리는 기침을 하고 침을 한두 번 뱉은 후, 손등으로 입을 닦았다. 돌아보자 시몬이 함박웃음을 지은 채 서 있었다. 마치 토하는 것이 하루의 가장 자연스러운 시작이라는

490

듯이. "아침 줄까, 친구?"

해리는 침을 삼키고 고개를 끄덕였다.

*

시몬은 해리에게 쪼글쪼글한 양복과 칼라가 넓지만 깨끗한 셔츠, 알이 큰 선글라스를 빌려주었다. 그들은 메르세데스를 타고 핀마르크 가로 향했다. 칼 베르네르스 광장의 신호등에 걸리자, 시몬은 차창을 내리더니 키오스크 앞에서 담배 피우는 남자에게 소리쳤다. 해리는 막연하게 남자의 얼굴이 눈에 익다고 생각했다. 종종 전과가 있는 사람을 만날 경우에 그런 느낌이 든다는 것을 해리는 경험상 알고 있었다. 남자는 껄껄 웃더니 시몬에게 뭐라고 외쳤지만 해리는 알아듣지 못했다.

"아는 사람인가요?" 해리가 물었다.

"연락책." 시몬이 말했다.

"연락책." 해리는 그 말을 반복하며 신호등 반대편에서 신호 대기 중인 경찰차를 바라보았다.

시몬은 서쪽으로 차를 돌려 울레볼 병원 쪽으로 향했다.

"궁금한 게 있습니다. 라스콜의 모스크바 연락책이 얼마나 대단하기에 2천만이 사는 도시에서 한 사람을 그렇게 쉽게 찾아내는 겁니까? 러시아 마피아인가요?" 해리가 물었다.

시몬은 웃음을 터뜨렸다. "그럴 수도 있지. 그들이 사람을 제일 잘 찾아낸다면."

"아니면 KGB?"

"내 기억이 맞는다면, 친구, KGB는 더 이상 존재하지 않을 텐데." 시몬의 웃음소리가 한층 커졌다.

"국가정보국의 러시아 전문가가 그랬습니다. KGB는 여전히 운영되고 있다고."

시몬은 어깨를 으쓱였다. "호의를 베풀어준 거야, 친구. 그러면
또 나중에 호의를 갚는 거고. 그뿐이야."

해리는 거리를 훑어보았다. 밴 한 대가 빠르게 지나갔다. 오늘
아침에 그는 테스에게(그를 잠에서 깨운 갈색 눈동자의 소녀) 퇴엔에
가서 〈다그블라데〉와 〈베르덴스 강〉을 한 부씩 사오라고 했다. 하
지만 어느 쪽 신문에도 경찰을 수배 중이라는 기사는 없었다. 그
렇다고 해서 아무 데나 얼굴을 비춰도 된다는 뜻은 아니었다. 그
가 틀리지 않는다면 경찰차마다 그의 사진이 있을 것이다.

해리는 서둘러 아파트 정문으로 걸어가, 라스콜이 준 열쇠를 넣
고 돌렸다. 복도를 지나갈 때는 아무런 소리도 내지 않으려고 노
력했다. 아스트리드 몬센의 집 앞에 신문 한 부가 놓여 있었다. 안
나의 아파트에 들어간 후에는 조심스럽게 문을 잠그고 숨을 들이
쉬었다.

'무엇을 찾아야겠다고 생각하지 마라.'

집 안에서는 텁텁한 냄새가 났다. 그는 가장 안쪽 방으로 들어
갔다. 지난번에 그가 왔던 이후로 모든 것이 그대로였다. 창문으
로 쏟아져 들어오는 햇살 속에서 먼지가 빙글빙글 춤을 추었다.
햇살은 세 점의 초상화를 환히 비추었고, 해리는 우두커니 그 그
림을 바라보았다. 세 사람의 뒤틀린 머리가 이상하게 눈에 익었
다. 그림 앞으로 걸어가 손끝으로 물감 덩어리들을 만져보았다.
만약 지금 그림이 그에게 말을 하고 있다면, 그는 전혀 이해하지
못하는 셈이었다.

이번에는 부엌으로 들어갔다.

쓰레기와 산패된 기름 냄새가 났다. 창문을 열고, 싱크대에 놓

인 접시와 나이프, 포크를 뒤적거렸다. 물로 헹구기는 했지만 제대로 씻지는 않았다. 접시에 붙어 있는 딱딱한 음식물 찌꺼기를 포크로 긁어보았다. 작은 빨간색 파편이 접시에서 떨어졌다. 입에 넣어보니 일본산 고추였다.

커다란 소스 팬 뒤에 큼직한 와인 잔 두 개가 있었다. 한 잔에는 붉고 고운 침전물이 남아 있었고, 다른 하나는 사용하지 않은 듯했다. 해리는 사용하지 않은 잔에 코를 넣어봤지만 따뜻한 유리 냄새만 날 뿐이었다. 와인 잔 옆에는 평범한 유리컵 두 개가 있었다. 해리는 자신의 지문이 남지 않도록 행주로 감싼 채 컵을 들어올려 햇빛에 비춰보았다. 하나는 깨끗했고, 다른 하나는 표면에 찐득한 막이 덮여 있었다. 손톱으로 막을 긁어 혀에 대보았다. 설탕이었다. 커피 맛이 감도는. 콜라인가? 해리는 눈을 감았다. 와인과 콜라? 아니다. 한 사람은 와인과 물. 다른 사람은 콜라와 사용하지 않은 와인 잔. 해리는 행주로 잔을 싸서 재킷 주머니에 넣었다. 갑자기 충동적으로 욕실에 가서, 변기 수조의 나사를 빼고 안을 더듬어보았다. 아무것도 없었다.

다시 밖으로 나오니 서쪽에서 구름이 몰려와 있었고, 공기에 알싸한 맛이 감돌았다. 해리는 아랫입술을 깨물었다. 마음의 결정을 내리고 비브스 가 쪽으로 걸어가기 시작했다.

*

해리는 도어록 가게의 카운터를 지키는 청년을 단번에 알아보았다.

"안녕하세요. 경찰에서 나왔습니다." 해리는 청년이 신분증을 요구하지 않기를 바랐다. 신분증은 비그디스 알부의 집에 두고 온 그의 재킷 속에 있었기 때문이다.

청년이 읽고 있던 신문을 내려놓았다. "알아요."

해리는 잠깐 패닉 상태에 빠졌다.

"지난번에 열쇠를 가지러 오셨었죠." 청년이 환한 미소를 지었다. "전 고객의 얼굴을 모두 기억하거든요."

해리는 헛기침을 했다. "난 사실 이 가게의 고객은 아닙니다."

"네?"

"그 열쇠는 내 것이 아니었어요. 하지만 그거 때문에 온 건—."

"분명 본인 열쇠였을 텐데요." 청년이 그의 말을 잘랐다. "시스템 열쇠였죠?"

해리는 고개를 끄덕였다. 시야 가장자리로 순찰차 한 대가 서서히 지나가는 것이 보였다. "그 시스템 열쇠에 대해 물어보려고 왔습니다. 외부인이 시스템 열쇠를 복제할 수 있는 방법이 있을까요? 예를 들어, 트리오빙 열쇠 같은 경우에요."

"불가능해요." 〈사이언스 일러스트레이티드〉를 읽는 사람처럼 확신에 찬 어조로 청년이 말했다. "열쇠 복제는 트리오빙에서만 가능하죠. 그러니까 외부인이 열쇠를 복제하려면 먼저 주택조합에서 발행해주는 서면 허가서를 위조해야만 해요. 하지만 그래 봤자 열쇠를 찾으러 왔을 때 들통 날 거예요. 우리가 신분증을 요구해서 그걸 아파트 거주자들의 이름이 적힌 명단과 대조하니까요."

"하지만 내가 시스템 열쇠를 대신 받아간 적이 있습니다. 내 친구의 부탁으로요."

청년은 얼굴을 찌푸렸다. "아뇨, 제가 분명히 기억해요. 손님이 신분증을 보여줘서 이름을 확인했죠. 누구 열쇠를 대신 받아 갔다는 거죠?"

카운터 뒤의 유리문에 조금 전의 그 순찰차가 이제는 반대쪽으로 지나가는 것이 비쳤다.

"기억이 안 나는군요. 열쇠를 복제할 수 있는 다른 방법은 없습니까?"

"없어요. 이 열쇠를 만드는 회사인 트리오빙은 우리 같은 허가 받은 가게에서만 주문을 받거든요. 그리고 아까도 말씀드렸다시피 다가구 주택과 공영 주택에서 주문한 열쇠일 경우, 우리가 명단과 대조해 입주자 본인이 찾아가는지 반드시 확인하니까요. 꽤나 안전한 시스템이죠."

"그런 것 같군요." 해리는 짜증이 나서 손으로 얼굴을 문질렀다. "내가 얼마 전에 여기로 전화해서 물어봤더니, 소르겐프리 가의 여자가 자신의 아파트 열쇠를 세 번 신청했다고 하더군요. 첫 번째 열쇠는 그녀의 집에서 나왔고, 두 번째 열쇠는 보일러를 수리하러 오기로 되어 있었던 수리공이 가지고 있었죠. 세 번째 열쇠는 다른 곳에서 나왔습니다. 문제는 세 번째 열쇠를 신청한 사람이 그 여자가 아닌 것 같다는 겁니다. 그걸 좀 확인해주겠습니까"

청년이 어깨를 으쓱였다. "그러죠. 근데 본인에게 직접 물어보지그러세요?"

"누군가 그 여자의 머리에 총을 쐈거든요."

"저런." 청년이 눈 하나 깜짝하지 않고 말했다.

해리는 꼼짝도 하지 않은 채 서 있었다. 그런데 무언가가 느껴지면서 살짝 몸이 떨렸다. 문틈으로 외풍이 들어왔나? 목덜미의 솜털이 쭈뼛 설 정도였다. 뒤에서 조심스럽게 헛기침을 하는 소리가 들렸다. 누가 들어오는 소리는 전혀 듣지 못했다. 해리는 돌아보지 않은 채 그 사람이 누구인지 보려고 했지만 이 각도에서는 불가능했다.

"경찰이다." 뒤에서 고음의 높은 목소리가 들렸다. 해리는 침을 꿀꺽 삼켰다.

"네?" 청년이 해리의 어깨 너머를 보며 말했다.

"밖에 경찰이 와 있다고. 14번지에 사는 할머니네 집에 강도가 들었대. 당장 새 자물쇠로 바꿔야 한다나 봐. 그래서 경찰이 지금 바로 사람을 보내달래."

"음, 경찰과 함께 가세요, 알프. 보다시피 전 지금 손님이 있어서."

해리는 발소리가 멀어질 때까지 귀를 쫑긋 세웠다. "안나 베트센." 그의 입에서 그 이름이 튀어나왔다. "그 여자가 열쇠 세 개를 모두 직접 수령했는지 확인할 수 있겠습니까?"

"확인하나 마나예요. 분명 그랬을 테니까요."

해리는 카운터 위로 몸을 내밀었다. "그래도 확인해봐요."

청년은 깊은 한숨을 내쉬더니 안쪽 방으로 사라졌다가 파일을 들고 나와 뒤적거렸다. "직접 보시죠. 여기, 여기, 그리고 여기."

수령증이 눈에 익었다. 지난번 그가 안나의 열쇠를 가지러 왔을 때 서명했던 수령증과 똑같았다. 하지만 수령증에는 모두 안나의 서명이 적혀 있었다. 자신이 서명한 수령증은 어디 있는지 물어보려는 찰나, 날짜가 눈에 들어왔다.

"마지막 열쇠를 8월에 찾아간 걸로 되어 있군. 하지만 지난번 내가 여기 온 건……." 해리가 말했다.

"네?"

해리는 허공을 응시했다. "고마워요. 필요한 걸 찾았어요."

밖에 나오자 바람이 더욱 세졌다. 해리는 발퀴리 광장의 공중전화 박스로 들어갔다.

"베아테?"

*

선원 양성 학교의 탑 위로 갈매기 두 마리가 바람을 거슬러 날아오르더니 탑 주위를 맴돌았다. 갈매기들 아래로 펼쳐진 오슬로피오르는 초록빛이 감도는 불길한 검은 빛을 띠고 있었고, 에케베르그 언덕의 벤치에 앉아 있는 두 사람은 작은 점처럼 보였다.

해리는 안나 베트센에 대한 이야기를 막 끝낸 참이었다. 그들이 사귀었던 시절에 대해. 기억나는 것이 거의 없는 마지막 만남에 대해. 라스콜에 대해. 베아테 역시 해리에게 소식을 전해주었다. 노트북을 추적한 결과, 석 달 전 콜로세움 극장 근처의 가전제품 체인점에서 구매한 것으로 밝혀졌다. 구매자는 명백히 안나 베트센이었다. 그리고 노트북에 연결된 휴대전화는 해리가 분실했다고 주장하는 그 전화기였다.

"갈매기 울음소리, 정말 질색이야." 해리가 말했다.

"저한테 해줄 이야기는 그게 전부인가요?"

"지금으로서는 그래."

베아테가 벤치에서 일어섰다. "전 여기 있으면 안 돼요, 반장님. 저한테 전화하지 말았어야 했어요."

"하지만 자넨 여기 있잖아." 해리는 바람 속에서 담배에 불을 붙이려다 포기했다. "그건 자네가 날 믿는다는 뜻이고. 안 그래?"

베아테는 화가 난다는 듯이 양팔을 벌렸다.

"나도 자네만큼 아는 게 없어. 심지어 내가 안나를 쏘지 않았다는 확신조차 못하겠다고."

497

갈매기들이 서로 떨어지더니 밀려오는 바람 속에서 우아하게 빙글 돌았다.

"알고 있는 사실을 한 번 더 말씀해주세요." 베아테가 말했다.

"방법은 모르겠지만 그 남자는 안나의 아파트 열쇠를 손에 넣었어. 그래서 안나가 죽던 날 밤에 안나의 아파트에 들어간 거야. 그리고 나올 때는 안나의 노트북과 내 휴대전화를 가지고 나왔지."

"반장님의 휴대전화는 왜 안나의 아파트에 있었을까요?"

"그날 저녁에 내 재킷 주머니에서 빠진 게 분명해. 아까 말했다시피 나는 약간 흥분해 있었거든."

"그다음에는요?"

"그자의 원래 계획은 간단했어. 안나를 죽인 후, 아르네 알부의 별장으로 가서 자기가 가지고 있던 열쇠를 놓아두는 거였지. 열쇠고리에 A.A라는 이름표까지 달려 있었으니 아무도 의심하지 않았을 테고. 그런데 내 휴대전화를 발견하면서 계획을 약간 비틀 수도 있다는 걸 깨달은 거야. 내가 안나를 죽이고, 그걸 알부에게 뒤집어씌우려고 조작한 것으로 말이야. 그다음에는 내 휴대전화를 이용해 이집트의 서버에 접속하고, 발신자를 추적할 수 없는 방법으로 내게 이메일을 보내기 시작했지."

"설사 추적한다 해도……."

"결국엔 내 전화기로 이어졌을 테니까. 하지만 난 휴대전화 청구서를 받기 전까지는 뭐가 잘못됐는지 전혀 몰랐을 거야. 아마 받았어도 몰랐겠지. 난 청구서를 그다지 꼼꼼하게 읽지 않거든."

"휴대전화기를 분실했을 때 해지도 하지 않으셨고요."

"흠." 해리가 벤치에서 벌떡 일어나 앞뒤로 서성이기 시작했다. "더 이상한 건 그자가 어떻게 내 지하실 창고에 들어갈 수 있었느나는 거야. 경찰에서도 무단 침입의 흔적을 전혀 발견하지 못했고, 우리 건물에 도둑이 든 집도 없었거든. 다시 말해 그자에게는 분명 열쇠가 있었다는 뜻이야. 사실 열쇠 하나만 있으면 돼. 우리도 시스템 열쇠를 쓰기 때문에 그거 하나면 정문, 다락, 지하실, 우리 집까지 드나들 수 있으니까. 하지만 손에 넣기가 쉽지 않지. 그리고 안나의 아파트 열쇠도 시스템 열쇠고……."

해리가 말을 멈추더니 남쪽을 바라보았다. 대형 크레인 두 개가 실린 초록색 화물선이 피오르 쪽으로 올라오고 있었다.

"무슨 생각 하세요?" 베아테가 물었다.

"자네에게 뭘 좀 조사해달라고 부탁할까 생각 중이야."

"사양할게요, 반장님. 아까도 말했다시피 전 여기 오면 안 되는 거였다고요."

"그리고 자네 목의 멍은 어쩌다 생겼을까도 생각 중이고."

베아테의 손이 곧장 목으로 올라갔다. "유도 연습 때문이에요. 또 궁금하신 거 있으세요?"

"응. 이걸 베베르에게 전해줄 수 있겠어?" 해리는 재킷 주머니에서 행주로 싼 유리컵을 꺼냈다. "잔에 찍힌 지문을 조사해서 그걸 내 지문과 비교해달라고 해."

"반장님 지문이 보관되어 있나요?"

"과학수사과에는 강력반 형사들의 지문이 모두 보관되어 있어. 그리고 컵 안에 든 물질도 분석해달라고 해."

"반장님……." 베아테가 훈계하는 어조로 말문을 열었다.

"부탁이야."

베아테는 한숨을 내쉬며 컵을 받아 들었다.

"로세스메덴 AS." 해리가 말했다.

"그게 뭐예요?"

"마음이 바뀌면 로세스메덴에서 일하는 직원들 명단을 뒤져봐. 도어록을 만드는 소규모 업체야."

베아테가 체념하는 표정을 지었다.

해리는 어깨를 으쓱였다. "베베르에게 그 컵을 가져다주면 정말 고마울 거야."

"결과가 나오면 어디로 연락해야 하죠?"

"정말로 알고 싶어?" 해리가 미소 지었다.

"모르는 게 낫겠네요. 반장님이 연락하세요. 알았죠?"

해리는 재킷을 더 단단히 여몄다. "그만 갈까?"

베아테는 고개를 끄덕였지만 움직이지 않았다. 해리의 양 눈썹이 위로 올라갔다.

"그 사람 메일에 적혀 있던 말, 복수심이 가장 강한 자가 살아남는다는 말 있잖아요. 그거 정말일까요, 반장님?"

*

해리는 트레일러의 작은 침대에 누워 두 다리를 쭉 폈다. 핀마르크 가의 차 소리를 들으니 어릴 때 창문을 열어두고 침대에 누워 지나다니는 차들의 소리를 들었던 일이 생각났다. 온달스네스의 할아버지 댁에서 적막한 여름을 보내는 동안, 그가 그리웠던 것은 딱 하나뿐이었다. 규칙적이면서 최면을 거는 듯한 차 소리. 가끔씩 오토바이 소리, 시끄러운 배기 소음, 아득한 경찰차 사이렌 소리가 끼어들 뿐 한없이 단조롭던 그 소리.

누군가 문을 똑똑 두드렸다. 시몬이었다. "테스가 내일도 잠들기 전에 이야기를 해달라고 전해달라는군." 안으로 들어서며 시몬이 말했다. 아까 해리는 테스에게 이야기를 들려주었다. 뛰어오르는 법을 배운 캥거루가 그 보답으로 모든 아이들로부터 잘 자라는 포옹을 받게 된 이야기였다.

두 남자는 말없이 담배를 피웠다. 해리는 벽에 붙은 사진을 가리켰다. "저 사진 속 소년들, 라스콜과 그의 형이죠? 스테판, 안나의 아버지 말입니다."

시몬은 고개를 끄덕였다.

"스테판은 지금 어디 있죠?"

시몬은 별 관심 없다는 듯이 어깨를 으쓱였고, 해리는 이 주제가 금기라는 걸 깨달았다.

"사진 속에서는 정말로 사이가 좋아 보여요." 해리가 말했다.

"두 사람은 샴쌍둥이 같았지. 둘도 없는 친구. 라스콜이 스테판 대신 감옥을 두 번이나 갔으니까. 하하. 움찔하는군, 친구. 그건 전통이라네. 이해하겠나? 형제나 아버지를 대신해 벌을 받는 건 영광이야."

"경찰은 그렇게 생각 안할 텐데요."

"그 사람들은 라스콜과 스테판을 구별도 못해. 집시 형제. 노르웨이 경찰이 그들을 구별하기란 쉽지 않지." 시몬은 씩 웃으며 해리에게 담배를 하나 더 권했다. "특히나 복면을 쓰고 있을 때는 말이야."

해리는 담배를 한 모금 빨았다가 어둠 속에 연기를 뱉었다. "둘 사이에 무슨 일이 있었던 겁니까?"

"뭐겠나?" 시몬이 과장되게 눈을 크게 떴다. "당연히 여자 문제지."

"안나요?"

시몬은 대답하지 않았다. 하지만 해리는 점점 정답에 다가가고

501

있다는 걸 알았다. "스테판이 안나의 일에 나 몰라라 하는 건 안나가 가드조를 사귀었기 때문인가요?"

시몬은 담배를 비벼 끄더니 자리에서 일어났다. "안나 때문이 아니야. 하지만 안나에게는 엄마가 있었지. 잘 자게, 스피우니."

"흠. 하나만 더요."

시몬이 걸음을 멈췄다.

"스피우니가 무슨 뜻입니까?"

시몬이 큭큭 웃었다. "스피우니 게르만의 준말이라네. 독일인 스파이. 하지만 진정하게, 친구. 모욕적인 뜻은 전혀 없으니까. 어떤 지방에서는 아이 이름으로 쓰기도 한다네."

시몬은 문을 닫고 나가버렸다.

바람이 멈춰서 이제는 핀마르크 가의 웅웅거리는 차 소리밖에 들리지 않았다. 그런데도 해리는 잠들지 못했다.

*

베아테는 침대에 누워 집 밖으로 지나다니는 차 소리를 듣고 있었다. 어린 시절, 그녀는 아버지의 목소리를 들으며 잠이 들었다. 아버지가 들려주는 이야기들은 책 속의 이야기가 아니었다. 아버지가 즉석에서 지어내는 이야기였다. 가끔씩 도입부와 등장인물이 똑같기는 해도(똑똑한 아빠와 용감한 딸, 그리고 두 명의 사악한 도둑) 이야기는 매번 달랐다. 결말은 언제나 도둑들이 감옥에 가는 것으로 끝났다.

사실 베아테는 아버지가 무언가를 읽는 것을 본 기억이 없었다. 나이를 먹으며 아버지가 난독증이라는 것을 알게 되었다. 그 병만 없었다면 아버지는 변호사가 됐을 거라고 어머니가 말했다.

"너라도 그렇게 되면 좋겠구나."

하지만 아버지가 들려준 이야기들은 변호사에 관한 이야기가 아니었다. 그녀가 경찰대학에 합격했다고 말했을 때 어머니는 눈물을 흘렸다.

베아테는 깜짝 놀라 잠에서 깼다. 누군가 초인종을 눌렀다. 그녀는 신음하며 침대에서 내려왔다.

"나야." 인터콤에서 목소리가 흘러나왔다.

"이제 그만 만나자고 했잖아요." 얇은 가운 속에서 베아테의 몸이 부르르 떨렸다. "그냥 가세요."

"내 사과를 받아주면 갈게. 내가 제정신이 아니었어. 나 그런 사람 아니야. 그냥 좀…… 자제력을 잃었을 뿐이야. 부탁이야, 베아테. 5분이면 돼."

그녀는 망설였다. 목은 아직도 뻐근했고, 반장에게 멍 자국을 들키기까지 했다.

"선물도 가져왔다고." 다시 목소리가 들렸다.

베아테는 한숨을 쉬었다. 어차피 한 번은 만나야 할 사람이었다. 그렇다면 직장에서 보는 것보다 차라리 집이 나을 것이다. 그녀는 버튼을 누르고 가운의 허리끈을 꽉 조여서 묶었다. 그러고는 문간에 서서 계단을 올라오는 발소리를 들었다.

"안녕." 그녀를 보자 그가 미소 지었다. 새하얀 이가 환히 드러나는 데이비드 핫셀호프의 미소였다.

방추상회

톰 볼레르는 선물을 건네며 베아테의 몸을 건드리지 않으려고 극도로 조심했다. 그녀의 몸짓 언어는 아직도 겁에 질린 영양이었으며, 포식자로서 그는 두려움의 냄새를 맡을 수 있었다. 볼레르는 그녀를 지나쳐 거실로 들어가 소파에 앉았다. 베아테도 거실로 따라 들어왔지만 앉지 않고 서 있었다. 그는 거실을 둘러보았다. 지금까지 그가 들락거렸던 다른 여자들의 집과 별로 다르지 않았다. 직접 꾸몄지만 독창성이 없고, 아늑하지만 단조로웠다.

"풀어보지도 않을 거야?" 볼레르의 말에 베아테는 순순히 선물을 풀어보았다.

"시디네요." 그녀가 당황하며 말했다.

"그냥 시디가 아니지. 'Purple Rain'이야. 들어보면 내 말이 무슨 뜻인지 알 거야."

그는 베아테를 가만히 지켜보았다. 베아테는 그녀를 비롯해 그녀와 비슷한 사람들이 스테레오라고 부르는 한심한 일체형 라디오의 스위치를 켰다. 아무리 봐도 딱히 미녀는 아니었다. 나름대로 귀여운 맛은 있었지만. 몸매도 밋밋해서 좀 시시할 정도였으나 그래도 날씬하고 탄탄했다. 그녀는 그와 침대에서 하는 일들을 아주 좋아했으며 건강한 열정을 보이기도 했다. 적어도 그가 약간 부드럽게 다뤄주었던 처음 몇 번은. 그랬다. 사실 초창기에는 거의 밤을 새워 사랑을 나누었다. 그녀가 그의 이상형이 전혀 아니라는 사실을 고려하면 정말 놀라운 일이었다.

그러던 어느 날, 볼레르는 그녀에게 제대로 된 대접을 해주었다. 지금까지 그가 만났던 다른 여자들과 마찬가지로 베아테도 별로 기뻐하지 않았다. 그 점이 그를 더욱 흥분시키기는 했지만, 일반적으로 그런 일을 겪은 여자들은 다시는 그에게 연락하지 않았다. 그로서는 아무 상관없었다. 사실 베아테는 기뻐해야 했다. 훨씬 더 심한 대접을 당한 여자들도 많았으니 말이다. 며칠 전, 그녀가 느닷없이 그를 처음으로 봤던 때를 말해주었다.

"그뤼네르뢰카였어요. 저녁이었고, 당신은 빨간 자동차에 앉아 있었죠. 거리는 사람들로 붐볐고, 당신이 탄 차의 차창은 내려져 있었어요. 작년 겨울이었죠." 그녀가 말했다.

볼레르는 무척 놀랐다. 특히나 그가 그뤼네르뢰카에 마지막으로 있었던 때는 작년 겨울, 엘렌 엘텐을 신속하게 처리했던 토요일 밤이었기 때문이다.

"난 한 번 본 얼굴은 잊지 않거든요." 그의 반응을 본 베아테가 의기양양한 미소를 지으며 말했다. "방추상회. 뇌에서 얼굴 형태를 알아보는 부분인데 내 방추상회는 비정상이에요. 축제에서 장기자랑을 해야 할 정도라고요."

"그렇군. 또 기억나는 거 없어?"

"당신은 누군가와 이야기를 하는 중이었어요."

볼레르는 양 팔꿈치로 몸을 받친 채 그녀에게 몸을 내밀어 엄지로 그녀의 후두를 쓰다듬었다. 그녀의 맥박이 느껴졌다. 그녀는 겁에 질린 아기 토끼 같았다. 아니면 이건 그의 맥박일까?

"그렇다면 나와 함께 있었던 사람도 기억하겠네?" 그가 물었다. 그의 뇌는 이미 최대로 가동된 상태였다. 오늘 밤 그녀가 여기 있다는 사실을 누가 알고 있을까? 그의 부탁대로 둘이 만난다는 사실을 비밀로 했을까? 싱크대 밑에 쓰레기봉투가 있던가?

베아테는 어리둥절한 미소를 지으며 그에게 몸을 돌렸다. "무슨 뜻이에요?"

"예를 들어, 사진 같은 걸 본다면 그 사람도 알아보겠네?"

베아테는 오랫동안 그를 바라보더니 부드럽게 키스했다.

"말해봐." 볼레르는 이불 안에 있던 다른 손을 이불 밖으로 꺼냈다.

"흠. 아뇨. 그 사람은 내게 등을 돌리고 있었어요."

"하지만 그 사람이 입고 있던 옷은 기억하지? 예를 들어, 그 사람의 신분을 밝혀달라는 요청을 받는다면 말이야."

그녀는 고개를 저었다. "방추상회는 얼굴 형태만 기억해요. 내 뇌의 나머지 부분은 지극히 정상이라고요."

"하지만 내가 탄 차의 색깔은 기억했잖아."

베아테는 깔깔 웃더니 그의 품에 파고들었다. "그건 분명 그 차가 내 마음에 들었다는 뜻이겠죠. 안 그래요?"

그는 슬쩍 그녀의 목에서 손을 뗐다.

그로부터 이틀 뒤, 그는 그녀에게 자신의 성적 취향을 완전히 드러내었다. 베아테는 억지로 보고, 듣고, 느껴야만 했던 것들을 좋아하지 않았다.

'When Doves Cry'의 첫 소절이 스피커에서 울려 퍼졌다.

베아테는 음량을 줄였다.

"용건이 뭐예요?" 안락의자에 앉으며 베아테가 물었다.

"아까 말했잖아. 사과하러 왔다고."

"방금 했잖아요. 그러니까 사과는 받은 걸로 해요." 그녀는 하품하는 시늉을 했다. "난 자려던 참이었어요, 톰."

볼레르는 분노가 점점 올라오는 것을 느꼈다. 뒤틀리고 모호한, 붉은 안개 같은 분노가 아니라 은은하게 타오르며 명료함과 에너지를 가져다주는 하얀 열기 같은 분노였다. "좋아. 본론으로 들어가지. 해리 홀레 어디 있어?"

베아테가 웃음을 터뜨렸다. 프린스가 가성의 비명을 질렀다.

톰은 눈을 감았다. 녹아내리는 빙하의 물처럼 그의 핏줄을 타고 흐르는 분노가 그를 점점 더 강하게 해주는 것이 느껴졌다. "해리는 종적을 감춰버린 직후에 네게 전화했어. 이메일도 네게 보냈고. 넌 그놈의 연락책이야. 이 순간 놈이 유일하게 믿는 사람이라고. 어디 있어?"

"나 피곤해요, 톰." 그녀가 일어섰다. "내가 대답할 수 없는 질문을 더 하고 싶다면 내일 하세요."

톰 볼레르는 움직이지 않았다. "오늘 봇센 교도소 간수와 재미있는 이야기를 했어. 그날 밤 해리가 교도소에 왔다더군. 우리 팀과 제복 경찰의 절반이 밖에서 그놈을 찾아다니는 동안, 놈은 우리 코앞에 있었던 거야. 해리가 라스콜과 한 패라는 거 알고 있나?"

"무슨 소리인지도 모르겠고, 그게 이 사건과 무슨 상관인지 모르겠네요."

"나도 그래. 하지만 자리에 앉는 게 좋을 거야, 베아테. 이제부

터 내가 하려는 이야기를 들으면 해리와 그 친구들에 대한 생각이
바뀔 테니까."

"거절하겠어요. 톰. 나가요."

"네 아버지와 관련된 이야기인데도?"

그는 베아테의 입가가 실룩이는 것을 보고 자신의 예상이 적중
했다는 걸 알았다.

"내가 말이야, 뭐라고 해야 하나, 일반 경찰은 열람할 수 없는
자료를 손에 넣었어. 다시 말해, 네 아버지가 어쩌다 총에 맞아 죽
게 되었는지 알고 있다는 말이야. 또 누가 네 아버지를 쐈는지도."

베아테가 입을 딱 벌린 채 그를 바라보았다.

볼레르는 껄껄 웃었다. "넌 아직 진실을 받아들일 준비가 안 된
모양이야. 안 그래?"

"거짓말."

"네 아버지는 우지 기관단총으로 가슴에 여섯 발을 맞았어. 보
고서에 따르면 네 아버지는 범인들과 협상하러 은행에 들어갔지.
혼자인데다 무기도 없고, 협상할 거리도 전혀 없었는데 말이야.
오히려 강도들을 긴장시키고 공격적으로 만들 테니 큰 실수였지.
도저히 이해할 수 없는 일이었어. 더군다나 네 아버지가 전설적인
경찰이었다는 점을 생각한다면. 하지만 사실 네 아버지는 동료와
함께 있었어. 장래가 촉망되는 젊은 경관으로 떠오르는 샛별이었
지. 하지만 그 젊은 경관은 은행강도 사건의 현장에 나가본 적이
없었어. 총을 쏘는 강도들은 더더욱 대면한 적이 없었지.

젊은 경관은 늘 자신의 상관을 열심히 따라다녔어. 그날은 일이
끝나고 젊은 경관이 네 아버지를 집까지 데려다주기로 되어 있었
지. 따라서 보고서에는 빠졌지만, 네 아버지가 은행에 도착했을

때 타고 있었던 차는 네 아버지의 차가 아니었어. 그 차는 너희 집 차고에 있었으니까. 너 그리고 네 엄마와 함께."

볼레르는 베아테의 목 혈관이 두꺼워지면서 푸른색으로 변하는 것을 볼 수 있었다.

"꺼져요, 톰."

"이제 이리 와서 아빠의 모험담을 들어보지그래." 볼레르가 옆의 쿠션을 톡톡 치며 말했다. "왜냐하면 난 아주 작은 목소리로 말할 거고, 솔직히 네가 이 이야기를 꼭 들어야 한다고 생각하거든."

베아테는 마지못해 한 걸음 내딛었지만 더는 다가가지 않았다.

"좋아. 그러니까, 그게 몇 월이었지, 베아테?"

"6월." 그녀가 나직이 말했다.

"6월, 그래. 6월의 어느 날이었어. 네 아버지와 파트너는 무전으로 보고를 받았고, 마침 은행 근처를 지나는 중이었어. 그래서 은행으로 차를 몰아 은행 밖에 자리를 잡고 총을 꺼내 들었지. 젊은 경관과 노련한 수사관. 그들은 정석대로 했어. 지원 병력이 도착하거나, 강도가 은행에서 나올 때까지 기다리기로 한 거야. 그냥 은행 안으로 쳐들어가는 건 꿈도 꾸지 않았어. 그런데 강도 중 한 명이 은행 정문에 나타난 거야. 강도는 총으로 여자 은행원의 머리를 겨눈 채 네 아버지의 이름을 불렀어. 은행 밖에 있던 네 아버지, 뢴 경감을 알아본 거야. 강도는 여자를 해치지 않을 거라고 했어. 하지만 인질이 필요하니 뢴 경감에게 대신 인질이 되어달라고 했지. 물론 총을 내려놓고 혼자서 은행 안으로 들어온다는 조건하에. 그래서 네 아버지는…… 어떻게 했을까? 생각했지. 빨리 생각해야 했어. 여자는 쇼크 상태였고, 간혹 쇼크에 빠져 죽는 사람도 있었어. 뢴 경감은 자기 아내, 네 엄마를 생각했어. 6월의 어느 금요일, 곧 주말이었지. 그리고 태양은…… 태양이 빛나고 있었던 가, 베아테?"

그녀는 고개를 끄덕였다.

"그는 은행 안이 분명 무척 더울 거라고 생각했어. 거기다 긴장감과 절박함까지 더해졌을 테고. 이윽고 그는 마음의 결정을 내리지. 그가 어떤 결정을 내렸을까? 어떤 결정을 내렸을까, 베아테?"

"은행으로 들어가죠." 감정이 북받쳐 오르는 목소리로 베아테가 속삭였다.

"그는 은행으로 들어가." 볼레르는 한층 더 목소리를 낮췄다. "묀 경감은 은행으로 들어가고 젊은 경관은 밖에서 기다리지. 지원 병력이 오기를, 여자 은행원이 밖으로 나오기를, 누군가 그에게 어떻게 하라고 말해주기를, 혹은 이건 그냥 꿈이거나 모의 훈련이었다고 말해주기를, 그래서 집으로 갈 수 있기를. 왜냐하면 오늘은 금요일이고 태양은 빛나고 있었으니까. 하지만 그의 귀에 들린 소리는……." 볼레르는 혀를 입천장에 대고 총소리를 흉내 냈다. "네 아버지가 은행 현관문에 기댄 채 쓰러졌어. 문이 열렸고, 네 아버지는 사지를 벌린 채 바닥에 누워 있었지. 몸의 반은 은행 안에, 반은 은행 밖에 나와 있었고, 가슴에는 여섯 발의 총상을 입었어."

베아테는 의자에 털썩 주저앉았다.

"젊은 경관은 상관이 거기 누워 있는 걸 보았어. 그제야 이게 훈련이 아니라는 걸, 꿈이 아니라는 걸 깨달았지. 저 안에는 진짜 전자동 기관총을 든 강도들이 있었고, 그들은 경찰을 쏴버릴 만큼 냉혈한이었어. 그가 살면서 이렇게 겁에 질렸던 적은 이전에도 이후에도 없었어. 경찰대학 교재에서 이런 사건에 대해 읽기도 했고, 심리학에서 좋은 점수를 받기도 했지. 하지만 그의 안에 있던 무언가가 깨져버렸어. 패닉 상태에 빠져버린 거야. 예전에 그토록 유창하게 써내려갔던 시험 문제인 바로 그 패닉 상태에 말이야. 그는 차에 올라타 운전을 했어. 달리고 달린 끝에 마침내 집에 도착했지. 결혼한 지 얼마 안 된 그의 어린 아내가 그를 맞이하며 화를 냈어. 남편이 식사 시간에 늦었거든. 그는 선생님에게 혼나는 아이처럼 서서 아내의 꾸지람을 들었어. 그러고는 다시는 늦지 않겠다고 약속하고 저녁을 먹었지. 식사가 끝난 후에는 함께 텔레비전을 봤어. 은행강도 사건에서 한 형사가 총에 맞아 사망했다는 뉴스가 흘러나왔지. 네 아버지였어."

베아테는 손에 얼굴을 묻었다. 그날 전부가 고스란히 되돌아왔다. 무의미한 푸른 하늘에 떠 있던 둥근 태양, 그리고 호기심과 궁금증이 섞여 있던 그 태양의 시선까지도. 당시에는 그것 역시 꿈이라고만 생각했다.

"그 은행강도가 누구겠어? 네 아버지의 이름을 알고, 은행털이에 대해 잘 알고, 은행 밖에 두 명의 경관이 있는데 그중에서 륀 경감이 위험인물이라는 걸 알 만한 사람. 네 아버지를 딜레마에 빠뜨릴 정도로 냉혈한이고 계산적이면서 네 아버지가 어떤 결정을 내릴지도 아는 사람. 그래서 네 아버지를 총으로 쏴버리고, 그러면 겁에 질린 젊은 경관은 도망가리라는 걸 알았던 사람. 그게 누굴까? 베아테?"

그녀의 손가락 사이로 눈물이 흘렀다. "라스……." 그녀가 훌쩍거렸다.

"안 들려, 베아테."

"라스콜."

"라스콜, 그래. 그리고 그건 그자의 독단적인 행동이었어. 라스콜의 파트너는 화를 냈지. 자기들은 강도이지 살인범이 아니라면서. 그러고는 어리석게도 자수해서 모든 걸 밝히겠다고 라스콜을 협박했어. 하지만 다행히 그자는 라스콜에게 잡히기 전에 노르웨이를 떠날 수 있었지."

베아테는 계속 흐느꼈고, 볼레르는 기다렸다.

"이 일의 가장 웃기는 점이 뭔지 알아? 네가 네 아버지를 죽인 살인범의 손에 놀아나고 있다는 거야. 네 아버지처럼."

베아테가 고개를 들었다. "그게…… 무슨 말이에요?"

볼레르는 어깨를 으쓱였다. "넌 라스콜에게 은행강도를 지목해달라고 부탁했잖아. 라스콜은 네 아버지를 죽인 일과 관련해 자기에게 불리한 증언을 하겠다고 협박한 그 파트너를 찾아다니는 중이었어. 그러니 라스콜이 어떻게 했을 거 같아? 당연히 그 파트너를 범인으로 지목하겠지."

"레브 그레테?" 베아테가 눈물을 닦았다.

"맞아. 넌 라스콜이 그 파트너를 찾아내도록 도와준 거야. 네가 찾아갔을 때 레브 그레테는 밧줄로 목을 매고 이미 자살했다고 했지? 나라면 자살이 아니라는 데 돈을 걸겠어. 네가 오기 전에 누군가가 먼저 다녀갔을걸?"

베아테는 목청을 다듬었다. "그건 당신이 몰라서 하는 말이에요. 첫째로 현장에는 유서가 있었어요. 우리는 레브의 동생에게 부탁해서 어릴 때 그들이 살던 집의 다락방을 뒤져보았죠. 레브가 쓰던 공책이 많지는 않았지만 그래도 서너 개 찾아냈어요. 그걸 크리포스의 필적 전문가인 장 위에게 가져갔고, 그분은 유서의 필체가 레브의 필체와 일치한다고 확인해주셨죠. 둘째로 라스콜은 이미 감옥에 있어요. 그것도 자발적으로. 그런데 새삼스럽게 살인죄로 처벌받을 게 두려워서 누군가를 죽인다는 건 앞뒤가 맞지 않아요."

볼레르는 고개를 저었다. "넌 똑똑하지만 네 아버지처럼 심리적 통찰이 부족해. 범죄자들의 심리를 이해하지 못한다고. 라스콜은 감옥에 갇힌 게 아니야. 그냥 봇센에 임시로 머무는 것뿐이지. 하지만 살인 재판에서 유죄 판결을 받으면 사정이 달라질 거야. 지금 넌 그자를 보호하고 있는 거야. 그리고 라스콜의 친구인 해리 홀레도."

볼레르는 몸을 앞으로 내밀어 한 손을 그녀의 팔에 올렸다. "내가 너무 가슴 아픈 소식을 전해주었다면 미안해. 하지만 이젠 진실을 알게 됐잖아, 베아테. 네 아버지가 실수한 게 아니야. 하지만 해리는 네 아버지를 죽인 남자와 손잡고 있어. 그러니까 어떻게 할래? 함께 해리를 찾을까?"

베아테는 눈을 꼭 감아 마지막 눈물을 짜냈다. 그러더니 다시 눈을 떴다. 볼레르가 손수건을 내밀자, 베아테는 그걸 받았다.

"톰. 당신에게 설명할 게 있어요."

"그럴 필요 없어." 볼레르가 그녀의 손을 쓰다듬었다. "이해해. 지금 어느 편에 서야 할지 혼란스러울 거야. 네 아버지라면 어떻게 했을지 생각해봐. 지금이야말로 프로답게 행동해야 할 때라고."

베아테는 그를 바라보았다. 그러더니 천천히 고개를 끄덕였다. 그녀는 숨을 들이쉬었다. 그 순간, 전화가 울렸다.

"받을 거야?" 전화벨이 세 번째로 울렸을 때 볼레르가 말했다.

"엄마예요. 30초 후에 다시 하면 돼요." 베아테가 말했다.

"30초?"

"30초면 당신에게 내 용건을 전하기에 충분하니까요. 설사 내가 반장님이 어디 있는지 안다고 해도 당신에게는 절대 알려주지 않을 거예요." 그녀는 볼레르에게 손수건을 건넸다. "그러니까 당신은 이거 가지고 당장 나가요."

톰 볼레르는 분노가 온천수처럼 등을 타고 목까지 올라오는 것을 느꼈다. 잠시 그 기분을 음미하고는 베아테의 팔을 잡아 그녀를 넘어뜨렸다. 그가 위에 올라타자 그녀가 헐떡이면서 반항했지만 그는 알고 있었다. 그녀가 그의 발기된 성기를 느낄 수 있으며, 꼭 다문 그녀의 입술이 곧 벌어지리라는 것을.

*

발신음이 여섯 번 울린 후에 해리는 전화를 끊고 공중전화 박스에서 나왔다. 그의 뒤에서 기다리던 여자가 박스 안으로 들어갔다. 그는 바람을 등진 채 담배에 불을 붙여, 주차장과 트레일러 쪽으로 연기를 내뿜었다. 정말 웃기는 일이었다. 지금 그가 서 있는 곳은 한쪽으로는 엎드리면 코 닿을 곳에 과학수사과가 있고, 다른 쪽으로는 경찰청사가 있고, 또 앞에는 트레일러가 있었다. 게다가 그는 지금 집시에게 빌린 양복을 입은 수배자 신세였다. 이거야말로 정말 웃겨 자빠질 일이 아닌가?

해리의 이가 딱딱 부딪혔다. 차량의 왕래는 빈번하지만 인적은 드문 간선도로를 타고 경찰차 한 대가 지나가자, 해리는 몸을 반쯤 돌렸다. 진작 잠을 자려고 누웠지만 좀처럼 잠이 오지 않았다. 시간이 자꾸만 흘러가는 이 상황에서 도저히 잠만 자고 있을 수가 없었다. 뒤꿈치로 담배를 비벼 끄고 막 자리를 뜨려는데, 다시 비어 있는 공중전화 박스가 눈에 들어왔다. 손목시계를 보니 거의 자정이었다. 이 시간에 베아테가 집에 없다는 게 이상했다. 어쩌면 자느라고 그의 전화를 못 받은 걸까? 그는 다시 그녀의 집 번호를 눌렀다. 이번에는 그녀가 바로 전화를 받았다. "여보세요."

"나 해리야. 자고 있었어?"

"아……. 네."

"미안. 내일 다시 할까?"

"아뇨. 지금이 편해요."

"혼자 있어?"

침묵이 흘렀다. "왜요?"

"그냥 목소리가 너무…… 아냐, 아무것도. 뭐 좀 알아냈어?"

마치 숨을 고르려는 듯이 그녀가 침을 꿀꺽 삼키는 소리가 들렸다.

"베베르가 컵에 찍힌 지문을 조사했어요. 대부분이 반장님 지문이었어요. 컵에 남아 있는 침전물 분석 결과는 이틀 후에 나올 거예요."

"잘됐군."

"반장님의 지하실에 있던 노트북에서는 특별한 프로그램이 실행되고 있었어요. 원하는 시간과 날짜에 이메일을 보내도록 설정해두는 프로그램이죠. 메일이 마지막으로 수정된 날짜는 안나가 죽던 날이었고요."

해리는 더 이상 칼바람이 느껴지지 않았다.

"그러니까 반장님이 받으신 이메일은 이미 예전에 작성되어서, 입력된 날짜에 발송되도록 대기 중이었던 거죠. 반장님 이웃에 사는 파키스탄인이 꽤 오래전에 반장님 지하실에서 그 노트북을 봤다고 했는데, 이걸로 설명이 되는 셈이에요."

"그러니까 지금까지 그 프로그램이 저절로 작동되고 있었다는 거야?"

"노트북과 휴대전화에 연결되어서 그럭저럭 잘 운영되어왔죠."

"젠장!" 해리는 이마를 찰싹 때렸다. "그렇다면 그 프로그램을 깔았던 녀석은 이 사건이 어떻게 진행될지 예측하고 있었다는 뜻이군. 이 모든 게 그저 인형극이었고, 우린 그저 꼭두각시 신세였던 거야."

"그런 거 같아요. 반장님?"

"듣고 있어. 이 충격적인 사실을 받아들이려고 노력하는 중이야. 당분간은 잊어버리는 게 낫겠어. 한 번에 받아들이기에는 너무 벅차. 내가 알려준 회사는 어떻게 됐어?"

"아, 그 도어록 업체요? 그런데 왜 제가 그 회사에 대해 조사했을 거라고 확신하시죠?"

"확신 안 해. 자네가 뭘 말해주면 조사했나 보다 하겠지."

"하지만 전 아무 말도 안했잖아요."

"그랬지. 하지만 그때 자네의 말투가 아주 긍정적이었다고."

"그래요?"

"뭔가 알아낸 거지? 안 그래?"

"알아냈어요."

"빨리 말해봐!"

"그 회사의 담당 회계사에게 전화했어요. 회계사의 비서에게 그곳 직원들의 사회보장번호를 보내달라고 했죠. 정직원 네 명에 파트타임 직원 두 명이었어요. 그 사람들의 사회보장번호를 돌려봤는데 다섯 명은 전과 하나 없이 깨끗했어요. 하지만 한 사람은……."

"어땠는데?"

"전과를 다 보려면 스크롤을 내려야 할 정도였죠. 대부분 마약 관련 범죄였어요. 헤로인과 모르핀 판매 혐의로 기소되었지만, 소량의 마약 소지 혐의로 유죄 판결을 받은 게 전부예요. 무단 침입과 두 번의 강도 행위로 가중 처벌 받아 복역했죠."

"폭력을 썼단 말이야?"

"강도 행위 중에 딱 한 번 총을 사용했어요. 쏘지는 않았지만 장전되어 있었죠."

"완벽하군. 그게 우리가 찾아야 할 놈이야. 자네는 천사야. 놈의 이름이 뭐야?"

"알프 군네루드. 서른 살, 싱글. 주소는 토르 올센스 가 9번지. 혼자 사는 거 같아요."

"이름과 주소 좀 다시 말해줘."

베아테는 한 번 더 말했다.

"흠. 이런 전과가 있는데도 일자리를 얻었다는 게 신기하군."

"그 회사 소유주가 비르게르 군네루드로 되어 있어요."

"그렇군. 알았어. 정말 아무 문제 없는 거야?"

침묵이 흘렀다.

"베아테?"

"아무 문제 없어요, 반장님. 이제 어떻게 하실 거예요?"

"이 친구의 집을 찾아가볼 생각이야. 흥미로운 게 있는지 봐야겠어. 뭔가 찾아내면 그 친구의 아파트에서 전화할 테니까 거기로 경찰차를 보내줘. 절차에 따라 증거를 압수하라고."

"언제 가실 건데요?"

"왜?"

다시 침묵이 흘렀다.

"전화 놓치지 않고 받으려고요."

"내일 아침 11시. 그 시각이면 그 친구는 출근하고 집에 없을 거야."

그는 전화를 끊고 노란 돔처럼 도심을 덮은, 구름 낀 밤하늘을 바라보았다. 아까 베아테의 목소리 뒤로 음악이 들렸다. 아주 작게 들리기는 했지만 그걸로 충분했다. 프린스의 〈Purple Rain〉

그는 공중전화에 동전을 밀어 넣고 1881을 눌렀다.

"알프 군네루드의 전화번호를 알고 싶은데요……."

*

택시 한 대가 검은 물고기처럼 소리 없이 밤을 가르며 미끄러지듯이 지나갔다. 여러 개의 신호등을 통과하고, 도심을 가리키는 간판과 가로등도 지나갔다.

"계속 이런 식으로 만날 수는 없어." 외위스테인은 그렇게 말하며 백미러 속의 해리를 바라보았다. 해리는 외위스테인이 집에서 가져온 검은 스웨터를 입고 있었다.

"쇠지렛대 가져왔어?" 해리가 물었다.

"트렁크에 있어. 집에 사람이 있으면 어쩌려고?"

"집에 사람이 있으면 대개는 전화를 받는 법이지."

"네가 뒤지는 동안에 올 수도 있잖아."

"그럴 때는 내가 알려준 대로 해. 경적을 짧게 두 번 누르라고."

"알아, 알아. 하지만 그 남자가 어떻게 생겼는지 난 모르잖아."

"아까 말했듯이 서른 살쯤 됐어. 그렇게 생긴 사람이 9번지로 들어가거든 무조건 경적을 눌러."

*

외위스테인은 '주차 금지'라고 적힌 푯말 옆에 차를 세웠다. 차량 왕래가 많고 지저분한 이 안쪽 도로는 근처 공공도서관에 먼지를 뒤집어쓴 채 꽂혀 있는 〈행정 담당자들 IV〉라는 책의 265페이지에 이렇게 묘사되어 있다. '토르 올센스 가라는 이름의 이 도로는 극도로 칙칙하며 보기 흉하다.' 하지만 그날 밤 해리에게는 이 도로가 안성맞춤이었다. 소음, 지나다니는 차들, 그리고 어둠은 그와 대기 중인 택시를 완벽하게 감춰줄 터였다.

해리는 지렛대를 가죽 재킷 소매 안쪽에 집어넣고 재빨리 도로를 건넜다. 다행히도 9번지 건물에는 초인종이 최소한 스무 개는 있었다. 이는 첫 번째로 누른 집에서 그의 거짓말이 통하지 않더라도 다른 대안이 많다는 뜻이었다. 알프 군네루드의 이름은 오른쪽 위에서 두 번째였다. 그는 건물의 오른쪽을 올려다보았다. 5층 창문은 불이 꺼져 있었다. 해리는 1층 초인종을 눌렀다. 졸린 여자의 목소리가 흘러나왔다.

"안녕하세요. 전 알프를 찾아왔습니다." 해리가 말했다. "그런데 음악을 너무 크게 틀어놨는지 아무리 초인종을 눌러도 대답이 없네요. 알프 군네루드요. 5층에 사는 도어록 가게. 문 좀 열어주시겠어요?"

"지금 12시가 넘었어요."

"죄송합니다. 알프에게 음악 소리를 줄이라고 하겠습니다."

해리는 기다렸다. 잠금장치에서 웅 소리가 났다.

해리는 한 번에 세 계단씩 올라갔다. 5층에 도착하자 잠시 멈춰서 귀를 기울였다. 하지만 그의 심장 박동 소리밖에 들리지 않았다. 5층에는 두 가구가 있어서 둘 중 하나를 선택해야 했다. 한쪽 문에는 사인펜으로 '안데르센'이라고 적은 회색 마분지가 붙어 있었고, 다른 문에는 아무것도 없었다.

지금부터가 이번 작전에서 가장 중요한 부분이었다. 단일 도어록이라면 아마도 이 건물 안에 있는 사람들을 모두 깨우지 않고도 문을 열 수 있을 것이다. 하지만 만약 알프가 로세스메덴 AS에서 생산하는 이중, 삼중의 도어록을 설치했다면 골치 아파질 것이다. 그는 문을 위에서 아래까지 훑어보았다. 보안 업체 스티커는 붙어 있지 않았다. 드릴 방지 도어록도 아니었다. 이중 핀에 쌍원통이 달린 강도 방지용도 아니었다. 그저 낡고 평범한 열쇠 구멍 하나뿐이었다. 이거라면 식은 죽 먹기다.

해리는 소매 안으로 손을 넣어 지렛대를 꺼냈다. 지렛대의 끝을 잠금장치 밑, 문 안쪽으로 밀어 넣기 전에 그는 잠시 머뭇거렸다. 너무 쉬워서 불안할 정도였다. 하지만 생각할 시간도, 선택의 여지도 없었다. 해리는 지렛대로 문을 부수지 않고, 대신 경첩 쪽으로 힘껏 밀었다. 그런 다음 걸쇠 안쪽으로 외위스테인의 은행카드를 밀어 넣었다. 그러자 잠금장치가 문에 달려 있던 틀에서 슬그머니 빠져나왔다. 이번에는 힘을 가해 문을 살짝 밀면서 그와 동시에 문 아래로 발을 집어넣었다. 지렛대를 살짝 밀면서 카드를 아래로 내리자, 경첩에서 끼익 소리가 나며 문이 열렸다. 그는 안으로 들어가 등 뒤로 문을 닫았다. 이 모든 과정이 8초 만에 끝났다.

냉장고의 웅웅 소리와 이웃집 텔레비전에서 방영 중인 시트콤의 웃음소리가 들렸다. 해리는 칠흑 같은 어둠에 귀 기울이며 깊고 고르게 호흡하려 했다. 도로의 자동차 소리가 들렸고, 외풍이 느껴졌다. 이 아파트의 창문이 낡았다는 뜻이다. 하지만 가장 중요한 점은 집 안에서 인기척이 전혀 느껴지지 않는다는 것이다.

그는 전등 스위치를 찾아냈다. 복도는 페인트칠을, 거실은 회반죽을 다시 칠해야 했다. 주방은 도저히 사용이 불가능했다. 집 안, 더 정확히 말하면 텅 빈 집 안을 보니 이 집의 보안장치가 왜 그리 허술한지 이해가 되었다. 알프 군네루드는 가진 것이 아무것도 없었다. 심지어 해리가 음량을 줄이라고 말해줄 스테레오조차 없었다. 여기 누군가 살고 있다는 유일한 증거는 두 개의 캠핑용 의자와 초록색 탁자, 여기저기 흩어진 옷가지, 커버도 씌우지 않은 채 이불만 덜렁 놓여 있는 침대뿐이었다.

해리는 외위스테인이 가져온 설거지용 장갑을 꼈다. 캠핑용 의자를 복도로 가져가, 벽에 부착된 선반 앞에 내려놓았다. 선반은 3미터 높이의 천장까지 닿아 있었다. 그는 머릿속에서 예전 생각들을 모두 비워내고, 한쪽 발을 조심스럽게 의자에 올렸다. 그 순간, 전화벨이 울렸다. 해리가 다른 쪽 발도 마저 의자에 올리는 순간, 캠핑용 의자가 딱 소리와 함께 반으로 접혔고 그는 바닥으로 우당탕 떨어졌다.

*

톰 볼레르는 어쩐지 불안했다. 지금 상황은 그가 언제나 추구하는 예측 가능성이 결여되어 있었다. 그의 경력과 미래의 전망이 그의 손이 아닌, 그와 한편인 다른 이들의 손에 달렸기 때문이다. 인간이라는 인자는 늘 계산에 넣어야 하는 위험 요소였다. 지금의 이 불안감은 베아테 뢴과 루네 이바르손을 믿어도 될지 알 수 없다는 데서 비롯되었다. 그리고 한 사람 더 있었다. 가장 중요한 사람이자 그의 가장 큰 수입원인 네이브*.

* 게임용 카드의 '잭'에 해당하는 카드로 병사나 하인을 뜻한다.

그뤼란슬라이레 강도 사건 이후, 시 의회에서는 경찰청장에게 도살자를 잡으라고 압력을 가했다. 그 소식을 듣자마자 볼레르는 네이브에게 당장 은신하라고 지시했다. 은신처는 네이브가 예전부터 잘 아는 곳으로 결정했다. 파타야는 아시아에서 서방의 수배자들이 가장 많이 모여드는 도시였고, 방콕에서 차로 한두 시간밖에 걸리지 않았다. 그곳에서 네이브는 백인 관광객이 되어 군중속에 자연스럽게 섞일 것이다. 네이브는 파타야를 '아시아의 소돔'이라 부르던 터였다. 따라서 그가 갑자기 오슬로로 돌아와 더는 그곳에서 못살겠다고 했을 때 볼레르는 도무지 이해할 수가 없었다.

그는 우에란스 가 신호등 앞에 멈춰서 왼쪽 깜빡이를 켰다. 느낌이 좋지 않았다. 최근에 네이브는 그에게 먼저 알리지도 않고 은행을 털었다. 이는 심각한 계약 위반이었다. 뭔가 조치를 취해야 했다.

방금 네이브에게 전화를 했지만 받지 않았다. 그건 여러 가지 의미일 수 있다. 예를 들어, 네이브는 지금 트뤼반의 산장에서 그들이 함께 의논했던 현금수송차량 강탈 작전의 세부 사항을 검토하는 중일 수도 있다. 혹은 은행털이에 필요한 장비, 이를테면 복장, 무기, 경찰 무전기, 도면을 점검하는 중일 수도 있다. 하지만 또 한편으로는 다시 병이 도져, 팔에 주사기를 꽂은 채 고개를 끄덕이며 방구석에 처박혀 있을 수도 있다.

볼레르는 네이브의 집이 있는 어둡고 지저분한 거리를 따라 서서히 차를 몰았다. 반대편 길에 택시가 대기 중이었다. 볼레르는 아파트 창문을 올려다보았다. 이상했다. 네이브의 집에 불이 켜져 있다니. 만약 네이브가 다시 약에 빠졌다면 지옥문이 열린 셈이다. 그의 아파트에 침입하는 건 식은 죽 먹기다. 그 집에는 부실한 자물쇠 하나만 달려 있기 때문이다. 볼레르는 손목시계를 보았다. 아까 베아테의 집에서 흥분한 상태라 오늘 밤에는 쉽게 잠들지 못할 것이다. 이 근처를 좀 더 돌다가 다시 전화를 해봐야겠다.

볼레르는 프린스를 더 크게 틀고, 액셀러레이터를 밟아 울레볼스바이엔 가를 올라갔다.

*

해리는 양손으로 머리를 감싼 채 캠핑 의자에 앉아 있었다. 엉덩이가 쑤셨고, 알프 군네루드가 범인이라는 증거는 어디에도 없었다. 이 집에 있는 물건을 모두 뒤지는 데 10분밖에 걸리지 않았다. 물건이 너무 적어서 혹시 다른 곳에 사는 게 아닐까 의심스러울 지경이었다. 욕실에는 칫솔 하나와 거의 다 쓴 솔리독스 치약, 비누 받침대에 달라붙어 있는, 정체를 알 수 없는 비누가 있었다. 그리고 전에는 하얀색이었을 수건 하나. 이게 전부였다. 이것이 그가 가진 기회였다.

해리는 마구 웃고 싶었다. 벽에 머리를 찧고 싶었다. 짐 빔 윗부분을 박살내서 유리 조각과 함께 술을 들이켜고 싶었다. 왜냐하면 범인은 알프 군네루드여야만 하기 때문이다. 통계적으로 볼 때 유죄로 보이는 증거들 중에서도 가장 강력한 증거가 있는데 그것은 바로 전과였다. 이 사건의 모든 것이 알프의 이름을 외쳐대고 있었다. 알프는 마약과 총기 소지 전과가 있었고, 도어록 업체에 근무하니 자신이 원하는 시스템 열쇠는 무엇이든 주문할 수 있었다. 안나의 아파트 열쇠든, 해리의 아파트 열쇠든.

해리는 창가로 다가갔다. 어쩌다가 이 미친 남자의 각본을 그리도 충실히 이행하게 됐을까? 하지만 그 각본에는 더 이상 어떤 지문도, 대사도 없었다. 구름의 틈 사이로 엿보는 달이 꼭 반쯤 씹다 만 알약처럼 보였다. 하지만 그 달조차도 그의 기억을 되살리지 못했다.

그는 눈을 감고 집중했다. 여기 있는 물건 중에서 그에게 다음 대사를 주는 물건이 무엇일까? 그가 놓친 것이 무엇일까? 머릿속 에서 다시 집 안을 뒤졌다. 하나씩, 하나씩.

3분 후에 그는 포기했다. 다 끝났다. 여기에는 아무것도 없다.

그는 모든 물건이 아까 처음 들어왔을 때와 똑같이 놓여 있는지 확인하고 거실 불을 껐다. 화장실 변기 앞에 서서 단추를 풀고 기 다렸다. 맙소사, 이젠 오줌도 안 나오는 건가? 그제야 오줌이 나 왔고 그는 지친 한숨을 내쉬었다. 손잡이를 누르고 물이 내려가는 순간, 그의 몸이 얼어붙었다. 방금 콸콸 쏟아지는 물 너머로 들린 게 경적 소리였나? 그는 정확히 듣기 위해 화장실 문을 닫고 현관 으로 나갔다. 그랬다. 길에서 짧고 분명한 경적 소리가 들렸다. 알 프가 오는 중이다! 이미 문간에 서 있던 해리에게 어떤 생각이 떠 올랐다. 하필 이때, 늦어도 한참 늦은 지금에서야 떠오르다니. 변 기에 쏟아지는 물. 대부. 총. '거기가 내가 제일 좋아하는 장소거 든.'

"젠장, 젠장, 젠장!"

해리는 다시 화장실로 달려가 변기 수조 위에 달린 손잡이를 미 친 듯이 돌리기 시작했다. 빨갛게 녹슨 나사가 눈에 들어왔다. "더 빨리." 그가 속삭이며 손잡이를 비틀었다. 망할 놈의 막대는 신음 하며 계속 돌아갈 뿐 빠지려 하지 않았고, 그의 심장 박동은 점점 빨라졌다. 계단통 아래쪽에서 문이 쾅 닫히는 소리가 들렸다. 마 침내 막대가 빠졌고, 그는 수조 뚜껑을 들어 올렸다. 도자기끼리

서로 긁히는 듣기 싫은 소리가 어슴푸레한 욕실에 울려 퍼지는 동안, 수조 안에서는 물이 계속 솟아나왔다. 해리는 수조 안에 머리를 집어넣고, 손가락으로 미끈거리는 안쪽을 훑었다. 이게 뭐야? 아무것도 없잖아. 수조 뚜껑을 뒤집어보았더니 거기에 있었다. 뚜껑 안쪽에 테이프로 부착된 채. 그는 숨을 깊이 들이쉬었다. 투명 테이프 아래로 보이는 열쇠의 모든 홈과 홈집, 뾰족뾰족한 톱니가 그의 눈에 익었다. 해리의 아파트 출입문과 지하실, 현관문을 열 수 있는 열쇠와 똑같았다. 그 옆에 붙어 있는 사진도 해리가 잘 아는 사진이었다. 거울 속에서 사라진 사진. 사진 속 쇠스는 미소 짓고 있었고, 해리는 터프한 척하고 있었다. 여름 햇빛에 가무잡잡하게 그은 피부, 아무것도 모른 채 기쁨에 겨운 표정. 하지만 사진 옆에 넓적한 검은색 테이프 세 개로 고정되어 있는 비닐 속 하얀 가루는 그의 물건이 아니었다. 비록 그 가루가 디아세틸모르핀, 통칭 헤로인이라는 것은 기꺼이 장담할 수 있었지만. 그것도 아주 많은 양이었다. 이 정도면 최소한 가석방 없이 6년 형이었다. 해리는 발소리에 귀 기울이며, 아무것도 건드리지 않은 채 뚜껑을 다시 닫고 나사를 돌리기 시작했다. 베아테가 말했듯이, 만약 해리가 영장도 없이 이 집에 침입한 사실이 발각되면 이 증거는 아무런 가치도 없었다. 변기 손잡이가 제자리에 들어가자, 그는 문으로 달려갔다. 문을 열고 밖으로 나가는 것밖에 선택의 여지가 없었다. 발을 질질 끌며 계단을 올라오는 소리가 들렸다. 해리는 조용히 문을 닫고, 난간 아래를 슬쩍 내려다보았다. 숱이 많은 갈색 머리가 올라오는 것이 보였다. 5초 후면 해리는 그의 시야에 들어가게 될 것이다. 하지만 위층으로 올라가는 계단을 큰 보폭으로 세 걸음만 디디면 그의 시야에서 금세 사라질 수 있었다.

계단을 올라오던 남자는 우뚝 멈춰 섰다. 계단에 앉아 있는 해리를 보았기 때문이다.

"안녕, 알프." 해리가 손목시계를 보며 말했다. "왜 이리 늦었어?"

남자는 휘둥그레진 눈으로 해리를 바라보았다. 주근깨가 있는 얼굴은 창백했다. 얼굴을 감싼 기름진 머리는 어깨까지 내려왔는데 귀 주위를 리암 갤러거 스타일로 잘랐다. 산전수전 다 겪은 살인자라기보다 두들겨 맞을까 겁먹은 청년 같았다.

"무슨 일입니까?" 남자가 고음의 목소리로 크게 물었다.

"나와 함께 경찰청까지 가줘야겠어."

남자는 재빠르게 행동했다. 몸을 휙 돌리더니 난간을 잡고 아래쪽 층계참으로 뛰어내린 것이다. "이봐!" 해리가 외쳤지만 남자는 이미 그의 시야에서 사라졌다. 다섯 혹은 여섯 계단 아래로 두 발이 착지하는 소리가 계단통에 울려 퍼졌다.

"알프!"

해리의 외침에 대답하듯 아래층 문이 쾅 닫혔다.

해리는 재킷 안주머니에 손을 넣었다가 담배가 없다는 것을 깨닫고, 자리에서 일어나 천천히 걸어 내려갔다. 이제 기갑부대가 들이닥칠 차례였다.

*

톰 볼레르는 음악 소리를 줄이고, 주머니에서 삐삐 울어대는 휴대전화를 꺼냈다. 초록색 버튼을 누른 다음, 전화기를 귀로 가져갔다. 전화기 반대편에서 헉헉거리는 긴장된 헐떡임과 차 소리가 들렸다.

"여보세요? 듣고 있어요?" 네이브였다. 잔뜩 겁에 질린 목소리였다.

"무슨 일이야, 네이브?"

"아, 다행이다. 큰일 났어요. 나 좀 도와줘야겠어요. 빨리."

"도와주고 말고는 내 맘이야. 그러니 대답부터 해."

"그들이 날 찾아냈어요. 경찰 놈이 계단에 앉아서 내가 오기를
기다리고 있었다고요."

볼레르는 링바이엔 가 앞의 횡단보도에 차를 세웠다. 한 노인이
아주 좁은 보폭으로 이상하게 길을 건너고 있었다. 저러다가는 밤
새 건널 것 같았다.

"경찰이 왜?"

"왜겠어요? 날 체포하러 왔겠죠."

"그런데 왜 체포가 안 된 거지?"

"내가 죽어라 달렸으니까요. 곧장 토꼈다고요. 하지만 지금 날
쫓아오고 있어요. 벌써 경찰차가 세 대나 지나갔다고요. 듣고 있
어요? 빨리 날 도와주지 않으면—."

"소리 지르지 마. 다른 경찰들은 어디 있어?"

"다른 경찰들은 못 봤어요. 냅다 도망쳤으니까."

"그렇게 쉽게 경찰을 따돌렸다고? 그 남자가 경찰인 거 확실
해?"

"그럼요. 그 사람이었다고요!"

"누구?"

"해리 홀레요. 최근에 우리 가게를 또 찾아왔어요."

"말 안했잖아."

"거긴 도어록 가게예요. 늘 경찰이 들락거린다고요!"

신호등이 초록색으로 바뀌었다. 볼레르는 움직이지 않는 앞차

를 향해 경적을 눌렀다. "알았어. 나중에 얘기해. 지금 어디야?"

"여기가…… 에…… 공중전화 박스예요. 법원 앞에 있는." 그는 당황하며 웃어댔다. "여기 있기 싫어요."

"아파트에 둬서는 안 되는 물건이라도 있어?"

"거긴 깨끗해요. 모든 장비는 별장에 있어요."

"넌 어때? 너도 깨끗한 거야?"

"나 약 끊은 거 알잖아요. 올 거예요, 말 거예요? 젠장, 지금 나 부들부들 떨고 있다고요."

"진정해, 네이브." 볼레르는 얼마나 걸릴지 계산했다. 트뤼반의 산장. 경찰청사. 도심. "이번 일을 은행털이로 생각하자고. 내가 도착하는 대로 약 줄게."

"끊었다고 했잖아요." 그는 망설이더니 다시 덧붙였다. "늘 약을 가지고 다니는 줄 몰랐네요, 프린스."

"상비품이지."

침묵이 흘렀다.

"무슨 약인데요?"

"로힙놀. 내가 준 제리코 가지고 있어?"

"상비품이죠."

"좋아. 내 말 잘 들어. 컨테이너항 동쪽 부두에서 보자고. 지금 난 꽤 멀리 떨어져 있어서 거기까지 가는 데 40분쯤 걸릴 거야."

"지금 뭔 소리를 하는 거예요? 여기로 날 데리러 오라고요, 젠장. 지금 당장!"

볼레르는 대답하지 않은 채 상대의 숨소리가 전화기에서 치지직 부서지는 소리를 들었다.

"잡히면 나 혼자 당하지는 않을 거예요. 당신도 이해하죠, 프린스? 감형을 받을 수만 있다면 난 다 불 거라고요. 당신이 한 일까지 내가 뒤집어쓰지는 않을 거예요. 그러니까—."

"너 패닉 상태에 빠진 거 같다, 네이브. 지금 이 상황에서 패닉은 전혀 도움이 안 돼. 네가 이미 잡혔고, 이게 날 잡기 위한 덫일 수도 있잖아? 아니라는 법이 어디 있어? 그러니까 너 혼자 컨테이너항으로 가서 가로등 밑에 서 있어. 그래야 내가 널 볼 수 있으니까."

네이브가 신음했다. "젠장! 젠장! 젠장!"

"어쩔 거야?"

"좋아요. 알았어요. 약이나 가져와요. 젠장!"

"40분 뒤 컨테이너항이야. 가로등 아래."

"늦지나 말아요."

"잠깐. 하나 더. 난 아래쪽에 주차하고 갈 거야. 내가 말하면 총을 꺼내서 위로 들어 올려. 내가 똑똑히 볼 수 있도록."

"왜요? 편집증이라도 생긴 거예요?"

"지금처럼 불투명한 상황에서는 어떤 위험도 감수하기 싫다고 해두지. 내 말대로 해."

볼레르는 전화를 끊고 손목시계를 보았다. 음량 버튼을 오른쪽으로 돌렸다. 기타. 아름답고 순수한 소음. 아름답고 순수한 분노. 그는 주유소 앞에 차를 세웠다.

*

비아르네 묄레르는 아파트 안으로 들어가 못마땅한 표정으로 집 안을 둘러보았다.

"아늑하지?" 베베르가 물었다.

"상습범이라면서요?"

"알프 군네루드. 최소한 이 아파트 소유주는 그 사람으로 되어 있네. 여긴 지문 천지야. 다 그자의 지문인지 조사해봐야겠어. 유리." 베베르가 가는 붓으로 창문을 빗어 내리는 청년을 가리켰다. "최고의 지문은 언제나 유리에서 나오지."

"지문을 뜨고 있다는 건 여기서 뭔가 나왔다는 뜻이겠군요."

베베르는 다른 물건들과 함께 카펫에 놓여 있는 비닐봉지를 가리켰다. 묄레르는 쪼그리고 앉아 비닐봉지의 찢어진 틈 사이로 손가락을 밀어 넣었다. "흠. 헤로인이네요. 500그램은 너끈히 나가겠어요. 이건 뭐죠?"

"두 아이를 찍은 사진이야. 사진 속 아이들이 누구인지는 아직 모르겠어. 그리고 저 열쇠는 분명 이 집 열쇠가 아니야."

"만약 이게 시스템 열쇠라면 트리오빙에 열쇠의 소유주가 누구인지 물어봐야겠군요. 사진 속 소년이 왠지 낯이 익은데요?"

"동감이야."

"방추상회 때문이죠." 뒤에서 여자 목소리가 들렸다.

"베아테 뢴." 묄레르가 깜짝 놀라 말했다. "강도수사과가 여긴 웬일이지?"

"여기 헤로인이 있다는 제보를 받은 게 저예요. 경찰을 출동시켜달라는 부탁을 받았죠."

"그러니까 자네는 마약 업계 쪽으로도 제보자가 있다는 건가?"

"은행털이나 마약이나 모두 다 한 가족 아닌가요?"

"제보자가 누군가?"

"모르겠어요. 그냥 제가 자고 있는데 집으로 전화가 왔어요. 자기가 누군지, 제가 경찰인 걸 어떻게 알았는지는 전혀 밝히지 않더군요. 하지만 제보 내용이 너무 구체적이고 상세해서 곧장 경찰청 소속 변호사에게 전화했죠."

"흠. 마약에 전과, 중요한 증거가 인멸될 우려까지 있으니 영장은 바로 받았겠군."

"네."

"그런데 시체도 없는데 나는 왜 부른 거지?"

"제보자가 알려준 게 하나 더 있거든요."

"그래?"

"알프 군네루드는 안나 베트센과 아주 가까운 사이였다고 해요. 그녀의 연인이자 마약 제공자였대요. 그가 복역하는 동안, 안나가 다른 남자와 사랑에 빠져 그를 차버리기 전까지는요. 어떻게 생각하세요, 묄레르 경정님?"

묄레르는 그녀를 바라보았다. "기쁜 소식이로군." 그가 아무런 표정의 변화 없이 말했다. "자네로서는 짐작도 못할 만큼 기쁜 소식이야."

그는 계속 베아테를 바라보다가 마침내 시선을 떨궜다.

"베베르. 이 아파트에 폴리스 라인을 치고, 수하에 있는 사람들을 모조리 불러주세요. 할 일이 있습니다."

글록

스테인 톰메센은 2년간 제복 경찰로 근무했다. 그의 가장 큰 소원은 형사가 되는 것이었고, 그의 꿈은 전문 요원이었다. 그리하여 정해진 시간에만 일하고, 개인 사무실도 있고, 수사관보다 더 많은 월급을 받고 싶었다. 또 집에 돌아가면 트리네에게 직장에서 강력반 전문가와 의논했던 문제들을 들려주고 싶었다. 그녀로서는 상상할 수 없을 정도로 어마어마하게 복잡한 문제들을. 하지만 그렇게 될 때까지는 쥐꼬리만 한 월급을 받으며 교대 근무를 하고, 10시간을 자고도 여전히 기진맥진한 상태로 일어나야 했다. 또한 트리네가 더는 이렇게 못살겠다고 불평할 때마다 약에 취한 청소년들을 응급실로 데려다주고, 어린아이에게 네 아빠가 엄마를 때렸기 때문에 아빠를 체포해야만 한다는 말을 하고, 경찰을 싫어하는 사람들로부터 온갖 욕을 먹는 일이 얼마나 힘든 일인지 설명해야 했다. 그러면 트리네는 눈동자를 굴리며 그 말은 귀에 못이 박히도록 들어왔다고 대꾸했다.

따라서 강력반의 톰 볼레르 경감이 당직실로 들어와 수배 중인 범인을 잡으러 함께 갈 수 있느냐고 물었을 때 스테인 톰메센이

제일 먼저 한 생각은 어쩌면 볼레르 경감이 형사가 되는 법에 대해 몇 가지 조언을 해줄지도 모른다는 것이었다. 뉘란스바이엔 가를 내려가 인터체인지로 향하는 차 안에서 톰메셴이 그 말을 하자, 볼레르는 빙그레 미소를 지었다.

"형사가 되고 싶으면 신청서를 쓰기만 하면 돼. 내가 그 신청서에 추천사를 몇 마디 적어줄 수도 있지." 볼레르가 말했다.

"그러면 정말…… 좋겠네요." 톰메셴은 '고맙습니다'라는 말을 해야 할지, 그랬다가 그 말이 오히려 아부하는 것처럼 들리지나 않을지 고민했다. 따지고 보면 아직은 그에게 고마워해야 할 일이 별로 없었다. 그래도 트리네에게 기회를 타진해보았다는 말은 꼭 할 것이다. 그렇다, 정확히 그 단어를 쓸 것이다. '기회를 타진해보았다.' 그렇게만 말해두고 확실히 정해지기 전까지는 아무 말도 하지 않을 것이다.

"어떤 놈을 잡으러 가는 겁니까?" 톰메셴이 물었다.

"순찰하다가 무선에서 나오는 방송을 들었어. 토르 올셴스 가에 사는 알프 군네루드의 집에서 엄청난 양의 헤로인이 발견됐다고 하더군."

"네, 저도 들었어요. 거의 500그램쯤 된다죠?"

"그런데 누군가 내게 제보를 해줬어. 컨테이너항에서 군네루드를 봤다고 말이야."

"오늘 밤에는 제보자들이 바쁘네요. 헤로인을 압수할 수 있었던 것도 익명의 제보자 덕분이었거든요. 우연일지도 모르지만 좀 이상하지 않아요? 익명의 제보자가 둘이나―"

"같은 사람일 수도 있지." 볼레르가 그의 말을 잘랐다. "누군가 군네루드에게 앙심을 품었을 수도 있고. 그래서 그자를 엿 먹이려고 한 게 아닐까?"

"글쎄요……."

"그래, 형사가 되고 싶다고?" 볼레르가 물었다. 톰메센은 볼레르의 말투에서 약간의 짜증이 느껴진다고 생각했다. 그들이 탄 차는 교차로를 빠져나와 부두로 향했다. "그래, 그럴 거야. 형사가 된다는 건 대단한 변화지, 안 그래? 어느 부서로 가고 싶은지는 생각해봤나?"

"당연히 강력반이죠. 강도수사과도 좋고요. 성범죄수사과만은 피하고 싶어요."

"그렇겠지. 자, 다 왔어."

두 사람은 어둡고 탁 트인 광장을 가로질렀다. 광장에는 컨테이너들이 마구 쌓여 있었고, 맨 끝에 커다란 핑크색 건물이 있었다.

"가로등 아래 서 있는 남자가 인상착의에 들어맞는 것 같아." 볼레르가 말했다.

"어디요?" 톰메센은 어둠 속을 들여다보았다.

"저쪽 건물 옆에."

"와. 시력이 정말 좋으시네요."

"총 가져왔나?"

톰메센은 놀라서 볼레르를 바라보았다. "아까 그런 말씀은 안 하셨―"

"괜찮아. 내가 가져왔으니까. 자네는 차에 대기하고 있다가 놈이 문제를 일으키면 지원 병력을 요청해. 알았나?"

"알겠습니다. 근데 지금 병력을 요청하는 편이―?"

"시간 없어." 볼레르는 헤드라이트를 환하게 켠 채 차를 세웠다. 톰메센은 가로등 아래 서 있는 남자까지의 거리가 50미터쯤 되리라 생각했다. 하지만 나중에 측정한 바에 의하면 정확히 34미터였다.

볼레르는 경찰청에 신청해 특별 소지 허가를 받아둔 글록 20에 총알을 장전했다. 장전이 끝나자, 조수석과 운전석 사이에 있던 큼지막한 검은색 손전등을 들고 차에서 내렸다. 남자를 향해 다가가며 볼레르는 큰 소리로 외쳤다. 훗날 두 사람의 사고 경위 보고서는 이 지점에서부터 큰 차이가 났다. 볼레르의 보고서에 따르면 그는 "경찰이다! 빨리 보여줘!"라고 외친 것으로 되어 있다. '빨리 보여줘'는 '손 머리 위로 올려'에 해당하는 은어였다. 여러 차례 체포된 경력이 있는 전과자에게 볼레르가 그런 은어를 사용한 것은 충분히 이해가 가는 행동이라는 데 지방 검사도 동의했다. 게다가 볼레르 경감은 자신이 경찰이라는 것을 분명히 밝혔다. 반면 톰메센의 원래 보고서에는 볼레르가 "안녕, 네 경찰 친구가 왔어. 그거 좀 보여줘봐"라고 말한 것으로 되어 있었다. 하지만 볼레르와 몇 번 이야기를 나눈 뒤, 톰메센은 볼레르의 보고서가 아마도 진실에 좀 더 가까울 것이라고 말했다. 그다음에 벌어진 일에 있어서는 두 사람의 의견이 일치했다. 가로등 아래 서 있던 남자는 재킷 안으로 손을 넣어 총을 꺼냈다. 나중에 밝혀진 바에 따르면 그 총은 제리코였고, 일련번호가 지워져 있어서 추적이 불가능했다. 경찰 특별수사기관인 SEFO가 실시한 조사에서 노르웨이 경찰 중 최고의 명사수 가운데 한 명으로 꼽혔던 볼레르는 소리를 지르며 연달아 재빨리 세 발의 총알을 발사했다. 그중 두 발이 알프 군네루드를 맞혔다. 하나는 왼쪽 어깨, 하나는 엉덩이에. 둘 다 목숨에 지장을 줄 정도는 아니었지만 군네루드는 쓰러졌고 바닥에 그대로 누워 있었다. 볼레르는 총을 들어 올린 채 군네루드를 향해 달려가며 외쳤다. "경찰이다! 총에서 손 떼. 총을 만지면 쏘 겠다. 손 떼라고 했다!" 여기서부터 스테인 톰메센의 보고서에는 덧붙일 만한 정보가 거의 없었다. 34미터나 떨어져 있었던 데다가 주위는 어두웠고, 볼레르가 그의 시야를 가리고 있었기 때문이다. 어쨌거나 톰메센의 보고서에는 볼레르의 보고서에 묘사된 이후의 사건을 반박할 만한 내용이 전혀 없었다. 현장에서 발견된 증거도 마찬가지였다. 볼레르의 보고서에 의하면 그의 경고에도 불구하 고 군네루드는 총을 들어 그를 겨누었지만 볼레르가 먼저 발사했 다. 두 사람 사이의 거리는 3미터에서 5미터 사이였다.

나는 곧 죽을 것이다. 참으로 어처구니없는 현실이다. 지금 나는 연 기가 피어오르는 총구를 바라보고 있다. 이럴 계획이 아니었다. 적어 도 내 계획은 이게 아니었다. 어쩌면 나도 모르게 줄곧 이 결말을 향해 달려왔을지도 모르지만, 어쨌거나 내 계획에는 어긋나는 일이다. 내 계획은 더 나은 결말이었다. 더 타당한 결말. 기내 압력이 떨어지고 눈 에 보이지 않는 힘이 안쪽에서부터 내 고막을 누르고 있다. 누군가 내 게 몸을 내밀며 준비가 되었느냐고 묻는다. 우린 이제 착륙할 거라고.

나는 지금까지 도둑이자 거짓말쟁이, 마약 밀매자, 간통꾼으로 살아 왔다고 속삭였다. 하지만 사람을 죽인 적은 없다. 그렌센 지점의 은행 여직원이 내가 쏜 총에 맞은 건 정말 사고였다. 기체 아래로 별들이 반 짝거렸다.

"죄를 지었습니다……." 내가 속삭였다. "사랑했던 여자에게 나쁜 짓을 저질렀습니다. 그것도 용서받을 수 있을까요?" 하지만 스튜어디 스는 벌써 가버렸고, 착륙 유도등의 불빛이 사방을 밝혔다.

안나가 처음으로 '노'라고 한 날이었다. 난 '예스'라고 대꾸하고는 문을 밀치고 들어갔다. 그것은 지금까지 내 손에 들어온 것 중에서 가장 순도 높은 약이었고, 그냥 피워버리는 걸로 재미를 반감시키고 싶지 않았다. 안나는 싫다고 했지만 난 공짜라고 말하면서 주사기를 준비했다. 안나는 약을 할 때 주사기를 사용한 적이 한 번도 없었지만 난 그냥 주사를 놓아주었다. 다른 사람들에게 놓아줄 때보다 힘들었다. 결국 두 번이나 주사를 맞은 끝에 그녀는 날 바라보며 중얼거렸다. "난 석 달 동안 깨끗했어. 다 나았었다고." 그래서 내가 말했다. "돌아온 걸 환영해." 안나는 웃으며 이렇게 말했다. "널 죽일 거야." 나는 세 번째로 정맥을 찾아 투약했다. 안나의 눈동자가 검은 장미처럼 서서히 피어났다. 그녀의 팔에서 흘러내린 핏방울이 지친 한숨을 내쉬며 카펫 위에 떨어졌다. 그러자 그녀의 머리가 뒤로 넘어갔다. 다음 날 안나는 내게 전화해 약을 더 달라고 했다. 아스팔트 위에서 비행기 바퀴가 비명을 질렀다.

우리는 행복하게 살 수도 있었어. 당신과 나. 그게 내 계획의 결말이었지. 타당한 결말. 그런데 이건 도무지 무슨 의미인지 모르겠어.

검시 보고서에 의하면 10밀리미터의 총알이 알프 군네루드의 코뼈를 맞췄다. 부서진 코뼈의 파편은 총알을 따라 뇌 앞부분의 얇은 조직으로 침투해 시상과 변연계, 소뇌를 파괴했다. 총알은 두개골 뒤쪽을 뚫고 나와 마지막으로 아스팔트 도로에 구멍을 뚫어놓았다. 이틀 전 도로 보수공사 사람들이 수리한 도로에는 아직도 구멍이 송송 나 있던 터였다.

40

보니 타일러

그날은 울적하고, 짧고, 전반적으로 불필요한 하루였다. 비를 잔뜩 머금은 납빛 구름은 빗방울 하나 떨어뜨리지 않은 채 도심을 가로질렀다. 가끔씩 불어닥치는 돌풍에 엘메르의 담배 가게 앞에 세워진 가판대의 신문이 펄럭거렸다. 신문의 헤드라인을 보면 이제 대중이 소위 테러와의 전쟁이라고 하는 것에 신물 나기 시작했음을 알 수 있었다. 전쟁에는 점차 다소 혐오스러운 선거 슬로건이 내포되었고, 테러를 일으킨 주범의 행방이 묘연해지면서 탄력을 잃고 말았다. 그가 죽었다고 생각하는 사람들도 있었다. 그랬기 때문에 신문은 리얼리티 프로그램에서 유명해진 사람들이나 노르웨이인에 대해 좋은 말을 해주는 외국의 B급 유명인, 그리고 왕실의 휴가 계획과 같은 소식에 지면을 할애하기 시작했다. 이 단조로움을 깬 유일하게 극적인 소식은 컨테이너항에서 발생한 총격 사건이었다. 수배 중이던 살인범이자 마약 밀매상이 경찰에게 총을 겨누었다가 미처 쏘기도 전에 경찰의 총에 맞아 죽은 사건이었다. 마약수사과 책임자는 죽은 남자의 아파트에서 상당량의 헤로인을 압수했다고 발표했다. 한편 강력반에서는 이 남자가 저지른 것으로 추정되는 살인이 아직 수사 중이라고 밝혔다. 하지만 그날 석간신문에는 순수 노르웨이인인 이 남자가 범인임을 입증하는 강력한 증거가 나왔다고 추가로 실려 있었다. 또한 신기하게도 이 사건에 연루된 경찰이 1년 전, 신나치주의자인 스베레 올센을 집에서 쏘아 죽였던 경찰과 동일인이라고 했다. 문제의 경찰은 SEFO가 조사를 마칠 때까지 정직될 예정이었다. 또한 이번 조치는 이런 상황에서 의례적인 절차이며 스베레 올센 사건과 아무 연관이 없다는 경찰청장의 말도 실려 있었다.

트뤼반의 산장에서 화재가 발생한 사건도 간략하게 실려 있었다. 완전히 타버린 산장 근처에서 빈 석유통이 발견되었고, 따라서 경찰이 방화의 가능성도 배제하지 않았기 때문이다. 지면에는 실리지 않았지만, 기자들은 비르게르 군네루드에게 연락해 하룻밤에 아들과 산장을 동시에 잃은 기분이 어떤지 물으려고 여러 차례 시도했다.

해가 일찍 졌고, 오후 3시에는 벌써 가로등에 불이 들어왔다.

해리가 하우스 오브 페인에 들어서자, 모니터에 떨리는 정지 화면이 보였다. 그렌센 지점의 은행강도가 찍힌 녹화 테이프였다.

"진전은 좀 있어?" 범인을 크게 확대시킨 정지 화면을 가리키며 해리가 물었다.

베아테는 고개를 저었다. "기다리는 중이에요."

"다시 범행을 저지르기를?"

"지금 어딘가에 앉아서 또 다른 계획을 짜고 있을 거예요. 다음주가 될 거예요, 아마도."

"확신하는 표정인데?"

그녀는 어깨를 으쓱였다. "경험이죠."

"자네 경험?"

그녀는 미소를 지을 뿐 대답하지 않았다.

해리는 자리에 앉았다. "내가 전화로 했던 말과 다르게 행동했다고 해서 화나지 않았으면 좋겠어."

그녀는 얼굴을 찌푸렸다. "무슨 말이에요?"

"내가 전화로 그랬잖아. 오늘 아침 11시에 알프 군네루드의 집을 뒤질 거라고."

해리는 그녀를 빤히 바라보았다. 베아테는 완전히, 그리고 정말로 당황한 표정이었다. 어차피 해리는 비밀 첩보원도 아니었기에 사정을 설명하려고 했다. 하지만 마음을 바꿔 그만두기로 했다. 대신 베아테가 입을 열었다. "물어보고 싶은 게 있어요, 반장님."

"말해봐."

"라스콜과 우리 아버지의 관계에 대해 알고 계셨어요?"

"관계라니?"

"그 당시에 라스콜이…… 그 은행에 있었어요. 그자가 아버지를 쐈죠."

해리는 시선을 떨군 채 자신의 손을 바라보았다. "몰랐어. 정말로."

"하지만 짐작은 하셨죠?"

그는 눈을 들어 베아테의 눈을 바라보았다. "딱 한 번 그런 생각이 들기는 했어. 하지만 그뿐이야."

"왜 그런 생각이 들었죠?"

"속죄."

"속죄라뇨?"

해리는 숨을 깊이 들이쉬었다. "가끔씩 너무 끔찍한 범죄를 저

지르면 시야가 흐려지는 법이야. 외적으로나 내적으로나."

"무슨 뜻이에요?"

"누구에게나 속죄가 필요해, 베아테. 자네도 마찬가지야. 난 말할 것도 없지. 라스콜도 그렇고. 속죄는 씻는 행위처럼 우리의 기본적인 욕구야. 조화이자, 절대적으로 필요한 내적 균형이지. 그 균형을 우리는 도덕성이라 불러."

베아테의 얼굴이 창백해지더니 다시 붉어졌다. 그녀는 입을 벌렸다.

"라스콜이 왜 자수했는지는 아무도 몰라." 해리는 말을 이었다. "하지만 난 그것이 속죄하기 위해서라고 확신해. 방황하는 것만이 유일한 자유인 사람에게 감옥에 갇히는 건 최고의 자기 형벌이지. 인생을 박탈하는 건 돈을 박탈하는 것과 달라. 아마도 라스콜은 인생의 균형을 깨뜨린 범죄를 저질렀고, 그래서 남몰래 속죄하기로 한 거 같아. 자기 자신과 신을 위해서. 그가 신을 믿는다면."

마침내 베아테의 입에서 더듬더듬 말이 흘러나왔다. "그러니까…… 도덕적인…… 살인자라고요?"

해리는 기다렸다. 하지만 베아테의 입에서는 더 이상 말이 나오지 않았다.

"도덕적인 사람이란 자신의 도덕적 기준을 따르는 사람이야. 타인의 기준이 아니라." 그가 부드럽게 말했다.

"만약 제가 이걸 차고 면회실에 간다면 어떻게 될까요?" 베아테가 서랍을 열어 권총집을 꺼내며 비통한 목소리로 물었다. "면회실에 라스콜과 단둘이 있는데 그자가 날 공격했고, 그래서 정당방위로 그를 쐈다고 말한다면요? 반장님이 해충을 박멸하는 방식으로 저도 아버지의 복수를 하는 거죠. 그것도 반장님에게는 도덕적

541

인가요?" 그녀는 권총집을 테이블 위로 툭 던졌다.

해리는 의자에 등을 기대고 눈을 감은 채 베아테의 가빠진 호흡이 가라앉기를 기다렸다. "문제는 무엇이 자네 기준에서 도덕적인가 하는 거야, 베아테. 자네가 이 총을 왜 가져왔는지 모르겠지만, 그걸로 뭘 하든 난 말릴 생각은 추호도 없어."

그는 자리에서 일어났다. "아버지에게 자랑스러운 딸이 되라고, 베아테."

그가 문손잡이를 잡았을 때 베아테의 흐느낌이 들렸다. 그는 뒤를 돌아보았다.

"반장님은 몰라요!" 그녀가 흐느끼며 말했다. "전 제가…… 전 이게 일종의…… 갚아야 할 빚이라고 생각했다고요."

해리는 움직이지 않은 채 그대로 서 있었다. 그러다가 베아테 옆으로 의자를 가져가 앉은 다음, 한 손을 그녀의 뺨에 대었다. 베아테가 말하는 동안, 뜨거운 눈물이 그의 거친 손 위로 흘러내렸다. "반장님도 경찰이 되려고 했을 때는 무슨 생각이 있었을 거 아니에요. 이 세상에 질서라든가 균형이 있어야 한다고 말이에요. 심판이나 정의 같은 거요. 그런데 어느 날 반장님에게 늘 꿈꾸던 기회가 찾아온 거예요. 빚을 갚아줄 기회요. 하지만 자신이 원하는 건 그게 아니라는 걸 깨닫게 되죠." 그녀가 코를 훌쩍였다. "예전에 엄마가 이런 말을 한 적이 있어요. 욕망을 충족시키는 것보다 나쁜 것이 딱 한 가지 있는데 그건 바로 아무런 욕망도 느끼지 않는 거라고요. 증오. 모든 것을 다 잃고 나면 남는 건 그것뿐이죠. 그런데 그것마저 빼앗기라고요?"

베아테는 팔로 책상 위를 쓸었고, 권총집은 날아가 벽에 툭 부딪혔다.

해리가 소피스 가에 서서, 몸에 익숙한 재킷의 주머니를 뒤지며 집 열쇠를 찾고 있을 무렵에는 주위가 칠흑처럼 어두웠다. 그날 아침 경찰청에 출근하자마자 했던 일들 중에는 과학수사과로 가서 옷을 찾아오는 일도 있었다. 비그디스 알부의 집에 두고 온 그의 옷을 과학수사과에서 보관하고 있었기 때문이다. 하지만 제일 먼저 간 곳은 비아르네 묄레르의 사무실이었다. 강력반 책임자인 묄레르는 이제 해리가 거의 모든 혐의를 다 벗었다고 했다. 다만 할레라벤 16번지에서 무단 침입 신고가 들어올지 기다려봐야 한다고 했다. 또한 안나 베트센이 살해되던 날, 해리가 그녀의 아파트에 있었던 사실을 숨긴 것에 대해서는 처벌 여부를 두고 논의가 오갈 것이라고 했다. 그러자 해리는 만약 그 사안에 있어서 수사하라는 지시가 떨어진다면, 자신은 어쩔 수 없이 폭로할 것이라고 했다. 경정님과 총경님이 도살자 수사에 관해 자신에게 자유 재량권을 준 일과 브라질 경찰에게 알리지도 않고 브라질 출장을 허가한 일에 대해.

비아르네 묄레르는 쓴웃음을 지으며 아마도 그 일에 대해서는 어떤 수사도 필요치 않고, 처벌은 더더욱 없다는 결론이 날 거라고 말했다.

아파트 로비는 조용했다. 해리는 집 앞에 쳐진 폴리스 라인을 찢어버렸다. 깨진 판유리 위에는 합판이 덧대어져 있었다.

집 안으로 들어가 거실을 둘러보았다. 베베르는 아파트를 뒤지기 전에 사진을 찍어두었기 때문에 조사가 끝난 후에는 모든 물건을 다시 제자리에 두었다고 했다. 그렇다고는 해도 이곳에 외부인의 손길과 시선이 머물렀다는 사실을 떨쳐낼 수 없었다. 특별히 숨길 것이 많아서는 아니었다. 기껏해야 소싯적에 쓴 열렬한 러브 레터, 유통기한이 한참 지난 채 개봉된 콘돔 한 상자, 엘렌 엘텐의 시신을 찍은 사진뿐이었다. 그런 사진을 집에 둔다니 변태 소리를 들을 만했다. 그걸 제외하고는 포르노 잡지 한 권과 보니 타일러 음반 한 장, 린 울만*의 책 한 권 정도였다.

해리는 자동응답기의 깜빡이는 빨간 불빛을 오랫동안 응시하다 가 버튼을 눌렀다. 귀에 익은 아이 목소리가 낯설게 느껴지는 실 내를 가득 채웠다. "안녕, 아저씨. 오늘 재판 결과가 나왔어요. 엄 마는 울고 있어요. 그래서 나더러 대신 말하래요……."

해리는 마음의 준비를 하고 숨을 들이쉬었다.

"우린 내일 떠나요."

해리는 숨을 죽였다. 방금 제대로 들었나? '우리'가 떠난다고?

"우리가 이겼어요. 아저씨도 그 사람들 얼굴을 봤어야 하는데. 다들 우리가 질 줄 알았다고 엄마가 그랬어요. 엄마, 아저씨한테 하고 싶은 말 없어요? 없대요. 엄마는 그냥 울기만 해요. 이제 재 판에서 이긴 기념으로 맥도날드에 갈 거예요. 엄마가 아저씨한테 공항으로 마중 나와달래요. 안녕."

전화기에 대고 올레그가 숨 쉬는 소리, 그 뒤로 누군가 코를 풀 고 웃는 소리가 들렸다. 그러더니 다시 올레그의 목소리, 한층 더 나직해진 목소리가 들렸다. "아저씨가 마중 나오면 정말 좋을 거 예요."

해리는 의자에 털썩 주저앉았다. 목 속의 덩어리가 점점 커지더 니 이내 눈물이 흘렀다.

---

* 노르웨이 출신의 유명 여배우이자 감독인 리브 울만의 딸로 영화배우이자 작가.

PART **6**

41

S²MN

하늘에는 구름 한 점 없었다. 하지만 바람이 매서웠고, 창백한 태양은 그다지 많은 온기를 주지 못했다. 해리와 에우네는 재킷 칼라를 세운 채 나란히 걷고 있었다. 길 양쪽에 늘어선 자작나무는 이미 잎이 다 떨어진 상태였다.

"라켈과 올레그가 곧 돌아온다고 말하는 자네 목소리가 무척이나 행복하게 들렸네. 그 이야기를 아내에게 했더니, 그럼 이제 셋이 함께 사는 거냐고 묻더군." 에우네가 말했다.

해리는 대답 대신 미소만 지었다.

"최소한 라켈의 집은 셋이 살기에 충분하잖나." 에우네가 팔꿈치로 해리를 쿡 찔렀다.

"그렇기는 하죠. 사모님께 안부 전해주세요. 그리고 올라 바우에르가 했던 말도요."

"'난 소르겐프리 가로 이사를 했다'?"

"'하지만 그것 역시 별 도움이 되지 않았다'까지요."

둘은 함께 웃었다.

"어쨌든 지금은 온통 사건 생각뿐입니다." 해리가 말했다.

"사건, 맞아. 자네의 부탁대로 나도 보고서를 모두 읽어봤네. 괴상해. 참으로 괴상한 사건이야. 눈을 떠보니 자네는 집에 와 있었고 간밤의 일이 하나도 생각나지 않았어. 그러다가 알프 군네루드의 계략에 덜컥 휘말려버린 거야. 물론 사후에 누군가의 심리 진단을 하기란 쉽지 않지만, 이건 정말로 흥미로운 케이스야. 의심의 여지없이 아주 똑똑하며 창의적인 사람일세. 심지어 예술적인 경지에 이르렀다고도 할 수 있지. 거장의 솜씨야. 하지만 의문스러운 점이 몇 가지 있네. 그자가 자네에게 보낸 이메일을 읽었는데 거기에 자네가 정신을 잃은 사실이 적혀 있더군. 그건 분명 자네가 취한 상태에서 안나의 아파트를 나오는 걸 그자가 봤다는 뜻이겠지? 그래서 다음 날 자네가 아무것도 기억하지 못할 거라 추측한 거고."

"남자가 누군가의 부축을 받아 택시를 타야 할 정도라면 뻔하죠. 아마 그자는 밖에 서서 절 지켜보고 있었을 겁니다. 메일에는 아르네 알부가 그랬다고 썼지만요. 아마 안나로부터 그날 밤 제가 온다는 얘기를 들었겠죠. 제가 곤죽이 되어 안나의 아파트를 나왔던 건 예상치 못했던 덤이었고요."

"자네가 떠나자, 그자는 자기 가게를 통해 얻어낸 열쇠로 안나의 집에 들어갔어. 그러고는 안나를 쐈지. 그 총은 자기 소유였을까?"

"아마도요. 일련번호는 줄로 지워져 있더군요. 컨테이너항에서 발견된 알프의 총도 그런 식으로 번호가 지워져 있었습니다. 베베르 말로는 일련번호를 지운 방식을 보건대, 같은 공급업자에게서 구한 총이라고 했어요. 누군가 대규모로 무기 밀매 사업을 하는 것 같습니다. 스베레 올센이 썼던 글록도 똑같은 방식으로 번호가 지워져 있었거든요."

"그리고 그자는 안나의 오른손에 총을 쥐여주었지. 안나가 왼손 잡이였는데도."

"미끼였죠. 당연한 일이지만, 그자는 결국 제가 사건을 수사하리라는 걸 알았던 겁니다. 다른 건 몰라도 제 혐의를 확실히 벗기 위해서요. 또한 다른 형사들과 달리 저라면 안나가 오른손으로 권총을 쥔 것이 이상하다는 걸 알았을 테니까요."

"그러던 차에 알부 부인과 아이들의 사진이 나왔지."

"절 안나의 마지막 연인인 아르네 알부에게 인도하기 위해서였죠."

"안나의 집을 나서기 전, 그자는 안나의 노트북과 자네가 떨어뜨리고 간 휴대전화를 챙겼어."

"제 휴대전화 역시 예상치 못한 덤이었죠."

"그래서 이 똑똑한 친구는 복잡하면서 한 치의 빈틈도 없는 계획을 세우게 되는 거야. 자신을 배신한 연인, 자기가 감옥에 있는 동안 연인이 바람을 피운 남자, 그리고 그녀가 새로 잘해보려고 했던 금발의 경찰, 이렇게 세 사람을 벌주는 계획이었지. 게다가 이 친구는 즉흥적으로 행동하기 시작했어. 다시 한번 자신의 직장을 이용해 자네 아파트의 열쇠를 구한 거야. 그래서 자네 아파트 지하실에 안나의 노트북을 가져다놓고 노트북에 자네 휴대전화를 연결한 다음, 추적이 불가능한 서버를 통해 이메일 계정을 만들었지."

"추적이 불가능할 뻔했죠."

"아, 맞아. 자네의 친구라는 익명의 컴퓨터 천재가 그 서버를 찾아냈지. 하지만 자네 친구도 몰랐던 사실이 있었어. 자네가 받는 그 메일들이 사실은 모두 미리 쓰였고, 자네 지하실에 있는 컴퓨터에서 미리 지정된 날짜에 발송되고 있었다는 거지. 다시 말해, 메일을 보낸 사람은 노트북을 그곳에 두기 훨씬 전에 모든 일을 미리 다 계획해두었다는 거야. 내 말이 맞나?"

"네. 이메일은 읽어보셨나요?"

"읽었고말고." 에우네가 고개를 끄덕였다. "지금 와서 생각해보니, 그 메일이 특정한 사건들의 전개를 염두에 두고 쓰이기는 했지만 애매하게 쓴 것 또한 사실이야. 하지만 그 사건에 휘말린 당사자가 읽으면 다르겠지. 발신인이 사건에 대해 훤히 알고 있고, 현재 인터넷에 접속 중인 걸로 보일 거야. 그자가 그렇게 할 수 있었던 건 여러모로 이 쇼 전체를 지휘하고 있었기 때문이야."

"음, 아르네 알부의 살인까지 알프의 작품인지는 아직 모릅니다. 도어록 가게 직원 말로는 아르네 알부가 살해되던 시간에 알프와 함께 감레 마요르에서 맥주를 마셨다고 하니까요."

에우네는 양손을 비볐다. 차가운 바람 때문인지, 아니면 논리적으로 가능한 혹은 불가능한 결과가 너무도 많다는 생각에 흥분이 돼서인지 해리는 알 수 없었다. "알프가 아르네 알부를 죽이지 않았다고 가정해보세. 그자는 알부를 어떻게 할 심정으로 자네를 알부에게 이끈 걸까? 알부가 유죄 판결을 받기를 바랐을까? 하지만 그렇게 되면 자네를 벌줄 수 없어. 반대도 마찬가지고. 하나의 살인 사건으로 두 사람이 유죄 판결을 받을 수는 없으니까." 에우네가 말했다.

"맞습니다. 우리가 자문해봐야 할 것은 알부의 삶에서 가장 중요한 것이 무엇일까 하는 겁니다."

"바로 그거야. 자발적으로든 아니든 자신의 직업적 야망을 내려놓은 세 아이의 아버지라면 아마도 가족이 제일 중요하겠지."

"아르네 알부가 안나를 계속 만나고 있다는 사실을 밝힘으로써, 더 정확히 말하면 저로 하여금 그 사실을 알아내게 함으로써 알프가 이루려 했던 목적이 무엇일까요?"

"알부의 부인이 아이들을 데리고 그의 곁을 떠나는 거지."

"'인생에서 최악의 사건은 죽는 것이 아니다. 살아야 할 이유가 사라지는 것이다.'"

"맞는 말이야." 에우네가 인정한다는 듯이 고개를 끄덕였다. "누가 한 말인가?"

"기억이 안 납니다." 해리가 말했다.

"그런데 알프가 자네에게서 빼앗고자 했던 건 무엇일까? 그게 그다음으로 생각해봐야 할 질문이네. 자네의 삶을 가치 있게 만드는 것은 뭐지?"

그들은 안나가 살았던 아파트 앞에 도착했다. 해리는 오랫동안 열쇠를 만지작거렸다.

"대답해보게." 에우네가 말했다.

"알프가 저에 대해 아는 것은 전부 안나에게 들은 정보일 겁니다. 그리고 제가 안나와 만나던 시절에는…… 일이 제 삶의 전부였죠."

"일?"

"알프는 절 감옥에 넣고 싶어 했습니다. 하지만 가장 중요한 건 제가 경찰청에서 쫓겨나는 거였죠."

그들은 계단을 올라가며 이야기를 계속 나누었다.

집 안으로 들어가 보니 베베르와 그의 직원들은 이미 현장 감식을 마친 상태였다. 베베르는 흡족한 표정으로 침대 머리를 포함해 여러 군데에서 알프 군네루드의 지문이 나왔다고 말했다.

"그 친구, 별로 조심하지 않은 모양이야." 베베르가 말했다.

"이 집에 워낙 자주 들락거렸기 때문에 설사 조심했다 해도 어딘가에서 지문이 나왔을 겁니다. 게다가 자신은 절대 의심받지 않을 거라는 확신도 있었고요." 해리가 말했다.

"그건 그렇고, 아르네 알부가 살해된 방식도 참 특이해." 해리가 초상화와 그리머 램프가 있는 방의 미닫이문을 열자, 에우네가 말했다. "거꾸로 매장시킨다. 그것도 해변에. 뭔가 의식 같지 않나? 살인자가 뭔가 할 말이 있는 거 같아. 어떻게 생각하나?"

"제 사건이 아니라서요."

"그건 내 질문에 대한 답이 아니잖아."

"좋습니다. 어쩌면 범인은 알부에 대해 뭔가 하고 싶은 말이 있었을 수도 있죠."

"무슨 말이지?"

해리가 그리머 램프를 켜자, 세 폭의 그림 위로 빛이 떨어졌다. "그렇게 매장된 아르네 알부를 봤을 때 법대 시절에 배웠던 무언가가 떠올랐습니다. 1100년경의 굴라팅 법. 거기에 따르면 죽은 사람은 누구나 신성한 대지에 매장되어야 합니다. 명예를 더럽혔거나 배신했거나 살인을 한 사람만 제외하고요. 그런 자들은 바다가 땅을 만나는 곳에 매장되어야 하죠. 아르네 알부가 그곳에 매장된 것으로 보아 질투로 인한 살인 같지는 않습니다. 알프가 죽인 거라면 분명 질투로 인한 살인일 텐데 말이죠. 그보다는 아르네 알부가 범죄자라는 사실을 보여주기 위한 살인 같습니다."

"흥미롭군. 그런데 이 그림을 왜 다시 봐야 한다는 건가? 이건 정말 끔찍한 작품이라고."

"정말 이 그림들 속에서 아무것도 안 보이나요?"

"보이는 게 있기는 있지. 감정은 과잉되고 그림에 대한 감각은 전혀 없는, 허세에 가득 찬 젊은 예술가가 보이네."

"제 동료 중에 베아테 뢴이라는 친구가 있습니다. 오늘 그 친구가 여기 올 수 없었던 이유는 독일에서 열리는 경찰 세미나에서 강연을 하기 때문입니다. 강연의 주제는 컴퓨터의 이미지 조작과 방추상회의 도움을 받으면 복면 쓴 강도의 얼굴도 알아볼 수 있다는 것이죠. 베아테에게는 특별한 능력이 있습니다. 한 번이라도 봤던 사람들의 얼굴은 모두 기억하는 재능이죠."

에우네는 고개를 끄덕였다. "그런 현상에 대해 들은 적이 있네."

"베아테에게 이 초상화를 보여줬더니 그 친구가 이 그림 속의 사람들을 알아봤습니다."

"그래?" 에우네의 한쪽 눈썹이 위로 올라갔다. "어서 말해보게."

해리는 손가락으로 가리켰다. "왼쪽은 아르네 알부, 가운데는 저, 그리고 맨 마지막은 알프 군네루드랍니다."

에우네는 눈을 가늘게 뜨고, 안경을 위로 올려 쓰더니 앞뒤로 왔다 갔다 하면서 그림을 바라보았다. "재미있군. 정말로 재미있어. 내 눈에는 머리 형태밖에 안 보이는데 말이야."

"박사님이 전문가로서 법정에서 증언해주실 수 있을까요? 베아테처럼 그런 식으로 사람을 알아보는 게 가능하다고요. 박사님의 증언이 있다면 알프와 안나의 관계를 확실히 하는 데 도움이 될 겁니다."

에우네는 손을 저었다. "자네가 그 베아테 뢴이라는 아가씨에 대해 한 말이 사실이라면, 그 아가씨는 최소한의 정보만으로도 얼굴을 알아볼 수 있을걸세."

다시 거리로 나오자, 에우네가 말했다. "내 직업적 호기심 때문에라도 그 아가씨를 꼭 좀 만나보고 싶군. 그 아가씨도 형사인 거지?"

"강도수사과 소속이죠. 도살자 건으로 함께 일했습니다."

"그랬군. 그 사건은 어찌 돼가나?"

"단서가 별로 없습니다. 놈이 다시 터뜨려주기만 기다리고 있는데 아무 일도 없군요. 정말 이상한 일입니다."

보그스타바이엔 가에 접어들었을 때 바람결에 빙글빙글 돌아가는 눈송이가 떨어졌다. 올해의 첫눈이었다.

*

"겨울이에요!" 길 건너편에서 알리가 해리를 향해 소리치며 하늘을 가리켰다. 그가 동생에게 우르두어로 무언가 말하자, 동생은 즉시 형을 대신해 과일 상자를 가게 안으로 나르기 시작했다. 알리는 길을 건너 해리에게 다가왔다. "끝나서 정말 잘됐죠?" 알리가 미소 지었다.

"네." 해리가 말했다.

"올가을은 정말 지긋지긋했어요. 마침내 가을이 끝나고 눈이 살짝 내리는군요."

"아, 그거요. 난 또 사건을 말하는 줄 알고……."

"당신 지하실에 노트북이 있던 사건 말입니까? 수사가 끝났어요?"

"소식 못 들었군요. 노트북을 거기에 둔 사람을 찾아냈습니다."

"아하. 그래서 우리 아내가 그런 전화를 받은 거군요. 내가 오늘 경찰청에 출두할 필요가 없다는 전화가 왔었대요. 그나저나 그 일은 대체 어떻게 된 겁니까?"

"간단히 말하자면, 어떤 남자가 나한테 중범죄의 누명을 씌우려고 했어요. 언제 날 식사에 초대해주면 자세히 말해줄게요."

"이미 초대했잖아요, 해리!"

"언제 오라고 말하지 않았잖아요."

알리가 눈동자를 굴렸다. "날짜와 시간을 정할 필요가 뭐가 있습니까? 그냥 아무 때나 들러서 노크만 해요. 내가 문 열어줄 테니까. 우리 집에는 언제나 음식이 넉넉하다고요."

"고마워요, 알리. 내가 큰 소리로 노크하도록 하죠." 해리는 아파트 출입문을 열었다.

"그 여자가 누구인지 알아냈어요? 범인의 조수였나요?"

"무슨 말이에요?"

"그날 지하실 문 앞에서 내가 봤던 묘령의 여자 말입니다. 그 톰 뭐라나 하는 사람에게 말했는데."

해리는 문손잡이를 잡은 채 그대로 서 있었다. "그 사람에게 정확히 뭐라고 했죠, 알리?"

"그 형사가 지하실 주변이나 안에서 뭔가 이상한 것을 본 적이 없느냐고 묻기에 기억이 났죠. 아파트에 막 들어섰는데 지하실 문 옆에서 모르는 여자의 뒷모습을 본 거예요. 누구냐고 물어보려는 찰나에 자물쇠가 딸각 돌아가는 소리가 나더군요. 그래서 여자에게 열쇠가 있나 보군, 그렇다면 상관없겠다 싶었어요."

"그게 언제였습니까? 여자는 어떻게 생겼죠?"

알리는 사과의 뜻으로 양 손바닥을 내보였다. "난 바빠서 여자의 뒷모습만 힐끗 봤어요. 3주 전일 수도 있고, 5주 전일 수도 있고, 금발일 수도 있고, 갈색 머리일 수도 있죠. 전혀 기억나지 않아요."

"하지만 여자라고 확신했다는 거죠?"

"분명 여자라고 생각했어요."

"알프 군네루드는 중간키에 어깨가 좁고, 갈색 머리가 어깨까지 내려오죠. 그래서 여자라고 생각한 거 아닐까요?"

알리는 생각에 잠겼다. "네, 그럴 수도 있겠네요. 아니면 예를 들어, 멜케르센 부인의 따님이 다녀간 걸 수도 있고요."

"잘 있어요, 알리."

해리는 빨리 샤워를 하고 옷을 갈아입은 다음, 라켈과 올레그를 만나러 가기로 했다. 함께 팬케이크를 먹고 테트리스를 하자는 올레그의 초대를 받았기 때문이다. 모스크바에서 돌아온 라켈은 아주 멋진 체스판과 체스 말을 사왔다. 체스 말은 손으로 깎아서 만들었고, 체스판은 나무와 진주층으로 이루어져 있었다. 불행히도 올레그에게 주는 해리의 선물, 남코 건콘45는 라켈에게 몰수당했다. 적어도 열두 살이 되기 전까지는 총으로 하는 게임이 금지라고 이미 여러 차례 올레그에게 설명했기 때문이라고 라켈은 말했다. 해리와 올레그는 둘 다 다소 부끄러운 마음으로 아무런 이의 없이 라켈의 처분을 받아들였다. 하지만 그들은 알고 있었다. 해리가 올레그를 돌보는 동안, 라켈이 조깅하러 나가리라는 것을. 올레그는 엄마가 남코 건콘45를 어디에 숨겨두었는지 알고 있다고 해리에게 속삭였다.

데일 정도로 뜨거운 물줄기가 해리의 몸에서 냉기를 몰아내는 동안 그는 알리가 한 말을 잊으려 했다. 어떤 사건이든 아무리 명백해 보일지라도 언제나 의심의 여지가 있기 마련이다. 게다가 해리는 타고난 의심꾼이었다. 하지만 어느 시점이 되면 믿음을 가져야만 한다. 그래야 삶이 조금이라도 형태를 갖추고 의미가 통하게 된다.

그는 몸을 닦고 면도를 한 다음, 깨끗한 셔츠를 입었다. 거울에 비친 자신의 모습을 점검하며 씩 웃었다. 올레그는 해리의 이가 누렇다고 했고, 그 말에 라켈은 약간 지나칠 정도로 크게 웃었다. 거울 속에 반대편 벽에 붙인 종이가 보였다. S²MN에게서 처음으로 받은 이메일을 출력한 종이였다. 내일이면 저 종이를 떼어내고, 그 자리에 쇠스와 그의 어릴 적 사진을 붙일 것이다. 내일이면. 그는 거울 속의 이메일을 곰곰이 바라보았다. 이상하게도 매일 이 거울 앞에 섰건만 사진이 사라졌다는 걸 전혀 눈치채지 못했었다. 무언가를 너무 자주 보다 보면 더는 그것이 보이지 않는 법이다. 눈이 머는 것이다. 그는 거울에 비친 이메일을 세심히 살펴보았다. 그러고는 전화로 택시를 부르고, 신발을 신고 기다렸다. 손목시계를 보았다. 지금쯤이면 분명 택시가 도착했을 것이다. 이제는 내려가야 한다. 하지만 어느새 그는 다시 전화기를 집어 들고 번호를 누르고 있었다.

"여보세요?"

"에우네 박사님, 저 해리예요. 제가 보내드린 이메일, 한 번만 더 읽어주시겠어요? 읽어보시고 그걸 쓴 사람의 성별을 좀 알려주세요."

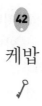

케밥

밤사이에 눈은 모두 녹았다. 아스트리드 몬센은 막 아파트에서 나와, 축축하게 젖은 검은 아스팔트를 건너 보그스타바이엔 가 쪽으로 가려는 중이었다. 그때 반대쪽 인도에 서 있는 금발의 형사가 눈에 띄었다. 그녀는 앞만 똑바로 바라보며 그가 자신을 보지 못했기를 바랐다. 그녀의 맥박이 발걸음과 마찬가지로 빨라졌다. 신문에는 알프 군네루드의 사진이 실렸고, 며칠간 형사들이 계단을 오르락내리락하며 평소에는 조용했던 그녀의 작업 시간을 방해했다. 하지만 이제는 다 끝난 줄 알았는데.

아스트리드는 횡단보도 쪽으로 종종걸음을 쳤다. 한센 베이커리. 거기 들어가면 안전할 것이다. 매일 정확히 10시 30분이면 길쭉하고 좁은 그 카페의 맨 끝 자리, 카운터 앞의 테이블에 앉아 차한 잔과 베를리너 도넛 하나를 먹었다.

"차와 베를리너 도넛 드릴까요?" "네, 그걸로 주세요." "38크로네입니다." "여기요." "고맙습니다."

이것이 그녀가 누군가와 나누는 가장 긴 대화인 날이 많았다.

최근 몇 주 동안 웬 노인네가 그녀의 테이블을 차지하고 앉아 있었다. 다른 테이블도 비어 있었지만 그녀가 앉을 수 있는 곳은 그 자리뿐이었다. 왜냐하면…… 아니, 지금은 그런 걸 생각하고 싶지 않았다. 그래서 아스트리드는 테이블을 차지하기 위해 15분 먼저 가야만 했다. 오늘 같은 경우에는 오히려 잘된 셈이었다. 그렇지 않았다면 이 시간에 집에 있었을 테고, 그러면 저 남자가 초인종을 눌렀을 테니까. 초인종이 울리면 그녀는 문을 열어줘야만 했다. 엄마와 약속했다. 그녀가 두 달간 전화도 받지 않고, 초인종에도 대답하지 않자 결국 경찰이 찾아왔다. 엄마는 그녀를 다시 병원에 입원시키겠다고 협박했다.

그녀는 엄마에게만큼은 절대 거짓말하지 않았다.

물론 다른 사람에게는 했지만. 그것도 늘. 출판사와의 통화 중에, 가게에서, 그리고 인터넷 채팅 사이트에서. 특히 인터넷에서는 더욱 심했다. 그녀는 다른 사람인 척, 자신이 번역하는 책에 등장하는 사람인 척, 혹은 라모나인 척했다. 퇴폐적이고 난잡하지만 거침없는 여자. 그녀도 한때는 그런 사람이었다.

아스트리드는 어릴 때 라모나를 알게 되었다. 댄서인 라모나는 긴 검은 머리에 아몬드 모양의 갈색 눈을 가지고 있었다. 아스트리드는 라모나를, 특히 그녀의 눈을 즐겨 그리곤 했다. 하지만 몰래 그려야만 했다. 엄마에게 들켰다가는 그림을 찢어버렸기 때문이다. 엄마는 우리 집에서 이런 걸레 같은 여자는 보고 싶지 않다고 했다. 라모나는 몇 년간 사라졌지만 결국에는 돌아왔다. 그러더니 점점 더 아스트리드를 대신하는 날이 많아졌다. 특히 아스트리드가 번역하는 책의 남성 작가들에게 메일을 쓸 때면 더욱 그랬다. 번역 문제에 관한 메일을 몇 번 보내고 나면, 라모나가 끼어들어 허물없는 메일을 보내곤 했다. 그런 메일이 두세 통 오간 후에는 프랑스 작가들이 그녀에게 만나달라고 사정했다. 책이 출판되어 오슬로를 방문하게 될 때, 아니면 꼭 그게 아니더라도 오로지 그녀만을 보기 위해 올 수도 있다고 했다. 하지만 그녀는 언제나 거절했다. 그녀의 거절은 구애자들을 단념시키기는커녕 오히려 그 반대였다. 몇 년 전, 자신의 책을 출판하겠다는 꿈이 깨진 후로 현재는 이런 메일을 쓰는 것이 작가로서 그녀의 유일한 활동이었다. 당시 출판 컨설턴트는 마침내 통화 중에 폭발해서, 더는 그녀의 '요란한 신경질'을 받아줄 수가 없다고 쏘아붙였다. 그러고는 이 세상의 어떤 독자도 그녀의 생각을 듣기 위해 돈을 내는 짓은 하지 않을 거라고 말했다. 정신과의사라면 모를까. 어디까지나 상담비를 받는다는 전제하에.

"아스트리드 몬센 양!"

그녀의 목구멍이 오그라들었고, 한순간 그녀는 패닉 상태에 빠졌다. 길에서 호흡 곤란 증상을 일으키고 싶지는 않았다. 막 길을 건너려는데 하필 신호등이 빨간불로 바뀌었다. 그냥 건널 수도 있었지만 그녀는 절대 빨간불에 건너지 않았다.

"안녕하세요. 지금 댁으로 찾아 가는 중이었습니다." 해리 홀레가 그녀 옆으로 다가왔다. 여전히 쫓기는 듯한 표정이었고, 눈동자는 빨갛게 충혈되어 있었다. "볼레르 경감이 작성한 보고서를 봤습니다. 거기에 몬센 양과 경감이 나눈 대화가 실려 있더군요. 몬센 양께서 겁이 나서 제게 거짓말을 할 수밖에 없었던 점, 이해합니다."

이제 곧 과호흡증후군이 시작될 것이다.

"처음부터 몬센 양에게 이번 수사에서의 제 역할을 말씀드리지 않은 것은 형사로서 정말로 미숙한 행동이었습니다." 그가 말했다.

아스트리드는 놀라서 남자를 바라보았다. 그는 진심으로 미안해하는 듯했다.

"신문에서 범인이 잡혔다는 기사를 봤어요." 자기도 모르게 그녀의 입에서 말이 흘러나왔다.

그들은 서로를 바라보았다.

"그러니까 범인이 죽었다고요." 아스트리드가 부드러운 목소리로 덧붙였다.

"네." 그가 어설픈 미소를 지었다. "괜찮으시면 몇 가지 질문 좀 해도 될까요?"

*

그녀가 한센 베이커리에 누군가와 함께 간 것은 그때가 처음이었다. 카운터 뒤의 여자 점원은 그녀에게 다 알고 있다는 듯한 미소를 보냈다. 마치 이 키다리 남자가 그녀의 연인이라는 듯이. 이 남자는 막 침대에서 나온 것처럼 보였다. 그러니 어쩌면 저 아가씨는 이 남자가……. 그만하자. 지금은 그런 생각을 하며 즐거워할 때가 아니었다.

그들은 자리에 앉았고, 남자는 그녀에게 출력한 이메일을 보여주면서 읽어달라고 부탁했다. 작가님이시니까 혹시 이 메일을 쓴 사람이 남자인지, 여자인지 판별해주실 수 있을까요? 그녀는 메일을 살펴보았다. '작가님이시니까'라고 그는 말했다. 그에게 사실대로 말해야 할까? 그녀는 미소 짓는 자신의 얼굴을 가리기 위해 찻잔을 들어 올렸다. 물론 그럴 필요가 없었다. 거짓말을 할 것이다.

"글쎄요. 분간하기 어렵네요. 여기 적힌 내용은 다 거짓말인가요?"

"그렇기도 하고 아니기도 합니다. 우린 안나 베트센을 죽인 자가 이 메일을 썼다고 생각합니다."

"그렇다면 남자겠군요."

해리의 시선이 테이블로 향했고, 그녀는 재빨리 그를 훔쳐보았다. 잘생기지는 않았지만 뭔가 매력이 있는 남자였다. 거짓말처럼 들리겠지만 그녀는 문밖에 누워 있는 이 남자를 처음 본 순간에 그 사실을 알아차렸다. 어쩌면 평상시보다 코앵트로를 한 잔 더 마셨기 때문일지도 모른다. 하지만 마치 누군가 그녀의 집 앞에 놓아둔 잠자는 왕자님처럼 거기 누워 있는 그를 봤을 때 아스트리드는 그가 평온해 보인다고, 심지어 잘생겨 보이기까지 한다고 생각했다. 주머니 속에 들어 있던 그의 소지품이 계단 위에 흩어져 있었고, 그녀는 물건을 하나씩 주웠다. 그의 지갑을 슬쩍 열어 이름과 주소를 눈여겨보기도 했다.

해리가 눈을 들자, 그녀는 재빨리 시선을 돌렸다. 그녀가 그를 좋아할 수도 있을까? 물론이다. 문제는 그가 그녀를 좋아하지 않으리라는 것이다. 요란한 신경질. 근거 없는 두려움. 걸핏하면 울어대기. 그는 이런 것들을 좋아하지 않을 것이다. 그는 안나 베트센 같은 여자, 라모나 같은 여자를 좋아했다.

"정말 모르는 사람입니까?" 그가 천천히 물었다.

아스트리드는 겁에 질린 시선으로 그를 바라보았다. 그제야 그의 손에 들려 있는 사진이 보였다. 전에도 보여줬던 사진이었다. 해변가에 있는 한 여자와 세 아이를 찍은 사진.

"혹시 안나가 죽던 날에 본 적 없습니까?"

"평생 처음 보는 얼굴이에요." 아스트리드 몬센이 단호하게 말했다.

다시 눈이 내리기 시작했다. 큼직하고 촉촉한 눈송이. 처음부터 지저분한 회색빛이었던 눈송이는 경찰청사와 봇센 교도소 사이의 갈색 땅에 내려앉았다. 사무실에서는 베베르가 남긴 메시지가 해리를 기다리고 있었다. 그 메시지를 읽자, 그의 의심은 다시 굳어졌다. 지금까지 왔던 이메일을 새로운 시각으로 바라보게 한 바로 그 의심이었다. 그렇기는 해도 베베르의 간결한 메시지는 충격으로 다가왔다. 어느 정도 예상된 충격이기는 했지만.

그날 내내 해리는 전화기에 매달려 있었고, 전화기와 팩스기 사이를 뛰어다녔다. 쉬는 시간에는 생각에 잠겼다. 벽돌을 차곡차곡 쌓아올리며 자신이 찾는 것이 무엇인지는 생각하지 않으려 했다. 하지만 모든 것이 너무도 명백했다. 이 롤러코스터는 원하는 만큼 올라가기도 하고, 떨어지기도 하고, 구불구불 돌아가지만 결국에는 다른 롤러코스터와 똑같았다. 그러니 시작한 곳에서 끝날 것이다.

생각이 끝나고 대부분의 그림이 분명해지자, 해리는 의자에 등을 기댔다. 일말의 승리감도 느껴지지 않았다. 그저 공허할 뿐이었다.

그가 전화로 오늘 밤에는 기다리지 말라고 말하자, 라켈은 아무것도 묻지 않았다. 해리는 구내식당으로 올라가, 식당의 야외 테라스로 나갔다. 네댓 명이 서서 담배를 피우며 떨고 있었다. 초저녁의 어슴푸레한 땅거미 속에서 발아래로 도심 불빛이 반짝였다. 해리는 담배에 불을 붙이고, 손으로 벽돌담 위를 쓸어 눈을 모았다. 그렇게 모은 눈을 둥글게 뭉쳐 손바닥으로 꾹꾹 눌렀다. 눈이 녹아 손가락 사이로 흐를 때까지. 그러고는 도심을 향해 눈덩이를 던졌다. 그는 반짝이는 눈덩어리를 눈으로 좇았다. 눈은 아래로 떨어지며 점점 더 속력이 붙었고, 마침내 회백색 배경 속으로 사라졌다.

"옛날 우리 반에 루드비 알렉산데르라는 친구가 있었지." 해리가 큰 소리로 말했다.

담배를 피우던 사람들은 발로 바닥을 쿵쿵 치며 그를 바라보았다.

"언어 능력이 뛰어난 아이였는데 별명이 케밥이었어. 영어 시간에 선생님에게 자기는 '바비큐'를 'BBQ'라고 쓰는 게 좋다, 그러면 거꾸로 읽을 때 케밥이 된다고 말한 적이 있었거든. 어느 날 눈이 내리고, 쉬는 시간마다 반끼리 눈싸움이 벌어졌지. 케밥은 끼고 싶어 하지 않았지만 억지로 참가했어. 우리가 유일하게 그 애를 끼워주는 놀이였거든. 총알받이로 말이야. 그 애는 던지기를 너무 못해서 서너 개 던지는 게 고작이었어. 그나마도 힘없이 위로 붕 떠버리는 식이었지. 다른 반에 로아르라는 애가 있었어. 뚱뚱한 녀석이었는데 옵살 대표팀의 핸드볼 선수였지. 그 애는 재미로 케밥이 던지는 눈덩이를 머리로 받곤 했어. 그러고는 자신의 특기인 강력한 투구로 케밥에게 마구 눈을 던져 그 애를 멍투성이로 만들곤 했지. 하루는 케밥이 눈 속에 큰 돌멩이를 넣어서 눈을 뭉쳤어. 그러고는 최대한 하늘 높이 던졌지. 로아르가 씩 웃으며 뛰어올라 그 눈을 머리로 받았어. 마치 돌로 낮은 개울 속의 돌을 맞출 때처럼 딱딱한 동시에 부드러운 퍽 소리가 났지. 학교 운동장에 앰뷸런스가 출동한 적은 그때가 처음이었어."

해리는 담배를 세게 빨았다.

"과연 케밥을 처벌해야 하는가를 두고 교무실에서 며칠간 논쟁이 벌어졌어. 어쨌든 케밥은 사람을 향해 눈을 던진 게 아니었고 그렇다면 문제는 이거지. 과연 바보처럼 행동하는 바보를 배려하지 않았다는 이유로 누군가를 벌줘야 하는가."

해리는 담배를 비벼 끄고 건물 안으로 들어갔다.

*

4시 30분이었다. 아케르셀바와 그뢴란 광장에 있는 지하철역 사이의 쪽 뻗은 도로 위로 찬바람이 점점 세게 불었다. 초등학생과 노인들은 사라지고 점차 굳은 표정으로 서둘러 퇴근하는 넥타이 부대와 여자들이 늘어났다. 지하철 계단을 내려가던 해리는 그런 넥타이 부대 중 한 명과 부딪혔다. 벽 사이로 욕이 메아리치며 그를 따라왔다. 해리는 남자 화장실과 여자 화장실 사이의 창구 앞에 멈춰 섰다. 지난번과 똑같은 노부인이 앉아 있었다.

"당장 시몬과 얘기해야 합니다."

노부인의 차분한 갈색 눈동자가 그를 바라보았다.

"퇴엔에는 없더군요. 거긴 다들 떠나고 없었어요." 해리가 말했다.

노부인은 당황한 표정으로 어깨를 으쓱했다.

"해리가 보잔다고 전하세요."

그녀는 고개를 저으며 가라고 손짓했다.

해리는 두 사람을 갈라놓는 유리 창구 위로 몸을 내밀었다. "스피우니 게르만이라고 전해요."

*

시몬은 에케베르그 터널 대신 에네바크바이엔 가로 내려갔다.

"난 터널을 싫어해서 말이야." 오후의 러시아워 때문에 달팽이가 기어가는 속도로 산등성이를 올라가며 시몬이 설명했다.

"그러니까 노르웨이로 함께 도망친 두 형제가 트레일러에서 사이좋게 함께 자랐는데, 한 여자와 사랑에 빠지는 바람에 사이가 틀어졌다는 겁니까?" 해리가 물었다.

"마리아는 명망 있는 로바라 가문 출신이었어. 그들은 마리아의 아버지가 불리바스로 있는 스웨덴의 한 지역에서 살았지. 스테판과 결혼해 오슬로에 왔을 때 그녀의 나이 겨우 열셋, 스테판은 열여덟이었어. 스테판은 마리아에게 홀딱 빠져서 그녀를 위해서라면 목숨도 내어놓을 판이었지. 당시 라스콜은 러시아에 은둔 중이었어. 경찰에 쫓겨서가 아니라, 독일에 거주하는 코소보 출신의 알바니아인들에게 쫓기는 중이었거든. 그들은 라스콜과 함께 사업을 했는데 라스콜이 자기들을 속였다고 생각했어."

"사업?"

"함부르크 근처의 고속도로 옆에서 빈 트레일러가 발견되었지." 시몬이 빙그레 웃었다.

"하지만 라스콜은 결국 돌아왔죠?"

"5월의 어느 화창한 날에 라스콜은 퇴엔으로 돌아왔어. 그날 마리아와 라스콜은 서로를 처음 보았지." 시몬이 큭큭 웃었다. "맙소사, 둘이 어찌나 뚫어지게 서로를 바라보던지. 난 천둥이 치려는 건 아닌지 하늘을 살펴야만 했어. 그만큼 공기에 긴장감이 감돌았거든."

"그래서 둘은 사랑에 빠진 겁니까?"

"몇 초 만에. 그것도 다른 사람들이 지켜보는 앞에서. 몇몇 여자들이 민망해할 정도였지."

"하지만 그렇게 누구나 알 정도였다면 친척들이 분명 조치를 취했을 텐데요. 안 그렇습니까?"

"대수롭지 않게 생각했어. 우리는 당신네들보다 훨씬 어린 나이에 결혼한다는 걸 잊지 말라고. 젊은 것들을 어떻게 막겠나. 그 애들은 늘 사랑에 빠지지. 열세 살이었으니…… 쉽게 상상이 갈 거야."

"네." 해리는 목덜미를 문질렀다.

"하지만 이 경우는 좀 심각했어. 마리아는 스테판과 결혼했는데, 라스콜을 만나자마자 그를 사랑하게 된 거야. 그녀와 스테판은 단둘이 살았지만, 라스콜이 늘 곁에 있었지. 그러니 일은 예정대로 흘러갈 수밖에. 안나가 태어났을 때 아기 아빠가 라스콜이라는 걸 모르는 사람은 스테판과 라스콜뿐이었어."

"가여운 안나."

"가엾기는 라스콜도 마찬가지지. 행복한 사람은 스테판뿐이었어. 그의 자부심은 하늘을 찌를 듯했어. 안나가 아빠를 닮아 미모가 뛰어나다고 했지." 시몬이 슬픈 미소를 지었다. "어쩌면 계속 그렇게 살 수 있었을지도 몰라. 스테판과 라스콜이 은행만 털지 않았다면."

"일이 틀어졌나요?"

한 줄로 늘어선 차들이 뤼엔 교차로를 향해 움직였다.

"셋이 함께 은행을 털었어. 스테판이 제일 연장자였기 때문에 맨 먼저 들어갔다가 맨 나중에 나오기로 했지. 나머지 두 사람이 돈을 들고 먼저 나가서 도주 차량을 몰고 오는 동안, 스테판은 권총을 들고 은행 안에 남아 있었어. 직원들이 경보기를 누르지 못하도록 말이야. 셋 다 아마추어라서, 소리 나지 않는 경보기가 있다는 것조차 몰랐어. 두 사람이 스테판을 데리러 갔을 때 그는 이미 경찰차 보닛 위에 엎드려 있었지. 한 형사가 그의 손에 수갑을 채우고 있었어. 도주 차량을 운전하던 사람이 라스콜이었지. 당시 겨우 열일곱이었는데 면허조차 없었어. 라스콜은 차창을 내렸어.

그러고는 뒷좌석에 30만 크로네가 있는 차를 서서히 몰아, 경찰차 보닛 위에서 몸부림을 치고 있는 형 옆으로 지나갔지. 라스콜과 형사의 눈이 마주쳤어. 맙소사, 그와 마리아가 처음 만났을 때처럼 공기에 긴장감이 흘러넘쳤어. 두 사람은 영원히 서로를 노려볼 듯했지. 나는 라스콜이 소리를 지를까 겁이 났지만, 그는 한 마디도 하지 않았어. 그저 계속 차를 몰기만 했지. 그게 둘의 첫 만남이었어."

"라스콜과 외르겐 뢴 말입니까?"

시몬이 고개를 끄덕였다. 그들은 로터리를 빠져나와 뤼엔으로 진입했다. 시몬이 손짓을 하더니 주유소 옆에서 브레이크를 밟았다. 그들은 12층 건물 앞에 멈춰 섰다. 건물 출입문 위에는 푸른 네온등으로 된 덴노르스케 은행 로고가 깜빡거렸다.

"스테판은 허공에 총을 쐈다는 이유로 4년 형을 받았어. 하지만 재판 후에 이상한 일이 벌어졌지. 라스콜이 봇센 교도소로 형의 면회를 갔는데, 그 다음 날부터 스테판의 외모가 달라진 거야. 간수 하나가 그 사실을 눈치채고 상관에게 말했지. 하지만 상관은 원래 처음으로 교도소에 들어오면 누구나 외모가 변한다고 대꾸했어. 면회 온 부인이 남편의 얼굴을 못 알아보는 경우도 있다면서. 그 말을 들은 간수는 안심했어. 하지만 며칠 후, 봇센 교도소로 전화 한 통이 걸려왔지. 전화를 건 여자는 엉뚱한 사람이 갇혀 있다고 했어. 스테판 바제트의 동생이 형을 대신해서 수감되어 있으니 당장 그 사람을 풀어주라는 거야."

"그게 사실이었습니까?" 해리가 라이터를 꺼내 담배 끝에 가져다 대며 물었다.

"사실이었어. 남유럽의 집시들이 형이나 아버지를 대신해 복역

567

하는 것은 꽤 흔한 일이지. 특히 형이나 아버지에게 부양해야 할 가족이 있을 경우에는. 스테판의 경우처럼. 우리에게 그건 꽤나 명예로운 일이야." 시몬이 말했다.

"하지만 관계자들이 그 사실을 금방 알아차릴 텐데요. 안 그렇습니까?"

"흥!" 시몬이 양 손을 위로 들어올렸다. "너희들에게 집시는 다 똑같아. 설사 어떤 집시가 누명을 쓰고 감옥에 갇혔다 해도, 너희들은 그자가 분명 다른 죄를 지었을 거라고 생각하지."

"전화를 건 여자가 누구였습니까?"

"그건 끝내 밝혀지지 않았어. 하지만 그날 밤에 마리아가 사라졌지. 마리아는 두 번 다시 나타나지 않았어. 경찰은 한밤중에 차를 몰아 라스콜을 퇴옌으로 데려갔고, 트레일러에서 스테판을 끌어냈어. 스테판은 발길질을 하며 욕을 해댔지. 두 살배기 안나는 침대에 누워 울면서 엄마를 찾았어. 하지만 그 애를 달래줄 사람은 아무도 없었어. 남자든, 여자든. 마침내 라스콜이 트레일러 안으로 들어가 안나를 안아줬지."

그들은 은행 출입문을 응시했다. 해리는 손목시계를 보았다. 2, 3분 후면 영업이 끝날 시간이었다. "그 뒤에는 어떻게 됐습니까?"

"스테판은 복역을 마친 후, 곧장 이 나라를 떠났어. 가끔씩 스테판과 통화하는데 여행을 많이 다니더군."

"안나는요?"

"안나는 트레일러에서 자랐어. 라스콜은 그 애를 학교에 보냈고, 그 애는 가드조 친구들을 사귀었지. 가드조의 습관도 생겼고. 안나는 우리처럼 살고 싶어 하지 않았어. 그 애의 친구들처럼 살고 싶어 했지. 자기 삶의 결정을 스스로 내리고, 자기 힘으로 돈을 벌고, 혼자서 사는 삶. 유산으로 할머니의 아파트를 물려받은 후에는 그 집에 들어가서 살았기 때문에 우리와는 연락이 끊겼어. 그 애는…… 음, 변하고 싶어 했지. 그 애가 유일하게 연락하는 사람은 라스콜뿐이었어."

"라스콜이 자기 아버지인 걸 알았을까요?"

시몬은 어깨를 으쓱였다. "내가 아는 한, 아무도 안나에게 그런 이야기를 한 적이 없어. 하지만 분명 알았을 거야."

그들은 말없이 앉아 있었다.

"여기서 일이 벌어졌지." 시몬이 말했다.

"문 닫기 직전이었죠. 지금처럼요." 해리가 말했다.

"라스콜도 할 수만 있다면 뢴을 쏘지 않았을 거야. 하지만 라스콜은 해야 할 일을 했어. 전사니까."

"킥킥거리는 후궁이 아니죠."

"뭐라고?"

"아무것도 아닙니다. 스테판은 지금 어디 있죠, 시몬?"

"나도 몰라."

해리는 기다렸다. 그들은 은행 직원이 안쪽에서 은행 문을 잠그는 것을 지켜보았다. 해리는 좀 더 기다렸다.

"마지막으로 통화했을 때는 스웨덴에 있었어. 예테보리라는 곳이었지. 내가 도와줄 수 있는 건 거기까지야."

"지금 당신이 돕는 사람은 내가 아닙니다."

"알아." 시몬이 한숨을 쉬었다. "잘 알지."

*

해리는 베틀란스바이엔 가에 자리한 노란 집을 발견했다. 1층과 2층 모두 불이 켜져 있었다. 그는 차를 주차하고 밖으로 나와 지하철역을 바라보았다. 해가 일찍 지기 시작한 가을 저녁, 그들이 사과 서리를 하기 위해 모였던 곳이 바로 저기였다. 시게, 토르, 크리스티안, 토르실, 외위스테인, 그리고 해리. 이들이 정규 멤버였다. 그들은 노르스트란까지 자전거를 타고 가서 서리를 하곤 했다. 그곳의 사과가 더 클뿐더러, 그들의 아버지를 아는 사람도 상대적으로 적었기 때문이다. 시게가 제일 먼저 담장을 넘었고, 외위스테인은 망을 보았다. 해리는 키가 제일 컸기 때문에 가장 큰 사과를 딸 수 있었다. 그런데 하루는 자전거를 타고 노르스트란까지 가기가 귀찮았다. 그래서 그냥 동네에서 서리를 하기로 했다.

해리는 길 반대편의 정원을 바라보았다.

그들의 주머니가 사과로 불룩해졌을 때 불이 켜진 2층에서 아무 말 없이 그들을 내려다보는 얼굴이 있었다. 케밥이었다.

해리는 대문을 열고, 현관문으로 걸어갔다. 두 개의 초인종 위에 도자기 문패가 걸려 있었고, 붓글씨로 '외르겐과 크리스틴 뢴'이라고 적혀 있었다. 해리는 위쪽의 초인종을 눌렀다.

두 번 누른 후에야 베아테가 대답했다.

그녀는 차를 마시겠느냐고 물었지만, 해리는 고개를 저었다. 베아테가 부엌으로 들어가자, 해리는 현관에 부츠를 벗어 던졌다.

"왜 문패에 아직도 아버지의 이름이 있지?" 베아테가 컵을 들고 거실로 나오자, 해리가 물었다. "낯선 사람들에게 이 집에 남자가 있다는 인상을 주려고?"

그녀는 어깨를 으쓱이고는 푹신한 안락의자에 자리 잡았다. "바꿀 틈이 없었어요. 아버지의 이름은 아주 옛날부터 거기 있어서 더는 눈에 들어오지도 않았거든요."

"흠." 해리는 양 손바닥을 맞대었다. "내가 하고 싶은 이야기의 요지도 바로 그거야."

"문패요?"

"아니. 이상후각. 시체 냄새를 맡지 못하는 증상."

"무슨 말이세요?"

"어제 우리 집 현관 복도에 서서 안나의 살인범이 보낸 첫 번째 이메일을 바라봤어. 자네의 문패와 똑같아. 감각으로는 인지하지만 뇌는 인지하지 못하지. 그게 이상후각이야. 그 메일은 거기 너무도 오래 붙어 있어서 더는 내 눈에 들어오지 않았어. 동생과 내 사진처럼. 그 사진이 없어졌을 때 나는 뭔가 달라졌다는 느낌만 들었을 뿐 그게 정확히 뭔지는 몰랐어. 왜 그런지 알아?"

베아테는 고개를 저었다.

"사물을 다른 시각으로 봐야 할 계기가 없었기 때문이야. 난 그저 거기 있을 거라고 짐작되는 것만 봤어. 하지만 어제 계기가 생겼지. 알리가 지하실 문 옆에서 여자의 뒷모습을 봤다고 한 거야. 그 말을 듣자 불현듯 지금까지 나도 모르게 안나의 살인범을 남자라고만 생각했다는 걸 깨달았어. 자신이 찾고 있는 것만 상상하는 실수를 하다 보면 정작 자신이 발견한 것을 보지 못하지. 덕분에 난 새로운 시각으로 이메일을 보게 됐어."

베아테의 눈썹이 두 개의 따옴표 모양을 이루었다. "지금 안나 베트센을 죽인 게 알프 군네루드가 아니라는 말을 하시려는 거예요?"

"애너그램이 뭔지 알지?"

"철자의 배열을 바꾸는 게임……."

"안나를 죽인 범인은 내게 파트린을 남겼어. 애너그램. 거울로 보니까 보이더군. 메일 끝에는 여자의 서명이 적혀 있었어. 거울에 비친 대로 읽으니까 알겠더라고. 그래서 에우네에게 그 메일을

571

보냈고, 에우네는 인지심리학과 언어학에 능통한 전문가에게 문의했어. 익명의 협박 편지를 한 줄만 읽어도 상대의 성과 나이, 고향까지 알아낼 수 있는 사람이지. 그 사람의 분석 결과, 이 메일을 쓴 사람은 남자일 수도 있고 여자일 수도 있으며, 나이는 20대에서 70대 사이, 그리고 노르웨이 어느 지역 출신이든 가능하다고 했어. 한 마디로 별 도움이 안 되는 정보지. 다만 그 전문가는 그래도 메일을 쓴 사람이 여자인 것 같다고 했어. 단 하나의 단어 때문이었지. '당신네 경찰들dere politimenn' 이라는 단어에 굳이 남자menn 가 들어가는 단어를 쓴 거야. 그냥 경찰이라는 불특정 집단을 나타내는 'politiet' 을 쓸 수도 있었는데 말이야. 이건 메일을 쓴 사람이 무의식적으로 자신과 메일을 받는 사람의 성별을 구분하려고 했다는 뜻이래."

해리는 의자에 등을 기댔다.

베아테는 컵을 내려놓았다. "딱히 동감은 못하겠네요, 반장님. 지하실에서 본 신원 미상의 여자, 거꾸로 읽으면 여자의 이름이 되는 암호, 알프 군네루드가 일부러 자신을 여성적으로 표현했다고 말하는 심리학자. 이것만으로는 약해요."

"흠." 해리는 고개를 끄덕였다. "동감이야. 우선 내가 왜 이런 생각을 하게 되었는지부터 말해줄게. 하지만 누가 안나를 죽였는지 말하기 전에 자네에게 부탁하고 싶은 게 있어. 실종된 사람 좀 찾아줘."

"그럴게요. 하지만 왜 하필 저죠? 실종자를 찾는 건 제 분야가—"

"아니, 맞아." 그가 슬픈 미소를 지었다. "실종자를 찾는 건 자네 분야야."

43

라모나

해리는 해변가에서 비그디스 알부를 발견했다. 예전에 그가 피오르를 바라보며 무릎에 손을 올린 채 깜빡 잠들었던 그 매끈한 바위에 앉아 있었다. 아침 안개 속에 잠긴 태양은 마치 태양의 희미한 복사본 같았다. 그레고르가 꼬리를 흔들며 해리에게 달려왔다. 간조라서 바닷물이 빠져 있었고, 바다에서는 해초와 기름 냄새가 났다. 해리는 비그디스 뒤의 작은 바위에 앉아 담배를 꺼냈다.

"그이를 발견한 사람이 당신인가요?" 그녀가 돌아보지 않은 채 물었다. 얼마나 오랫동안 그가 오기를 기다렸을지 해리는 궁금했다.

"아르네 알부를 발견한 사람은 한둘이 아닙니다. 저도 그중 하나였고요." 해리가 대답했다.

비그디스는 바람결에 얼굴 앞에서 춤을 추는 머리카락을 뒤로 쓸어 넘겼다. "나도요. 하지만 그건 아주 아주 옛날 일이죠. 믿지 않겠지만, 난 한때 그이를 사랑했어요."

해리는 라이터를 딸각 켰다. "안 믿을 이유가 없죠."

"믿고 싶은 대로 믿으세요. 모든 사람이 다 사랑에 빠질 수 있는 건 아니에요. 우리는, 그리고 그들은 아니라고 생각할지 모르지만 사실인걸요. 그들은 그저 동작과 대사와 걸음걸이를 배울 뿐이에요. 그중에는 실력이 너무 뛰어나서 꽤 오랫동안 우리를 속이는 사람도 있죠. 놀라운 건 그들이 그렇게 훌륭하게 해낸다는 게 아니라, 굳이 그러려고 애쓴다는 거예요. 왜 이해하지도 못하는 감정을 보답받기 위해 그렇게까지 노력하는 걸까요? 내 말 이해하겠어요?"

해리는 대답하지 않았다.

"어쩌면 그냥 겁에 질린 건지도 몰라요." 해리를 돌아보며 비그디스가 말했다. "거울 속 자신을 보면서 자신이 불구라는 걸 알아버린 거죠."

"지금 누구 이야기를 하는 겁니까, 알부 부인?"

그녀는 다시 바다를 바라보았다. "누가 알겠어요? 안나 베트센? 아르네? 나? 이렇게 되어버린 나?"

그레고르가 해리의 손을 핥았다.

"전 안나 베트센이 어떻게 살해되었는지 알고 있습니다." 해리가 말했다. 그녀의 뒷모습을 유심히 바라보았지만, 아무런 반응도 없었다. 두 번째 시도 만에 담배에 불이 붙었다. "어제 오후, 과학수사과에서 안나 베트센의 싱크대에 있던 네 개의 잔을 분석한 결과가 나왔습니다. 거기에는 제 지문이 찍혀 있었죠. 전 콜라를 마셨더군요. 그건 제가 와인을 마시지 않았다는 뜻입니다. 실제로도 와인잔 하나는 사용하지 않은 새 잔이었고요. 하지만 재미있는 점은 콜라 잔의 앙금에서 모르핀 하이드로클로라이드가 검출되었다는 겁니다. 다시 말해, 모르핀이죠. 모르핀이 과다 투여되었을 때 어떻게 되는지 아십니까, 알부 부인?"

그녀가 얼굴을 찡그리더니 천천히 고개를 저었다.

"모르십니까? 약물이 들어가는 순간, 쓰러지면서 기억을 상실합니다. 정신이 돌아왔을 때는 심한 구토와 두통에 시달리죠. 숙취의 증상과 매우 비슷합니다. 로힙놀처럼 데이트 강간 약물로 적합하죠. 그리고 우리는 강간을 당했습니다. 우리 모두요. 안 그렇습니까, 알부 부인?"

갈매기 한 마리가 그들 위에서 날카로운 웃음소리를 냈다.

*

"또 당신이군요." 아스트리드 몬센이 겸연쩍은 듯이 짧게 웃으며 문을 열어주었다. 두 사람은 부엌 식탁에 앉았다. 그녀는 종종걸음으로 분주히 오가며 차를 끓이고 케이크를 내왔다. '손님이 올 경우를 대비해' 한센 제과점에서 사온 케이크라고 했다. 해리는 사소한 잡담을 건넸다. 쌍둥이 빌딩이 무너져 내리면서 다들 이제 끝장날 거라고 생각했던 세상이 별 탈 없이 굴러가는 것에 대해, 그리고 어제 내린 눈에 대해. 아스트리드가 차를 따르고 자리에 앉은 후에야 해리는 질문을 던졌다. "안나를 어떻게 생각하시죠?"

그녀의 입이 딱 벌어졌다.

"안나를 미워하시죠?"

침묵이 흐르는 가운데 옆방에서 조그맣게 땡 하는 전자음이 들렸다.

"아뇨, 난 안나를 싫어하지 않았어요." 아스트리드는 녹차가 담긴 큼지막한 컵을 감싸 쥐었다. "안나는 그냥…… 달랐죠."

"이렇게 달랐습니까?"

"사는 방식, 존재하는 방식이 달랐어요. 안나는 행운아였어요.

575

자기 모습 그대로…… 존재할 수 있었으니까."

"그리고 당신은 그게 마음에 들지 않았던 거군요."

"난…… 모르겠어요. 네, 아마 그랬을 거예요."

"왜죠?"

아스트리드 몬센은 해리를 바라보았다. 오랫동안. 그녀의 눈동자에 미소가 스쳤다가 사라졌다. 변덕스럽게 이리저리 날아다니는 나비처럼.

"당신이 생각하는 것과 달라요. 난 안나를 부러워했어요. 내게 선망의 대상이었죠. 내가 그녀였으면 좋겠다고 생각한 적도 많아요. 안나는 나와 정반대였어요. 나는 매일 집 안에 처박혀 있는데 안나는……."

그녀의 시선이 창가로 향했다. "안나는 거의 벌거벗은 채 세상으로 나갔죠. 정말로 그랬어요. 남자들이 왔다가 떠났고, 안나는 자신이 그들을 가질 수 없다는 걸 알았죠. 그래도 아랑곳하지 않고 그들을 사랑했어요. 그림 실력도 없었지만 어쨌든 전시회를 열어서 세상에 자신의 그림을 보여줬죠. 마치 세상 사람들이 자신을 좋아하는 것이 당연하다는 태도로 사람들을 대했어요. 나에게도요. 가끔은 안나가 진짜 나를 훔쳐 갔고, 우리 둘 모두가 동시에 존재할 수 없기 때문에 나는 내 차례를 기다려야 한다는 느낌이 들기도 했죠." 그녀는 아까 문을 열어줄 때처럼 겸연쩍은 웃음을 지었다. "그러다 안나가 죽어버렸어요. 그리고 난 그게 사실이 아니라는 걸 알았죠. 난 그녀가 될 수 없어요. 나뿐 아니라 다른 누구도 그녀를 대신할 수 없어요. 정말 슬프지 않나요?" 아스트리드는 해리에게로 시선을 돌렸다. "아뇨, 난 안나를 싫어하지 않았어요. 사랑했죠."

해리의 목덜미가 따끔거렸다. "집 앞에서 절 발견했던 날. 무슨 일이 있었는지 말해주세요."

깜빡거리는 네온등처럼 그녀의 얼굴에 미소가 나타났다 사라졌다. 마치 가끔씩 행복한 사람이 나타나 그녀의 눈 밖을 슬쩍 엿보는 듯했다. 곧 댐이 터질 것 같았다.

"당신은 못생겼어요. 하지만 매력이 있었죠." 그녀가 속삭였다.

해리의 한쪽 눈썹이 올라갔다. "흠. 절 부축하셨을 때 제게서 술 냄새가 났습니까?"

아스트리드는 놀란 표정이었다. 그런 생각은 전혀 해보지 않았다는 듯이. "아뇨. 별로요. 당신에게서는…… 무無의 냄새가 났어요."

"무의 냄새요?"

그녀의 얼굴이 붉게 물들었다. "그러니까…… 특별히 나는 냄새는 없었다고요."

"제가 계단에서 잃어버린 물건이 있나요?"

"예를 들면 어떤 거요?"

"휴대전화라든가 열쇠라든가."

"무슨 열쇠요?"

"몬센 양이 말해주셔야죠."

그녀는 고개를 저었다. "휴대전화는 없었어요. 열쇠는 내가 당신 주머니에 다시 넣었고요. 왜 이런 질문을 하는 거죠?"

"왜냐하면 누가 안나를 죽였는지 알았으니까요. 그 전에 재확인부터 하는 겁니다."

파트린

다음 날이 되자, 이틀 전에 내렸던 눈의 마지막 잔재는 완전히 사라져버렸다. 강도수사과의 아침 회의에서 이바르손은 도살자 사건에 조금이라도 진전이 있으려면 그자가 다시 은행을 털 때까지 기다릴 수밖에 없다고 했다. 하지만 불행히도 도살자가 이내 다른 은행을 털 거라는 베아테의 예측은 빗나갔다고 덧붙였다. 놀랍게도 베아테는 이 우회적인 비난에 전혀 상처받은 기색이 아니었다. 그저 어깨를 으쓱이며, 도살자가 다시 은행을 터는 건 시간문제일 뿐이라고 자신 있게 말했다.

그날 저녁, 경찰차 한 대가 뭉크 박물관 앞의 주차장으로 미끄러져 들어오더니 이내 멈춰 섰다. 차에서 네 남자가 내렸는데 둘은 제복 경관이었고, 둘은 사복 차림의 남자였다. 사복 차림의 두 남자는 멀리서 보면 손을 잡고 걷는 것처럼 보였다.

"이런 보안 대비책을 쓸 수밖에 없어 미안합니다." 해리가 고갯짓으로 수갑을 가리키며 말했다. "외출을 허락받을 수 있는 방법이 이것뿐이었어요."

라스콜은 어깨를 으쓱였다. "우리가 함께 수갑을 차는 건 나보다 자네에게 더 성가실 거야, 해리."

네 사람은 주차장을 가로질러 축구장과 트레일러가 있는 쪽으로 걸어갔다. 해리는 두 경관에게 밖에서 기다리라는 눈짓을 하고, 라스콜과 둘이서 조그만 트레일러 안으로 들어갔다.

안에서는 시몬이 그들을 기다리고 있었다. 테이블에는 시몬이 준비한 칼바도스 한 병과 술잔 세 개가 있었다. 해리는 고개를 절레절레 흔들며 수갑을 풀고 소파에 드러누웠다.

"돌아온 소감이 어떠세요?" 해리가 물었다.

라스콜은 아무 말도 없었다. 라스콜의 갈색 눈동자가 실내를 구석구석 살펴보는 동안, 해리는 기다렸다. 침대 위에 붙어 있는 두 형제의 사진에서 라스콜의 눈동자가 멈추었다. 해리는 그의 부드러운 입매가 살짝 뒤틀리는 것을 본 것 같았다.

"자정까지 봇센으로 돌아가겠다고 약속했습니다. 그러니 곧장 본론으로 들어가죠. 알프 군네루드는 안나 베트센을 죽이지 않았습니다." 해리가 말했다.

시몬은 라스콜을 바라보았고, 라스콜은 해리를 바라보았다.

"아르네 알부도 안나를 죽이지 않았고요."

침묵 속에서 핀마르크 가의 차 소리가 점점 더 커지는 듯했다. 밤이면 감방의 침대에 누워 라스콜은 저 소리를 그리워했을까? 옆 침대에서 들리던 형의 목소리를 그리워했을까? 형의 규칙적인 숨소리와 냄새도? 해리는 시몬에게로 몸을 돌렸다. "잠깐 자리 좀 비켜주시겠어요?"

시몬은 라스콜을 바라보았고, 라스콜은 짧게 고개를 끄덕였다. 시몬은 문을 닫고 나갔다. 해리는 두 손을 포개고 눈을 들었다. 마치 열에 들뜬 사람처럼 라스콜의 눈동자가 번들거렸다.

"이미 알고 있었죠? 안 그래요?" 해리가 나지막이 물었다.

라스콜은 양 손바닥을 포갰다. 겉보기에는 마음이 차분하다는 신호였지만, 그와는 다르게 손끝이 새하얗게 변해 있었다.

"아무래도 안나는 손자병법을 읽은 모양입니다. 모든 전쟁의 첫 번째 법칙이 상대를 속이는 것임을 알았던 거죠. 그래도 제게 해답을 알려주기는 했습니다. 단지 제가 암호를 풀지 못했을 뿐이죠. S^2MN. 심지어 단서도 알려줬습니다. 망막이 사물을 역전시킨다고. 그러니까 거울에 비춰 봐야 사물을 있는 그대로 볼 수 있다고요."

라스콜은 눈을 감았다. 마치 기도를 하는 듯했다. "안나의 엄마는 아름다우면서 제정신이 아닌 여자였지. 안나는 그 두 가지를 모두 물려받았군." 그가 속삭였다.

"당신이 그 암호를 오래전에 풀었다는 걸 알고 있습니다. 안나의 사인은 S^2MN이었죠. S^2는 S가 둘이라는 뜻입니다. 그리고 세 개의 모음이 생략되어 있었죠. 왼쪽부터 읽으면 S—S—M—N이지만 거울에 비춰 보면 N—M—S—S가 되고, 빠진 모음을 넣어보면 NeMeSiS, 네메시스가 되죠. 복수의 여신. 안나가 말해줬습니다. 이것이 그녀의 걸작입니다. 자신의 이름을 세상에 널리 알리고 싶었던 작품."

해리의 목소리에 의기양양한 기색은 조금도 없었다. 그저 사실을 진술하는 목소리였다. 비좁은 실내가 더욱 줄어드는 듯했다.

"전부 말해주게." 라스콜이 나직이 말했다.

"직접 알아낼 수 있을 텐데요."

"말해!" 라스콜이 나직이 쏘아붙였다.

해리는 테이블 위의 조그맣고 둥근 창문을 바라보았다. 창에는 벌써 김이 서려 있었다. 둥근 창. 우주선. 저 김을 손으로 닦아내면 창밖으로 광활한 우주 공간이 펼쳐져 있을 것만 같았다. 그리고 지금 그들이 날아다니는 트레일러를 타고, 말머리성운을 여행하는 외로운 우주비행사라는 사실을 깨닫게 될 것 같았다. 지금부터 그가 하려는 이야기도 이런 상상 못지않게 허무맹랑했다.

손자병법

라스콜은 등을 곧게 폈고, 해리는 이야기를 시작했다.

"올여름 제 이웃인 알리 니아치가 편지 한 통을 받았습니다. 몇 년 전 우리 아파트에 사는 동안 미처 내지 못했던 관리비를 이제라도 내고 싶다는 한 남자의 편지였죠. 알리는 입주자 명단을 살펴봤지만 그의 이름은 없었습니다. 그래서 관리비는 내지 않아도 된다는 답장을 보냈죠. 그 편지를 보낸 사람의 이름은 에릭센이었습니다. 어제 알리에게 전화해서 그 편지를 찾아달라고 부탁했습니다. 에릭센의 주소는 소르겐프리 가 17번지로 되어 있더군요. 아스트리드 몬센은 올여름, 안나의 우편함에 잠시 다른 남자의 이름이 함께 적혀 있었다고 했습니다. 그 이름도 에릭센이었죠. 안나는 대체 그 편지가 왜 필요했을까요? 전 도어록 가게에 전화했습니다. 그 가게의 장부에 의하면 내가 우리 집 아파트의 열쇠를 신청한 걸로 되어 있더군요. 팩스로 그 기록을 받아 봤습니다. 제일 먼저 눈에 띈 것은 열쇠를 신청한 시기가 안나가 죽기 일주일 전이었다는 겁니다. 신청서에는 알리의 서명이 있었습니다. 알리는 우리 아파트 주택조합 회장이자 열쇠 담당자죠. 위조된 서명의 수준은 그저 그런 정도였습니다. 딱 그저 그런 재능을 가진 화가가 자신이 받은 편지의 서명을 흉내 낸 수준이었죠. 하지만 도어록 가게 직원들을 속이기에는 충분했습니다. 그들은 곧바로 트리오빙에 해리 홀레 아파트의 열쇠를 주문했습니다. 하지만 열쇠를 찾아가기 위해서는 해리 홀레 본인이 직접 와서 신분증도 보여주고 서명도 해야 했죠. 그리고 전 그렇게 했습니다. 내가 안나의 집 열쇠를 대신 찾아가는 거라고 믿으면서 말이죠. 정말 배꼽 빠지게 웃기지 않습니까?"

라스콜은 웃음을 참는 것이 전혀 힘들지 않은 듯했다.

"우리가 다시 만나고, 그 후에 저녁 식사를 함께 할 때까지 안나는 이 모든 일을 꾸몄습니다. 이집트에 있는 서버를 통해 이메일 계정을 만들고, 노트북에 이메일을 써두고, 그것이 지정된 날짜에 발송되도록 사전 입력해두었죠. 낮에 우리 아파트 지하실 문을 열고 들어갔다가 내게 배정된 창고가 있다는 것도 알았습니다. 같은 열쇠로 우리 집에도 들어가 내 개인 물품 중에 눈에 띌 만한 것을 골랐습니다. 그걸 알프 군네루드의 집에 숨겨둘 생각이었던 거죠. 안나가 선택한 것은 나와 동생의 사진이었습니다. 그다음으로 해야 할 일은 마약상이었던 옛 연인을 찾아가는 일이었죠. 안나가 찾아오자, 알프 군네루드는 분명 약간 놀랐을 겁니다. 안나는 무슨 핑계를 댔을까요? 총을 빌리거나 사러 왔다고 했을까요? 그럴 수도 있습니다. 요즘 들어 오슬로에 부쩍 넘쳐나는 총기들, 제조 회사의 일련번호가 줄로 지워진 권총들이 알프에게 있다는 걸 안나는 알고 있었으니까요. 안나가 화장실에 간 동안, 알프는 안나가 부탁한 총을 가져옵니다. 베레타 M92F. 알프는 아마 안나가 화장실에 너무 오래 있다고 생각했을 겁니다. 마침내 화장실에서

583

나온 안나는 갑자기 서두르며 그만 가야겠다고 합니다. 그것이 적어도 우리가 해볼 수 있는 상상이죠."

라스콜이 턱을 어찌나 꽉 다무는지 입술이 얇아질 정도였다. 해리는 의자에 등을 기댔다. "다음 일정은 알부의 별장에 몰래 들어가 자신의 아파트 열쇠를 두고 오는 일이었습니다. 그건 식은 죽먹기였죠. 별장 열쇠를 외등 속에 보관한다는 걸 알고 있었으니까요. 별장에 간 김에 비그디스 알부와 아이들이 함께 찍은 사진도 앨범에서 떼어내 가져왔습니다. 그렇게 모든 것이 준비되었죠. 이젠 기다리기만 하면 됩니다. 해리가 저녁을 먹으러 오기를. 그날의 메뉴는 일본산 고추가 들어간 톰얌 수프와 콜라, 모르핀 염산염이었습니다. 모르핀 염산염은 특히 데이트 강간 약물로 인기가 많죠. 액체인데다 비교적 무맛이고, 조금만 넣어도 효과가 강력하니까요. 피해자는 다음 날 기억에 큰 구멍이 뚫린 채 깨어나게 되는데 그게 술 때문이라고 생각합니다. 숙취와 똑같은 증상에 시달리기 때문이죠. 그리고 여러 면에서 전 강간당한 것이나 다를 바 없습니다. 제가 완전히 정신을 잃었기 때문에 안나는 제 재킷 주머니에서 쉽게 휴대전화기를 빼낼 수 있었습니다. 그러고는 정신을 잃은 저를 집 밖으로 내쫓았죠. 그런 다음 자신도 집을 나서서 제 아파트 지하실로 갔습니다. 거기서 노트북에 휴대전화를 연결해 설치해둔 거죠. 그러고는 다시 자기 아파트로 돌아가 몰래 계단을 올라갔습니다. 아스트리드 몬센이 발소리를 들었지만, 4층에 사는 군데르센 부인이라고 생각하죠. 이제 안나는 마지막 공연을 준비합니다. 이것만 마치면 나머지는 모두 저절로 돌아갈 계획이었습니다. 물론 안나는 내가 공적으로든 사적으로든 사건을 수사하리라는 걸 알고 있었습니다. 그래서 내게 두 개의 파트린을 남겼죠. 오른손으로 권총을 쥐었고, 신발 속에 사진을 넣어두었습니다."

라스콜의 입술이 움직였지만 아무 소리도 나오지 않았다.

해리는 손으로 얼굴을 쓸어내렸다. "이 걸작의 마지막 붓질은 권총의 방아쇠를 당기는 일이었습니다."

"하지만 왜?" 라스콜이 속삭였다.

해리는 어깨를 으쓱였다. "안나는 극단적인 성격의 소유자였습니다. 자신이 살아야 할 이유를 빼앗아간 사람들에게 복수하고 싶었을 겁니다. 안나에게 사랑은 삶의 이유였습니다. 가해자는 아르네 알부, 알프 군네루드, 저였죠. 그리고 자기 가족하고. 한마디로 증오가 이긴 겁니다."

"말도 안 되는 소리." 라스콜이 말했다.

해리는 몸을 돌려 벽에 붙어 있던 라스콜과 스테판의 사진을 떼어내 그들 사이에 있는 테이블에 올려놓았다. "당신 집안에서는 늘 증오가 이기지 않았나요, 라스콜?"

라스콜은 고개를 뒤로 젖히고 잔에 있던 칼바도스를 쭉 들이켰다. 그러고는 활짝 웃었다.

그다음 몇 초 사이에 벌어진 일은 해리의 기억 속에 마치 빨리 감기 버튼을 누른 비디오 속 화면처럼 남아 있었다. 그 몇 초 후에 해리는 라스콜의 팔에 목이 졸린 채 바닥에 누워 있었다. 라스콜의 눈에는 알코올의 기운이 서려 있었고, 코에서는 칼바도스의 냄새가 풍겼으며, 깨진 병의 뾰족뾰족한 가장자리가 해리의 목에 닿아 있었다.

"극도의 고혈압보다 더 위험한 게 딱 하나 있지, 스피우니. 그건 극도의 저혈압이야. 그러니 가만히 있어." 라스콜이 속삭였다.

해리는 침을 삼키고 말하려 했지만, 라스콜이 목을 더 세게 조르는 바람에 신음만 나왔다.

"사랑과 미움에 대해 손자는 확실하게 말했어, 스피우니. 사랑과 미움 모두 전쟁에서 이긴다고. 그 두 가지는 샴쌍둥이처럼 떼어놓을 수 없어. 전쟁에서 지는 건 분노와 연민이야."

"그럼 우리 둘 다 지겠군요." 해리가 신음했다.

라스콜은 해리의 목을 다시 세게 조였다. "우리 안나는 절대 죽음을 선택할 아이가 아니야." 그의 목소리가 떨렸다. "안나는 삶을 사랑했어."

해리는 씩씩거리며 한 단어씩 말했다. "당신이—자유를—사랑하는—것처럼?"

라스콜은 팔에서 힘을 뺐고, 해리는 신음과 함께 욱신거리는 폐속에 공기를 가득 밀어 넣었다. 심장이 머릿속에 있는 것처럼 머리가 쿵쿵 울렸지만 밖의 차 소리가 다시 들렸다.

"당신도 선택을 했잖아요." 해리가 씨근거리며 말했다. "속죄하기 위해 자수했죠. 다른 사람에게는 이해할 수 없는 일이지만 당신이 결정한 일이에요. 안나도 마찬가지였습니다."

해리가 움직이려고 하자, 라스콜이 병을 해리의 목에 대었다. "난 이유가 있었어."

"알아요. 속죄는 복수만큼이나 강력한 본능이죠."

라스콜은 대답하지 않았다.

"베아테 뢴도 결정을 내렸다는 거 압니까? 베아테는 무슨 짓을 해도 아버지를 되찾을 수 없다는 걸 깨달았어요. 이젠 아무런 분노도 남아 있지 않죠. 당신에게 안부 전해달라고 하더군요. 그리고 당신을 용서했다는 말도." 뾰족한 유리가 그의 살갗을 긁었다.

거친 종이 위에 볼펜으로 글씨를 쓰는 듯한 소리가 났다. 머뭇거리며 쓰는 마지막 말. 이젠 마침표를 찍는 일만 남았다. 해리는 침을 삼켰다. "이제는 당신이 선택할 차례예요, 라스콜."

"무엇과 무엇 중에서 선택하라는 거야, 스피우니? 널 죽일지, 살릴지?"

해리는 숨을 들이쉬며 패닉 상태에 빠지지 않으려고 노력했다. "베아테 뢴을 놓아줄지 말지. 당신이 베아테의 아버지를 쐈던 날 무슨 일이 있었는지 베아테에게 말해줄지 말지. 자신을 자유롭게 놓아줄지 말지."

"날?" 라스콜이 부드럽게 웃었다.

"내가 그를 찾아냈어요. 아니, 정확히 말하면 베아테가 찾아냈죠."

"누굴 찾았다는 거야?"

"예테보리에 살고 있더군요."

라스콜의 웃음이 뚝 멎었다.

"거기서 19년이나 살았대요. 안나의 친아버지가 당신이라는 사실을 알게 된 후부터."

"거짓말." 라스콜이 소리 지르며 머리 위로 병을 들어 올렸다. 해리는 입이 바싹 마르는 것을 느끼고 두 눈을 감았다. 눈을 다시 떴을 때는 라스콜의 무표정한 눈동자가 보였다. 두 사람은 똑같은 박자로 숨 쉬고 있었다. 그들의 가슴이 함께 오르락내리락거렸다.

라스콜이 속삭였다. "그럼…… 마리아는?"

해리는 두 번이나 헛기침을 한 후에야 말을 할 수 있었다. "마리아의 소식은 아무도 몰라요. 누군가 스테판에게 말해주길, 몇 년 전 노르망디에서 떠돌아다니는 집시들을 봤는데 거기에 마리아가 있었대요. 그게 전부예요."

"스테판? 스테판과 이야기한 거야?"

해리는 고개를 끄덕였다.

"왜 형이 너 같은 스피우니와 이야기했지?"

해리는 어깨를 으쓱이려고 했지만 어깨가 움직이지 않았다. "직접 물어보세요……."

"직접……?" 라스콜은 믿기지 않는다는 표정으로 해리를 바라보았다.

"어제 시몬이 스테판을 데려왔어요. 지금 바로 옆 트레일러에 있어요. 경찰과 몇 가지 문제가 있었지만 어쨌거나 경관들에게 스테판은 건들지 말라고 경고해뒀습니다. 스테판은 당신과 이야기하고 싶어 해요. 나머지는 당신에게 달렸어요."

해리는 깨진 병과 자신의 목 사이로 손을 집어넣었다. 라스콜은 해리가 일어나는 것을 막지 않았다. 그저 이렇게 물을 뿐이었다. "왜 날 위해 이런 일을 해주는 거지, 스피우니?"

해리는 어깨를 으쓱였다. "당신도 라켈이 재판에서 이기도록 모스크바의 판사들을 협박했잖아요. 당신에게 유일하게 남아 있는 사람을 붙잡을 수 있는 기회를 주는 거예요." 해리는 재킷 주머니에서 수갑을 꺼내 테이블에 올려놓았다. "당신이 어떤 결정을 하든, 이제 이걸로 비긴 겁니다."

"비겼다고?"

"당신 덕분에 내가 아끼는 사람들이 내게 돌아올 수 있었어요. 나도 당신에게 똑같이 해줬고요."

"그런 뜻인 줄은 알아. 무슨 의도로 하는 말이냐고?"

"아르네 알부의 살인에 관해 내가 아는 모든 것을 경찰에게 말하겠다는 뜻입니다. 그리고 우리는 당신을 잡기 위해 총력을 다할 겁니다."

라스콜의 한쪽 눈썹이 위로 올라갔다. "그냥 포기하는 게 편할 텐데. 스피우니. 내게 불리한 증거는 절대 나오지 않으리라는 걸 알잖아. 그런데 왜 애쓰는 거지?"

"왜냐하면 우린 경찰이니까요. 킥킥대는 궁녀들이 아니라."

라스콜은 해리를 빤히 바라보았다. 그러더니 짧게 고개를 숙였다.

나가려던 해리가 문간에서 돌아보았다. 여윈 라스콜이 의자에 앉아 플라스틱 테이블 위로 몸을 숙이고 있었다. 그의 얼굴은 그늘에 잠겨 보이지 않았다.

"자정까지 시간을 드리죠. 그 후에는 경관이 당신을 봇센으로 데려갈 겁니다."

앰뷸런스의 사이렌 소리가 핀마르크 가의 차량 소음을 가르고 피어올랐다가 가라앉았다. 마치 순음을 찾듯이.

메데이아

해리는 조심스럽게 침실 문을 밀었다. 아직도 그녀의 향수 냄새가 나는 듯했지만 향이 너무 약해서 정말로 방에서 나는 것인지 자신의 기억 속에서 나는 것인지 확실하지 않았다. 커다란 침대가 로마 시대 갤리선처럼 방 한가운데 버티고 있었다. 해리는 침대에 앉아 차갑고 새하얀 시트에 손가락을 댔다. 눈을 감고 그 시트가 요동치는 것을 느꼈다. 느릿느릿 높게 이는 큰 파도. 그날 밤 안나는 여기 이렇게 앉아 그가 오기를 기다렸을까? 성난 왱 소리. 해리는 손목시계를 보았다. 7시 정각. 초인종을 누른 사람은 베아테였다. 몇 분 뒤에는 에우네가 초인종을 눌렀다. 계단을 올라오느라 그의 이중 턱이 빨갛게 물들어 있었다. 에우네는 숨을 헐떡이며 베아테에게 인사를 건넸고, 세 사람은 다 함께 거실로 갔다.

"그러니까 자네는 이 세 개의 초상화가 누구를 그린 건지 알 수 있다는 건가?" 에우네가 말했다.

"맨 왼쪽이 아르네 알부." 초상화를 가리키며 베아테가 말했다. "가운데가 반장님, 그리고 오른쪽이 알프 군네루드예요."

"대단하군."

"개미는 개미 둑에 사는 다른 개미들의 얼굴을 백만 마리까지 구분할 수 있죠. 체중에 비해 저보다 훨씬 큰 방추상회를 가지고 있는 셈이에요." 베아테가 말했다.

"그렇다면 유감스럽게도 내 방추상회는 극도로 발달이 되지 않은 거로군. 자네는 뭐가 좀 보이나, 해리?" 에우네가 물었다.

"이 그림을 처음 봤을 때보다는 분명 약간 더 보이기는 합니다. 이제는 이 세 사람이 기소된 자들이라는 걸 알겠어요." 해리는 세 개의 램프를 든 여자 조각상을 가리켰다. "정의와 복수의 여신인 네메시스에 의해서 말이죠."

"로마인들은 그리스 신화에 나오는 네메시스를 슬쩍 훔쳐다가 자기들만의 여신을 만들었지." 에우네가 설명했다. "저울은 그대로 두고 채찍 대신 칼을 쥐여준 다음, 눈에 안대를 둘러주고 유스티티아라고 불렀어." 에우네는 스탠드로 다가갔다. "BC 600년, 로마인들은 직접 갚아주는 복수 체제만으로는 부족하다고 생각하기 시작했지. 그래서 개인적 차원이었던 복수를 공적인 업무로 바꿔버렸어. 바로 이 여인이 근대 입헌국의 상징이 된 거야." 에우네는 청동으로 된 차가운 여인을 쓰다듬었다. "맹목적 정의. 차가운 복수. 우리의 문명은 그녀의 손에 달려 있지. 아름다운 여인 아닌가?"

"전기의자만큼이나 아름답죠. 안나의 복수는 꼭 차갑지만은 않았어요." 해리가 말했다.

"차가운 동시에 뜨거웠지. 용의주도하면서도 열정적이었고. 분명 아주 예민한 성격일 거야. 정신적으로 문제가 있는 건 맞아. 하지만 누군들 안 그런가? 다만 그 결함이 어느 정도인가가 문제지."

"안나는 어쩌다 그렇게 된 걸까요?"

"안나를 만난 적이 없으니 나로서는 순전히 추측할 수밖에 없지."

"그 추측이라도 말해주세요." 해리가 말했다.

"그리스 신화에 나오는 나르키소스라고 들어봤을 거야. 연못에 비친 자신의 모습에 반해 그 곁을 한시도 떠날 수가 없었던 신. 프로이드는 심리학에 나르시시스트의 개념을 도입하는데, 자신이 독창적인 존재라는 생각이 너무 과장된 나머지 자신은 끝없이 성공해야만 한다는 꿈에 집착하는 사람을 말하지. 이런 나르시시스트는 자신을 모욕한 사람에게 복수하고픈 욕구가 다른 욕구보다 강한 경우가 많아. 이걸 '나르시시스트의 분노'라고 부르네. 미국의 정신분석가인 하인즈 코헛은 이런 사람이 무슨 수를 써서든 자신이 당한 모욕(사실 이 모욕이란 것도 보통 사람에게는 별거 아닐 수 있어)을 갚아주려는 과정을 설명했지. 예를 들어, 표면적으로는 그냥 평범한 거절을 당했을 뿐인데도 이런 나르시시스트는 균형을 바로잡기 위해 끊임없이, 강박적일 정도로 단호하게 노력한다는 거야. 필요하다면 죽음까지도 불사하면서."

"누구를 죽인다는 거죠?" 해리가 물었다.

"모든 사람."

"미쳤네요." 베아테가 외쳤다.

"내 말이 바로 그 말일세." 에우네가 무덤덤하게 말했다.

그들은 식당으로 갔다. 에우네는 길고 좁은 떡갈나무 식탁에 놓인 의자 하나를 만지작거렸다. 등받이가 똑바로 되어 있는 구식 의자였다. "요즘에는 더 이상 이런 의자를 만들지 않지."

베아테가 신음했다. "하지만 꼭 자살해야만 했을까요……. 오로지 복수하기 위해서? 분명 다른 방법도 있었을 텐데요."

"물론이지. 하지만 자살은 종종 그 자체로 복수인 경우가 많아. 날 실망시킨 사람들에게 죄책감을 주고 싶은 거지. 안나는 몇 단계 더 나아갔을 뿐이야. 게다가 여러 면에서 안나는 더 이상 살고 싶지 않았던 거 같아. 외롭고, 애인들에게 번번이 차인데다 가족에게도 버림받았지. 예술가로서도 실패하고 약물에 의존했지만 그것도 별로 도움이 되지 않았어. 한마디로 깊은 절망감과 불행에 자살을 선택한 거지. 그리고 복수도."

"도덕적으로 꺼림칙한 마음은 전혀 없었을까요?" 해리가 물었다.

"도덕적 관점도 물론 흥미롭지." 에우네가 팔짱을 꼈다. "이 사회는 우리에게 살아야 하는 도덕적 의무를 지워주고 따라서 자살을 비난하게 만든다네. 하지만 그리스 로마 시대를 숭배한 것으로 보아 안나는 분명 그리스 철학자들의 의견을 지지했을 거야. 인간은 누구나 자신이 죽을 때를 선택해야 한다는 것이 그들의 생각이었거든. 니체도 개인은 자신의 목숨을 끊을 수 있는 충분한 도덕적 권리가 있다고 했어. 그리하여 '자유 죽음'이나 '자발적 죽음'이라는 단어를 사용했지." 에우네는 검지를 들어 올렸다. "하지만 안나는 또 다른 도덕적 딜레마를 대면해야 했어. 복수. 그녀는 스스로 기독교인이라고 주장했는데, 기독교의 윤리는 복수하지 말라고 가르치지. 하지만 역설적이게도 기독교인들이 숭배하는 하느님은 그들 모두를 대변해서 복수해주는 위대한 존재야. 하느님을 믿지 않으면 영원히 지옥 불에 타게 되리라. 그거야말로 일반 범죄와는 비교도 안 되는 완전한 복수 행위지. 국제사면위원회감이라고. 그리고 만약—."

"안나는 그냥 미웠던 게 아닐까요?"

에우네와 해리는 베아테를 돌아보았다. 그녀는 두려운 표정으로 그들을 바라보았다. 마치 실수로 그 말이 나왔다는 듯이.

"도덕성. 삶에 대한 사랑. 사랑. 하지만 미움이 가장 강하죠." 그녀가 속삭였다.

47

인광

해리는 열린 창문 옆에 서서 앰뷸런스의 사이렌 소리를 듣고 있었다. 멀리서 들리는 그 소리가 차츰 도심의 소음 속으로 서서히 사라져갔다. 라켈이 아버지에게서 물려받은 이 집은 온갖 일이 벌어지는 도심, 정원의 키 큰 소나무들 사이로 슬쩍슬쩍 보이는 저 빛의 카펫보다 훨씬 위쪽에 있었다. 해리는 이렇게 서서 나무를 바라보는 게 좋았다. 저 나무들이 얼마나 오랫동안 저기 서 있었을까 생각하면 마음이 차분해졌다. 도심의 불빛을 바라보는 것도 좋았다. 저 불빛은 바닷속 동식물들이 내뿜는 인광을 연상시켰다. 해리는 딱 한 번 본 적이 있었다. 한밤중에 할아버지를 따라 게를 잡기 위해 보트를 타고 스바르트홀멘 근처로 갔던 때였다. 딱 한 번 보았지만 결코 잊지 못할 것이다. 시간이 흐를수록 점점 더 선명해지고 현실처럼 느껴지는 그런 기억 중의 하나였다. 모든 기억이 다 그렇지는 않다. 안나와 함께 보낸 밤이 며칠이나 될까? 덴마크 선장의 배를 타고 출항해 그들 마음 내키는 곳으로 항해한 적이 몇 번이나 될까? 기억나지 않았다. 나머지 기억도 곧 모두 잊히게 되리라. 슬프냐고? 그렇다. 슬프지만 필요한 일이다.

하지만 안나에 관한 기억 중에서 그가 결코 잊지 못할 두 개의 기억이 있다. 두 기억 속의 안나는 거의 똑같은 모습이었다. 탐스러운 머리카락이 검은 부채처럼 베개 위에 흩어져 있고, 눈은 활짝 뜨고, 한 손은 눈부시게 새하얀 시트를 움켜잡고 있다. 다른 점은 딱 하나다. 첫 번째 기억 속에서는 안나의 손가락이 그의 손가락과 깍지를 꼈고, 두 번째 기억 속에서는 그 손가락이 권총을 쥐고 있었다.

"창문 좀 닫아줄래?" 뒤에서 라켈의 목소리가 들렸다. 그녀는 소파에 앉아 있었다. 두 다리는 소파 위에 가지런히 눕힌 채 한 손에는 레드 와인이 담긴 잔을 들고 있었다. 올레그는 방금 전에 흐뭇한 마음으로 잠자리에 들었다. 처음으로 테트리스에서 해리를 이겼기 때문이다. 해리는 이제 자신의 시대는 영원히 끝난 것이 아닐까 덜컥 겁이 났다.

텔레비전 뉴스는 새로울 것이 없었다. 전에 들었던 뉴스의 후렴이었다. 이슬람과 대항해 싸우는 십자군 군대, 서방 세계를 향한 복수. 그들은 텔레비전을 끄고 스톤 로지스의 음반을 틀었다. 놀랍고 반갑게도 라켈이 보유한 음반들 중에 스톤 로지스가 있었다. 십대 시절. 그때는 반항적인 태도의 이 건방진 영국 청년들을 보는 것이 세상에서 제일 즐거웠다. 하지만 이제는 킹스 오브 컨비니언스가 더 좋았다. 그들은 정확한 발음으로 노래했고, 도노반보다 조금 덜 멍청했기 때문이다. 게다가 이제는 스톤 로지스를 작게 틀어놓고 들었다. 슬프지만 사실이다. 어쩌면 필요한 일인지도 모르겠다. 모든 것은 돌고 도는 법이다. 그는 창문을 닫았다. 시간이 나는 대로 올레그를 섬으로 데려가, 게 잡는 것을 보여줘야겠다.

"Down, down, down." 스피커에서 스톤 로지스가 중얼거렸다. 라켈은 몸을 앞으로 숙여 와인을 한 모금 마셨다. "아주 고전적인 이야기네. 두 형제가 한 여자를 좋아한다. 이건 비극의 레시피잖아." 그녀가 속삭였다.

두 사람은 말없이 손을 깍지 낀 채 서로의 숨소리를 들었다.

"그 여자 사랑했어?" 라켈이 물었다.

해리는 신중히 생각한 후에 대답했다. "기억이 안 나. 내 인생에서 그 시절은 모든 게 너무…… 흐릿해."

라켈은 그의 턱을 쓰다듬었다. "내가 얼마나 이상한 생각을 하는지 알아? 내가 본 적도, 만난 적도 없는 그 여자가 당신 아파트에 들어가는 거야. 집 안을 돌아다니다가 우리 세 사람이 프로그네르세테렌 카페에서 찍은 사진을 발견하지. 그러고는 모든 걸 망가뜨리기로 마음먹는 거야. 당신과 그 여자는 아직 서로 사랑하는 사이일 수도 있고."

"흠. 안나는 당신과 올레그에 대해 알기 훨씬 전에 이 일을 계획했어. 올여름에 알리의 서명을 손에 넣었다고."

"알리의 서명을 흉내 내기가 얼마나 힘들었을지 상상해봐. 그 여자는 왼손잡이잖아."

"그건 생각 못했네." 라켈의 무릎을 베고 있던 해리는 고개를 틀어 그녀를 올려다보며 말을 이었다. "우리 다른 얘기 할까? 아버지에게 전화해서 내년 여름에 온달스네스의 별장을 쓸 수 있는지 물어볼 생각이야. 날씨는 별 볼일 없지만 보트 창고랑 할아버지가 타시던 배도 있거든. 노를 저어 가는 배. 당신 생각은 어때?"

라켈이 웃음을 터뜨렸다. 해리는 눈을 감았다. 그녀의 웃음소리가 좋았다. 실수하지 않도록 조심한다면 앞으로 오랫동안 이 웃음소리를 들을 수 있을지도 모른다.

*

해리는 깜짝 놀라 잠에서 깼다. 벌떡 일어나 앉아 숨을 헐떡거렸다. 꿈을 꾸고 있었는데 무슨 꿈이었는지 기억나지 않았다. 심장이 베이스 드럼처럼 미친 듯이 뛰었다. 또 방콕의 수영장 물속에 가라앉는 꿈을 꿨나? 아니면 사스 호텔의 스위트룸에서 암살범과 대면하는 꿈? 골치가 지끈거렸다.

"왜 그래?" 어둠 속에서 라켈이 중얼거렸다.

"아무것도 아니야. 어서 자." 해리가 속삭였다.

그는 침대에서 내려와 욕실로 가, 물을 한 컵 마셨다. 헬쑥하고 창백한 얼굴이 거울 속에서 그를 바라보았다. 밖에서 돌풍이 불었다. 정원에 있는 거대한 참나무의 가지가 외벽을 긁어댔다. 그의 어깨를 찔렀다. 그의 목을 간질이고, 목의 솜털을 쭈뼛 서게 만들었다. 해리는 다시 컵에 물을 받아 이번에는 천천히 마셨다. 이제야 기억이 났다. 무슨 꿈을 꾸고 있었는지. 한 소년이 학교 지붕에 앉아 다리를 대롱대롱 흔들고 있었다. 소년은 수업에 들어가지 않았고, 소년의 동생이 숙제를 대신 해주었다. 소년은 동생이 새로 사귄 여자친구에게 그들 형제가 어릴 때 함께 놀았던 곳을 구석구석 보여주었다. 비극의 레시피에 관한 꿈이었다.

그가 다시 이불 속으로 기어 들어갔을 때 라켈은 자고 있었다. 그는 천장을 바라보며 여명이 터오기를 기다렸다.

머리맡 테이블의 시계가 05시 03분으로 빛나자 더는 참지 못하고 일어났다. 그런 다음, 전화국에 전화해 장 위의 집 전화번호를 받아 적었다.

48

하인리히 쉬르머

초인종이 세 번째로 울렸을 때 베아테는 잠에서 깼다.

옆으로 몸을 굴려 시계를 보았다. 5시 15분. 그녀는 그대로 누운 채 어느 것이 가장 현명한 대처일지 생각했다. 지옥에나 떨어지라고 쏘아줄 것인가, 아니면 그냥 집에 없는 척할 것인가. 초인종이 또다시 울렸다. 아무래도 그는 포기할 생각이 전혀 없는 듯했다.

베아테는 한숨을 쉬며 침대에서 일어나 가운을 입었다. 그러고는 인터콤 전화기를 집어 들었다.

"네?"

"이렇게 늦은 시간에 찾아와서 미안해, 베아테. 아니면 너무 이른 시간이라고 해야 하나?"

"지옥에나 떨어져요, 톰."

한동안 침묵이 흘렀다.

"난 톰이 아닌데. 나야, 해리."

베아테는 부드럽게 욕을 하며 버튼을 눌렀다.

"도저히 그냥 누워 있을 수가 없었어. 도살자에 관한 일이야."

집 안으로 들어오며 해리가 말했다.

베아테가 소리 없이 침실로 들어가자, 해리는 소파에 털썩 앉았다.

"전에도 말했듯이 자네와 볼레르 사이의 일은 내가 상관할 바아니지만……." 그가 열린 침실 문을 향해 외쳤다.

"말씀하신 대로 상관할 바가 아니죠. 게다가 그 사람은 지금 경고를 받았어요."

"나도 알아. SEFO의 진상조사위원회로부터 출두해달라는 전화를 받았어. 알프 군네루드와 만났을 때 무슨 일이 있었는지 말해달라더군."

베아테가 하얀 티셔츠와 청바지 차림으로 다시 나타나 그의 맞은편에 섰다. 해리는 그녀를 올려다보았다.

"그게 아니라 나한테 경고를 받았다고요."

"응?"

"개자식이에요. 하지만 그렇다고 해서 반장님이 그 사람을 만나라 마라 해도 된다는 뜻은 아니죠."

해리가 고개를 갸웃하고는 한쪽 눈을 가늘게 떴다.

"다시 말해줘요?" 그녀가 물었다.

"아니. 알아들은 거 같아. 그런데 만약 그 개자식이 만나는 사람이 나와 그냥 아는 사이가 아니라 친구라면?"

"커피 드려요?" 하지만 부엌에 채 도달하기도 전에 베아테의 얼굴은 붉게 물들었다. 해리는 자리에서 일어나 그녀를 뒤따랐다. 작은 식탁에는 의자가 하나뿐이었다. 벽에 걸린 장밋빛 나무 명판에는 고대 하바말*의 시가 적혀 있었다.

문 앞에 설 때마다

들어가기 전에

주위를 둘러봐야 한다.

자세히 살펴봐야 한다.

알지 못하기 때문이다.

적이 어디에 잠복하고 있을지.

문 너머로 발을 내딛기 전에.

"어젯밤에 라켈이 했던 말 가운데서 두 가지가 머릿속에 남았어." 싱크대에 몸을 기대며 해리가 말했다. "첫째는 두 형제가 한 여자를 사랑하는 건 비극의 레시피라는 말이었어. 둘째는 알리의 서명을 위조하려면 분명 안나가 힘들었을 거라는 말이었지. 안나는 왼손잡이니까."

"그래요?" 베아테는 커피를 한 숟갈 떠서 필터기에 넣었다.

"레브의 노트. 자네 그거 트론 그레테에게서 받았지? 유서의 필체와 대조하려고 말이야. 어느 과목 노트였는지 기억나?"

"그렇게 자세히 보지는 않았어요. 그냥 레브의 노트라는 것만 확인했죠." 베아테는 커피머신에 물을 부었다.

"작문 노트였어." 해리가 말했다.

"그럴 수도 있고요." 해리를 마주 보며 베아테가 말했다.

"그럴 수도 있는 게 아니라 그래. 방금 장 위의 집에서 오는 길이야."

"크리포스의 필적 감정사요? 이 한밤중에?"

---

* 13세기에 편찬된 고대 아이슬란드 문학 작품집인 〈에다〉의 시편들 중 하나로, 고귀한 신의 말씀이라는 뜻.

"그분은 자택근무를 하는 데 이해심이 넘치시더군. 그 노트와 유서의 필적을 이것과 대조해주셨어." 해리는 종이 한 장을 펴서 식기건조대에 올려놓았다. "커피, 오래 걸릴까?"

"뭐가 그리 급하세요?" 베아테가 종이를 내려다보며 물었다.

"모든 게. 제일 먼저 은행 계좌부터 다시 확인해줘."

*

브라스투어 여행사의 매니저이자 둘밖에 없는 직원 중 하나인 엘세 룬은 종종 한밤중에 전화를 받곤 했다. 대부분이 브라질에서 강도에게 돈이 털렸다거나, 여권과 비행기 티켓을 분실한 고객들이 절박한 마음에 시차를 잊고 하는 전화였다. 따라서 그녀는 자러 갈 때 반드시 휴대전화를 꺼두었다. 그런데도 새벽 5시 30분에 집전화가 울리고 전화기에서 사무실로 당장 출근해달라는 말이 들리자, 그녀는 머리끝까지 화가 치밀었다. 상대가 경찰이라고 밝혔어도 그녀의 분노는 별로 누그러들지 않았다.

"이게 사람이 죽고 사는 문제라도 되나요?" 엘세 룬이 물었다.

"네. 사는 것보다는 죽는 것의 문제죠." 상대가 대답했다.

*

루네 이바르손은 평소처럼 제일 먼저 사무실에 도착해 창밖을 내다보았다. 이 평온함, 이 층을 자기 혼자 독차지하고 있다는 느낌이 좋았다. 하지만 그가 일찍 출근하는 이유는 그 때문이 아니었다. 다른 직원들이 도착할 때쯤에는 그가 이미 팩스와 전날 저녁에 작성된 보고서, 조간신문을 다 읽은 뒤였다. 그렇게 남들보다 앞서서 출발할 수 있었다. 상사에게 제일 중요한 것은 한발 앞서는 것이다. 더 넓게 볼 수 있는 교두보를 세우는 것. 가끔씩 그의 부하 직원들이 정보를 독점하는 경영진에 대해 불만을 터뜨릴 때가 있다. 하지만 그것은 모르고 하는 소리다. 정보는 권력이며, 좌표를 그리기 위해서는 경영진이 권력을 잡아야 한다. 결국에는 그 좌표가 그들을 항구로 안내할 것이다. 그렇다, 경영진이 더 많은 정보를 소유하는 것은 그야말로 자신들의 이득을 위해서다. 그가 도살자 사건에 참여한 모든 직원에게 상사를 거치지 말고 곧장 자신에게 보고하도록 한 것도 정확히 그 때문이다. 전원이 참석해 끝없는 토론으로 시간을 낭비하는 대신 알아야 할 사람이 정보를 확보하기 위해서. 회의는 부하 직원들에게 자신들도 수사 과정에 참여하고 있다는 느낌을 주기 위한 것일 뿐이다. 지금으로서는 강도수사과 책임자인 자신이 주도권을 쥐고 결단력 있게 행동해야 한다. 비록 레브 그레테의 정체를 밝혀낸 사람이 자신인 것처럼 보이도록 최선을 다하기는 했지만, 그 과정에서 자신의 권위가 약해졌다는 것을 알고 있었다. 부서 책임자의 권위는 단순히 개인의 위신 문제가 아니라 경찰 전체의 문제라고 그는 스스로에게 말했다.

그때 노크 소리가 들렸다.

"자네가 아침형 인간인 줄은 몰랐군, 홀레." 이바르손은 문간에 보이는 창백한 얼굴에게 그렇게 말하고는 앞에 놓인 팩스를 계속 읽었다. 도살자 추적에 관해 인터뷰를 했던 일간 신문에 그의 기사가 실려 있었다. 그는 기사가 마음에 들지 않았다. 그가 했던 말이 그대로 실려 있기는 했지만, 그래도 어딘가 얼버무리고 무력한 답변처럼 들리게 바꿔놓았다. 다행히 사진은 잘 나왔다. "무슨 일인가, 홀레?"

"제가 7층에서 회의를 소집했다는 말씀을 드리려고 왔습니다. 관심이 있으실 거 같아서요. 보그스타바이엔 가에서 발생한 소위 은행강도 사건에 관한 회의입니다. 곧 시작할 겁니다."

이바르손은 읽던 팩스에서 고개를 들었다. "그러니까 자네가 회의를 소집했다고? 재미있군. 회의를 열어도 된다고 누가 허락했지, 홀레?"

"누구의 허락도 받지 않았습니다."

"허락을 받지 않았다?" 이바르손은 갈매기 울음소리 같은 짧은 웃음을 내뱉었다. "그럼 7층에 올라가서 회의가 점심 이후로 늦춰졌다고 말하게. 보다시피 난 지금 읽어야 할 보고서가 산더미처럼 쌓였으니까. 알았나?"

해리는 천천히 고개를 끄덕였다. 마치 그 말을 신중히 고려해보는 것처럼. "알겠습니다. 하지만 이건 강력반 문제라서요. 그러니 지금 시작하겠습니다. 보고서 잘 읽으십시오."

해리가 돌아서는 순간, 이바르손이 주먹으로 책상을 내려쳤다.

"홀레! 어디서 건방지게 나한테 등을 돌려! 우리 부서의 회의를 소집하는 사람은 나라고. 더군다나 그게 강도 사건일 때는. 알았나?" 이바르손 경정의 얼굴 중앙에 자리 잡은 얇고 붉은 아랫입술이 파르르 떨렸다.

"아까 제가 '소위' 은행강도 사건이라고 말하는 걸 들으셨을 텐데요, 이바르손 경정님."

"그게 뭐 어쨌다는 건가?" 이제는 칭얼거리는 목소리였다.

"보그스타바이엔 가에서 발생한 은행강도 사건은 절대 강도 사건이 아닙니다. 치밀하게 계획된 살인 사건입니다."

*

해리는 창가에 서서 봇센 교도소를 바라보았다. 삐걱거리며 앞으로 나아가는 손수레처럼 하루가 마지못해 흘러가고 있었다. 에

604

케베르그 언덕 위에 비구름이 떠 있고, 그뢴란슬라이레의 거리에는 검은 우산이 지나다녔다. 그의 등 뒤로 다들 모여 기다리고 있었다. 하품을 하며 의자에 몸을 깊이 묻는 비아르네 묄레르, 미소를 지으며 이바르손과 이야기를 나누는 총경, 팔짱을 낀 채 조바심을 내며 말이 없는 베베르, 수첩을 펼치고 받아쓸 준비를 하는 할보르센, 초조하게 여기저기 바라보는 베아테 뢴.

스톤 로지스

오후가 되자 빗줄기는 점차 가늘어졌다. 온통 납회색인 구름 사이로 태양이 얼굴을 내밀자, 구름이 마지막 막을 앞둔 무대 위의 커튼처럼 양옆으로 갈라졌다. 이날 몇 시간 동안 볼 수 있었던 푸른 하늘을 마지막으로 오슬로 시는 한동안 회색빛 겨울 이불을 머리 위로 뒤집어쓰게 된다. 해리가 세 번째로 초인종을 눌렀을 때 디센그렌다의 거리는 햇살 속에 잠겨 있었다.

초인종 소리가 테라스가 달린 집의 뱃속에서 꾸르륵거리는 것처럼 들렸다. 이웃집 창문이 벌컥 열렸다.

"트론은 집에 없수." 'r'을 심하게 굴린 목소리였다. 노부인의 얼굴은 전과 다른 갈색빛, 일종의 황갈색을 띠고 있었다. 그걸 보자 해리는 니코틴 얼룩이 생긴 피부가 생각났다. "불쌍한 것 같으니."

"그럼 어디 있습니까?" 해리가 물었다.

그녀가 대답 대신 눈동자를 굴리며 엄지로 어깨 너머를 가리켰다.

"테니스장요?"

베아테는 돌아섰지만 해리는 그 자리에 남아 있었다.

"지난번에 부인과 나눴던 이야기를 생각해봤습니다. 그 보행자 다리 있잖습니까. 범인이었던 소년이 평소에 무척 얌전하고 예의 바른 아이였기 때문에 다들 놀랐다고 하셨죠?" 해리가 말했다.

"그랬지."

"하지만 동네 사람들은 다들 그 애가 한 짓이라는 걸 알고 있다고 하셨습니다."

"그날 아침에 그 애가 자전거를 타고 가는 걸 봤으니까."

"빨간 재킷을 입고요?"

"맞아요."

"레브였나요?"

"레브?" 노부인은 웃으며 고개를 저었다. "난 레브를 말한 게 아니라우. 레브는 이상한 짓을 많이 하기는 했지만 절대 사악한 아이는 아니에요."

"그럼 누구였습니까?"

"트론이죠. 난 계속 그 아이 얘길 한 거예요. 그 애가 돌아왔을 때 사색이 되었다고 했잖아요. 트론은 피를 보지 못하거든."

*

바람이 점점 세졌다. 서쪽에서 검은 뭉게구름이 새파란 하늘을 게걸스럽게 먹어 치우기 시작했다. 돌풍이 불자 붉은 클레이코트에 고여 있던 웅덩이에 소름이 돋았고, 웅덩이에 비쳤던 트론 그레테의 모습도 지워졌다. 그는 다시 서브를 넣기 위해 공을 하늘로 던졌다.

"안녕하십니까." 트론이 바람을 가르며 부드럽게 회전하는 공을 라켓으로 쳤다. 라켓에 맞은 공이 받아칠 수 없을 정도로 높이 솟아오르며 네트 반대편에 있는 가상의 상대를 지나갔다. 서비스 박스 뒤쪽에서 피어올랐던 하얀 분필 연기가 곧바로 흩어져버렸다.

트론은 철망 밖에 서 있는 해리와 베아테 쪽으로 얼굴을 돌렸다. 하얀 테니스 셔츠에 하얀 반바지, 하얀 양말, 하얀 테니스화 차림이었다.

"완벽하죠? 안 그렇습니까?" 트론이 미소 지었다.

"거의요." 해리가 말했다.

트론의 미소가 한층 더 환해졌다. 그는 손을 들어 눈가에 그늘을 만들고는 하늘을 훑어보았다. "날씨가 흐려지려나 봅니다. 뭘 도와드릴까요?"

"저희와 함께 경찰청으로 가주셔야겠습니다." 해리가 말했다.

"경찰청?" 그는 놀란 눈으로 그들을 바라보았다. 다시 말해, 놀란 것처럼 보이려고 애쓰는 듯했다. 한층 커진 그의 눈은 약간 지나치게 연극적이었고, 목소리에는 예전에 대화를 나눌 때 한 번도 들어본 적이 없는 무언가 가식적인 면이 있었다. 또한 억양은 지나치게 내리깔아 끝부분만 살짝 들어 올렸다. '경찰—청?' 해리는 목덜미가 서늘해지는 느낌이었다.

"지금 당장요." 베아테가 말했다.

"알았습니다." 트론은 마치 앞뒤가 딱 들어맞는다는 듯이 고개를 끄덕이더니 다시 미소를 지었다. "당연히 그래야죠." 그러고는 벤치를 향해 걸어갔다. 벤치에 놓인 회색 코트 아래로 테니스 라켓 두 개가 머리를 내밀고 있었다. 테니스장 바닥 위로 그의 신발이 지익지익 끌렸다.

"지금 제정신이 아닌 거 같아요. 제가 체포할게요." 베아테가 속삭였다.

"안 돼······." 해리가 말문을 열며 그녀의 팔을 잡았다. 하지만 베아테는 이미 문을 밀치고 테니스장 안으로 들어가버렸다. 시간이 에어백처럼 팽창했다가 납작해지면서 해리의 발목을 붙잡아 꼼짝 못하게 만들었다. 철망 사이로 베아테의 모습이 보였다. 그녀는 벨트에 달린 수갑을 향해 손을 뻗고 있었다. 테니스장 바닥 위로 트론의 발소리가 들렸다. 보폭이 작은 발걸음. 우주비행사처럼. 해리의 손은 자동적으로 재킷 안쪽의 권총집에 든 권총으로 향했다.

"그레테 씨, 미안하지만······." 베아테가 거기까지 말했을 때 벤치에 도달한 트론이 코트 속으로 손을 집어넣었다. 시간이 다시 숨쉬기 시작했다. 한 번의 동작으로 줄어들었다가 팽창되었다. 해리는 총의 개머리판을 잡았지만 지금부터 총을 꺼내어 장전하고 안전장치를 풀고 겨냥하기까지는 영겁의 시간이 걸린다는 것을 알고 있었다. 베아테의 올린 팔 아래로 햇빛이 반짝 반사되었다.

"내가 미안하지." 트론이 회색과 올리브 그린색의 AG3를 들어올려 조준 자세를 취했다. 베아테는 뒤로 한 발짝 물러섰다.

"얌전히 서 있어. 꼼짝하지 말고. 몇 초라도 더 살고 싶다면 말이야." 트론이 부드럽게 말했다.

*

"우리는 한 가지 실수를 저질렀습니다." 창문 앞에 서 있던 해리가 몸을 돌려 방에 모인 형사들에게 말했다. "스티네 그레테를 살해한 사람은 레브 그레테가 아니라 그녀의 남편인 트론 그레테였습니다."

총경과 이바르손의 대화가 멈췄고, 묄레르는 등을 똑바로 세웠으며, 할보르센은 노트에 적는 것을 잊어버렸다. 심지어 베베르의 얼굴에서도 예의 그 심드렁한 표정이 사라졌다.

마침내 침묵을 깬 사람은 묄레르였다. "그 회계사?"

해리는 믿을 수가 없다는 표정을 짓고 있는 사람들을 향해 고개를 끄덕였다.

"불가능해. 세븐일레븐의 감시 카메라 테이프도 있고, 콜라 병에서 지문도 나왔잖아. 스티네를 죽인 범인은 의심의 여지없이 레브 그레테야." 베베르가 말했다.

"손으로 쓴 유서도 있잖나." 이바르손이 말했다.

"그리고 내가 제대로 알고 있는지 모르겠지만, 라스콜도 레브 그레테를 범인으로 지목하지 않았나?" 총경이 말했다.

"범인이 레브 그레테라는 건 기정사실 같은데." 묄레르가 말했다.

"제가 설명해드리죠." 해리가 말했다.

"제발 좀 그래주게." 총경이 말했다.

*

이제는 가속도가 붙은 구름이 마치 검은 함대처럼 아케르 병원 위로 항해했다.

"어리석은 짓 하지 마, 해리." 트론이 총구로 베아테의 이마를 누르며 말했다. "손으로 총 쥐고 있는 거 알아. 내려놔."

"싫다면 어쩔 건데?" 총을 뽑아 들며 해리가 말했다.

트론은 나지막이 킬킬 웃었다. "당연히 네 동료를 쏴야지."

"네 아내를 쏜 것처럼?"

"스티네는 죽어 마땅해."

"그래? 스티네가 너보다 형을 더 사랑했기 때문에?"

610

"내 아내였으니까!"

해리는 숨을 들이쉬었다. 베아테는 트론과 해리 사이에 서 있었는데, 해리에게 등을 돌리고 있어서 표정이 전혀 보이지 않았다. 그에게는 몇 가지 선택권이 있었다. 첫째, 트론에게 멍청하고 경솔하게 행동하지 말라고 타이르며 그가 그 사실을 깨닫기를 바란다. 하지만 여기에는 한 가지 문제가 있었다. 애초에 AG3에 총알을 장전해 테니스장으로 가져왔다면, 이미 그것을 쓰려고 작정했다는 뜻이다. 둘째, 트론의 명령대로 총을 내려놓고 죽기를 기다린다. 셋째, 트론을 자꾸 건드려 일이 터지도록 한다. 트론으로 하여금 계획을 바꾸게 할 만한 일. 하지만 자칫 잘못하면 도리어 트론이 폭발해서 그냥 방아쇠를 당겨버릴 수도 있다. 첫 번째 선택은 가능성이 없었다. 두 번째 선택은 최악의 결과를 가져올 것이며 세 번째는, 글쎄, 만약 베아테가 엘렌과 똑같은 일을 당한다면 해리는 남은 인생을 절대 멀쩡히 살 수 없을 것이다. 과연 살아남을지도 의문이었지만.

"어쩌면 스티네는 더 이상 네 부인으로 살기 싫었는지도 몰라. 그런 거야?" 해리가 물었다.

방아쇠를 감아 쥔 트론의 손가락에 힘이 들어갔고, 베아테의 어깨 너머로 그와 해리의 시선이 마주쳤다. 해리는 마음속으로 숫자를 세기 시작했다. "1천 1, 1천 2……."

"스티네는 나를 그냥 떠날 수 있을 거라 생각했지." 트론이 나지막이 말했다. "자기를 위해 모든 걸 바친 나를." 트론은 웃음을 터뜨렸다. "남을 위해 손가락 까딱 해본 적이 없는 남자를 위해서 말이야. 인생이 생일 파티고, 모든 선물은 다 자기 거라고 생각하는 남자를 위해서. 레브는 스티네를 훔치지 않았어. 그저 앞뒤 분간을 못했을 뿐이지." 트론의 웃음소리가 바람에 실려 갔다. 알파 벳 비스킷의 부스러기처럼.

"그러니까 스티네는 네 여자라는 거군." 해리가 말했다.

트론은 양쪽 눈을 세게 깜박였다. "스티네는 형을 사랑한다고 했어. 사랑한다고. 우리가 결혼하던 날에도 쓰지 않았던 단어였 지. 그냥 '좋아한다'고 했어. 날 좋아한다고. 왜냐하면 내가 자기 에게 정말 잘해주니까. 하지만 스티네가 사랑한 건 학교 지붕에 앉아 다리를 대롱거리며 박수갈채를 기다리던 소년이었어. 형에 게 중요한 건 그것뿐이었어. 갈채."

두 사람 사이의 거리는 6미터가 채 안 되었고, 해리는 총신을 잡은 트론의 왼손 관절이 새하얗게 변한 것을 보았다.

"하지만 넌 아니었지, 트론. 넌 어떤 갈채도 필요 없었어. 안 그 래? 혼자서 조용히 승리를 음미했지. 그 보행자다리 사건 때처 럼."

트론은 아랫입술을 삐죽 내밀었다. "인정하시지. 내 말에 속아 넘어갔잖아. 안 그래?"

"그래, 우린 네 거짓말에 넘어갔어, 트론. 네 말을 모조리 믿었 지."

"그런데 어디서 들통이 난 거야?"

*

"베아테는 지난 6개월간 트론과 스티네의 은행 거래 내역을 조 사했습니다." 해리가 말했다.

베아테는 다른 사람들이 볼 수 있도록 서류 뭉치를 들어 올리며 말했다. "두 사람 모두 여행사인 브라스투어에 송금을 했더군요. 여행사에 확인해본 결과, 스티네 그레테가 올해 3월 비행기 티켓을 예약한 것으로 밝혀졌어요. 출발 날짜는 6월이었고, 목적지는 상파울루였죠. 트론 그레테가 예약한 티켓은 그로부터 일주일 뒤에 브라질로 떠나는 거였고요."

"거기까지는 트론 그레테가 했던 말과 일치합니다. 이상한 점은 스티네가 지점장인 클레멘트센에게 그리스로 휴가를 떠난다고 했다는 겁니다. 게다가 트론 그레테는 브라질로 떠나는 당일에 비행기 티켓을 구입했습니다. 결혼 10주년 기념 여행을 함께 떠나기로 한 것치고는 너무 급작스럽지 않습니까?" 해리가 말했다.

회의실 안이 어찌나 고요한지, 복도 반대편에 있는 냉장고의 모터가 켜지며 돌아가는 소리까지 들릴 정도였다.

"스티네가 떠난 후, 트론은 그리스로 떠난다던 아내의 말이 거짓이 아닐까 의심하게 됩니다. 그리하여 아내의 은행 계좌를 확인하고, 송금 비용이 브라스투어의 그리스 여행 비용과 다르다는 걸 알게 되죠. 그는 브라스투어에 전화해 아내가 묵는 호텔 이름을 알아내고 브라질로 떠납니다. 아내를 다시 데려오기 위해서요."

"그래서? 아내가 깜둥이와 함께 있는 현장을 덮치기라도 했나?" 이바르손이 물었다.

해리는 고개를 저었다. "아마 트론은 스티네를 찾아내지 못했을 겁니다."

"우리가 확인해봤는데 스티네는 예약한 호텔에 투숙하지 않았어요. 트론은 예정보다 빨리 귀국했고요." 베아테가 말했다.

"게다가 트론은 상파울루에서 3만 크로네를 인출했습니다. 처음에는 그 돈으로 다이아몬드 반지를 샀다고 했다가, 나중에는 레브에게 그 돈을 주었다고 했죠. 형이 빈털터리였다면서요. 하지만 둘 다 거짓말입니다. 그 돈은 분명 다른 곳에 쓰였을 겁니다. 상파울루가 보석 세공보다 더 유명한 분야에 말이죠."

"그게 뭔데?" 더는 견딜 수 없을 정도로 침묵이 흐르자, 짜증이 역력한 기색으로 이바르손이 물었다.

"살인 청부입니다."

해리는 좀 더 뜸을 들이고 싶었다. 하지만 자신을 슬쩍 바라보는 베아테의 시선에서 자신이 이미 너무 과장되게 행동하고 있다는 것을 깨달았다. "올가을 레브가 오슬로에 돌아왔을 때 그는 자신의 돈으로 여행 경비를 충당했습니다. 그는 절대 빈털터리가 아니었고, 은행을 털 계획도 전혀 없었습니다. 그가 돌아온 목적은 스티네를 브라질에 데려가기 위해서였습니다."

"스티네? 자기 동생의 부인을 말인가?" 묄레르가 외쳤다.

해리는 고개를 끄덕였다. 회의실에 앉아 있던 사람들이 시선을 교환했다.

"그럼 스티네도 비밀리에 브라질로 떠날 생각이었단 말인가? 부모님에게도, 친구에게도 말하지 않고서? 동료들에게 회사를 그만둔다는 말도 없이?" 묄레르가 물었다.

"자신이 일하는 직장과 경찰 양쪽으로부터 수배 중인 은행강도와 여생을 보낼 건데 그걸 발표하면서 주소를 남길 수는 없죠. 딱 한 명에게만 털어놓았습니다. 바로 남편인 트론이었죠." 해리가 말했다.

"절대 알려서는 안 될 사람이었는데 말이에요." 베아테가 말했다.

"스티네는 아마도 자신이 그를 안다고 생각했을 겁니다. 13년이나 함께 보냈으니까요." 해리는 창가로 걸어갔다. "그녀에게 트론은 자신을 끔찍이 아껴주는, 예민하지만 다정하고 신중한 회계사였죠. 그 후에 일어난 일들은 약간 추측해보기로 하죠."

이바르손이 콧방귀를 뀌었다. "지금까지 한 건 추측이 아니고 뭐였는데?"

"트론은 오슬로에 돌아온 레브에게 연락을 합니다. 둘은 성인이고 형제이니 이 문제에 대해 터놓고 이야기를 하자고 하죠. 레브는 동생의 말에 기뻐하며 안심합니다. 하지만 얼굴을 내놓고 시내를 활보할 수는 없죠. 그건 너무 위험한 일이니까요. 그래서 두 사람은 스티네가 출근한 후에, 트론의 집에서 만나기로 합니다. 레브는 그 집으로 찾아갔고 트론의 환대를 받습니다. 트론은 처음에는 일이 이렇게 되어 슬펐지만 이제는 극복했으며, 두 사람이 행복하기를 바란다고 말합니다. 그러고는 콜라 두 병을 내오죠. 둘은 콜라를 마시며 세부적인 사항에 대해 이야기를 나눕니다. 트론은 앞으로 스티네에게 올 우편물과 미처 받지 못한 월급 등등을 보내줄 수 있도록 레브의 주소를 알려달라고 합니다. 레브는 전혀 몰랐던 겁니다. 그 주소야말로 트론이 상파울루에 갔을 때 의뢰했던 살인 청부를 실행시키기 위한 마지막 정보였다는 것을요."

베베르가 천천히 고개를 끄덕였다.

"이윽고 금요일 아침이 되었습니다. 디데이였죠. 그날 오후, 스티네는 레브와 함께 런던으로 가서 다음 날 아침에 브라질로 떠날 예정이었습니다. 비행기 티켓은 모두 브라스투어를 통해 예매했죠. 짐도 다 꾸렸고, 그녀와 트론은 평상시와 다름없이 출근합니다. 2시가 되자, 트론은 퇴근해 스포르바이스 가에 있는 헬스클럽으로 갑니다. 헬스클럽에 도착해 미리 예약해둔 스쿼시장 이용료를 내죠. 그것이 그가 준비한 첫 번째 알리바이입니다. 카드로 이용료를 결제한 시각이 14시 34분이었습니다. 하지만 함께 칠 사람이 없다면서 대신 체력단련실에서 운동을 해야겠다고 말합니다. 그러고는 탈의실로 들어가죠. 그 시간에는 탈의실에 들고나는 사람들이 매우 많습니다. 트론은 배낭을 들고 화장실에 들어가 문을 잠급니다. 거기서 검은 작업복으로 갈아입고 그 위에 무언가를 걸칩니다. 아마도 긴 코트였겠죠. 그러고는 화장실에 들어올 때 마주쳤던 사람들이 모두 나갈 때까지 기다립니다. 그런 다음, 선글라스를 끼고 가방을 메고 남의 눈에 띄지 않게 재빨리 탈의실에서 나와 로비를 지나갑니다. 제 짐작으로는 아마도 스텐스 공원을 향해 가다가 건축 부지 옆의 필레스트레데 가를 올라갔을 겁니다. 건설 현장 인부들은 3시면 퇴근을 하니까요. 그는 건축 부지로 들어가 코트를 벗고, 모자 밑에 숨겨두었던 발라클라바를 반으로 접어 머리에 털모자처럼 씁니다. 그러고는 언덕을 올라가 왼쪽으로 꺾어져 인두스트리 가를 내려가죠. 보그스타바이엔 가의 교차로에 도착하자, 세븐일레븐으로 들어갑니다. 2주 전에 미리 찾아와 카메라 각도를 확인해둔 곳이죠. 그가 주문한 쓰레기통도 제자리에 있었습니다. 그 쓰레기통은 부지런한 경찰들을 위해 그가 마련해둔 것입니다. 강도 사건이 터지면 경찰들이 근처 가게와 주유소의 감시 카메라 테이프를 모두 조사하리라는 걸 잘 알고 있었던 거죠. 그래서 트론은 우리를 위해 짧은 쇼를 합니다. 우린 그의 얼굴을 볼 수 없지만, 그가 맨손으로 들고 있었던 콜라병은 또렷하게 볼 수 있죠. 그는 콜라병을 비닐봉지에 넣었고, 그걸 본 우리는 그의 지문이 빗물에 씻기지 않고 남아 있을 거라고 확신하게 됩니다. 그는 그 비닐봉지를 초록색 쓰레기통에 넣죠. 당분간 쓰레기를 수거해가지 않으리라는 걸 알고 있었으니까요. 우리 경찰의 능력을 꽤나 높이 산 게 분명합니다. 우린 하마터면 그 증거를 놓칠 뻔했지만, 트론은 운이 좋았습니다. 여기 있는 베아테가 미친 듯이 차를 몬 덕분에 가까스로 그 병을 손에 넣을 수 있었으니까요. 레브 그레테에게 불리한 증거, 반박의 여지가 없는 결정적 증거가 나오면서 트론 그레테는 완벽한 알리바이를 얻게 되죠."

갑자기 해리가 말을 멈추자, 그의 앞에 있던 사람들이 어리둥절한 표정을 지었다. 그는 다시 말을 이었다.

"쓰레기통 속의 그 콜라병은 레브가 동생인 트론의 집을 방문했을 때 마신 겁니다. 집이 아니라 다른 곳이었을 수도 있죠. 어쨌거나 트론은 이렇게 이용할 목적으로 그 병을 보관해둔 겁니다."

"유감스럽지만 자네가 잊은 게 하나 있네, 홀레." 이바르손이 끼어들었다. "그자가 맨손으로 콜라병을 들고 있던 걸 자네 눈으로 직접 봤잖나. 만약 그 사람이 트론 그레테였다면, 병에 묻은 건 그자의 지문이어야 하잖아."

해리는 베베르에게 고갯짓을 했다.

"접착제일세." 노련한 과학수사 요원인 베베르가 말했다.

"뭐라고?" 총경이 베베르에게 몸을 돌렸다.

"은행강도들이 쓰는 오래된 수법입니다. 손끝에 접착제를 살짝 발라 굳히면, 짠, 지문이 사라지죠."

총경은 고개를 저었다. "하지만 자네가 회계사라고 부르는 이 남자가 대체 어디서 그런 수법을 배웠단 말인가?"

"트론은 노르웨이 역사상 가장 신출귀몰한 은행강도의 동생이에요." 베아테가 대답했다. "덕분에 형의 강도 수법과 방식을 속속들이 알고 있었죠. 무엇보다도 레브는 자신의 범행이 녹화된 테이프를 트론의 집에 보관해두었어요. 트론은 그 테이프를 보면서 형의 수법을 독학했죠. 라스콜마저 그를 레브 그레테로 착각할 정도로요. 게다가 두 사람은 형제라서 외형적으로도 꽤나 비슷했어요. 컴퓨터로 범인의 얼굴을 판독하면 레브라고 생각할 수도 있다는 뜻이죠."

"젠장!" 할보르센이 자신도 모르게 외치더니, 얼른 고개를 숙이고 비아르네 묄레르의 눈치를 봤다. 하지만 묄레르는 입을 딱 벌린 채 멍하게 앞만 응시할 뿐이었다. 총알이 머리를 관통한 사람처럼.

*

"왜 총을 내려놓지 않는 거야, 해리? 설명 좀 해보시지."

심장이 미친 듯이 펄떡거렸지만 해리는 차분히 호흡하려고 노력했다. 뇌에 산소를 공급하는 것이 중요하다. 그는 베아테를 보지 않으려고 했다. 숱이 적은 그녀의 금발이 바람에 위로 부풀어 올랐다. 가냘픈 목은 긴장되어 있었고, 어깨는 떨리기 시작했다.

"그걸 몰라서 물어? 넌 어차피 우리 둘 다 쏠 거잖아. 그보다는 더 나은 조건을 제시하라고, 트론."

트론은 웃음을 터뜨리더니 라이플의 초록색 개머리판에 볼을 대었다. "그럼 이건 어때, 해리? 다른 대안들을 모두 생각해본 뒤에 총을 내려놓을 수 있는 시간을 25초 주지."

"이번에도 25초인가?"

"맞아. 시간이 얼마나 빨리 흐르는지 너도 기억할 거야. 서두르라고, 해리."

"내가 왜 스티네와 강도가 서로 아는 사이라고 생각하게 됐는지 알아? 두 사람 간의 거리가 너무 가까웠기 때문이야. 지금의 너와 베아테보다 훨씬 가까웠지. 이상하게 말이야, 아무리 목숨이 오가는 상황이라 해도 사람들은 가능한 한 타인의 친밀 공간을 존중하려고 하거든. 정말 이상하지?"

트론은 총신을 베아테의 턱 아래에 대고 그녀의 얼굴을 들어 올렸다. "자, 베아테, 미안하지만 우리를 위해서 숫자를 세주겠어?" 다시 연극배우 같은 어조로 트론이 말했다. "1부터 25까지. 너무 느리지도, 너무 빠르지도 않게 말이야."

"궁금한 게 하나 있어. 죽기 전에 스티네가 마지막으로 한 말이 뭐였지?" 해리가 물었다.

"정말로 알고 싶나, 해리?"

"그래, 알고 싶어."

"베아테에게 2초의 여유를 주지. 하나……."

"숫자를 세, 베아테!"

"하나." 그녀의 목소리는 메마른 속삭임이었다. "둘."

"스티네는 자신과 레브에게 최종 사형 선고를 내렸어."

"셋."

"자기는 죽여도 되지만 형은 살려달라고 하더군."

해리는 목구멍이 수축되고, 총을 쥔 손에서 힘이 빠지는 것을 느꼈다.

"넷."

*

"다시 말해, 지점장이 돈을 가방에 담는 데 몇 초가 걸렸든 그자는 스티네를 죽였을 거라는 말씀이세요?" 할보르센이 물었다.

해리는 침울하게 고개를 끄덕였다.

"자네는 모든 걸 아는 모양인데, 그렇다면 그자의 도주로도 알고 있겠군." 이바르손이 말했다. 빈정거리면서도 즐거운 척하려는 말투였지만 짜증이 절로 배어나왔다.

"아뇨. 하지만 아마 올 때와 같은 길로 도망갔을 겁니다. 인두스트리 가를 올라가 필레스트레데 가를 내려간 다음, 건축 부지로 들어가 발라클라바를 벗고 작업복 등에 '경찰'이라는 글씨를 붙였겠죠. 헬스클럽으로 다시 돌아왔을 때는 모자를 쓰고, 선글라스를 끼고 있었습니다. 그리고 직원들의 주의를 끌지 않은 채 무사히 헬스장 안으로 들어갑니다. 탈의실에 들어가 아까 입었던 운동복으로 갈아입고, 체력단련실의 왁자지껄한 분위기에 합류해 자전거를 타죠. 역기도 몇 번 들어 올렸을 테고요. 그런 다음 샤워를 한 뒤, 안내 데스크로 가서 스쿼시 라켓을 잃어버렸다고 신고합니다. 신고를 받은 직원은 정확한 시간을 기록해두죠. 16시 02분. 이로써 그의 알리바이는 봉합되고, 그는 거리로 나가 사이렌 소리를 들으며 집으로 차를 몹니다. 제가 추측하기로는요."

"그런데 왜 작업복 뒤에 경찰이라는 글자를 붙인 건가? 우리 경찰은 작업복을 입지도 않잖아." 총경이 말했다.

"기초적인 심리학이죠." 베아테는 그렇게 말했다가 총경의 한쪽 눈썹이 위로 올라간 것을 보고 볼을 붉혔다. "그러니까…… 너무…… 음…… 뻔하다는 뜻에서 드린 말씀이에요."

"계속 해보게." 총경이 말했다.

"경찰이 그 일대에서 작업복 차림의 남자가 목격되었는지 조사하리라는 걸 트론 그레테는 잘 알고 있었어요. 그래서 그 일대에 우글거리던 경찰이 헬스클럽에 나타난 신원 미상의 남자에게 주의를 기울이지 않도록 작업복에 뭔가 조치를 취해야 했죠. 사람들은 일단 '경찰'이라고 적혀 있으면 피하기 마련이거든요."

"재미있는 이론이군." 이바르손이 시큰둥한 미소를 지으며 손가락 두 개로 턱을 받쳤다.

"맞는 말이야. 다들 공권력을 두려워하니까. 계속 해보게." 총경이 말했다.

"하지만 좀 더 확실히 하기 위해 트론은 자신이 목격자 행세를 했어요. 어떤 남자가 '경찰'이라고 적힌 작업복을 입고 헬스장 안을 지나가는 것을 봤다고 자진해서 알려준 거죠."

"정말 천재적인 솜씨였습니다." 해리가 말했다. "트론은 마치 작업복에 적힌 경찰이라는 글자 때문에 그 남자가 우리의 수사에서 제외된 걸 모르는 투로 말했습니다. 또한 그의 그런 진술은 우리로 하여금 트론을 더욱 신뢰하게 만들었죠. 그가 범인의 도주를 목격했다는 사실을 자진해서 가르쳐준 셈이니까요."

"뭐라고? 다시 한번 말해주겠나, 해리? 천천히." 묄레르가 말했다.

해리가 큰 한숨을 내쉬었다.

"아, 됐네. 벌써 머리가 아파." 묄레르가 말했다.

*

"일곱."

"하지만 넌 스티네의 부탁을 들어주지 않았지. 형을 살려주지 않았어."

"당연하지." 트론이 말했다.

"네가 스티네를 죽였다는 걸 레브가 알았나?"

"그걸 알려주는 기쁨을 놓칠 수 없지. 휴대전화로 알려줬어. 레브는 가르데모엔 공항에서 스티네를 기다리는 중이었지. 난 만약 지금 비행기를 타고 떠나지 않으면, 내가 쫓아갈 거라고 했어."

"레브는 네가 스티네를 죽였다는 말을 순순히 믿던가?"

트론은 웃음을 터뜨렸다. "레브는 내가 어떤 놈인지 잘 알아. 조

금도 의심하지 않더군. 내가 자세히 말해주는 동안, 레브는 비즈
니스 라운지에서 텔레텍스트로 나오는 은행강도 소식을 읽고 있
었어. 레브가 탈 비행기의 탑승 안내 방송이 나오자, 그 녀석이 전
화를 끊더군. 레브와 스티네가 탈 비행기였지. 이봐, 숫자 안 셀
거야?" 트론이 베아테의 머리에 총구를 대었다.

"여덟."

"레브는 분명 자신이 집으로 무사히 돌아갈 수 있을 거라고 생
각했겠군. 네가 상파울루에서 살인 청부를 지시했다는 건 꿈에도
모르고 말이야. 안 그래?"

"레브는 도둑이지만 순진해 빠졌지. 다주다의 집 주소를 내게
가르쳐주지 말았어야 했어."

"아홉."

해리는 기계적이고 단조로운 베아테의 목소리를 무시하려 했
다. "그래서 넌 네가 고용한 살인 청부업자에게 지시 사항을 보냈
어. 예전에 레브의 작문 숙제를 할 때 썼던 바로 그 필체로 유서까
지 함께 써서 말이야."

"브라보. 잘했어, 해리. 하지만 그건 이미 은행을 털기 전에 보
내뒀지."

"열."

"살인 청부업자도 자신의 임무를 훌륭하게 해냈어. 새끼손가락
이 사라진 건 좀 의외였지만. 일종의 영수증이었나?"

"이렇게 말해두지. 새끼손가락이 일반 봉투 사이즈에 딱 맞거
든."

"넌 피를 못 보는 줄 알았는데, 트론."

"열하나."

휘익 휘익 몰아치는 바람 너머로 멀리서 천둥소리가 들렸다. 주위의 들판과 거리는 인적이 없었다. 다들 다가올 폭풍에 대비해 피신한 것이다.

"열둘."

"그냥 포기하지그래? 가망 없다는 거 알잖아." 해리가 말했다.

트론은 킬킬 웃었다. "물론 가망이 없지. 그게 핵심이야. 안 그래? 가망도 없고, 잃을 것도 없는 거."

"열셋."

"그래서 어떻게 할 계획이지?"

"계획? 내겐 은행에서 훔쳐낸 2백만 크로네가 있어. 그래서 장기간 망명 생활을 하려고 해. 여행 계획을 앞당겨야 하겠지만 이미 다 준비해뒀어. 은행을 털었을 때 벌써 차에 짐을 다 꾸려됐지. 넌 총에 맞거나, 수갑을 찬 채 철망에 결박되는 것 중에서 선택할 수 있어."

"열넷."

"실패하리라는 거 알잖아." 해리가 말했다.

"걱정 붙들어 매시지. 난 종적을 감추는 것에 대해서라면 잘 알아. 레브와는 다르다고. 널 20분만 붙잡아두는 걸로 충분해. 차량과 신분도 바꿀 거야. 내게는 네 대의 차량과 네 개의 여권이 있어. 아는 사람도 많고. 예를 들면 상파울루. 거기는 2천만 명이 거주하고 있지. 거기부터 찾아보라고."

"열다섯."

"네 동료는 곧 죽을 거야, 해리. 어떻게 할 거야?"

"넌 너무 많은 걸 말해줬어. 그러니 어차피 우리 둘 다 죽일 거잖아." 해리가 말했다.

"직접 알아보시지. 자, 어떤 대안을 선택했지?"

"네가 나보다 먼저 죽는 거." 해리는 그렇게 말하며 총알을 장전했다.

"열여섯." 베아테가 속삭였다.

*

해리는 이야기를 마쳤다.

"재미있는 이론이야, 홀레." 이바르손이 말했다. "특히 브라질에서 살인을 청부했다는 부분 말이야. 그건 정말이지……." 그가 작은 이를 드러내며 희미하게 미소 지었다. "이국적이야. 더 없나? 예를 들어, 증거라든가……."

"유서의 필적이 있습니다." 해리가 말했다.

"방금 전에 그 필적이 트론 그레테의 필적과 일치하지 않는다고 했잖나."

"그의 평상시 필적과는 일치하지 않죠, 네. 하지만 그가 형 대신 해주었던 작문 숙제의 필적과……."

"그 작문 숙제를 트론이 했다고 맹세해줄 증인이 있나?"

"없습니다."

이바르손은 신음 소리를 냈다. "그러니까 지금 이 강도 사건에서 범인의 유죄를 확정지을 만한 증거가 하나도 없단 말인가?"

"살인 사건입니다." 해리가 부드럽게 말하며 이바르손을 응시했다. 그의 시야 가장자리로 부끄럽다는 듯이 바닥을 응시하는 묄레르와 절망감에 두 손을 꼭 잡은 베아테가 보였다. 총경이 목청을 가다듬었다.

*

해리는 안전장치를 풀었다.

"무슨 짓이야?" 트론이 실눈을 뜨고 총신으로 베아테의 이마를 밀었다. 어찌나 세게 밀었는지 그녀의 머리가 뒤로 기울었다.

"스물하나." 베아테가 신음했다.

"홀가분하지 않아?" 해리가 말했다. "마침내 잃을 것이 아무것도 없다는 걸 깨달으니 말이야. 그것만 깨달으면 결정을 내리기가 훨씬 쉬워지지."

"허세부리지 마."

"내가?" 해리는 총을 왼팔 앞쪽에 대더니 그대로 발사했다. 크고 날카로운 총성이 울렸다. 1초가 채 되기도 전에 고층 아파트 단지 쪽에서부터 메아리가 요란하게 밀려왔다. 트론은 물끄러미 바라보았다. 형사의 가죽 재킷에 뚫린 구멍의 들쭉날쭉한 가장자리가 부풀어 오르더니 재킷 안감의 하얀 털 뭉치가 바람에 빙글빙글 날아갔다. 이윽고 피가 조금씩 흘러나왔다. 통통한 빨간색 핏방울이 바닥에 떨어지자, 시계바늘의 숨죽인 톡톡 소리가 났다. 핏방울은 이판암 혼합물과 썩은 잔디 속으로 사라지며 토양에 흡수되었다. "스물둘."

핏방울이 점점 더 빨리 떨어지자 마치 속도가 빨라지는 메트로놈 같은 소리가 났다. 해리는 총을 들어 올려 코트장의 철망 구멍 사이로 총신을 밀어 넣고 조준했다. "내 피는 이렇게 생겼어, 트론." 그의 목소리는 너무 저음이어서 잘 들리지 않았다. "이젠 네 피 좀 구경해볼까?"

그 순간 구름이 태양을 가렸다.

"스물셋."

*

서쪽에서부터 검은 그림자가 벽처럼 떨어졌다. 처음에는 언덕을 가로지르더니, 이내 테라스가 달린 집들을 가로질렀고, 아파트 단지를 지나 테니스장의 붉은 바닥과 세 사람을 가로질렀다. 기온도 뚝 떨어졌다. 마치 그 그림자가 돌이 되어 태양의 열기를 차단할 뿐 아니라 냉기까지 내뿜는 것 같았다. 하지만 트론은 그런 사실을 전혀 알아차리지 못했다. 그가 보고 느낄 수 있는 것은 여자 형사가 짧고 급하게 숨을 들이쉬는 소리, 핏기 없고 무표정한 그녀의 표정, 검은 눈동자처럼 그를 응시하는 총구뿐이었다. 그 눈동자는 마침내 목표물을 발견해 벌써 그를 꿰뚫고 해부하고 늘렸다. 멀리서 우르릉 천둥 치는 소리가 들렸다. 하지만 그의 귀에 들리는 것은 핏소리뿐이었다. 남자 형사의 살에 구멍이 뚫리고 그 구멍으로 내용물이 쏟아져 내렸다. 피, 그의 내면, 그의 삶이 잔디 위로 요란하게 뚝뚝 떨어졌다. 잔디는 피를 게걸스럽게 삼키지 않았다. 오히려 피가 토양을 불태우며 안으로 파고들어 잔디를 삼켜버렸다. 트론은 알고 있었다. 설사 눈을 감고 귀를 막는다 해도, 자신의 피가 귀로 몰려오리라는 것을. 피는 밖으로 뛰쳐나가기 위해 쿵쿵 고동치면서 노래할 것이다.

마치 약한 산통처럼 메스꺼움이 느껴졌다. 태아가 그의 입으로 나오려는 것 같았다. 그는 메스꺼움을 꿀꺽 삼켰지만, 몸 안의 모든 분비선에서 물이 흘러나와 그의 뱃속을 끈적끈적하게 만들며 토할 준비를 시켰다. 들판과 아파트 단지, 테니스장이 빙글빙글 돌기 시작했다. 그는 몸을 움츠리고 여자 형사 뒤에 숨으려고 했다. 하지만 여자는 너무 작고, 너무 창백했다. 고운 거미줄로 만든 베일처럼 돌풍에 파르르 떨고 있었다. 그는 총에 매달렸다. 그가 총을 들고 있는 것이 아니라, 총이 그를 일으켜 세운 것처럼. 방아쇠를 감은 손가락에 힘을 주고 기다렸다. 기다려야 했다. 무엇을?

이 공포심이 그를 놓아주기를? 세상이 다시 평형 상태를 회복하기를? 하지만 그렇게 되지는 않을 것이다. 세상은 계속 빙글빙글 돌며 멈추지 않을 것이다. 바닥에 떨어져 산산이 부서질 때까지. 스티네가 떠나겠다고 말하던 순간부터 세상은 무섭게 추락하고 있었다. 그의 귀에 몰려드는 피는 추락 속도가 점점 빨라지고 있음을 끊임없이 상기시켰다. 매일 아침 잠에서 깰 때마다 이제 이 추락에 익숙해져야만 한다고 생각했다. 이제는 분명 공포심이 사라졌을 거라고 생각했다. 끝이 보이고 자신은 고통의 장벽을 뛰어넘었을 거라고 생각했다. 하지만 그것은 사실이 아니었다. 그러다 그는 바닥에 떨어지기를, 더는 두렵지 않게 되는 날이 오기를 학수고대했다. 마침내 이제 바닥이 보였는데도 그는 전보다 더 두려웠다. 철망 너머의 땅이 솟아오르더니 그를 향해 밀려왔다.

*

"스물넷."

숫자는 점점 끝을 향해 갔다. 태양이 베아테의 눈을 찔렀다. 그녀는 뤼엔의 은행 안에 서 있었고, 밖에는 햇살이 작열했다. 모든 것을 새하얗고 눈이 따갑게 만드는 햇살이었다. 아버지는 그녀의 옆에 서서 어느 때보다도 말이 없었다. 어머니는 어딘가에서 소리치고 있었지만 너무 멀리 떨어져 있었다. 어머니는 늘 그랬다. 베아테는 하나씩 세기 시작했다. 여러 영상과 여름, 키스, 실패. 어찌나 많은지 놀라울 정도였다. 이번에는 하나씩 회상하기 시작했다. 얼굴들, 파리, 프라하, 검은 앞머리 아래로 보이는 미소, 서툰 사랑 고백, 숨을 헐떡이며 걱정스럽게 묻는 말, "아파?" 너무 비싸서 감당할 수 없지만 그래도 예약했던 산 세바스티안의 식당. 어쩌면 그녀는 이 모든 것에 감사해야 할지도 모른다.

총이 그녀의 이마를 건드리자, 베아테는 이 모든 생각들로부터 깨어났다. 영상이 사라지고, 모니터 위로 치지직거리는 새하얀 눈보라만 남았다. 왜 아버지는 그저 옆에 서 있기만 할까? 왜 내게 뭔가 해달라고 부탁하지 않을까? 아버지는 한 번도 그런 적이 없었다. 베아테는 그게 싫었다. 아버지는 모르는 걸까? 그녀가 유일하게 원하는 것이 아버지를 위해 무언가 하는 것이라는 걸? 그녀는 아버지가 걸었던 길을 걸어갔다. 하지만 막상 은행강도이자 아버지를 죽이고, 어머니를 과부로 만든 범인을 찾아내어 아버지의 복수를, 그들의 복수를 하려 하자, 아버지는 거절했다. 어느 때보다도 말없이 그녀 곁에 서 있을 뿐이었다.

이제 그녀는 아버지가 섰던 자리에 서 있었다. 밤마다 하우스 오브 페인에서 보았던 비디오테이프 속의 은행강도들은 그들 부녀가 무슨 생각인지 궁금해한다. 이제 그녀의 차례가 되었는데도 그녀는 여전히 알지 못했다.

그러자 누군가 불을 끄면서 태양이 사라지고, 그녀는 추위 속에 잠겼다. 그리고 추위 속에서 다시 깨어났다. 마치 아까 깨어났던 것 역시 꿈이었던 것처럼. 그리고 그녀는 다시 세기 시작했다. 하지만 이번에는 그녀가 한 번도 가보지 못한 곳, 한 번도 만난 적이 없는 사람들, 한 번도 흘리지 않았던 눈물, 아직 듣지 못한 말들을 세기 시작했다.

*

"네, 제겐 증거가 있습니다." 해리는 그렇게 말하며 종이 한 장을 꺼내 긴 테이블 위에 올려놓았다.

이바르손과 묄레르가 동시에 몸을 앞으로 내밀었다가 머리를 쿵 부딪혔다.

"이게 뭔가? '어느 멋진 날'?" 이바르손이 퉁명스럽게 물었다.

"낙서입니다. 게우스타 병원에서 수첩에 쓴 거죠. 베아테 뢴과 제가 그 자리에 있었고, 트론 그레테가 이걸 썼다고 증언할 수 있습니다."

"그래서?"

해리는 그들을 바라보았다. 그러더니 등을 돌려 천천히 창가로 걸어갔다. "딴 생각에 빠져 있을 때 했던 낙서를 살펴보신 적이 있으십니까? 그런 낙서는 아주 많은 것을 말해주죠. 그래서 제가 이 종이를 가져온 겁니다. 이게 말이 되는지 보려고요. 처음에는 앞뒤가 맞지 않았습니다. 방금 전에 부인이 죽었는데 폐쇄된 정신과 병동에 앉아 '어느 멋진 날'을 쓰고 또 쓰다니요. 그러다가 알아냈죠."

오슬로는 피곤한 노인의 얼굴처럼 연회색이었는데 오늘만큼은 햇살에 잠겨 몇 가지 색깔을 되찾았다. 임종 직전의 마지막 미소 같다고 해리는 생각했다.

"'어느 멋진 날.' 이건 생각도 아니고, 의견이나 주장도 아닙니다. 제목이죠. 초등학교 때 썼던 작문의 제목." 해리가 말했다.

바위종다리가 창문 옆으로 날아갔다.

"트론 그레테는 생각을 하고 있었던 게 아닙니다. 기계적으로 끄적거렸던 거죠. 학창 시절에 새로운 필체를 연습할 때 그랬던 것처럼요. 크리포스의 필적 전문가인 장 위가 이미 감정을 마쳤습니다. 그분은 이 필적이 레브의 유서 그리고 작문 노트의 필적과 같다고 확인해줬습니다."

갑자기 비디오테이프의 필름이 걸려 화면이 정지된 것 같았다. 아무도 움직이지 않았고, 아무도 말하지 않았다. 그저 회의실 밖

복도에 있는 복사기가 반복적으로 돌아가는 소리만 들렸다.

마침내 해리가 몸을 돌려 침묵을 깼다. "베아테와 제가 트론을 데려와 심문을 좀 해야 할 것 같습니다."

*

젠장, 젠장, 젠장! 해리는 총을 쥔 손이 흔들리지 않도록 애를 썼다. 하지만 통증 때문에 어지러웠고, 돌풍이 그의 몸을 마구 밀기도 하고 잡아당기기도 했다. 그의 바람대로 트론이 피에 반응을 보인 덕분에 해리는 잠시나마 사선을 확보할 수 있었다. 하지만 그가 잠시 머뭇거린 사이, 트론이 베아테 뒤로 숨어버려 머리와 어깨밖에 보이지 않았다. 베아테는 닮았다. 이제야 그걸 알 수 있었다. 맙소사, 너무 닮았다. 해리는 두 사람을 똑똑히 보기 위해 눈을 세게 깜박였다. 돌풍이 너무 세게 부는 탓에 벤치에 있던 회색 코트가 바람을 타고 날아갔다. 한순간 투명인간이 코트만 입고 테니스장을 가로지르는 것처럼 보였다. 해리는 폭우가 내리리라는 걸 알고 있었다. 이것은 비기둥이 최후의 경고로 밀어내는 공기덩어리였다. 이윽고 주위가 한밤중처럼 캄캄해졌다. 앞에 보이던 두 형체가 하나로 합쳐졌고, 머리 위로 비구름이 몰려들었다. 큼직하고 무거운 빗방울이 후드득 떨어지기 시작했다.

"스물다섯." 베아테의 목소리가 갑자기 크고 또렷하게 들렸다.

섬광이 번쩍이자, 두 형체가 테니스장의 붉은 바닥 위로 그림자를 드리웠다. 그 뒤를 잇는 탕 소리가 어찌나 큰지 귀 안쪽에 달라붙은 것 같았다. 한 형체가 다른 형체와 분리되더니 바닥에 쓰러졌다.

해리는 무릎으로 털썩 땅을 짚었고, 자신의 고함 소리를 들었다. "엘렌!"

혼자 서 있던 형체가 뒤를 돌아 그에게로 걸어오기 시작했다. 손에 총을 든 채. 해리는 총을 조준했지만 빗물이 그의 얼굴을 타고 흘러내려 앞이 보이지 않았다. 눈을 깜빡거리며 다시 조준했다. 더는 아무것도 느껴지지 않았다. 통증이나 추위도, 슬픔이나 승리감도. 그저 엄청난 공허감뿐이었다. 원래 세상사는 이치에 맞지 않는다. 살고 죽고 다시 태어나고, 또 살고 죽는다는 영원하면서도 자명한 만트라 속에서 반복될 뿐이다. 그는 방아쇠를 반쯤 잡아당기고 조준했다.

"베아테?" 그가 속삭였다.

베아테가 테니스장 문을 발로 차서 열더니 해리에게 AG3를 던졌다. 해리는 총을 받아들었다.

"이게…… 어떻게 된 거야?"

"세테스달 경련이에요."

"세테스달 경련?"

"벽돌 더미처럼 와르르 무너져 내리더군요. 불쌍한 사람." 베아테는 그녀의 오른손을 보여주었다. 손가락 관절에 생긴 두 군데의 상처에서 흘러내리던 피가 빗물에 씻겨 내려갔다. "트론이 딴 곳에 주의를 돌리기만 기다리고 있었어요. 그런데 천둥이 치자 갑자기 트론이 겁을 집어먹더군요. 반장님도 그런 것 같았어요."

두 사람은 왼쪽 서비스 박스에 죽은 듯이 쓰러져 있는 트론을 바라보았다.

"수갑 채우게 도와주실래요. 반장님?" 머리카락이 얼굴에 달라붙었는데도 베아테는 모르는 듯했다. 그저 환하게 미소 지었다.

해리는 고개를 뒤로 젖혀 얼굴로 비를 맞으며 눈을 감았다. "하늘에 계신 하느님. 이 가여운 영혼은 2022년 7월 12일 이후에나 자유로워질 겁니다. 그러니 자비를 베푸소서." 그가 중얼거렸다.

"반장님?"

해리가 눈을 떴다. "응?"

"2022년까지 가둬두려면 지금 당장 경찰청으로 끌고 가야죠."

"저놈 말고 나." 무릎으로 서 있던 해리가 자리에서 일어났다. "내가 그때 은퇴하거든."

그는 한 팔로 베아테의 어깨를 감싸며 미소 지었다. "자네의 세 테스달 경련이라는 거 말이야. 그거 진짜……."

50

에케베르그 언덕

12월이 되자 다시 눈이 내리기 시작했다. 이번에는 정말 제대로 된 눈이었다. 집들 사이로 눈이 쌓였고, 더 많은 눈이 예고되었다. 자백은 수요일 오후가 되어서야 받아낼 수 있었다. 트론 그레테는 변호사와 상의 끝에 자신이 아내인 스티네의 죽음을 계획하고 실행에 옮겼다고 말했다.

그날 밤 내내 눈이 내렸고, 다음 날 아침에는 형의 죽음을 사주했다는 자백도 받아냈다. 트론이 고용한 킬러는 눈ᴮ이라는 뜻의 엘 오호ᴾᴬ라는 이름을 사용했고, 정해진 주소는 없었다. 일주일마다 이름과 휴대전화 번호를 바꾼다고 했다. 트론은 상파울루의 주차장에서 그를 딱 한 번 만났는데, 그때 살인의 세부 사항에 대해 합의했다고 한다. 착수금으로 1천 500달러를 주고, 나머지는 종이봉투에 넣어 치에테 공항의 수하물보관소 로커에 넣어두었다. 트론이 상파울루 교외 남쪽에 있는 캄푸스 벨루스 우체국으로 레브의 유서를 보내면, 엘 오호가 레브의 새끼손가락을 보내고, 그러면 트론이 다시 로커의 열쇠를 보내기로 했다.

장시간의 심문에서 그나마 유일하게 재미있었던 것은 일개 관광객이었던 트론이 전문적인 살인 청부업자를 찾아낸 과정이었다. 그는 상파울루에서 살인 청부업자를 찾기란 노르웨이에서 건축업자를 찾기보다 훨씬 쉽다고 했다. 그가 그런 비유를 한 것은 우연이 아니었다.

"레브가 전에 말해준 적이 있어. 그런 사람들은 일간지 '폴랴 지 상파울루'의 폰섹스 광고 옆에 자신들을 플로메로스plomeros로 광고한다고." 트론이 말했다.

"플로…… 뭐?"

"플로메로스. 배관공."

할보르센은 그들이 알아낸 부실한 정보를 브라질 대사에게 보냈다. 대사는 빈정거리는 말이 나오려는 것을 참고, 계속 수사하겠노라고 약속했다.

트론이 은행을 털 때 사용한 AG3는 원래 레브의 총으로, 그의 집 다락방에 몇 년 동안 보관되어 있었다. 일련번호가 줄로 지워져 있어서 추적은 불가능했다.

노르데아 은행이 가입했던 보험회사들은 크리스마스 선물을 일찍 받게 되었다. 트론이 훔친 돈이 그의 차 트렁크에서 고스란히 발견되었기 때문이다. 사라진 돈은 한 푼도 없었다.

며칠이 지났고, 눈이 내렸고, 심문은 계속되었다. 어느 금요일 오후, 다들 심문에 지쳤을 때 해리가 트론에게 물었다. 스티네의 머리에 총을 쐈을 때 왜 토하지 않았느냐고. 그는 피를 못 보는 사람이었기 때문이다. 방 안이 조용해졌다. 트론은 구석에 설치된 비디오카메라를 응시하더니 그냥 고개를 저었다.

하지만 심문이 끝나고, 트론을 다시 유치장으로 데려가기 위해 배수로를 걸어가고 있을 때 그가 갑자기 해리를 돌아보았다. 그러고는 이렇게 말했다. "누구의 피인지에 따라 달라."

*

주말이 되자, 해리는 창가 의자에 앉아 집 앞 마당에서 노는 올레그를 바라보았다. 올레그는 동네 꼬마들과 함께 눈으로 요새를 만드는 중이었다. 라켈이 무슨 생각을 하느냐고 묻자, 하마터면 사실대로 말할 뻔했다. 그는 대답 대신 잠깐 산책을 가자고 제안했다. 라켈은 모자와 장갑을 가져왔다. 두 사람이 홀멘콜렌 스키 점프대를 지날 때 라켈이 물었다. 이번 크리스마스이브에 해리의 아버지와 여동생을 집으로 초대해야 하는 건 아닌지.

"내겐 당신과 올레그뿐이잖아." 그녀가 해리의 손을 꼭 잡으며 말했다.

*

월요일에 해리와 할보르센은 엘렌 사건 수사를 시작했다. 맨 밑바닥부터 다시. 전에 불렀던 증인들을 다시 부르고, 예전 보고서를 읽고, 당시에 미처 더 추적하지 못했던 제보와 오래된 단서들을 다시 확인했다. 그러나 더는 추적이 불가능한 단서들이었다.

"그뤼네르뢰카에서 스베레 올센이 어떤 남자와 빨간 차에 타고 있는 걸 본 녀석이 있다고 했지? 어디 사는지 알아?" 해리가 물었다.

"이름은 크빈스빅이고, 주소는 부모님 댁 주소만 남겼어요. 하지만 아마도 거기서 부모님과 함께 살 거예요."

해리는 로이 크빈스빅에 대해 알아보기 위해 헤르베르트 피자집에 갔고, 별다른 협조를 얻으리라 기대하지 않았다. 하지만 국민연합당 로고가 찍힌 티셔츠를 입은 청년에게 맥주를 한 잔 사준 대가로 중요한 사실을 알아냈다. 로이가 옛날에 어울렸던 친구들과 절교했기 때문에 더는 침묵의 서약을 지킬 필요가 없다는 것이었다. 로이는 기독교 신자인 여자를 만나 나치즘에 대한 믿음을 잃은 모양이었다. 그 여자나 로이가 어디 사는지 아는 사람은 없었다. 하지만 로이가 필라델피아 교회 앞에서 노래하는 걸 본 사람이 있었다.

제설차가 오슬로 도심의 거리를 왔다 갔다 하는 동안, 길 양옆으로 눈이 높게 쌓였다.

*

덴노르스케 은행 그렌센 지점에서 총에 맞았던 여직원이 병원에서 퇴원했다. 〈다그블라데〉에 그녀의 사진이 실렸다. 그녀는 한 손가락으로 총알에 맞은 곳을 가리키고, 두 손가락을 벌려 그곳이 심장과 얼마나 가까운지 보여주었다. 이제 그녀는 크리스마스에 남편과 아이들을 보살피기 위해 집으로 간다고 했다.

그 주 수요일 아침 10시, 해리는 경찰청사 3호실 앞에서 신발에 붙은 눈을 탁탁 털고는 문을 노크했다.

"들어오게, 홀레." 발데르헤우그 판사의 우렁찬 목소리가 들렸다. 그는 컨테이너항에서 발생한 총격 사건을 조사하는 SEFO 소속의 진상조사위원회 책임자였다. 해리는 다섯 명의 조사위원 앞에 놓인 의자에 앉았다. 발데르헤우그 판사 외에도 검사, 여자 형사, 남자 형사, 변호사인 올라 룬데가 있었다. 해리가 알기로는 냉정하지만 유능하고 진실한 변호사였다.

"크리스마스 휴가가 시작되기 전에 이번 조사를 마무리 짓고 싶네." 발데르헤우그 판사가 입을 열었다. "이번 사건에 어떻게 연루되었는지 가능한 한 간략하게 말해주겠나?"

해리가 알프 군네루드와의 짧은 만남에 대해 이야기하는 동안,

남자 형사의 컴퓨터 키보드가 딸그락거렸다. 해리의 이야기가 끝나자, 발데르헤우그는 고맙다고 말하더니 서류를 한참 뒤적인 후에야 자신이 원하는 것을 찾아냈다. 그는 안경 너머로 해리를 바라보았다.

"군네루드와의 짧은 만남 후에 그가 경찰에게 총을 겨눴다는 소식을 듣고 놀랐나?"

해리는 계단에서 군네루드를 보았을 때 그의 첫인상이 어떠했는지 기억했다. 더 맞을까 두려워하는 남자의 모습이지, 결코 냉혈한 킬러는 아니었다. 해리는 판사의 눈을 바라보며 대답했다. "아뇨."

발데르헤우그는 안경을 벗었다. "하지만 자네와 마주쳤을 때 군네루드는 재깍 달아나버렸네. 그런데 볼레르와 마주쳤을 때는 왜 작전을 바꾼 걸까?"

"모르겠습니다. 전 그 현장에 없었으니까요."

"하지만 그게 전혀 이상하지 않다는 건가?"

"아뇨. 이상하다고 생각합니다."

"하지만 방금 전에 놀라지 않았다고 했잖나."

해리는 의자를 뒤로 기울였다. "전 오랫동안 형사 생활을 했습니다, 판사님. 사람들이 이상한 짓을 한다고 해도 더는 놀라울 게 없습니다. 살인자라 해도요."

발데르헤우그는 다시 안경을 썼다. 해리는 주름진 그의 얼굴에 미소가 스치는 것을 본 것 같았다.

올라 룬데가 목청을 가다듬었다. "알다시피 톰 볼레르 경감은 작년에 젊은 신나치족을 체포할 때도 비슷한 사고를 저지른 적이 있었네."

"스베레 올센이었죠." 해리가 말했다.

"당시 SEFO에서는 기소할 만큼의 증거가 불충분하다는 결론을 내렸지."

"겨우 일주일 조사하셨죠."

올라 룬데가 발데르헤우그를 보며 한쪽 눈썹을 추켜올리자, 발데르헤우그는 고개를 끄덕였다. 룬데는 말을 이었다. "어쨌거나 그런 전적이 있는 형사가 다시 똑같은 상황에 처했으니 당연히 눈에 띌 수밖에. 형사들이 동료애가 돈독하다는 건 잘 알고 있네. 동료를 난처하게 한다는 것이 내키지 않을 거야. 하지만 지금 자네가 하려는 일은…… 음…… 에……."

"꼰지르는 거죠." 해리가 말했다.

"뭐라고 했나?"

"변호사님이 찾으시는 단어가 '꼰지르다' 아닌가요?"

룬데 변호사는 다시 발데르헤우그와 시선을 교환했다. "무슨 뜻인지는 알겠네만, 그보다는 '규칙을 확실히 적용하기 위해 관련 정보를 제공한다'고 표현하고 싶군. 동의하나, 홀레?"

뒤로 기울어졌던 해리의 의자가 탕 소리를 내며 제자리로 돌아왔다. "네, 동의합니다. 다만 전 변호사님만큼 어휘력이 좋지가 않아서요."

발데르헤우그는 더 이상 미소를 감추지 못했다.

"나도 꼭 그런 건 아닐세, 홀레." 룬데가 미소를 지으며 말했다. "어쨌든 우리의 의견이 일치하니 다행이군. 자네는 오랫동안 볼레르와 함께 일했으니 그의 성품에 대해 좀 말해줬으면 하네. 여기 왔던 다른 경관들의 말을 비춰볼 때 볼레르는 범죄자를 다루는 데 있어서 절대 타협하지 않는 모양이더군. 때로는 범죄자가 아닌 일반인들에게까지 말이야. 톰 볼레르가 순간적인 경솔함에 알프 군네루드를 쐈을 수도 있다고 생각하나?"

해리는 창밖으로 시선을 던졌다. 쏟아지는 눈 때문에 에케베르그 언덕이 잘 보이지 않았다. 하지만 그 언덕이 거기 있다는 걸 해리는 알고 있었다. 해가 뜨고 달이 지고, 그가 경찰청 사무실의 책상에 앉아 있는 동안 에케베르그 언덕은 늘 거기에 있었고 앞으로도 그럴 것이다. 여름에는 푸르고, 겨울에는 흑백으로 변해 제자리를 지킬 것이다. 그것은 의심의 여지가 없는 사실이다. 사실의 좋은 점은 그것이 바람직한지 아닌지 고민할 필요가 없다는 것이다.

"아뇨. 톰 볼레르가 순간적인 경솔함에 알프 군네루드를 쐈다고는 생각하지 않습니다."

해리가 '경솔함'에 힘주어 말했다는 것을 알아차린 조사위원이 있는지 모르겠지만, 어쨌거나 그들은 아무 말도 하지 않았다.

해리가 사무실에서 나오자 복도 의자에 앉아 있던 베베르가 일어섰다.

"들어가보세요. 그건 뭡니까?" 해리가 말했다.

베베르는 비닐봉지를 들어 올렸다. "군네루드의 총일세. 들어가서 이 총에 대해 말해줘야 해."

"흠." 해리가 담뱃갑을 톡 치자, 담배 한 개비가 튀어나왔다. "보기 드문 총이네요."

"이스라엘산이야. 제리코 941." 베베르가 말했다.

베베르가 들어간 뒤에도 해리는 우두커니 서서 쾅 닫힌 문을 바라보았다. 지나가던 묄레르가 불도 안 붙인 담배를 왜 물고 있느냐고 물어볼 때까지.

*

강도수사과는 이상하게 조용했다. 처음에는 형사들끼리 도살자
가 동면에 들어갔나 보다고 농담을 했다. 하지만 이제는 도살자가
영원히 전설적인 인물로 남기 위해 총으로 자살한 뒤, 은밀한 곳
에 매장된 것이 아니냐고 떠들어댔다. 도심 지붕에 쌓여 있던 눈
이 미끄러져 내렸고, 다시 새로운 눈이 쌓였다. 그동안 집집마다
굴뚝에서 하얀 연기가 평화롭게 피어올랐다.

강력반과 강도수사과, 성범죄수사과는 구내식당에서 합동으로
크리스마스 파티를 열었다. 각자의 자리가 정해졌고, 비아르네 묄
레르와 베아테 뢴, 할보르센은 함께 앉게 되었다. 그들 사이에 빈
의자가 하나 있었는데, 그 앞에 놓인 접시에는 해리의 이름이 적
힌 종이가 있었다.

"해리는 어디 있나?" 베아테에게 와인을 따라주며 묄레르가 물
었다.

"스베레 올센의 친구를 찾으러 나갔어요. 엘렌이 죽던 날 밤, 올
센이 어떤 남자와 함께 있는 걸 봤다고 했거든요." 할보르센이 일
회용 라이터로 맥주병을 따려고 낑낑대며 말했다.

"그거 참 유감이군. 너무 과로하지 말라고 전해주게. 저녁 한 끼
먹는 데 시간이 얼마나 걸린다고."

"직접 말씀하세요." 할보르센이 말했다.

"반장님은 그냥 여기 오기 싫었던 거예요." 베아테가 말했다.

두 남자가 그녀를 바라보더니 이내 미소를 지었다.

"왜요?" 베아테가 깔깔 웃었다. "저도 반장님을 알 만큼 안다고
요."

세 사람은 건배했다. 할보르센의 얼굴에서는 미소가 떠나지 않

왔다. 그는 베아테를 바라보았다. 뭔가 딱 집어 말할 수는 없지만 그녀는 어딘가 달라졌다. 지난번에 회의실에서 봤을 때는 눈에 저런 생기가 없었다. 입술에는 혈색이 돌았고, 허리는 꼿꼿하고, 등의 곡선은 부드러워졌다.

"해리는 이런 파티에 오느니 차라리 감옥에 갈 거야." 묄레르는 그렇게 말하며 지난번 파티 때 국가정보국의 안내 데스크 담당자인 린다가 해리에게 억지로 춤을 추자고 했던 일을 들려주었다. 베아테는 어찌나 웃었는지 눈가에 눈물이 맺힐 지경이었다. 그녀는 할보르센을 바라보며 고개를 갸웃했다. "밤새 거기 앉아서 얼빠진 사람처럼 바라보기만 할 거예요, 할보르센?"

할보르센은 볼이 달아올랐고, 더듬거리며 얼떨결에 "아뇨"라고 말했다. 묄레르와 베아테는 다시 웃음을 터뜨렸다.

분위기가 무르익자, 할보르센은 용기를 내어 베아테에게 댄스 플로어에서 한 바퀴 돌지 않겠느냐고 물었다. 묄레르 혼자 남아 테이블을 지키는데 이바르손이 다가와 베아테의 자리에 앉았다. 그는 취해서 꼬부라진 혀로 이야기를 하기 시작했다. 뤼엔의 은행 앞에 혼자 대기하고 있을 때 얼마나 겁에 질려 있었는지.

"오래전 일이야, 루네. 당시 자넨 대학을 졸업한 직후였잖아. 자네가 할 수 있는 일은 아무것도 없었어." 묄레르가 말했다.

이바르손은 의자에 등을 기대고 묄레르를 바라보더니 말없이 일어나 가버렸다. 이바르손은 자신이 외로운 것조차 모르는 외로운 사람이 아닐까? 묄레르는 그런 생각이 들었다.

디제이를 맡은 올라 리와 토릴 리가 마지막 곡으로 〈Purple Rain〉을 틀었다. 그 곡에 맞춰 춤을 추던 베아테와 할보르센은 옆의 커플과 부딪혔다. 할보르센은 베아테의 몸이 갑자기 굳는 것을 느끼고. 옆의 커플을 올려다보았다.

"미안." 저음의 목소리가 말했다. 데이비드 핫셀호프를 닮은 얼굴의 튼튼한 하얀 이가 어둠 속에서 환하게 빛났다.

파티가 끝났을 때는 택시를 잡기에 너무 늦은 시간이어서 할보르센은 베아테를 집까지 데려다주기로 했다. 그들은 눈을 헤치며 동쪽으로 터덜터덜 걸어갔고, 옵살에 있는 베아테의 집 앞에 도착했을 때는 한 시간이 훌쩍 지나 있었다.

베아테는 미소 지으며 할보르센을 바라보았다. "크리스마스 때 우리 집에 오고 싶다면 환영이에요." 그녀가 말했다.

"나야 좋죠. 고마워요."

"좋아요. 그럼 내일 엄마에게 말해둘게요."

할보르센은 작별 인사를 하며 그녀의 뺨에 키스했고, 다시 서쪽을 향해 극지 탐험을 시작했다.

*

노르웨이 기상청은 20년 만에 12월 최고 적설량 기록이 깨질 전망이라고 발표했다.

같은 날 SEFO는 톰 볼레르 사건을 마무리 지었다.

조사위원단은 규칙에 위반되는 사항이 하나도 발견되지 않았다고 결론지었다. 오히려 볼레르가 극도로 긴장된 상황에서 정확하게 행동했으며 평정심을 잃지 않았다고 칭찬했다. 총경은 경찰총장에게 전화해 볼레르에게 상이라도 줘야 하는 건 아닐지 조심스럽게 물었다. 하지만 알프 군네루드의 가문이 오슬로에서 꽤나 명망 있는 가문이어서(군네루드의 친척이 시의회 의원이었다) 상까지 주는 건 부적절한 행동일 거라는 결론을 내렸다.

*

크리스마스이브가 되었고, 크리스마스의 평화와 선의가 내려앉았다. 적어도 노르웨이에서는 그랬다.

라켈은 크리스마스 만찬을 준비하기 위해 해리와 올레그를 집에서 내쫓았다. 그들이 돌아왔을 때는 집 안에서 바비큐 립 냄새가 진동했다. 해리의 아버지인 올라브 홀레는 쇠스와 함께 택시를 타고 왔다.

쇠스는 집과 음식, 올레그, 이 모든 것에 열광했다. 식사하는 동안 쇠스와 라켈은 단짝 친구처럼 조잘거렸고, 반면 나이 든 올라브와 어린 올레그는 마주 앉아 대부분 단답형의 말들만 주고받았다. 하지만 선물을 개봉하는 시간이 되자, 두 사람 사이의 벽이 허물어졌다. '올라브 할아버지가 올레그에게'라고 적힌 커다란 상자 안에는 쥘 베른 전집이 들어 있었다. 올레그는 입을 딱 벌린 채 그중 한 권을 휘리릭 넘겨보았다.

"지난번에 해리 아저씨가 읽어준 달나라 로켓 이야기를 쓴 작가란다." 라켈이 말했다.

"이건 초판본에 실렸던 삽화야." 해리가 남극점에 꽂힌 깃발 옆에 서 있는 네모 선장의 그림을 가리키며 말했다. 그러고는 큰 소리로 읽었다. "잘 가라, 태양이여. 나의 새로운 영토가 반년 동안 어둠에 뒤덮이게 하라."

"이건 우리 아버지의 책장에 있던 책이란다." 올레그만큼이나 흥분한 목소리로 올라브가 말했다.

"상관없어요!" 올레그가 외쳤다.

올레그는 수줍음과 따뜻함이 뒤섞인 미소를 지으며 올라브에게 감사의 포옹을 했다.

다들 잠자리에 들고 라켈도 잠들자, 해리는 침대에서 일어나 창가로 갔다. 더는 이 세상에 존재하지 않는 사람들을 생각했다. 그의 어머니, 비르기타, 라켈의 아버지, 엘렌, 그리고 안나. 또 이 세상에 존재하는 사람들도 생각했다. 옵살의 외위스테인(해리는 그에게 크리스마스 선물로 새 구두를 사주었다), 봇센 교도소의 라스콜. 그리고 당직이라서 올해는 고향인 스타인셰르에 내려가지 못하는 할보르센을 위해 늦은 크리스마스 만찬을 준비해준 옵살의 친절한 두 여인.

그날 저녁에 무슨 일이 벌어졌다. 그게 무엇인지 정확히 알 수는 없었지만 무언가가 바뀌었다. 해리는 도심의 불빛을 바라보다가 문득 눈이 그쳤음을 깨달았다. 발자국. 오늘 밤 아케르셀바 강을 따라 걷는 사람들은 발자국이 남을 것이다.

"소원이 이뤄졌어?" 그가 다시 침대로 돌아가자 라켈이 속삭였다.

"소원?" 그는 두 팔로 라켈을 감싸 안았다.

"창가에 서서 소원을 비는 것 같기에. 뭘 빌었어?"

"내가 바라는 건 다 이뤄졌어." 그녀의 이마에 키스하며 해리가 말했다.

"말해봐." 해리를 제대로 보기 위해 그녀가 몸을 뒤로 젖히며 속삭였다. "소원이 뭔지 말해봐, 해리."

"정말로 알고 싶어?"

"응." 그녀가 그의 품을 파고들며 말했다.

해리가 눈을 감자, 필름이 돌아가기 시작했다. 어찌나 천천히 돌아가는지 각 장면이 한 장의 사진 같았다. 눈 위의 발자국.

"평화." 그는 거짓말을 했다.

51

상 수 시

$\mathcal{P}$

해리는 사진을 바라보았다. 사진 속에는 하얀 이를 드러낸 따뜻한 미소, 튼튼한 턱, 차갑고 푸른 눈동자가 있었다. 톰 볼레르였다. 해리는 책상 위로 사진을 밀었다.

"서두를 거 없어. 찬찬히 살펴보라고." 해리가 말했다.

로이 크빈스빅은 긴장한 듯했다. 해리는 사무실 의자에 등을 기대고 주위를 둘러보았다. 서류 캐비닛 위에 할보르센이 재림절 달력을 걸어놓았다. 오늘은 크리스마스여서 7층 전체가 해리 차지였다. 휴일의 가장 큰 장점이었다. 크빈스빅의 입에서는 영영 말이 나오지 않을 것만 같았다. 필라델피아 교회 예배당 첫줄에 앉아 있다가 그에게 발각됐을 때는 잘만 떠들어대더니. 그래도 언제나 희망은 있는 법이다.

크빈스빅이 목청을 가다듬었고, 해리는 자세를 똑바로 고쳐 앉았다.

창밖에서 눈송이가 인적 없는 거리로 팔랑팔랑 내려앉았다.

《네메시스Nemesis (노르웨이 원제 Sorgenfri)》는 전작인 《레드브레스트》 그리고 다음 작품인 《데빌스 스타》와 함께 흔히 '오슬로 3부작'으로 일컬어진다. 세 작품의 배경이 거의 오슬로에만 집중되어 있기 때문이기도 하고, 《레드브레스트》에서 시작된 한 사건이 비로소 《데빌스 스타》에서 끝나기 때문이다. 노르웨이의 어두운 과거를 다룬 역사성 짙은 작품인 《레드브레스트》를 쓴 후, 네스뵈는 정통 크라임 노블을 쓰고 싶었다고 한다. 배경은 좁히고, 등장인물은 줄이되, 훨씬 더 밀도 있는 이야기. 《네메시스》는 그렇게 탄생되었다.

어린 시절을 몰데에서 보낸 네스뵈에게 오슬로는 의미가 남다른 도시다. 여덟 살 때 몰데로 이사한 후로 그는 늘 오슬로를 그리워했다고 한다. 오슬로에 대한 그의 사랑은 오슬로 3부작에 잘 나타나 있다. 그는 자신이 살던 동네를 비롯해 오슬로 구석구석을 자전거로 돌아다니며 사전조사를 했고, 덕분에 이 세 작품에는 오슬로의 기원이라든가 역사, 밤과 낮의 모습이 생생히 묘사되어 있다. 심지어 《네메시스》의 노르웨이 원제는 오슬로의 거리 이름인 소르겐프리(Sorgenfri) 가에서 따왔다.

《네메시스》는 아무런 단서도 남기지 않은 완벽한 은행강도 사건과 해리가 예전에 사귀었던 여자친구의 자살이라는 두 사건을 주축으로 한다. 네스뵈는 두 개의 공을 저글링하는 곡예사처럼 별개의 두 사건을 번갈아 진행시키며 정밀한 이야기를 구축해간다. 제목이 암시하듯 작품의 전체적인 주제는 복수다. 이 책이 쓰였던 2002년은 9.11 테러가 발생한 지 1년 후로, 미국이 이슬람 국가들을 상대로 서슬 퍼런 복수를 펼칠 때였다. 《네메시스》는 그런 미국의 복수 행각을 배경음악처럼 깔고서 한 인간이 계획할 수 있는 최고의 복수, 차가우면서도 뜨겁고 철두철미하면서도 열정적인 복수를 보여준다.

네스뵈는 이전의 어떤 작품보다 이 소설의 플롯을 구성하는 데 많은 시간을 보냈다고 한다. 완성하기까지 꼬박 1년이 걸렸을 정도로 이 작품은 치밀한 플롯을 자랑한다. 노르웨이 문학 계간지와의 인터뷰에서 그는 실제로 《네메시스》를 자신의 작품 중 플롯이 가장 훌륭한 작품으로 꼽은 바 있다. (더불어 이 작품이 그의 최고 걸작이 될 수도 있었으나 약간의 미숙한 전개 때문에 플롯의 잠재력이 제대로 폭발하지 못했다고 아쉬워했다.) 평소 그는 크라임 노블의 작가를 무대에 서서 관객을 속이는 마술사에 비유하곤 했는데, 이 소설의 첫 장면이야말로 관객의 시선을 오른손에 집중시킨 사이에 왼손으로 트릭을 구사하는 마술 같은 경지를 보여주고 있다. 나 역시도 방심한 채 이 소설의 첫 장면을 읽었다가 이해가 되지 않아 앞으로 돌아가야만 했다. 작품 전체의 열쇠이자 복선이기도 한 첫 장면에서 읽는 이의 예상을 거듭 깨뜨리며, 한 줄씩 읽어나갈수록 서서히 진실을 파악하게 만드는 작가의 솜씨는 매우 탁월하다.

이 작품에는 유독 우주와 관련된 상징과 비유가 자주 등장한다. 우주비행사, 오리온의 말머리성운, 중성자성, 혜성 등등. 특히 해리가 현재 우주선을 타고 있는 것으로 비유한 장면도 있다. "창에는 벌써 김이 서려 있었다. 둥근 창. 우주선. 저 김을 손으로 닦아내면 창밖으로 광활한 우주 공간이 펼쳐져 있을 것만 같았다. 그리고 지금 그들이 날아다니는 트레일러를 타고, 말머리성운을 여행하는 외로운 우주비행사라는 사실을 깨닫게 될 것 같았다." 예전에 네스뵈는 한 인터뷰에서 해리 홀레 시리즈를 음악에 비유한다면 'Space

Oddity'일 거라고 말한 적이 있다. 'Space Oddity'는 우주비행사 톰이 지구 관제소와 연락이 두절되면서 우주 미아가 되는 내용이다. 그래서일까. 저 문장은 앞으로 우주 미아가 될 해리의 미래를 암시하는 듯해서 더욱 슬프게 느껴진다. 다음 작품은 엘렌 옐텐 사건이 비로소 끝을 맺고, 해리 홀레 시리즈가 본격적인 하드보일드의 색채를 띠기 시작하는《데빌스 스타》이다.

노진선